VERONIKA RUSCH

Das Gesetz der Wölfe

Buch

»So schnell sperrt man bei uns niemanden ein!«, versucht die Anwältin Clara Niklas ihren Mandanten Angelo Malafonte zu beruhigen, den die Polizei mit ein paar Gramm Marihuana erwischt hat. Doch vergeblich, der junge Italiener ist starr vor Angst. Und als er in der Verhandlung tatsächlich zu einer unverhältnismäßig hohen Freiheitsstrafe verurteilt wird, muss Clara erkennen, dass das, was zunächst wie ein Routinefall ausgesehen hat, ungeahnte Dimensionen annimmt. Je tiefer Clara in den Fall eintaucht, desto deutlicher wird jedoch, dass Angelos Angst nichts mit dem Urteil zu tun hat und die Bedrohung aus einer ganz anderen Richtung kommt.

Obwohl Clara alles daran setzt, Angelos Freilassung zu erwirken, gelingt es ihr nicht, hinter sein Geheimnis zu kommen. Und so erkennt sie erst spät, dass sie selbst in höchster Gefahr schwebt. Und ihr Gegner ist mächtig. Er scheint über ihre Schwachstellen bestens Bescheid zu wissen, und es gelingt ihm mühelos, Claras Schutzpanzer zu durchbrechen. Immer enger zieht sich das unsichtbare Netz um sie, immer hilfloser fühlt sie sich. Willi, ihr guter Freund und Sozius, kann ihr nicht helfen, und auch die Affäre mit dem jüngeren Mick, auf die sie sich in einem schwachen Moment einlässt, verstärkt nur ihr Gefühl der Angst. Die Bedrohung bleibt allgegenwärtig. Aber Clara kann nicht aufgeben. Inzwischen steht auch für sie zu viel auf dem Spiel – und so wird sie immer tiefer verstrickt in eine infame Geschichte von Verrat und Gewalt. Eine Geschichte, die ihren Ursprung in einem kleinen Dorf in Kalabrien hat …

Autorin

Veronika Rusch ist Rechtsanwältin. Nachdem sie mehrere Jahre in einer großen Münchner Wirtschaftskanzlei tätig war, betreibt sie seit drei Jahren zusammen mit ihrem Vater eine eigene Kanzlei in ihrem Heimatort Garmisch-Partenkirchen. Dort wohnt sie mit ihrem Mann, ihrer Tochter und einer Katze in einem alten Bauernhaus. »Das Gesetz der Wölfe« ist ihr erster Roman. Weitere Romane mit Clara Niklas sind in Planung.

Veronika Rusch

Das Gesetz der Wölfe

Roman

GOLDMANN

Dieses Buch ist ein Werk der Fiktion.
Die Personen, Ereignisse und Dialoge
entstammen der Fantasie der Autorin.
Jegliche Ähnlichkeit mit tatsächlichen Ereignissen,
lebenden oder toten Personen ist rein zufällig.

FSC
Mix
Produktgruppe aus vorbildlich
bewirtschafteten Wäldern und
anderen kontrollierten Herkünften

Zert.-Nr. SGS-COC-1940
www.fsc.org
© 1996 Forest Stewardship Council

Verlagsgruppe Random House FSC-DEU-0100
Das für dieses Buch verwendete FSC-zertifizierte Papier
München Super liefert Mochenwangen.

1. Auflage
Originalausgabe Januar 2008

Umschlaggestaltung: Design Team München
Umschlagfoto: Horst Mink
BH · Herstellung: Str.
Satz: DTP Service Apel, Hannover
Druck und Bindung: GGP Media GmbH, Pößneck
Printed in Germany
ISBN: 978-3-442-46412-8

www.goldmann-verlag.de

Für Martin,
meinen Leuchtturm

TEIL EINS

»Es sterben für gewöhnlich diejenigen,
die allein sind in einem Spiel, das zu groß für sie ist.
Es sterben diejenigen,
die nicht über die notwendigen Bündnisse verfügen,
die schutzlos sind.«

Giovanni Falcone,
sizilianischer Richter und Mafiajäger
† 23.05.1992

ROM, 1999

Die Stadt war ein Monster. Ein Menschen fressendes, bösartiges, schmutzstarrendes Monster. Man hatte es ihr immer gesagt, damals, als sie weggewollt hatte, weg aus der Provinz, weg aus der lähmenden Hitze und dem Staub. Nicht irgendeine Stadt, die Hauptstadt hatte es sein müssen für sie. Das große Leben. Schöne Schuhe hatte sie sich kaufen wollen, mit Riemchen über den Fesseln und hohen Absätzen. Schönere Schuhe als die, die es bei ihr zuhause zu kaufen gab. Und dann, dann war sie tatsächlich weggegangen. Mit knapp zwanzig und voller Träume. Aber nicht in die große Stadt mit den Touristen und dem Papst und all den Geschäften und Cafés. Sie war an einen Ort gegangen, der schlimmer war, als sie sich je einen Platz auf der Welt hätte vorstellen können. Sie war aus Liebe gegangen, aber ihr Ziel war die Finsternis gewesen. Ihre Falle. Der Ort, aus dem es keinen Ausweg gab. Dabei hatten sie es versucht, Raffaele und sie. Sie hatten versucht, glücklich zu sein. Doch sie hatten es nicht geschafft. Die Spinne hatte ihre Fäden immer fester um sie gezogen, so lange, bis sie fast daran erstickten.

Sie stand auf und ging in das Badezimmer, ein elender Verschlag, leer bis auf eine Kloschüssel und ein gesprungenes Waschbecken, über dem ein winziger Spiegel hing. Der Duschkopf ragte aus der Wand frei in den Raum hinein, ein Loch im Boden diente als Abfluss. Die Wand am Fenster war schwarz vom Schimmel, und unter dem Spiegel krochen ebenfalls große grünschwarze Flecken heraus. Kreisrund und pelzig wie kleine Tierchen. Sie starrte sich im Spiegel an. Ihr Gesicht war aufgedunsen, die Lider dick geschwollen. Blondes Haar hatte sie einmal gehabt, früher, glänzendes, honig-

farbenes Haar. Jetzt war es stumpf, hatte die Farbe von abgestandenem Bier und hing ihr dünn und leblos ins Gesicht. Doch das interessierte sie nicht. Schon lange nicht mehr. Sie wollte sich in die Augen sehen. Helle blaue Augen, Erbe der Normannen, hatte ihre Mutter immer gesagt und so rätselhaft dabei gelächelt, dass sie irgendwann anfing zu vermuten, der Normanne sei vermutlich eher ein sehr lebendiger Zeitgenosse aus einem Land jenseits der Alpen gewesen.

Ihr Sohn hatte ihre Augen nicht geerbt. Bereits bei der Geburt waren sie schwarz wie Kohle gewesen. Caprisi-Augen. Man braucht vermutlich solche Augen, um dort zu überleben, hatte sie einmal gedacht. Augen, genauso tief und dunkel wie die Finsternis, die sie umgab und der sie zu trotzen versuchten. Lass uns weggehen, hatte sie Raffaele immer wieder gebeten, lass uns woanders hingehen, etwas Neues anfangen. Doch er hatte nie gewollt. Nie gekonnt.

Sie sah sich in die Augen. Wässrig blau. Stumpf wie ihre Haare waren sie geworden, längst nicht mehr wie Sterne, die vom Himmel gefallen waren. Sie waren zu schwach gewesen, diese blassen, blauen, nordischen Augen. Sie war schwach gewesen. Konnte nicht standhalten. Hatte versagt. Hatte ihn im Stich gelassen und ... Sie kniff die Lippen zusammen und beobachtete, wie sich nutzlose Tränen in ihren Augenwinkeln sammelten. Sie hatte ihren Sohn dort zurückgelassen. In der Finsternis. Eine Träne löste sich und glitt langsam die Wange hinunter zu ihrer Nase, verharrte dort einen Augenblick und rollte weiter zu ihrem Mund. Sie war schwach gewesen. Zu schwach. Ihre Tränen waren heuchlerisch. Kamen zu spät. Sie durfte nicht weinen. Es war nicht erlaubt, es stand ihr nicht zu. Nichts stand ihr mehr zu. Die Tränen kamen trotzdem. Unaufhörlich. Sie flossen wie ein Strom aus ihr heraus, als wollte sie gänzlich zerfließen, hier in dem schimmeligen Badezimmer am Rande der Stadt. Sie musste sich setzen. Das Schluchzen schüttelte ihren mageren Körper in Wellen, es schmerzte, sie holte ächzend Luft wie eine Ertrinkende, hustete Rotz und Schleim und weinte ihren Schmerz heraus wie ein Kind. Als sie wieder zu sich kam, zitterte sie am ganzen Körper, und ihre nackten Füße waren eiskalt. Sie stand mühsam auf und wischte sich mit den Händen das Gesicht ab. In den Spiegel sah sie nicht mehr. Sie ging zurück in das Zimmer, das Wohnzimmer, Küche und Schlafzimmer in einem war. Es hatte keine Heizung, dafür einen Balkon, wie der Vermieter, ein graugesichtiger Wucherer, damals stolz angemerkt hatte: »Vom Balkon können Sie die ganze Stadt überblicken, Signora. Die ganze Stadt!«

Man sah die Stadt tatsächlich, in der Ferne, aber nur, wenn man sich weit über die Brüstung des winzigen Vorsprungs beugte, den der Vermieter als Balkon bezeichnet hatte. Aber da war sie, die Ewige Stadt, mit ihren orangefarbenen Lichtern, die die ganze Nacht leuchteten und ihren Schein weit in den Himmel hinaufjagten. In den ganzen zehn Jahren, in denen sie jetzt hier wohnte, war sie kein einziges Mal in die Stadt hineingefahren. Anfangs hatte sie warten wollen, bis sie etwas Geld gespart hatte, um sich Schuhe zu kaufen, essen zu gehen. Doch mit der Zeit war die Stadt zunehmend verschwunden in ihrem orangefarbenen Dunst, war verschlungen worden von der Finsternis, der sie hatte entfliehen wollen. Und irgendwann, zu einem Zeitpunkt, als sie auch aufgehört hatte, in den Spiegel zu sehen, war etwas anderes übermächtig geworden, gegen das alles andere verblasste: der Wunsch zurückzukehren. Zu ihm. Und ihrem Sohn. Doch es war ein Wunsch geblieben. Immer gab es etwas, das sie zögern, innehalten, vergessen ließ. Bis heute.

Spät am Morgen, als sie langsam aus einem Nebel von Wodka und Wein erwacht war, hatte ihr Nachbar, der fette Emilio geklopft. Schüchtern wie immer hatte er an der Tür gestanden, die strähnigen schwarzen Haare über die Stirn gekämmt, und ihr eine Zeitung hingehalten. »DDas ist vvon dir dahhheim, ggglaub ich«, hatte er gestammelt und ihr die Zeitung in die Hand gedrückt. Dann war er ohne ein weiteres Wort in seiner Wohnung gegenüber verschwun-

den. Sie hatte nichts begriffen, außer dass ihr Kopf hämmerte und sie kotzen musste. Doch dann fiel ihr Blick auf die Zeitung und auf das Foto auf der Titelseite. Die grotesken Überreste von etwas, das einmal ein Auto gewesen war, der unversehrt gebliebene Fahrersitz, die dunklen Flecken, Blut, Glassplitter, eine Brille ...

Die fetten Schlagzeilen sprangen ihr wie Blitze in die Augen, schmerzten hinter ihren Lidern und drangen tief in sie ein. Sie brüllten ihr ins Gesicht und holten allen Schmerz zurück, das Grauen und die Hoffnungslosigkeit.

Zerfetzt von einer Bombe!

Sie wusste den Namen, bevor sie ihn unter dem Bild von dem zerstörten Auto las: Raffaele de Caprisi, 36, Journalist.

Sie war auf ihrem ungemachten Bett sitzen geblieben und hatte zum Fenster hinausgestarrt. Doch sie sah nicht die Hochhäuser, terrakottafarben, eines am anderen, glatt und sauber aus der Ferne, solange man die abgeplatzten Putzplatten und die nassen Stellen, die zugeklebten Fenster und das Gerümpel auf den Balkonen nicht sah. Sie sah andere Dinge: die silbernen Tische der Bar in Reggio di Calabria, wo sie als Kind mit ihrem Vater morgens die Zeitung geholt hatte. Den geharkten Kies vor Raffaeles Haus in San Sebastiano, die alten Olivenbäume. Sie sah die steinernen Augen der Baronessa und Raffaeles lächelnden Mund. Sie sah sich in einem blauen Kleid, lachend, und das Zimmer mit den hohen Fenstern zum Hof, in dem Raffele und sie versucht hatten, glücklich zu sein. Doch sie sah nicht das Kind. Nicht den Säugling, den sie im Arm gehalten hatte, nicht den großen Jungen, der er jetzt sein musste. Das Kind konnte sie nicht sehen.

Und als die Dämmerung hereinbrach und die Stadt mit ihrem orangefarbenen Schein die Vorstädte aus zweiter Hand bestrahlte, trocknete sie ihre Tränen, diese ersten seit zehn Jahren, und ging hinaus auf ihren Balkon. Ohne einen Blick zurück kletterte sie auf die ausgewaschene Betonbrüstung und sprang sechs Stockwerke in die Tiefe.

Es war der fette Emilio, der sie fand, die blonde Frau im Nachthemd und mit verrenkten Gliedern, die Zeitung von heute Morgen noch in der Hand.

MÜNCHEN

Clara Niklas starrte die Zweige der Kastanie an, die der Wind an die Scheibe drückte, was ein tickendes Geräusch verursachte. Ihr Blick wanderte durch den Baum hindurch, hinüber zum Fluss, und sie stellte sich vor, wie es wohl wäre, jetzt einfach dort hinunterzugehen und mit Elise einen langen, sehr langen Spaziergang zu machen. Bis zum Flaucher könnten sie gehen, auch wenn der Biergarten an einem so windigen Frühlingstag wie heute sicher nicht geöffnet hatte. Trotzdem würde sie sich an einen der leeren Biertische setzen, und dort würde sie sitzenbleiben und schauen und warten, bis es Zeit war, wieder heimzugehen. Dann würde sie sich auf die Couch setzen und die Beine hochlegen. Musik hören. Den ganzen restlichen Tag.

Sie warf einen Blick auf die graue Dogge zu ihren Füßen, die hingebungsvoll an einem Knochen, so groß wie ein menschlicher Oberschenkelknochen, herumkaute. »Wir sollten einen Spaziergang machen, was, Elise?« Elise richtete ihre blutunterlaufenen Augen auf Clara und sah sie einen Augenblick skeptisch an. Doch das Wort Spaziergang schien sie im Augenblick nicht zu locken. Lieber wandte sie sich wieder den wichtigen Dingen des Lebens zu und biss krachend ein Stück von dem Knochen ab.

Clara seufzte. Es gab keinen Grund, heute nicht in die Kanzlei zu gehen. Keinen wirklichen. Außer vielleicht der Tatsache, dass Sean gestern Abend einen Flieger nach Dublin bestiegen hatte und sie ihn erst zu Weihnachten wiedersehen würde. Sie kratzte mit dem Fingernagel über das weißgestrichene Fensterbrett, von dem die Farbe in großen Platten abblätterte, und zerkrümelte sie zwischen den Fingern. Ihr Sohn war neunzehn und folglich erwachsen. Und er war nicht allein in Dublin. Er war bei seinem Vater. Doch dieser Umstand beruhigte Clara nicht im Geringsten. Um ehrlich zu sein, war es gerade der Gedanke an Ian, der sie ruhelos wie ein Tiger im Käfig durch die leere Wohnung streifen ließ. Sie mochte nicht an ihn denken. Es waren andere Zeiten gewesen damals, und sie waren lange vorbei. *Es* war lange vorbei. Und dabei waren es nicht nur die Erinnerungen, die sie beunruhigten. Es war dieses Gefühl des Vergangenen, das Ian symbolisierte, das andere Leben, das sie geführt hatten. Und es war die Angst, Sean an dieses alte, ferne Leben zu verlieren. Ihm nicht beistehen zu können. Und wie jedes Mal, wenn sie sich diese Angst eingestand, und das war recht oft gewesen in den letzten Wochen, seit Sean ihr seinen Entschluss mitgeteilt hatte, spürte sie die Wut in sich heraufkriechen, unaufhaltsam, wie ein gefräßiges Tier, bereit, alles zu verschlingen, was sich ihr in den Weg stellte. Clara ballte die Hände zu Fäusten und zwang sich, den Blick von dem Kastanienbaum abzuwenden. Sie wusste, dass ihr Zorn ungerecht war. Ian konnte nichts dafür. Dafür nicht. Trotzdem hasste sie ihn deswegen, weil Sean jetzt bei ihm wohnen und in der Stadt studieren würde, die ihnen gemeinsam gehört und die sie mit so viel Zorn und Mühe aus ihrem Herzen verbannt hatte. Sie war eifersüchtig, und sie hatte Angst. Und beides machte sie wütend. Sie zog eine Zigarette aus der Schachtel am Fensterbrett und setzte sich zu Elise auf den Boden. Der Hund hob fragend den Kopf, dann trennte er sich mit einem wehmütigen Seufzer von den Überresten seines Knochens und legte seinen großen, grauen Kopf auf Claras Beine. Seinen Nacken kraulend, rauchte Clara ihre Zigarette und versuchte, sich auf den heutigen Tag zu konzentrieren.

Die Rechtsanwaltskanzlei Niklas & Allewelt befand sich fast genau gegenüber von Claras Wohnung auf der anderen Seite der Isar in einer etwas heruntergekommenen Seitenstraße. Gemessen an der Tatsache, dass man von dort in nur wenigen Minuten zu Fuß in die Innenstadt laufen konnte, war die Miete sagenhaft günstig. Deshalb hatte Clara auch nicht lange gezögert, als sie damals, vor gut vier Jahren, Knall auf Fall beschlossen hatte, ihren öden Versicherungsjob und damit ihre und Seans so mühsam gesicherte Existenz wieder einmal aufs Spiel zu setzen, um sich zusammen mit ihrem alten Studienkollegen und Freund Willi Allewelt selbstständig zu machen. Keinen von beiden hatte es bislang gestört, dass die ehemalige Buchhandlung in dem sanierungsbedürftigen Altbau nicht gerade das war, was man im Allgemeinen unter einer renommierten Adresse verstand: ein langer, hoher Raum mit abgetretenem Parkett und zugigen Fenstern. Zur Straße hin hatte er ein großes Schaufenster, das ständig geputzt werden musste, und eine Eingangstür aus Glas, die jedes Mal klirrte, wenn man sie öffnete. Die Glocke, die früher angezeigt hatte, dass ein Kunde den Laden betrat, hatten sie beibehalten. Clara mochte das nostalgischen Bimmeln, das ertönte, wenn ein Mandant in die Kanzlei kam. Es erinnerte sie an die Bäckerei ihrer Kindheit, und sie war jedes Mal versucht zu glauben, jemand käme, um drei Semmeln und ein Breze zu kaufen oder den bestellten Rosinenzopf für Ostern.

Stattdessen kamen Menschen mit Sorgen und Problemen zu ihr, baten sie, zermürbende, selbstzerstörerische Kämpfe um das Sorgerecht ihrer Kinder zu führen, empörten sich über himmelschreiende Ungerechtigkeiten und versuchten, mit Claras Hilfe gegen Windmühlen zu kämpfen. An manchen Tagen wünschte sich Clara, ihre Aufgabe im Leben wäre es tatsächlich, Brote zu backen, die nach Kümmel und Koriander dufteten, Krapfen mit Hagebuttenmarmelade zu füllen und am Abend die Tür hinter sich zu schließen mit der Gewissheit, dass das Bimmeln der Türglocke tatsächlich erst wieder am nächsten Morgen erklingen würde und sie nicht mitten in der Nacht hochschrecken ließ, wenn sie an einen drohenden Gerichtstermin oder an eine weinende Frau dachte, die andere Hilfe nötig hatte, als sie ihr geben konnte.

Direkt neben dem Eingang hatte Linda, die Sekretärin, ihren Arbeitsplatz. Sie war blond und jung und so hübsch, dass Willi bei ihrer Einstellung vorgeschlagen hatte, sie zu Werbezwecken gleich direkt ins Schaufenster zu setzen, was ihm ein Kichern von Linda und einen bösen *Frauenbeauftragtenblick* von Clara eingebracht hatte. Linda war jedoch nicht nur hübsch. Sie war darüber hinaus auch noch ausgesprochen tüchtig. So tüchtig, dass es Clara mitunter fast unheimlich zumute wurde und sie unweigerlich begann, nach einem Haken an der Sache zu forschen.

Drei knarzende Stufen höher, in der ehemaligen Fachbuchabteilung, war Willis und Claras Reich. Ihr großer, unordentlicher Tisch stand quer zur Wand, damit sie einen Blick hinaus zum Fenster und über den kleinen Vorplatz neben der Kanzlei hatte. Sie brauchte den freien Blick, die Illusion, jederzeit hinaus-, weggehen zu können, auch wenn es meistens nur bei einem sehnsuchtsvollen Blick blieb, bevor sie sich wieder über ihre Akten beugte. Über Willis Schreibtisch an der anderen Wand wölbte sich eine Treppe, die hinauf in die Galerie führte, wo sich ein weiteres, kleines Zimmer befand, ihr Besprechungsraum. Die Holztreppe vermittelte den Eindruck, als säße Willi unter einer Dachschräge, und die zahlreichen Bücher, die jedes freie Stück der fensterlosen Wände um ihn herum bedeckten, verstärkten den höhlenartigen Eindruck seines Arbeitsplatzes, den er mit eigensinniger Hartnäckigkeit gegen jeden möglichen Eindringling verteidigte.

Als Clara an diesem Morgen an der Kanzlei ankam, saß Willi in seiner Höhle und las im Schein einer altmodischen Messinglampe die Zeitung. Sie klopfte an die große Scheibe und signalisierte ihm und Linda, dass sie nebenan zu finden sei. Nebenan, das war Ritas Bar, Claras zweites Wohnzimmer, an dem sie morgens selten ohne Zwischenstopp vorbeikam. Und heute ganz besonders nicht. Willi hob kurz den Kopf, nickte flüchtig und widmete sich wieder seiner Lektüre. Linda winkte Clara strahlend zu und zeigte ihre ebenmäßigen weißen Zähne. Ihr glattes, blondes Haar glänzte auf eine Art, die Clara zu einem hastigen, ordnenden Griff in ihre eigenen widerborstigen Locken veranlasste, die in ihrem ganzen Leben noch nie so einen seidigen Schimmer besessen hatten. Sie begann, sich nach einer zweiten Zigarette zu sehnen.

Das Café empfing sie mit dem Duft nach Kaffeebohnen und italienischer Musik. Dies und der schaumige Cappuccino, den Rita ihr zusammen mit einem Teller frischer Croissants und einem Lächeln hinstellte, sorgten endlich dafür, dass Dublin und Ian und Sean ein Stückchen im irischen Nebel verschwanden und Claras Gesichtszüge sich entspannten. Sie nahm eines der Croissants und hielt es Elise vor die erwartungsvoll geöffnete Schnauze.

Die Dogge verschlang es mit einem einzigen Bissen. Ihr drängender Blick, unterstützt von einem heftig auf den Boden klopfenden Schwanz, nötigte Clara, ihr ein zweites zukommen zu lassen, das ebenso schnell verschwunden war wie das erste. Doch als ihr Elise danach nochmals ein aufforderndes »Wuff« entgegenbellte, schüttelte Clara den Kopf. »Bei dir piept's wohl, du gefräßiges Monster. Jetzt bin ich dran.« Theatralisch ließ sich Elise auf den Boden fallen, legte den gewaltigen Kopf auf ihre Pfoten und seufzte schwer. Dann schloss sie die Augen und begann unvermittelt zu schnarchen. Clara warf ihr einen neidvollen Blick zu. Es gab Augenblicke, in denen hätte sie liebend gerne mit ihrem Hund getauscht. Und dann, gerade als sie in ihr Croissant biss, steckte Willi den Kopf zur Tür herein.

»Clara, kannst du mal eben kommen? Ich hab da so einen Italiener sitzen. Er spricht so gut wie kein Deutsch.« Er hob hilflos die Arme.

Clara warf einen Blick zu Rita, die hinter dem Tresen stand und jetzt interessiert aufblickte. Sicher war der neue Mandant auf Ritas Intervention hin zu ihnen gekommen. Weil Clara in ihren früheren Sturm- und Drangjahren auch einen Sommer in Apulien verbracht hatte, sprach sie noch leidlich gut Italienisch. Rita schickte ihnen deshalb recht häufig einen ihrer Landsleute, wenn sie der Ansicht war, dass dieser einen *avvocato* nötig hatte. Clara unterdrückte einen Seufzer, stopfte sich das restliche Croissant in den Mund und folgte Willi, ihre Tasse in der Hand. Elise hob nicht einmal den Kopf.

Im Büro wartete ein junger Mann auf sie. Er hatte ein langes, trauriges Gesicht mit schweren Lidern und pechschwarzen Augen, die sie abwartend, fast furchtsam musterten. In den Händen hielt er einen zerknüllten Umschlag. Er reichte Clara eine große, schlaffe Hand: »*Buon giorno, avvocato. Sono Malafonte. Angelo Malafonte.*«

Sie stellte ihre halbleere Cappuccinotasse auf Lindas Schreibtisch und ging mit ihm hinauf in das Besprechungszimmer. Er setzte sich so vorsichtig auf einen der Stühle, als fürchtete er, der Stuhl könnte unter ihm explodieren. Clara schaute ihn neugierig an.

Was er wohl auf dem Herzen hatte? Doch der junge Mann schwieg. In sich zusammengesunken, als ob er keinen einzigen Knochen im Leib hätte, saß er vor ihr, den Blick auf die Tischplatte gesenkt.

»Womit kann ich Ihnen helfen, Signor Malafonte?«, fragte Clara schließlich nach einer Weile auf Italienisch, als klar war, dass der junge Mann von sich aus nicht zu reden beginnen würde.

Er hob den Kopf und sah sie an, und dann, unendlich zögernd, schob er den zerknitterten Umschlag, den er in den Händen gehalten hatte, über den Tisch. *»Ecco avvocato, ho ricevuto questa lettera.«*

Clara zog einen dicken grauen Packen Blätter aus dem Kuvert. Unverkennbar das offizielle Schreiben eines Gerichts. Sie las die Seiten mit wachsendem Unbehagen. Es war eine Ladung zur Hauptverhandlung in einer Strafsache. Für morgen.

»Um was geht es hier, Signor Malafonte?« Sie wedelte mit den Blättern und legte sie dann auf den Tisch.

Der junge Mann hob die hängenden Schultern ein wenig. *»No' lo so, avvoca'.«*

»Morgen findet eine Strafverhandlung gegen Sie statt. Sie müssen doch wissen, was man Ihnen vorwirft?«

Angelo Malafonte schüttelte vage den Kopf und schwieg.

Clara gestattete sich einen leisen Seufzer und begann, die Papiere durchzublättern. Die Anklageschrift war der Ladung beigefügt. »Ihnen wird vorgeworfen, am ...« Clara überflog die zwei Seiten und gelangte zum Ende: *Besitz und gewerbsmäßiger Handel mit Betäubungsmitteln.*

»Sie sind angeklagt wegen Rauschgifthandels, Herr Malafonte. Wussten Sie das?«

»Eh?«

»Droghe, signor Malafonte.«

Da erlaubte sich der junge Mann ein kleines Lächeln. »Das waren keine Drogen, *avvocato. Un pó d'erba.«*

Clara las die letzte Seite noch mal: »Sieben Gramm Marihuana wurden beim Angeklagten sichergestellt.« Sie beugte sich vor und sah ihrem neuen Mandanten scharf in die Augen. Sie waren blutunterlaufen. »Marihuana ist eine Droge, Herr Malafonte.«

Angelo Malafonte zuckte mit den Schultern. »Nur Konsum, *avvocato*, das ist nicht strafbar.«

»Da täuschen Sie sich.« Clara schüttelte den Kopf. Es hatte keinen Sinn, ihm jetzt die Details zu erklären. Ebenso wenig hatte es Sinn, ihn zu fragen, weshalb er nicht früher gekommen war. Stattdessen bot sie ihm eine Zigarette an, die dankbar angenommen wurde. »Sie müssen mir genau erzählen, was passiert ist, Herr Malafonte.«

»*Sì*.« Der junge Italiener nickte und richtete sich ein wenig auf. »Ich bin *pizzaiolo*, Pizzabäcker, *avvocato*. In der Pizzeria Napoli. Ainmillerstraße. Ich arbeite immer bis elf, zwölf, und dann gehen wir weg. Ich und meine Freunde. Wir rauchen ab und zu etwas zusammen. Nur Konsum, *avvocato*.«

»Wo haben Sie den Stoff gekauft?«

»In Italien.« Die Antwort kam wie aus der Pistole geschossen. »In Bologna.«

Clara glaubte ihm kein Wort. »Wann?«

»*No' lo so, avvoca'*. Es ist lange her.« Angelo Malafonte zog ein letztes Mal an seinem Zigarettenstummel, bevor er ihn ausdrückte. Er hatte außergewöhnlich große Hände. Die Fingerspitzen waren bräunlich verfärbt vom Nikotin, die Fingernägel sorgfältig geschnitten und peinlich sauber.

Clara wartete.

»Vielleicht war es zu Weihnachten?«, kam es schließlich zögernd von ihrem Gegenüber.

»Das Rauschgift wurde im November bei Ihnen sichergestellt.« Clara hob die Augenbrauen. »Unwahrscheinlich, dass Sie es danach in Italien gekauft haben, nicht?«

»Nein, nein, ich weiß wieder. Es war im Sommer, im August.« Angelo Malafonte lächelte matt.

Clara sah sich ihren neuen Mandanten an und versuchte es mit den Augen eines Strafrichters zu tun, der jede Woche zig Fälle wie diesen zu entscheiden hatte. Sie seufzte ein zweites

Mal. Diesmal lauter. »Hören Sie, Signor Malafonte. Wenn Sie möchten, dass ich Sie morgen verteidige, dann nur unter zwei Bedingungen: Erstens, Sie sagen bei der Verhandlung kein Wort zur Sache. Kein einziges, haben Sie verstanden? Sie lassen nur mich reden.«

Angelo Malafonte nickte.

»Und zweitens«, fuhr Clara fort, »erhalte ich von Ihnen einen Vorschuss von fünfhundert Euro.«

Wiederum ein Nicken. »Ich bringe Ihnen das Geld heute Abend, *avvocato*.«

Irgendetwas stimmte nicht. Irgendetwas war seltsam, und sie kam nicht darauf, was es war. Seit einer halben Stunde saß Clara nun in der Geschäftsstelle des Gerichts und las in der Strafakte ihres neuen Mandanten. Im November letzten Jahres hatte die Polizei Malafontes Zimmer oberhalb der Pizzeria, in der er arbeitete, durchsucht und sieben mickrige Gramm Marihuana in einer Plastiktüte unter dem Bett sichergestellt. Dies hatte den Beamten genügt, ihn auf der Stelle zu verhaften und erst am nächsten Tag wieder auf freien Fuß zu setzen.

Clara runzelte die Stirn, während sie das dürre Ermittlungsergebnis las. Immer wieder blätterte sie zurück. Ein Landsmann von Malafonte hatte den Tipp gegeben. Ein gewisser Massimo Moro, der offenbar bei einer Razzia aufgegriffen worden war, hatte bei seinem Verhör vor dem Ermittlungsrichter unter anderem Malafontes Namen erwähnt. Aber seine Aussage schien seltsam unmotiviert, er gab keine Hintergründe an, keine Details, nichts Konkretes, nur zwei Namen. Eine Aussage vom Hörensagen, ein Hinweis, mehr war es nicht. In der ganzen Akte gab es außer diesen vagen Angaben keinen echten Beweis, dass Malafonte tatsächlich mit Rauschgift gehandelt haben sollte. Clara wunderte sich, dass bei einer derart dünnen Beweislage überhaupt Anklage erhoben worden war. Damit konnte ihm wohl nicht mehr als der Besitz der gefundenen sieben Gramm vorgeworfen werden, was kein so gravierendes Vergehen darstellte, wie der Handel mit Betäubungsmitteln. Es würde morgen ausschließlich auf die Aussage dieses Zeugen ankommen. Und wie glaubhaft würde er sein? Immerhin war er selbst angeklagt gewesen. Doch aus der Akte ging nicht hervor, wie dieses Verfahren geendet hatte. War er verurteilt worden, oder hatte man ihn womöglich laufen lassen? Clara notierte sich das Aktenzeichen und ging zur Sekretärin der Geschäftsstelle: »Wären Sie so freundlich, mir diese Akte ebenfalls zur Einsicht zu überlassen?«

Die korpulente Dame setzte ihre Brille auf und musterte Claras Notizen. Sie nickte. »Ja, sicher.« Sie watschelte zu einem der grauen Metallregale, in denen sich die Akten stapelten, und zog sich einen abgetretenen Plastikschemel heran. Sie suchte eine Weile im obersten Regal, das sie nur mit Mühe erreichen konnte, dann schüttelte sie den Kopf. »Das verstehe ich nicht.«

»Gibt es ein Problem?« Clara hob fragend die Augenbrauen.

»Mmh. Ja. Nun. Die Akte ist nicht da, wo sie sein sollte. Sind Sie sicher, dass es das richtige Geschäftszeichen ist?«

Clara kontrollierte noch einmal die Zahlenfolge. »Doch, so steht es im Protokoll.«

Die Dame blätterte zwischen den roten Akten herum, hob einige hoch, suchte daneben, davor und dahinter, dann schüttelte sie den Kopf. »Die Akte ist nicht da.«

»Kann es sein, dass sie schon abgelegt ist?«, schlug Clara vor.

»Nein. Diese Aktennummer wurde noch nicht abgelegt, selbst wenn die Sache schon erledigt ist. Sicher nicht.« Sie stieg ächzend vom Schemel herunter. »Kommen Sie doch in einer halben Stunde wieder. Dann ist Richter Oberstein auch hier und ich kann ihn fragen. Soll ich Ihnen die Akte Malafonte in der Zwischenzeit schon mal kopieren?«

»Gerne.« Clara reichte sie ihr erfreut. »Ich könnte Ihnen einen Kaffee aus der Cafeteria mitbringen?«

Zwei Grübchen erschienen auf dem runden Gesicht der Sekretärin. »Mit Milch und zwei Stück Zucker bitte.«

Als Clara aus der Cafeteria zurückkam, war die freundliche Dame nicht im Zimmer. Sie stellte die Tasse Kaffee vorsichtig auf ihren Schreibtisch und wartete. Neben dem Computerbildschirm stand ein Foto in einem silbernen Rahmen. Es zeigte eine schwarze Katze, die verschreckt in die Kamera blickte. Daneben lagen die Kopien der Akte Malafonte. Sorgfältig gelocht und geheftet.

Dankbar nahm Clara sie und steckte sie in ihre Tasche. Ein lautes Geräusch ließ sie zusammenzucken. Sie ging ein paar Schritte zurück. Das Geräusch war aus dem Nebenzimmer gekommen. Ein lautes Klatschen, wie wenn eine Akte auf den Tisch geworfen wurde. Sie hörte Stimmen, und dann ging die Tür auf. Die Sekretärin kam mit hochrotem Gesicht heraus. Als sie Clara sah, bemühte sie sich um ein Lächeln, das ihr jedoch nicht recht gelingen wollte. Die Türe nur angelehnt, ging sie zurück zu ihrem Schreibtisch.

»Ich kann Ihnen leider nicht helfen, Frau Rechtsanwältin. Die Einsicht in die Akte Moro wurde Ihnen nicht genehmigt.« Ihre Stimme war laut und kühl. Sie setzte sich vor ihren Computer und hämmerte eilig auf ihrer Tastatur herum. Den Kaffee beachtete sie nicht.

Clara schüttelte den Kopf. »Was soll das denn heißen? Ich habe ein Recht auf Akteneinsicht, ich bin die Verteidigerin ...«

»Aber nicht in dem Verfahren Massimo Moro, Frau Anwältin.« Die Stimme kam aus dem Nebenzimmer, aus dem Richter Oberstein nun heraustrat. Ein kleiner, untersetzter Mann um die fünfzig mit einem sorgfältig gestutzten Ziegenbärtchen und stechenden Augen. Er musterte Clara von oben bis unten und blieb einen Augenblick an ihren langen Korallenohrringen hängen. »Ich sehe keinen Zusammenhang in den beiden Verfahren. Eine Einsicht in die Akte Moro werde ich Ihnen nicht gewähren.«

»Und ob es dort einen Zusammenhang gibt! Er ist der einzige Zeuge!«

»Ach, tatsächlich?« Richter Oberstein lächelte nachsichtig.

»Ich muss wissen, in welchem Zusammenhang er seine Aussage gemacht hat, um ihn morgen entsprechend befragen zu können ...«

»Oh, da werden Sie sich schwer tun, Herr Moro wird morgen nicht erscheinen.« Der Richter wandte sich zum Gehen.

»Wie bitte? Warum nicht?« Clara war fassungslos.

»Der ist doch längst wieder in Italien. Da hat es gar keinen Sinn, ihn zu laden. Er würde sowieso nicht kommen. Im Übrigen reichen die Indizien auch ohne ihn aus.«

»Sie haben ihn nicht einmal geladen?« Clara wurde rot. Sie spürte, wie ihr die Hitze in den Kopf stieg, und sie kniff die Augen zu schmalen Schlitzen zusammen. »Und wie gedenken Sie dann, über den Angeklagten urteilen zu können?«, fauchte sie erbost.

Richter Obersteins Haltung wurde steif, während er sich langsam wieder zu Clara umdrehte. Sein arrogantes Lächeln war wie weggewischt: »Was maßen Sie sich an, Frau ... Rechtsanwältin? Wollen *Sie* mir etwa sagen, wie ich meine Arbeit zu tun habe? Und übrigens: In meiner Geschäftsstelle ist es nicht gestattet, Kopien der Akten anzufertigen.«

»Laut Strafprozessordnung ...«, begann Clara wütend.

»Wenn Ihnen das nicht passt, legen Sie Beschwerde ein. Bitte schriftlich und in dreifacher Ausfertigung. Wir sehen uns dann morgen.«

Noch ehe Clara eine passende Erwiderung gefunden hatte, schlug der Richter die Tür hinter sich mit einem Knall zu.

Clara atmete zweimal tief durch, dann drehte sie sich zu der Sekretärin um, die wie gebannt auf ihren Bildschirm starrte.

»Ist der immer so?«

»Fast immer.« Die Frau lächelte schief und deutete auf den Kaffee. »Danke.« Während sie umrührte, wanderte ihr Blick zu der Stelle, auf der die Kopien der Akte gelegen hatten. Clara blickte schuldbewusst auf ihre Aktentasche und umklammerte sie ein wenig fester.

»Tut mir leid, dass Sie nicht kopieren durften«, meinte die Sekretärin schließlich mit einem verschwörerischen Blinzeln. »Ich wünsche Ihnen trotzdem viel Erfolg morgen.«

»Danke.« Hastig wandte sich Clara zur Tür. »Sie werden ja erfahren, ob ich gefressen wurde.«

»Da wären Sie nicht die Erste«, meinte die dicke Dame seufzend und widmete sich ihrem Kaffee.

Clara starrte auf die Kopien vor sich. Hatte es etwas zu bedeuten, dass hier zwei Blätter fehlten, oder war es nur ein Zufall, ein Versehen? Zwischen ihren Augenbrauen bildete sich eine steile Falte. Sie glaubte nicht an solche Zufälle: Dieser arrogante Richter hatte ihr nicht gestattet, von der Akte Kopien zu machen, die Einsicht in die Akte Massimo Moros war ihr verweigert worden, und ausgerechnet in dem Aussageprotokoll dieses Zeugen fehlten zwei Seiten. Clara hatte es zunächst übersehen, die Vernehmung schien vollständig zu sein. Zumindest hatte sie einen Anfang und ein Ende. Aber jetzt, während sie zurück in ihrer Kanzlei auf Malafonte wartete, hatte sie die Aussage nochmals gründlicher gelesen, und ihr war klar geworden, weshalb ihr die Aussage schon von Anfang an so merkwürdig vorgekommen war: Moro erzählte zunächst Belanglosigkeiten, nichts, was irgendwie von Interesse gewesen wäre, doch auf der nächsten Seite, plötzlich und ohne dass ein Grund hierfür erkennbar gewesen wäre, sprudelte es nur so aus ihm heraus. Und dazwischen fehlten zwei Seiten.

Clara war sich sicher, auf diesen Seiten stand etwas, was nicht für die Augen von Verteidigern bestimmt war. Wahrscheinlich war Moro unter Druck gesetzt worden, oder man hatte ihm etwas versprochen. Clara schlug mit der flachen Hand so heftig auf die Tischkante, dass die Tasse mit dem schalen Rest Kaffee von heute Morgen einen Satz machte und Elise erschrocken den Kopf hob. »Und er hat diesen Zeugen einfach nicht geladen!«, brummte sie an ihren Hund gewandt und schüttelte den Kopf. »Es kann doch unmöglich sein, dass er eine Verurteilung nur auf dieses lückenhafte Protokoll stützt, oder?« Elise gab ein zweifelndes Bellen von sich. Sie seufzte. »Ja, ja. Du hast ja recht.« Clara ahnte, dass es genau so kommen würde. Und dass es wenig, sehr wenig gab, was sie dagegen unternehmen konnte. In dem Moment klopfte es. Angelo Malafonte stand vor der Tür. Clara strich sich ihre dichten, rotbraunen Locken, die wie immer in alle Richtungen abstanden, aus dem Gesicht und ging hinunter, um ihm zu öffnen.

Als Clara den trostlosen Blick bemerkte, mit dem ihr Malafonte die zerknitterten Scheine für den Vorschuss reichte, wurde sie von einer plötzlichen Welle des Mitleids für den jungen Mann erfasst. Am liebsten hätte sie ihm das Geld wieder in die Hand gedrückt und ihn mit ein paar beruhigenden Worten nach Hause geschickt. Doch sie nahm das Geld und schwieg. Schließlich, nach einem Moment des inneren Kampfes, wie viel sie von dem, was ihn aller Wahrscheinlichkeit nach morgen erwarten würde, preisgeben sollte, entschied sie sich, nichts zu sagen, was ihn noch mehr beunruhigen würde. Richter Obersteins Bekanntschaft würde er noch früh genug machen. Stattdessen fragte sie ihn nur nach Massimo Moro.

»Kennen Sie ihn?«, wollte sie wissen.

Zu ihrer Überraschung lächelte Malafonte: »*Sì, avvocato.* Er ist Friseur. Schneidet mir ab und zu die Haare.«

»Er war es, der dem Richter Ihren Namen genannt hat, wussten Sie das?« Clara sah ihm forschend ins Gesicht. Doch sie sah nur ehrliches Erstaunen. »Massimo? Es war Massimo? Aber warum denn?«

»Das müssen Sie mir schon sagen, Signor Malafonte. Hat er etwas gegen Sie?«

Malafonte schüttelte den Kopf. Er schien ehrlich verwirrt zu sein. »*No' lo so.* Weiß nicht.«

»Herr Malafonte, Sie müssen mir sagen, was Sie wissen.« Clara sah ihn eindringlich an.

Malafonte wich ihrem Blick aus. »Ich weiß nichts. Ich kenne ihn nur so.« Er wedelte vage mit seiner Hand herum und ließ sie wieder sinken »Wir treffen uns manchmal. Gehen zusammen weg.«

Und rauchen ein paar Joints zusammen, dachte sich Clara hinzu, sagte es aber nicht. »Warum sollte er diese Aussage über Sie machen, wenn sie nicht stimmt?«

»*No' lo so.*« Malafontes Schultern sanken noch tiefer, während er diese stereotypen Worte wiederholte. Er hielt den Kopf gesenkt und starrte seine Hände an. »Werden sie mich ins Gefängnis stecken?« Er flüsterte fast, und Clara konnte die Angst in seiner Stimme hören.

»Das glaube ich nicht.« Clara lächelte. »Aber es wäre trotzdem gut, wenn Sie mir ein wenig helfen würden.«

Malafontes Kopf sank noch tiefer. Er schüttelte fast unmerklich den Kopf. »Ich muss zur Arbeit.«

Clara zuckte resigniert mit den Achseln: »Gut. Wie Sie wollen. Wir sehen uns morgen.«

Sie begleitete ihn zur Tür und sah ihm nach, wie er mit schlurfenden Schritten über die Straße davonging.

Noch ein paar Minuten blieb sie an der Tür stehen und sah

hinaus. Es begann zu dämmern, und die Häuser waren in ein letztes, unwirkliches Frühlingslicht getaucht, das sich mit einem Mal zwischen den feuchten Regenwolken hervorgestohlen hatte. Das Licht spiegelte sich in den Pfützen, und die Bäume vor Claras Büro hoben sich wie Scherenschnitte vom bewegten Himmel ab. Clara pfiff nach Elise und nahm ihren Mantel vom Haken. Genug gearbeitet für heute. Jetzt war der Spaziergang fällig.

Die Luft war genauso, wie das Licht versprochen hatte: Frisch und klar mit einem Hauch von Wärme. Clara blieb einen Moment stehen und atmete tief ein. In solchen Augenblicken wünschte sie sich, die Luft und das Licht aufbewahren zu können, in einer Schachtel oder einer Dose, wie man sie für Lebkuchen verwendet. Für trübere Zeiten, in denen der Nebel zwischen den Gehsteigen hing und die Verkehrsampeln verschwommen wie Augen eines Ungeheuers dahinter hervorglommen. Oder für die stickigen Sommertage, in denen einem der Schweiß klebrig und graugelb wie die Autoabgase um einen herum den Rücken hinunterlief und jeder Schritt sich anfühlte, als wöge man zwanzig Pfund mehr. An solchen Tagen würde sie sich in die Tiefen ihres roten Sessels zurückziehen, den Blick auf den Kastanienbaum vor ihrem Fenster gerichtet, und die Dose öffnen, einen tiefen Zug nehmen, inhalieren. Und das Licht um sie herum würde zu leuchten beginnen wie an einem solchen Frühlingstag im März.

Clara ging los. Elise lief bellend neben ihr her. Sie ging schnell, mit großen Schritten an den grauen Häuserzeilen entlang, lief fast, mit offenem Mantel und wehenden Haaren.

Als sie zwei Stunden später den Schlüssel zu ihrer Haustür herumdrehte, fühlte sie sich wie elektrisch aufgeladen, sie glühte förmlich vor Sauerstoff und Energie, und ihre Haare ringelten sich nach der feuchten Luft noch mehr als sonst. Ein Blick auf den Anrufbeantworter im Gang, und das Glühen ließ ein wenig nach. Sean hatte nicht angerufen. Bis auf ein kurzes Hallo gestern Nacht vom Flughafen in Dublin hatte sie noch nichts weiter von ihm gehört. »Alles o. k., Mum, Ian hat mich abgeholt, wir fahren jetzt nachhause.« Das war alles gewesen, sie hatte nicht einmal richtig mit ihm reden können. *Nachhause* hatte er gesagt. *Zu Ian*. Er nannte ihn immer Ian, nie Vater oder Dad, aber es klang, als ob er von einem guten Freund sprach. Sie hätte dankbar sein sollen. Glücklich über das gute Verhältnis, das die beiden zueinander hatten. Immerhin war es nicht immer so gewesen. Aber sie war nicht glücklich darüber. Ganz und gar nicht. Sie war stinkwütend. Sie war so wütend, dass sie jede Lust auf den gemütlichen Abend auf der Couch verlor, auf den sie sich noch vor ein paar Minuten gefreut hatte. Sie starrte den schmalen Gang entlang, der an der Tür mit dem großen Poster endete. Sie war geschlossen, und Clara wusste, dass es dahinter seltsam leer war. Halb ausgeräumt, halb aufgeräumt, nur der *Kinderkram*, Spiele, alte Comics, ein lädierter Stofftiger, war zurückgeblieben und lag achtlos herum. Abrupt machte sie kehrt. Dies war kein Abend für die Couch. Elise folgte ihr erstaunt, als sie mit klappernden Absätzen die Treppe hinunterlief, während hinter ihr die Wohnungstür ins Schloss fiel.

Nach einem Sandwich und zwei Bier in der kleinen, stillen Eckkneipe zwei Straßen weiter, in die sie manchmal flüchtete, wenn der Kühlschrank oder ihre Wohnung allzu leer waren, kehrte sie missmutig, aber zumindest müde zurück und ging sofort ins Bett. Natürlich war es zu früh, um sofort einzuschlafen, und natürlich war sie nicht müde genug, um nicht mehr zu denken. Und während sie wütende, traurige und zutiefst beunruhigende Nachtgedanken wälzte und sich dabei selbst leidtat, begann es zu regnen und zu stürmen. Die Tropfen prasselten in böigen Wellen gegen die Fensterscheiben und machten einen solchen Lärm, dass sie das verstohlene Tapsen nicht rechtzeitig hörte. Erst als das Bett unter Elises Gewicht nachgab, schrak Clara hoch, doch da war es zu spät. Sie gab dem Ungetüm von einem Hund zwar formhalber einen kräftigen Stoß mit dem Ellenbogen und raunzte ihm entrüstet zu: »Sag mal, spinnst du?«

Elise entlockte die halbherzige Empörung ihres Frauchens jedoch nur ein zufriedenes Grunzen, und sie rückte näher heran. Clara, der zunächst noch vage Elises Sprünge durch Schmutzpfützen auf dem Weg von der Kneipe zur Wohnung vor Augen standen, legte ergeben den Kopf auf Elises warmen Rücken und schlief wundersam getröstet ein.

Der nächste Tag begann grau und windig. Clara wachte schon um kurz nach sechs auf. Sie hatte schlecht geschlafen. Wirre Träume hatten sie immer wieder hochschrecken lassen, und das pappige Sandwich von gestern Abend lag ihr im Magen. Irgendwann gegen Morgen war es Elise zu unruhig geworden, und sie war davongeschlichen, um sich ein geruhsameres Plätzchen zu suchen. Clara warf einen kurzen Blick auf die Schmutzspuren auf Kissen und Laken, die Elises nächtlicher Besuch hinterlassen hatte, und zog gnädig die Decke über die Bescherung.

Sechs Uhr morgens war keine gute Zeit für solche Dinge, und so verschob Clara die Bestandsaufnahme auf irgendwann später und schlich stattdessen barfuß und mit halb geschlossenen Augen in die Küche. Während ihre altersschwache Kaffeemaschine keuchend wie ein Asthmakranker das Wasser in den Filter spuckte, stellte sich Clara unter die Dusche, um langsam aufzuwachen.

Angelo Malafonte fiel ihr ein, als sie mit einer Zigarette und der ersten Tasse schwarzen Kaffees, in der Küche saß und die Zeitung las. Im Münchner Teil stand eine kurze Notiz über eine italienische Familie, die von den Behörden abgeschoben worden war, weil der Vater seine Arbeit verloren hatte. Man hatte sie in ein Flugzeug nach Mailand gesetzt und offenbar gehofft, die Sache damit aus der Welt geschafft zu haben. Die Familie, die aus Sizilien stammte und seit Jahren in Deutschland lebte, war jedoch mit dem Zug zurück nach Deutschland gefahren und bei Freunden untergekommen. Jetzt hatten sie Klage erhoben. Das Verfahren dauere an, hieß es im glatten Journalistendeutsch, und der Anwalt der Familie wurde mit den üblichen kämpferischen Phrasen zitiert, die gedruckt immer irgendwie platt und ölig klangen: Man werde, wenn nötig, bis zum Bundesverfassungsgericht gehen, Beschwerde beim Europäischen Gerichtshof einlegen und diesem »Politikum« ein Ende bereiten.

Clara faltete kopfschüttelnd die Zeitung zusammen und schenkte sich eine neue Tasse Kaffee ein. In einem kleinen Artikel, einem von der Sorte, den man gewöhnlich überlas, dem die wenigsten Menschen mehr als einen flüchtigen Blick widmeten, stand – selbstverständlich wie der tägliche Börsenkurs – eine Ungeheuerlichkeit. Nicht, dass es jemandem aufgefallen wäre, wenn der Artikel größer gewesen wäre, nein, dazu war das Ereignis viel zu unblutig, zu wenig grausam. Ein paar Italiener mussten in ihre Heimat zurück. Na und? Sizilien soll schön sein, Mailand ist es allemal, mit dem Comer See und dem Gardasee um die Ecke! Und überhaupt, es herrscht ja kein Bürgerkrieg dort und Hunger doch auch nicht, man denke nur an *Carpaccio* und *Saltimbocca alla romana*, schon bei den Namen läuft einem das Wasser im Mund zusammen.

Clara starrte nachdenklich aus dem Fenster in die graue morgendliche Stadt. Freies Aufenthaltsrecht aller europäischen Bürger. *Wir sind ein Europa.* Was für eine Errungenschaft haben die Politiker ihren Bürgern da verkaufen wollen. Doch es hat schon damals niemanden wirklich interessiert, was die da oben in Brüssel so beschließen, DIN-Normen und Richtlinien und Meilensteine. Und jetzt, da dieser Meilenstein so mir nichts dir nichts mit den Füßen getreten wird, interessierte es gleich zweimal niemanden. Clara nahm einen tiefen Zug und spann ihr gedankliches Stammtischgespräch grimmig weiter: Alles zu kompliziert, und überhaupt, das sind doch eh alles Ausländer, die bekommen sowieso mehr als wir deutsche Staatsbürger! Wo kämen wir da hin, wenn wir den Ausländern auch noch die Sozialhilfe bezahlen sollten, soll doch deren Regierung für sie zahlen ... Clara schloss für einen Moment die Augen. Sie sollte solche Selbstgespräche lassen. Sie frustrierten fast ebenso wie ein echtes Streitgespräch von dieser Sorte und waren gleichermaßen sinnlos. Zumindest kam es ihr regelmäßig so vor, als ob Diskussionen dieser Art im realen Leben genauso im Nichts verhallten wie in ihren Gedanken. Und sie ließen sie mit dem Gefühl zurück, eine Außerirdische zu sein, jemand, der merkwürdige Ufo-Theorien zu verbreiten versucht, oder, noch schlimmer, eine Spinnerin, eine Träumerin, ein Verrückte, die es nicht lassen kann, eine Welt verbessern zu wollen, die eben so ist, wie sie ist, und in der man doch ganz gut zurechtkommt im Großen und Ganzen und wenn man das Kleingedruckte nicht liest. So eine, die sich über Lauschangriffe empört gegenüber Verbrechern! Als ob die das nicht verdienten. Eine, die nicht verstehen will, dass man nichts zu befürchten hat als rechtschaffener Bürger, der nichts zu verbergen hat. Eine, die gegen die Todesstrafe ist. Sogar bei Kinderschändern. Eine Verrückte eben. Alleinerziehende Akademikerin! Na ja, kein Wunder.

Clara stand auf und stellte das Geschirr in die Spüle. Dann beugte sie sich zu Elise hinunter und kraulte sie hinter den Ohren. »Wir haben's nicht leicht, was?« Elise zuckte zustimmend mit ihren Schlappohren und schnaufte überzeugend tief.

Eine gute Stunde vor der Verhandlung saß Clara bei Rita im Café und schlürfte ihren unnachahmlichen Espresso.

»Der Kleine war gestern bei euch, ja?«, fragte Rita beiläufig und klapperte hinter dem Tresen mit den Tassen.

»Angelo Malafonte?«

»*Sì*. Angelo.« Rita, wie immer im kurzen Rock und mit aufgesteckten blondgefärbten Haaren, nickte. »Ein guter Junge. Ein wenig Pech vielleicht, aber in Ordnung. Du wirst ihm doch helfen, Clara?«

»Ich versuche es.« Clara zögerte. »Er scheint sehr beunruhigt. Kennst du ihn gut?«

»Nicht besonders. Er ist der Sohn einer entfernten Kusine von mir. Er ...« Sie verstummte. Clara sah sie aufmunternd an. »Ja?«

Rita schüttelte abwehrend den Kopf und fragte unvermittelt: »Wo warst du gleich noch mal, als du damals in Italien warst?«

»In Apulien.« Clara wunderte sich ein wenig über Ritas abrupten Themenwechsel. Weshalb wollte sie nicht über Angelo sprechen? Immerhin hatte sie ihn doch zu ihr geschickt.

»Ah, *Puglia*.« Rita lächelte »Es ist schön dort, nicht wahr?«

Clara nickte, und eine Woge der Wehmut überrollte sie so unerwartet, dass sie nicht weitersprechen konnte. So lange hatten die Erinnerungen an diese Zeit in einem verstaubten Winkel ihres Geistes gelegen. Sie gehörten nicht hierher. Nicht in dieses Leben. Sie war eine andere gewesen damals, zu diesen anderen Zeiten, als die Welt noch unendlich groß und alles möglich gewesen war.

»Ja«, flüsterte Clara schließlich, als sie ihre Stimme wiedergefunden hatte. »Es ist wunderbar dort.« Doch Rita hörte sie nicht mehr. Sie plauderte längst mit einem Gast am Nebentisch.

Es hatte zu regnen begonnen. Der Wind peitschte Clara die kalten Tropfen ins Gesicht, während sie auf das monströse Gebäude in der Nymphenburger Straße zulief. Beim Bau dieses Gerichtsgebäudes hatte der Auftrag sicher gelautet, das hässlichste, abschreckendste Gebäude zu entwerfen, das man sich nur vorstellen kann. Beton, so weit das Auge reichte. Abweisende, blinde Fenster hinter wulstigen Vorsprüngen, die, verhängt mit Taubengittern, die Ahnung eines Gefängnisaufenthaltes bereits vorwegnahmen. Hatte man den Sicherheitscheck am Eingang hinter sich, erwartete einen ein schier endloses Labyrinth aus orange gekachelten Gängen und rohen Betonpfeilern. Aufgang A, Trakt B, Aufzug C. Clara war mit Sean einmal hierhergekommen, als er fünfzehn war und so manche Gesetzesübertretung cool gefunden hatte. Unter den Neonleuchten, die allen Farben, die sich hierhin verirrten, einen kranken Schimmer verliehen, war nichts mehr cool. Nur deprimierend. Verbrechensverwaltung. Graubraun bespannte Wände in den Verhandlungssälen. Dunkelbraun furnierte Tische mit Metallfüßen aus den Siebzigern. Billiger Filzteppichboden. Und über allem ein Gefühl von Resignation. Man atmete die Müdigkeit der Richter, die sich tagein, tagaus die gleichen Lügen anhören mussten und dennoch jeden Abend mit einem Rest von Zweifel nach Hause gingen, und fror in der Angst der Angeklagten, ihrem Bemühen, ihre Haut zu retten mit Beteuerungen, Lügen und Schweigen. Nur eines spürte man nicht zwischen den kalten Kacheln und den trüben Fenstern: Unschuld. Das mochte davon herrühren, dass die Menschen, die hier arbeiteten, dazu verpflichtet waren, die Schuld zu beweisen, nicht die Unschuld. Die wurde von Gesetzes wegen zwar vermutet, hatte aber einen schlechten Stand, denn wer glaubt schon einer bloßen Vermutung? Und leider wurde sie oft genug auch gründlich widerlegt.

Angelo Malafonte wartete schon vor dem Sitzungssaal. Er hatte eine ungesunde, fast grünliche Gesichtsfarbe, und seine

Augen schienen noch mehr gerötet als am Tag zuvor. Er trug ein weißes T-Shirt und eine dunkelblaue Jeans. Mehr Zugeständnisse an das Gericht schien er nicht machen zu wollen oder zu können. Immerhin waren T-Shirt und Jeans sauber. An seinem mageren rechten Oberarm prangte eine Tätowierung, verschnörkelte Runen, die sich wie ein Ring um den Bizeps zogen. Eine Sonnenbrille mit orangefarbenen Gläsern auf den gegelten, glänzend schwarzen Haaren und eine Kette mit einem Kreuz um den Hals vervollständigten das Bild, das man sich von einem kleinen, italienischen Dealer machte. Dazu war er nervös, knetete seine Finger und trat von einem Fuß auf den anderen. Claras Druck in der Magengegend verstärkte sich. Angelo Malafonte bot dem Richter und dem Staatsanwalt genau die Zielscheibe, die sie brauchten, um ihn zu verurteilen.

»Kommen Sie.« Clara winkte ihn in einen der langen Gänge. Dort stand ein großer Aschenbecher, mit Kippen vollgestopft. Sie bot ihm eine Zigarette an. »Versuchen Sie, sich zu entspannen.« Dankbar ließ sich der junge Mann Feuer geben. Clara zündete sich auch eine an. Weniger aus Solidarität, als um ihr eigenes, ungutes Gefühl zu beruhigen.

»Lassen Sie sich vom Richter nicht aus der Reserve locken. Ihrer Aussage vor der Polizei haben Sie nichts hinzuzufügen. Es ist ihr gutes Recht zu schweigen.« Sie lächelte ihm zwischen zwei Zügen – wie sie hoffte, ermutigend – zu.

»*Avvoca'* …«

»Ja?«

»*Non mi mettono in galera, no?*«

»So schnell sperrt man bei uns niemanden ein.« Clara warf ihrem Mandanten einen beunruhigten Blick zu. »Wer hat Ihnen nur den Quatsch mit dem Gefängnis eingeredet? Die wollen Ihnen doch nur Angst machen. Ein paar Gramm Marihuana sind selbst bei uns in Bayern noch kein Kapitalverbrechen.«

Doch Malafonte ließ sich nicht beruhigen. Clara sah die Panik in seinen Augen und fragte sich, weshalb dieser junge Mann solche Angst hatte. Sie hatte schon die unterschiedlichsten Typen vor Gericht vertreten. Solche, die tatsächlich abgebrüht waren, und solche, die nur so taten. Auch welche, die sich vor Angst fast in die Hose machten, waren dabei gewesen und das nicht selten. Doch diese Panik, diese Todesangst wegen eines so geringen Vergehens hatte sie noch nicht erlebt. Dabei hatte Malafonte Richter Oberstein noch gar nicht zu Gesicht bekommen.

Sie packte ihn spontan am Arm und schüttelte ihn ein wenig: »Was ist los mit Ihnen? Gibt es etwas, was Sie mir noch sagen sollten?«

Malafonte schüttelte den Kopf. »Ich habe von vielen gehört, die sie einfach wegsperren. Und dann zurück nach Italien.« Er schnippte mit den Fingern. Plötzlich starrte er Clara aus weit aufgerissen Augen an:

»Ich kann nicht nachhause. Auf keinen Fall.«

Clara ließ Malafontes Arm los. Etwas in seinem Gesichtsausdruck machte auch ihr Angst. »Weshalb?«, fragte sie schließlich. »Haben Sie dort etwas angestellt? Gibt es einen Haftbefehl? Sie müssen mir das sagen, Herr Malafonte! Ich muss so etwas wissen!«

Angelo Malafonte schüttelte den Kopf, doch er gab keine Antwort.

»Reden Sie mit mir, verdammt!« Clara war versucht, mit dem Fuß aufzustampfen, doch sie drückte nur energischer als notwendig die Zigarettenkippe in den Aschenbecher.

Der junge Mann wandte ihr sein blasses Gesicht zu und sagte: »Sie werden mich töten.«

Clara spürte, wie sich ihre Nackenhaare aufstellten. »Was ...«, begann sie, bemüht, ihren Schrecken, der mehr durch Angelos Gesichtsausdruck, als durch seine Worte verursacht worden war, nicht zu zeigen. Doch in dem Moment rief sie eine blecherne Lautsprecherstimme in den Sitzungssaal.

»Herr Angelo Malafonte. Geboren am 11. März 1983 in San Sebastiano in Kalabrien. Von Beruf Pizzabäcker. Wo wohnen Sie derzeit?«

...

»Herr Malafonte?«

»Ainmillerstraße 31, Pizzeria Napoli.«

»Wollen Sie mich verarschen? Ihre Wohnungsadresse. Sie werden doch kaum hinter dem Tresen schlafen.« Richter Oberstein lachte.

Als Malafonte die Bemerkung übersetzt bekam, zuckte er zusammen und sank, was kaum möglich war, noch tiefer in seinen Stuhl.

»Ich darf Sie bitten, solche unsachlichen Bemerkungen zu unterlassen. Sie verunsichern meinen Mandanten unnötig«, wandte Clara scharf ein.

»Und ich darf Sie darauf hinweisen, dass der Angeklagte verpflichtet ist, ordnungsgemäße Angaben zu seiner Person zu machen«, gab der Richter kühl zurück.

Ein bittender Blick von Malafonte veranlasste Clara, nichts weiter zu erwidern. Vielleicht war es besser, die Sache nicht bereits zu Anfang eskalieren zu lassen.

»Ich 'abe Zimmer dort. Erste Stock«, antwortete Malafonte schließlich unbeholfen auf Deutsch.

»Was verdienen Sie?«

»Fünfhundert Euro. Und Zimmer und Essen.«

»Und Zimmer und Essen. Aha.« Der Richter warf dem Staatsanwalt einen viel sagenden Blick zu, bevor er sich Notizen machte.

»Wollen Sie zur Sache aussagen?«

»Mein Mandant wird nicht aussagen ...«, begann Clara, doch

sie wurde von Malafonte unterbrochen: »Ich bin nicht gewese', Herr Richter, ich gar nicht da, ich zuhause.«

»Zuhause, so so.« Der Richter machte sich weiter Notizen, ohne Claras Einwurf zu beachten. »Wann war denn das?«

»Herr Richter, mein Mandant wird von seinem Aussageverweigerungsrecht Gebrauch machen …«, versuchte Clara es noch einmal, wurde jedoch wieder von Malafonte unterbrochen: »In August.«

Der Richter lachte, und auch der Staatsanwalt, ein blasser junger Mann mit Brille, konnte sich ein Grinsen nicht verkneifen. »Ihr Mandant scheint anderer Meinung als Sie zu sein, Frau Verteidigerin. Haben Sie ein Verständigungsproblem?«

Clara wurde rot und schwieg. Sollte er sich doch um Kopf und Kragen reden, der Idiot.

»Können Sie den Zeitraum etwas eingrenzen, Herr Malafonte?«

Clara sah es kommen. Sie sah es an der Körperhaltung Malafontes. Seine Schultern rutschten nach vorne, seine Handflächen öffneten sich und tatsächlich: Den Blick auf seine Knie gerichtet, zuckte der junge Italiener ein wenig mit den Achseln: »*No' lo so*.«

»Ach, Sie wissen es nicht?« Obersteins Stimme war trügerisch sanft. »Nun, ist ja auch schon über ein halbes Jahr her. So etwas vergisst man leicht, besonders wenn man sich so dann und wann einen Joint reinzieht, nicht wahr?«

Malafonte nickte, noch bevor Clara auch nur ein Wort des Protestes äußern konnte. Auf seiner Stirn glänzten Schweißperlen.

»Nur Konsum. Kleine Menge. Nicht strafbar.«

Clara stöhnte innerlich und gab Malafonte unter dem Tisch einen Tritt. »Halten Sie endlich Ihre Klappe, verdammter Idiot«, zischte sie auf Italienisch. Die Übersetzerin warf ihr einen erschrockenen Blick zu.

Richter Oberstein fletschte seine Zähne zu einem Haifischlächeln: »So, so, nicht strafbar. Hat Ihnen das Ihre Verteidigerin erzählt, oder haben Sie sich schon vorher schlau gemacht? Egal, ich werde Ihnen einmal erzählen, wie das bei uns läuft: In Bayern existiert diese Regel nicht, kapito? Das liegt nämlich im Ermessen des Richters, und der Richter in diesem Verfahren bin ich. Und für mich sind sieben Gramm Marihuana siebenmal Grund genug, Sie einzusperren.«

Noch bevor Clara protestieren konnte, winkte Oberstein ab. »Genug getändelt, lassen Sie uns zur Sache kommen.«

Während der Staatsanwalt in monotonem Singsang die Anklage verlas, redete Clara ihrem Mandanten ins Gewissen. Doch der schien gar nicht mehr aufnahmefähig zu sein. Er nickte zwar, aber sein Blick war abwesend. Sein Gesicht glänzte vor Schweiß, und seine Augen waren trübe. Er starrte abwesend in die Ferne, wo ihn eine Heimsuchung zu erwarten schien, von der Clara nichts wusste.

Es kam, wie es kommen musste: Der Richter entschied, das Protokoll der Aussage des Massimo Moro zu verlesen, wobei die beiden Seiten, die in Malafontes Akten fehlten, stillschweigend übergangen wurden, und begründete die fehlende Ladung schlicht mit »Unauffindbarkeit« des Zeugen.

Er lehnte Claras Beweisanträge ab und setzte sich über ihre zahlreichen Einwände hinweg. Am Ende drohte er ihr sogar, Schritte einzuleiten wegen »mutwilliger Prozessverschleppung«. Für den Angeklagten hatte er am Ende der »Beweisaufnahme« noch den Hinweis übrig, er habe sich selbst »reingeritten«, in dem er nicht sofort gestanden hatte. Die Namen seiner Kunden und die der Lieferanten, und man hätte »über alles reden können«. Claras empörtes Verlangen, diese Bemerkung in das Protokoll aufzunehmen, wurde, wie alle anderen Anträge auch, abgelehnt.

Angelo Malafonte saß während der gesamten restlichen Verhandlung unbeweglich auf seinem Stuhl, die großen Hände, die so gar nicht zu seinen schmalen Schulten passen wollten, lagen auf seinen Knien. Er sagte kein Wort mehr, und Clara zweifelte daran, dass er der Übersetzerin überhaupt folgen konnte.

Während noch Claras wutentbranntes Plädoyer im fahlen Licht der Neonlampen folgenlos verhallte, kritzelte Richter Oberstein einige Zeilen auf seinen Notizblock. Clara war sich sicher, dass es sich schon um das Urteil handelte, doch auch dieser Verstoß gegen die Strafprozessordnung würde ungesühnt bleiben, da er nicht zu beweisen war. Dennoch entschloss sie sich zu einem letzten verzweifelten Versuch und hielt mitten im Plädoyer inne. Als Richter Oberstein erstaunt aufblickte, fragte Clara mit zusammengekniffenen Augen und ohne jegliche Höflichkeit in ihrer Stimme: »Was schreiben Sie da, Herr Richter? Doch nicht etwa das Urteil?«

Der Staatsanwalt zuckte erschrocken zusammen, und die Protokollführerin duckte sich unwillkürlich, wie in Erwartung eines Schlages.

Doch der Wutanfall von Richter Oberstein blieb aus, und Clara war nach dem vorangegangenen Desaster noch ein kleiner Triumph vergönnt: Reflexartig bedeckte der Richter die Seiten vor ihm mit der Hand und wirkte für einen kurzen Augenblick wie ein Schüler, den man beim Abschreiben erwischt hatte. Er öffnete den Mund, um etwas zu sagen, doch dann überlegte er es sich anders und räusperte sich. Er benötigte noch einige Sekunden, bis er seine Fassung zurückgewann. Dann schickte er Clara sein arrogantestes Grinsen hinunter: »Netter Versuch, Frau Verteidigerin. Sind Sie fertig mit Ihrem Plädoyer?«

Clara grinste zurück, doch es war eher ein Zähnefletschen: »Nein. Ich muss noch meine Anträge stellen.«

Richter Oberstein winkte huldvoll: »Tun Sie das, tun Sie das!«

Angelo Malafonte verzichtete auf sein letztes Wort, er schüttelte nur den Kopf, und so wurde fünf Minuten später das Urteil verkündet.

Clara hatte nach dieser Verhandlung mit dem Schlimmsten gerechnet, doch das, was sie zu hören bekam, überstieg ihre bisherige Vorstellung von »schlimm« bei weitem: Richter Oberstein befand den Angeklagten nicht nur des Besitzes, sondern auch des gewerbsmäßigen Handels mit Rauschgift für schuldig. Er stützte sich dabei auf die Zeugenaussage von Massimo Moro, der sich in der Vernehmung durch ihn selbst als »rundherum glaubwürdig« dargestellt hatte. Aus der »Lebenserfahrung« des Richters ergäbe sich, dass Moro »keinen vernünftigen Grund« gehabt hatte, Angelo Malafonte ungerechtfertigt anzuzeigen. Als strafverschärfend wertete der Richter überdies die »Verstocktheit« des Angeklagten und seine Weigerung, mit dem Gericht zusammenzuarbeiten. Er verurteilte Angelo Malafonte daher zu einer Gefängnisstrafe von 18 Monaten ohne Bewährung.

Clara schnappte nach Luft. Sie konnte nicht glauben, was sie da hörte. Sie sprang auf und rief, eine Hand wie zur Beschwörung auf die Schulter ihres Schützlings gelegt, dem diese Ungeheuerlichkeit gerade noch übersetzt wurde: »Wir legen Berufung gegen dieses Urteil ein. Sie können sich die Rechtsbelehrung sparen.«

Der Richter lächelte: »Nicht so ungestüm, Frau Niklas. Ich bin noch nicht fertig: Gegen den Angeklagten wird außerdem sofortiger Haftbefehl erlassen. Es besteht Fluchtgefahr, da der Angeklagte Ausländer ist und keinen festen Wohnsitz in Deutschland unterhält. Als Anschrift konnte er nur die Adresse einer Pizzeria angeben.« Er drückte auf den Lautsprecherknopf: »Heinzeller und Lieroth bitte in den Sitzungssaal.« Als die Türe sich öffnete und zwei Polizeibeamte hereinkamen, sprang Angelo Malafonte auf. Wie ein gehetztes Tier blickte er sich um, und sein Blick blieb an Clara hängen. Die beiden Beamten legten dem jungen Mann Handschellen an. »Gemma!«

Clara blickte ihm nach, noch immer fassungslos. »Es tut mir leid«, murmelte sie. »Es tut mir so leid.« Dann packte sie mit gesenktem Kopf ihre Papiere zusammen und verließ grußlos den Saal.

Clara rannte an der Pforte vorbei, als wäre sie auf der Flucht. Zum Glück kannte der Beamte die kleine, rothaarige Anwältin mit dem energischen Kinn und dem extravaganten grünen Tweedmantel, sonst hätte er sie womöglich festgehalten. So blickte er ihr nur verblüfft nach, als sie an ihm vorbeirauschte, mit hochrotem Kopf, das Kinn kämpferisch nach vorne gestreckt. Claras Hände zitterten, als sie vor dem Gerichtsgebäude ihre Zigaretten hervorkramte und erfolglos versuchte, sich eine anzuzünden. Ein Kollege, den sie flüchtig kannte, gab ihr im Vorbeigehen Feuer. Sie warf ihr leeres Feuerzeug mit einer heftigen Bewegung in die staubgrünen Blumenrabatten, die sogar jetzt, im frühlingshaften März, aussahen, als seien sie nach einem Umzug in der alten Wohnung vergessen worden, und nahm einen tiefen Zug. Vergeblich versuchte sie, sich zu beruhigen. Ihr Herz hämmerte im Hals, und sie spürte die Wut bis in die Fingerspitzen. Distanz, Distanz, flüsterte eine Stimme irgendwo in ihrem Kopf, leise und ohne Chance. Sie krümmte ihre Finger wie zu Krallen, und wäre ihr Richter Oberstein jetzt gegenübergestanden, sie wäre ihm an die Kehle gefahren.

Rauchend und mit klappernden Stiefeln stapfte sie die Treppen hinauf zur Nymphenburger Straße und hastete weiter bis zur Blutenburgstraße. Es gab nur ein einziges Mittel, ihren Blutdruck und ihren Puls wieder halbwegs auf Normalmaß herabzusenken, und dieses Mittel befand sich in der Blutenburgstraße. Genauer gesagt in Murphy's Pub gegenüber dem kleinen asiatischen Laden, in dem es den besten Basmatireis in ganz München zu kaufen gab. Das Pub hatte schon geöffnet, und Clara trat dankbar in die kühle Düsternis des Lokals ein. Hinter dem Tresen stand Mick, ein junger Engländer, der das Pub vor einiger Zeit von Owen Mac Murphy, den es zurück in seine Heimat gezogen hatte, übernommen hatte. Er trocknete gerade Gläser und summte ein Lied. Es klang herzzerreißend falsch. Clara atmete mit einem Seufzer aus. Sie hängte ihren Mantel an einen der schmiedeeisernen Haken an der holzgetäfelten Wand und kletterte auf den Barhocker. Mick grinste sie an. »A bissel früh heute, Clara?« Clara grinste zurück. Sie liebte seinen englisch-bayerischen Akzent.

»Keine Sekunde zu früh, keine einzige Sekunde.«

In Gedanken an die gerade überstandene Verhandlung zogen sich ihre Augenbrauen zu einer steilen Falte zusammen, und Mick griff flink nach einem Whiskeyglas, das er unter der Theke aufbewahrte und das Clara gehörte. Sie hatte es ihm irgendwann mit einem wehmütigen Lächeln in die Hand gedrückt. »So ein Glas kann nicht in einem Küchenschrank stehen, es gehört in ein Pub.« Seitdem war dies Claras Glas bei Murphy's, und es hatte bisher nur einen Whiskey zu sehen bekommen, den einzigen, den Clara trank: Redbreast. Als Clara nickte, schenkte Mick ihr großzügig ein. Sie trank nicht sofort. Sie genoss das intensive Aroma nach Rauch und Meer und schloss für einen Augenblick die Augen. Sie sah eine schmale gewundene Straße vor sich, die sich zwischen moorigen Hügeln hindurchwand, endlos, dem grauen Himmel entgegen. Flechten, ockergelb und rot, auf den Steinen am Strand bei Ebbe und das Januarlicht, das tief und in langen Strahlen den Ginster leuchten ließ. Ein anderes Bild, die Luft, zum Schneiden dick, in einem engen Raum voller Menschen. Lachend, rufend, erwartungsvoll. Ein paar Töne auf einer Gitarre ... Clara kippte das große Glas in einem Schluck und genoss die scharfe Wärme, die ihre Kehle hinunterrann. Mick und Murphy's Bar erschienen wieder vor ihren Augen, und sie seufzte. »Sean ist in Irland«, begann sie unvermittelt und schob Mick ihr Glas noch einmal hin. »Bei seinem Vater.«

Mick füllte es großzügig. »Und du bist sauer, weil du hier bist und nicht dort.«

»Nein! O Gott, nein, ich bin sauer, weil ein Arsch von Richter ...«, sagte Clara und unterbrach sich: »Ja, deswegen auch.« Sie kippte den zweiten Whiskey und seufzte. »Danke.«

Als sie am nächsten Tag aufwachte, war es erst kurz nach fünf. Es war noch nicht hell, doch ein zaghaftes Morgengrau sickerte bereits durch die dünnen Vorhänge. Clara sprang aus dem Bett und öffnete das Fenster. Eine Amsel sang irgendwo. Die Luft roch frisch und feucht vom gestrigen Regen, aber der Himmel war klar. Ein letzter Stern leuchtete schwach und hoch oben. In der Ferne hörte sie vereinzelte Autos, ungewöhnlich laut in der frühmorgendlichen Stille, aber gleichzeitig so weit entfernt, dass sie auf dem Mond hätten sein können. Sie ließ die Kühle durch das geöffnete Fenster hereinströmen, während sie sich anzog und Kaffee kochte. Elise warf ihr von ihrer Matratze im Gang einen verschreckten Blick zu und versteckte dann rasch den Kopf unter den großen Pfoten. Solche Aktivitäten zu nachtschlafender Zeit war sie nicht gewöhnt. Doch Clara beruhigte sie mit einer Portion extra Kraulen hinter den Ohren: Der Morgenspaziergang musste noch warten.

Mit Schafwollpullover und dicken Socken setzte sich Clara an ihren Schreibtisch und schloss ihre Hände um die heiße Kaffeetasse. Während der Laptop hochfuhr, kniff sie einen Augenblick die Augen zu und ließ die gestrige Verhandlung noch einmal vor sich ablaufen. Es dauerte nicht lange, und die Wut kam zurück. Doch jetzt ließ sie sie nicht mehr zittern, und ihr Herzschlag beschleunigte sich nicht. Clara dachte nach und ließ sich Zeit dabei. Als die Sonne aufging und die ersten Strahlen durch die Kastanie vor ihrem Fenster auf den Schreibtisch fielen, hämmerte sie endlich die letzten Zeilen in ihren Computer. Mit der kalten Präzision eines Chirurgen zerpflückte sie Wort für Wort von Richter Oberstein, bohrte ihre Argumente so tief sie konnte in die offenen Stellen und ließ ätzende Seitenhiebe auf die Wunden tropfen.

Schließlich war sie fertig. Eine acht Seiten lange Berufungsbegründung, eine Dienstaufsichtsbeschwerde gegen Richter Oberstein und eine Haftbeschwerde lagen vor ihr auf dem Schreibtisch.

Schnell zog sie sich um und kitzelte Elise, die noch immer auf ihrer Matratze schnarchte, unter den Rippen, sodass sie mit einem erschreckten Japsen auf die Beine sprang. »Los, meine Teure, ein bisschen die Beine vertreten!«

Während Clara mit Elise an der Seite die Straße hinunter zur Isar schlenderte und sich die honigwarme Frühlingssonne ins Gesicht scheinen ließ, kehrten ihre Gedanken immer wieder zu den Schriftsätzen zurück, die sauber geheftet und schwungvoll unterschrieben auf ihrem Schreibtisch warteten. Alles in Ordnung, sie konnte zufrieden sein. Dennoch blieb ein unbehagliches Gefühl, das sie nicht benennen konnte. Nachdenklich ging sie die Uferböschung entlang und blickte in das vorbeiströmende Wasser. Es war grün und undurchsichtig wie Milchglas. Dort, wo die Sonnenstrahlen auf das Wasser trafen, sprühten die Wellen kleine Funken.

Was war es nur, was in ihrem Unterbewusstsein hartnäckig hakte und klemmte und nicht passen wollte? Irgendetwas, das über die unangenehme Erfahrung mit Richter Oberstein hinausging, etwas, das hinter den Dingen lag. Unsichtbar, aber dennoch präsent. Plötzlich kam ihr ein verstörender Gedanke. Weshalb hatte Malafonte gewusst, was passieren würde? Ihr stand sein Gesicht vor der Verhandlung vor Augen, seine panische Angst. Übertrieben war sie ihr erschienen, und gleichzeitig hatte sie sie mit Unbehagen erfüllt. Wie eine düstere Prophezeiung, an die man nicht glauben mochte und die einem dennoch Schauer über den Rücken jagt. Was hatten seine wiederholten Fragen nach dem Gefängnis zu bedeuten gehabt, wie stand es mit den Dingen, die er angeblich gehört hatte? Sie hatte das für eines der Märchen gehalten, wie so viele unter denen kursierten, die mit den Mühlen des Gesetzes allzu vertraut waren: aufgebauschte Storys aus nur halbverstandenen Tatsachen, Gerüchten und bewussten Übertreibungen. Und doch ... Es war genauso gekommen. Man hatte ihn wegen dieser Bagatelle eingesperrt. Es war etwas passiert, was sie nie für möglich gehalten hatte: Aus purer Willkür und unter Missachtung sämtlicher Rechtsgrundsätze war ein Mensch ins Gefängnis gesteckt worden, der nach dem geltenden Recht dort nie hätte landen dürfen. Und sie hatte es nicht verhindern können ...

Clara schüttelte unwirsch den Kopf und ging weiter. Jetzt sah sie schon Gespenster. Aber dennoch kreisten ihre Gedanken um die Tatsache, dass Malafonte gewusst oder zumindest geahnt haben musste, dass so etwas passieren würde. Er war auffallend still gewesen, als das Urteil verkündet wurde. Verängstigt, in die Enge getrieben, ja, das war deutlich gewesen, aber hätte er sich nicht empören müssen? Protestieren? Clara zuckte ratlos mit den Schultern. Im Grunde hatte er sich nicht einmal verteidigt. Es schien, als habe er längst mit einem Schicksal abgeschlossen, das er unweigerlich auf sich hatte zukommen sehen. Vom ersten Moment an. Darum war er auch so spät zu ihr gekommen. Er hatte gar keinen Sinn darin gesehen, sich zu wehren. Als ob er gewusst hätte, dass es umsonst sein würde. Und es war umsonst gewesen. Und was, wenn Malafonte weiter recht behalten würde? Konnten sie ihn deswegen tatsächlich nach Italien zurückschicken? Ihr fiel die Notiz in der Zeitung wieder ein, die sie am Morgen der Verhandlung gelesen hatte, über die italienische Familie, die man aus Bayern abgeschoben hatte. Auch wenn sie es sich nicht vorstellen konnte, es passierten offenbar solche Dinge. Und dann? Clara fühlte, wie sich etwas in ihrem Magen zu einem kleinen, bösen Knoten zusammenzog, als sie an Malafontes Worte dachte: *Sie werden mich töten*.

Was hatte das zu bedeuten? Sie war versucht gewesen, die Aussage abzutun und Malafontes Nervosität zuzuschreiben, aber es war ihr nicht gelungen. Zu tief hatte sich ihr sein Gesicht in diesem Moment eingeprägt. Er war nicht nervös gewesen, weil er sich wegen ein paar Gramm Marihuana vor Gericht verantworten musste. Es war die nackte, blanke Todesangst gewesen, die ihr aus seinen Augen entgegengestarrt hatte. Und was, wenn dies nicht nur seiner übersteigerten Einbildung entsprang? Wenn er tatsächlich in ernster Gefahr war? Der Knoten in Claras Magen wurde größer. Sie fröstelte ein wenig. Doch wie konnte das zusammenhängen? Und vor allem, weshalb sollte ihn jemand töten wollen? Wer? Und was hatte Richter Oberstein damit zu tun?

Clara biss sich auf die Lippen und beschleunigte ihren Schritt. Sie tat es schon wieder. Sie war zornig auf sich, und das nicht zum ersten Mal. Sie hatte es sich so fest vorgenommen und war auf dem besten Wege, all ihre Vorsätze bei der ersten Gelegenheit über den Haufen zu werfen: Sie war dabei, die Distanz zu verlieren. Wieder einmal. Ein Fall, ein Mandat, eine Aufgabe. Sie gut zu machen, war eine Sache. Ehrensache. Aber damit genug. Zu verlieren war keine Schande, sondern Teil des Geschäfts. Punkt. Basta. Sie schüttelte heftig den Kopf und versuchte, all die düsteren, paranoiden Gedanken, die sie so unerwartet erfasst hatten, abzuschütteln. Ihr Blick fiel auf Elise, die in einer wenig eleganten Pose am Wasser stand und mit sich zu kämpfen schien, ob sie eine Pfote in das frühlingsfrische Wasser tauchen sollte oder nicht. Jedes Mal, wenn eine der winzigen Wellen an die Steine klatschte, sprang sie zurück und bellte das Wasser wütend an.

Clara lachte auf, und der Knoten in ihrem Magen löste sich langsam. Sie setzte sich auf einen Stein. Die Isar schimmerte jetzt golden, und rechts von ihr lag das Deutsche Museum, erhaben und entrückt im morgendlichen Dunst. Mitten in der Stadt am Flussufer zu sitzen, kam ihr jedes Mal unwirklich vor. Sie kramte in ihren Taschen und fand eine zerdrückte Schachtel Zigaretten. Eine war noch übrig. Während sie rauchte, musste sie lächeln. Ihr Unbehagen, ihr Zorn über sich selbst, waren zurückgedrängt. Für dieses Mal. »Du wirst es nie lernen, Clara Niklas. Niemals.« Und es war gut so.

Die Kantine des Strafgerichts war ähnlich geschmackvoll eingerichtet wie das übrige Gebäude. Clara vermied es normalerweise, dort auch nur eine Tasse Kaffee zu trinken, doch heute begab sie sich mit einer gewissen Vorfreude hinein. Zur Mittagszeit waren hier nicht nur die meisten Richter und Staatsanwälte anzutreffen, sondern auch eine Menge Kollegen. Sie musste auch nicht lange auf die erhoffte Gesellschaft warten. Während sie noch die Scheibe Leberkäse mit Kartoffelsalat auf ihrem Teller misstrauisch beäugte, kam Frau Rechtsanwältin Elisabeth Bloch-Stiegler mit ihrem Tablett auf sie zu. »Ist bei Ihnen noch frei, Frau Kollegin?«

Clara konnte ihr Glück kaum fassen. Wenn es jemanden gab, der in der Welt der Justiz über jedes noch so kleine Gerücht Bescheid wusste und bereitwillig darüber Auskunft gab, dann war es diese Dame im anthrazitgrauen Kostüm. Sie brauchte nur zu nicken, und schon saß ihre Nachrichtenquelle neben ihr. Doch Neuigkeiten waren auch bei Frau Kollegin Bloch-Stiegler nicht umsonst zu haben, sie hatten ihren Preis. Und tatsächlich schob sie in Erwartung eines lukrativen Tauschgeschäftes sofort ihre spitze Nase in Claras Richtung: »Ich habe gehört, Ihr Kollege, wie heißt er noch mal, vertritt einen der Kläger in dem Prozess gegen die Lewis and Spencer Holding?«

Clara nickte lächelnd. »Er vertritt drei der Kläger, um genau zu sein.«

»Tatsächlich?« Frau Bloch-Stieglers Nase zitterte ein wenig. Dieser Fall eines ehemals sehr populären Finanzdienstleisters mit Sitz auf der Isle of Man, der kürzlich mit seinen betrügerischen Machenschaften aufgeflogen war, hatte in der Stadt für erheblich Furore gesorgt: Wie sich herausstellte, hatten zahlreiche Prominente, Stadträte und sonstige Honoratioren in gieriger Erwartung horrender Renditen dem Unternehmen ihr Geld anvertraut und sahen sich nun, da ihre Namen öffentlich geworden waren, genötigt, dem Finanzamt zu erklären, woher diese Gelder eigentlich stammten. Der Prozess, der nun gegen die Verantwortlichen angestrengt worden war, war nicht nur finanziell interessant für die Anwälte, die das Glück hatten, einen der Beteiligten zu vertreten, sondern vor allem auch wegen der immensen Publicity. Dass Willi so ein dickes Mandat ergattert hatte, lag an den noch immer bestehenden Kontakten zu seiner alten Kanzlei und an seiner Begeisterung für alles, was möglichst verwirrend, kompliziert und mathematisch zu werden versprach. Dinge also, mit denen Clara herzlich wenig anfangen konnte, weshalb ihr die Fälle der geschlagenen Ehefrauen, der betrunkenen Radfahrer und kiffenden Pizzabäcker blieben.

Frau Bloch-Stiegler zögerte, und Clara wusste genau, weshalb: Sie suchte nach einer höflichen Formulierung für die Frage, die ihr auf der Zunge brannte, und die lautete: »Wie um alles in der Welt kommen Sie mit Ihrer mickrigen Wald-und-Wiesen-Kanzlei zu so einem Mandat?«

Normalerweise hätte Clara sie auflaufen lassen und genüsslich dabei zugesehen, wie sich ihre gnadenlos ehrgeizige Kollegin vergeblich abmühte, einen diplomatischen Weg zu finden, um ihren Wissensdurst zu befriedigen. Doch heute war ihr nicht an diesem Vergnügen gelegen, immerhin hatte sie auch ein starkes Bedürfnis nach Klatsch und Tratsch, und so kam sie ihr ungewohnt sanftmütig zur Hilfe: »*Dr.* Willi Allewelt war früher bei Herrhausen, Lüderitz & Partner, wussten Sie das nicht? Da hat man eben so seine Beziehungen.«

Elisabeth Bloch-Stiegler riss ihre sorgfältig geschminkten Augen auf: »Bei Herrhausen! Tatsächlich! Und dann hat er sich selbstständig gemacht, mit *Ihnen*? Äh ...«

Sie biss sich erschrocken auf die Lippen, doch Clara lächelte nur milde: »Er war der Meinung, eine neue Herausforderung täte ihm gut. War doch ein wenig langweilig dort«, sagte sie leichthin und biss endlich mit Todesverachtung in ihren Leberkäse.

»Oh, natürlich.« Frau Bloch-Stiegler verstummte einen Augenblick, unsicher, ob Clara sie auf den Arm nahm.

»Hatten Sie schon etwas mit unserem neuen Strafrichter zu tun?«, fragte Clara schließlich aufs Geratewohl in die Stille hinein. Sie war der Ansicht, jetzt genug dafür getan zu haben, ihrerseits ein paar nützliche Informationen zu erhalten.

»Mit wem?«

»Richter Oberstein.«

»Ach, mit dem ...«, kam es gedehnt zurück. »Wieso?«

»Nur so.« Clara schob sich eine Gabel Kartoffelsalat in den Mund. »Ist er so schlimm, wie man sagt?«

»Sagt man das?« Frau Bloch-Stieglers übliche Mitteilsamkeit war deutlich ins Stocken geraten. »Also, ich hatte noch keinerlei Schwierigkeiten mit ihm. Ü-ber-haupt nicht.« Sie säbelte an ihrem Leberkäse herum, als handelte es sich um ein T-Bone-Steak. »Hören Sie nicht darauf, was die Leute erzählen, *ich* komme gut mit ihm zurecht.«

»Da sind Sie aber die Einzige, verehrte Frau Kollegin«, dröhnte es vom Nachbartisch herüber. Ein Bär von einem Mann saß dort bei einer Tasse Kaffee und einer gut zwanzig Zentimeter dicken Akte, aus der die Seiten herausquollen. Er war Ende fünfzig, trug einen zerknitterten Anzug und hatte seine dichten grauen Haare zu einem Pferdeschwanz gebunden. Rechtsanwalt Arno Pöttinger. Als Clara ihn freudig begrüßte, packte er seine Sachen unter den Arm und kam zu ihnen herüber. Frau Bloch-Stiegler schien verstimmt darüber. Pöttinger zwängte seinen beachtlichen Leibesumfang in einen Stuhl und ließ die Akte auf den Tisch plumpsen. Er deutete darauf: »Komplizierte Sache. Die Ermittlungsakten allein füllen schon ein paar Aktenordner. Wissen Sie, wie lange unser Amtsrichter Oberstein diesen Fall verhandeln würde, wenn er ihn – Gott bewahre – zur Entscheidung vorliegen hätte? Eine Stunde? Maximal zwei. Dann wäre der Sack zu. Wen interessieren Beweisanträge? Verteidiger? Kann man die nicht abschaffen?« Pöttinger lachte. »Dieser Richter wollte mich schon einmal aus dem Saal werfen lassen.«

Claras Leberkäse schien mit einem Mal an Würze zu gewinnen und lag nicht mehr wie eine ausgetretene Schuhsohle in ihrem Mund. Auch der Kartoffelsalat verlor sein Aroma nach Konservierungschemie ein wenig, und man konnte einen Hauch von Kartoffel erahnen. Sie warf Pöttinger einen dankbaren Blick zu. Der streitbare Verteidiger war ihr mehr als einmal ein treuer Freund und Verbündeter gewesen und hatte ihr vor vier Jahren, als sie sich Hals über Kopf in die Selbstständigkeit gestürzt hatte, ohne Erfahrung und ohne Geld und mit einem Kind, das versorgt werden musste, viele Tipps gegeben. Die Vorstellung, jemand könnte auf die Idee kommen, dieses sprichwörtliche Schwergewicht aus dem Gerichtssaal werfen zu lassen, war absolut abwegig.

»Ist es ihm gelungen?«, fragte sie neugierig.

»Viel hätte nicht gefehlt. Die Beamten standen schon bereit. Ich habe mich hingesetzt und gemeint, sie müssten mich schon raustragen. Unter Anwendung unmittelbaren Zwangs, versteht sich. So etwas bin ich aus alten Sit-in-Zeiten gewohnt. Sie haben verzichtet, der Richter hat eingesehen, dass er sich nur lächerlich machen würde. Eine seltene Einsicht bei diesem Herrn, würde ich sagen.«

Elisabeth Bloch-Stiegler gab ein merkwürdiges Geräusch von sich. Es erinnerte an das Husten eines Yorkshireterriers und sollte wohl ihre Verachtung zum Ausdruck bringen.

»Haben Sie sich verschluckt, Frau Kollegin?«, fragte Pöttinger liebenswürdig.

Frau Bloch-Stiegler blähte die Nasenflügel ihrer aristokratischen Spitznase: »Ganz und gar nicht, Herr Kollege. Ich kann einiges schlucken. Und Ihre unqualifizierten Äußerungen sind ja beileibe nichts Neues.« Sie stand auf und griff nach ihrem Tablett. »Sie entschuldigen mich?«

Clara starrte ihr verblüfft nach: »Was ist denn in die gefahren?«

Pöttinger schmunzelte: »Ihr Gatte spielt Golf mit Richter Oberstein.«

»Oh.« Clara entfuhr ein leises Stöhnen, und sie griff sich mit beiden Händen in ihre widerspenstigen Locken: »Ausgerechnet. Da habe ich mir ja die Richtige ausgesucht, um etwas zu erfahren.«

Dr. Lutz Stiegler, Elisabeth Bloch-Stieglers Ehemann, war die rechte Hand des bayerischen Justizministers. Clara hatte von ihm gehört, doch meist nur im Zusammenhang mit seiner Frau, die keine Gelegenheit ausließ, auf ihr ausgezeichnetes Verhältnis zum Justizminister hinzuweisen, ein Umstand, der ihr weniger Freunde beschert hatte, als sie möglicherweise annahm.

Arno Pöttinger lachte: »Was wolltest du denn wissen?«

Clara erzählte Pöttinger bereitwillig von ihrer desaströsen Verhandlung.

Pöttinger nickte grimmig: »Unser Richter Oberstein, wie er leibt und lebt.«

»Hast du schon von mehr solchen Fällen gehört?«, wollte Clara wissen.

»Nun ja.« Pöttinger zuckte mit den Achseln: »Oberstein ist erst seit ein paar Monaten hier, er kam für Richter Fuchs, der ist in den Ruhestand versetzt worden. Aber seit er hier ist, wütet er wie die Axt im Walde.«

Clara schüttelte den Kopf. »Das ist doch nicht möglich.«

»Noch nie was von der Unabhängigkeit der Justiz gehört?«, spottete Pöttinger. »Über dem Richter nur der blaue Himmel.«

Clara sah ihn mit ihren klaren grünen Augen nachdenklich an. »Und wenn der blaue Himmel so leer gar nicht ist ...«, begann sie und unterbrach sich unvermittelt, den Blick auf die Theke hinter Pöttingers Rücken gerichtet. Zwischen ihren Augebrauen erschien eine schroffe Falte.

Pöttinger warf ihr einen erstaunten Blick zu, dann drehte er sich ebenfalls um. An der Kasse stand ein kleiner Mann in auffallend aufrechter Haltung und mit arrogantem Gesichtsausdruck: Richter Oberstein, der Golfpartner von Lutz Stiegler. Sein dunkles Bärtchen war akkurat gestutzt und umrahmte einen schmalen Mund. Seine Augen lagen nah beieinander und waren farblos und kalt wie Eiswasser. Mit unbeweglichem Gesicht und ohne jemanden zu grüßen, ging er an den Tischreihen vorbei bis zu einem der letzten Tische in der Ecke. Dort setzte er sich mit dem Rücken zum Raum, als wolle er sagen, ihr geht mich alle gar nichts an, und begann zu essen. Obwohl die Gespräche unvermindert weitergingen und niemand der Anwesenden eine Reaktion auf Richter Obersteins Erscheinen zeigte, war die Spannung deutlich zu spüren.

»Er genießt es, gehasst zu werden. Er fühlt sich toll dabei, unser kleiner Amtsrichter«, murmelte Pöttinger leise.

Clara starrte Obersteins Rücken an. Seine so offensichtlich abgewandte Haltung, während er seelenruhig aß und dabei die Wand anblickte, war eine ganz bewusste Provokation. Sie spürte, wie die Empörung über diesen Mann langsam wieder an die Oberfläche kroch, und sie ballte unvermittelt die Fäuste. Sie versuchte gar nicht erst, ihre mühsam eingeübte Distanz herbeizuzitieren, es wäre ohnehin zwecklos gewesen. »Wenn etwas dran ist, an diesen Gerüchten, dann ... dann.« Sie verstummte.

»Sollte es etwas geben, was ich nicht weiß?« Pöttingers Augen funkelten neugierig.

Clara zuckte die Achseln. »Wir sollten eine rauchen gehen.«

Auf der Terrasse vor der Cafeteria standen ein paar billige Plastikstühle um ein Aluminiumtischchen mit klebrigen Kafferändern und einem übervollen Aschenbecher. Clara rückte ihren Stuhl zwischen die staubigen Sträucher und hielt ihr helles Gesicht mit zusammengekniffenen Augen gegen die Sonne. Sie schnippte die Asche auf den Unterteller ihrer Kaffeetasse, während sie zögernd von dem Verdacht erzählte, der ihr heute Morgen bei ihrem Spaziergang gekommen war.

»Du glaubst, das Ganze hat System? Oberstein ist nicht einfach nur ein kleines Arschloch, das sich für Gott hält, sondern er handelt nach Plan oder gar auf Weisung?« Pöttinger schüttelte den Kopf und lachte dröhnend. »Mann o Mann, du machst ja meinen schlimmsten Verschwörungstheorien Konkurrenz.«

Clara starrte ihn böse an. »Mach dich nicht lustig über mich«, fauchte sie. »Ich weiß selber, dass es ziemlich verrückt klingt.«

Pöttinger bemühte sich um ein ernstes Gesicht. »Ich mache mich nicht lustig über deine *Idee*. Ich wundere mich nur, wie ausgerechnet du auf so etwas kommst. Wenn ich solche Theorien aufstelle, o. k. Das kennt man ja. Aber du! Glühende Verfechterin von Recht und Ordnung, Hohepriesterin des sachlichen Arguments?« Jetzt konnte Pöttinger sein Lachen kaum mehr zurückhalten, er gluckste vernehmlich, und sein Gesicht nahm eine rötliche Färbung an.

»Ich weiß nicht, was dabei so lustig ist, du Idiot!« Clara funkelte ihn mit blitzenden Augen an. »Würdest du bitte zu lachen aufhören?«

Pöttinger blinzelte vergnügt und nahm sich eine zweite Zigarette aus Claras Schachtel. »Aber du könntest sogar recht haben, Clara. Man sagt, Oberstein sei eigentlich schon suspendiert gewesen wegen irgendeiner üblen Geschichte ...« Er zuckte mit seinen massigen Schultern. »Jedenfalls soll es ihm nicht geschadet haben, mit Dr. Stiegler Golf zu spielen. Und unser Justizminister ist ja nicht eben für seine tolerante Haltung bekannt.«

Clara starrte ihn an. »Was hat Oberstein denn angestellt?«

Pöttinger hob betrübt die Hände zum Himmel. »Ich weiß es nicht, meine Liebe, ich weiß es nicht. Aber es muss schon etwas gewesen sein, was sich nicht so leicht unter den Tisch kehren lässt. Sicher keine solche Nebensächlichkeit wie deinen kleinen Italiener für ein paar Monate wegzusperren, was ja im Grunde eine gute Tat ist, schließlich schützt man damit die anständige *Allgemeinheit* vor solch widerwärtigen Subjekten ...« Er schnaubte und trommelte mit seinen gewaltigen Fingern auf die Akte vor ihm auf dem Tisch. Clara sah an Pöttingers Gesichtsausdruck, dass er drauf und dran war, zu seinem Lieblingsthema vorzudringen: Der eingefleischte und ehemals militante Achtundsechziger Pöttinger vertrat die These, dass Faschisten dabei seien, den bayerischen Staat zu unterwandern, wobei es dort seiner Ansicht nach ohnehin nicht mehr viel zu unterwandern gab. Die Frage war nur noch, wann sie es wagen durften, ihre Gesinnung öffentlich zu machen. Doch Clara hatte keine Lust, eine ideologische Diskussion vom Zaun zu brechen. Zumal sie heute definitiv die schlechteren Argumente hatte und daher den Kürzeren ziehen würde.

Sie legte ihm beruhigend die Hand auf den Arm. »Was meinst du, könntest du darüber ein bisschen mehr herausfinden?«

Pöttinger rieb sich sein unrasiertes Kinn. Es gab ein Geräusch, wie wenn er über grobkörniges Schleifpapier kratzen würde. »Ich glaube, der Oberstein war vorher irgendwo in Niederbayern oder in der Oberpfalz. Ich könnte mich schon mal umhören.« Er warf Clara einen tiefen Blick zu: »Aber nicht umsonst.«

Clara verkniff sich ein Lächeln. Sie kannte dieses Spiel, es war immer das Gleiche, seit sie sich damals vor zehn Jahren kennengelernt hatten. Pöttinger wäre wahrscheinlich zu Tode erschrocken, wenn sie seine scherzhaften Avancen einmal erwidern würde. Sie warf ihm einen koketten Blick zu. »Du könntest mich morgen Abend zum Essen einladen.«

»Mit dem allergrößten Vergnügen! Was hältst du vom Gattopardo. Oder wir gehen in den Bogenhausener Hof, oder ...«

»Pizzeria Napoli. Ainmillerstraße.« Clara grinste. »Mir ist so nach Spaghetti.«

»Ach.« Pöttinger hob die Augenbrauen, dann zuckte er ergeben mit den Achseln. »Wie du willst. Auch kapriziöse Wünsche werden erfüllt.«

Er packte seine zerfledderte Akte unter den Arm und stand auf. »Morgen um acht. Ich hol dich ab. Aber jetzt muss ich los. Der Kampf geht weiter.« Er ballte seine Hand zur Faust und lachte sein dröhnendes Lachen. »Habe die Ehre, Frau Kollegin!«

Clara warf einen Handkuss zurück und schaute ihm nach, wie er in seinem knitterigen Anzug und den klobigen Schuhen, die Akte unter den Arm geklemmt, zum Ausgang schlenderte. Arno Pöttinger schien nie in Eile zu sein. Immer fand er Zeit, noch eine Zigarette zu rauchen, einen nervösen Mandanten zu beruhigen oder Anekdoten aus seinen wilden Zeiten zum Besten zu geben. Wenn man ihn nur so kannte, hielt man es kaum für möglich, dass er im Gerichtssaal ein ganz anderer war. Arno Pöttinger war einer der gefürchtetsten Strafverteidiger in der Stadt. Scharfsinnig und scharfzüngig kämpfte er mit harten Bandagen und beileibe nicht immer fair. Warum er trotzdem nicht zu den ganz Großen zählte, lag daran, dass er seine Klienten nach ganz eigenwilligen Methoden auswählte. Er übernahm längst nicht jedes Mandat. Sein Elixier war der Kampf gegen die Obrigkeit. Was er früher in Demonstrationen und Hausbesetzungen ausgelebt hatte, tat er nun im Gerichtssaal. Meist erfolgreich und immer zum Leidwesen der Staatsanwälte und Richter. Kompromisse waren bei Pöttinger nicht zu haben.

Clara stand auf und brachte ihr Tablett zurück. Die Kantine war jetzt fast leer. Richter Oberstein war nirgends mehr zu sehen. Während sie durch den endlos langen Korridor zurück zum Ausgang ging, wanderten ihre Gedanken in eine ganz andere Richtung. Sie kreisten um ein düsteres Gebäude, um hohe Mauern und das erschreckend endgültige Geräusch, das schwere Türen verursachten, wenn sie ins Schloss fielen. Ihr brach der Schweiß aus, und sie spürte, wie ihr Herz heftiger zu klopfen begann. Allein der Gedanke an das Gefängnis, in dem Malafonte im Augenblick saß, verursachte bei ihr Schwindelgefühle und eine schleichende Panik. Klaustrophobie nannten es die Mediziner, und Clara versuchte immer wieder, sie in den Griff zubekommen: Sie fuhr mit Aufzügen, obwohl sie dabei Todesängste ausstand, und so oft sie sich durchringen konnte, quetschte sie sich in eine vollbesetzte U-Bahn, schweißüberströmt und mit eisern gesenktem Blick. Versuchte zu atmen, ein – aus – ein – aus. Und wenn sich endlich die Türen wieder öffneten, zwang sie sich, langsam zu gehen. Schritt für Schritt, wie in Zeitlupe bewegte sie sich auf den Ausgang zu, kämpfte den Impuls nieder zu fliehen.

Die absolute Krönung ihrer Leiden aber war das Gefängnis. Sie versuchte es zu vermeiden, wann immer es möglich war. Meist übernahm Willi die unvermeidlichen Besuche in der Untersuchungshaft. Doch heute musste sie selbst gehen.

Clara wartete im Besucherraum auf Angelo Malafonte. Ihre feuchten Hände hielt sie unter dem Tisch verborgen auf die Oberschenkel gepresst und versuchte, nicht zu den winzigen Fensterschlitzen oben an der Wand hinaufzusehen. Trügerisches Licht strömte von dort herunter, gaukelte Freiheit vor. Doch die Luken waren zu schmal und zu hoch oben. Niemand kam die glatten Wände hinauf, niemand passte hindurch. Und niemandem würde es gelingen, das Sicherheitsglas einzudrücken. Es kam keine Luft durch diese Fenster, und auch die Tür, durch die sie hereingekommen war, war verschlossen. Keine frische Luft, sie bekam keine Luft. Clara spürte, wie es ihr schwerfiel zu atmen. Sie schloss die Augen und versuchte, den Boden unter den Füßen nicht zu verlieren. Tief atmen, ein – aus – ein – aus. Ein Blick auf die Uhr. Eine halbe Stunde, maximal, dann war es vorbei, und sie würde draußen stehen, vor der hohen Mauer, in der Sonne. Und würde wieder atmen können. Dieses Bild vor ihren Augen machte sie ruhiger. Die Atemnot verebbte langsam, und Clara wischte sich die Handflächen an ihrer Hose ab. In diesem Moment öffnete sich die Tür.

Clara erschrak, als Malafonte vor ihr stand. Er sah aus wie ein Kind. Mager und trotzig und noch immer voller Angst. Clara rief sich in Erinnerung, dass Malafonte erst dreiundzwanzig Jahre alt war. Wenig älter als ihr eigener Sohn.

Sie stand auf und schüttelte ihm die Hand. Ihre eiskalten Finger verschwanden in der großen, überraschend warmen Hand ihres Mandanten. »Wie geht es Ihnen?«

Malafonte versuchte ein schiefes Grinsen. »*Tutt'a posto, avvoca'*. Es ist in Ordnung.«

»Brauchen Sie etwas? Soll ich jemanden benachrichtigen?«

»Nein!« Er wehrte heftig ab, und sein Gesicht verdüsterte sich. Dann besann er sich und fügte verlegen hinzu: »*Grazie*.«

»Dieses Urteil wird keinen Bestand haben, Herr Malafonte.« Clara kamen die mühsam gesuchten Worte hohl und nichts sagend vor. Ihre Stimme zitterte noch ein wenig, doch sie spürte, wie die Panik sich zurückzog. Sie gab Claras Lungen frei und wanderte das Rückgrat hinunter, um sich als kalter harter Stein in den Eingeweiden niederzulassen, der geduldig auf die nächste Flut wartete.

»*Sì*.« Malafonte schluckte schwer, und sein großer Adamsapfel hüpfte in seiner Kehle. Er wich ihrem Blick aus und starrte auf seine Füße.

»Was da passiert ist, ist unglaublich, ich werde alles tun ...«

Clara verstummte resigniert, sie kam sich vor wie ein unpassender Gast auf einer Beerdigung. Jedes Wort, das sie in den Mund nahm, klang falsch.

Malafonte hielt den Blick gesenkt. »*Sì*«, nuschelte er undeutlich in ihre Richtung.

Clara legte die Kopien ihrer Schriftsätze auf den Tisch. »Ich werde Sie bald herausgeholt haben. Die Entscheidung des Richters entspricht nicht den Gesetzen. Verstehen Sie das?«

Malafonte gab keine Antwort.

Clara setzte sich an den Tisch und zog den anderen Stuhl für Malafonte hervor. »Bitte. Setzen Sie sich. Wir müssen miteinander sprechen.«

Malafonte setzte sich, ohne den Blick zu heben, auf den äußersten Rand des Stuhls. Clara fiel auf, dass es die gleiche Sorte

Stuhl war, wie in der Cafeteria des Gerichts, auf denen sie mit Pöttinger gesessen hatte.

Sie schob sich nahe an den Tisch heran und sprach sehr leise, damit zwang sie Malafonte, endlich den Kopf zu heben und sie anzuschauen. »Woher wussten Sie, was passieren würde?«

Seine Augen waren dunkel, fast schwarz, man konnte die Pupillen darin nicht erkennen. »Eh? Ich weiß nicht, was Sie meinen.«

»Sie wussten, dass man Sie ins Gefängnis stecken würde. Sie haben es mir gesagt. Woher wussten Sie das?«

Angelo schüttelte den Kopf. »Ich weiß gar nichts, *avvocato*. Ich hatte nur Angst.«

»Wovor?« Claras Stimme war jetzt kaum mehr zu verstehen. »Wovor haben Sie Angst?«

Angelo starrte sie an. Er zögerte, und seine Kieferknochen bewegten sich unter der glatten Haut. »Ich ...« Ein Geräusch vor der Tür ließ beide herumfahren. Ein Beamter steckte den Kopf herein. Er war jung, mit einem roten Gesicht und hellen Haaren. »Alles in Ordnung, Frau Anwältin?«

Clara knurrte verärgert. »Ja doch.« Sie wedelte ungeduldig mit der Hand, und der Beamte verschwand eilig.

Sie wandte sich wieder ihrem Schützling zu, doch es war zu spät. Die Störung hatte die Verbindung unterbrochen, Malafontes Gesicht war verschlossen wie eine Tür, die man jemandem vor der Nase zugeschlagen hatte. Clara sah in seine Augen, die ihren Blick ausdruckslos erwiderten, schwarz und leer wie ein Abgrund. Doch dahinter lauerten Angst und Verzweiflung. Clara spürte es so deutlich, dass ihr ein Schauer über den Rücken lief und sie unwillkürlich die Arme vor der Brust verschränkte. In Abwehr. Als Schutz vor dieser unbekannten Bedrohung, die Angelo vor Augen zu haben schien. Clara stand auf. Sie widerstand dem Drang, Malafonte etwas Tröstliches zu sagen. Wenn er sich verfolgt fühlte bis hinter die Gefängnismauern und sie sein Vertrauen nicht verlieren wollte, waren solche Phrasen fehl am Platz. Daher nickte sie nur knapp und ließ die Schnallen ihrer altmodischen Aktentasche zuschnappen. »Ich werde mich um Ihre Angelegenheiten kümmern. Wenn Sie etwas brauchen, rufen Sie mich an, jederzeit, in Ordnung?« Sie legte ihre Visitenkarte auf den Tisch und Malafonte nahm sie so zögernd, als habe er Angst, er könnte sich an ihr verbrennen.

Dann war Clara draußen. Sie holte tief Luft und zündete sich eine Zigarette an. Sie hatte es überstanden.

KALABRIEN

E tu t'ha fari randi, prestu ha crisciri
Sferri e cuteddhi sempri ha maniari
L'onuri da famigghia ha manteniri
Figghiuzzu a to patri l'ha vendicari

Du musst groß werden, schnell musst du wachsen
Die Kunst der Waffe und des Messers musst du erlernen
Die Ehre deiner Familie musst du bewahren
Söhnchen, deinen Vater musst du rächen

Aus: »Omertà, Onuri e Sangu; Il Canto di Malavita«
Traditionelle Lieder der kalabresischen Mafia

»Du kannst das nicht tun.« Die Stimme der Baronessa, sonst fest und kräftig, zitterte.

Filippo schwieg. Seine schwarzen Augen waren die der Großmutter, Augen der Caprisis.

»Du hast doch nicht etwa schon damit angefangen?«

Filippo hielt ihrem Blick stand. Kein Wort kam über seine Lippen, doch es war auch nicht notwendig. Seine Großmutter verstand ihn auch so. Sie hatte ihn immer verstanden. Selbst als sein Vater noch gelebt hatte, in den helleren Zeiten seiner Kindheit, war es die *nonna* gewesen, die mit ihm gespielt hatte, die Einladungskarten für den Kindergeburtstag gebastelt und später seine Hausaufgaben überwacht hatte.

Seine *nonna* hatte ihn auch von der Schule abgeholt damals, als sein Vater gestorben war.

»Zerfetzt von einer Bombe!« und »In Stücke gerissen!«, hatte in den Zeitungen gestanden, und er las jede einzelne, obwohl die Baronessa wie ein Geier darüber wachte, dass er sie nicht zu Gesicht bekam. Doch das nützte nichts. Er fand alle versteckten Zeitungen. Hinter der Olivenpresse saß der Zehnjährige dann und las Zeile für Zeile. Einiges hatte er nicht verstanden, doch wie sein Vater ums Leben gekommen war, das war ihm klar geworden. Schlimmer noch als der Text waren die Fotos gewesen: Papas Auto, ein verkohlter Haufen Blech und Scherben und auf dem Fahrersitz, der merkwürdig unversehrt geblieben war, ein dunkler Fleck. Papas Blut war das. Es war ein großer Fleck gewesen, und ein paar Glasscherben hatten darauf gelegen. Filippo musste ein paar Mal die Augen ganz fest zukneifen, bevor er wieder hinsehen konnte. Und dann bemerkte er noch etwas auf dem Foto: Auf der Mittelkonsole, zwischen dem Aschenbecher und dem Schaltknüppel lag Papas Brille, die mit dem schwarzen Gestell, die er immer getragen hatte. Filippo hätte sie gerne als Erinnerung gehabt, doch als er seine *nonna* fragte, was denn aus Papas Brille geworden sei, hatte sie ihn nur ganz komisch angeblickt und in den Arm genommen. Er wollte nicht sagen, dass er die Brille auf einem Zeitungsfoto gesehen hatte, denn dann hätte die *nonna* ja gewusst, dass er ihr Versteck entdeckt hatte, und hätte womöglich ein neues, besseres gesucht. Dann, später, als er neben seiner *nonna* in Papas Schlafzimmer saß und zusah, wie all diese Menschen weinend und schreiend am geöffneten Sarg vorbeigingen und er die Küsse und Umarmungen teilnahmslos wie ein Stein über sich ergehen ließ, wunderte er sich, dass sein Vater, wie er in seinem schönsten schwarzen Anzug und den polierten Schuhen im Sarg lag, noch ganz vollständig zu sein schien, obwohl er doch in Stücke gerissen worden war. Und er hatte die Brille auf. Es war genau seine Brille, die von dem Foto. Und als er seine *nonna* ansah, lächelte sie ein wenig und drückte seine Hand ganz fest, und er wusste, dass sie sich darum gekümmert hatte, dass sein Papa die Brille zurückbekam. Da war er froh gewesen, und er hätte sie auch nicht mehr als Erinnerung gewollt, denn schließlich gehörte sie noch immer seinem Papa. Doch das Fotos von dem kaputten Auto und dem Blutfleck auf dem Sitz, das hatte er behalten.

Er besaß es noch heute, mehr als sieben Jahre später, doch er hatte es schon sehr lange nicht mehr angeschaut. Vielleicht würde er es nie mehr tun. Es hatte noch ein paar Bomben gegeben seit damals, in Autos, unter Brücken, sogar auf der Autobahn. Und jedes Mal die gleichen Fotos. Filippo, der noch immer jeden Artikel genau las, verstand zwar längst alle Sätze und Wörter und auch die Wörter dazwischen, die nicht geschrieben waren und die man sich dazudenken musste, doch eines verstand er heute noch genauso wenig wie damals. Er konnte nicht begreifen, warum sein Vater sterben musste. Und je mehr er darüber nachdachte, desto weniger verstand er. Natürlich kannte er den Hintergrund. Er wusste, dass sein Vater ein unbequemer Journalist gewesen war. Störend für gewisse Leute. Er wusste auch, dass *er* dahintersteckte und dennoch nie jemand für die Tat zur Verantwortung gezogen wurde. Das alles und noch einiges mehr hatte er von seiner Großmutter erfahren. Doch er verstand es nicht. *Warum* war das alles so? Warum musste er hier leben, an einem Ort, an dem Verbrecher so etwas ungestraft tun konnten? Warum waren diese Menschen so geworden? Und warum war sein Vater anders gewesen? Wo hatten er und die *nonna* ihren Mut her, und wie schaffte es die *nonna*, so weiterzuleben? Bis letztes Jahr, hatte er darüber nicht so sehr nachgedacht. Doch dann war diese andere Geschichte passiert, und nichts war mehr so wie früher. Sein Vater war in seine Träume zurückgekommen, und Filippo sah ihn Nacht für Nacht vor sich. »Zerfetzt und in Stücke gerissen«. Er wünschte jetzt, er hätte damals diese Zeitungen nie zu

Gesicht bekommen. Vielleicht hätte er dann alles besser überstanden? Doch tief in seinem Inneren wusste er, dass nichts und niemand ihm hätte helfen können, so etwas *gut* zu überstehen. Es war ein Wunder, dass er überhaupt noch lebte, und dafür musste er dankbar sein. Doch er konnte es nicht. Nacht für Nacht quälten ihn die Bilder, und auch bei Tageslicht war nichts mehr so wie zuvor. Und daher war die Idee, die er seit jenem Tag in seinem Kopf versteckt gehalten hatte, langsam zu einem Entschluss herangereift, von dem ihn jetzt niemand mehr abbringen konnte. Nicht einmal seine *nonna*. Gerade sie nicht.

Sie wusste es auch. Und trotzdem machte sie einen letzten, verzweifelten Versuch. Sie nahm seine Hand. Filippo spürte, wie kalt ihre Finger waren. Die Baronessa zögerte, denn was sie jetzt sagen würde, war ihr letzter Trumpf. Ein unwürdiger Erpressungsversuch, doch sie musste es tun. Um ihrer selbst willen und um Filippos willen.

»Ich kämpfe seit über vierzig Jahren. Kannst du dir vorstellen, was für eine Kraft man dazu benötigt?«

Filippo nickte.

Sie fuhr fort: »Meine Familie hat mir diese Kraft gegeben, und jetzt bist nur noch du übrig.«

Filippo sagte nichts.

Sie seufzte. Doch er kam ihr nicht entgegen. Und schließlich sprach sie es aus: »Wenn sie dich auch noch töten, dann habe ich keine Kraft mehr. Dann gebe ich auf.«

»Nein.« Filippo war aufgesprungen und schüttelte die Hand seiner Großmutter ab. »Verstehst du nicht? Wenn ich es nicht tue, dann war dein Kampf umsonst!«

Die Baronessa schloss die Augen. Sie dachte an ihren Mann und ihren Sohn und dessen Frau, die mit der Zeit immer durchsichtiger geworden war, bis sie schließlich eines Tages verschwunden war. Und sie dachte daran, dass sie, die *ihm* Zeit ihres Lebens getrotzt hatte, doch längst besiegt war. Zu einer Strafe verurteilt, die lebenslänglich währte. Das ist seine Stärke, dachte sie bitter. Er findet für jeden die passende Bestrafung. Und sie würde die Bestrafung, die er für ihren Enkel finden würde, nicht verhindern können. Sie hatte ihn auch letztes Jahr nicht beschützen können, niemanden hatte sie jemals beschützen können. Und war es nicht ohnehin zu spät? Filippo trug sein Kreuz ja längst schon mit sich herum. Wer war sie, ihm Vorschriften machen zu können? Sie konnte ihm nicht das nehmen, was sie die ganzen Jahre am Leben erhalten hatte.

Als sie ihre Augen wieder öffnete, stand Filippo noch immer vor ihr. Sein Blick war trotzig und bittend zugleich. Er wurde seinem Vater immer ähnlicher, bald würde er sein Ebenbild sein. Falls er noch so lange lebte. Sie nahm noch einmal zögernd seine Hand, und er ließ sie gewähren.

»Du hast recht Filippo«, sagte sie schließlich. »Du musst tun, was du für richtig hältst.« Und sie sah den Triumph in seinen Augen und die Entschlossenheit, die ihn plötzlich viel älter wirken ließ als die siebzehn Jahre, die er war.

MÜNCHEN

Clara saß in ihrem Büro und hörte den umständlichen Erklärungen ihres Gegenübers zu. Ein kleiner, schmaler Mann mit roten Händen und einem abgetragenen Strickjanker mit Hirschhornknöpfen. Er erzählte ihr gerade, wie er seinen Geldbeutel verloren hatte mit all seinem Geld und er daher nichts zu essen hatte kaufen können. Mit verschleiertem Blick streckte er ihr seine roten Hände entgegen. »Ein paar Mark nur, der Tag is' noch so lang.«

»Euro, Erwin, Euro!« Clara seufzte. »Nein, du hast dein Geld für diese Woche schon bekommen. Es gibt nicht mehr.«

Das Gesicht von Erwin verdüsterte sich. »Ich hab Hunger un' nix zum Essen. Ist das eine Art!« Er begann zu fluchen.

»Hunger, ja, ja.« Clara stand auf und komplimentierte Erwin Reisinger freundlich, aber bestimmt zur Tür hinaus. Im Gehen steckte sie ihm noch zwei Euro fünfzig zu. Das würde gerade noch für eine Halbe Bier reichen. »Komm morgen früh wieder.«

Erwin schob hastig das Geld in die Tasche und nickte. Mit wiegenden Schritten, so schnell sein ramponierter Körper es ihm gestattete, beeilte er sich, seine letzte Tröstung für heute in Empfang zu nehmen.

Clara schloss aufatmend die Tür und ging zurück zu ihrem Schreibtisch. So viel Arbeit wartete noch auf sie. Rechnungen wollten geschrieben werden, und die Fristen für zahlreiche Schriftsätze, die sie noch zu machen hatte, schoben sich schon wieder auf einen erschreckend kurzen Zeitraum zusammen.

Sie packte ein paar der dringendsten Akten in ihre Tasche und knipste das Licht aus. Linda war schon vor über einer Stunde gegangen, und Willi hatte sie heute Nachmittag gar nicht gesehen. Sie hatte Hunger und sehnte sich nach ihrer Couch und einem Krimi. Elise sprang freudig auf, als Clara ihren Stuhl zurückschob. Sie hatte den Teil des Nachmittags, den Clara hinter ihrem Schreibtisch gesessen hatte, in einem Zustand verbracht, den Clara als Bürolähmung zu bezeichnen pflegte. Kaum lag Elise hinter Claras Schreibtischstuhl auf ihrem großen, zerfledderten Kissen, erschlaffte sie vollkommen und verfiel in eine Art resignierte Apathie, aus der sie nur der Hinweis auf einen Spaziergang oder aber – noch besser – eines von Ritas Croissants erwecken konnte. Clara schlüpfte in ihren grünen Wollmantel und machte sich mit Elise zu Fuß auf den Weg in ihre Wohnung. Nach dem Gefängnistrip von heute Morgen konnte sie gar nicht genug Frischluft bekommen.

Der Abend war klar und warm für März. Schritt für Schritt fühlte Clara, wie die Anspannung des Tages von ihr wich. Die Gefängnismauern, die ihr Herz wie ein Schraubstock umschlossen hatten, verschwanden endgültig, und Clara empfand wieder Raum und Platz und Freiheit. Die sanfte Luft, die bereits in den Farben des Frühlings roch, nach hellem Grün und saftigem, erdigem Braun, drang in all ihre Poren und wusch die klebrige Computerluft und den Papierstaub einfach weg in die Isar. Elise amüsierte sich eine ganze Weile königlich mit einem Zwergpudelrüden, den sie mit einem Tatzenhieb in einen Flokati hätte verwandeln können. Doch sie, ganz Lady, sah nonchalant über den Größenunterschied hinweg und ließ sich von dem Zwerg gönnerhaft anbaggern. Ab und zu warf sie Clara einen amüsierten Blick zu, den Clara augenzwinkernd erwiderte. Männer!, besagte dieser Blick, und dem konnte Clara nur aus vollem Herzen zustimmen. Sie wünschte sich plötzlich, sie hätte in Bezug auf die menschlichen Vertreter dieser Spezies denselben gelassenen Humor.

Als Clara in ihre Wohnung trat, galt ihr erster Blick dem Anrufbeantworter. Er blinkte. Ein Seufzer der Erleichterung entfuhr ihr, und sie ließ Mantel und Hundeleine einfach auf den Boden fallen. Es war tatsächlich Sean, der angerufen hatte: »Hi, Mum, mir geht es gut, was macht Elise, schaff dir doch endlich ein Handy an, viele Grüße von Ian.« Klack.

Clara blieb noch eine ganze Weile vor dem kleinen Apparat stehen und starrte auf die neonrote Eins, die Seans Anruf signalisierte. Er lebte, es ging ihm gut, er verstand sich gut mit seinem Vater, lernte die große weite Welt kennen ... na ja, zumindest die Stadt, in der er die ersten Jahre seines Lebens verbracht hatte. Was wollte eine Mutter mehr? Clara verzog das Gesicht und erinnerte sich an einen der zahlreichen Ratgeber, die sie am Anfang, ganz am Anfang, noch gelesen hatte. »Loslassen!« hatte der kategorische Imperativ geheißen. »Loslassen, wenn Ihr Baby nachts allein schlafen soll, loslassen, wenn es in den Kindergarten kommt, loslassen, loslassen.« Das ganze *Loslassen* hatte ihr nichts geholfen. Oder sie hatte es nicht richtig gemacht. Jedenfalls fehlte ihr Sean, und sie wollte nicht loslassen. Auf keinen Fall. Sie war noch nicht bereit dafür, verdammt noch mal! Bei manchen dauerte es eben länger, und interessierte sich überhaupt jemand für die Schmerzen der Mutter, wenn der Sohn, fast noch ein Kind, tausend Meilen wegfuhr, zu einem Vater, den er kaum kannte und der ... der ... jedenfalls nicht zuverlässig genug gewesen war, ein Kind aufzuziehen? *Ein Musiker, Künstler!* Natürlich. Sie atmete schwer. Ein Tagträumer, ein Säufer, ein hemmungsloser Egoist. Sie stampfte zur Bekräftigung mit dem Fuß auf. Jawohl, das traf es wohl eher. Sie hob ihren Mantel auf und warf ihn über den Stuhl neben der Tür. Die Stimmung war ihr verhagelt, sie hatte keine Lust mehr auf einen Krimiabend vor dem Fernseher. Also arbeiten? Sie schob ihre zerknautschte Aktentasche, die solche Behandlung gewohnt war, mit dem Fuß in eine Ecke und ging in die Küche, um sich etwas zu trinken zu holen. Kein Bier im Kühlschrank, nur gesunder Karottensaft und Wasser. Clara ließ die Tür zufallen und ging in die winzige und bis an die Decke vollgestopfte Speisekammer, um sich eine Flasche Wein aus ihrem spärlichen Vorrat zu holen. Mit einem Glas Rotwein und einer Scheibe Brot bewaffnet, setzte sie sich an ihren Laptop und verharrte nachdenklich vor dem flimmernden Bildschirm. Ihr Blick glitt durch das offene Fenster in die Ferne, dann begann sie, zögerlich zunächst, ein paar Begriffe in eine Suchmaschine einzugeben.

Zwei Stunden später war die Flasche fast leer und Clara zutiefst empört. Sie starrte böse auf den Bildschirm, als trüge er Schuld an dem, was sie gerade alles erfahren hatte. Der Drucker begann zu rattern, und eine weibliche, monotone Stimme informierte sie freundlich: »Druckvorgang gestartet.«

Sie stand auf und ging in den Flur, um sich eine neue Schachtel Zigaretten zu holen. Während sie die Schachtel aufriss und das Papier in den Papierkorb fallen ließ, fiel ihr Blick auf das Telefon. *Schaff dir ein Handy an*, hatte Sean gesagt. Das bedeutete doch wohl, dass er es schade gefunden hatte, nicht mit ihr sprechen zu können. Dass er mit ihr reden wollte, dass er es womöglich schon einmal versucht hatte? Oder sogar schon öfter? Und sie war nicht da gewesen. Sie sah auf die Uhr: Viertel nach neun. Eine gute Zeit, um anzurufen. Sie hatte schon genug *losgelassen* in den letzten Tagen.

Als am anderen Ende abgehoben wurde, hörte sie sofort, dass es nicht Sean war. Doch sie erkannte die Stimme nicht.

»Hallo? Who is speaking?«, rief sie in den Hörer gegen das Rauschen und Stimmengewirr am anderen Ende.

»Clara? Bist du das?«

Clara klappte den Mund zu. Ian. Er war an das Handy ihres Sohnes gegangen.

»Wo ist Sean?«, quetschte sie schließlich zwischen zusammengebissenen Zähnen hervor.

»Oh, er ist ... auf der Toilette glaube ich ... Ich weiß nicht. Er hat sein Handy hiergelassen.«

»Ach?«, fragte Clara im beißenden Ton. »Und du gehst einfach ran? Noch nie was von Privatsphäre gehört?«

»Hey, was ist los?« Ians Stimme klang belustigt. Oder betrunken. Sicher war er betrunken. Clara wurde heiß. »Du stehst wohl schon länger am Tresen, wie ich vermute«, fauchte sie. »Ist *dein Sohn* überhaupt noch da? Oder hast du ihn mal wieder verloren?« Schweigen antwortete ihr, doch sie wusste, dass er sie genau verstanden hatte. Ohne ein weiteres Wort legte sie auf. Sie war zu weit gegangen. Nein. Nein! Sie war im Recht. Doch es war lange her. Es war nicht nötig gewesen. Sie ging müde zurück an ihren Schreibtisch und trank den Rest des Weins direkt aus der Flasche. Noch während sie trank, kamen ihr die Tränen. Unwillig wischte sie sie weg und zündete sich eine Zigarette an. Dann griff sie erneut zum Telefon. Willi klang hellwach, als er abhob. Ja, er hatte noch Lust auf Murphy's. O. k. In einer halben Stunde.

Als Willi endlich kam, war es bereits kurz vor elf. Er war, zerstreut wie meistens, in die falsche U-Bahn gestiegen und hatte seinen Irrtum erst sechs Stationen später bemerkt. Zurück in die Innenstadt gingen die Züge nur noch alle zwanzig Minuten, und so musste er geraume Zeit auf dem leeren, zugigen Bahnsteig warten. Murphy's war gerammelt voll, als er endlich ankam, es war schwierig sich durch die Tür hindurch und zum Tresen zu kämpfen. Mick stand dahinter in einem ausgeleierten, natogrünen T-Shirt, dessen kurze Ärmel er über seine Bizepse nach oben gerollt hatte. Eine blasse Tätowierung glänzte bläulich verschwommen auf der feuchten Haut seines Oberarms.

»Hi.« Mick nickte Willi flüchtig zu und zapfte ihm ein dunkles Bier.

Willi sah sich suchend um. Clara war nirgends zu sehen. Sie saß immer an der Bar. Doch heute war ihr zerzauster rotbrauner Haarschopf, der meist große Ähnlichkeit mit der Haartracht eines Kobolds hatte, nicht auszumachen. Willi schlürfte von dem malzigen, bitteren Bier und wischte sich den Schaum von den Lippen. »War Clara hier?«

Mick warf ihm einen seltsamen Blick zu. »Ach, *du* warst mit ihr verabredet?«

Willi hob halb rechtfertigend die Arme. »Ja, ich bin zu spät …«

»Sie hat ganz schön lange auf dich gewartet, Mann«, meinte Mick. Dann fügte er mit einem viel sagenden Grinsen hinzu: »Aber jetzt ist sie beschäftigt.«

Willi verstand überhaupt nichts mehr. Was sollte das nun wieder bedeuten? »Willst du mich verarschen?«

Micks Grinsen wurde breiter, dann schüttelte er den Kopf und deutete in den Gastraum, der sich links von der Bar öffnete und voll mit Menschen war. »Schau mal rein. Du wirst es nicht glauben!«

Derart vorbereitet griff Willi nach seinem Bier und quetschte sich misstrauisch durch die Menge. Erst jetzt wurde ihm klar, dass heute eine Band auf der winzigen Bühne am anderen Ende des Raums spielte und es deshalb so voll war. Als er sich bis dorthin vorgekämpft hatte, sah er Clara endlich. Mit offenem Mund blieb er wie angewurzelt stehen.

Clara stand auf der Bühne. Und sie sang. Zusammen mit dem Sänger der Band stand sie dort oben und sang irgendein irisches Lied, ganz so, als ob es das Selbstverständlichste auf der Welt wäre. Sie hatte eine kräftige Stimme, ein wenig rauchig, aber sicher und klar. Und sie sang den Text, als ob sie nie etwas anderes getan hätte.

Willi nahm einen tiefen Schluck von seinem Bier. Er wusste, dass Clara in jungen Jahren durch Europa getingelt und schließlich in Irland hängengeblieben war. Doch sie sprach nie über diese Zeit, auch nie über ihren Exmann, Ian, den sie verlassen hatte, als ihr gemeinsamer Sohn vier Jahre alt war. Damals war sie nach München zurückgekommen und hatte das Studium begonnen. Dort, an der Uni hatten sich Willi und Clara kennengelernt. Sie waren im gleichen Semester gewesen, Willi jedoch vier Jahre jünger und um einiges naiver als Clara, die nebenbei noch ein kleines Kind zu versorgen gehabt hatte. Und trotzdem waren sie Freunde geworden. Gute Freunde. Wenngleich sich Willi so manches Mal gewünscht hätte, es wäre mehr daraus geworden. Aber er hatte sich nie getraut, irgendetwas in diese Richtung zu unternehmen, und Clara ... Clara war trotz ihrer direkten, impulsiven Art doch immer unnahbar und in ihren Reaktionen unberechenbar geblieben. Und jetzt stand sie dort oben mit gesträubten Locken und funkelnden Augen in einem blassen Gesicht und sang irische Volkslieder. Die Zuhörer riefen den Musikern ihre Wünsche zu, und einmal nickte Clara. Sie antwortete lässig auf Englisch, und wiederum hatte Willi das Gefühl, sie habe noch nie etwas anderes getan. Sie machte einen Witz, und die Leute lachten, und dann setzte sie sich wie selbstverständlich an das Klavier in der Ecke und begann, mit leichten Fingern eine langsame Melodie zu spielen. Das Lied handelte von einem einsamen Mann in der Ferne, der sich nach seiner schwarzhaarigen Braut verzehrt, und so wie Clara sang, klang es gerade so, als wäre sie es, die sich nach einem verloren gegangenen Geliebten sehnte. Willi fragte sich unwillkürlich, ob Ian wohl schwarzhaarig war, und wunderte sich über den winzigen Eifersuchtsstich, der ihn daraufhin traf. Es war still geworden in dem mit Menschen vollgestopften Raum, und Willis Blick wanderte zu den Rauchschwaden hinauf, die sich in langsamen, fließenden Bewegungen um die Deckenlampen sammelten. Ein Gefühl von Sehnsucht erfasste ihn, doch er weigerte sich, es in Worte zu fassen. Es blieb unwirklich und ebenso wenig fassbar wie der Rauch an der Decke, und als Claras Stimme verstummte und Applaus aufbrandete, löste es sich in dem Nichts auf, aus dem es gekommen war. Er trank sein Glas aus und stellte es beiseite, um ebenfalls zu klatschen. Clara war wieder aufgestanden und bedankte sich, ihre Wangen waren gerötet. Dann hob sie kurz eine Hand zum Abschied und sprang leichtfüßig von der Bühne hinunter. Einen Augenblick später war ihr Kopf zwischen dem Publikum verschwunden. Willi versuchte, sich in ihre Richtung zu drängen, doch es gelang ihm nicht. Die Band begann wieder zu spielen, und die Stimmung wurde laut und ausgelassen. Willi blieb nichts anderes übrig, als zurück zu Mick an die Bar zu gehen. Und dort, an ihrem angestammten Platz, saß Clara, ihr ganz persönliches Whiskeyglas, gefüllt mit einem Zentimeter bernsteinfarbener Flüssigkeit, in der Hand. Sie sah ihn kommen und hob andeutungsweise ihr Glas, trank aber nicht, sondern ließ es nachdenklich zwischen ihren Händen kreisen.

Eine plötzliche Verlegenheit erfasste Willi. Er war überrascht gewesen von Claras Auftritt und ein wenig irritiert, aber es hatte ihm gefallen, und am liebsten wäre er noch lange dort stehengeblieben, im Schatten, zwischen all den Menschen und hätte ihr zugehört. Doch jetzt, als er die altbekannte Clara dort sitzen sah, die ihm für einen Augenblick ein fremdes Gesicht gezeigt hatte, fühlte er sich gehemmt, unsicher. Als wäre er Zeuge eines Geheimnisses geworden, etwas, was nicht für ihn bestimmt war. Er setzte sich neben sie auf den Barhocker und schob Mick sein leeres Glas hinüber.

»Du bist spät dran.« Clara nippte an ihrem Whiskey, und Willi fiel auf, dass sie ihn nicht ansah.

Willi zuckte mit den Achseln. »Aber gerade noch rechtzeitig.« Dann entschloss er sich gegen die Coolness und für die Ehrlichkeit. »Das war toll.«

»Oh, danke.« Clara verzog den Mund.

Willi sah, dass sie Tränen in den Augen hatte, und er fühlte sich hilfloser denn je. »Hey, was ist denn los?«, brachte er schließlich heraus und legte seine Hand auf ihren Arm.

Sie schüttelte ihn schroff ab und wischte sich mit dem Ärmel über das Gesicht. Schniefend zündete sie sich eine Zigarette an und versuchte ein Lächeln. »Nichts ist los. Ich bin nur betrunken.« Wie zum Beweis nahm sie noch einen kräftigen Schluck.

»Quatsch.« Willi sah wohl, dass Clara mehr getrunken hatte, als es ihr guttat, aber er kannte sie lange genug, um zu wissen, dass das sicher nicht der Grund für ihre desolate Stimmung war, eher die Folge davon. Und deswegen wusste er auch, dass es vollkommen sinnlos war, mit ihr darüber zu diskutieren. Wenn sie nicht mit ihm reden wollte, würde er sie nicht dazu bewegen können. Betrunken oder nicht. Stur wie ein Esel war sie und wie immer felsenfest davon überzeugt, alles mit sich selbst ausmachen zu müssen. Er verkniff sich einen viel sagenden Seufzer und tat so, als sei dieser Punkt für ihn erledigt.

»Ich habe mich höllenmäßig verfahren.« Er begann von seiner Irrfahrt mit der U-Bahn zu erzählen und übertrieb dabei so schamlos, dass Clara irgendwann trotz ihrer Tränen lachen musste. »Du Idiot!«

Willi nickte bekümmert. »Das ist mein Schicksal.«

Es wurde sehr spät, als sie schließlich vor dem Pub auf das Taxi warteten, das beide nach Hause bringen sollte. Sie hatten viel getrunken und viel geredet, aber nichts gesagt. Jetzt stand Clara stumm neben ihm, ihr Gesicht war grau vor Müdigkeit, und sogar ihre Haare hatten etwas von ihrer Widerspenstigkeit verloren. Unter ihren Augen und um ihren Mund nahm Willi zum ersten Mal die feinen Fältchen wahr, die ihre zweiundvierzig Jahre verrieten, ein Alter, das Willi noch vor zehn, fünfzehn Jahren steinalt und wenig erstrebenswert vorgekommen war und dem er sich nun schon in recht zügigen Schritten selbst näherte, ohne dass er sich wesentlich älter fühlte als damals. Im Inneren. Äußerlich hatte er sich dem Antityp von früher schon sichtbar angenähert: Sein Bauchansatz war nicht mehr zu übersehen und wurde nur noch von seiner Größe ein wenig abgemildert, und die ehemals üppigen Haare trug er schon seit geraumer Zeit ganz erheblich kürzer als früher, nachdem er erschüttert festgestellt hatte, dass ein lockiger Nacken die fehlende Pracht auf der Stirn eher noch betonte, als sie zu kaschieren.

Als das Taxi endlich kam, war Willi eiskalt in seiner dünnen Jacke, und Clara schlief schon fast im Stehen. Sie kletterte schweigend neben ihn auf den Rücksitz, und als das Auto losfuhr, bettete sie wie selbstverständlich ihren Kopf auf seine Schulter. Eine ganze Weile blieb Willi still sitzen und sah stur geradeaus. Dann, als sich das Taxi schon der Isar näherte, hob er endlich seinen Arm und legte ihn um Claras Schultern. Sie fühlte sich schmal an, viel zarter als erwartet. Vorsichtig verstärkte er seinen Griff und zog sie ein wenig näher an sich heran. Dann hielt er sie fest, während das Taxi weiter durch die menschenleere Stadt fuhr. Und während ein leises Schnarchen ertönte, vergrub Willi schüchtern sein Gesicht in Claras Haare. Er schloss für einen Augenblick die Augen und hoffte vergeblich, der Taxifahrer würde den Weg zu ihrer Wohnung nie finden.

Als Clara am nächsten Tag erwachte, prasselte der Regen in Strömen gegen die Fensterscheiben. Die Nachttischlampe brannte noch, und in ihrem Kopf hämmerte ein bösartiger Kobold mit einem Vorschlaghammer auf ihrem Gehirn herum. Zu diesem Zweck hatte er es fest in eine Schraubzwinge geklemmt, sodass Clara Mühe hatte, überhaupt die Augen zu öffnen. Sie stöhnte, als das Licht der Lampe neben ihrem Bett sie traf, und schloss sie schnell wieder. Tastend fand sie den Schalter und knipste die Lampe aus. Das aufdringlich gelbstichige Leuchten verschwand hinter ihren Lidern, und graues Morgenlicht blieb übrig. Schon besser. Sie versuchte aufzustehen, doch das erlaubte der Kobold nicht. Er zog die Schraubzwinge stärker an, und Clara wurde vor Schmerz übel. Sie ließ sich ächzend zurück ins Bett fallen und drehte sich weg. Weg vom Regen vor den Scheiben und dem grauen Licht und der Uhr auf dem Nachttisch.

Als sie wieder erwachte, war ihr Gesicht feucht. Der Regen rauschte in ihren Ohren, und in ihrem Kopf hämmerte noch immer der Kobold. Doch da war noch etwas anderes. Etwas Nasses, Raues in ihrem Gesicht. Sie brauchte die Augen nicht zu öffnen, um zu wissen, was es war. Mit aller Energie, die sie aufzubringen imstande war, schob sie Elises Vorderpfoten von der Bettkante und wischte sich mit dem Zipfel ihrer Decke Elises Morgengruß aus dem Gesicht. »Bitte, lass das heute!«, murmelte sie schwach und schob versuchsweise ein Bein aus dem Bett. Dann das zweite und zum Schluss den Kobold, der unbedingt mitwollte und dies mit Hilfe seines Vorschlaghammers eindrücklich demonstrierte.

»Aspirin!«, leuchtete es zwischen den einzelnen Schlägen in Claras Bewusstsein. Dann: »Dusche!« und »Kaffee!« So schnell es möglich war, eilte Clara los, um diesen rettenden Befehlen Folge zu leisten.

Danach war Clara langsam wieder so weit hergestellt, dass

sie einigermaßen klar denken konnte. Während sie sich in der Küche an der dickwandigen Kaffeetasse festhielt und überlegte, wie viel an Arbeit der heutige Tag verkraften musste, fiel ihr völlig unvermittelt ihr gestriger Auftritt im Murphy's wieder ein, und sie schloss erschüttert die Augen. Wie lange war es her, dass sie das letzte Mal gesungen hatte? Öffentlich, vor Publikum? Fünfzehn Jahre. Und es war ihr so vorgekommen, als sei kein Tag vergangen. Alles war ihr noch präsent gewesen, die Texte, die Musik, ihre Stimme. Sie atmete tief ein und versuchte, die Gedanken daran beiseitezuschieben. Doch es gelang ihr nicht. Lange saß sie so in der Küche, die Beine untergeschlagen, auf ihrem altersschwachen Holzstuhl, den sie vor Jahren einmal mit Sean grün angestrichen hatte, und sah zum Fenster hinaus. Es regnete noch immer, und die Welt vor der nassen Scheibe erschien ihr unwirklich, verschwommen, wie untergegangen. Ihr Blick fiel auf die Teedosen auf dem Bord neben der Tür. Sie waren verstaubt, und ihre nostalgischen Muster hatten ihren Glanz verloren. Clara nahm sich vor, sie bei der nächsten Gelegenheit zu polieren. In ihrem Inneren polterte etwas, und es rührte nicht von ihrem strapazierten Magen her. Etwas löste sich wie Steine von einem Abhang, die krachend ins Tal stürzten. Irgendwann, nach einer stillen Ewigkeit, in der nur der Regen zu hören war, der gegen die Scheiben und aus den Regenrinnen plätscherte, stand sie auf und ging, die Kaffeetasse noch immer in der Hand, in ihr Schlafzimmer. Dort, in der Ecke, zugedeckt mit Zeitschriften, Fotos, einem Kerzenleuchter und einem Stapel Bücher, stand ihr Klavier. Es war bedeckt von der gleichen, dicken Schicht Staub wie die Teedosen in der Küche, und Clara wischte behutsam mit dem Ärmel darüber, bevor sie die Abdeckung öffnete. Ihre Hände wanderten suchend über die Tasten, dann schlug sie ein paar Töne an. So unerwartet klangen sie in dem vertrauten Raum, dass Clara die Tränen kamen und sie innehalten musste. Sie versuchte sie noch einmal, etwas kräftiger, und dann begann sie, leise, mit verrauchter, kratziger Stimme das letzte Lied von gestern Abend zu singen: *Black is the colour of my true love's hair …*

Sie spürte die Tränen auf ihrem Gesicht. Doch sie hörte nicht auf zu singen. Auch wenn es schrecklich klang. Das Klavier war verstimmt, und in ihrem Kopf hämmerte es. Ihre brüchige Morgenstimme hallte fremd von den hohen Wänden, und ihr Herz klopfte. Es war ganz anders als gestern, aber es war ein Anfang.

Als sie aufstand und die Abdeckung fast liebevoll zuklappen ließ, fühlte sie, wie sich die letzten Steine lösten und hinunterkollerten. Sie nahm mit einer heftigen Bewegung die Zeitschriften von dem Klavier und warf sie auf den Boden. Dann wischte sie mit der Hand die Staubschicht notdürftig weg und stellte den Kerzenleuchter in die Mitte.

Jetzt. Jetzt konnte der Tag beginnen.

Prompt fielen ihr ihre Internet-Recherchen ein, die zu so erstaunlichen Ergebnissen geführt hatten. Sie war gestern überhaupt nicht dazu gekommen, Willi davon zu berichten. Mit einem letzten, zärtlichen Blick auf ihr Klavier stieg sie über den Zeitschriftenstapel auf dem Boden und ging hinüber ins Wohnzimmer, in dem, mit Blick auf die Kastanie und die Isar, ihr Schreibtisch stand. Sie sammelte die Blätter zusammen, die verstreut um den Drucker herum auf dem Boden lagen. Dann und wann hielt sie inne, um eines zu lesen. Das muss ich heute Abend Pöttinger zeigen, dachte sie, während sie die Blätter in ihre Tasche stopfte. Er wird entzückt sein.

Doch vorher wartete noch eine Menge Arbeit auf sie, Kobold hin oder Klavier her, und ein Besuch, zu dem sie sich bereits gestern fest entschlossen hatte. Sie knuddelte die langen, unbeschnittenen Ohren ihres Hundes, während sie ihm sein Halsband umlegte. »Wäre doch gelacht, wenn ich nicht herauskriegen würde, was dieser …«, sie schluckte die Beleidigung hinunter, »hinter seiner weißen Richterkrawatte zu verbergen hat.« Elise nutzte die Nähe von Claras Gesicht zu einem heftigen Schmatzer auf eines ihrer Augen und gab einen zustimmenden Japser von sich.

Es war kurz nach halb eins, als Clara und Elise am Stachus ausstiegen. Mit Elise an ihrer Seite fiel Clara das U-Bahn-Fahren um vieles leichter als ohne sie, da der riesige Hund mit den blutunterlaufenen Augen und triefenden Lefzen für einen respektvollen Abstand zwischen ihr und den übrigen Fahrgästen sorgte.

Sie ging in den Blumenladen unweit des Justizpalastes.

Während sie sich noch unschlüssig umsah, kam ein junger Mann mit spitzer Nase auf sie zu.

»Kann ich Ihnen behilflich sein?«

»Ja.« Clara zögerte. Blumensträuße waren nun wirklich nicht ihr Spezialgebiet.

»Für einen Herrn?«

»Nein!«

»Eine Dame also?«

Was sonst?, war Clara versucht zu fragen, während sie freundlich nickte.

»Rosen?« Die Hand des Verkäufers schwang anmutig nach rechts, wo in hohen Plastikvasen langstielige Rosen in allen Farben versammelt waren.

»Nein. Nicht so ... romantisch. Aber auch nichts, was man seiner Schwiegermutter schenken würde.« Clara lächelte dem Verkäufer ein wenig hilflos zu.

Der Verkäufer nickte ernst und ließ seinen Blick in die Ferne schweifen. »Verstehe, verstehe.« Dann kehrte seine Aufmerksamkeit zurück zu Clara, und er musterte sie nachdenklich mit verschränkten Armen. »Hat die Dame irgendwelche Vorlieben?«

Clara zuckte mit den Schultern. »Sie trinkt ihren Kaffee mit Milch und zwei Stück Zucker und liebt ihre Katze.«

»Oh.« Der junge Mann faltete seine Hände und hob freudig das Kinn. »Dann, ja dann ... würde ich auf keinen Fall zu Schnittblumen raten, nein ... ich denke ... eine Orchidee ist genau das Richtige.«

Mit einer eleganten Orchidee in einem mattsilbernen Topf in der Hand und Elise an der Leine stieg Clara die Treppen zum Vorzimmer Dr. Obersteins hinauf. *Frau Früchtel* stand auf dem Schild neben der Tür und Clara klopfte.

Es ertönte ein fröhliches »Herein!«, und Clara begann sich zu fragen, wie man sich mit diesem Vorgesetzten ein so sonniges Gemüt bewahren konnte. Der Tipp des Blumenverkäufers war ein voller Erfolg. Frau Früchtel strahlte über das runde Gesicht, und Clara strahlte mit.

»Wie ich sehe, leben Sie noch.« Frau Früchtel zwinkerte spitzbübisch.

»Aber nur mit Ach und Krach.« Clara verzog das Gesicht. »Ihr Chef hat mich ganz schön plattgemacht.«

»Ganz ohne können Sie auch nicht gewesen sein, er war ziemlich geladen, als er aus der Sitzung zurückkam.« Sie stellte den Blumentopf neben ihr Katzenbild. Dabei fiel ihr Blick auf Elise, die Clara neben sich postiert hatte und die Frau Früchtel aus treuherzigen Augen ansah.

»Oh mein Gott! Wen haben wir den da?« Frau Früchtel erhob sich von ihrem Stuhl und beugte sich über den Tisch, um Elises Kopf zu tätscheln.

Clara lächelte: »Darf ich vorstellen: Elise.«

»Allerliebst, wirklich allerliebst.« Frau Früchtel kraulte Elise hinter den Ohren, was sie dazu veranlasste, ihren gewaltigen Kopf auf Frau Früchtels Schreibtisch abzulegen. Diese brachte glücklich ein paar Akten in Sicherheit und fuhr fort, die Ohren des Hundes zu kraulen. »Hätten Sie noch etwas gebraucht, Frau Rechtsanwältin?«

»Na ja.« Clara trat zögernd von einem Bein aufs andere. »Ich dachte, wenn vielleicht ganz zufällig die Akte Moro wieder aufgetaucht wäre und sie mir ... vielleicht, möglicherweise ...« Sie verstummte und warf einen hoffnungsvollen Blick auf Frau Früchtel, die Elise eine Behandlung angedeihen ließ, die sie zu kleinen, wohligen Grunzen veranlasste. Die kleine Dame warf ihr einen stolzen Blick zu: »Ich glaube, sie mag mich.«

Dann wandte sie ihre Aufmerksamkeit Clara zu. »Die Akte Moro, sagten Sie?« Sie zwinkerte verschwörerisch. »Ja, die ist wieder aufgetaucht.«

»Tatsächlich!« Claras Blick verirrte sich zu der geschlossenen Tür zu ihrer Linken, hinter der Richter Oberstein residierte.

»Mittagspause zwölf Uhr fünfzehn bis vierzehn Uhr. Jeden Tag.« Frau Früchtel lehnte sich zurück und verschränkte die Arme auf ihrem Schreibtisch. Dann schenkte sie Clara ein sanftes Lächeln. Elise, enttäuscht darüber, dass ihre Massage beendet schien, schob ihren Kopf vorwurfsvoll ein wenig weiter über den Schreibtisch. Frau Früchtel rückte gelassen den Blumentopf und das Foto ihrer Katze beiseite und kraulte erneut.

Clara blickte auf ihre Uhr. Es war zwanzig nach eins. »Glauben Sie, man könnte ... einen Blick auf diese Akte werfen?«

Frau Früchtel stand auf und strich sich ihren grauen Rock glatt. »Ich gehe jetzt in die Cafeteria und hole mir einen Kaffee. Möchten Sie auch einen?«

»Gerne. Schwarz, bitte.«

Frau Früchtel warf einen viel sagenden Blick auf einen dünnen Ordner auf ihrem Schreibtisch, der mit einem leuchtend orangefarbenen Aufkleber *Ausländer* versehen war, und ging mit einem letzten Tätschler auf Elises Kopf an Clara vorbei.

Kaum hatte sie die Türe hinter sich geschlossen, war Clara schon am Schreibtisch und schnappte sich den Ordner. Nervös blätterte sie ihn durch, bis sie das Protokoll der Vernehmung Massimo Moros gefunden hatte. Sie hatte Glück: Dieses Mal war es vollständig. Clara überflog die Zeilen, und ihr entwich ein deftiger Fluch. Es war klar, warum diese Seiten in Malafontes Akte nicht aufgetaucht waren. Damit wäre es sogar Richter Oberstein schwergefallen, seine Verurteilung auf Moros Zeugenaussage zu stützen.

Clara sah sich um. Neben der Tür stand das Kopiergerät. Sie kopierte die beiden Seiten und so viel aus Moros Akte wie möglich. Erst als sie Schritte auf dem Gang hörte, legte sie die Akte zurück auf Frau Früchtels Schreibtisch und schob die kopierten Blätter in ihre Tasche.

Im gleichen Moment kam die Sekretärin zurück, zwei Tassen Kaffee in den Händen. »Tut mir leid, dass ich so lange gebraucht habe, ich hoffe, Sie haben sich nicht gelangweilt?«

»Nicht im Geringsten.« Clara lächelte und nahm den Kaffee entgegen. »Danke.«

»Wenn's der Wahrheitsfindung dient.« Frau Früchtel ging lächelnd zurück zu ihrem Stuhl, nicht ohne Elise erneut über den Kopf zu streicheln.

»Arbeiten Sie schon lange für Herrn Oberstein?«, wollte Clara wissen, während sie den dünnen Kaffee schlürfte.

»Seit er hier ist, seit fünf Monaten.«

»So kurz ist er erst hier? Wo war er denn vorher?« Clara hob die Augenbrauen und täuschte Ahnungslosigkeit vor.

»In Deggendorf.«

»Dann war das wohl eine Beförderung?« Clara nahm einen letzten Schluck von ihrem Kaffee und ließ die Leine in Elises Halsband einschnappen. Mit Erstaunen sah sie, dass ihre letzte Bemerkung mit Zögern aufgenommen wurde. Die Grübchen waren aus Frau Früchtels Gesicht verschwunden, sie musterte

Clara mit einem Anflug von Misstrauen. »Nun sagen Sie nicht, Sie wüssten nichts davon.«

»Wovon?« Clara blickte auf, jetzt aufrichtig neugierig.

»Na, von der Geschichte mit der Russin ...« Ein Blick auf die Uhr ließ sie verstummen. Es war kurz vor zwei.

Clara hatte wenig Lust, Richter Oberstein zu begegnen, also verzichtete sie schweren Herzens auf die Geschichte mit der Russin aus Deggendorf und verabschiedete sich. Arno Pöttinger hatte versprochen, sich deswegen umzuhören, und auf ihn konnte sie sich verlassen. Vielleicht wusste er heute Abend schon mehr darüber.

Die Pizzeria Napoli war ein kleines, schmuckloses Restaurant, eingezwängt zwischen einem Supermarkt und einer Reinigung. Es gab Pizza, einige wenige Nudel- und Fleischgerichte, drei Weiß- und drei Rotweine zur Auswahl, basta.

Clara bugsierte Arno Pöttinger an einen Tisch im hinteren Teil des fast leeren Restaurants, an dem sie die Bar und die dahinterliegende Küchentür im Blick hatte und sie gleichzeitig ungestört reden konnten. Sie brannte darauf, ihm ihre Ergebnisse aus dem Internet zu präsentieren, und war gespannt, was er zu Moros Vernehmungsprotokoll sagen würde. Doch sie zwang sich zur Geduld. Ihr Magen knurrte bereits vernehmlich, und nach dem Essen war noch Zeit genug.

Pöttinger begann mit gerunzelter Stirn die dürftige Speisekarte zu studieren und warf Clara einen vorwurfsvollen Blick zu. »Du meinst, wir sollten wirklich hier essen?«

Clara nickte nachdrücklich. »Man muss auch mal Opfer bringen können, mein Lieber.«

Pöttinger seufzte und steckte die Karte zwischen die klebrigen Essig- und Ölflaschen, die in einem kleinen Plastikkörbchen auf dem Tisch standen.

Der Wein entpuppte sich als besser als erwartet. Doch Pöttinger hatte es dem Kellner auch nicht leicht gemacht. Die offenen Weine hatte er rundheraus abgelehnt und sich die Flaschenweine aufzählen lassen, die nicht auf der Karte standen. Clara hatte übersetzt, und schließlich hatte man sich auf eine Flasche Rosso Piceno geeinigt.

Clara entschied sich für *Spaghetti al pesto*, die auf den Punkt genau *al dente* waren und aromatisch nach frischem Basilikum dufteten.

Auch Pöttinger schien mit seinen dampfenden, mit reichlich Soße versehenen *Penne all'arrabbiata* zufrieden und gab sich geschlagen, als Clara ihm einen triumphierenden Blick zuwarf. »Ja, ja, schon gut, ich hab's kapiert, auf die inneren Werte kommt es an.« Er nahm einen kräftigen Schluck Wein und öffnete den obersten Knopf seines Hemdes, denn die Schärfe seiner Nudeln trieb ihm das Blut ins Gesicht.

Während sie sich einträchtig ihrem Essen widmeten, warf Clara unauffällige Blicke hinter den Tresen des Restaurants. Ein junger Kellner stand dort, mit Pausbacken und etwas unbedarftem Gesichtsausdruck. Sie versuchte, in die Küche zu spähen, doch sie konnte nichts sehen. Wie viele Angestellte mochte die Pizzeria wohl beschäftigen? Ob sie bereits einen Ersatz für Angelo hatten?

Endlich schob Clara zufrieden ihren leeren Teller zur Seite und griff nach ihrem Weinglas. »Ich frage mich, ob es sinnvoll wäre, den Wirt wegen einer Kaution für Malafonte anzusprechen?«, meinte sie nachdenklich und warf einen skeptischen Blick in Richtung Küchentüre.

»Wie denkt dein Mandant denn darüber?«, fragte Arno Pöttinger und wischte seinen Teller hingebungsvoll mit einer Scheibe Weißbrot sauber.

»Ich habe überhaupt nicht mit ihm darüber gesprochen.« Clara nahm einen Schluck Wein und kramte ihre Zigaretten hervor.

»Wieso denn nicht?«

»Ich weiß nicht, wie ich sagen soll, ich hatte da so ein Gefühl ...«

»Oh, ein Gefühl!«, wiederholte Pöttinger amüsiert. Es geschah selten genug, dass Clara mit ihm über Gefühle, gleich welcher Art, sprach.

Clara zögerte: »Er kommt mir ... na ja, ziemlich allein vor. Es scheint mir nicht so, als ob er sich von irgendwem Unterstützung erhofft.« Sie holte tief Luft und sagte: »Er hat unglaubliche Angst. Vollkommen übertrieben eigentlich, auf den ersten Blick, aber andererseits ... Da steckt etwas dahinter, etwas, was ich nicht sehen kann, was aber da ist. Eine echte Bedrohung, die gar nichts mit dem bisschen Gras zu tun hat. Er benimmt sich wie in die Enge getrieben, so als ob er auf den entscheidenden, letzten unausweichlichen Schlag warten würde.«

Pöttinger hob erstaunt die Brauen. »Kann es sein, dass du da ein wenig übertreibst?«, fragte er skeptisch.

Clara zuckte ratlos die Schultern. »Kann schon sein. Aber wenn nicht? Es lässt mir keine Ruhe. Was, wenn ich etwas übersehe? Wenn ich ihm helfen könnte?«

»Wenn er sich nicht helfen lässt, kannst du nichts für ihn tun, meine Liebe, so einfach ist das.« Pöttinger schenkte ihnen nach.

Clara runzelte die Stirn. »Das meinst du doch jetzt nicht ernst, oder?«

»Todernst.« Pöttinger verzog keine Miene.

»Ausgerechnet *du*! Wie oft hast du dich schon engagiert für Typen, denen kein Mensch auf der ganzen Welt hätte helfen wollen? Die es dir nicht einmal gedankt haben? Es ist dir immer auch ums Prinzip gegangen ...«

»Eben!« Pöttinger grinste. »Und welchem Prinzip folgst du? Dem Pizzabäcker-Rettungsprinzip?«

Dieses Mal ließ sich Clara von seinen Spötteleien nicht aus

der Reserve locken, sondern lächelte nur milde, während sie einen Stapel Papiere aus ihrer Tasche zog. »Mein Guter, hier geht es um ein Prinzip, nach dem du dir alle zehn Finger abschlecken würdest, wenn es dein Fall wäre!« Und sie begann vor dem erstaunten Pöttinger ihre gestrigen Erkenntnisse aus dem Internet auszubreiten: Ein Bericht über mehrere Klagen italienischer Staatsbürger beim Europäischen Gerichtshof, die sich gegen die Abschiebepraxis der bayerischen Gerichte richteten. Artikel aus italienischen Zeitungen, in denen empört darüber berichtet wurde, wie Rentner, die mit ihrer kargen Rente nicht auskamen und Sozialhilfe beantragt hatten, unverzüglich abgeschoben worden waren, und das obwohl sie mehr als dreißig Jahre in Bayern gearbeitet hatten. Geschichten über Familienväter, die im Zuge der Rationalisierung ihrer Betriebe entlassen worden waren, und denen es ähnlich erging. Und diejenigen, die mit dem Gesetz in Konflikt gekommen waren, wurden bereits aus diesem Grund abgeschoben. Clara hatte eine Statistik ausgegraben, wonach in Bayern ausländische Straftäter bei allen Vergehen durchweg härter bestraft wurden als Deutsche bei den gleichen Straftaten. Mit der Folge, dass die Ausländer früher und länger ins Gefängnis kamen, daher auch schneller ihre Arbeit verloren und ohne Rücksicht auf irgendwelche Regeln der EU in ihre »Heimatländer« abgeschoben wurden, auch wenn diese nie ihre Heimat gewesen waren. Besonders deutlich zeigte sich diese Praxis bei den Münchener Gerichten, wobei auch eine Beschwerde von italienischer Seite zu keinerlei Reaktion des bayerischen Justizministers geführt hatte.

Pöttinger pfiff durch die Zähne, während er die einzelnen Berichte und Statistiken überflog. »Ich sag's ja immer schon: ein sauberes Land, dieses Bayern. Laptop, Lederhose und fürs südliche Flair die *latte macchiato* und den Italiener an der Ecke, aber nur solange er funktioniert, wie er soll. Und wenn nicht mehr ... ab nach *bella Italia*.« Er verzog angewidert den Mund.

Clara klopfte erregt mit dem Fingern auf den Tisch: »Das hat System, Arno! Richter Oberstein ist hierhergekommen, um dieser Politik entsprechend Urteile zu fällen. Der handelt auf Weisung seines feinen Freundes Dr. Stiegler für eine saubere, sichere Statistik des Standorts München. Alles im Interesse des Justizministers.«

Pöttinger faltete die Blätter wieder zusammen und gab sie Clara zurück. »Das ist ziemlich gewagt, was du da sagst«, entgegnete er langsam. Als er sah, wie sich Claras Brauen finster zusammenzogen, hob er beschwichtigend seine Hände. »Was nicht heißt, dass ich es dir nicht glaube. Aber wie willst du das beweisen? Was willst du dagegen unternehmen?«

Clara griff noch einmal in ihre Tasche und zog die Seiten heraus, die sie aus Moros Akte kopiert hatte. »Hier, bitteschön! Daraus werde ich unserm Amtsrichter einen Strick drehen.«

Pöttingers Augen glitten neugierig über das Protokoll von Moros Vernehmung. Als er auf der zweiten Seite angekommen war, weiteten sich seine Augen, dann breitete sich ein Grinsen auf seinem großflächigen Gesicht aus. »Donnerwetter. Das ist nicht astrein. Nein, ganz und gar nicht.« Er schüttelte den Kopf. »Man kann vieles für möglich halten, aber wenn man es schwarz auf weiß liest, erstaunt es einen doch immer wieder.« Er warf Clara einen scharfen Blick zu: »Wo hast du das her? Hattest du nicht gesagt, die Seiten hätten gefehlt?«

Clara lächelte und nahm einen tiefen Zug von ihrer Zigarette: »Elise und eine Orchidee haben mir dabei geholfen.«

Pöttinger machte kein sehr kluges Gesicht bei dieser Antwort, fragte aber nicht weiter nach. Seine hellen, scharfen Augen fixierten einen Punkt irgendwo hinter Clara an der Wand, und er schwieg einen Augenblick lang gedankenverloren. »Aber das wird nicht reichen«, meinte er schließlich. »Du kannst nicht einfach losrennen und es dem Richter unter die Nase halten. Der lacht dich glatt aus. Und auch wenn wir es öffentlich machen sollten. Es reicht nicht. Du brauchst mehr. Du musst ihn so am Arsch kriegen, dass er es nicht mehr abstreiten kann.«

Clara nickte ein wenig ungeduldig. »Ich habe nicht vor, ihm nur das unter die Nase zu halten. Ich werde abwarten und sammeln, Informationen, Gerüchte, alles was mir unter die Finger kommt. Irgendetwas wird sich schon finden ...« Sie verstummte und warf Arno Pöttinger einen auffordernden Blick zu. Er hob erstaunt die Brauen, als sie nicht weitersprach, dann verstand er. »Ach! Und du willst, dass ich für dich ...« Er lachte und schüttelte den Kopf. »Ich habe genug mit meinen eigenen Geschichten zu tun, meine Liebe.«

»Du hast *wir* gesagt.«

»Wie?«

»Du hast *wir* gesagt, gerade eben«, wiederholte Clara freundlich und sah ihm tief in die Augen. »Wir.«

»Oh nein!« Pöttinger schüttelte den Kopf. »Das habe ich nicht so gemeint, und das weißt du genau!«

»Jetzt zier dich doch nicht so! Das ist doch ein gefundenes Fressen für dich! Wer könnte besser etwas daraus machen als du?« Clara legte den Kopf schief und musterte Pöttinger plötzlich nachdenklich. »Oder traust du dich nicht? Hast du etwa Angst, es dir mit der heiligen Richterschaft zu verderben?« Damit hatte sie ihn. Sie sah es an seinem Gesichtsausdruck. Auch wenn er zu intelligent war, um nicht zu durchschauen, dass sie ihn damit nur provozieren wollte, genügte schon der Hauch eines Verdachtes, er, Arno Pöttinger, hätte auf seine alten Tage Schiss vor der Obrigkeit bekommen.

Und tatsächlich. Zwar setzte er eine äußerst finstere Miene auf, eine von denen, die normalerweise renitenten Zeugen und begriffsstutzigen Staatsanwälten vorbehalten war, aber sein Knurren klang alles andere als gefährlich: »Das lasse ich mir nicht einmal von dir sagen, Clara Niklas, nicht einmal von dir, und das will was heißen.«

Clara warf ihm einen Handkuss zu: »Ich danke dir, geschätzter Kollege.«

Und dann erzählte sie ihm, was sie von Frau Früchtel noch erfahren hatte, und Pöttinger horchte auf: »Deggendorf sagst du? Richter Oberstein war vorher in Deggendorf?«

Clara nickte gespannt. »Sagt dir das was?«

»Nein. Aber ich habe einen Freund, einen von früher.« Er räusperte sich verlegen, und Clara sah im Geiste einen jungen, noch schlanken Pöttinger zusammen mit Joschka Fischer Steine werfen und Parolen brüllen und lächelte in sich hinein. »Ja?«, half sie ihm auf die Sprünge.

»Der ist Staatsanwalt in Deggendorf.« Pöttinger verstummte.

»Staatsanwalt?«, fragte Clara ungläubig. »Und das ist ein Freund von dir?«

»Nun ja, ich habe ihn schon länger nicht mehr gesehen, aber früher konnten wir ganz gut miteinander ...« Ein nostalgisches Lächeln spielte um seinen Mund. »Ich könnte ihn mal anrufen.«

»Ja, tu das. Um der alten Zeiten willen.« Clara grinste. Dann sammelte sie ihre Papiere ein und stopfte sie zurück in die Tasche. Sie warf Pöttinger einen prüfenden Blick zu. Hatte sie ihn? Würde er ihrem Gedankengang folgen? Oder würde er sie auslachen? Die politische Geschichte war das eine, war Pöttingers Element, aber das andere, was ihr Instinkt ihr sagte, das, was ihr solches Unbehagen bereitete, war weitaus weniger greifbar. Kein klares Feindbild, nichts, woran man sich halten konnte. Aber sie musste mit jemandem darüber reden. Sie zündete sich eine Zigarette an. »Ich glaube, es gibt da noch ein Problem«, begann sie zögernd.

»Eines?«, spöttelte Pöttinger. »Ich glaube, du bist gerade dabei, dir einen ganzen Haufen Probleme zu schaffen.«

Clara schüttelte den Kopf: »Diese Sorte Probleme meinte

ich nicht. Was ich eben schon gesagt habe: Angelo hat Angst.« Sie nahm einen tiefen Zug und sprach drängend weiter: »Es klingt vielleicht merkwürdig, aber ich würde sagen, er hat Todesangst.«

Pöttinger sah sie einen Augenblick erstaunt an, dann schüttelte er den Kopf: »Bei aller Liebe, Clara, er wird doch wohl kaum annehmen, dass ihn die bayerische Justiz in Gewahrsam genommen hat, um ihn dort abzumurksen. So paranoid bin ja noch nicht einmal ich.«

Clara verdrehte die Augen. »Quatsch! Ich sagte doch schon: Da steckt noch etwas anderes dahinter. Ich weiß nicht, ob es eine Verbindung zwischen diesen beiden Dingen gibt, vielleicht haben sie gar nichts miteinander zu tun. Aber Malafonte wusste, dass so etwas passieren würde, und er hat panische Angst, nachhause zurückgeschickt zu werden. Weiß der Himmel, was er dort angestellt hat.« Sie warf einen weiteren misstrauischen Blick zu der geschlossenen Küchentür und beobachtete dann eine Weile den pausbäckigen Kellner, wie er einen Tisch abräumte und rasch mit geübten Bewegungen neu eindeckte. Das Lokal hatte sich mittlerweile gefüllt, und ein paar Gäste warteten an der Theke auf einen freien Platz. Alles wirkte vollkommen normal. Unauffällig. Eine Pizzeria wie hundert andere. Doch aus irgendeinem Grund war sich Clara sicher, dass Angelo von hier keine Hilfe zu erwarten hatte. Im Gegenteil. Zu Pöttinger meinte sie nur: »Ich glaube nicht, dass er hier Freunde hat.«

Als sie sah, dass Pöttinger anhob, etwas zu entgegnen, wehrte sie lächelnd ab. »Ich weiß schon, was du sagen willst, Arno. Und wahrscheinlich hast du ja recht.« Sie senkte die Stimme und versuchte, seinen Bass nachzuahmen: »Nicht die Welt retten, sondern nur deinen Job machen«, brummte sie in seinem typischen Tonfall.

Pöttinger lachte so laut auf, dass sich ein paar Gäste nach ihnen umdrehten: »Exakt, meine Liebe, exakt! Wenn du nur ab und zu meine Ratschläge auch beherzigen würdest.« Er beugte sich über den Tisch und fügte leiser hinzu: »Wir wären ein Superteam, du und ich, sag ich doch immer schon ...«

Clara schnappte sich hastig ihre Tasche und stand auf. »Ich glaube, ich muss mich mal ein bisschen frisch machen ...«

Links neben der Theke war eine Tür, über der oben ein kleines Schild »WC« angebracht war. In dem schmalen Gang dahinter, der zu den Toiletten führte, brannte kein Licht. Clara tastete sich unsicher vorwärts und suchte vergeblich den Schalter. Plötzlich griff sie ins Leere und stolperte. Links vom Gang befand sich eine Treppe. Endlich ertastete Clara einen Lichtschalter. Ein funzeliges Licht erhellte den Flur, und Clara sah, dass sie schon zu weit gegangen war. Die Toiletten befanden sich gleich neben der Tür zum Restaurant. Sie war im Dunklen daran vorbeigegangen. Dann kehrte ihr Blick zurück zu der Treppe, an der sie gestolpert war. Sie führte nach oben, offenbar zu Privaträumen. Dort oben musste Malafontes Zimmer sein.

Clara brauchte nur den Bruchteil einer Sekunde, um den Entschluss zu fassen. Sie warf einen schnellen Blick zur Restauranttür, die geschlossen war, dann schlich sie leise die Stufen hinauf. Oben am Treppenabsatz führte ein weiterer schmaler Gang nach links und endete an zwei nebeneinanderliegenden Türen, die beide verschlossen waren. Vorsichtig drückte Clara die Klinke der ersten Tür herunter. Sie ließ sich widerstandslos öffnen. Der Raum dahinter war dunkel, doch Clara konnte durch das Licht, das vom Gang einfiel, erkennen, dass es sich um eine Art Besenkammer handelte. Ein Staubsauger und einige Kehrbesen standen angelehnt an ein Regal mit Putzmitteln und Lappen, daneben zwei Leergutkästen und eine alte Sporttasche. Es roch durchdringend nach Toilettenreiniger. Leise schloss sie die Tür wieder. Malafontes Zimmer konnte also nur hinter der zweiten Tür sein. Muffiger Geruch schlug Clara entgegen, als sie sie behutsam einen Spaltbreit öffnete. In dem Zimmer brannte Licht, und Clara verharrte erschrocken in ihrer Bewegung. Doch nichts regte sich. Clara schob ihren Kopf durch die Tür, und ihre Augen weiteten sich vor Erstaunen.

Das Zimmer war leer. Nicht einfach nur unbewohnt, es war bis auf ein paar Kisten mit Konservendosen und einem großen Karton welken Salates vollkommen leer. Wie konnte das sein? Hatte Malafonte sie angelogen? Hatte er am Ende gar nicht hier gewohnt? Sie schüttelte den Kopf. Das war nicht möglich, die Polizei war hier gewesen und hatte unter seinem Bett das versteckte Marihuana gefunden. Sie hatte im Ermittlungsbericht gelesen, dass sich das Zimmer im ersten Stock der Pizzeria befand. Es konnte nirgendwo anders sein. Es gab keinen anderen Raum. Doch hier war kein Bett. Auch kein anderes Möbelstück.

Clara ging ein paar Schritte in den kleinen Raum hinein und sah sich um. Von der Decke hing eine nackte Glühbirne, und es gab keine Vorhänge an den Fenstern. Die Wände waren mit einer hässlichen braungeblümten Tapete bedeckt, und man sah deutlich die Staubränder und Dübellöcher, wo Regale oder Bilder entfernt worden waren. Der Boden war schmutzig und mit getrockneten Fußspuren übersät, so als ob hier jemand mehrmals mit nassen Straßenschuhen ein und aus gegangen war. Unter dem Pappkarton mit dem Salat hatte sich eine grünlichbraune Pfütze gebildet, die faulig stank. Clara fuhr mit der Hand die schmutzige Wand entlang und bohrte mit dem Finger in eines der Löcher. Mörtel rieselte heraus. Rechts in der Ecke neben dem Fenster hatten sich große Staubknäuel angesammelt, die über den Boden schwebten, als Clara daran vorbeiging. Hier hatte wohl das Bett gestanden. Clara kannte diese Art Staubknäuel, die sich mit Vorliebe auch unter ihrem

Bett versammelten. Niemand hatte es für nötig befunden, sie wegzukehren.

Aber warum hatten sie das Zimmer ausgeräumt? Offenbar hatte man es nicht erwarten können, die Zeichen für Malafontes Anwesenheit so schnell und gründlich zu tilgen, als wäre er nie hier gewesen. Warum diese Eile? Clara ging zu dem schmalen Fenster und schaute hinunter. Es befand sich genau über der Pizzeria. Sie konnte die grün-weiß-rote Leuchtreklame sehen. Malafonte war angemeldet gewesen, hatte also nicht schwarzgearbeitet. Niemand hatte, soweit sie wusste, die Pizzeria mit Malafontes Anklage in irgendeiner Weise in Verbindung gebracht. Was für einen Grund konnte es also geben? Und wo waren seine Sachen? Hatte man sie ihm ins Gefängnis geschickt oder einfach verschwinden lassen? Clara fiel die Sporttasche ein, die sie in der Besenkammer hatte liegen sehen. Vielleicht waren das Malafontes Habseligkeiten. Sie starrte nachdenklich aus dem Fenster und bemerkte plötzlich einen Mann, der auf der anderen Straßenseite stand und zu ihr heraufsah. Irgendetwas an der Art, wie er sie beobachtete, kam ihr merkwürdig vor, und mit einem Mal wurde ihr bewusst, dass sie dort oben ohne Vorhänge und im hellen Licht wie auf einem Präsentierteller stehen musste. Hastig trat sie einen Schritt auf die Seite. Als sie vorsichtig noch einen Blick nach unten warf, stand der Mann noch immer am gleichen Fleck und sah zu ihrem Fenster hinauf. Vorsichtig darauf bedacht, nicht wieder vor dem Fenster zu erscheinen, ging Clara, eng an die Wand gepresst, zurück zur Türe. Sie hatte die Hand bereits auf der Klinke, als sie Schritte hörte. Jemand kam die Treppe heraufgehastet. Clara erstarrte. Es war zu spät, um noch aus dem Zimmer zu flüchten, und wohin hätte sie auch gehen sollen? Sie würde der Person, die die Treppe heraufkam, unweigerlich in die Arme laufen. Sie drückte sich in die Ecke hinter der Tür und hoffte inständig, dieser Jemand würde etwas aus der Besenkammer holen. Doch ihre Hoffnung erfüllte sich nicht. Die Schritte kamen auf das Zimmer zu, eilig, fast laufend, und Clara durchfuhr der furchtbare Gedanke, dass der Mann auf der Straße, der sie beobachtet hatte, womöglich zur Pizzeria gehörte und jetzt heraufkam, um sie zur Rede zu stellen. Oder Schlimmeres. Clara konnte ihr Herz im Hals pochen hören, so heftig, dass ihr fast die Luft wegblieb. Die Tür wurde aufgerissen und prallte mit Wucht gegen ihre Nase. Ihr entfuhr unwillkürlich ein Schmerzenslaut. Doch nichts geschah. Die Tür wurde nicht wieder zurückgezogen, Clara wurde nicht herausgezerrt. Sie hörte ein leises Fluchen und Rascheln von Papier. Ihr Blick flog zum Fenster. Dort spiegelte sich der Raum gegen den dunklen Nachthimmel. Sie konnte den jungen Kellner sehen, wie er vor dem Salatkarton kniete und hastig die alten Salatköpfe nach einem noch halbwegs brauchbaren Exemplar durchwühlte. Und sie konnte sich selbst sehen, wie sie, platt wie eine Flunder und mit schreckgeweiteten Augen hinter der Tür stand. Ein Blick des jungen Mannes in Richtung Fenster, und er würde sie ebenfalls sehen. Clara fühlte, wie sich ihr Herzklopfen in ungeahnte Frequenzen steigerte, und die alten Geschichten von Damen aus dem vorvorigen Jahrhundert, die reihenweise vor Schreck in Ohnmacht gefallen waren, kamen ihr plötzlich gar nicht mehr lächerlich vor. Wenn sie nicht zwischen Tür und Wand eingezwängt gewesen wäre, hätte durchaus die Möglichkeit bestanden, dass ihr vor Angst die Füße wegsackten. Sie war so damit beschäftigt, sich die unbeschreiblichen Auswirkungen einer solchen Ohnmacht vorzustellen, dass sie gar nicht gleich bemerkte, dass der Kellner offenbar fündig geworden war. Sie sah sein Spiegelbild mit einem Kopfsalat in der Hand triumphierend aufstehen. Er zupfte noch hie und da ein welkes Blatt ab, während er hinausging und die Tür hinter sich schloss. Im gleichen Moment gaben Claras Beine tatsächlich nach, und sie ging leise stöhnend in die Knie. Ihr Kopf dröhnte von dem Schlag durch die Tür, und kleine rote Tropfen auf dem Boden sagten ihr, dass ihre Nase blutete. »Na toll, Clara Niklas«, schimpfte sie leise mit sich. »Der Ausflug hat sich ja gelohnt.« Sie blieb in der Hocke, während sie aus ihrer Hosentasche ein Taschentuch hervorkramte und es sich unter die Nase hielt. Sie legte den Kopf zurück. Hinter ihrer Stirn pochte es, und sie konnte spüren, wie das Blut durch die Nase in den Rachen zurücklief. Sie schluckte den metallischen Geschmack hinunter und stand vorsichtig auf. Ihre Beine gehorchten ihr wieder. Mit einem weiteren Taschentuch wischte sie die Blutflecken auf dem Boden sorgfältig auf. Dabei fiel ihr Blick auf einen kleinen Zettel, der halb unter der Fußbodenleiste in der Ecke klemmte. Sie stopfte das Taschentuch in ihre Hosentasche und zog mit spitzen Fingern das Papier heraus. Es war eines dieser kitschigen bunten Heiligenbildchen, die einem in Italien oft die Bettler als Dank für eine milde Gabe schenkten. Clara starrte eine Weile nachdenklich darauf, dann schob sie es ebenfalls in ihre Hosentasche. Jetzt war der Zeitpunkt gekommen zu verschwinden. Keine Minute zu früh. Gerade als sie die letzte Stufe hinunterstieg, das blutige Taschentuch noch immer an ihre Nase gepresst, öffnete sich die Tür zum Lokal, und der junge Kellner kam erneut herein. Er hob erschrocken die Hände, als er Clara so am Treppenabsatz stehend erblickte: »Signora, kann ich Ihnen helfen? Was ist passiert?«

»Oh!« Clara klappte den Mund auf und wieder zu. »Ich ... äh. Nein. Die Toiletten?«, flüsterte sie dumpf unter ihrem Taschentuch hervor. Der Blick des Kellners wanderte von Clara zu den beiden Toilettentüren rechts von ihr. »*Ecco,* Signora.« Er deutete auf die Damentoilette. »Soll ich einen Arzt holen?«

»Oh, nein!« Clara schüttelte den Kopf und lachte nervös. »Das passiert mir andauernd. Schwache Blutgefäße, wissen Sie!« Sie drückte sich hastig an ihm vorbei in die rettende Toilette.

Als sie fünf Minuten später wieder bei Arno Pöttinger am

Tisch auftauchte, klopfte ihr Herz immer noch wie nach einem 100-m-Sprint und ihr Kopf dröhnte. Doch das Nasenbluten hatte aufgehört, und sie war wieder einigermaßen sauber.

»Alles in Ordnung?« Pöttinger saß vor seinem leeren Weinglas und hatte sich eine von Claras Zigaretten genehmigt. Der Tisch war bereits abgeräumt. »Es hätte nicht viel gefehlt, und ich hätte einen Suchtrupp nach dir losgeschickt. Was tun Frauen nur immer so lange ...« Er unterbrach sich und sah Clara genauer an. »Wie siehst du denn aus? Bist du gegen die Wand gelaufen?«

»So ähnlich.« Clara brachte ein mattes Lächeln zustande. »Der Salat in diesem Lokal ist übrigens nicht zu empfehlen.«

KALABRIEN

Dammi rifuggiu
Chi sugnu latitanti

Gebt mir Schutz
Der ich ein Gejagter bin

Aus: »Omertà, Onuri e Sangu; Il Canto di Malavita«
Traditionelle Lieder der kalabresischen Mafia

Filippo de Caprisi schlief gut in dieser Nacht.

Keine Gespenster verfolgten ihn, und er wachte nicht ein einziges Mal auf. Das war ungewöhnlich. Seit zwei Jahren war dies so gut wie nicht mehr vorgekommen. Er hatte längst begonnen, den Schlaf zu hassen.

Wenn er nicht kommen wollte, ihn hinhielt, immer wieder einnicken und hochschrecken ließ, sodass er sich Stunde um Stunde ruhelos zwischen den nass geschwitzten Laken umherwälzte und schließlich aufgab und wieder aufstand. Und dann in dem großen stummen Haus umherwanderte, als wäre er längst selbst einer dieser Geister, die es bevölkerten.

Oder wenn er dann doch kam, der Schlaf, dann war er kein Freund, sondern ein hinterhältiger, boshafter Geselle, der ihm vorgaukelte, wieder gefangen zu sein. Der ihm weismachte, er läge längst im Grab, und niemand würde ihn herausholen, so sehr er auch schrie. Filippo hörte, wie die Leute Erde auf seinen Sarg schaufelten und der Pfarrer predigte. In manchen Nächten erzählte ihm der Schlaf auch, er habe seine Gliedmaßen verloren und läge nun hilflos im Dunkeln, nur ein Rumpf, unfähig zur kleinsten Bewegung. Spürst du es?, flüsterte der Schlaf ihm ins Ohr, spürst du deine Ohnmacht? Du liegst hier wie ein Stein. Erde wird auf deine Augen fallen, in deine Nasenlöcher und in deinen Mund, und du wirst sie nicht wegwischen können. Du wirst für immer so daliegen, für immer ... für immer ...

In solchen Nächten war es eine Erlösung, schreiend aufzuwachen. Filippo schrie und schrie und schrie und ließ sich von niemandem beruhigen. Nicht von den Schwestern in dem Krankenhaus, in dem er am Anfang einige Zeit gewesen war, nicht von der Ärztin mit der sanften Stimme und auch nicht von seiner *nonna*. Er wollte sich auch gar nicht beruhigen. Er war so froh, noch schreien zu können. Deshalb spuckte er auch die Tabletten jedes Mal aus, die sie ihm anfangs immer geben wollten. Er fürchtete, sie würden ihn so betäuben, dass er nicht schreien könnte, wenn dieser Traum zu ihm kam. Undenkbar der Horror, daliegen zu müssen und nicht aufwachen zu dürfen. Nicht schreien zu können. Es half auch nichts, dass die Ärztin ihm versicherte, mit den Tabletten würden auch die Träume wegbleiben. Wer konnte das behaupten? Niemand konnte in seinen Kopf kriechen. Dort drinnen war er völlig allein. Allein mit dem Schlaf, der ihm höhnisch zuflüsterte, mit dem Geruch nach Moder und Erde, der ihn würgen ließ, und mit den Bildern, die kamen und gingen, wie sie wollten. In letzter Zeit waren noch ein paar Bilder hinzugekommen. Das Gesicht seines Vaters zum Beispiel, blutüberströmt und irgendwie verändert, undeutlich, nicht vollständig. Filippo schloss im Traum jedes Mal die Augen, um nicht sehen zu müssen, was von dem Gesicht noch übrig war und was nicht. *Zerfetzt von einer Bombe*. Und, in gnädigen Nächten, ein anderes Gesicht. Schmal und jung mit einem langen Kinn, schwarz vom

Dreitagebart. Solche Nächte rochen nach Zigarettenrauch und schmeckten nach Teer. Und jedes Mal, wenn er aus diesem Traum erwachte, griff er als Erstes nach den Zigaretten, die in der Schublade seines Nachttisches lagen. Den Rauch tief inhalierend, lag er mit weit geöffneten Augen im Bett und versuchte, das Gesicht festzuhalten. Als könnte eine Zigarette den Traum Gestalt werden lassen. In der Nacht im Oktober, als er dieses Gesicht zum ersten Mal wiedergesehen hatte, war ihm auch die Idee gekommen. Er war aufgestanden und hatte sich an das Fenster gesetzt und rauchend hinunter auf *nonnas* Olivenbäume gestarrt. Es war Vollmond gewesen. Die Blätter der alten Bäume hatten silbrig geglänzt, und es hatte alles so ausgesehen, als ob es seine Richtigkeit hätte. Im unwirklichen Licht des Mondes konnte man das meterhohe Unkraut zwischen den Reihen knorriger Bäume nicht erkennen, die abgestorbenen Äste und all die Oliven, die faulend am Boden lagen. Niemand hatte sie geerntet dieses Jahr. Wie auch das vorherige nicht, und das kommende Jahr würden sie auch herunterfallen und im hohen Gras verschwinden. Die Olivenpressen standen schon lange still. Seit Filippos Vater gestorben war, waren die Arbeiter nicht mehr auf den Hof der Familie Caprisi gekommen, und neue Angestellte bleiben nicht länger als ein, zwei Tage. Zwei Tage. So lange brauchte *er,* um die fremden Arbeiter über die Situation aufzuklären. Und seine Argumente waren so überzeugend, dass niemand wagte, zu widersprechen und zu bleiben. Sie hatten schließlich Familie, die meisten, eine Freundin, Kinder, ein Haus, einen Hund … Und so zogen sie weiter. An einen anderen Ort, an dem es nicht lebensgefährlich war, Oliven zu ernten.

Mit den Jahren war das Gut so immer stiller geworden, als ob ein Zauber darauf läge oder besser ein Fluch. Der Fluch der Caprisis. Er hatte das einmal so gesagt, vor vielen Jahren, ohne nachzudenken, irgendwo nachgeplappert. Und seine *nonna* hatte ihn scharf zurechtgewiesen: »Denke niemals, das alles sei unsere Schuld! Niemals, hörst du? Das ist kein Fluch, sondern das Werk von Verbrechern und Mördern. Hier in Kalabrien brauchen wir keinen Teufel und keine Dämonen, hier reichen uns die Menschen.«

Filippo hatte stumm genickt und ihre Worte nicht vergessen. Er hatte in seiner kindlichen Vorstellungskraft seine eigenen Schlussfolgerungen daraus gezogen. Wenn es hier keinen Teufel gab, dann musste Kalabrien ein sehr besonderer Ort auf der Welt sein, denn im Religionsunterricht hatte er gelernt, dass der Teufel überall sei. Wenn dessen Arbeit aber hier bei ihnen von den Menschen erledigt wurde, dann gab es doch wohl auch keinen Gott hier? Das schien ihm logisch zu sein, denn Gott und der Teufel waren schließlich Gegenspieler. Und wenn sich der eine nicht für etwas interessierte, dann wohl auch nicht der andere. Das war also auch der Grund, warum sein Vater gestorben war. Es hatte keinen Gott gegeben, der es hätte verhindern können. Es interessierte Gott nicht, was hier, an diesem besonderen, an diesem finsteren Ort geschah.

Filippo hörte von diesem Tag an mit dem Beten auf. Er weigerte sich, in den Religionsunterricht zu gehen, und machte einen großen Bogen um den Dom, sooft er daran vorbeimusste. Es erschien ihm zu lächerlich, was die Menschen hier trieben. Wie konnten sie nur so dumm sein, an etwas zu glauben, was es hier gar nicht gab? Seine *nonna* ließ ihn schließlich gewähren und ging in die Schule, um ihm eine Befreiung zu besorgen.

»Sag ihnen, dass sie in der Kirche nur ihre Zeit verschwenden, es gibt doch gar keinen Gott hier«, hatte er ihr auf den Weg gegeben, und die *nonna* hatte ihn ganz merkwürdig angesehen, fast so, als ob sie weinen wollte. Das hatte ihn verwundert, denn sollte das bedeuten, dass sie davon bislang nichts gewusst hatte? Schließlich war sie es gewesen, die ihm den Tipp gegeben hatte.

Daran musste Filippo denken, als er im letzten Herbst rauchend am Fenster gesessen und auf die Olivenbäume geblickt hatte. Das Gesicht aus seinem Traum war ihm noch deutlich vor Augen, und mit einem Mal wurde ihm klar, was das zu bedeuten hatte. Er selbst musste etwas unternehmen. Niemand anders würde es tun. Es gab niemanden, der sich dafür interessierte. So wie er sich damals seine Geschichte von Gott und dem Teufel zusammengereimt hatte, war es wirklich. Nicht die Polizei, nicht der Bürgermeister, niemand tat etwas. Niemanden interessierte es, ob er nachts nicht schlafen konnte. Er, nur er selbst konnte etwas dagegen tun.

MÜNCHEN

Arno Pöttinger schüttelte ungläubig den Kopf. »Du musst komplett verrückt sein, Clara Niklas. Komplett verrückt«, wiederholte er immer wieder, nachdem er Claras Bericht über ihren Ausflug in den ersten Stock ungläubig gelauscht hatte. Er bestellte Clara einen doppelten Cognac und ließ sich die Rechnung bringen. Clara nippte am Glas, doch schon bei dem Geruch wurde ihr leicht übel, und sie schob es zu Pöttinger hinüber, der es in einem Zug hinunterkippte. »Herrgott im Himmel, du verrücktes Huhn«, schimpfte er und sah sie dabei besorgt an: »Ich bringe dich jetzt sofort nach Hause, verstanden? Du gehörst ins Bett.« Clara nickte gehorsam. Ins Bett zu gehen schien ihr ein guter Gedanke zu sein. Ihr Kopf dröhnte noch immer, und ihre Nase fühlte sich an, als sei sie mindestens doppelt so dick wie normal. »Glaubst du, dass sie gebrochen ist?«, nuschelte sie undeutlich, denn es bereitete ihr Schmerzen, den Mund richtig zu öffnen. Arno beugte sich vor und tastete vorsichtig ihren Nasenrücken ab.

Clara zuckte zurück. »Au!«

Arno schüttelte den Kopf. »Glaub ich nicht. Das fühlt sich anders an.« Er tippte auf seine eigene Nase, die einen deutlichen Knick in der Mitte hatte, was Clara erst jetzt so richtig auffiel. »Aber du solltest vielleicht trotzdem morgen zum Arzt gehen«, schlug er vor, »vielleicht hast du eine Gehirnerschütterung.«

Clara schüttelte den Kopf. »Das kannst du vergessen«, flüsterte sie mit zusammengebissenen Zähnen. Arno zuckte mit den Schultern und stand auf. Er half Clara in den Mantel und legte fürsorglich den Arm um sie, während sie zum Auto gingen. Clara fiel der Mann wieder ein, den sie vom Fenster aus gesehen hatte, doch er war nicht mehr da. Erschöpft ließ sie sich auf den Beifahrersitz sinken und schloss für einen Moment die Augen. Gespenster, nichts als Gespenster. Sie hörte Arno Pöttinger leise lachen, während er sich hinter das Steuerrad zwängte und mit seinem Gewicht das Auto erzittern ließ. »Du siehst aus wie nach einem Boxkampf, meine Liebe. Und freu dich drauf, wie das Ganze morgen aussehen wird. Ich hoffe, du hast eine Verhandlung, die gewinnst du allein durch deine farbenprächtige Anwesenheit.«

Clara gab ein gereiztes Knurren von sich. »Immerhin wissen wir jetzt, dass mein Gefühl mich nicht getrogen hat: Mit der Bitte um Kautionsstellung für Malafonte brauchen wir denen nicht zu kommen.«

»Dazu hättest du nicht dort oben herumschleichen müssen, eine einfache Frage hätte auch genügt«, gab Pöttinger spöttisch zurück. Clara ging nicht darauf ein. »Sie konnte es nicht erwarten, ihn loszuwerden. Ich frage mich, warum?«

»Im Gegensatz zu dir soll es Leute geben, die nicht scharf auf Scherereien sind. Vielleicht gehören sie zu dieser gar nicht so seltenen Spezies? Oder vielleicht war dein Angelo einfach ein miserabler Pizzabäcker?«

»Dich rühmt man in den schwersten Tagen als den, der dann noch Hilfe bringt, wenn, fast erdrückt von Schmerz und Plagen, das Herz schon mit Verzweiflung ringt.«

Pöttinger sah Clara misstrauisch an. »Bist du sicher, dass es dir gut geht?«

Clara hielt ihm das kleine Heiligenbildchen hin, das sie in Malafontes Zimmer gefunden hatte: »Der heilige Judas Thaddäus, Schutzpatron für aussichtslose Situationen. Ich frage mich, ob es Malafonte gehört. Wäre irgendwie passend, nicht?«

Pöttinger seufzte. »Du gehörst echt ins Bett, Clara.«

Er bremste vor dem Eckhaus, in dem sich im ersten Stock Claras Wohnung befand, und hielt ihr die Tür auf. Clara stieg aus und gab ihm einen Kuss auf die Wange. »Danke für deine Fürsorge.«

»Soll ich dich nicht noch nach oben bringen?«

Clara schüttelte den Kopf.

»Gute Nacht.«

Sie winkte ihm nach, während er wegfuhr, und ging dann in den Torbogen, der zum Hinterhof ihres Hauses führte und in dem sich die Eingangstür befand. Es brannte kein Licht in dem Durchgang, wie Clara verärgert feststellte, und sie hatte Schwierigkeiten, ihren Schlüssel zu finden. Es war stockfinster, und mit einem Male wurde ihr unheimlich zumute. Hastig blickte sie sich um, doch es war niemand zu sehen. Nichts zu hören. Trotzdem spürte Clara, wie ihr Herz heftiger zu klopfen begann. Hektisch kramte sie in ihrer Tasche, und es verging eine Ewigkeit, bis sie den Schlüsselbund zu fassen bekam und die Tür öffnen konnte. Sie schlüpfte hinein und lehnte sich von innen dagegen. »Kann es sein, dass du ein wenig hysterisch bist?«, murmelte sie und stieg müde die Treppe zu ihrer Wohnung hinauf. Als sie den Schlüssel im Schloss umdrehte, hörte sie schon Elises lautes Tapsen. »Oje.« Sie seufzte. Der Hund musste noch raus. Elise zwängte sich durch die Tür und sprang an ihr hoch. Freudig versuchte sie, Claras Gesicht zu lecken. Clara brachte ihre empfindliche Nase rasch in Sicherheit. »Los Schätzchen, lass uns schnell machen heute.« Sie nahm die Leine vom Haken und befestigte sie an Elises Halsband.

Mit dem großen Hund an ihrer Seite fühlte Clara sich um einiges sicherer als zuvor. Auch wenn Elise nicht gerade ein Wachhund war, so war sie doch in der Lage, Gefahr zu spüren und – wenn notwendig – jemanden durch ihre bloße Größe einzuschüchtern. Es war nicht notwendig. Elise trabte fröhlich und vollkommen entspannt neben Clara her, und sie begegneten keinem Menschen auf dem Weg hinunter zu den Isaranlagen. Der Fluss strömte schwarz und nahezu unsichtbar dahin, nur in unregelmäßigen Abständen durch eine einsame Laterne erhellt. Elise hatte es im Gegensatz zu Clara nicht eilig, wieder nach Hause zurückzukehren, sie blieb jeden Meter stehen, um interessiert und ausgiebig zu schnüffeln, und zerrte an der störenden Leine. Schließlich nahm Clara die Leine ab und ließ Elise laufen. Sie setzte sich auf eine Bank und sah ihr zu. Es war vollkommen still hier unten um diese Zeit. Man hätte sich auf dem Land wähnen können. Clara spürte, wie die Anspannung langsam von ihr abfiel. Vielleicht war es in Pöttingers Augen Blödsinn gewesen, heute dort hinaufzugehen und zu schnüffeln, aber sie war der Überzeugung, mehr in Erfahrung gebracht zu haben, als es eine simple Frage an den Wirt gekonnt hätte. Sie hatte recht behalten. Angelo Malafonte war aus irgendeinem Grund unerwünscht, und das lag sicherlich nicht an den paar Gramm Marihuana, die man bei ihm gefunden hatte. Sie würde schon noch herausfinden, was dahintersteckte. Sie stand auf und pfiff Elise, die sofort angaloppiert kam. Einträchtig gingen sie zurück, und Clara dachte daran, den Hausschlüssel bereitzuhalten, bevor sie in den dunklen Torbogen traten.

Als Elise zu knurren begann, konnte Clara das Geräusch nicht gleich ihrem Hund zuordnen. Zu selten hörte sie es, und zu bedrohlich klang es für ihre liebenswürdige, tollpatschige Gefährtin. Doch als sie erkannte, was es bedeutete, blieb Clara abrupt stehen, die Hand auf Elises gesträubten Nacken gelegt. Etwas war dort, irgendwo in der Dunkelheit, vor ihrer Haustür. »Hallo, ist da jemand?« Clara konnte hören, wie ihre Stimme zitterte, und Elises Knurren verstärkte sich. Niemand gab Antwort. Als Clara, die Hand um Elises Halsband geklammert, ein paar Schritte auf die Tür zuging, hörte sie ein Geräusch. Es kam aus dem Hinterhof und klang wie ... Clara kannte das Geräusch, konnte es jedoch nicht zuordnen. Elise begann wütend zu bellen, und Clara hatte Mühe, sie festzuhalten. Um nichts in der Welt wollte sie ihren Hund jetzt in die Dunkelheit stürmen lassen und allein zurückbleiben. Schnell ging sie zur Tür und steckte mit zitternden Händen den Schlüssel ins Schloss. Als die Tür aufsprang und sie sich mit der widerstrebenden Elise im Schlepptau hineinschob, spürte sie, wie die Panik ihren Rücken hinaufkroch und ihr befahl zu laufen. Doch sie lief nicht. Zuerst drückte sie die Tür so fest zu, wie sie nur konnte, und blieb noch einen Augenblick schwer atmend stehen, bevor sie langsam und mit furchtsamen Blicken zurück, die Stufen zu ihrer Wohnung hinaufstieg. Elise beruhigte sich schneller als Clara und sprang schwanzwedelnd voraus. Als Clara auch die Tür zu ihrer Wohnung hinter sich geschlossen und verriegelt hatte, atmete sie erstmals auf und versuchte, wieder vernünftig zu werden. Sie war überreizt. Alles Mögliche konnte dort im Hinterhof gewesen sei: eine Katze, eine Ratte aus dem Fluss, es hatte rein gar nichts mit ihr zu tun.

Sie ging in ihr Wohnzimmer und ließ sich, ohne Licht anzumachen, auf die Couch fallen. Dann zog sie eine Zigarette aus der Schachtel und suchte nach dem Feuerzeug. Es lag unter dem Tisch. Als sie sich die Zigarette anzündete, stutzte sie. Das Klacken des Feuerzeugs. Sie ließ es ein paar Mal ertönen, und ihre Hände wurden kalt. Es war ein Feuerzeug gewesen, das sie eben im Hinterhof gehört hatte. Jemand hatte sich dort, verborgen hinter der Hausmauer, eine Zigarette angezündet. Jemand, der sich nicht zu erkennen geben wollte, als sie gerufen hatte. Sie sprang auf und stürzte zum Fenster. Die Straße war menschenleer. Obwohl sie aussah wie immer, still und harmlos, mit ihren kleinen Geschäften und Hinterhöfen, fühlte Clara plötzlich eine Bedrohung hinter den dunklen Torbögen und den schwarzen Schaufenstern lauern. Sie blieb am Fenster ihres dunklen Wohnzimmers stehen und sah hinunter auf die leere Straße. Bei jedem Auto, das vorbeifuhr, zuckte sie zusammen und versuchte zu erkennen, wer darin saß. Doch die Autos fuhren alle weiter. Keines blieb stehen, kein Mensch stieg ein oder aus. Auch sonst war niemand zu sehen. Derjenige, der in ihrem Hinterhof gewartet haben musste, war längst verschwunden. Oder ... Clara schluckte und spürte ein Kribbeln an ihrem Rückgrat entlang bis hinunter in ihre Eingeweide: Vielleicht stand er noch immer dort unten und wartete. Worauf? Sie riss sich vom Fenster los und ging in den Flur hinaus, zu ihrer Wohnungstür. Elise folgte ihr erstaunt mit ihren Blicken. Noch einmal Gassi gehen? Um diese Zeit? Sie konnte sich nicht entschließen, Enthusiasmus zu zeigen, doch als ihr Frauchen vor der Tür stehenblieb, ohne sie zu öffnen, den Kopf an die Tür gepresst, erhob sich Elise ächzend von ihrer Matratze und tappte an ihre Seite. Dieses Verhalten kam ihr doch zu merkwürdig vor. Elise spürte Claras Anspannung, als sie neben ihr stand und gab ein leises, beruhigendes Wuff von sich, aber Clara beachtete sie nicht. Sie spähte angestrengt durch den Spion an der Tür und versuchte, irgendetwas in dem dunklen Treppenhaus zu erkennen. Doch da war nichts. Keine Bewegung, kein Geräusch, nur undurchdringliche Schwärze. Sie wagte nicht, die Tür zu öffnen, um zu lauschen, und gleichzeitig schalt sie sich eine Närrin. Wer sollte denn dort draußen lauern? Und weshalb? Der Mann vor der Pizzeria fiel ihr ein und die Art, wie er unverwandt zu ihr hinaufgesehen hatte. Doch auch das konnte doch nur Zufall gewesen sein! Es hatte nichts mit ihr zu tun. Sie ließ die Arme sinken und wandte sich von der Tür ab. Elise warf ihr noch einen weiteren forschenden Blick zu, dann entschied sie, dass es zu verantworten war, sich wieder zur Ruhe zu begeben, und trottete zu ihrem Lager zurück. Mit einem dumpfen Plumps ließ sie sich darauf fallen.

Clara lächelte schwach. Dann klingelte das Telefon. Clara fuhr zusammen und brauchte einige Sekunden, um sich zu fassen. Ihre Stimme zitterte ein wenig, als sie abhob.

»Hi, Mum.«

Clara lehnte sich erleichtert an die Wand. »Sean!«

Er war aufgekratzt und fröhlich, redete laut und schnell gegen die Hintergrundgeräusche an. Es ginge ihm gut, sehr gut, er habe schon eine Menge Leute kennengelernt, und Ian – Clara spitzte die Ohren und unterdrückte den üblichen Schmerz in der Magengegend –, Ian habe ihm einen Job verschafft, er könne morgen anfangen und während des Studiums sogar weitermachen ...

»Was für einen Job?«, unterbrach Clara argwöhnisch seinen Redefluss.

»In der Brauerei. Guinness, stell dir das vor! Da gehen die Touristen rein, um eine Führung zu machen, und ich, ich arbeite dort!« Seans Begeisterung sprudelte nur so durchs Telefon und stach Clara mit feinen, messerscharfen Nadelspitzen ins Herz. »Toll!«, würgte sie mühsam heraus und hoffte, Sean würde es nicht bemerken. »Ich bin so froh, dass es dir gut geht, Großer.« Das zumindest war ehrlich.

Nach dem Telefonat zitterten Claras Hände stärker als zuvor. Vergeblich versuchte sie, die Tränen wegzuwischen, die gekommen waren, ohne dass sie sie bemerkt hatte. Ihre Nase schmerzte. Sie ging in die Küche. Die Tränen wollten nicht versiegen. Sie rannen unaufhörlich das Gesicht hinunter, lautlos, ohne ein Schluchzen. Clara zwinkerte. Die winzige Küche schien ihr der sicherste Ort zu sein. Doch sogar hier waren die Tränen nicht zu bannen. Und dann kamen sie. Die Bilder, die vor ihren Augen in dem Moment erschienen waren, als Sean von seinem neuen Job erzählt hatte. Die Brauerei in Dublin. Jenseits des Kanals. Die roten Mauern. Die Erinnerung an jenen Sonntag im August überfiel sie mit einer Macht, die sie nach all den Jahren nicht mehr für möglich gehalten hatte. Nach all den Jahren, in denen das Grauen verblasst zu sein schien, die Panik gebannt. Sie rannte wieder die endlose Backsteinmauer entlang. Zu ihrer Rechten das dunkle, trübe Wasser des Kanals. Die Mauer schien direkt in den grauen Himmel zu wachsen, der sich teilnahmslos über der Stadt wölbte. Sie war allein. Das dumpfe Geräusch ihrer Schuhe auf dem Asphalt war der einzige Laut in der Stadt. Damm, damm, damm, damm. Das und ihr Atem, keuchend, gehetzt. Er schmerzte in ihren Lungen und pochte in ihren Schläfen. Dann, am Ende der Straße war sie plötzlich nicht mehr allein. Umgeben von Menschen, aneinandergedrängt, hilflos. Die bleichen Gesichter, stumm vor Entsetzen. Hinter ihnen das zuckende, blaue Licht. Clara entfuhr ein erstickter Schrei, und sie barg ihr Gesicht in den Händen. Jetzt schluchzte sie laut und versuchte, die Bilder in die dunklen staubigen Winkel zurückzudrängen, in denen sie so lange gelauert hatten. Es war vorbei. Vor ewigen Zeiten schon. Es wiederholte sich nicht. Nichts wiederholte sich. Und dann kam sie doch, die nagende, bohrende Frage, quälend wie glühendes Eisen. Warum tat er das? Warum? Hatte er nicht die gleiche Erinnerung wie sie? Hatte er vergessen, was geschehen war? Clara stand schwerfällig auf. Sie fühlte sich wie zerschlagen. Zu erschöpft, um wütend zu sein, zu müde, um noch Angst zu verspüren. Eine altbekannte Liedzeile kam ihr in den Sinn, bei jedem Auftritt hatten sie den Song gespielt, und es war so widersinnig und unpassend, dass ihr die Zeile gerade jetzt einfiel, dass ein müdes, bitteres Lächeln um ihren Mund erschien, während sie den Song leise vor sich hin sang: *»In Dublin's fair city, where the girls are so pretty, I met her, I kissed her, sweet Molly Malone …«*

KALABRIEN

Giuvinuttellu undi pigghiati?
Ca ci su lupi e forsi vui sapiti?

Junger Mann, wohin gehen Sie?
Hier gibt es Wölfe, wissen Sie das nicht?

Aus: »Omertà, Onuri e Sangu; Il Canto di Malavita«
Traditionelle Lieder der kalabresischen Mafia

Filippo breitete seine Schätze vor sich aus. Bald hatte er alles beisammen. Bald war es so weit. Doch das Wichtigste fehlte noch. Und dazu musste er heute noch einmal los. Er strich über all die Gegenstände, die vor ihm auf dem Boden lagen, und sein Blick blieb eine Weile auf der Zeichnung ruhen. Wie viel Arbeit hatte sie ihn gekostet. Wie viele Versuche, immer und immer wieder zerrissen. Bis endlich, an einem Abend im Winter, der richtige Strich gelungen war. Und noch einer und noch einer. Von da an war es leicht gewesen. Flüssig war seine Hand über das Papier gehuscht. Dort noch eine Schraffierung, da eine Korrektur, eine kleine Veränderung. Wenn er jetzt auf das Bild sah, fröstelte ihn ein wenig, so gut war es ihm gelungen. Er hatte Talent zum Zeichnen. Alle hatten das gesagt, früher. Bis er nicht mehr gezeichnet hatte. Seine *nonna* hatte ihm den Block und die Kohlestifte geschenkt, Filippo war sich sicher, dass sie es auf den Rat der Ärztin hin getan hatte. Verarbeitung eines Traumas durch Bilder oder so ähnlich würde sie es genannt haben. Oh, ja, er verarbeitete sein Trauma, aber ganz anders, als die Ärztin und seine *nonna* es sich vorgestellt hatten.

Er packte alles zurück in die Kiste und versteckte sie unter dem Bett. Dann nahm er seinen Rucksack, zog sich die Turnschuhe an und verließ leise sein Zimmer. Seine Großmutter sollte ihn nicht hören. Sie würde nur Fragen stellen, wohin er denn wolle, so früh am Morgen, und dann hätte er lügen müssen. Sie hätte ihn mit ihrem scharfen Blick gemustert, in dem immer ein wenig Trauer lag, wenn sie ihn ansah, und womöglich hätte sie ihn nicht gehen lassen. Oder aber, er wäre freiwillig dageblieben, hätte sich mit ihr in die große Küche mit den alten Balken an der Decke und dem unebenen Steinboden gesetzt und einen *caffè orzo* mit ihr getrunken. Mit viel Milch.

Aber es hielt ihn niemand auf an diesem Morgen. Als er auf den Hof hinaustrat und leise die Türe hinter sich zuzog, atmete er tief durch. Die Luft war frisch, noch kühl von der mondhellen Nacht, und Filippo blieb stehen, um sich den dicken Pullover anzuziehen, den er vorsorglich eingepackt hatte. Sein *motorino* stand nicht wie üblich im Schuppen, er hatte es gestern Abend unten an der Einfahrt stehen lassen, um heute keinen Lärm machen zu müssen. Als er knatternd die leere Straße nach San Sebastiano hinunterfuhr, fühlte er sich mit einem Male unbeschreiblich wohl. Wie ein Ausreißer, ein Abenteurer, wie jemand, der mit unbekanntem Ziel aufbrach und frei war. Tatsächlich war sein Vorhaben ein Abenteuer, ein verrücktes noch dazu, und der Ausgang dieses tollkühnen Plans stand in den Sternen. Doch frei in seiner Entscheidung war Filippo nie gewesen. Andere hatten die Weichen für ihn gestellt, und auch jetzt hatte er keine andere Wahl.

Der Motor dröhnte unnatürlich laut, als Filippo durch die engen Gassen kurvte. Es waren erst wenige Menschen unterwegs, und sie drehten sich nicht um, als er an ihnen vorbeifuhr.

Er bog in eine breite Gasse ein, die oberhalb der Piazza entlang- und dann hinunter in die Ebene führte. Hinunter nach Reggio und an das Meer, das man in der Ferne bereits im Dunst erahnen konnte. Als er an einer Bar vorbeifuhr, die schon geöffnet hatte, fiel ihm ein, dass er noch nicht gefrühstückt hatte. Er zögerte. Sollte er? Dann trat er so energisch auf die Bremse, dass das Hinterrad ausbrach. Die Zeit, sich zu fürchten, war vorbei.

Die müden Gesichter der beiden Männer am Tresen wandten sich ihm zu, als er durch den Vorhang eintrat. Dann, als sie ihn erkannten, drehten sie rasch den Kopf. Filippo war das gewohnt. Seit er denken konnte, hatte ihm noch nie jemand aus seiner Heimatstadt in die Augen gesehen. Die Frau hinter der Theke zeigte ihm den Rücken und hantierte an der Kaffeemaschine. Sie trug einen schäbigen roten Pullover und hatte ihre schwarzen Haare im Nacken zusammengebunden.

»Ein *cornetto*, bitte.« Filippos Stimme klang laut und fremd in seinen Ohren. Die Frau packte wortlos eines der Hörnchen aus der Vitrine und legte es auf einen Teller, den sie ihm hinschob. Sie hielt den Blick gesenkt. Während Filippo eine Euromünze auf den Tisch legte, spürte er, wie ihm der Schweiß ausbrach. Die Ablehnung war so deutlich zu spüren, als hätten sie ihn angespuckt. Als die Frau ihm das Wechselgeld gab, erhaschte Filippo jedoch noch etwas anderes in ihrem kurzen Blick: Angst und vielleicht sogar so etwas wie Scham. Sie hatten Angst vor ihm. Und sie würden noch mehr Angst bekommen. Filippo nahm sein Frühstück und verließ die Bar ohne ein Wort. Dann saß er wieder auf seinem *motorino* und fuhr weiter.

Es dauerte über eine Stunde, bis er endlich Reggio erreichte. Die Sonne schien bereits warm, und längst hatte er Pullover und Jacke ausgezogen und in seinen Rucksack gepackt. Er parkte sein *motorino* an der Ecke des Marktplatzes und ging zu Fuß weiter. Hier herrschte ein ganz anderes Treiben als in San Sebastiano. Die Händler priesen mit gellenden Stimmen ihre Waren an, und Filippo hatte Mühe, sich an den Trauben der Frauen und Kinder vorbei durch die engen Gassen zwischen den Ständen zu drücken. Es roch nach Fisch und frischem Gemüse und an manchen Ecken durchdringend nach Müll. Dort standen die Plastiktüten, notdürftig verknotet, in riesigen Haufen. Nicht wenige waren aufgeplatzt oder gar nicht erst verschlossen worden, und magere Hunde schnüffelten zwischen den verstreuten Abfällen. Filippo wusste, was das bedeutete: Die Müllabfuhr streikte. Doch die Müllmänner taten es nicht, weil sie bessere Arbeitsbedingungen verlangten oder in der Gewerkschaft waren, nein, sie taten es nur aus einem Grund: Weil *er* es ihnen befohlen hatte. Sie gehörten ihm, allesamt, und wenn *er* einer seiner Forderungen Nachdruck verleihen oder auch nur seine Macht in der Stadt demonstrieren wollte, dann blieben die Müllmänner zuhause, bis die Abfälle zum Himmel stanken und die Ratten sich nicht einmal mehr tagsüber versteckten.

Filippo hasste den Markt in Reggio. Er verabscheute die grobe Sprache, die grotesken Gesichter der Händler, die, oft nicht mehr als zwei drei Zähne im Mund, stundenlang immer nur das Gleiche schrien und versuchten, sich dabei gegenseitig zu übertönen: »*Frutta fresca*« oder »*Pesche, pesche!*« Er konnte sich erinnern, wie er sich jedes Mal, wenn er seinen Vater im Büro besuchte, voller Angst an die Hand seiner *nonna* geklammert hatte, die ihnen, aufrecht und mit arrogantem Blick einen Weg durch die Menge bahnte. Am anderen Ende des Marktplatzes stand ein großes Gebäude, auf dem in großen Lettern »*Il Calabrese*« prangte, der Name der regionalen Tageszeitung, für die sein Vater gearbeitet hatte. Früher hatten am Eingang immer zwei Carabinieri mit Maschinengewehren gestanden. Dies war notwendig gewesen, da die liberale Zeitung immer wieder vehement Stellung gegen die örtlichen Zustände bezogen hatte. Doch als dann Berlusconi mit seiner allumfassenden Medienmacht in Rom eingezogen war, war der Eingang plötzlich verwaist gewesen. Staatlicher Schutz war von da an nicht mehr erforderlich. Der neue Chefredakteur hatte früher für einen der Fernsehsender gearbeitet, der dem Regierungschef gehörte. Und von dem Zeitpunkt, als er den *Calabrese* unter seine Fittiche bekommen hatte, hatte Ruhe geherrscht: Unbotmäßige Journalisten, die in den vergangenen Jahren nicht getötet worden waren, hatten die Zeitung verlassen müssen, und der Rest der Mitarbeiter beschränkte sich darauf, die Regierung zu loben und über die Flüchtlinge zu wettern, die allenthalben an der Küste aufgegriffen wurden, wohin sie mit klapprigen Schiffen geflohen waren. Zwar hatte die Regierung zwischenzeitlich wieder einmal gewechselt, an den Zuständen im *Calabrese* hatte sich deswegen nichts geändert.

Filippo erinnerte sich, dass die Politiker erst kürzlich wieder einmal im Fernsehen diese Entwicklung, die ein Rückschritt in finstere Zeiten darstellte, in denen das Geflecht zwischen Politik und Verbrechen noch selbstverständlich und unentwirrbar gewesen war, als sensationellen Erfolg gegen die organisierte Kriminalität gefeiert hatten. »Unsere Presse ist wieder frei« hatte einer der markigen Sätze gelautet, und am nächsten Tag war die Überschrift im *Calabrese* gewesen: »Unsere Journalisten brauchen sich nicht mehr zu verstecken. Raffaele de Caprisi ist nicht umsonst gestorben.« Als sie dies las, hatte seine *nonna* einen derartigen Wutanfall bekommen, dass Filippo richtig erschrocken war. Vom Küchentisch aus, an dem sie zusammen beim Frühstück gesessen hatten, beobachtete er halb ängstlich, halb fasziniert, wie sie die Zeitung in tausend Stücke zerfetzte und dabei Schimpfwörter benutzte, die Filippo noch niemals zuvor aus ihrem Mund gehört hatte. Bis zu diesem Tag hätte er jeden Eid darauf geschworen, dass seine Großmutter solche Wörter gar nicht kannte.

Als Filippo durch die schmuddeligen Glastüren ins Foyer der Redaktion trat, überkam ihn ein Gefühl der Trauer, das er schnell wegschob. Er ging zu dem Portier, der hinter einer Glasscheibe saß und die *Gazzetta dello sport* las, und klopfte an die Scheibe.

»Eh?« Der Portier war ein dicker Mann mit spärlichen schwarzen Haaren, die ihm feucht auf seinem Schädel klebten. Er richtete desinteressiert ein Auge auf Filippo, der so gleichgültig und selbstverständlich wie möglich sagte: »Ist Mimmo oben?«

»Welcher Mimmo?«, blaffte der Portier. »Mimmo di Lampedusa, Mimmo Battaglia oder …«

»Mimmo Battaglia«, sagte Filippo schnell.

»Ja, ja, der ist oben.« Der Mann wedelte mit seiner schlaffen Hand und hatte seinen Blick längst wieder in die rosa Seiten seiner Zeitung versenkt, als Filippo die Treppen zum ersten Stock hinaufstieg. Also war Mimmo noch hier. Der alte Freund seines Vaters. Derjenige, der mit seinem Vater im Auto hätte sitzen sollen. Der ausgerechnet an diesem Tag krank gewesen war.

MÜNCHEN

Als Clara am nächsten Morgen in den Spiegel sah, erschrak sie heftig. Ihre Nase war dick geschwollen und saß wie eine matschige Tomate in ihrem Gesicht. Rund um die Nasenpartie und unter ihren Augen, die winzig klein und müde aus einem Ring von Fältchen hervorblinzelten, hatte sich ein gewaltiger Bluterguss ausgebreitet und gab ihr das Aussehen eines k. o. gegangenen Boxers. Clara tastete vorsichtig die Schwellungen ab und verzichtete auf das Waschen. Mit einer nassen Bürste fuhr sie sich einige Male durch ihre störrischen Locken und presste sie mit beiden Händen an den Kopf. Dann zog sie sich rasch und wenig sorgfältig an und ging in die Küche, um Kaffee zu kochen. Ein Blick auf Elise, die ganz gegen ihre Gewohnheit schon winselnd an der Tür stand, und ein zweiter Blick auf die Uhr ließen sie laut fluchen. Sie hatte verschlafen. Rasch packte sie ihren alten Parka und die Aktentasche und verließ mit der hektisch vorauseilenden Elise die Wohnung. Frühstücken konnte sie auch bei Rita.

Als sie verschwitzt, mit wehender Jacke und klopfendem Kopfschmerz mit einem letzten Stück Croissant in der Hand ins Büro stürmte, stieß Linda, die Sekretärin, einen spitzen Schrei aus und hob ihre sorgfältig manikürten Fingerspitzen an den hübschen Mund: »Wie sehen *Sie* denn aus?«, hauchte sie entsetzt und schüttelte ihr glänzendes Silberhaar in den Nacken, offenkundig fassungslos darüber, wie tief jemand sinken konnte, wenn es um das äußere Erscheinungsbild ging. Clara warf den Kopf herum wie eine gereizte Natter und wollte etwas Scharfes erwidern, doch der Umstand, dass ihr Mund mit einem dreiviertel Croissant gefüllt war, hinderte sie daran. Wortlos kauend stapfte sie die Stufen zu ihrem Schreibtisch hinauf und warf die Aktentasche auf den Stuhl. Willi, der gerade am Telefon war, musterte sie mit erhobenen Augenbrauen und deutete mit seiner freien Hand überflüssigerweise zunächst auf seine, dann auf Claras Nase, während er desinteressiert in regelmäßigen Abständen »Ich verstehe, hm, ja, ich verstehe« ins Telefon murmelte. Als das Telefonat beendet war, wandte er seine ganze Aufmerksamkeit Clara zu, die sich inzwischen hinter ihren Aktenbergen verschanzt hatte.

»Du hast da was ... in deinem Gesicht.« Er deutete wieder auf ihre Nase und grinste breit. »Hast du dich geprügelt?«

»In der Tat«, antwortete Clara maliziös und nahm sich eine Akte vom Stapel. Sie vertiefte sich in die Streitereien zweier Mieter über die Grillgewohnheiten der einen Partei. Seit Wochen versuchte Clara vergeblich, den Streit beizulegen, letzte Woche hatte er darin gegipfelt, dass der eine Mieter das brutzelnde Feuer der Freiluftköche mit einem Hochdruckreiniger gelöscht und dabei den Grill zerstört hatte. Höhe des Schadens rund zweihundertfünfzig Euro, wenn man die Reinigung des Teppichs mit berücksichtigte.

Clara ließ Willi noch ein paar Minuten in seiner Neugierde schmoren, dann gab sie nach. Sie klappte die Akte zu und erzählte ihm ihr gestriges Abenteuer. Den Mann vor der Pizzeria und den nächtlichen Besucher in ihrem Hinterhof, wer auch immer es gewesen war, verschwieg sie jedoch ebenso wie ihre eigenen Gespenster, die vergangene Nacht zurückgekehrt waren. All das kam ihr im Licht des strahlenden Vormittags ein wenig hysterisch und übertrieben vor.

Willi musterte sie prüfend, schwieg aber.

»Was?«, schnappte Clara. »Sag schon, dass du es Scheiße findest, was ich da mache.«

Willi hob seine Hände. »Wenn du es sagst ...«

Clara hatte keine Kraft zu streiten. Sie musterte Willi aus müden Augen und versuchte Worte zu finden, die ihm erklären konnten, weshalb sie der Fall des Angelo Malafonte so aufbrachte.

Sie wollte ihm von dem Zorn erzählen, der sie angesichts Obersteins Arroganz schier überwältigt hatte, und von der bestürzenden Resignation und Angst in Malafontes Augen, wenn er unaufmerksam genug war, seine mühsam einstudierte Deckung aufzugeben. Doch sie konnte all das nicht sagen. Sie konnte sich nicht rechtfertigen. Denn damit hätte sie sich verraten. Hätte mehr offenbaren müssen, als ihr lieb war. Mehr, als sie sich selbst gegenüber zugestehen wollte. Sie hätte sich auf verbotenes Terrain wagen müssen, und dazu fühlte sie sich nicht in der Lage.

»Es ist so ungerecht«, sagte sie deshalb nur.

Willi lächelte. »Wann ist es das nicht?«

Später am Nachmittag begann Clara, sich langsam besser zu fühlen. Ein Aspirin, ein paar Eiswürfel und Ritas überdimensionales Thunfischsandwich ließen den inneren und den äußeren Schmerz allmählich verblassen. Rita setzte sich zu ihr, während Clara mit dem letzten Stück Weißbrot die würzige Soße vom Teller wischte. »Wie kriegst du nur diese Salsa so hin?«, fragte Clara kauend. »Gibt's da ein Geheimnis?«

Rita zuckte mit den Schultern: »Ein Rezept von zuhause, kein Geheimnis. Vielleicht die Kapern?« Doch man sah, dass sie geschmeichelt war. Ihre Sandwiches waren berühmt. Sie warf Clara einen schrägen Blick zu. »Geht's wieder mit deinem Gesicht?« Clara tastete vorsichtig an ihrer Nase herum und grinste. »Ich werd's überleben. Dank deiner Fürsorge und deinem Sandwich.«

Ritas Lächeln war etwas verkrampft. Nach einer Weile, in

der sie Clara nachdenklich musterte, senkte sie die Augen und presste die Lippen zusammen. Sie schien noch etwas auf dem Herzen zu haben, jedoch nicht zu wissen, wie sie damit herausrücken sollte.

»Was ist los?«, fragte Clara rundheraus. »Du hast doch was.«

Rita schüttelte den Kopf. »Nein. Es ist nur ... ich meine, wenn ... Du solltest es mir sagen, weißt du!«

»Was sagen?«, fragte Clara erstaunt.

Rita wand sich ein wenig. »Du musst nicht meinen, damit weitermachen zu müssen wegen ... meinetwegen. Bitte, wenn so etwas passiert ... Hör auf damit, ja?« Sie wollte aufstehen.

»Halt!« Clara hielt sie fest. »Könntest du dich etwas deutlicher ausdrücken, bitte? Ich verstehe kein Wort!«

Rita setzte sich zurück auf die Stuhlkante, warf aber immer wieder nervöse Blicke hinter die Bar, als warteten zahllose Gäste darauf, bedient zu werden und als säße nicht nur die alte Frau Schneider von nebenan mit ihrem Pudel bei ihrem täglichen Nachmittagskaffee in der Ecke. »Wegen dem Jungen, Malafonte ...« Sie brach ab.

»Ja. Und weiter?«

»Es ist nicht so, dass du dich mir verpflichtet fühlen sollst, weil ich ihn dir vermittelt habe, hörst du?«

»Aber das tue ich nicht.« Clara verstand noch immer nicht, was Rita meinte. »Er ist mein Mandant, ich vertrete ihn. Was meinst du?«

Rita stand auf und deutete mit einer ungeduldigen Handbewegung auf Claras Gesicht. »Ich meine, du solltest nicht die Heldin spielen, du hast ja keine Ahnung, wie gefährlich das sein kann!« Dann nahm sie Claras Teller und ging eilig hinter die Theke zurück.

Clara starrte ihr verblüfft nach. Plötzlich ging ihr ein Licht auf. Rita hatte ihre Geschichte mit der Tür, gegen die sie gelaufen war, nicht geglaubt, wobei Clara wohlweislich verschwiegen hatte, dass sich diese Tür im ersten Stock einer Pizzeria befand und sie dort nichts zu suchen gehabt hatte. Aber ... glaubte sie tatsächlich, jemand hätte sie angegriffen? Geschlagen? Wegen Malafonte? Clara sprang auf: »Rita! Was weißt du über Angelo Malafonte?« Sie lief zu ihr hinter die Theke. »Du musst es mir sagen! Bitte! Was ist so gefährlich?«

Rita hatte sich schon wieder gefasst. Sie strich Clara mit einer liebevollen Geste ein paar Strähnen aus der Stirn und lächelte. »Nichts, *cara*, gar nichts. Hör nicht auf mich. Es war Unsinn, was ich eben gesagt habe. Ich bin eben immer so eine *mamma*, sogar bei dir, ich kann nichts dafür. Tut mir leid, wenn ich dich erschreckt habe.« Sie holte eine Tasse aus dem Regal »Cappuccino? Geht aufs Haus.«

Clara starrte sie an. Dann nickte sie stumm und ging zurück zu ihrem Tisch am Fenster. Sie glaubte Rita kein Wort. Es war ihr ganz und gar ernst gewesen mit dieser Warnung, egal, auf welche Weise sie jetzt versuchte, es herunterzuspielen. Doch weitaus mehr als ihre Worte zuvor hatte Clara Ritas Gesichtsausdruck erschreckt, als sie sich bemüht hatte, so zu tun, als wäre nichts gewesen: Clara hatte in Ritas Augen dieselbe hilflose, stumme, verzweifelte Leere gesehen, mit der Malafonte versuchte, seine Angst zu verbergen.

Als Clara an diesem Abend mit Elise nach Hause ging, grübelte sie noch immer über Ritas merkwürdiges Verhalten nach. Willi hatte sie auf ein Bier bei Murphy's überreden wollen, doch sie hatte dankend abgelehnt. Die Schwellung an ihrer Nase ging zwar langsam zurück, aber trotzdem war ihr nicht nach Kneipe und Musik zumute. Sie sehnte sich nach einem gemütlichen Abend und nach viel Schlaf. Die hübsche Kirche, von der Clara nach all den Jahren, in denen sie in diesem Viertel arbeitete, noch nicht einmal den Namen wusste, schlug sechs Uhr. Clara war dankbar, dass es nicht regnete, und beschleunigte ihren Schritt. So oft wie möglich ging sie die Strecke ihres Heimwegs zu Fuß, so bekam Elise ihren Auslauf und Clara den Kopf frei. Doch heute nutzte sie den forschen Spaziergang nicht, um sich zu entspannen, sondern um ihre Gedanken zu ordnen. Wie passten all diese Dinge ins Bild? Was wusste Rita von Angelo Malafonte, und warum erzählte sie es ihr nicht? Immerhin war es sie gewesen, die ihn zu ihr geschickt hatte. Clara hielt es für vollkommen ausgeschlossen, dass Rita und Malafonte zusammen in irgendetwas verwickelt waren. Sie war gut an die fünfzig und ein Ausbund an Anständigkeit. Aber trotzdem wusste sie etwas über ihn. Etwas sehr Beunruhigendes, das nicht nur ihm, sondern auch ihr Angst machte. Es musste etwas sein, das in Italien seinen Ursprung hatte, da war sich Clara ziemlich sicher. Aber warum wagte Rita, die seit so langen Jahren schon in Deutschland lebte, nicht, mit ihr darüber zu sprechen? Oder war es am Ende gar keine Angst, die Clara gesehen hatte, sondern Scham? Zurückhaltung, die Befürchtung, Clara könnte das Problem nicht verstehen? Vielleicht eine Familiengeschichte. Hatte Rita nicht gesagt, sie und Angelos Mutter wären befreundet? Oder verwandt? Clara konnte sich nicht mehr genau erinnern und nahm sich vor, Rita morgen noch einmal danach zu fragen. Frauengeschichten? Eine sitzengelassene Freundin vielleicht, schwanger … irgendein Skandal. Das würde Ritas Schweigen erklären, denn sie war trotz ihrer blondgefärbten Haare und den hautengen Miniröckchen erstaunlich prüde und altmodisch. Gab es so etwas wie Blutrache noch in Italien? Clara meinte, sich zu erinnern, dass sie davon gehört hatte. Auf Sizilien war es vor nicht allzu langer Zeit zu einem »Ehrenmord« an einer jungen Frau und deren Geliebten gekommen. Der Mörder war nicht der gehörnte Ehemann, sondern dessen Bruder gewesen, der die Ehre der Familie wieder hatte herstellen wollen. Clara wusste nicht mehr genau, wie der Bruder bestraft worden war, jedenfalls war es eine lächerliche Strafe gewesen.

Clara ging langsamer. Paradoxerweise wurde ihr wohler bei dem Gedanken, dass Angelo womöglich eine verheiratete Frau geschwängert haben könnte und auf der Flucht vor dem Ehemann und dessen Familie war. So bekam seine Angst ein Gesicht, das menschlich war, verständlich, in gewisser Weise nachvollziehbar. Nicht mehr diese namenlose Bedrohung, die Clara jedes Mal verspürte, wenn sie die Panik in seinen Augen sah und von der sie meinte, auch bei Rita heute gestreift worden zu sein, wie von einem kühlen Windhauch, der durch das offene Fenster weht und einen unwillkürlich frösteln und die Schultern heben lässt. Kein Wunder, dass die Leute der Pizzeria Napoli nichts mehr mit Angelo zu tun haben wollten, wenn dies bedeutet hätte, dass ihnen von einem tollwütigem Ehemann und seinen Brüdern womöglich das Lokal zertrümmert worden wäre. Vielleicht hatten sie Angelo bereits aufgestöbert, als es zu der Razzia wegen des Rauschgifts kam, und die beiden Sachen hatten gar nichts miteinander zu tun. Oder aber ... Clara blieb mitten auf dem Bürgersteig stehen und starrte abwesend in die Luft. Ihr war etwas eingefallen. Eine Nebensächlichkeit, die sie bisher nicht weiter beachtet hatte. Ein Name, nur ein weiterer Name. Und doch war es möglich, dass er von Bedeutung war. Sie musste noch einmal mit Malafonte sprechen. Und mit Massimo Moro. Mit dem ganz besonders.

Zuhause angekommen streifte Clara mit einem Seufzer der Erleichterung ihre Schuhe von den Füßen und ließ sich ein heißes Bad einlaufen. Ein ruhiger Abend ohne Arbeit, ohne Aufregung, ohne Rätselraten, das war es, was sie sich ersehnte wie einen Schluck Wasser in der Wüste.

Später, auf der Couch vor dem Fernseher mit Elise neben sich, deren Kopf schwer auf ihren Füßen lag, fiel ein großer Teil der Anspannung der letzten Tage von Clara ab. Selbst Seans Abwesenheit schien weniger bestürzend als noch einen Tag zuvor. Eine leise Ahnung davon, dass sie sich irgendwann einmal sogar daran gewöhnen könnte, einen erwachsenen Sohn zu haben, der eigene Wege ging, schlich sich auf leisen Sohlen in ihr entspanntes Gemüt und nistete sich dort ein. Clara zappte durch die Programme, ohne etwas von den Dingen aufzunehmen, die in schneller Folge vor ihren Augen vorbeiflimmerten. Schließlich schaltete sie den Fernseher ab und griff nach dem Buch, das bereits seit über einer Woche aufgeschlagen auf dem Couchtisch lag. Ein altmodischer Krimi mit zahlreichen Verdächtigen in beschaulicher englischer Dorfidylle, das war genau das Richtige. Clara liebte die schrulligen, überzeichneten Landlords und Ladys, deren unbedarfte Dienerschaft und den überlegenen, gut aussehenden Kriminalkommissar. Sie genoss die feine Ironie, mit der die Figuren gezeichnet waren. In ihrer Gesellschaft fühlte sie sich immer warm und geborgen, ganz unabhängig davon, wie viele grässliche Morde dort auch passierten und welche seelischen Abgründe sich auftaten. Sie war nur die Betrachterin, saß im tiefen, mit kariertem Stoff bezogenen Lehnsessel des alten Herrenhauses neben dem prasselnden Kamin, die Jagdhunde zu ihren Füßen, und sah zu, wie draußen vor den Butzenscheiben die Stürme tobten.

Plötzlich hob Elise mit einem Ruck den Kopf. Sie lauschte einen Augenblick angestrengt auf etwas, das nur sie hören konnte, dann sprang sie mit einem Satz von der Couch und lief auf den Flur. Clara hörte sie kurz bellen, laut und aufgeregt, dann begann sie zu knurren. Clara ging hinaus und legte dem Hund beruhigend ihre Hand auf den Kopf und spähte wie vergangene Nacht vergeblich durch den Sucher in den leeren Hausgang. Schließlich überwand sie ihre Furcht, packte Elise fest am Halsband und öffnete die Tür einen Spalt breit. »Hallo?« Ihre Stimme hallte ängstlich durchs Treppenhaus. Keine Antwort. In dem Moment riss Elise sich los und raste die Treppe hinunter. Clara rief vergeblich nach ihr. Nur ihr aufgeregtes Bellen war zu hören. Zögernd drückte Clara auf den Lichtschalter und folgte ihr so leise wie möglich. Elise stand an der Haustür und kratzte mit ihren breiten Vorderpfoten an der Klinke. Clara zog sie mit einer gewissen Kraftanstrengung zurück. »Sag mal, hast du sie nicht mehr alle?«, schimpfte sie, doch es klang nicht sehr überzeugend. Ihre Stimme zitterte. Mit weichen Knien ging sie hinauf zu ihrer Wohnung. Sie erschrak, als sie sah, dass sie die Tür weit offen stehen gelassen hatte. Was, wenn die Person, über die sich Elise so erregt hatte, nicht nach unten, sondern nach oben in den zweiten Stock gelaufen war und jetzt hinter der Tür auf sie wartete? Clara blieb stehen. Ihr Magen zog sich schmerzhaft zusammen. Dann warf sie einen Blick auf Elise, die völlig entspannt die letzten Treppenstufen erklomm und in ihren Hausflur trabte. Das beruhigte Clara, und sie hastete ihr nach. Rasch schloss sie die Tür und drehte den Schlüssel zweimal um. Der gemütliche Abend war dennoch verdorben. Die Lust auf englische Krimilektüre war ihr vergangen. Stattdessen zog Clara die Akte Malafonte noch einmal aus ihrer Tasche und nahm sie mit auf die Couch. Aufmerksam las sie das Aussageprotokoll von Massimo Moro, und tatsächlich, sie hatte sich nicht geirrt: Dort auf der wiedergefundenen zweiten Seite stand neben Angelo Malafonte noch ein zweiter Name, den Moro preisgegeben und den Clara bisher vollkommen vernachlässigt hatte: Gaetano Barletta. Angeblich ein Lieferant Malafontes, obwohl Moro sich dabei nicht sicher schien. Jedenfalls einer, der Malafonte kannte. Ein Freund? Oder etwa der Feind, nach dem sie suchte? Clara blätterte weiter, fand jedoch keinen weiteren Hinweis auf Gaetano Barletta. Auch nicht darauf, ob gegen ihn ebenfalls ein Verfahren eingeleitet wurde. Sie notierte sich die angegebene Adresse von Massimo

Moro und beschloss, morgen dort vorbeizuschauen. Sie würde ja sehen, ob dieser Zeuge so »unauffindbar« war, wie Oberstein gemeint hatte. Und dann würde sie noch einmal ins Gefängnis müssen, um Malafonte zu sprechen.

Als sie ins Bett ging, warf Clara noch einmal einen Blick auf die Haustür und drückte prüfend die Klinke herunter. Das Licht in ihrem Flur ließ sie brennen. Erst sehr viel später, nachdem sie sich eine ganze Weile schon unruhig im Bett umhergewälzt hatte, fiel ihr auf, dass Malafontes Angst dabei war, auch sie einzuholen. Es war kein gutes Gefühl.

Clara überprüfte noch einmal unsicher die Adresse, als sie vor dem Haus angekommen war. Doch es war kein Zweifel möglich: Die herrschaftliche Villa im besten Teil Bogenhauses war laut Akte Massimo Moros Wohnanschrift. Wie passte das zu Malafontes schäbigem Zimmer oberhalb der Pizzeria Napoli? Clara las das kleine Schild an der Klingel, auf dem in edel geschwungener Schrift *Johannes Simoneit* stand. Nichts weiter. Kein Hinweis auf Moros Anwesenheit. Vielleicht hatte Richter Oberstein recht gehabt, und Moro war längst schon wieder in Italien oder hatte hier nie gewohnt. Clara kam der Name Simoneit irgendwie bekannt vor, sie konnte sich aber nicht erinnern, bei welcher Gelegenheit sie ihn schon einmal gehört hatte. Vorsichtig spähte sie durch die Gitterstäbe des hohen Tores. Üppige Fliederbäume, Pfingstrosen und Hortensienbüsche säumten die sorgfältig geharkte Einfahrt. Zwischen den Pflanzen lugten Marmorstatuen hervor, Putten, griechische Jünglinge, und im Hintergrund auf dem gepflegten Rasen plätscherte ein Brunnen in Form einer Muschel, die das Wasser durch das Maul eines dicken Fisches empfing. Claras Zweifel, ob es angebracht war, hier ohne jede Voranmeldung zu erscheinen, verstärkten sich. Doch es war nicht mehr zu ändern. Sie hatte keine Lust, den ganzen Weg inklusive der für sie wie immer nervenaufreibenden U-Bahn-Fahrt umsonst gemacht zu haben. Aber sie war froh, dass sie wenigstens Elise bei Willi in der Kanzlei gelassen hatte. Sollte ihr überhaupt Einlass in dieses herrschaftliche Anwesen gewährt werden, so hatte sie definitiv die besseren Chancen ohne ein fröhlich sabberndes, mittelgroßes Kalb an ihrer Seite. Rasch fuhr sie sich mit den Händen über ihre Haare und versuchte, sie glatt zu drücken. Dann zog sie ihren dunkelgrünen Blazer gerade und knöpfte ihn ordentlich zu, bevor sie energisch auf die Klingel drückte. Ein knapper Summton erklang am Gartentor, ohne dass die Sprechanlage ertönte. Clara drückte das Tor auf und ging rasch auf das Haus zu. Der betörende Duft der blühenden Pfingstrosen stieg ihr in die Nase. Die Tür öffnete sich in dem Moment, in dem sie den Fuß auf die unterste Schwelle setzte. Ein großer schlanker Mann stand vor ihr und hob fragend die Augenbrauen. »Ja bitte?«

Clara starrte ihn an. Er war Anfang, Mitte sechzig, wirkte aber ziemlich jugendlich. Er trug einen schwarzen Pullover mit V-Ausschnitt und eine schwarze Hose. Sein graues Haar war millimeterkurz geschoren. Clara erkannte ihn sofort wieder. Johannes Simoneit, natürlich, der Architekt. Ein Kollege ihres Vaters. Was hatte das zu bedeuten? Was hatte er mit Massimo Moro zu schaffen? Clara spürte, wie ihr das Blut in die Wangen schoss. War sie gerade mal wieder dabei, sich in höchstem Maße lächerlich zu machen?

»Sie wünschen?«

Er hatte sie nicht erkannt. Kein Wunder. Als sie ihn das letzte Mal gesehen hatte, auf einem Geburtstagsfest ihrer Mutter, war sie Ende zwanzig gewesen.

»Ich ... Ist das die Adresse von Herrn Massimo Moro?«

Simoneits Augen wurden schmal, und er warf ihr einen misstrauischen Blick zu. »Wer will das wissen?«

»Mein Name ist Clara Niklas. Ich bin Anwältin und Verteidigerin eines ... Freundes von Massimo Moro. Ich hätte nur ein paar Fragen, vielleicht kann er mir helfen.«

»Eines Freundes?«, kam es gedehnt von ihrem Gegenüber. »Was für ein Freund soll das sein?«

Clara wurde ungeduldig. Was sollte diese Ausfragerei bedeuten. »Sind Sie etwa Massimos Vater?«, gab sie kühl zurück.

Zu ihrer Überraschung lachte der Mann belustigt auf. »Nein. Das bin ich nicht.« Dann reichte er ihr eine kräftige braungebrannte Hand und öffnete die Tür weiter, um sie eintreten zu lassen. »Entschuldigen Sie mein Misstrauen«, meinte er, während sie durch einen dunklen Flur gingen, »aber es war in letzter Zeit durchaus angebracht.« Nach dieser rätselhaften Bemerkung führte er Clara in ein Zimmer mit einem großen Erkerfenster zum Garten hinaus und entschuldigte sich, um Massimo zu holen. Als er gegangen war, sah Clara sich um. Angesichts der etwas kitschigen Gartengestaltung hatte sie Plüsch und schwere Vorhänge erwartet. Das Zimmer jedoch war bis auf eine schwarze Ledercouch mit Blick auf den steinernen Muschelbrunnen vor dem Fenster fast vollkommen leer. An den hohen weißen Wänden hingen afrikanische Masken aus dunklem Holz und ein großformatiges abstraktes Bild.

Auf einem kleinen Tisch oder Hocker, der aussah, wie der Zahn eines Dinosauriers, stand ein runder Aschenbecher aus glänzendem Marmor. Zwei Zigarettenkippen lagen darin, was Clara als Einladung auffasste, ihre eigenen Zigaretten herauszuholen und sich eine anzuzünden. Sie öffnete eines der hohen Fenster und lehnte sich hinaus, während sie einen tiefen Zug nahm. Der süße Duft der Pfingstrosen und das plätschernde Wasser des Brunnens hatten eine beruhigende, ein wenig einschläfernde Wirkung, und so fiel ihr zunächst gar nicht auf, dass niemand zurückkam. Erst als sie die Zigarette geraucht hatte und Massimo Moro noch immer nicht erschienen war, wurde sie stutzig. Sie öffnete die Tür und horchte.

Von irgendwoher drangen Stimmen zu ihr. Laute erregte Stimmen, von denen eine Johannes Simoneit gehörte. Sie ging ein paar Schritte durch den Flur auf die Tür zu, hinter der sie ihn und Massimo Moro vermutete, und lauschte vorsichtig:

»Bitte, Max!«, sagte die tiefe Stimme des Architekten gerade, und es klang flehend und zugleich ein wenig genervt. »Du kannst dich doch nicht ewig verstecken!«

Clara verstand die Antwort nicht. Es klang dumpf, so als ob der andere Mann sich beim Sprechen die Hände vor das Gesicht hielt.

Drängend fuhr Simoneit fort: » Sie ist Anwältin. Vielleicht kann sie dir ja sogar helfen!«

Ein gedämpftes Heulen, irgendwo zwischen Lachen und Schluchzen, war die Antwort, und Clara hielt es für angebracht, sich bemerkbar zu machen. Leise trat sie ein paar Schritte zurück, dann rief sie laut und vernehmlich: »Hallo? Herr Simoneit?«

Das Schluchzen brach unvermittelt ab, und Simoneit erschien an der Tür. Er wirkte besorgt, aber bemühte sich um ein Lächeln. »Es tut uns leid, dass wir Sie warten ließen. Kommen Sie bitte. Wie Sie sich sicher vorstellen können, geht es Max nicht sehr gut. Trotzdem halte ich es für das Richtige, wenn er mit Ihnen spricht.« Er senkte die Stimme ein wenig, bevor er weitersprach: »Gehen Sie bitte behutsam mit ihm um, er ist noch sehr ... labil, was ja kein Wunder ist, nicht wahr?« Er sah sie fragend an, und Clara beeilte sich zu nicken, obwohl sie keinen blassen Schimmer hatte, wovon Simoneit sprach.

»Natürlich.«

»Und bitte, bemühen Sie sich, nicht zu erschrecken, wenn Sie ihn ansehen«, flüsterte er leise in ihr Ohr, während sie den Raum betraten, in dem Massimo Moro auf Clara wartete.

Diese letzte Bitte war fast unmöglich zu erfüllen, das wurde Clara mit Entsetzen bewusst, als der junge Mann vor ihr auf der eleganten, mit glänzendem, rotem Stoff bezogenen Couch den Kopf hob und ihr ins Gesicht blickte. Er musste einmal sehr schön gewesen sein. Dunkle Locken umrahmten einen schmalen Kopf mit großen, braunen Augen und einem ausdrucksstarken Kinn. Doch von dieser Schönheit war nichts mehr übrig geblieben. Sein Gesicht war von tiefen, unregelmäßig verheilten Schnitten durchzogen und mit Blutergüssen bedeckt, die in allen Farben schillerten. Ein Augenlid hing schlaff herab, unter der Augenbraue befand sich eine tiefe, schwarz verkrustete Wunde, die ihn offenbar fast das Augenlicht gekostet hatte. Das Schlimmste von allem jedoch war seine Nase. Eine kühn geschwungene Adlernase musste er einmal besessen haben, soweit man das noch erkennen konnte. Jetzt war sie mehrmals gebrochen, das sah sogar Clara, und an der Spitze fehlte ein großes Stück, was ihm ein wenig das Aussehen eines Zombies gab. Clara schluckte und bemühte sich, keine allzu deutliche Reaktion zu zeigen, zumal sie Moros Augen unverwandt auf sich gerichtet spürte. Ihr Blick eilte zu Simoneit, der sich neben Moro auf die Couch gesetzt hatte und sie ebenfalls ansah. Er hatte die Lippen fest zusammengepresst, und in seinen Augen stand eine Trauer, die Clara unvermittelt begreifen ließ, in welcher Beziehung die beiden zueinander standen. Sie dachte an ihre flapsige Bemerkung zuvor, ob Simoneit etwa Moros Vater sei, und Schamröte schoss ihr ins Gesicht. Der Architekt schien ihrem Gedankengang gefolgt zu sein. Ein spöttisches Lächeln erschien auf seinen Lippen. Clara senkte für einen Moment die Augen. »Tut mir leid«, murmelte sie, während sie sich in den Sessel gegenüber der Couch setzte.

»Was, was tut Ihnen leid?«, herrschte Moro sie an. »Darf man fragen, was *Sie* damit zu tun haben, dass es Ihnen *leid*tun muss?« Seine Stimme war aggressiv, darunter lauerte, kaum verborgen, Verzweiflung. Simoneit legte ihm beruhigend die Hand auf den Arm. »Dich hat Frau Niklas nicht gemeint, Max, das war ein ... Spaß zwischen uns beiden.« Er zwinkerte Clara zu, und ihr gelang ein kleines, aber umso dankbareres Lächeln. Massimo Moro warf den beiden einen argwöhnischen Blick zu, schwieg aber. Simoneits Hand lag unverwandt auf seinem Arm.

»Was wollen Sie nun wissen, Frau Rechtsanwältin?« Der Architekt schlug einen sachlichen Ton an und machte damit deutlich, dass er die Zeit für den Austausch von höflichen Nettigkeiten als beendet betrachtete. Vielleicht wollte er aber auch nur dem jungen Mann an seiner Seite ein Gefühl von Sicherheit und Schutz bieten, indem er vom Eindruck seines zerstörten Gesichts zum eigentlichen Thema schwenkte.

Clara indes fiel es schwer, sich auf etwas anderes zu konzentrieren als auf die Brutalität, mit der jemand den jungen Italiener angegriffen hatte. Nicht zuletzt auch deswegen, weil die beiden davon auszugehen schienen, dass sie darüber bereits Bescheid wissen müsste. Sie räusperte sich und sehnte sich nach einer weiteren Zigarette. Doch sie wagte nicht zu fragen, kein Aschenbecher war zu sehen, und das ganze Zimmer sah aus wie aus einer dieser edlen Hochglanz-Wohnzeitschriften kopiert: Mit Ausnahme der roten Couch gab es nur weiße und cremefarbene Möbel mit perfekt aufeinander abgestimmten Accessoires auf einem flauschig weichen, ebenfalls weißen Teppich, der genau so aussah, als ob darauf unweigerlich verstreute Asche landen müsste und nur mit einer aufwändigen chemischen Reinigung wieder zu entfernen wäre.

Sie richtete sich in ihrem Sessel ein wenig auf und beschloss, ohne Umwege zum Kern der Sache zu kommen: »Herr Moro, ich vertrete Herrn Angelo Malafonte.« Sie versuchte, den jungen Mann so unbefangen wie möglich anzusehen.

»Max!«

»Wie bitte?«

»Nennen Sie mich Max.«

»Also gut, Max. Sie haben vor Gericht eine Aussage gemacht, die meinen Mandanten belastet …«

Moro lachte bitter. »Eine Aussage! Jawohl.« Dann deutete er sich mit dem Finger an die verstümmelte Nase und meinte höhnisch: »Das war auch eine Aussage!«

»Wollen Sie damit etwa andeuten, dass … mein Mandant Sie so zugerichtet hat?« Clara spürte, wie ein leichter Schauder über ihren Rücken lief. Das war unmöglich. Sie konnte sich doch wohl nicht so in Malafonte getäuscht haben? Und wenn doch? Was wusste sie schon von ihm? Vielleicht war er ein ausgezeichneter Schauspieler? Nein. Unmöglich. Sie sah Moro fest ins Gesicht.

Moros Lachen war jetzt echt. Es klang unwirklich schön und fröhlich, so als gehörte es nicht zu ihm. Nicht mehr. Es gehörte zu dem alten Max, zu dem, der er einmal gewesen sein musste. »Angelo? Ich bitte Sie! Der ist zu so etwas doch nicht fähig. Er hat sich doch immer in die Hosen gemacht vor Angst.«

»Wovor hatte er denn solche Angst?«

»Was weiß denn ich? Die haben doch immer irgendetwas am Kochen da unten.«

»Da unten? Was meinen Sie damit?«, wollte Clara wissen.

»Na, da unten im Süden, Kalabrien, Sizilien. Bei denen läuft doch immer irgendwas Krummes.« Moro rutschte unruhig auf dem Sofa hin und her.

»Sie sind nicht aus dem Süden, nehme ich an?«

Moro schüttelte den Kopf und schob trotzig das Kinn vor. »Turin.«

Clara dachte an ihre Eifersuchtstheorie und fragte: »Gab es irgendwelche Frauengeschichten? Ist er vor irgendetwas davongelaufen?«

Moro sah sie verdutzt an: »Frauengeschichten? Bei Angelo?

Nie im Leben.« Er verzog den Mund zu einer spöttischen Grimasse. »Der ist doch noch grün hinter den Ohren.«

»Trotzdem hat er Angst. Wovor denn?«

»Warum fragen Sie ihn das nicht selbst, Frau Rechtsanwältin?«

Clara nickte langsam. Er hatte recht. So kamen sie nicht weiter. Selbst wenn Moro etwas davon wusste, würde sie es auf diese Weise nicht erfahren.

Doch Moro sprach unvermittelt weiter: »Ich glaube, er ist in irgendwas ganz Beschissenes verwickelt, keine Ahnung, was. Aber der Angelo ist ein guter Kerl. Ein ganz armer Hund ist das, wenn Sie es genau wissen wollen.«

Clara sah ihn an. Versuchte sich vorzustellen, ob so etwas wie eine Freundschaft diese beiden so unterschiedlichen jungen Männer verbunden hatte. Hatten sie sich einander anvertraut? Oder nur ab und zu einen Joint geraucht und in den Discos herumgestanden, stumm, jeder in seine eigenen Gedanken und Probleme verstrickt?

»Waren Sie gut befreundet?«, wollte sie wissen.

Moro zuckte mit den Achseln. »Was heißt befreundet? Man kennt sich eben. Er ist in Ordnung. Für einen von da unten«, fügte er einschränkend dazu.

»Aber trotzdem haben Sie ihn verraten.«

Moro lachte auf, es war mehr ein Ächzen. »Ja, das habe ich wohl. Max der Verräter.« Abscheu tropfte aus seinen Worten hervor.

»Warum haben Sie es getan? Warum haben Sie ihn hingehängt?« Clara hasste sich für diese Frage. Sie wusste die Antwort ja längst.

Moro warf ihr einen abwägenden Blick zu und schüttelte den Kopf: »Sie würden es mir sowieso nicht glauben«, sagte er verächtlich.

Clara erwiderte seinen Blick: »Und wenn doch?«

Moro antwortete nicht. Er schien mit sich zu kämpfen. Die Stille lastete für einen Moment im Raum wie etwas Greifbares, das mit ihnen wartete und die Spannung ins Unerträgliche zu steigern schien.

»Verdammt!« Moro zerriss das Schweigen und sprang auf. »Verdammt noch mal. Ich hab keinen Bock auf diese Scheiße!« Er lief im Zimmer umher wie ein gefangenes Tier und fluchte auf Italienisch weiter. Simoneits mahnendes »Max!« verhallte folgenlos. Irgendwann blieb Moro mitten im Zimmer stehen: »Ich brauch was zu rauchen.« Clara gestattete sich ein leises Aufatmen. Sie wusste, dass sie gewonnen hatte. Er würde es ihr erzählen. Sie reichte ihm ihre Schachtel Zigaretten.

Moro zögerte. Er warf Simoneit einen fragenden Blick zu, den dieser mit stummem Kopfschütteln verneinte. Clara glaubte zu verstehen, dass Moro sich unter »was rauchen« etwas anderes als nur eine Zigarette vorgestellt hatte. Doch er fügte sich und nahm stumm eine von Claras Zigaretten. Er zündete sie sich an und gab auch Clara Feuer, die die Gelegenheit dankbar nutzte. Dann zog er unter der Couch einen Aschenbecher heraus, den er zwischen sie auf den Tisch stellte. Er war bis obenhin voll mit abgebrannten Stummeln von selbst gedrehten Zigaretten. Ein schwacher, süßlicher Geruch stieg Clara in die Nase, den sie noch recht gut von früher kannte.

Als Moro sich wieder gesetzt hatte, nahm Clara den Faden vorsichtig wieder auf: »Dr. Oberstein war der Richter, der Sie vernommen hat. Ich kenne ihn.« Sie lächelte bitter. »Leider«, fügte sie hinzu. »Er hat Sie bedroht, nicht wahr?«

Sowohl Moro als auch Simoneit warfen ihr überraschte Blicke zu.

Clara nickte befriedigt. »Er hat Ihnen mit … unangenehmen Konsequenzen gedroht, falls Sie keine Namen nennen. Er hat Sie unter Druck gesetzt. Er hat Sie dazu gezwungen, Malafonte zu verraten. War es nicht so?«

Moro nickte stumm und senkte den Blick auf die Zigarette, die er unablässig zwischen seinen Fingern drehte. Clara bemerkte, dass er wohlgeformte, langfingrige Hände hatte.

»Was hat er gesagt? Womit hat er Sie bedroht?«

Moro schloss die Augen und schüttelte stumm den Kopf. Clara konnte es sich denken, doch das genügte nicht. Sie würde Moros Aussage brauchen.

»Bitte, Max!«

Simoneit schüttelte den Kopf: »Frau Niklas, Sie wissen doch offenbar schon alles darüber. Warum soll er Ihnen diese Details jetzt auch noch erzählen?«

Clara biss sich auf die Lippen und zog ein paar Blätter aus ihrer Tasche: »Das ist das Protokoll von Max' Aussage. Die entscheidenden Seiten wurden zunächst unter Verschluss gehalten, aber es ist mir gelungen, sie zu bekommen. Doch das hilft uns leider nicht viel weiter: In allen Passagen, in denen Richter Oberstein etwas zu Max sagt, lief das Band nicht mit.« Sie reichte den beiden Männern die zwei Seiten und deutete auf die in Klammern gesetzten Bemerkungen: *Band defekt* stand dort jedes Mal, wenn Oberstein ein Frage stellte. Bei den Antworten Moros wiederum war das Band offenbar einwandfrei gelaufen.

»Ich brauche Ihre Aussage, um Oberstein damit zu konfrontieren, verstehen Sie? Ohne Ihre Aussagen dazu ist dieses Protokoll nicht viel wert. Er wird alles abstreiten.«

Moro starrte einen Augenblick auf das Papier, dann schob er es mit einer abrupten Handbewegung zurück zu Clara und sprang wieder auf. »Sie sind doch verrückt! Sie glauben, ich würde freiwillig noch einmal vor Gericht gehen? Vergessen Sie's!« Er ging zu einem kleinen Schreibtisch vor dem Fenster und warf Clara ein Bild in einem silbernen Rahmen auf den Schoß. Obwohl sie ahnte, wer auf dem Foto abgebildet war, erschütterte es sie doch, Moros Gesicht zu sehen, als es noch unversehrt gewesen war. Das Bild zeigte Moro lachend, Arm in Arm mit Johannes Simoneit, irgendwo an einem Strand. Braun gebrannt, mit makellosen, kühnen Gesichtszügen. Moro stützte sich auf die Lehnen ihres Stuhls und schob sein Gesicht so nahe an Clara heran, dass sie unwillkürlich zurückzuckte. »Sehen Sie, wie ich aussehe? Was glauben Sie, was die mit mir machen, wenn sie erfahren, dass ich noch eine Aussage gemacht habe? Glauben Sie, es interessiert die, *was* ich gesagt habe? Für niemanden werde ich das machen, auch nicht für Malafonte, das können Sie mir glauben, Frau Anwältin.«

Clara bemerkte, dass Moros Pupillen unnatürlich geweitet waren, was seine Augen so dunkel wirken ließ. Sicher war er drogensüchtig. Heroin? Kokain vielleicht. Obwohl die körperliche Nähe Moros ihr ähnliches Unbehagen bereitete, wie in einem vollbesetzten Aufzug zu fahren, widerstand sie dem Impuls, von ihm abzurücken, und erwiderte so eindringlich wie möglich seinen Blick. »Es geht dabei nicht nur um Malafonte, Max. Es geht um Sie! Wollen Sie …« Sie sah ihm in seine geweiteten Augen und versuchte mit aller Kraft, ihn hinter seiner Abwehr zu erreichen. »Wollen Sie, dass dieser Richter damit durchkommt? Wollen Sie das, ja?« Damit drückte sie ihm das Bild vor die Brust. »Los! Erzählen Sie mir, was dieser Scheißkerl zu Ihnen gesagt hat!«

Moro starrte sie an. Irgendetwas änderte sich an seiner Haltung. Etwas wich zurück. Vielleicht war es der Umstand, dass sie, eine Anwältin, den Richter als Scheißkerl bezeichnet hatte, vielleicht war es auch etwas anderes. Er griff nach dem Bild und ließ sich zurück auf das Sofa plumpsen. Nach einer stummen Ewigkeit, in der sich niemand im Raum bewegte, begann er zögernd und mit leiser, äußerlich unbeteiligter Stimme zu sprechen. Er sah Clara dabei nicht an, sondern hielt seinen Blick unverwandt auf das Bild gerichtet. »Es gab damals eine Razzia in der Wunderbar. Ich hatte ’n bisschen was dabei, Gras und ein paar Ecstasy-Pillen. Sie haben mich gleich mitgenommen.« Er nahm sich ungefragt noch eine von Claras Zigaretten, die noch auf dem Tisch lagen, und fuhr sich ein paar Mal fahrig durch die Haare, bevor er weitersprach: »Dieser Richter, das war so ein Kleiner mit dunklem Bart. Er hat ganz leise gesprochen, ruhig, so als ob er mein Freund wäre.« Er atmete tief ein und schloss für einen Moment die Augen. »Im Knast würden sie sich freuen, so ein hübsches Mädchen wie mich zu ficken, hat er gesagt. Und ob ich schon einmal eine Faust im Arsch hatte.« Er warf Clara einen prüfenden Blick zu, um zu sehen, ob sie von seinen Worten geschockt war. Doch Clara nickte nur. Etwas Ähnliches hatte sie schon erwartet. »Und er meinte, dass dann niemand von meinen reichen ... Freiern mehr auf mich aufpassen könnte. Am Ende hat er gelacht und gesagt, er gäbe was dafür, mich hübschen Kerl zu sehen, wie ich auf Knien darum betteln würde, irgendeinen Schwanz lutschen zu dürfen für ein bisschen Dope.« Simoneit griff nach seinem Arm, wollte seine Hand drücken. Doch Moro schüttelte ihn ab. Hastig stand er auf und verließ ohne ein weiteres Wort das Zimmer. Mit einem Knall schlug die Tür hinter ihm zu.

Simoneit erhob sich ebenfalls. Er wirkte wie zerschlagen, obwohl er die Geschichte sicher nicht zum ersten Mal gehört hatte. »Ich denke, das war deutlich genug.« Er ging zur Tür. »Es ist Ihnen hoffentlich klar geworden, dass er diese Dinge niemals vor einem Gericht wiederholen wird?«

Clara nickte resigniert. Dann stand sie ebenfalls auf und stopfte die Blätter des Protokolls und ihre Zigaretten zurück in ihre Tasche. »Ich verstehe das. Andererseits ...« Sie zögerte mit einem Blick auf das Foto, das Moro vor seinem Abgang achtlos auf den weißen Teppich hatte fallen lassen. »Andererseits wäre es gut für ihn. Sich zu wehren, meine ich. Wenigstens dagegen.«

Simoneit zuckte mit den Achseln. »Vielleicht. Aber er lässt sich nicht helfen.« Clara sah ihn an, wie er mit hängenden Armen und müde gesenktem Kopf vor ihr in dem perfekten Zimmer stand, nicht weniger hilflos als sein verzweifelter Geliebter, der mit Leichtigkeit sein Sohn hätte sein können.

»Man kann nicht ihr Leben für sie leben«, meinte Clara plötzlich und wusste selbst nicht, warum sie das sagte. »Sie müssen es selbst in den Griff bekommen.« Simoneit warf ihr einen überraschten Blick zu, dann erschien ein melancholisches Lächeln auf seinem Gesicht: »Ja, das müssen sie wohl.«

Simoneit begleitete Clara bis zum Gartentor. Doch bevor er sich verabschieden konnte, fiel Clara noch etwas ein, was sie die ganze Zeit hatte fragen wollen. Sie blieb stehen. Simoneit, der sie jetzt offensichtlich loswerden wollte, runzelte die Stirn. Clara ließ sich davon nicht einschüchtern, tastete sanft über die dicken rosa Blüten der Pfingstrosen. »Wer war es?«, fragte sie und ließ ihren Blick über den Garten schweifen. »Wer hat ihm das angetan?«

»Das wissen Sie nicht?« Simoneits Stimme klang ungläubig. »Ich dachte, das wäre klar?«

Clara antwortete nicht. Sie streichelte die Pfingstrose und wartete schweigend. Als Simoneit endlich antwortete, war es die Antwort, die Clara erwartet hatte. Dennoch konnte sie es nicht glauben.

»Es war natürlich dieser Barletta. Dieser dreckige Mistkerl.« Simoneit atmete schwer.

»Er hat Max so zugerichtet, nur weil er dem Richter seinen Namen genannt hat?« Clara schüttelte den Kopf. »Das kann ich mir nicht vorstellen. Das kann doch nicht der einzige Grund gewesen sein.«

Simoneit lachte ein hässliches, bitteres Lachen. »Für Leute wie die ist so etwas mehr als Grund genug.«

»Aber wer sind *die*? Was steckt dahinter?«

Simoneit schüttelte den Kopf. »Ich habe keine Ahnung. Ich dachte, Sie wüssten darüber Bescheid. Sie haben doch gehört. Das ist etwas zwischen Barletta und Malafonte, Max hat damit gar nichts zu tun.« Er warf ihr einen verzweifelten Blick zu. »Es war purer Zufall, dass Max ausgerechnet Barlettas Namen genannt hat, verstehen Sie? Dieser Barletta hatte sich ein paar Tage vorher in der Wunderbar einmal bei Max nach Angelo erkundigt, hat ihm ausrichten lassen, Gaetano Barletta suche ihn. Das war alles. Max kannte Barletta gar nicht, er hat ihn nur einmal gesehen! Dieser Richter wollte Namen hören, und Max hat ihm welche geliefert.« Er seufzte. »Das Ergebnis haben Sie ja gesehen.«

Mit stummem Entsetzen versuchte Clara zu begreifen, was sie da eben gehört hatte. Ein Zufall. Es war nichts als ein Zufall gewesen, der dazu geführt hatte, dass Massimo Moros Gesicht aussah, wie in einen Häcksler geraten. Sie begann, Angelos Angst zu verstehen.

Simoneit pflückte eine der Pfingstrosen ab und reichte sie Clara.

»Ich glaube, wir können uns gar nicht vorstellen, mit was für Leuten wir es hier zu tun haben«, sagte er und sprach damit Claras Gedanken aus, als hätte er sie gehört. Dann fügte er noch hinzu: »Passen Sie gut auf Ihr schönes Gesicht auf.«

Clara wurde rot: »Ich kann ganz gut auf mich aufpassen, danke«, erwiderte sie kühl und bereute es sofort. Es war nicht nötig, zu dem Architekten so ruppig zu sein. Er hatte ihr nicht zu nahe treten wollen. Doch er lächelte nur und öffnete ihr galant das Tor. Sie gab ihm ihre Visitenkarte: »Falls Max es sich noch anders überlegt.« Simoneit schob das Kärtchen in seine Hosentasche und nickte unverbindlich. »Grüßen Sie mir Ihre Eltern«, meinte er zum Abschied, dann ging er zurück zum Haus. Der Kies knirschte leise unter seinen weichen Sohlen. Clara starrte ihm verblüfft nach. Mit keinem Blick, keiner Geste hatte er zu erkennen gegeben, dass er sie kannte.

In Gedanken versunken ging Clara die stille Straße zurück zur U-Bahn. Abwesend strich sie über die samtigen Blätter der Blüte in ihren Händen. Die Dinge, die sie gehört hatte, lagen wie ein zäher, dicker Klumpen in ihrem Magen. Sie konnte damit nichts anfangen. Es war wie das unvermittelte Eintreten in eine fremde Welt gewesen, in der eine fremde Sprache gesprochen wurde. Und doch war es nicht so. Alles passierte hier, in München, in ihrer Stadt und vor ihren Augen, und sie musste sich damit befassen. Ob sie wollte oder nicht. Sie musste Angelo dazu bringen, ihr zu sagen, was der Grund dafür war, dass Barletta nach ihm suchte. Ihre Theorie von dem betrogenen Ehemann hatte sich nach dem Besuch bei Moro in nichts aufgelöst. Es steckte etwas anderes dahinter. Etwas ungleich Bedrohlicheres.

Clara seufzte und stieg die Treppen hinunter zum Bahnsteig. Warum konnte sie sich nicht einfach darauf beschränken, dem jungen Italiener zu einer möglichst niedrigen Strafe zu verhelfen, und alles andere beiseiteschieben? Andere würden das tun. Sie würden sich auf ihren Job konzentrieren und nicht gleichzeitig versuchen, die Welt zu retten. Sie war nicht verantwortlich für das, was Malafonte womöglich in Italien angestellt hatte. Sie würde auch Richter Oberstein höchstwahrscheinlich nicht aus seinem Amt vertreiben können, und die Politik würde so bleiben, wie sie war. Mit und ohne Clara Niklas.

Die U-Bahn war fast leer, als sie in den Bahnhof einfuhr, und Clara atmete auf. Bis zum Odeonsplatz würde sie wenigstens genug Luft zum Atmen haben. Sie setzte sich auf eine Bank ganz am Ende des Wagons mit dem Rücken zur Wand.

Während sie blicklos die schwarzen Tunnelwände hinter der schmutzigen Scheibe vorüberziehen sah und versuchte zu vergessen, wie viele Tonnen Erde, Stahl und Beton sich über ihr bis zur Oberfläche auftürmten, wurde ihr klar, dass sie es niemals über sich bringen würde, die Sache einfach auf sich beruhen zu lassen. Solange noch die Möglichkeit bestand, irgendetwas zu bewegen, würde sie nicht lockerlassen. Sie konnte nicht anders. Sie hatte es noch nie gekonnt. *Weltverbesserin* nannten ihre Eltern sie früher, wenn sie wieder einmal die Schule schwänzte, um gegen irgendetwas zu demonstrieren oder einen Verweis für ungebührliches oder aufmüpfiges Betragen mit nach Hause brachte. Und während es bei ihrer Mutter immer liebevoll-besorgt klang, hatte ihr Vater für solche Flausen nur Verachtung übrig. Schon die Achtundsechziger waren für ihn nur hoffnungslose Träumer und Spinner gewesen, dass aber seine jüngste Tochter Jahre später ohne Not den Aufstand probte, war ihm schier unbegreiflich und ein ständiger Dorn im Auge.

Die U-Bahn fuhr in den Bahnhof Odeonsplatz ein. Hier musste Clara umsteigen. Während sie die Rolltreppe zu ihrem Bahnsteig betrat, versuchte sie, sich für die Menschenmassen, die sie auf dieser Linie erwarten würden, innerlich zu wappnen. Heute war es besonders schlimm, das sah sie schon von weitem, als sie sich dem Bahnsteig näherte. Trauben von Touristen sammelten sich bereits vor dem einfahrenden Zug. Sie lief an ihnen vorbei, um ein paar Wagons weiter hinten einzusteigen, doch vergeblich. Der ganze Bahnsteig war voll mit Menschen. Sie warf einen Blick auf die Uhr und war kurzzeitig versucht, einen späteren Zug zu nehmen, verwarf jedoch den Gedanken. Sie hatte sich vorgenommen, ihrer Angst nicht mehr auszuweichen, also würde sie in diesen Zug einsteigen. Mit halb geschlossenen Augen ließ sie sich von der schiebenden und drückenden Menge durch die geöffneten Türen lotsen, machte sich so gefühl- und widerstandslos wie möglich.

Wie Wasser, dachte sie bei sich, ein Gedanke, der ihr schon oft über Schlimmeres hinweggeholfen hatte. »Du bist wie Wasser. Du passt dich an, fließt einfach weiter, wohin der Lauf dich führt.« Sie blieb gleich neben der Tür stehen, das Gesicht zur Wand, und ließ die anderen weiterdrängeln. In dieser Ecke fiel sie am wenigsten auf, blieb ihr am meisten Platz, das wusste sie aus Erfahrung. Gerade als sich die Türen schließen wollten, zwängte sich in letzter Sekunde noch ein Mann herein und blieb hinter ihr stehen. Sie drehte den Kopf nicht nach ihm um, hoffte nur, er würde ihr nicht so nahe kommen, dass sie sich berührten. Während der Zug mit einem Ruck anfuhr, hielt sie die Augen auf den Boden vor ihr in der Ecke gerichtet und versuchte, ruhig zu atmen und nicht daran zu denken, mit wie vielen Menschen sie in dieser engen Röhre tief unter der Erde eingepfercht war. Zwischen ihren Schulterblättern sammelte sich der Schweiß, und sie verstärkte den Griff um die Haltestange. Der Mann hinter ihr stolperte und rempelte sie an. Sie zuckte zusammen. Wartete auf eine Entschuldigung, die nicht kam. Wartete darauf, dass er sich zurückzog, was er nicht tat. Er blieb an ihren Rücken gelehnt stehen. Sie roch Rasierwasser und Tabakrauch und spürte seinen warmen Atem in ihrem Nacken. Dann kam er noch einen Schritt auf sie zu und presste sie plötzlich mit seinem ganzen Gewicht in die Ecke. Clara erstarrte, als sie seine Hände an ihren Beinen spürte. Langsam wanderten sie nach oben, strichen über ihren Po, ihre Hüften, drückten ihre Brüste. Sie wollte sich umdrehen und dem unverschämten Flegel eine scheuern, doch sie konnte nichts dergleichen tun. Sie war wie gelähmt. Hilflos fühlte sie jetzt, wie der Mann sich noch dichter an sie drängte und sich an ihr zu reiben begann, spürte eine Hand zwischen ihren Beinen. Tränen stiegen ihr in die Augen, und sie war nicht in der Lage, sie abzuwischen. Sah es denn niemand? Warum riss ihn niemand weg von ihr? Sie öffnete den Mund, um zu schreien, aber es kam nur ein heiseres Krächzen heraus, das niemand hörte. Im gleichen Moment verlangsamte der Zug die Geschwindigkeit, und sie fuhren in den nächsten Bahnhof ein. Die Hände des Mannes lösten sich aufreizend langsam von ihr. Er flüsterte ihr etwas ins Ohr, und in dem Moment, als die Türe sich öffnete, war er verschwunden.

Als der Zug wieder anfuhr, stand Clara noch immer am gleichen Fleck, die Hand so fest um die Haltestange gekrallt, dass die Knöchel weiß hervortraten. Dann, plötzlich lösten sich die Finger einer nach dem anderen, und Clara sank lautlos in die Knie, wie in Zeitlupe. Sie hörte noch den Aufschrei einer Frau neben ihr, dann war Stille.

Als Clara wieder zu sich kam, stand eine Menge Menschen um sie herum und sah sie besorgt an. Neben ihr kniete eine junge Frau und hielt ihr eine Flasche Wasser vors Gesicht. »Sind Sie auch schwanger?«, meinte sie mitfühlend, und Clara gewahrte den beträchtlich gewölbten Bauch der Frau. Unpassenderweise löste dieses Frage bei Clara ein völlig unmotiviertes hysterisches Kichern aus, und sie nahm schnell einen Schluck aus der Wasserflasche. Dann schüttelte sie den Kopf: »Nein, ich bin nicht schwanger, es ... es geht schon wieder.« Unbeholfen rappelte sie sich auf und ignorierte die Sternchen, die bei dieser Bewegung vor ihren Augen zu flimmern begannen. »Ich muss nur hier raus!« Während sie dies sagte, spürte sie die Panik zurückkehren und beeilte sich, sich irgendwo festzuhalten. Ein Mann nahm sie am Arm und führte sie aus dem wartenden Zug. In dem Moment kam ein Angestellter der U-Bahn-Gesellschaft angelaufen, ein Telefon in der Hand. »Wir rufen einen Sanitätswagen!«, rief er schon von weitem im Bemühen, Kompetenz und Reaktionsschnelle zu beweisen. Clara versuchte, sich zusammenzureißen, und schüttelte energisch den Kopf. »Nein danke. Das ist nicht nötig.« Sie ließ den Mann, der sie herausgeführt hatte, los und wehrte, jetzt, da sie wieder auf eigenen Füßen stehen konnte, noch entschiedener ab: »Ich brauche nur etwas frische Luft, danke. Vielen Dank für Ihre Mühe.« Sie drückte ihrem erstaunten Helfer die Hand, nickte dem U-Bahn-Mitarbeiter zu, der das Handy noch immer in der erhobenen Hand hielt, und stakste zittrig, aber zielstrebig davon. »Sind Sie sicher …«, rief ihr jemand nach und sie nickte noch einmal, ohne sich umzudrehen. »Ganz sicher, meine Herren, ganz sicher.« Dann hatte sie die Rolltreppe erreicht. Clara zitterte noch immer, während sie nach oben fuhr, die rechte Hand fest auf die glatte, schwarze Gummioberfläche des Handlaufs gedrückt.

Willi ließ seinen Blick über die hohen Regale schweifen und überlegte, wo er das Buch, das er so dringend benötigte, hingestellt hatte. Erst letzte Woche hatte er es noch benutzt. Es konnte doch nicht verschwunden sein? Sein Blick glitt ab und wanderte hinunter in den unteren Raum, der nur durch ein paar Stufen von seinem Arbeitsplatz getrennt war, und blieb an Linda haften. Sollte er sie bitten, endlich einmal Ordnung in seine umfangreiche Bibliothek zu bringen? Es tat ihm jetzt schon weh, daran zu denken, wie eine fremde Person seine Bücher nach irgendeinem Schema F sortierte und er sich dann an diese Ordnung zu halten hatte. Es würde ohnehin nicht funktionieren. Er selbst hatte es schon mehrmals versucht. Hatte sie nach dem Alphabet, den Autoren, den Rechtsgebieten und einmal sogar nach der Größe sortiert. Alles umsonst. Wenn es um seine Bücher ging, war er nicht in der Lage, sich an eine vorgegebene Ordnung zu halten, weder an die eigene, noch an die eines anderen. Die Reihenfolge seiner Bücher folgte nichts anderem als seinen Gedankengängen, und da diese mitunter recht unkonventionelle Wege gingen, konnte man nicht erwarten, dass die Bücher immer brav an einer Stelle blieben. Willis rechtliche Interessen waren weit gefächert, und er hatte eine

Vorliebe für exotische Rechtsgebiete. Im Augenblick beschäftigte er sich mit einem Fall von zwei Schrebergärtnern, die erbittert um die Anbringung eines Fahnenmastes kämpften. Dafür benötigte er den Kommentar zur Bayerischen Kleingartenverordnung, der jedoch spurlos verschwunden zu sein schien. Willi schielte misstrauisch zu Claras Schreibtisch. Ihre in Willis Augen erschreckend banale Literatursammlung passte auf ein Regalbrett hinter ihrem Stuhl an der Wand und umfasste nicht viel mehr als die Standardwerke. Die Kleingartenverordnung war darunter nicht zu finden. Auf Claras Schreibtisch hingegen türmten sich Akten, dazwischen hingen lose Zettel heraus, und Notizen auf gelben Leuchtstreifen mahnten drohend den Ablauf irgendeiner Schriftsatzfrist. Gekrönt wurden die Stapel von einer leeren Kaffeetasse. Willi sah auf die Uhr. Clara sollte längst wieder im Büro sein. Sie war nach der Mittagspause aufgebrochen, um einen Zeugen in der Sache Malafonte zu befragen, und hatte ihm Elise dagelassen, die auf ihrer Matratze hinter Claras Schreibtisch lag und zufrieden auf irgendetwas herumkaute. Jetzt war es fast fünf Uhr, und Clara war noch nicht zurück. Er fragte Linda, ob sie sich zwischenzeitlich gemeldet habe, doch Linda schüttelte den Kopf und bedachte Willi mit einem ihrer intensiven Blicke.

Vielleicht sollte er doch einmal mit ihr ausgehen, überlegte er nicht zum ersten Mal. Linda war ausnehmend hübsch, recht clever und tüchtig. Außerdem schien sie auf so etwas wie eine Verabredung mit Willi zu warten, jedenfalls kam es ihm so vor. Jedes Mal, wenn er gleichzeitig mit ihr Feierabend machte, beschäftigte sie sich aufreizend lange mit irgendwelchen Nebensächlichkeiten auf ihrem Schreibtisch, rückte den Locher und die Stifte hin und her und kontrollierte immer wieder, ob auch der Kopierer ausgeschaltet war. Sie versuchte, mit ihm zusammen die Kanzlei zu verlassen und ihn in Gespräche über Kinofilme oder irgendein neues Lokal in der Innenstadt zu verwickeln. Er war noch nie darauf eingegangen und wusste selbst nicht richtig, warum. Er hatte nie wirklich Lust verspürt, mit Linda ins Kino zu gehen. Lieber saß er mit Clara an der Theke im Murphy's oder blieb zuhause in seinem winzigen, altmodischen Apartment am Englischen Garten. Ein Zimmer, Wohnküche, Bad, eine kleine Terrasse. Längst hätte er sich etwas Größeres und Modernes leisten können, aber er war überzeugt davon, in der Stadt nichts Vergleichbares finden zu können: Wenn er das Fenster öffnete, war nichts anderes zu hören als der Schwabinger Bach und morgens Vogelgezwitscher. Neben ihm wohnte eine neunzigjährige Dame, die früher Balletttänzerin gewesen war und jetzt noch immer würdevoll und in wehenden Kleidern am Stock ging. Sie lud ihn ab und zu zum Teetrinken ein und zeigte ihm Bilder aus längst vergangenen Zeiten, als sie ein graziles, zerbrechliches Geschöpf gewesen war, mit großen Rehaugen wie Audrey Hepburn, spitzen Schultern, und einem ernsten Gesicht. Sein Schlafzimmer war zugleich Bibliothek, und in den Regalen stapelten sich zweireihig Romane, Sachbücher, Bildbände, alles, nur keine Rechtswissenschaft. Die Arbeit nahm er nie mit nachhause. Grundsätzlich nicht. Auch Clara hatte er noch nie zu sich nachhause eingeladen, obwohl er sich das wiederum schon sehr oft vorgenommen hatte. Seine Scheu davor, irgendetwas in ihrer harmonischen »Nicht-Beziehung« zu zerstören, war jedoch noch größer als sein Wunsch, mehr daraus zu machen. Er liebte Clara. Irgendwie. Gleichzeitig hoffte er inständig, sie würde es nie bemerken. Er glaubte, recht gut darin zu sein, seine Gefühle zu verbergen, und Clara hatte ihrerseits noch nie zu erkennen gegeben, dass sie in Willi mehr sah als einen Kollegen und guten Freund.

Willi sah noch einmal auf die Uhr und seufzte. Nachdem die Bayerische Kleingartenverordnung nicht wieder aufgetaucht war, hatte es keinen Sinn, noch weiter hierzubleiben. Wo nur Clara blieb? Sollte er Elise mit zu sich nachhause nehmen? Er warf einen Blick auf den großen grauen Hund, der jetzt seinen Kopf zwischen die Pfoten gelegt hatte und tief zu schlafen schien. Linda war am Nachmittag mit ihm eine Stunde spazieren gegangen, und Elises Bedarf an Bewegung war damit vollauf gedeckt.

Gerade als Willi begonnen hatte, seinen Schreibtisch aufzuräumen, öffnete sich die Tür, und Clara kam herein. Willi erschrak, als er sie sah. Sie wirkte vollkommen fertig. Ihr Gesicht war bleich mit einem ungesunden gelblichen Schimmer, und auf ihrer Stirn glänzten Schweißperlen. Ihre Locken klebten feucht an den Schläfen, und die Lippen schienen überhaupt keine Farbe zu haben. Sie schien Linda, die sie aufgeschreckt begrüßte, gar nicht zu bemerken, sondern ging ohne ein Wort zu Willi hinauf und ließ sich erschöpft auf ihren Stuhl fallen. Ihr grüner Blazer war zerknittert, und Willi bemerkte, dass ihre Hände zitterten.

Willi öffnete den Mund, um tausend Fragen zu stellen, doch Clara kam ihm zuvor. Ungewohnt leise, mit einer Stimme, die Willi gar nicht von ihr kannte, bat sie ihn ohne weitere Erklärung: »Bringst du mich bitte nachhause?«

Willi nickte besorgt und sprang auf. Er nahm Clara am Arm und hatte dabei das Gefühl, sie würde gleich in Ohnmacht fallen. Doch sie fiel nicht. Stumm ging sie neben Willi hinaus zu seinem Auto. Elise folgte ihnen. Erst als sie einstiegen und Willi die Dogge auf den Rücksitz seines alten Volvo springen ließ, sah er, worauf sie den ganzen Nachmittag so hingebungsvoll herumgekaut hatte: Es war sein Kommentar zur Bayerischen Kleingartenverordnung, den sie wie eine Trophäe vor sich hertrug. Mit spitzen Fingern zog er das Buch aus Elises Maul. Es hatte die liebevolle Behandlung nicht gut überstanden. Er würde ein neues Exemplar brauchen. Mit einem Seufzer klemmte er es sich unter den Arm und beeilte sich, Clara nachhause zu bringen.

KALABRIEN

Ma sulu che veramenti vali
U cori i petra è prontu a suffriri ...

Nur der ist auserwählt,
der ein Herz aus Stein hat und bereit ist zu leiden ...

Aus: »Omertà, Onuri e Sangu; Il Canto di Malavita«
Traditionelle Lieder der kalabresischen Mafia

Mimmo Battaglia sah Filippo entsetzt an. »Weiß deine Großmutter, was du vorhast?«

»Ja«, antwortete Filippo wahrheitsgemäß. Zumindest fast. Immerhin wusste sie, dass er etwas vorhatte, wenn auch nicht ganz genau, was es war. Was sie nicht wusste, war die Tatsache, dass er heute hier in den Räumen des *Calabrese* saß und mit Mimmo Battaglia sprach. Sie hätte es im höchsten Maße missbilligt.

Mimmo schwieg einen Augenblick. Er war ein kleiner, dicklicher Mann mit gekräuseltem Haar, das hinter den ausgeprägten Geheimratsecken noch immer dicht und buschig wucherte und seinen Kopf wie eine Wolke aus weicher Wolle umgab.

»Hör mal, Filippo«, begann er, doch Filippo schnitt ihm das Wort ab.

»Ich bin nicht gekommen, um zu hören, was alles dagegen spricht.«

Mimmo lächelte, doch es war keine Freude in seinem Gesicht: »Was du tun willst, ist sehr mutig, Filippo, aber auch sehr dumm. Dein Vater …«

»Mein Vater hat damit nichts zu tun«, unterbrach ihn Filippo leise, aber deutlich. Er war blass geworden, noch blasser als sonst, und seine schwarzen Augen saßen wie Kohlestückchen in dem weißen Gesicht. »Ich möchte wieder schlafen können, das ist alles«, fügte er schließlich noch hinzu.

Mimmo betrachtete ihn eine ganze Weile, ohne etwas zu erwidern. Filippo fiel auf, dass er dicker geworden war, seit er ihn das letzte Mal gesehen hatte. Vor vielen Jahren war das gewesen. Sein Kinn, seine Wangen waren schlaffer, und seine Augen wirkten müde. Plötzlich, als habe er sich innerlich einen Ruck gegeben, fiel alles Gönnerhafte, alles Verbindliche von Battaglia ab, und er presste die Kiefer einen Augenblick aufeinander, bevor er knapp sagte: »Ich verstehe.«

Filippo überlegte nicht zum ersten Mal, weshalb er ausgerechnet zu Mimmo gekommen war. Er wusste nicht, ob er Mimmo vertrauen konnte. Er wollte es gar nicht wissen, doch er glaubte zu ahnen, dass Mimmo sich verantwortlich fühlte, egal ob er es tatsächlich war oder nicht. Und diesen Umstand wollte Filippo sich zunutze machen.

Als hätte Mimmo Battaglia seine Gedanken erraten, stellte er die entscheidende Frage: »Warum kommst du damit zu mir?«

»Weil du es ihm schuldig bist«, antwortete Filippo wie aus der Pistole geschossen.

Mimmo lachte bitter auf. »So, glaubst du das? Glaubst du tatsächlich, dass ich deinem Vater irgendetwas schuldig bin, nur weil ich lebe und er tot ist?«

Filippo spürte, wie ihm übel wurde. Er hatte dieses Treffen seit Wochen geplant, er durfte jetzt nicht schwach werden. Er durfte sich jetzt nicht mit Mimmo auf eine Diskussion über seinen Vater einlassen. Alles, nur das nicht. Er öffnete den

Mund, um etwas zu sagen, doch es gelang ihm nicht. Glücklicherweise sah Mimmo ihn nicht an. Er starrte auf seine Hände, die vor ihm auf der Schreibtischplatte lagen.

Dann schaffte Filippo es doch noch, seinen Wörtern die notwendigen Töne mit auf den Weg zu geben: »Du bist nicht nur am Leben, Mimmo. Du bist noch immer hier. Du schreibst immer noch.« Es fiel ihm nicht schwer, dem Wort »schreiben« so viel Verachtung wie nur möglich beizumischen, und es kam an bei Mimmo Battaglia. Er zuckte zusammen.

»Schreib also für mich. Nicht für meinen Vater. Für mich.«

Nach einer langen Pause, in der Mimmo sichtlich mit sich und so manchem Dämon im Hinterhalt kämpfte, nickte er am Ende: »Also gut. Ich werde kommen.«

Filippo gestattete sich kein Lächeln. »Danke.«

»Wann soll das Ganze beginnen?«

»Am Fest der *Strega*.«

Mimmos Lippen kräuselten sich. »Die Frühlingshexe. Da werden alle in San Sebastiano auf den Beinen sein. Keiner wird dich übersehen.«

Filippo nickte und stand auf: »Richtig. Niemand wird mich übersehen können.« Mimmo erhob sich ebenfalls. Doch bevor er sich von ihm verabschieden konnte, unterbrach ihn Filippo noch einmal: »Da ist noch etwas.«

Battaglia sah Filippo misstrauisch an. »Und das wäre?«, fragte er langsam und ging wieder einen Schritt zurück, ohne sich jedoch zu setzen.

Filippo sah ihm fest in die Augen und hoffte, seine Stimme würde nicht doch noch zu zittern anfangen: »Die Kamera meines Vaters. Ich weiß, dass du sie noch hast. Ich möchte sie.«

Mimmo wollte etwas einwenden, besann sich jedoch offenbar anders. Müde strich er sich über seine wolligen Haare und nickte. »Natürlich.« Er brauchte nicht lange zu suchen. Selbst nach sieben Jahren wusste er noch genau, wo sie lag. Er ging hinüber zu dem Wandschrank und öffnete das unterste Fach. Er holte den Fotoapparat heraus und reichte ihn Filippo, der fast ehrfürchtig die Hände danach ausstreckte. Es war eine Spiegelreflexkamera, noch mechanisch, mit einem Rädchen an der Seite und einem großen, starken Objektiv.

»Ich habe sie nicht angerührt«, sagte Mimmo. Dass er es nicht einmal ertrug, sie anzusehen und deswegen vermieden hatte, sich dem Fach, in dem sie die ganzen Jahre gelegen hatte, auch nur zu nähern, geschweige denn, es zu öffnen, erwähnte er nicht. Filippo packte die Kamera in seinen Rucksack. Er würde sie zuhause eingehend betrachten, befühlen und lernen, die Bilder zu machen, die er noch machen musste. Er schüttelte Mimmo Battaglia zum Abschied nicht die Hand, und der ehemalige Freund seines Vaters schien es auch nicht zu erwarten. Sie nickten sich zu, und Filippo verließ das Büro in der Hoffnung, es nie wieder betreten zu müssen.

Seine Großmutter erwartete ihn in der Küche. Stumm saß sie an dem großen leeren Holztisch und fixierte ihn mit ihrem üblichen forschenden Blick. »Wo bist du gewesen?« Ihre Stimme klang weniger scharf als sonst bei solchen Anlässen, eher ein wenig traurig, resigniert.

»Unterwegs.« Filippo zog seine Schuhe aus und goss sich ein Glas Leitungswasser ein. Es war ein heißer Tag geworden, fast schon ein Sommertag. In der Küche roch es nach Speck und Gebratenem, und Filippo hob den Deckel der Kasserolle auf dem Herd. »Mmmh, *involtini.*« Er holte einen Teller, tat sich eine gewaltige Portion der noch warmen kleinen Rouladen auf und setzte sich zu seiner *nonna* an den Tisch. Mit großem Appetit begann er zu essen. Seine Großmutter wartete, und als klar war, dass er keine weiteren Auskünfte geben würde, stand sie auf und ging ans Fenster.

»Der Sommer kommt früh in diesem Jahr.«

»Ja, *nonna*.«

»Er wird heiß werden, heiß und trocken.«

»Wie letztes Jahr, *nonna*.«

»Nein, mein Junge, nicht so wie letztes Jahr. Ganz und gar nicht.« Sie drehte sich um und ging hinaus. Im Vorbeigehen strich sie Filippo flüchtig über die Haare, wie sie es früher immer gemacht hatte, als er noch klein und sein Kopf voller Locken gewesen war. Für Filippo fühlte es sich an wie ein Abschied, und als er allein in der Küche zurückblieb, spürte er, dass sich etwas verändert hatte. Etwas Entscheidendes. Als ob er von einer Minute auf die andere erwachsen geworden wäre. Und er wusste nicht, ob er froh darüber war oder traurig. Doch eines war ihm klar: Es hatte begonnen.

MÜNCHEN

Willi stand in Claras unordentlicher kleiner Küche und kochte Tee. Etwas Besseres fiel ihm im Augenblick nicht ein. Clara hatte während der Fahrt kein Wort gesprochen. Sie hatte auf dem Beifahrersitz gesessen und stumm aus dem Fenster geblickt, während sich schiefergraue Wolken über der Stadt zu einem ersten Frühlingsgewitter zusammenzogen. Es fing zu regnen an, als Willi in den Hinterhof von Claras Wohnblock einbog und dort parkte. Einzelne dicke Tropfen klatschten wie Hagelkörner auf die Windschutzscheibe, und als es blitzte und gleich darauf bedrohlich nah donnerte, jaulte Elise, die panische Angst vor Gewittern hatte, auf und versuchte, sich zwischen der Rückbank und der Lehne des Vordersitzes zu verkriechen, was ihr angesichts ihrer Größe nur unzureichend gelang: Den langen kräftigen Schwanz zitternd zwischen die Beine geklemmt, ragte ihr Hinterteil noch ungeschützt nach oben, als ein zweiter Donner sie erneut aufjaulen ließ.

Clara legte eine Hand auf Willis Arm und bat ihn, noch heraufzukommen. Willi, der dies ohnehin vorgehabt hatte, nickte. »Natürlich.«

Als sie Claras Wohnungstür aufgeschlossen hatten, spurtete Elise im Schweinsgalopp und mit eingezogenem Schwanz an den beiden vorbei und sprang mit einem Satz in Claras Bett, aus ihrer Sicht der einzige sichere Ort gegen die wütenden Naturgewalten. Während Clara mit einem entschuldigenden Lächeln im Bad verschwand und Elise unter der Bettdecke zitterte, stand Willi zunächst unschlüssig im Wohnzimmer herum und betrachtete den Kastanienbaum vor dem Fenster, den der Wind schüttelte und gegen die Scheiben presste. Dann ging Willi in die Küche, um sich irgendwie nützlich zu machen.

Später saßen sie beide auf der großen braunen Couch und tranken das starke Gebräu, das Willi aus dem Tee, den er in einer der verstaubten Dosen auf einem Regal in der Küche entdeckt hatte, zubereitet hatte. Clara hatte gelächelt, als sie aus der Dusche kam und ihr Blick auf die geöffnete Blechdose fiel. Willi wusste zwar nicht, warum, aber er wertete es als gutes Zeichen.

»Dieser Tee ist gut fünfzehn Jahre alt«, sagte sie jetzt grinsend zwischen zwei Schlucken. »Wie guter Whiskey.«

»Oh.« Willi machte ein bestürztes Gesicht. »Schätze, du bist keine große Teetrinkerin?«

»Nur bei besonderen Gelegenheiten«, gab Clara zurück, noch immer ein Lächeln in ihren Augen.

Willi atmete innerlich auf. Egal, was Clara heute Nachmittag passiert war, die Eindrücke schienen allmählich zu verblassen. Er schwieg abwartend, nippte an seinem Tee und fand ihn abscheulich. Draußen hatte der Wind aufgehört, und der Donner grollte nur noch weit entfernt.

Clara warf einen Blick zum Fenster: »Das Gewitter verzieht sich. Wahrscheinlich wird es morgen wieder schön. Oder es schneit, es kann auch im April noch schneien, nicht wahr?« Sie stellte ihre Tasse auf den Boden und zündete sich eine Zigarette an. Willi bemerkte, dass ihre Hände noch immer zitterten. Sie vermied es hartnäckig, ihn anzusehen.

»Was ist passiert?«, fragte er.

Clara wandte den Kopf ab. Sie wollte nicht daran denken. Nichts war passiert. Wenn sie diese verdammte Platzangst nicht hätte, dann hätte sie diesem Arsch eine gescheuert, und alles wäre gut gewesen. Nichts war passiert.

Doch das war nicht wahr. Etwas in ihr war erschüttert worden. Das Vertrauen in ihre eigene Unversehrtheit, ihre Unantastbarkeit war zerstört. Zum ersten Mal in ihrem Leben hatte einer ihrer Fälle, mit denen sie sich beschäftigte, seine Finger nach ihr ausgestreckt, hatte sie selbst berührt. Angriffe, die ihr als Anwältin galten, regten sie mitunter auf, verletzten sie auch, wenn sie unfair waren, aber sie trafen nicht ihr Innerstes. Heute hatte etwas Clara Niklas selbst getroffen. Und das nicht zufällig, sondern mit voller Absicht. Tränen stiegen ihr wieder in die Augen, als sie daran dachte, und sie nahm einen großen Schluck von Willis grässlichem Tee.

»Ich habe heute Massimo Moro getroffen«, begann sie zögernd und erzählte Willi schließlich die ganze Geschichte von Anfang an. Sie ließ nichts aus. Erzählte auch von dem Mann vor der Pizzeria, von dem dunklen Toreingang und dem Geräusch, das sie gehört hatte, und von ihrer zunehmenden Angst allein in der Wohnung. Als sie zu ihrem heutigen Erlebnis in der U-Bahn kam, spürte sie, wie die Panik, die sie erfasst hatte, als der Mann sie in die Ecke gedrängt hatte, in ihr leise nachgrollte wie das Gewitter, das sich ein wenig entfernt hatte, jedoch nah genug blieb, um jederzeit erneut losbrechen zu können. Sie erzählte langsam und stockend, merkwürdig bemüht, kein Detail auszulassen, während sie auf ihre Finger starrte, die sich um die Teetasse krampften wie am Nachmittag um die Haltestange im Zug. Sie sah nicht, wie sich Willis Gesichtsausdruck immer mehr verfinsterte und er seine dunklen Brauen zusammenzog, bis sie einen geraden Strich über seinen Augen bildeten.

Clara wollte Willi nicht ansehen, sie hatte Angst vor seiner Reaktion. Angst davor zu sehen, dass er sie nicht ernst nahm oder noch schlimmer, hysterisch fände. Sie hatte das Gefühl, mit dieser Geschichte etwas von sich preisgegeben zu haben, das sie lieber für sich behalten hätte. Sie zeigte damit Schwäche, und das war etwas, was sie bisher immer unter allen Umständen hatte vermeiden wollen. Doch Willi schwieg. Die Stirn in düstere Falten gelegt, starrte er in seine leere Tasse.

Clara beugte sich vor: »Willi? Könntest du vielleicht irgendetwas dazu sagen?« Fast wäre ihr Lachen lieber gewesen als dieses finstere Schweigen.

Endlich schüttelte Willi den Kopf und sah sie an: »Sag mal, bist du eigentlich vollkommen bekloppt?«

»Wie bitte?!«, fragte Clara entrüstet.

»Wie kannst du dich nur so weit in diese Sache reinhängen? Kapierst du nicht, wie gefährlich das ist?« Willi schüttelte immer noch den Kopf.

»Ich hab's gemerkt, danke für den Hinweis«, gab Clara spitz zurück.

»Aber du kannst doch so eine Geschichte nicht allein anpacken, das sind richtige Verbrecher, das ist eine Nummer zu groß ...« Er merkte, dass er das Falsche gesagt hatte, als er Claras Gesicht sah, und verstummte.

»Ach was? Eine Nummer zu groß für mich ist das also? Weil ich eine Frau bin? Klar. Du natürlich, du könntest das besser anpacken, du kennst dich aus mit solchen Typen, ja?« Clara kniff die Augen zusammen und starrte ihn wütend an.

»Nein!« Jetzt wurde auch Willi zornig. »Ich dachte nur, wir sind immerhin Partner, und vielleicht, wenn du mir früher gesagt hättest, womit du zu tun hast ...« Willi beendete auch diesen Satz nicht, denn Clara fuhr ihm ins Wort: »Dann hättest du mich retten können, nicht wahr? Der Held auf dem weißen Pferd mit dem Gesetzesbuch in der Hand wäre mir zur Hilfe geeilt?«

Willi zuckte zusammen angesichts Claras beißenden Spotts. Er stand auf. »Ja, so ähnlich hatte ich mir das vorgestellt«, sagte er kühl und stellte seine Tasse ab. »Da du aber keinen Bedarf an kühnen Rittern zu haben scheinst, kann ich ja gehen.« Er drehte sich um und ging ohne ein weiteres Wort. Er wollte nicht, dass Clara sah, wie tief sie ihn mit ihren Worten verletzt hatte. Als die Tür ins Schloss fiel, sprang Clara auf, doch sie folgte ihm nicht. Ihr Blick fiel auf die beiden Teetassen, und mit einer einzigen wütenden Handbewegung fegte sie sie vom Tisch. Das Porzellan zerschellte, und auf dem Boden bildete sich eine dunkelbraune Pfütze. Clara ging in die Küche, um einen Wischlappen zu holen, und als ihr Blick auf die alte Teedose fiel, biss sie sich auf die Lippen. Dann nahm sie die staubige Dose und warf sie in den Mülleimer.

Clara schlief schlecht in dieser Nacht. Mehrmals erwachte sie schweißgebadet, und um vier Uhr morgens schließlich stand sie entnervt auf. Es war noch stockdunkel, und Elise, die längst wieder ihren Platz auf der Matratze im Flur eingenommen hatte, regte sich nicht. Clara tappte in die Küche und trank ein Glas Leitungswasser. Dann zog sie den Mülleimer unter der Spüle heraus und kramte mit spitzen Fingern unter den Scherben der zerschlagenen Tassen nach der alten Teedose. Sie war feucht und mit Speiseresten verklebt, und Clara ließ lange heißes Wasser darüberlaufen. Dann griff sie nach einem Handtuch und polierte das bunte Blech so lange, bis es glänzte. Sie blieb noch eine ganze Weile in der stillen Küche sitzen. Nachdenklich drehte sie die Dose in ihren Händen, strich über die verbeulten, abgestoßenen Ecken und schüttelte sie. Die trockenen Teereste klangen wie Reiskörner. Irgendwann drangen morgendliche Geräusche durch das Fenster. Berufsverkehr, Lieferwagen für die Bäckerei und den Gemüseladen unten an der Ecke. Sie hörte das Schlagen der Autotüren, hastige Schritte, das Bellen eines Hundes. Endlich stand sie auf und ging zurück in ihr Bett.

Trotz der unruhigen Nacht war Clara an diesem Morgen die Erste im Büro. Das Wetter war wie erwartet umgeschlagen, und ein eisiger Wind trieb den Regen durch die Straßen. Clara wollte mit der U-Bahn fahren, brachte es aber dann im letzten Augenblick doch nicht über sich. Bei der Erinnerung an ihre gestrige Fahrt brach ihr trotz der Kälte der Schweiß aus, und sie begann sich zu fragen, ob sie wohl je wieder einen Fuß in eine U-Bahn setzen würde. Aber irgendwie würde sie es schaffen. Wenn auch nicht heute. Sie war nicht bereit, sich von diesem abscheulichen Menschen derart einschränken zu lassen. Denn das würde bedeuten, er habe gewonnen, und Clara wollte nicht, dass er gewann. Auf gar keinen Fall. Sie war sich sicher, dass es Gaetano Barletta gewesen war. Er hatte, kurz bevor der Zug hielt, italienisch in ihr Ohr geflüstert, so dicht, dass Clara seine Lippen spüren konnte und den warmen Atem. Es waren nur drei Wörter gewesen, doch die Drohung, die darin lag, war deutlich gewesen: *A presto, avvocatessa*, hatte er gesagt, leise, fast sanft: *Bis bald, Frau Rechtsanwältin*, wobei er die im Italienischen eher unübliche weibliche Berufsbezeichnung in einer Weise betont hatte, dass es Clara die Schamröte ins Gesicht trieb, wenn sie nur daran dachte. Er kannte sie gut. Er hatte geahnt, dass sie nicht schreien würde, dass sie sich nicht einmal bewegen würde. Clara schloss für einen Moment die Augen, dann wandte sie sich von der Rolltreppe zur U-Bahn-Station ab und beschloss, trotz des Regens zu Fuß zu gehen.

Im Büro schaltete sie alle Lampen ein, um die Düsternis vor den großen Fenstern in Schach zu halten. Sie hatte im Grunde nichts gegen stürmisches Wetter, im Gegenteil, manchmal genoss sie es sogar. Aber es gab eine ganz spezielle Art von Regenwetter, das sie verabscheute. Wenn die schiefergrauen Wolken so tief über den Dächern hingen, dass es morgens nicht richtig hell wurde und man beim Licht der Küchenlampe frühstücken musste. Dann lag eine drückende Schwere über der Stadt, die sie schwermütig werden ließ, sogar wenn ihr Nervenkostüm weit weniger angeschlagen war als im Moment. Heute jedenfalls konnten die Lichter ihre Stimmung nicht ein bisschen aufhellen. Sie sah auf die Uhr. Es würde mindestens noch eine Stunde dauern, bis Willi ins Büro kam. Und dann blieb ihnen höchstens eine weitere Stunde, bis Linda um halb zehn mit ihrem Arbeitstag begann. Clara drückte der gestrige Streit mit Willi schwer auf den Magen. Sie wusste, dass sie ihm unrecht getan hatte, und hätte es am liebsten ungeschehen gemacht. Lustlos öffnete sie eine der oberen Akten, um sie gleich wieder zuzuklappen. Dann fuhr sie ihren Computer hoch und klickte sich durch die E-Mails, ohne sie wirklich zu lesen. Zwei Minuten später stand sie auf und zog den Mantel vom Haken. Sie würde mit Elise noch eine halbe Stunde spazieren gehen. Die Dogge schien nur mäßig erfreut und warf einen vorwurfsvollen Blick durch die Scheibe nach draußen und zurück zu Clara, als wollte sie sagen: »Hast du keine Augen im Kopf? So etwas nennt man bei euch ein Wetter, bei dem man keinen Hund vor die Tür jagt.« Doch Clara beachtete ihren stummen Einwand nicht. Sie kramte aus ihrer Tasche die Teedose hervor, die sie heute Morgen aus dem Müll gerettet hatte, und stellte sie Willi auf den Schreibtisch. Dann ließ sie die Leine an Elises Halsband einschnappen und ging mit dem widerstrebenden Hund im Schlepptau, der sich mit eingezogenem Kopf und Schwanz mehr ziehen ließ, als selbst zu gehen, wieder hinaus in den unfreundlichen Morgen.

Als sie nach einer guten Dreiviertelstunde zurückkam, waren sie und Elise trotz des Schirms klatschnass, und Claras Haare würden sich im Laufe der nächsten halben Stunde unweigerlich zu einer wischmoppähnlichen Krause ringeln. Aber ihr Gesicht hatte wieder eine frischere Farbe, und ihr Kopf fühlte sich angenehm freigepustet an. Sie sah schon von weitem Willis alten Volvo auf dem Gehsteig vor der Tür parken, also war auch er früher gekommen als üblich. Der Knoten in ihrem Magen, der unangenehmen Dingen vorausging, machte sich wieder bemerkbar. Clara schob ihr regennasses Kinn vor und klappte energisch den Schirm zusammen. Sie hatte einen Fehler gemacht und würde sich entschuldigen. So einfach war das.

Willi hob nicht einmal den Kopf, als Clara hereinkam. Er antwortete nicht auf Claras kleinlauten Gruß, und die Teedose stand beiseitegeschoben neben einem Stapel Bücher. Clara schluckte. Einfach würde es also nicht werden. Sie hängte ihren nassen Mantel an die Garderobe und ging nach oben zu ihrem Schreibtisch. Willi starrte angestrengt in ein Buch, das seltsam zerknittert, fast wie zerbissen aussah. Clara setzte sich unglücklich. »Es tut mir leid«, wollte sie sagen, brachte es aber nicht über die Lippen. Zu deutlich war Willis Abwehr zu spüren, wie eine Wand, an der solche banalen Entschuldigungsfloskeln abprallen würden wie ein Gummiball. Clara räusperte sich unentschlossen, doch Willis einzige Reaktion bestand darin, umständlich eine wellige, zusammengeklebte Seite seines Buches zu lösen und raschelnd umzublättern.

»Ist es dir ins Klo gefallen?«, versuchte Clara einen Scherz, doch sie erntete nicht einmal einen der vernichtenden Blicke, die Willi sonst für diejenigen übrig hatte, die in Verdacht standen, eines seiner heiligen Bücher zu missachten.

Clara rutschte auf ihrem Stuhl hin und her und spürte, wie sie ungeduldig wurde. Er soll sich nicht so haben, sagte eine bekannte gereizte Stimme in ihr. Er war schließlich auch nicht gerade zartfühlend, oder? Er traut dir nichts zu, er hält dich für bekloppt. Das musst du dir nicht bieten lassen, hast du doch gar nicht nötig. Los, steh auf und geh rüber zu Rita auf einen Cappuccino! Der beruhigt sich schon wieder. Doch Clara gebot der Stimme zu schweigen. Ihre üblichen Verdrängungstaktiken waren hier fehl am Platz, Willis Freundschaft war ihr zu wichtig, als dass sie ihrem Stolz jetzt nachgeben durfte. Dieses eine Mal musste sie über ihren Schatten springen. Sie nahm einen tiefen Atemzug und begann leise, als spräche sie zu sich selbst: »Diese Teedose habe ich damals aus Irland mitgebracht. Mehrere Dosen. Ich habe sie gesammelt, auf Flohmärkten und so.« Keine Reaktion von ihrem Gegenüber. Doch Clara machte tapfer weiter. »Das ist jetzt fünfzehn Jahre her, und seitdem habe ich sie nie wieder angefasst, geschweige denn, den Tee verwendet.« Clara starrte auf ihre Hände, die vor ihr auf dem Schreibtisch lagen. An ihrem linken Ringfinger trug sie einen breiten silbernen Ring mit einem verschlungenen keltischen Knotenmuster, wie man ihn auf Märkten und in billigen Schmuckgeschäften überall kaufen konnte. Er glänzte matt, und an manchen Stellen war das Muster bereits abgewetzt. Sie wandte den Blick ab und fuhr fort: »Ian und ich ... wir ... egal ... ich bin weggegangen, als Sean vier war.« Willi nickte, unwillkürlich, wie Clara schien. Doch immerhin eine Reaktion. »Das habe ich dir schon erzählt, ja, aber du weißt nicht, warum ich gegangen bin.« Sie unterbrach sich wieder und warf einen Blick auf Willi, der seinen Kopf noch immer gesenkt hielt, als gäbe es nichts Spannenderes, als dieses zerfressene Buch vor ihm. Es war egal, jetzt musste sie weiterreden, auch wenn es ihr unendlich schwer fiel. »Ich habe es noch nie jemanden erzählt, weißt du. Keinem einzigen Menschen.«

Clara zündete sich eine Zigarette an und inhalierte den Rauch tief.

Es gab zwar eine stillschweigende Übereinkunft zwischen ihnen, im Büro nicht zu rauchen, aber Clara hatte soeben entschieden, dass das nicht für besondere Fälle wie diesen gelten konnte. Willi warf ihr einen überraschten Blick zu, sagte aber noch immer nichts.

»Es war nicht mehr so toll zwischen Ian und mir zu der Zeit.

Ian war unterwegs, immer war er unterwegs, tage-, nächtelang, und ich war zuhause mit dem Kind. Wir hatten wenig Geld, und es gab nichts zu tun für mich. Ich fand keine Arbeit, ich habe dort nie richtig gearbeitet. Wir haben immer in Pubs gesungen, Ian und seine Band und ich. Im ganzen Land sind wir herumgezogen. *Ian de Bearra & Friends*.« Clara lachte verlegen. »Damit war Schluss, als Sean geboren war. Schluss für mich, nicht für Ian. Er machte weiter wie bisher, ging aus mit seinen Kumpels, trank, machte Musik. Es war alles wie bisher, anfangs, nur ohne mich. Doch mit der Zeit änderte sich etwas. Ian begann zu trinken, mehr als früher, und er hörte mit seiner Musik auf. Er und seine Bandmitglieder zerstritten sich, ohne dass ich je den Grund dafür erfuhr. Und ich, ich war auch nicht mehr wie früher. Es störte mich, wenn er betrunken nachhause kam, ich merkte plötzlich, wie unzuverlässig er war, egoistisch, gleichgültig ...«

Sie zuckte mit den Schultern und nahm einen weiteren Zug von der Zigarette. Inzwischen sprach sie nicht mehr zu Willi, sondern nur noch zu sich selbst. »Es war nicht mehr wild, aufregend, wir waren nicht mehr ... anders als andere. Ich saß mit Maureen, meiner Nachbarin, in ihrer Küche und hütete mit ihr Sean und ihre drei kleinen Kinder. Dazu tranken wir Wein. Maureen war gelbhaarig und dünn wie ein Strich. Sie hatte eine Vorliebe für derbe Witze und konnte stundenlang über Männer schimpfen. Ihr Mann arbeitete auf einer Bohrinsel in der Nordsee und war so gut wie nie da. Irgendwann tauschte Maureen dann den Wein mit Wodka, den sie aus einer gesprungenen Kaffeetasse ohne Henkel trank. Ich ging nicht mehr so oft hin. Dafür saß ich allein in dem Loch im Souterrain, das unsere Wohnung war. Oder wanderte stundenlang mit Sean an der Hand durch die Stadt. Irgendwann begann ich mich zu fragen, ob Maureen und ihre Wodkaflasche nicht doch die bessere Alternative gewesen wäre. Ian und ich stritten andauernd, und er kam immer weniger nach Hause. Eines Sonntags fragte mich Maureen, ob ich am Abend mit auf ein Fest in ein Pub in der Innenstadt kommen wollte, es wäre ein Haufen Musiker dort, und jeder, der wollte, dürfte auftreten. Ich war so lange nicht mehr abends weg gewesen, dass mich sogar Karaoke gereizt hätte. Also eröffnete ich Ian, dass er an diesem Abend bei Sean zuhause bleiben müsste, und ging.« Clara schüttelte den Kopf. Sie achtete nicht auf Willi, der jetzt nicht mehr in sein Buch starrte, sondern aufmerksam zuhörte. Sie hatte fast vergessen, dass er da war.

»Es war ein so beschissenes Fest. Um neun waren alle schon betrunken. Ich bin gegangen. Als ich nach Hause kam, war Ian nicht da, und Sean auch nicht. Ich lief in seine Stammkneipe um die Ecke, da stand Ian an der Theke und trank Bier.«

Clara schloss die Augen und versuchte zu verhindern, dass ihre Stimme zitterte. Der Moment stand ihr so klar vor Augen, als ob es gestern gewesen wäre.

»Wo ist Sean?«, hatte sie geschrien, außer sich vor Wut. Ian hatte sich umgedreht und in einer übertriebenen bierseligen Geste die Arme ausgebreitet: »Schon zurück, mein Schatz?«

Clara hatte ihn am Arm gepackt und geschüttelt: »Wo ist unser Sohn?«

»Dahinten, er schläft selig.« Ian deutete hinter die Theke, wo Seans alter Kinderwagen stand, in den er mit seinen vier Jahren kaum noch hineinpasste. Doch der Buggy war leer. Clara wartete Ians Reaktion nicht ab, sondern lief hinaus auf die Straße. Das Pub war direkt neben der Brauerei, deren lange Backsteinmauer am Fluss entlangführte. Clara lief neben der Mauer her und schrie nach Sean. Immer wieder kehrte sie um, lief hin und zurück, die Augen angstvoll auf das dunkle, trübe Wasser gesenkt. Inzwischen hatten sich mehr Menschen versammelt und suchten mit ihr. Alle hatten gehört, dass de Bearras kleiner Junge verschwunden war. Auch Ian selbst hatte sich mittlerweile den Suchenden angeschlossen. Clara lief zurück in die Bar, suchte verzweifelt unter den Tischen, auf den Toiletten, in der Küche. Bis sie die Sirenen hörte. Als sie wieder nach draußen hetzte, sah sie schon von weitem das Sanitätsauto am Ende der langen Straße, wo die Brücke über den Fluss und in die Innenstadt führte. Sie lief so schnell sie konnte, doch es schien, als würde die Mauer nie enden. Als sie endlich angekommen war, konnte sie kaum noch atmen, und ihre Brust schien zu zerspringen.

Clara sah die Gesichter der Schaulustigen wieder vor sich, bläulich schimmernd im zuckenden Licht, sie gaben ihr schweigend den Weg frei. Ein leichenblasser Ian stand dort und neben ihm auf der Trage der Sanitäter, erschreckend winzig, nass und wie tot, Sean. Sie hatten ihn aus dem Wasser gezogen, als er unter der Brücke hindurchgetrieben kam. Clara war auf Ian losgegangen wie eine Furie. Sie hatte ihn töten wollen, rasend vor Wut. Die Menschen um sie herum hatten sie von Ian weggezogen, hatten ihre Hände, die sich in seine Jacke, sein Gesicht, seine Haare krallten, vorsichtig gelöst, und irgendeiner der Sanitäter hatte ihr schließlich eine Spritze gegeben. Die ganze Zeit hatte sie geglaubt, Sean wäre tot. Vielleicht hatte ihr jemand gesagt, dass er noch lebte, gerade noch, doch sie hatte es nicht gehört. Sie sah nur das winzige Bündel unter den Laken, das kleine weiße Gesicht mit den blauen Lippen und den nassen Haaren, die an Schläfe und Stirn klebten. Und sie fühlte einen Hass auf ihren Mann, den sie nie für möglich gehalten hatte. Später, im Krankenhaus wurde ihr klargemacht, dass Sean überleben und voraussichtlich keinen bleibenden Schaden davontragen würde. Die grenzenlose Erleichterung darüber machte sie so schwach, dass sie selbst noch eine ganze Weile im Krankenhaus bleiben musste. Und als sie entlassen wurde und in der kleinen schäbigen Wohnung stumm und mit zusammengebissenen Zähnen ihre und Seans Sachen zusammenpackte, fühlte sie sich, als wären ihr alle menschlichen Regungen abhandengekommen. Einzig der Hass auf Ian und die Vorwürfe, die sie sich selbst machte, waren übrig geblieben in einer Wüste wie nach einem Atomangriff.

Kaum war Sean transportfähig, flog sie mit ihm nach Hause zu ihren Eltern nach München. Mit Ian hatte sie kein Wort mehr gesprochen. Schweigend hatten sie die wenigen Wochen bis zu ihrer Abreise nebeneinanderher gelebt. Stumm und hilflos hatte Ian zugesehen, wie Clara ihre Abreise vorbereitete, er hatte gewusst, dass es ein endgültiger Abschied werden würde. Nicht nur von Clara, sondern auch von seinem Sohn. Er hatte nicht gekämpft, nicht versucht, sich zu rechtfertigen. Er war zurückgeschreckt vor der Verachtung, die ihn aus Claras Augen traf, jedes Mal, wenn er versuchte, ein Wort an sie zu richten.

»Wir waren noch so jung«, sagte Clara plötzlich, wieder zu Willi gewandt. »Sechsundzwanzig beide und hatten schon einen vierjährigen Sohn. Wir haben es nicht auf die Reihe gekriegt.« Sie ließ den Kopf hängen und schwieg.

Sie hatte Ian viele Jahre nicht mehr gesehen. Erst mit der Zeit, als Seans Fragen nach seinem Vater immer drängender und unnachgiebiger wurden, hatte sie Ians andauernden Bemühungen, zu Sean Kontakt aufzunehmen, schweren Herzens nachgegeben. Argwöhnisch hatte sie beobachtet, wie sich zwischen den beiden so etwas wie eine Beziehung entwickelte. Die Telefonate und Briefe und Ians seltene Stippvisiten in München waren ihr ein Dorn im Auge, und als Sean mit sechzehn plötzlich keinen Bock auf seinen Vater mehr zu haben schien, konnte sie ihre Erleichterung kaum verhehlen. Doch es war alles anders gekommen. Und jetzt war ihr Sohn bei seinem Vater in Irland und wer weiß, wie lange er dort bleiben würde. Vielleicht für immer. Doch daran wollte sie nicht denken.

»Als ich damals im Flugzeug saß, mit dem weinenden Sean auf dem Schoß, der unbedingt wollte, dass sein Papa mitkam, hat mich zum ersten Mal diese Panik vor engen Räumen gepackt. Ich musste mich beherrschen, nicht aufzuspringen und hysterisch durchs Flugzeug zu laufen. Ich hatte ja meinen Sohn dabei. Ich hatte die Verantwortung für ihn. Ich durfte nicht schwach sein. Nie mehr. Verstehst du?« Sie stand schwerfällig auf und sah Willi bittend an: »Es tut mir leid, was ich gestern gesagt habe. Bitte verzeih mir. Ich bin es nicht gewöhnt, edle Ritter um mich zu haben.« Clara wartete Willis Antwort nicht ab. Sie drehte sich so schnell um, dass Willi gar keine Zeit hatte zu reagieren, und lief fast die Treppe hinunter und zur Tür hinaus.

Willi starrte ihr nach. Er war so gekränkt gewesen, so verletzt und hatte sich fest vorgenommen, dieses Mal sei es genug. Er hatte sich die halbe Nacht bemüht, seine Wut auf dieses kratzbürstige, unnahbare, arrogante rothaarige Wesen, das nicht einmal besonders hübsch war, zu schüren und ein für alle Mal keine anderen Gefühle für sie mehr zuzulassen. Am Morgen, als er mit Kopfschmerzen und schweren Augen aufgewacht war, war er so weit, sich eine neue Kanzlei zu suchen. Am besten eine allein zu gründen. Er und seine Bücher, das war die beste Beziehung, die es gab. Und er beschloss, mit Linda ins Kino zu gehen. Oder in eine dieser neuen Lounges, von denen sie so schwärmte.

Willi fluchte herzhaft, während er noch immer auf die geschlossene Tür starrte. Sie hatte ihm ihre Geschichte erzählt. Die Dinge, die sie immer mit sich herumtrug und nach denen er nie zu fragen gewagt hatte. Er wusste, weshalb sie es getan hatte. Es war ein Geschenk für ihn. Ein sehr wertvolles. Willi seufzte und klappte die Bayerische Kleingartenverordnung zu, die Elise gestern so gut geschmeckt hatte. Was soll's, dachte er und gab sich geschlagen. Er rief nach der Dogge und warf ihr das Buch zu. Sie schnappte entzückt danach und wedelte dabei höflich mit dem Schwanz.

»Komm mit, altes Mädchen.« Er zog sich sein Jackett an und hinterließ Linda eine kurze Notiz, dass sie in der nächsten halben Stunde bei Rita zu finden seien. Dann lief er mit Elise durch den strömenden Regen in das Café zwei Häuser weiter. Clara saß in einer Ecke und starrte trübsinnig in ihre Cappuccinotasse. In ihrer rechten Hand verglühte unbeachtet eine Zigarette. Ein erleichtertes Lächeln breitete sich auf ihrem Gesicht aus, als sie Willi und Elise hereinkommen sah. Sie sprang auf und umarmte Willi, der halbherzig abwehrte und sich vergeblich bemühte, aus Gründen des Stolzes wenigstens einen Restgroll auf Clara zur Schau zu stellen.

KALABRIEN

Chi fini brutta fannu li cunfirenti
Chi di nascostu fannu li cantanti
Da malavita su brutti guardati
A tiru l'hannu sempre a sti venduti ...

Was für ein schlimmes Ende die Verräter nehmen
Die im Verborgenen zu singen beginnen!
Das Verbrechertum hasst solche Menschen
Es lässt sie nicht aus den Augen ...

Aus: »Omertà, Onuri e Sangu; Il Canto di Malavita«
Traditionelle Lieder der kalabresischen Mafia

Mimmo Battaglia fühlte sich gar nicht wohl bei dem Gedanken daran, was Filippo vorhatte. Und noch weniger wohl war ihm angesichts der Rolle, die ihm dabei zugedacht worden war. Er hatte sich von diesem grünen Jungen in die Enge treiben lassen. Nur weil er ihn an seinen Vater erinnert hatte. Eine Erinnerung, die alles andere als willkommen war. Er hätte sich nicht weich klopfen lassen sollen von diesem jungen Kerl. Wie alt war er wohl? Sechzehn, siebzehn? Was kümmerte ihn, dass Filippo den Tod seines Papas nicht verwinden konnte? Es war schlimm, ja, ganz furchtbar, aber es betraf doch nicht ihn. Nicht Mimmo Battaglia. Schon längst nicht mehr.

Mimmo betrat den kleinen Friseurladen in der Via Sabrina mit gerunzelter Stirn, noch immer in diese unerfreulichen Gedanken verstrickt. Salvatore, der Friseur, begrüßte ihn freundlich. Dennoch schien es Mimmo so, als ob die Freundlichkeit ein wenig abgekühlt war im Vergleich zu seinem letzten Besuch. Lag da nicht eine merkwürdige Zurückhaltung in Salvatores Blick, während er ihn höflich bat, Platz zu nehmen? Und warum diese ausgesuchte Höflichkeit? War dies nicht auch ein deutliches Zeichen von Distanz? Salvatore und er kannten sich seit Jahren. Seit Mimmo in dieses Viertel in der Altstadt von Reggio di Calabria gezogen war, damals, nach dem Attentat auf Raffaele de Caprisi. Und wenngleich sie sich nie geduzt hatten, war ihr Umgang miteinander immer vertraut gewesen. Man verstand sich. Mochte sich sogar. Doch heute war etwas anders. Mimmo meinte, etwas Lauerndes, Abwartendes in Salavatores Augen zu sehen. Seine kleinen stechenden Augen schweiften immer wieder ab, während er Mimmo den Umhang umband. Sie glitten über die kleine Straße vor dem Fenster, als suchten sie etwas, warteten auf jemand. Mimmo bemerkte Schweißperlen auf Salvatores Stirn, während seinen Hände geschäftig wie immer mit Kamm und Schere über Mimmos graue Locken flogen. Konnte er etwas wissen? Aber was sollte das schon sein? Filippo de Caprisi hatte ihm, einem alten Freund seines Vaters, einen Besuch abgestattet. Da war schließlich nichts dabei. Mimmo versuchte sich zu entspannen. Normalerweise genoss er seine Besuche bei Salvatore. Doch seit dieser verdammte Junge bei ihm gewesen war, war sogar das nicht mehr wie früher. Der Genuss war ihm abhandengekommen. Ebenso wie die Ruhe. Er konnte nachts nur schlecht schlafen, stand immer wieder auf, um drei, um vier, um fünf Uhr, und schlich an das Fenster, ohne Licht zu machen. Dann stand er dort in seinen ausgebeulten Boxershorts, die es längst schon nicht mehr mit seinem Bauch aufnehmen konnten, und starrte hinunter auf die leere Straße. Bei jedem Mopedfahrer zuckte er zusammen, und jeder nächtliche Passant jagte ihm einen Schrecken ein. Heute Morgen hatte jemand seinen Klingelknopf mit Kleber zugeschmiert, und obwohl das schon öfters vorgekommen war und durchaus ein dummer Jungenstreich dahinterstecken konnte, fasste es Mimmo Battaglia anders auf. Er war Kalabrese, hier in der Stadt aufgewachsen, und natürlich kannte er die Geschichten, bei denen es so angefangen hatte, mit vermeintlichen Jungenstreichen, und am Ende war die betreffende Person tot oder verschwunden, was auf das Gleiche herauskam. Wie Lorenzo, der Bäcker gegenüber, der kein Schutzgeld mehr hatte bezahlen wollen, oder Pino della Guardia, dessen Kiosk abgebrannt war und den man eines Morgens als verkrümmtes, schwarz verkohltes Männchen, von der Hitze auf die Größe eines Kindes zusammengeschrumpft, aus den schwelenden Trümmern gezogen hatte. Die Fesseln an den Händen und Füßen waren das Einzige an ihm, das nicht verbrannt war, sie waren aus dünnem Draht, damit kein Zweifel daran bestehen konnte, dass dieser Tod kein Unfall war. Und später konnte man in der Zeitung lesen, dass er noch gelebt hatte, als das Feuer ausbrach. Mimmo stellte sich vor, wie er dort gelegen haben musste, auf dem Boden in seinem engen kleinen Kiosk, neben ihm die frischen Zeitungsstapel, die rosarote *Gazzetta dello Sport* und *La Repubblica* und natürlich der *Calabrese*. Sie alle hatten schnell Feuer gefangen, alles nur Papier um ihn herum und dann die Fahnen, die von der Decke hingen: Lazio Rom, Juventus Turin. Wie Fackeln würden sie gebrannt haben, und der stinkende Rauch war Pino della Guardia in die Lungen gedrungen, lange bevor das Feuer begonnen hatte, an seinen Gliedern, seinen Kleidern, seinen Haaren zu lecken. Wahrscheinlich war er da schon bewusstlos gewesen. Mimmo hoffte es jedenfalls, denn die Vorstellung, Pino sei bei vollem Bewusstsein verbrannt, die Ahnung seiner Schmerzen, seiner Schreie, die niemand an diesem frühen Morgen gehört hatte, oder hören hatte wollen, verursachten ihm Übelkeit.

Alle kannten die Geschichten, bei denen es so angefangen hatte: Verklebte Klingelknöpfe, Müll vor den Stufen, eine tote Ratte an die Tür genagelt. Und die scheelen Blicke derer, von denen man nicht wusste, ob sie dazugehörten oder ob man sich alles nur einbildete. Alles Warnungen, die man ernst nehmen musste.

Mimmo schloss die Augen, als Salvatore begann, ihn einzuseifen. Er liebte die Kühle auf seiner Haut und den Geruch nach Minze. Vielleicht war er nur zu nervös. Der Junge, er hatte ihn durcheinandergebracht, hatte alles wieder hochgespült von damals. Wie er ihn angesehen hatte, vorwurfsvoll. Als trage er die Schuld am Tod seines Vaters. Als habe er ihn umgebracht. Doch das war ja nicht wahr. Er trug nicht die Schuld. Sie hätten ihn auf jeden Fall umgebracht, Raffaele de Caprisi stand schon lange auf der Liste. Mimmo Battaglia hätte ihn nicht retten können. Selbst wenn er ihn gewarnt hätte. Dann hätten sie ihn eben das nächste Mal umgebracht. Wem hätte das genützt? Niemandem. Man kann ihnen nicht entkommen. Er trug nicht die Schuld. Wie oft hatte er sich das eingebläut in den vergangenen Jahren, wenn ihm Zweifel gekommen waren, wenn diese hässliche leise Stimme ihn quälte, versuchte, ihm einzureden, er habe die Wahl gehabt. Doch es war nicht wahr. Er hatte keine Wahl gehabt.

Sie hatten ihn nach der nächsten Tour gefragt, die er und Raffaele machen würden. Von diesen Ausflügen wussten immer nur die zuständigen Journalisten und Fotografen, und das auch erst einen Tag vorher. Zu groß war die Gefahr, dass etwas ausgeplaudert würde. An diesem Vormittag wollten sie Eusebio Salinas treffen, den Direktor der Banca Italia in Reggio Calabria, der angeblich Informationen über die Geschäfte von Orazio Sant'Angelo, dem berüchtigten Paten der 'Ndrangheta hier in der Region hatte und den Raffaele de Caprisi seit Jahren mit unbeschreiblicher Hartnäckigkeit verfolgte. Mimmo Battaglia hatte selbst erst am Abend zuvor von dem genauen Ziel erfahren, einer kleinen Bar unten am Hafen. Sie hatten ihn angerufen und danach gefragt. Aber sie hatten schon so vieles gewusst. Im Grunde hatte er nur mit Ja oder Nein antworten müssen. Und am Ende hatten sie gemeint, es wäre besser, er würde heute zuhause bleiben. Er hatte gehorcht und sich krankgemeldet.

Die Bombe war in dem Moment gezündet worden, als Raffaele de Capeisi unten am Hafen auf den Parkplatz fuhr. In Mimmos Gedächtnis war von diesem Tag einzig und allein das Bild der verheerenden Explosion übrig geblieben, das er später in der Zeitung gesehen hatte. Es hatte alles andere ausgelöscht. Von da an hatte Mimmo Battaglia seine Seele verloren. Stück für Stück die ganzen vergangenen Jahre. Ein durchaus angemessener Preis für den Verrat eines Freundes, höhnte die kleine hässliche Stimme, und in seinen schwarzen Stunden, in denen es ihm nicht gelang, die Schuldgefühle zu unterdrücken, musste Mimmo ihr recht geben.

Ein paar Monate später hatte sich eine größere Überweisung auf seinem Konto befunden. Als er bei der Bank nachfragte, woher das Geld kam, lautete die Antwort, eines seiner Festgeldkonten sei frei geworden. Er hatte nie ein Festgeldkonto besessen. Es dauerte sehr lange, bis er das Geld anrührte. Und als er es schließlich doch tat, verkaufte er damit ein weiteres Stück seiner Seele. Irgendwann bot ihm jemand diese Dachwohnung an, in der er noch heute wohnte. Fast unmöglich, in einer Stadt wie dieser ohne Beziehungen an eine solche Wohnung zu gelangen. Doch von dem Tag an, als Mimmo Battaglia Raffaele de Caprisi verraten hatte, hatte er Beziehungen, und zwar die besten, die man sich wünschen konnte, ob er sie wollte oder nicht. Und er brauchte nichts dafür zu tun. Niemand rief ihn mehr an, niemand wollte eine Information von ihm. Aber er lebte von diesem Tag in der ständigen Erwartung und Furcht, dass sie kommen würden. Dass er den Preis würde bezahlen müssen. Und seit dieser Junge bei ihm gewesen war, hatte er das untrügliche Gefühl, dieser Tag sei entscheidend näher gerückt.

Salvatore war mit der Rasur fertig. Er tupfte Mimmos feiste Wangen mit einem Handtuch trocken und rieb sie mit Rasierwasser ein. Mimmo stand auf und ging zur Kasse. Während er den üblichen Betrag mit Trinkgeld auf den Tresen legte, warf er Salvatore einen überraschten Blick zu. Jetzt benahm er sich definitiv merkwürdig. Er ließ das Geld unberührt zwischen ihnen liegen und schien Mimmo gar nicht mehr zu beachten. Stattdessen huschte er zur Ladentür, und nachdem er furchtsame Blicke in beide Richtungen der Straße geworfen hatte, sperrte er sie mit einer hastigen Bewegung zu.

Mimmo warf einen alarmierten Blick durch den kleinen Laden, doch es war niemand da. Seine Augen blieben an einem Durchgang auf der Rückseite des Raumes hängen, der von einem Vorhang aus bunten Polyesterschnüren verdeckt war. Wie gebannt starrte er darauf, gefasst, jederzeit in die Mündung eines Gewehrlaufs zu blicken. Doch nichts geschah. Er drehte sich zu Salvatore um, der in unterwürfiger Stellung hinter den Tresen zurückgekehrt war und jetzt das Geld langsam in seine Hemdtasche steckte.

»Was soll das?« Mimmo versuchte, herrisch zu klingen, um sein Unbehagen zu verbergen.

»Jemand will sie sprechen, *Signor giornalista*.«

»Ja und«, blaffte ihn Mimmo an und spürte, wie ihm zwischen den Schulterblättern und an den Schläfen der Schweiß ausbrach. »Wer soll das sein?«

Stumm deutete Salavatore auf den Vorhang, den Mimmo zuvor schon im Auge gehabt hatte. Also hatte dort drinnen die ganze Zeit jemand auf Mimmo gewartet, während er sich seelenruhig hatte rasieren lassen, und Salavatore hatte es gewusst. Unwillkürlich fuhr Mimmos Hand an seinen Hals, als er an das glänzende Rasiermesser dachte.

Der Raum hinter dem Vorhang war düster, nur durch ein winziges Fenster erhellt, das in eine der Gassen hinausging, die von der Via Sabrina in die Altstadt führten. Regale mit Toilettenartikeln, Rasierschaum, Shampoo und Haarfärbemitteln füllten das Zimmer fast ganz aus. Es roch nach Chemie und schwach nach Minze, dem Geruch, den Mimmo bis soeben noch als so angenehm empfunden hatte und den er in der Zukunft immer mit dem Mann in Verbindung bringen würde, der unter dem Fenster saß und auf ihn wartete. Er stand nicht auf, als Mimmo hereinkam, und sprach ihn auch nicht an. Stumm wartete er, bis Mimmos dickliche Gestalt vor ihm stand, dann befahl er knapp und mit leiser Stimme. »Schließ die Tür!«

Mimmo drehte sich gehorsam um und bemerkte, dass es außer dem Vorhang auch eine Tür gab, und schloss sie vorsichtig. Er warf einen kurzen Blick nach draußen in den Laden und sah Salvatore noch immer am gleichen Fleck hinter seinem Empfangstresen stehen. Er hielt seinen Kopf gesenkt, um ja nicht in seine Richtung sehen zu müssen, und wirkte wie erstarrt. Wie die ausgestellte Wachsfigur eines typischen Barbiere in seinem Laden.

»Setz dich!«

Mimmo Battaglia setzte sich. Seine Hände zitterten, und er versteckte sie zwischen seinen Oberschenkeln. Dann wartete er. Er wusste, wer der Mann war, der so entspannt und elegant vor ihm auf dem wackligen Gartenstuhl saß, als befände er sich in der Lounge des Gritti in Venedig und nicht im Hinterzimmer eines schäbigen Friseurladens im Altstadtviertel von Reggio di Calabria.

Es war Orazio Sant'Angelo persönlich, der sich die Mühe gemacht hatte, sich hier mit ihm zu treffen. Das Oberhaupt, der Boss der Bosse. Der mächtigste und gefährlichste Mann in Kalabrien. Es war seine Art, wie Mimmo gehört hatte, immer wieder selbst in Erscheinung zu treten und sich nicht hinter seinen Schergen zu verstecken. Er scheute sich nicht, auch die schmutzigen Geschäfte persönlich zu erledigen, und noch bis vor wenigen Jahren bedeutete dies auch, dass er mitunter eigenhändig einen Mord ausführte, wenn er es für notwendig hielt. Dies war Teil des Geheimnisses seiner Macht, die seit Jahren unangefochten Bestand hatte, und, soweit Mimmo wusste, von niemandem ernsthaft in Frage gestellt wurde.

Seine Leute respektierten und bewunderten ihn nicht zuletzt deswegen so grenzenlos, weil er sich nicht scheute, sich selbst die Finger schmutzig zu machen, obwohl er es längst nicht mehr nötig hatte. Und natürlich fürchteten sie ihn deshalb auch so sehr. Er war keiner, der sich eine Schwäche erlaubte, und er brauchte niemanden, um seine Entscheidungen zum Vollzug zu bringen.

Es zeigte aber auch, wie sicher er sich fühlen konnte. Sicher vor jeder Verfolgung durch den italienischen Staat, den er und seinesgleichen nie als legitimes Regierungssystem neben oder gar über der 'Ndrangheta anerkannt hatten. Die desolaten Zustände, die mitunter in den Bereichen herrschten, in denen die Regierung angeblich das Sagen hatte, schienen seine Ansicht, die bessere Art »Staat« anzuführen, zu bestätigen.

Um diese Meinung zu teilen, musste man jedoch großzügig darüber hinwegsehen, dass sich dieser »Staat im Staat« durch Drogen, Prostitution, Menschenhandel und Wirtschaftskriminalität im großen Stil finanzierte und damit einen weitaus größeren Jahresumsatz erzielte, als das legale Bruttosozialprodukt von ganz Kalabrien. Auch durfte man nicht zimperlich sein, wenn man die Art und Weise betrachtete, wie die 'Ndrangehta mit denjenigen verfuhr, die gegen ihre »Gesetze« verstießen. Orazio Sant'Angelo hätte für Bedenken in dieser Richtung nur ein gelangweiltes Achselzucken übrig. Er sei schließlich dafür da, seine Leute zu beschützen, und diejenigen, die sich nicht an die Regeln hielten und damit andere gefährdeten, müssten bestraft werden. Bedauerlich, aber notwendig.

Mimmo schluckte mehrmals mühsam den Speichel hinunter, der sich in seinem Mund unablässig sammelte, während er schweigend darauf wartete, was Sant'Angelo zu sagen hatte. Er versuchte, ihn nicht zu intensiv anzusehen, konnte aber auch den Blick nicht abwenden. Obwohl Sant'Angelo mittlerweile schon weit über sechzig sein musste, war er noch immer eine imposante Erscheinung. Nicht besonders groß und eher schmächtig, aber durchtrainiert und drahtig. Sein ehemals weißblonder Haarschopf hatte ihm in jungen Jahren seinen Spitznamen *gatto bianco* – weiße Katze – eingebracht und war zu Schulzeiten sicher zunächst ein Spottname gewesen, wie alle Namen, die sich auf äußerliche oder körperliche Auffälligkeit bezogen. Inzwischen diente er als Synonym für die Macht, die dieser Mann besaß, und die Furcht die er verbreitete. Jetzt zogen sich längst graue Strähnen durch die blonden Haare, was ihnen die gelblich-graue Farbe von Kohlenasche verlieh. Sein Gesicht mit der scharf kontrastierenden olivfarbenen Haut war glatt und so faltenlos wie das eines Vierzigjährigen. Einzig seine Augen, die mit den Jahren immer tiefer in die Höhlen zurückgetreten waren, verrieten, dass er älter sein musste, als er wirkte. Es schien, als hätten die Augen begonnen, sich zurückzuziehen von all diesen Dingen, die er ihnen über die Jahre zu sehen zugemutet hatte. So, als wären die Augen der *weißen Katze* verletzlicher als seine Seele, die von all den Grausamkeiten, die er begangen hatte und noch begehen würde, unberührt geblieben war.

Mimmo wusste, dass Orazios Schweigen ein Teil der Taktik war. Ein Mittel, ihn einzuschüchtern und nervös zu machen. Und es wirkte hervorragend. Verstohlen rieb er seine feuchten Hände, sicher, dass er seine Furcht längst bemerkt hatte. Er konnte die Angst riechen wie ein Tier. Witterte die Furchtsamen, die Wankelmütigen, die Verräter und solche, die es werden würden. Mimmo erschauerte bei dem Gedanken daran, was Filippo von ihm verlangt hatte. Wie hatte er nur ernsthaft einen Augenblick daran denken können, es zu tun? Es wäre sein sicheres Todesurteil gewesen. Für den Jungen sowieso. Er war ohnehin so gut wie tot angesichts dessen, was er vorhatte. Typisch Caprisi, dachte Mimmo mit einem Anflug von Selbstgefälligkeit. Immer mit dem Kopf durch die Wand und kein Gedanke an die Folgen. Keine Vorsicht. Keine Diplomatie. Keine Rücksicht auf die Verhältnisse. Doch er würde sich nicht mitreißen lassen von dieser Unüberlegtheit des Jungen. Er würde besonnen und ruhig bleiben und abwarten, wie sich die Dinge entwickelten. Filippo konnte diese Geschichte nicht lebend überstehen, auf keinen Fall. Sie würden es nicht zulassen. Aber er, Mimmo Battaglia, würde am Leben bleiben. Weil er klug war. Er begann sich ein wenig zu entspannen. Ihm konnte nichts passieren, denn er hatte nichts getan. Noch nicht. Und er hatte, gottlob, rechtzeitig begriffen, dass es dabei bleiben musste.

»Was wollte der Caprisi-Junge von dir?« Die Frage kam beiläufig, fast so, als interessierte sich Sant'Angelo gar nicht wirklich für die Antwort. Mimmo zuckte trotzdem zusammen.

»Äh. Nnnichts weiter, Signore«, log er und hörte selbst, wie unglaubwürdig es klang. Er beschloss, mit der halben Wahrheit herauszurücken, als er sah, wie Sant'Angelo die Brauen hob und ihm endlich sein Gesicht ganz zuwandte. Da er mit dem Rücken zum Fenster, der einzigen Lichtquelle des Raumes saß, lagen tiefe Schatten über dem Gesicht, sodass die Augen nicht zu sehen waren.

»Er wollte die Kamera seines Vaters. Ich hatte sie noch.« Mimmo wischte sich so unauffällig wie möglich den Schweiß von der Stirn.

»Warum ausgerechnet jetzt? Was hat er damit vor?«

»Vor?« Mimmo riss in höchstem Erstaunen die Augen auf und beglückwünschte sich innerlich zu seiner schauspielerischen Leistung. »Keine Ahnung. Dachte mir, er würde sie aus sentimentalen Gründen haben wollen. Hat schließlich seinem Papa gehört. Und vielleicht interessiert er sich neuerdings fürs Fotografieren«, schloss er etwas lahm.

Orazio Sant'Angelo antwortete nicht gleich. Er hielt seinen umschatteten Blick noch eine Weile auf Mimmo gerichtet, dann wandte er sich ab und stand auf. »Wie auch immer«, meinte er leichthin. »Er wird sein neues Hobby nicht lange genießen können, denn du wirst ihn töten.«

Mimmo war, als habe sich der Boden unter ihm aufgetan, und bei der nächsten unbedachten Bewegung würde er in die Tiefe fallen. Er öffnete den Mund, um zu protestieren, doch es kam kein Laut heraus. Das also war die Aufgabe, die sie ihm zugedacht hatten, von dem Moment an, an dem er den Vater verraten hatte: Den Sohn zu töten, wenn es so weit war. Wenn Sant'Angelo befand, es wäre der richtige Zeitpunkt gekommen. Mimmo hatte natürlich von der misslungenen Aktion gehört und sich gefragt, wer wohl die Arbeit zu Ende brächte, die dem seit Jahrzehnten dauernden Widerstand der Familie de Caprisi nach diesem peinlichen Rückschlag endlich den tödlichen Schlag verpassen würde. Aber dass er dazu ausersehen war, dieser Jemand zu sein, daran hatte er im Traum nicht gedacht. In der Kammer schien es plötzlich unerträglich heiß zu sein.

Er schnappte nach Luft und öffnete den obersten Knopf seines Hemdkragens. Die Sonne, die jetzt durch das kleine Fenster schien, schnitt einen scharfen Strahl durch die staubige, vom Geruch der Friseurmittel und Mimmos Angstschweiß getränkten Luft. Sant'Angelo ging um den kleinen Tisch, an dem er gesessen hatte, herum und beugte sich zu Mimmo hinunter. »Hast du etwa ein Problem damit?«, fragte er, und es klang fast fürsorglich. Mimmo japste und stieß schließlich hervor: »Ich bin doch kein Mörder!«

Auf dem Gesicht der *weißen Katze* erschien ein breites Grinsen, das auf Mimmo wirkte wie das Zähnefletschen eines Raubtiers, kurz bevor es dem Opfer die Kehle durchbeißt. Orazio Sant'Angelo hatte, seiner gepflegten Erscheinung zum Trotz, gelbe, ungepflegte Zähne wie die eines alten Bauern. Die unteren Eckzähne waren spitz und standen ein wenig vor. »Du denkst also, du bist kein Mörder? Denkst du das wirklich?« Er lachte lautlos und schüttelte den Kopf: »Was für ein erbärmlicher Feigling du doch bist, Mimmo. Hast dir wohl die ganze Zeit eingeredet, du würdest keine Schuld am Tod deines Freundes tragen, nicht wahr? Es waren ja die anderen, die Bösen, die die Bombe gezündet haben.« Sant'Angelos Gesicht kam näher, und Mimmo konnte seine hellen, kalten Augen sehen. »Du hast mit deinen Informationen dafür gesorgt, dass dein Freund Raffaele de Caprisi von einer Bombe zerfetzt wurde, die so stark war, dass sie seine Körperteile auf der Straße zusammensuchen mussten, und denkst, du bist kein Mörder! Aber ich, der den Befehl dazu gegeben hat, bin einer, nicht wahr? Du bist ein Idiot, Mimmo Battaglia, wenn du nicht siehst, dass es gar keinen Unterschied gibt zwischen dir und mir.«

»Doch«, wollte Mimmo sagen. »Doch, natürlich gibt es den!« Aber er brachte es nicht über seine Lippen. Orazio Sant'Angelo hatte recht mit dem, was er sagte. Er, Mimmo, war nicht besser, er hatte zugelassen, dass sie Raffaele töteten, und er hatte sich dafür sogar bezahlen lassen in den vergangenen Jahren. Tränen der Scham stiegen ihm in die Augen und vermischten sich mit dem Schweiß. Es kümmerte ihn nicht mehr, ob Sant'Angelo es sah oder nicht. Überhaupt nichts kümmerte ihn mehr.

Orazio Sant'Angelo wandte sich mit einem verächtlichen Schnauben ab. »Du wirst es also für mich erledigen.«

Es war keine Frage, sondern ein Befehl, und Mimmo Battaglia hatte nicht den Mut zu widersprechen. Er saß auf seinem Stuhl wie ein Sack Kartoffeln, den jemand dort abgelegt hatte, und spürte, wie ihm Schweiß und Tränen das Gesicht hinunterliefen. Verschwommen sah er, wie Orazio Sant'Angelo etwas auf den Tisch legte und dann hinter seinem Rücken ohne ein weiteres Wort verschwand. Durch die geöffnete Tür drang ein kühler Luftzug herein, und Mimmo konnte hören, wie Salvatore die Ladentür aufschloss. Ein leises, melodisches Klingeln der Ladenglocke, für einen Augenblick drangen die vormittäglichen Geräusche von draußen herein: Das Hupen eines *motorino*, Schritte hochhackiger Frauenschuhe auf dem Asphalt, Rufe. Wie ein Ausschnitt, eine Tonbandaufnahme aus dem alten Leben Mimmo Battaglias kamen sie sekundenlang durch die offene Tür, dann riss das Band, die Tür schloss sich wieder, und die Stille kehrte zurück. Mimmo dachte an Salvatore, der noch immer stumm draußen im Laden wartete. Er durfte ihn nicht so sehen. Unbeholfen zog Mimmo sein Hemd aus der Hose und wischte sich mit den Zipfeln das Gesicht ab. Dabei fiel sein Blick auf den Tisch, wo der Gegenstand, den Sant'Angelo dagelassen hatte, von dem staubigen Sonnenstrahl, der jetzt durch das Fenster drang, beleuchtet wurde wie von einem Scheinwerfer: Es war ein Revolver. Schwarz glänzend und bedrohlich lag er dort. Für ihn bestimmt. Für Mimmo Battaglia, den Mörder. Hastig griff Mimmo danach und schob ihn in seinen ausgeleierten Hosenbund. Er wollte nicht, dass Salvatore noch mehr erfuhr, als er ohnehin schon zu wissen schien. Oder wusste er gar nichts? Wohl kaum. Mimmo stopfte sein Hemd wieder zurück und stand auf. Als er durch den Vorhang trat, zuckte Salvatore zusammen. Um Zentimeter geschrumpft stand er hinter seinem kleinen, schäbigen Empfangstisch und wagte es nicht, Mimmo in die Augen zu sehen. Mimmo verstand plötzlich die unterwürfige Haltung des anderen: Salvatore hatte keine Ahnung, welche Rolle er, Mimmo, in dem Geflecht um die *weiße Katze* spielte. Für ihn sah es so aus, als hätte sich Sant'Angelo in seinem Laden mit ihm verabredet, als sei Mimmo einer von ihnen, einer, den man mit Respekt behandeln und den man fürchten musste. Mimmo hätte fast gelacht, wenn ihm nicht so elend zumute gewesen wäre. Er hatte die Seiten gewechselt. Gehörte zu den Bösen. Und es sah nicht so aus, als gäbe es einen Weg zurück.

Er verließ den Laden, ohne Salvatore noch eines Blickes zu würdigen. Er würde sich einen neuen Friseur suchen müssen.

MÜNCHEN

Bevor Clara am nächsten Morgen in die Kanzlei ging, kaufte sie in der kleinen Drogerie um die Ecke eine Glühbirne für die Lampe am Hauseingang. Dann machte sie sich auf die Suche nach einem Geschäft, in dem man Pfefferspray erstehen konnte. In der Nähe ihrer Wohnung wurde sie jedoch nicht fündig. Stattdessen riet ihr der Verkäufer in dem Drogeriemarkt, an dem sie auf dem Rückweg noch einmal vorbeikam, ein Hundespray zu verwenden. Er ging mit ihr zu dem Regal, in dem Hunde- und Katzenmenüs *de luxe*, niedliche Holzleitern und Schaukeln für Wellensittiche, Spielmäuse und Kauknochen säuberlich in den Regalen lagen. Clara musterte im Vorbeigehen die kleinen Schälchen mit Hundefutter und stellte sich Elises Blick vor, wenn sie ihr ein solches Miniaturfrühstück vorsetzen würde. Elises Portionen konnte man hier nicht kaufen, Clara erwarb sie säckeweise einmal im Monat in der Großhandlung für Tierbedarf.

Der junge Mann hatte inzwischen gefunden, was er suchte, und reichte Clara eine kleine Flasche, die Ähnlichkeit mit einem Atemspray für Asthmatiker hatte.

»Sprüht man den Hunden auf die Schnauze, ist für Jogger und Briefträger und so. Ganz und gar ungefährlich«, meinte er und fügte viel sagend hinzu: »Für die Hunde.« Dann lächelte er breit. Clara sah, dass seine Zunge gepierct war, und an einem Zahn glänzte ein winziger Edelstein. Sie lächelte zurück: »Und für die Briefträger und Jogger?« Der junge Mann verzog das Gesicht zu einer tragischen Grimasse. »Na, jedenfalls versucht man nicht, sich einem Mädel noch mal zu nähern, wenn man eine Ladung davon im Gesicht hat.« Clara lachte. »Genau das, was ich brauche«, meinte sie und nahm das Spray.

Zuhause lieh sie sich von Frau Manninger, der Hausmeisterin, einer schmalen, gebeugten Frau Ende fünfzig, mit straff zurückgezurrtem Haar, eine Leiter.

»Lassen S' des doch mein' Mann machen«, wandte sie halbherzig mit ihrer papierdünnen, hohen Stimme ein, während sie Clara die Leiter aus dem Schuppen reichte. Doch Clara schüttelte nur den Kopf, und Frau Manninger erwiderte nichts darauf. Mit gesenktem Kopf und hochgezogenen Schultern schlurfte sie hinter Clara in die Einfahrt hinaus. Die blaue Kittelschürze, die sie trug, schlotterte ihr um den mageren Leib.

Im ganzen Haus wusste man, was für ein übler Trinker Leo Manninger war. Die Bezeichnung Hausmeister, die ihn und seine Frau dazu berechtigte, in der billigen Souterrain-Wohnung des Blocks zu leben, hatte er sich in den ganzen Jahren, seit Clara hier wohnte, an keinem einzigen Tag verdient. Die einzige Beschäftigung in dieser Richtung, die er zwischen den Saufgelagen als seiner würdig erachtete, war es, den kleinen Rasenstreifen im Hinterhof mit einem mechanischen Rasenmäher zu mähen, was – unterbrochen von mehreren Bierpausen – immerhin einen ganzen Vormittag im Monat in Anspruch nahm. Für ihn eine willkommene Gelegenheit, sich in Hasstiraden über scheißende Hunde und spielende Kinder, die den Rasen zertrampelten, zu ergehen und jeden Mieter, der das Pech hatte, an jenem Vormittag seine Kreise zu stören, mit bösen Blicken zu verfolgen und gelegentlich in seine Beschimpfungen mit einzubeziehen. Clara, nicht nur mit einem besonders großen Hund, sondern auch noch mit einem besonders aufgeweckten Teenager gesegnet, war dem Hausmeister dabei in den vergangenen Jahren immer ein besonderer Dorn im

Auge gewesen. Dies änderte sich auch nicht, als Sean, langsam den Teenagerjahren entwachsen, seinen Aktionsradius vom Hinterhof in andere Gefilde verlagerte. Für den Hausmeister würde er immer der Bankert von dem rothaarigen Luder bleiben, der ihm die Scheibe seines Küchenfensters mit einem Fußball zertrümmert hatte. Clara hatte den widerstrebenden Sean damals gezwungen, sich zu entschuldigen, doch angesichts der Boshaftigkeit, mit der der Hausmeister daraufhin über den Zwölfjährigen herfiel und auch lange danach noch keine Gelegenheit ausließ, ihn zu demütigen, war sie kurzzeitig versucht gewesen, ihm die Fensterscheibe eigenhändig ein zweites Mal einzuschlagen. Ein handfester Streit zwischen ihr und dem alten Säufer, in dem Clara schließlich ganz unverhüllt damit drohte, ihn bei dem Hauseigentümer anzuschwärzen und dafür zu sorgen, dass er seine Stelle verlieren würde, half, eine Art Waffenstillstand herzustellen, über den die ganze Hausgemeinschaft erleichtert war. Trotz aller Ärgernisse, die von diesem Menschen ausgingen, war man nämlich stillschweigend übereingekommen, die Familie nicht hinauswerfen zu lassen, was beileibe nicht am Hausmeister selbst, sondern an dessen Frau lag, die, unscheinbar wie eine Kellermaus, stumm ihren Gatten ertrug und die allen leidtat.

Und deshalb schraubte Clara nun auch eigenhändig die zerschlagene Glühbirne aus der Fassung und ersetzte sie durch eine neue, beflissen begleitet von Frau Manninger, die es sich am Ende nicht nehmen ließ, die schwere Leiter selbst wieder zurück in den Schuppen zu schleppen.

Es war merkwürdig, wie diese unheimliche, kaum fassbare Bedrohung, die von Gaetano Barletta und diesem ganzen Fall ausging, durch so etwas Kleines und Unbedeutendes wie der Kauf einer neuen Glühbirne und eines Hundeabwehrsprays gemildert werden konnte. Es hatte wohl etwas damit zu tun, wie man sich angesichts einer Gefahr verhält, überlegte Clara, während sie in der warmen Frühlingssonne, die sich nach Kräften bemühte, den gestrigen, nachwinterlichen Ausrutscher wieder wettzumachen, entschlossen die Straße entlang zur U-Bahn marschierte, Elise fest neben sich an der Leine. Entscheidend ist, ob man abwartet und sich von der Angst in die Enge treiben lässt, erstarrt wie das Kaninchen vor der Schlange, oder aber, ob man etwas *tut*, selbst wenn es nur etwas ganz Winziges ist. Wenn jemand ihr wirklich etwas antun wollte, dann würde wohl weder die Glühbirne noch das Spray eine echte Hilfe sein, aber darum ging es gar nicht. Sie hatte einfach keine Lust, sich einschüchtern zu lassen. Sie wollte es nicht. Clara weigerte sich, diesem Unbekannten, diesem Unsichtbaren so viel Raum in ihrem Leben einzuräumen. Und deshalb würde sie auch heute wieder U-Bahn fahren. Um nichts in der Welt wollte sie diesem Barletta die Genugtuung verschaffen, sie eingeschüchtert zu haben. Während sie mit festen Schritten die Treppe zum Bahnsteig hinunterging, hoffte Clara für einen Augenblick fast, er wäre in der Nähe und würde sie sehen. Schau nur her, du Idiot, dachte sie grimmig, so schnell kriegst du mich nicht klein.

Als sie jedoch in den Zug stieg, begann ihre Selbstbeherrschung etwas zu wanken. Sie biss sich auf die Lippen und umklammerte Elises Halsband. Der alte Platz an der Ecke neben der Tür kam nicht mehr in Frage, also blieb Clara einfach in der Mitte des Ganges stehen und hielt sich mit der freien Hand an der Stange fest. Tief atmend schloss sie die Augen. Elises warmer Hundekörper schmiegte sich an ihre Beine, fast so, als wolle sie ihr Halt geben. So überstand sie die Fahrt leidlich gut, und als sie nach zwei Stationen wieder an die Oberfläche trat, ballte sie heimlich beide Hände zur Faust. Geschafft. Sie würde sich nicht unterkriegen lassen.

Linda erwartete sie schon. Als Clara zur Tür hereinkam, sprang sie auf und lief ihr mit einem Zettel wedelnd entgegen. »Gerade eben hat jemand für Sie angerufen, Frau Niklas!«

»Erst mal guten Morgen, Linda.« Clara hängte die Leine und ihren abgetragenen, zimtfarbenen Ledermantel, der schon bessere Zeiten gesehen hatte, an den Garderobenhaken neben der Tür und tätschelte Elise liebevoll den graugestromten Nacken. Die Dogge fuhr ihr mit ihrer großen hellrosa Zunge übermütig ins Gesicht und nahm mit einem missglückten Galoppsprung die drei Stufen zu Claras Schreibtisch auf einmal. Bevor Clara ihrer Entrüstung über den feuchten Kuss Ausdruck verleihen konnte, saß die Verantwortliche bereits unschuldig auf ihrer zerfledderten grünen Matratze hinter Claras Schreibtischsessel. Clara wischte sich mit dem Handrücken über ihr nasses Gesicht und lächelte glücklich. Die Erleichterung darüber, dass sie ohne nennenswerte Probleme wieder mit einer U-Bahn gefahren war, und der Gedanke an ihre große Hündin, die wie ein Blindenhund nicht von ihrer Seite gewichen war, machte sie sanft und friedlich und ließ sie für einen Augenblick Linda und ihr Anliegen ganz vergessen. Ein leises Räuspern holte sie in die Kanzlei zurück, und sie drehte sich zerstreut nach ihrer Sekretärin um. »Äh, ja?«

Linda musterte sie mit einem etwas befremdeten Gesichtsausdruck, und Clara wurde sich bewusst, dass sie für Außenstehende womöglich etwas lächerlich gewirkt hatte, wie sie dümmlich grinsend mit feucht gelecktem Gesicht mitten im Raum stehen geblieben war und ihrem Hund nachgestarrt hatte. Während sie sich Mühe gab, ihre Autorität wieder zurückzugewinnen, und energisch die Schultern straffte, fiel ihr Blick auf Lindas wie immer tadelloses Aussehen, und sie verkniff sich einen Seufzer, der sowohl ihrer eigenen, ganz und gar nicht tadellosen, zerknitterten Leinenhose, der zipfeligen Hippiebluse und den ausgetretenen, staubigen Schuhen galt, zum anderen aber auch Lindas so offensichtlichem wie vergeblichem Bemühen um Willis Aufmerksamkeit.

Linda trug, wie es sich für eine Anwaltssekretärin gehörte, ein dunkelgraues Kostüm und eine weiße Bluse, was bei jedem anderen seriös und etwas langweilig gewirkt hätte. Nicht so bei ihr. Der wadenlange Rock war hauteng und an beiden Seiten hoch geschlitzt, ohne dabei ordinär zu wirken. Die taillierte Jacke brachte jede von Lindas ansehnlichen Kurven zur Geltung, und die hauchdünne Bluse darunter schien keine Knöpfe zu haben: Der Ausschnitt wand sich verführerisch zwischen dem modisch breiten Jackettkragen in ungeahnte, honigbraune Tiefen. Irgendwo dazwischen blitzte ein kleiner Diamant an einer dünnen Kette auf, während Linda mit wehendem Silberhaar und auf hochhackigen Pumps auf ihre Chefin zugeeilt kam.

Clara hatte sich schon oft gefragt, wie lange Willi wohl den geballten Verführungskräften der jungen Frau noch widerstehen konnte. Er schien seltsam resistent gegen Lindas Reize zu sein, obwohl sie neben einem wirklich bemerkenswerten Äußeren auch noch ein helles Köpfchen besaß und ihre Absichten kaum zu übersehen waren. Clara mochte Linda, wenngleich sie sich in ihrer perfekten Gegenwart oft so unangenehm unperfekt fühlte. Vielleicht ging es Willi ja ähnlich. Heute jedenfalls verpuffte Lindas strahlende Erscheinung wirkungslos, da Willi den ganzen Tag bei Gericht war. Er hatte Clara bereits des Öfteren ausführlich von diesem umfangreichen und komplizierten Fall erzählt, bei dem es um Grundstücksspekulationen und irgendwelche gesellschaftsrechtlichen Ungeheuerlichkeiten ging, von denen Clara, deren Spezialgebiet jedenfalls nicht in dieser Richtung lag, keine Ahnung hatte.

Doch Linda schien nicht wirklich enttäuscht über Willis Abwesenheit, dazu hatte sie ein viel zu pragmatisches Gemüt. Sie drückte Clara, nachdem diese jetzt endlich aufnahmebereit schien, den Zettel in die Hand, auf dem sie den Anruf von soeben notiert hatte, und meinte dazu entrüstet: »Ein unfreundlicher Mensch war das. Er wollte mir partout nicht sagen, worum es geht.«

Clara überflog Lindas Notiz. »Karl Killesreiter? Der Name sagt mir überhaupt nichts. Haben wir eine Akte?« Linda schüttelte den Kopf. »Nein. Vielleicht ein neues Mandat ... obwohl es nicht so klang.« Sie zog nachdenklich ihre Nase kraus. »Nein, er klang auf keinen Fall wie ein neuer Mandant. Tat sehr geheimnisvoll und war ganz pikiert, weil ich nicht wusste, wer er war.« Ihre Nase glättete sich, und sie warf einen zweifelnden Blick auf den Zettel. »Vielleicht ist es auch nur so ein Weinvertreter, die tun auch immer so wichtig. Jedenfalls hat er um dringenden Rückruf gebeten. Soll ich Sie verbinden?« Clara warf einen Blick auf die unbekannte Nummer und schüttelte den Kopf. »Nein danke, ich kümmere mich selbst darum.«

Während Linda in einer duftenden Parfümwolke an ihren Schreibtisch zurückschwebte, schob Clara den Notizzettel in ihre Hosentasche.

Auf ihrem Schreibtisch sammelten sich, wie üblich, stapelweise Akten und warteten darauf, bearbeitet zu werden. Sie nahm die oberste herunter und wühlte sich durch die bereits gewechselten Schriftsätze, Beweisanträge und Unterlagen. Hie und da machte sie sich eine Notiz und klebte einen gelben Post-it-Zettel an den Rand. Schließlich steckte sie eine Kassette in das Aufnahmegerät und begann zu diktieren. Sie hatte sich vorgenommen, an diesem Vormittag den Großteil des Berges abzuarbeiten. Und während der Stapel auf ihrem Schreibtisch langsam kleiner und die Kassetten auf den erledigten Akten zu ihren Füßen unter den wenig erfreuten Blicken Lindas, die sie alle würde abtippen müssen, immer mehr wurden, vergaß Clara den Zettel in ihrer Hosentasche und den unbekannten Herrn Killesreiter so restlos, als handelte es sich tatsächlich nur um einen aufdringlichen Weinvertreter.

Der Himmel war hellblau und von zarten, durchsichtigen Schleierwolken durchzogen, als Clara gegen zwei Uhr nachmittags die Kanzlei verließ und sich bei Rita einen Cappuccino und ihr obligatorisches Sandwich genehmigte. Die Sonne schien schon so warm, dass Rita ein paar Tische und Stühle nach draußen auf den Gehsteig gestellt hatte. Geblümte Tischdecken und Gläser mit kleinen Osterglocken und Vergissmeinnicht ließen ahnen, dass auch jemand, der so abgeklärt schien wie Rita, von Frühlingsgefühlen erfasst werden konnte.

Mit Bedauern stellte Clara nach einem Blick auf die Uhr fest, dass sie die Sonne nicht lange genießen konnte, sondern sich beeilen musste. Schließlich hatte sie heute noch etwas Wichtiges zu erledigen. Hungrig verschlang sie ihr Sandwich und spülte es mit dem Cappuccino hinunter. Dann ging sie in die Bar hinein, die in dem starken Kontrast zur hellen Aprilsonne dunkel und schummrig wirkte. Sie bezahlte bei Rita und meinte nebenbei, während sie sich eine Zigarette anzündete: »Ich fahre jetzt zu Angelo ins Gefängnis, soll ich ihm etwas ausrichten?« Rita blickte erstaunt von der italienischen Zeitung auf, die neben der Kaffeemaschine auf dem Tresen lag und in der sie den ganzen Tag über, immer wenn die Zeit es erlaubte, zu lesen pflegte und das Gelesene mit meist wütenden oder verächtlichen Bemerkungen kommentierte. Zwar war Rita schon seit Jahrzehnten in Deutschland, die »Idiotien«, wie sie sich ausdrückte, der jeweiligen italienischen Regierung, die in dieser Zeit fast so häufig gewechselt hatte wie die Trainer der Fußball-Nationalmannschaft, boten ihr jedoch noch immer vortreffliche Unterhaltung. Die deutsche Politik, in der die Dinge zumindest zu funktionieren *schienen,* war aus ihrer Sicht nur ein sehr unzureichender Ersatz für die erheblich saftigeren Korruptionsskandale, der Vetternwirtschaft und den behördlichen Verschleppungsmethoden in ihrem Heimatland.

Jetzt richtete sich Rita von ihrer Lektüre auf und sah Clara besorgt an: »Ist etwas passiert?«

»Nein, wieso?« Clara erwiderte Ritas Blick gleichmütig. »Was soll passiert sein?«

»Ich meine nur, weil du ins Gefängnis fährst.«

»Es ist meine Aufgabe, Mandanten im Gefängnis zu besuchen.«

Rita senkte ihren Blick wieder auf die Zeitung, doch sie las nicht. Clara bemerkte, dass ihre Hände nervös an dem glänzenden Gürtel ihres Rockes herumnestelten. »Es geht ihm doch gut? Angelo?«

»Mmh.« Clara blickte interessiert dem Rauch nach, der von ihrer Zigarette nach oben stieg. »Wie es einem eben so geht, in einer so beschissenen Lage.«

»Aber ... er wird doch ... er ist doch ...« Rita verstummte, doch Clara wusste genau, was sie hatte sagen wollen und nicht sagen konnte, ohne weitere Fragen zu provozieren. Doch dieses Mal wollte Clara sie nicht so einfach davonkommen lassen. »Du meinst, ob er dort sicher ist, nicht wahr?« Clara sprach noch immer gleichmütig, als ob sie sich über das Wetter unterhielte, und ignorierte den alarmierten Blick, den Rita ihr jetzt zuwarf. Ohne Ritas Reaktion zu beachten, fuhr sie fort: »Na, jedenfalls geht es ihm bis jetzt noch besser als einem Freund von ihm, der wurde ziemlich übel zugerichtet. Er hat praktisch kein Gesicht mehr.«

Ritas Kaffeetasse, die neben der Zeitung gestanden hatte, zerschellte klirrend auf den Bodenfliesen.

»Oh, was für ein Pech!« Clara beugte sich über den Tresen und sah Rita dabei zu, wie sie rasch die Scherben mit den Händen aufsammelte. Als sie sich wieder aufrichtete, sah Clara ihr direkt ins Gesicht. Jetzt gelang es ihr nicht mehr, den Zorn in ihrer Stimme noch länger zurückzuhalten: »Es ginge Angelo jedenfalls um einiges besser, wenn er nicht vollkommen allein wäre und wenn, verdammt noch mal, irgendjemand mir endlich die Gelegenheit geben würde, ihm zu helfen.« Sie drückte ihre Zigarette aus. »Meinst du also nicht, ich sollte ihm irgendetwas ausrichten?«

Rita biss sich auf die Lippen. Ihre Hände umklammerten die Scherben. Ein spitzes Stück hatte ihren Finger verletzt und sie blutete, doch weder Clara noch Rita beachteten es. Obwohl Rita sichtlich mit sich kämpfte, blieb sie stumm, und schließlich wandte sich Clara mit einer resignierten Handbewegung ab, ohne sich zu verabschieden. Erst nachdem Clara die Bar verlassen hatte, löste sich Rita aus ihrer Erstarrung und warf mit einer schwerfälligen Handbewegung die Scherben in den Mülleimer. Dann wickelte sie ein Handtuch um ihren blutenden Finger und setzte sich auf den Hocker hinter dem Tresen. Sie stützte ihren Kopf auf ihre unverletzte Hand und seufzte. »Hört das nie auf?«, murmelte sie, und eine alte, hoffnungslose Verzweiflung brach aus dieser Frage heraus, eine Verzweiflung, die seit Jahrhunderten die Menschen in der Gegend, aus der sie stammte, dazu brachte zu resignieren, stumm zu werden und wegzusehen, wo eigentlich ihr Mut und ihre Tatkraft gefordert wären. Tugenden, die längst verschluckt worden waren. Gefressen von diesem vielarmigen Ungeheuer mit den tausend Leben, das vor keiner Grenze Halt machte. Nicht vor den Grenzen der Gesetze und Staaten und erst recht nicht vor den Grenzen in den Herzen der Menschen. Unersättlich fraß es Mut und Anstand, Loyalität zwischen Freunden und Familien und hinterließ nichts als eine öde, angsterfüllte Stille. Eine Stille, in der nur ein Gespenst sein Unwesen treiben konnte: Verrat.

Rita hatte geglaubt, dem allen entkommen zu sein. Vor so vielen Jahren schon. Bis eines nachts, irgendwann letztes Jahr, dieser Anruf kam. Sie hätte auflegen sollen. Sofort, als sie erkannte, wer dort am anderen Ende sprach, weinend, schluchzend, in Panik. Sie hätte Nein sagen sollen, als die Stimme sie um Hilfe bat, sie anflehte, um der alten Freundschaft willen, sie hätte die Ohren verschließen sollen. Alles kehrte wieder zurück. Es holte sie ein, wohin sie auch ging. Sie konnte nicht entkommen. Niemand kann jemals entkommen. Sie hatte nicht Nein gesagt. Sie hatte Mitleid gehabt. Und so viel Verständnis. Sie wusste genau, wovon die Stimme aus der Vergangenheit sprach. So genau wusste sie Bescheid, dass sie deren Angst nicht nur hören, sondern unmittelbar fühlen konnte. Ihr Herz krampfte sich zusammen, es wurde wieder ihre eigene Angst, wurde ihre Panik, ihr Lauschen nach draußen in die Dunkelheit, ihre furchtsamen Blicke in die Gesichter ihrer damaligen Nachbarn. Was wussten sie? Wer waren sie wirklich? Was war beschlossen worden in den kleinen Hinterzimmern, in den Bars, so nebenbei, bei einem Glas Rotwein? Rita richtete sich auf. Sie zog ihre ärmellose Bluse zurecht, die sich über ihren Brüsten spannte, und warf das blutbefleckte Handtuch zu den Scherben im Mülleimer. Von dem kleinen Schnitt an ihrem Finger war nichts mehr zu sehen. Sie strich sich mit den Händen ihre blondgefärbten Haare aus dem Gesicht und zündete sich eine ihrer langen, dünnen Zigaretten an. Dann vertiefte sie sich wieder in die Lektüre ihrer Zeitung und die Idiotien der italienischen Regierung, bereit zu einem verächtlichen Fluch über diese Staatsmacht und ihre lächerlichen Spiele, die nichts zu tun hatten mit dem wirklichen Leben, wie sie es gekannt hatte.

Wie immer jagte Clara das Gefängnisgebäude auch dieses Mal Angst ein. Selbst wenn es wie heute von der Nachmittagssonne freundlich angestrahlt wurde, haftete ihm dennoch etwas Düsteres, Beklemmendes an, über das die wärmsten Frühlingsfarben nicht hinwegtäuschen konnten. Das abweisende Tor, die hohe graue Betonmauer. Am meisten bedrückte sie, dass man nicht sehen konnte, was sich hinter dieser Mauer verbarg. Man ging darauf zu, wusste, dass sich dahinter das Untersuchungsgefängnis befand, doch man sah es nicht. Man sah nur diese hohe, glatte Mauer, die nichts preisgab von dem, was dahinter geschah.

Sie ging an die Pforte und hielt ihren Anwaltsausweis an die Scheibe. Der Beamte führte sie mit einem kurzen Nicken in den kleinen, engen Raum, der den Verteidigern und ihren Mandanten vorbehalten war, und bat sie zu warten. Es war stickig und roch nach Rauch. Clara versuchte, die geschlossene Tür zu ignorieren. Ihr Blick wanderte hypnotisch an den abgestoßenen Kanten des Tisches entlang. Der Tisch erinnerte sie an ihre Schulzeit und an den Physiksaal. Linoleumböden, verbrauchte Luft und das eintönige Gemurmel des Lehrers, während draußen die Sonne vom blauen Sommerhimmel strahlte. Der Physiklehrer hatte immer mit dem Rücken zu den Schülern an der Tafel gestanden, während er Formeln aufzeichnete und erklärte. Offenbar interessierte es ihn nicht, ob seine Schüler zuhörten oder schliefen oder sonst etwas taten. Er hatte sich auch nie Mühe gegeben, die ständige Geräuschkulisse hinter ihm zu übertönen. Er hatte einfach immer nur an der Tafel gestanden und leise vor sich hin murmelnd mit kurzen, zackigen Bewegungen Zahlen und Kürzel aufgeschrieben, die dann in der nächsten Arbeit gnadenlos abgefragt wurden. Claras beste Note bei ihm war eine Vier gewesen.

Angelo Malafonte ließ auf sich warten. Sie holte tief Luft, einmal, zweimal und schloss für einen Moment die Augen. Der Physiksaal und das Zimmer verschwanden aus ihrem Bewusstsein. Sie versuchte, an Wasser zu denken, fließendes Wasser, die Isarauen, kühle Luft, das Rauschen der Bäume. Sie hielt ihre Augen so lange geschlossen, bis ihre Atmung ruhiger wurde und ihr Herzschlag sich wieder verlangsamte. Dann zog sie ihre Unterlagen heraus und las noch einmal das Protokoll von

Massimo Moros Vernehmung. Zwischen den Zeilen, immer dort, wo *Band defekt* stand, hatte sie eingefügt, was nach Moros Angaben dort stehen müsste. Im Zusammenhang gelesen, in Verbindung mit den zögernden, unsicheren Antworten des jungen Italieners, war die Wirkung von Obersteins Drohungen und Beleidigungen fast noch ungeheuerlicher als in Massimos eigenen Worten. Sie bekamen so ein offizielles Gesicht, wurden amtlich, auch wenn die Worte nur mit Bleistift dazwischengekritzelt waren. Clara seufzte, als sie daran dachte, dass sie nicht mehr hatte, um es dem Richter vor die Nase zu halten. Sie hatte nichts, was gegen ihn verwendet werden konnte, außer einen Verdacht, der sich auf zwei fehlende Seiten begründete und den Oberstein mit einer gelangweilten Handbewegung beiseitewischen konnte. Und das sogar zu Recht. Sie selbst würde solche Anschuldigungen in der Luft zerreißen, wenn sie ohne vernünftigen Beweis einem ihrer Mandanten vorgehalten würden. Und Beweise hatte sie nicht. Sie würde die offizielle Aussage Moros nicht bekommen, um dagegenzuhalten. Kein Wort von dem, was er ihr gesagt hatte, würde sie verwenden können.

Angelo trat so zögernd ein, als erwartete er, gebissen zu werden. Clara bemerkte die Hand eines Beamten auf seiner Schulter, die ihn vorwärtszuschieben schien. Sie hatte erwartet, Malafonte würde erfreut sein, sie zu sehen, oder wenigstens begierig darauf zu erfahren, weshalb sie gekommen war, ob es etwas Neues gab. Stattdessen schlich er vor dem Wachtmeister her, als ob ihm Prügel drohten. Doch in diesem Moment sah sie, dass er nicht freiwillig so langsam ging. Er war gekrümmt und humpelte. Mit einer Hand hielt er sich die rechte Seite. Clara sprang auf und ging auf ihren Mandanten zu. »Was ist passiert?« Als sie keine Antwort erhielt, wandte sie sich an den Justizbeamten hinter Angelo. Es war derselbe rotgesichtige junge

Mann, wie bei ihrem letzten Besuch, und er schien unter ihrem Blick noch röter zu werden. »Was ist passiert?«, fragte sie noch einmal mit scharfer Stimme.

Der Beamte zuckte mit den Schultern. »Eine kleine Meinungsverschiedenheit unter Landsleuten. Heute nach dem Mittagessen. Die Kollegen sind halt a bisserl heißblütig.« Als er sah, wie Clara die Stirn runzelte, fügte er eilig hinzu: »Er wurde untersucht, nur ein paar blaue Flecken und eine Rippenprellung. Nix weiter.«

Clara unterdrückte eine heftige Erwiderung und musterte Angelo prüfend. »Brauchen Sie einen Arzt? Können wir uns unterhalten, oder soll ich ein anderes Mal wiederkommen?«, fragte sie leise auf Italienisch. Sie sah aus den Augenwinkeln, wie der junge Beamte vergeblich die Ohren spitzte, und warf ihm einen strengen Blick zu, der ihn zurückzucken ließ.

Angelo schüttelte den Kopf. »Es ist alles in Ordnung, *avvocato*. Ich brauche keinen Arzt.«

Clara nickte und zog einen Stuhl heran. Dann wandte sie sich an den Beamten: »Danke. Könnten Sie bitte dafür sorgen, dass wir dieses Mal nicht gestört werden?« Der Wachtmeister nickte und schloss die Tür. Clara fragte sich für einen Moment, was ihn wohl dazu bewogen haben könnte, in den Justizvollzug zu gehen. Ob er seine Arbeit gerne tat? Mit Vergnügen? Oder war es ein Job wie jeder andere?

Sie wandte sich ihrem Mandanten zu, der jetzt gebeugt auf dem Stuhl saß und sich mit den Armen auf der Tischplatte abstützte. Er hatte lange, sehnige Unterarme, an denen die Adern deutlich hervortraten.

»Ich kann dafür sorgen, dass Sie in ein Krankenhaus kommen, wenn es Ihnen schlecht geht«, meinte Clara, während sie sich ihm gegenüber setzte und ihm ihre Zigaretten hinschob. Abermals schüttelte Angelo den Kopf, dann griff er nach der Schachtel und nahm sich eine Zigarette heraus. »*Grazie*.«

»Erzählen Sie mir, was passiert ist«, verlangte Clara, während sie ihm Feuer gab.

»Es war nichts, nur ein kleiner Streit mit einem anderen Italiener.« Angelo versuchte ein Lächeln.

Wer's glaubt wird selig, dachte Clara.

Wenn es ihr nur gelänge, an ihn heranzukommen. Doch jedes Mal, wenn sie es versuchte, trat dieser ausdruckslose Blick in seine Augen, hinter dem er sich versteckte, wie hinter einer leeren Wand. Clara fühlte sich an die Häuser erinnert, die sie während eines Urlaubs mit Sean vor ein paar Jahren in Sizilien auf ihrer Fahrt durch die menschenleere, ausgedörrte Landschaft immer wieder gesehen hatten. Die Türen und Fensterläden geschlossen, standen sie scheinbar unbewohnt unter der sengenden Hitze. Verwahrloste Hofeinfahrten, festgebackene Erde, auf der selbst die letzten, raschelnden Büschel Gras zwischen den aufgeplatzten, durstigen Rissen verbrannt waren. Trat man jedoch in das Innere eines dieser Häuser, war es unerwartet kühl und vornehm. Das ganze Leben dort spielte sich im Halbdunkel ab, im staubigen Zwielicht, abgeschirmt von dunklen Läden, durch deren Schlitze die Sonnenstrahlen drangen, um ein paar verschwommene Streifen auf den kunstvollen Fliesenboden zu malen. Öffnete man eines dieser Fenster, traf einen die Hitze mit voller Wucht, man konnte sie greifen, wie etwas Dickflüssiges, Zähes, das einem den Atem nahm und das man mit voller Berechtigung aussperrte wie ein wildes Tier.

Clara beugte sich vor und versuchte vergeblich, Malafonte in die Augen zu sehen. »Was sagt Ihnen der Name Barletta?«, fragte sie.

Malafontes langes Gesicht blieb unbewegt, als sie den Namen nannte. Doch seine dunklen Augen flackerten, und Clara sah, wie sich seine Finger so heftig ineinander verschränkten, dass seine Knöchel weiß hervortraten. »Gaetano Barletta«, flüsterte er leise und schluckte. Sein Adamsapfel hüpfte in seiner Kehle. Doch er schwieg eisern.

Clara dachte an Barlettas schalen Atem in ihrem Nacken, sein Flüstern in ihrem Ohr, an Moros Gesicht und die Verzweiflung in seinen Augen und spürte, wie sie die Geduld verlor. Sie hob die Stimme: »Wer ist das? Was will er von Ihnen? Warum verfolgt er Sie? Und erzählen Sie mir nicht, es wäre nur eine kleine Meinungsverschiedenheit unter Landsleuten!«

Malafonte reagierte kaum. Er schüttelte nur ein wenig den Kopf, fast unmerklich. Wie zur Warnung.

Sie packte den jungen Mann am Arm und schüttelte ihn. »Was um Himmels willen haben Sie ausgefressen?«

Angelo verzog für einen Moment das Gesicht, und sie ließ erschrocken los. Offensichtlich bereiteten ihm die »blauen Flecken« doch erheblich mehr Schmerzen, als er und der Beamte sie wissen lassen wollten. Frustriert und wütend lehnte sie sich zurück. Malafonte gab keine Antwort. Er starrte auf die Zigarette, die ungeraucht zwischen seinen Fingern langsam abbrannte, und zeigte nicht die geringste Reaktion auf Claras Fragen. Clara bemerkte, dass seine Hände leicht zitterten, und fragte sich, ob die Anstrengung, sich trotz der geprellten Rippen aufrecht zu halten, oder etwas anderes die Ursache dafür war. Der junge Italiener schien ihr mehr denn je ein reines Nervenbündel zu sein.

Sie schlug mit der flachen Hand auf die Tischplatte. »Reden Sie endlich mit mir, verdammt noch mal!«

Angelo zuckte zusammen, doch er schwieg hartnäckig weiter.

Clara beugte sich über den Tisch: »Ihr feiner Freund, Gaetano Barletta, hat Massimo Moro das Gesicht zerschnitten. Sie kennen doch Massimo, nicht wahr? Ihr Friseur. Ihm fehlt jetzt ein Stück seiner Nase. Können Sie sich vorstellen, wie man sich fühlt, wenn man aussieht wie ein Zombie aus einem Horrorfilm? Und wissen Sie was? Barletta hat auch mich schon besucht. Er weiß, wo ich wohne, und er hat mich bedroht. Und ich will jetzt verdammt noch mal wissen, warum!« Die letzten Worte schrie sie fast, und es war ihr vollkommen egal. Sie hatte keine Geduld mehr, sie konnte dieses viel sagende Schweigen nicht mehr ertragen.

Angelo starrte sie an. Die Ausdruckslosigkeit in seinem Blick war für einen Augenblick nackter Angst gewichen. *»Il gatto bianco si è svegliato«*, flüsterte er.

»Wie bitte? Ich verstehe Sie nicht ...«

Malafonte stand mühsam auf und ging zur Tür. Heftig schlug er mit der rechten Hand dagegen, während er die Linke um den Leib geschlungen hielt. Sofort kam der Beamte herein.

»Nein. Halt! Wir sind noch nicht fertig!«, rief Clara.

Doch Angelo Malafonte schüttelte den Kopf und sagte zu dem Wachmann in mühsamem Deutsch: »Frau Niklas ist nicht mehr meine Anwältin.« Dann ging er ohne ein weiteres Wort hinaus.

KALABRIEN

> Chi è surdu, orbu è taci
> campa pi cent' anni in paci …
>
> Wer taub, blind und stumm ist,
> lebt gut hundert Jahre in Frieden …
>
> Aus: »Omertà, Onuri e Sangu; Il Canto di Malavita«
> Traditionelle Lieder der kalabresischen Mafia

Er musste noch einmal dort hinauf. Es war ihm von Anfang an klar gewesen, und doch fürchtete er sich. Er fürchtete sich so sehr, wie er es nie für möglich gehalten hätte. War es nicht leichter jetzt, nachdem alles begonnen hatte? Nachdem es kein Zurück mehr gab? Hatte er nicht die Hürden alle gemeistert und selbst seine Großmutter, wenngleich nicht überzeugt, so doch dazu gebracht, seinen Entschluss zu akzeptieren? Hatte er nicht gut geschlafen in letzter Zeit? Doch, und alles war besser geworden seither, und gerade deswegen hatte er solche Angst. Als er sich vor fast einem halben Jahr aufgemacht hatte, hinaufzusteigen und zu suchen, war es wie ein Traum gewesen. Ein Albtraum vielleicht, aber doch nur ein Traum. Jetzt, nachdem er begonnen hatte, sein Schicksal endlich in seine eigenen Hände zu nehmen, war alles um ihn herum Realität geworden, und es würde hart werden, noch einmal hinaufzugehen auf den Berg.

Es hatte lange gedauert das letzte Mal. Nicht weil der Weg so weit gewesen wäre. Sondern weil er seinen eigenen Weg finden musste. Aus dem Gedächtnis. Querfeldein, den alten Weg, den er damals gerannt, gestolpert, gefallen war. Mit seinem gebrochenen Knöchel, der nie mehr richtig geheilt war, mit stinkenden Kleidern und halb blind von der lange währenden Dunkelheit. Doch er hatte seinen Weg wiedergefunden. Nach merkwürdigen Zeichen hatte er sich orientiert, einem Stein, einem langen Graben, der Form eines Hügels am Horizont.

Und jetzt würde er ihn nie wieder vergessen. Genauso wenig wie er vergessen würde, wie er unten in San Sebastiano angelangt war, damals. Er hatte nicht mehr laufen können. Auf einen kurzen Stock gestützt, war er über die Hauptstraße gekrochen und schließlich an der kleinen Mauer zusammengebrochen. Keinen Schritt weiter konnte er mehr, obwohl er sich so fest vorgenommen hatte, bis nach Hause zu gehen. Doch er hatte es nicht geschafft. Es waren einige Leute vorbeigekommen, er konnte sich an ihre Schuhe erinnern. Weiße Schuhe einer Frau mit dicken Füßen. Schwere Arbeitsschuhe und blaue, staubige Hosenbeine. Feine Schuhe aus Leder. Keiner von denen hatte ihn angesprochen oder ihm aufgeholfen, alle waren nach einem kurzen Zögern weitergegangen.

In Patì, nicht weit von San Sebastiano, hatten die Dorfbewohner eine Geisel, der es gelungen war zu fliehen, zu ihren Entführern zurückgebracht. Daran hatte Filippo gedacht, als er dort mitten im Staub gekauert hatte an der kleinen Mauer oberhalb des stillen Platzes mit den drei Pinien und dem rosa Rathaus. Und dann war er weitergegangen. Den Blick gesenkt, um keinen sehen zu müssen, um keinem einen Vorwand liefern zu müssen, nach dem Handy zu greifen und *ihn* anzurufen. Niemand sprach ihn an, niemand hielt ihn auf. Es war, als ob nur er existierte in San Sebastiano, alles andere war Kulisse. Statisten, die hierhin und dorthin liefen, weil es ihnen jemand so befohlen hatte, Publikum, das still wartete, bis jemand das Zeichen zum Beifall gab. Doch dieses Zeichen kam nie. Er schleppte sich die Hauptstraße entlang, bog in die steile Gasse ein, die in Treppen nach oben führte und in die Straße nach Hause mündete. Eine Stufe. Noch eine. Langsam begannen die Kulissen zu verblassen. Sie verloren an Kontur, schwankten hin und her, alles schien zusammenzubrechen. Das Publikum war verschwunden, kein Wunder, alle waren geflohen vor den einstürzenden Wänden. Die nächste Stufe kam auf ihn zugesprungen, der Himmel drehte sich im Kreis, und ein harter Schlag ließ den Vorhang fallen.

Sie hatten ihn nicht zurückgebracht zu seinen Peinigern. Nachdem er bewusstlos geworden war, hatte irgendjemand die Baronessa angerufen und ihr mitgeteilt, dass ihr Enkel auf den Stufen der Calle del Cielo liege. Nichts weiter. Sie wussten bis heute nicht, wer der Anrufer gewesen war. Was folgte, war ein langer Dämmerschlaf, der ihn wie ein Freund beschützt hatte. Später, viel später hatte er seine *nonna* nach den Zeitungen gefragt, und anders als bei der Geschichte mit seinem Vater hatte sie nicht versucht, etwas vor ihm zu verbergen. Alle Blätter der vergangenen Monate hatte sie ihm auf das Bett gelegt, säuberlich geordnet nach Datum. Er hatte alles über sich und seine Entführung gelesen, hatte sein Foto dutzende Male in verschiedenen Zeitungen gesehen und hatte erfahren, dass seine Freilassung dem »Druck« zu verdanken war, den die Politiker den Verbrechern gemacht hätten. Doch wer die Entführer gewesen waren, welche Anstrengungen zu deren Ergreifung unternommen wurden und weshalb er entführt worden war, darüber hatte keine Zeile in den Blättern gestanden. Mochte man den Zeitungen glauben schenken, war dies eine Einzeltat einiger Krimineller von außerhalb, die, in Unkenntnis über die »wahren Verhältnisse«, der Meinung gewesen waren, bei der Baronessa sei Geld zu holen.

Doch natürlich glaubte den Zeitungen niemand. Man wusste es besser hier in der Region um den Aspromonte. Zu viele waren schon verschwunden in den unwirtlichen Bergtälern, in die meist nicht mal ein Weg, geschweige denn eine Straße führte und in denen, so sagte man, noch immer Wölfe lebten. Die meisten der Verschwundenen waren nie wieder aufgetaucht. Und so kam es, dass Filippo zu allem, was die Geschichte seiner Familie schon zu seiner Außenseiterrolle beigetragen hatte, noch dazu den Ruf eines »Davongekommenen« erhielt, womit er sich jedoch keineswegs Freunde machte. Es fügte der Ablehnung und dem Misstrauen, das ihm für gewöhnlich entgegenschlug, lediglich noch eine Prise Furcht hinzu. Was hatte er gesehen? Wen hatte er erkannt? Wie war es ihm tatsächlich gelungen zu entkommen? Filippo hatte sich der Polizei gegenüber beharrlich darüber ausgeschwiegen. Er könne sich an nichts mehr erinnern, hatte er immer wiederholt. Und es war ihm dabei nicht schwergefallen, überzeugend zu wirken.

Sein Instinkt war es gewesen, der ihn dazu gebracht hatte, die Umstände seiner Freilassung gegenüber der Polizei nicht preiszugeben. Er hatte keine Sekunde darüber nachgedacht. Später, viel später, als ihm bewusst wurde, was das bedeutete, war ihm kalt geworden. War das Gesetz des Schweigens so mächtig, dass es sogar diejenigen zu binden vermochte, die allen Grund hatten, Zuflucht bei der staatlichen Gewalt zu suchen? Oder war es nur die pure Angst gewesen, die ihn stumm werden ließ? Er konnte diese Frage auch heute nicht beantworten. Aber jetzt war es auch egal, denn was auch immer ihn veranlasst haben mochte zu schweigen, jetzt war es nicht mehr stark genug, seinen Willen zu beeinflussen. Er war ausgebrochen. Sein Wille war stärker, als sie alle geglaubt hatten. Und deshalb machte er sich jetzt noch einmal auf den Weg.

Oben auf dem Berg blies ein heftiger Wind. Hier war von Frühling noch nichts zu spüren. Die verfallene Kate lag hinter der runden, kahlen Kuppe, über die der Wind ungehindert fegte.

Seit Jahrhunderten. Filippo blieb einen Moment stehen, am höchsten Punkt. Dann drehte er sich um und sah hinunter in das Tal, das von den Einheimischen *Valle Sorda*, taubes Tal, genannt wurde. Es hieß vermutlich so, weil nicht einmal der ewige Wind des Berges hinuntergelangte auf den Boden dieses lang gestreckten, einsamen Tals, das an seinem Ende so schmal wurde, dass es von oben wie eine Furche oder eine Felsspalte wirkte. Kein Mensch hatte sich je hier angesiedelt. Keine Spur einer Behausung. Bis auf die winzige Kate, die im Windschatten der Bergkuppe wie eine Wächterin auf das *Valle Sorda* hinunterblickte. Wer hier wohl einmal sein Dasein gefristet haben mochte? Jedenfalls hatte er sich die Mühe gemacht, ein tiefes Loch in das spröde Erdreich zu graben, einen Keller, einen Stall. Spätere Besucher hatten dessen besondere Lage zu schätzen gewusst, eine starke Bohlentür angebracht und es in ein Gefängnis verwandelt. Fast drei Monate war es Filippos Verlies gewesen, und er konnte sich auch jetzt nur mit äußerster Überwindung der dunklen Holztür nähern. Sie stand offen. Ein schwarzes lichtloses Loch gähnte dahinter. Sicher wagte nicht einmal *er* es, diesen Platz noch einmal zu benutzen. Zu riskant. Immerhin war einer entkommen und hatte den Weg hinunter nach San Sebastiano gefunden. Und wieder zurück.

Obwohl Filippo zu fühlen glaubte, dass er der einzige Mensch im Umkreis von zehn Kilometern war, bewegte er sich mit äußerster Vorsicht. Zu tief saß noch die Angst vor diesem Ort. Die Kate hatte den letzten Winter nicht gut überstanden. Etliche Steine lagen auf dem Boden, die letztes Jahr noch nicht da gewesen waren. Achtsam ging Filippo um sie herum. Jetzt zu stolpern und sich einen Fuß zu verstauchen, wäre ein unvorstellbares Missgeschick. Wenige Meter vor der Kellertür blieb er stehen und holte die Kamera seines Vaters aus dem Rucksack. Liebevoll strich er über das schwarze Gehäuse und ließ seine Finger über den Auslöser gleiten. Ein prüfender

Blick durch das Objektiv, Belichtungszeit und Blende einstellen, wie er es gelesen hatte. Andere Fotos als die einer Digitalkamera würden es werden. Keine dummen kleinen Pixelbilder, die man auf Handys verschicken und jederzeit mit einem Klick verschwinden lassen konnte. Es würden echte Fotografien werden. Entlarvende Bilder, die die Wahrheit zeigten und die nicht mehr gelöscht werden konnten. Echte Journalistenfotos wie die seines Vaters. Er drückte den Auslöser. Klick. Dann ging er auf die Knie, stellte die Schärfe ein und drückte wieder. Klick, Klick. Klick. Er ging ein paar Schritte auf das Loch zu und zog die starke Taschenlampe seiner Großmutter aus dem Rucksack. Ein paar Mal knipste er sie zur Kontrolle an und aus, bevor er noch einmal tief durchatmete und forschen Schrittes den Ort betrat, an dem er gelitten hatte wie noch niemals zuvor in seinem Leben. Er trat ein, und der Geruch nach Erde und Moder empfing ihn wie ein alter Bekannter. Vertraut, unerträglich vertraut aus seinen Träumen, die ihn niemals losgelassen hatten, seit jenem Tag im vergangenen Sommer, diesem staubigen, heißen Tag, als sie ihn gepackt hatten auf dem Schulweg, und ins Auto gezerrt. Die Zeit schien ihm zu entgleiten, während er zitternd vor Kälte und Angst ein paar Schritte weiter hinein in das Erdloch ging. Hastig warf er einen Blick zurück, vergewisserte sich, dass die Tür noch offen stand. Er konnte den Himmel sehen, graugelb wie Sand, und hörte den Wind, der in raschelnden Böen in die trockenen Grasbüschel vor dem Eingang fuhr. Filippo blieb stehen und ließ den Lichtkegel seiner Taschenlampe durch den niedrigen Raum gleiten. Er versuchte, Spuren zu finden, Zeugnisse der Qualen, des Entsetzens, der Todesangst. Etwas von dem, was sich hier abgespielt hatte, musste doch geblieben sein, musste sich eingegraben haben in die brüchigen Wände, von denen die Wurzeln der Grasnarben wie Spinnennetze herabhingen. Doch es war nichts da. Nichts als der Geruch nach Grab und Tod. Filippo kniete sich nieder, legte die Hände auf den festgestampften Boden und kratzte ein wenig von der Erde ab, so wie er es damals gemacht hatte, immer und immer wieder, bis ihm die Fingerkuppen geblutet hatten. Und dann, wie aus einem Reflex heraus, legte er sich hin, bettete seinen Kopf auf die kühle, unebene Erde und schloss die Augen.

Er hielt die Augen fest geschlossen. Er wollte sie nicht öffnen, denn er wusste, es würde nichts ändern. Die Finsternis war undurchdringlich, es machte keinen Unterschied, ob die Augen geöffnet waren oder nicht. Und doch war es etwas völlig anderes, mit geöffneten Augen in die Dunkelheit zu starren, ohne zu wissen, ob es Tag oder Nacht war, ob dabei eine Stunde verging oder ein ganzer Tag. Verzweifelt zu versuchen, die Schwärze zu durchdringen, mit weit aufgerissenen blinden Augen. Zu starren, ohne zu blinzeln, bis ihm die Tränen über das Gesicht liefen. Er konnte sie nicht wegwischen, also liefen sie hinunter in seine Mundwinkel. Er schmeckte das Salz und den Schmutz. Am Anfang hatte er die Augen immer offen gehalten, denn er hatte Angst gehabt einzuschlafen. Jetzt war er froh, wenn er schlief. Er wollte nicht mehr aufwachen, und er wollte nicht sehen, dass er nichts sehen konnte. Seine Arme und Beine spürte er nicht mehr, und dass seine Hose nass war und stank vom Urin und Kot, interessierte ihn nicht. Er hatte keine Schmerzen mehr und fror auch nicht mehr, er konnte sich nicht einmal mehr erinnern, wann sie ihm das letzte Mal etwas zu essen gebracht hatten. Eine Suppe war es wohl gewesen, Gemüsesuppe. Er hatte das Gemüse noch eine Weile im Mund behalten, als sie längst wieder weg waren, und daran gelutscht. Dabei hatte er sich verschluckt und gehustet, bis er würgen musste und die Suppe wieder auskotzte. Jetzt war sein Mund trocken, und er hatte Durst. Der Durst war das Einzige, was ihm noch Schmerzen bereitete. Der Durst und die Bilder. Sie kamen und gingen, ohne dass er es kontrollieren konnte, ohne dass er wusste, ob er wach war oder schlief. Immer wieder sah er das

Bild seiner Mutter, und er wusste nicht, ob es nur die Erinnerung an das Foto war, das er in seinem Zimmer stehen hatte, oder ob er sich tatsächlich an sie erinnerte. Früher, vorher, hatte er nie ihr Gesicht gesehen. Obwohl er es sich oft gewünscht hatte. Doch es gab keine Erinnerung an sie. Keine Träume. Bis jetzt. Jetzt stand sie immer wieder neben ihm, und er konnte ihre Hand spüren, wie sie ihm den Kopf streichelte. Er sah ihr Gesicht im Dunkeln leuchten, hübsch und jung und mit glänzenden hellen Haaren. Und dann sah er sie tot. Stumm und tot wie seinen Vater. Vielleicht würde er auch bald sterben, und seine Eltern würden kommen und ihn abholen, und dann würde er sie alle wiedersehen ... Er schüttelte schwach den Kopf. Solche Gedanken waren schlecht. Sie führten dazu, dass er sich wünschte zu sterben, und das durfte er nicht. Er durfte seine Großmutter nicht allein lassen. Er war alles, was sie noch hatte, und ihr zuliebe musste er am Leben bleiben. Wenn sie ihn ließen.

Sie hatten ihn in die Berge gebracht. Obwohl der Junge davon wenig mitbekommen hatte, wusste er es. Es gab genügend Verstecke für Geiseln dort oben. Und er hatte die raue, kalte Luft wahrgenommen, sie roch nicht nach Meer wie unten in San Sebastiano. Das Meer, das nur wenige Kilometer entfernt war, war so fern wie der Mond. Hier oben gab es nur Steine und Stille. Sie hatten ihm die Augenbinde abgenommen und den Knebel und nur die Fesseln an Armen und Beinen gelassen. Das bedeutete, dass sie keine Angst davor hatten, dass jemand sein Schreien hören würde oder dass er den Ort wiedererkennen könnte. Er war allein. Irgendwo dort oben in den kahlen Bergen des Aspromonte, wo schon viele Entführte wie er in einem Erdloch gelegen hatten und nie wieder aufgetaucht waren. Würden sie ihn töten oder einfach nur verhungern und verdursten lassen? Bis jetzt war immer noch jemand gekommen, auch wenn er sich nicht mehr daran erinnern konnte, wann es zuletzt der Fall gewesen war.

Er fühlte, wie etwas an seinem Arm entlangkrabbelte, und zwang sich, sich nicht zu bewegen. Ein Zucken nur und er würde sich nicht mehr beruhigen. Es war ihm einmal passiert. Er hatte getobt und gestrampelt, soweit seine Fesseln es zuließen, und am Ende hatte sich die Panik auf leisen Sohlen davongemacht und ihn erschöpft zurückgelassen. Das Schlimmste daran war die Erkenntnis gewesen, dass sogar die Angst kapitulierte angesichts der Ausweglosigkeit der Situation. Nicht einmal sie war seine Verbündete. Sie stahl sich davon und ließ ihn allein zurück. Ohne Angst und ohne Hoffnung. Er kniff die Augen noch fester zusammen, so als ob er damit auch das Denken verhindern könnte.

Er war so darauf konzentriert, die Augen geschlossen zu halten, dass er zunächst gar nicht bemerkte, dass jemand kam. Erst als es plötzlich heller wurde hinter seinen Lidern, zuckte er zusammen und öffnete die Augen. Er blinzelte direkt in das grelle Licht einer Taschenlampe, die auf sein Gesicht gerichtet war. Jemand zog ihn auf die Knie und hielt ihm eine Plastikflasche mit Wasser an die Lippen. Gehorsam öffnete er den Mund. Langsam trank er, Schluck für Schluck, um sich nicht zu verschlucken oder etwas zu verschütten. War er zu hastig, war ihm schon oft die Flasche wieder weggezogen worden, bevor er genügend erwischt hatte.

»Porca miseria!« Der Ausruf kam von seinem Bewacher und erschreckte ihn zutiefst. Noch nie hatten sie auch nur ein Wort verlauten lassen. Er konnte sie nur an der Art unterscheiden, wie sie mit ihm umgingen. Dieser war der Nette, wie der Junge ihn für sich nannte, denn er ließ ihn meistens austrinken und war ruhig und bedächtig in seinen Bewegungen. Auch hatte er ihn noch nicht geschlagen. Er roch nach Zigarettenrauch und einem Rasierwasser, das ihm bekannt vorkam.

Die Flasche wurde weggezogen und auch die Taschenlampe beiseitegelegt. Instinktiv schloss der Junge wieder die Augen. Noch größer als die Angst vor der Dunkelheit war die Angst davor, einen seiner Entführer zu sehen und womöglich zu erkennen. Das wäre sein sicheres Todesurteil gewesen. Doch der Nette ging nicht weg, er hantierte mit irgendetwas herum und fluchte dabei leise. Der

Junge zuckte zurück, als etwas Nasses sein Gesicht berührte, doch eine Hand hielt ihn am Hinterkopf fest. Da erkannte er, dass ihm sein Bewacher das Gesicht abwischte, und ihm fiel das Erbrochene wieder ein. Er vergaß, die Augen geschlossen zu halten, so erstaunt war er über diese ungewohnt fürsorgliche Geste, und blickte direkt in das Gesicht seines Entführers. Er sah den schmalen Kopf eines jungen Mannes vor sich, nur wenige Jahre älter als er. Um den Hals trug er eine Kette mit einem silbernen Kreuz. Er schien fast noch erschrockener zu sein als seine Geisel und reagierte überhaupt nicht. Dem Jungen zitterte die Unterlippe, doch irgendein merkwürdiger Rest von Stolz hielt ihn davon ab zu weinen. Der junge Mann, der ihm gegenüber kniete und ihm das Gesicht gewaschen hatte, war so völlig anders, als er sich seine Entführer vorgestellt hatte. Es konnte gut sein, dass er ihn schon einmal gesehen hatte, im Dorf auf der Piazza oder auf dem Motorrad, zusammen mit einer Handvoll Freunden und hübschen Mädchen. Nach einer Weile des gegenseitigen Anstarrens, das dem Jungen endlos vorkam, wandte der Mann den Blick ab. Leise fluchend kramte er in seiner Tasche herum und zog eine Packung Zigaretten und ein langes Klappmesser heraus, das er sorgfältig neben sich legte. Dem Jungen wurde kalt. Jetzt war es so weit. Er hatte sich getäuscht, als er so etwas wie Mitgefühl in den Augen des Mannes zu sehen geglaubt hatte. Jetzt würde er sterben. Würde es wehtun? Vielleicht ging es ganz schnell. Der Junge hatte einmal gesehen, wie ein Metzger einem Schaf die Halsschlagader durchtrennte und es ausbluten ließ. Das Schaf hatte keinen Mucks gemacht, nur einmal gezuckt. Vielleicht war es gar nicht so schlimm? Inzwischen hatte der Mann sich eine Zigarette angezündet und zog heftig daran. Sein Blick wanderte unruhig umher. Schließlich nahm er die Zigarette und hielt sie dem Jungen hin. Er nickte. Er rauchte noch nicht wirklich, doch hatte er es schon ein paar Mal probiert. Zuhause, im Hof hinter der großen Olivenpresse. Der Mann steckte ihm die feuchte Zigarette zwischen die Lippen, und der Junge machte einen unbeholfenen Zug. Und noch einen, dann musste er husten. Als sie die Zigarette in stummer Gemeinschaft zu Ende geraucht hatten, nahm der Mann das Messer und trat hinter ihn. Mit einem Ruck durchschnitt er die Fesseln des Jungen. Dann blieb nichts mehr zu tun. Nur noch das eine. In Erwartung des tödlichen Stiches senkte der Junge den Kopf. Nun konnte er seine Tränen nicht mehr zurückhalten. Vor seinen Augen verschwamm die schmutzige Matratze, auf der er kniete, und die groben Erdwände seines Gefängnisses, vom Licht der Taschenlampe nur spärlich erhellt, begannen sich zu spiegeln und zu drehen. Von lautlosem Schluchzen geschüttelt, begann er zu schwanken, riss sich dann mit letzter Kraft zusammen, um nicht umzufallen. Noch nicht. Er schloss die Augen und presste den Mund fest zusammen. Als er sie eine Weile später wieder öffnete, merkte er, dass er allein war.

MÜNCHEN

Clara war wie vor den Kopf geschlagen, als sie neben dem Beamten durch die endlosen Gänge zurückging. Es schien ihm unangenehm zu sein, dass ihr in seinem Beisein das Mandat gekündigt worden war, und er warf ihr immer wieder scheue Blicke zu, versucht, etwas zu sagen, doch er schwieg. Clara war froh darüber. Sie hatte keine Lust, mit diesem jungen Kerl darüber zu sprechen und womöglich noch so etwas wie Mitleid bei ihm zu spüren. Die Situation war ihr peinlich genug. Ihre Schritte hallten, und das diffuse künstliche Licht der Deckenleuchten spiegelte sich unregelmäßig in dem ausgetretenen Linoleum. Sie gingen an zahlreichen Türen vorbei, die alle geschlossen waren, und begegneten keinem Menschen. An der Pforte verabschiedete sich der Beamte von ihr, doch Clara hielt ihn zurück. »Hören Sie ...«, begann sie zögernd und suchte nach einer passenden Formulierung. »Wenn etwas ... passieren sollte, informieren Sie mich bitte?« Als sie sah, wie der junge Mann erstaunt seine hellen Augenbrauen hob, fügte sie fest hinzu: »Trotzdem.« Er nickte zögernd, und sie verabschiedete sich. Dann trat sie auf die Straße hinaus. Die schwere Tür hinter ihr fiel ins Schloss. Es war vorbei. Sie konnte es nicht glauben. Aus, die Geschichte vergessen, Akte ablegen. Das war jedoch nicht möglich. Nicht auf diese Weise. Clara schüttelte den Kopf. Aber ob es ihr passte oder nicht, sie war draußen. Malafonte war nicht mehr ihr Mandant. Sie hatte es falsch angepackt. Es war ihr nicht gelungen, sein Vertrauen zu gewinnen. Sie hatte versagt. Und jetzt blieb nicht mehr viel zu tun. Sie würde sich darum kümmern, dass Malafonte einen anderen Verteidiger bekam und die Akte schließen. Plötzlich meldete sich eine sanfte, verführerische Stimme zu Wort: Sei doch froh, flüsterte sie, sei doch froh, diese elende Sache los zu sein. Du musst nicht mehr Angst haben, wenn du am Abend nachhause kommst, du brauchst kein Abwehrspray in deiner Manteltasche mit dir herumzutragen und dich nicht zehnmal umzusehen, bevor du deine Haustür aufschließt. Soll er doch allein damit fertig werden, er hat sich die Geschichte schließlich selbst eingebrockt. Und ein Teil von ihr musste Clara widerstrebend recht geben. Es war von Anfang an ein verkorkster Fall gewesen, und sie hatte nichts erreicht. Rein gar nichts. Vielleicht wäre es richtig, die Sache gut sein zu lassen und sich anderen Dingen zu widmen. Doch dann, am Ende meldete sich noch eine weitere Stimme, spöttisch, ein Echo aus längst vergangenen Teenagertagen, und traf Clara mitten ins Herz: Du kannst nicht die ganze Welt retten. Die Worte ihres Vaters. Damit pflegte er ihre Proteste, ihre flammenden Reden am Mittagstisch kategorisch abzuwürgen, mit diesem überheblichen, leicht genervten Gesichtsausdruck, den er für seine jüngste, renitente Tochter reserviert zu haben schien, die partout nicht einsehen wollte, dass es wichtigere Dinge im Leben gab als den Protest gegen Ronald Reagan und die Stationierung von Pershing-Raketen. Was glaubst du, wer du bist, implizierten seine Worte und sein Blick. Du hast doch keine Ahnung von der Welt. Letzteres stimmte sogar. Sie hatte wirklich keine Ahnung gehabt damals. Und so war dieser Satz als kleiner Stachel in ihrem Gedächtnis zurückgeblieben. Ein boshafter Hinweis darauf, wie machtlos sie war, wie wenig sie bewirken konnte und wie lächerlich sie sich machte, in ihrem Bestreben, trotzdem die Welt retten zu wollen.

In derartig trübe und sinnlose Gedanken versunken, blieb Clara stehen und zündete sich eine Zigarette an. Es war fast halb sechs, und der klare, wolkenlose Himmel wölbte sich wie durchsichtiges Glas über der Stadt. Es war kühl, und Clara knöpfte fröstelnd ihren Ledermantel zu. Die hohen Bogen der Straßenlampen wirkten wie moderne Skulpturen entlang der breiten, vom Feierabendverkehr verstopften Straße. In der Ferne, im abendlichen Dunst leuchteten die Fassaden der Wohnblocks orange im Licht der tief stehenden Sonne. Clara ging lustlos weiter und bog dann in die ruhige Seitenstraße ab, die zur Bushaltestelle führte. Sie bemerkte nicht das Motorrad, das bereits seit einer Weile in einiger Entfernung hinter ihr hergefahren war und jetzt ebenfalls abbog und dann stehenblieb. Sie drückte die Zigarette mit der Schuhspitze aus und steckte die Schachtel zurück in ihre Tasche. Dann nahm sie ihren Geldbeutel heraus, in dem ihre Monatsfahrkarte steckte. In dem Moment fiel ihr Blick auf das Motorrad, und irgendetwas ließ sie innehalten und einen zweiten Blick darauf werfen. Es stand etwa fünfzig Meter von ihr entfernt mit laufendem Motor am Straßenrand, und der Fahrer schien auf etwas zu warten. Er trug eine dunkle Lederjacke und einen schwarzen Helm mit getöntem Visier. In dem Moment, in dem von der anderen Seite der Bus um die Ecke bog, fuhr er an. Er fuhr direkt auf Clara zu, die wie gebannt und ohne zu reagieren, auf dem Bürgersteig stand und ihn ansah. Sie hätte nur einen Schritt zurücktreten müssen. Nur einen einzigen Schritt. Aber sie tat es nicht. Das Motorrad fuhr so dicht an ihr vorbei, dass Clara die Wärme des Motors spürte, als der Fahrer sich herüberbeugte, eine Hand ausstreckte und versuchte, ihr die Tasche von der Schulter zu reißen. Sie schrie auf und sprang endlich zurück, den Riemen der Tasche fest umklammert. Doch der Fahrer ließ nicht gleich los, und der heftige Ruck ließ Clara stürzen. Sie fiel auf die Knie, und ein heftiger Schmerz durchzuckte ihr linkes Bein. Noch immer hielt sie ihre Tasche umklammert. »Nein!«, schrie sie. »Nein!« Der Fahrer ließ los, wendete seine Maschine und fuhr mit aufheulendem Motor davon. Alles ging so schnell, dass er bereits verschwunden war, als die ersten Passanten, die aufmerksam geworden waren, Clara erreicht hatten. Clara richtete sich mühsam auf. Ihre Hose war schmutzig, und an den Knien sickerte Blut durch den weißen Stoff.

»Sind Sie verletzt?«

»Haben Sie sich das Kennzeichen gemerkt?«

»Die werden doch immer dreister.«

Stimmen wirbelten um sie herum, während sie hilfreiche Hände stützten und Taschentücher reichten. Der Bus war vor ihnen stehengeblieben und wartete.

»Es geht mir gut, danke. Nein, ich habe mir das Kennzeichen nicht gemerkt.« Claras Stimme zitterte von dem Schreck, aber außer den Schürfwunden an den Knien war sie nicht weiter verletzt. Verwirrt nahm sie eine Visitenkarte entgegen, die ihr ein Mann in die Hand drückte: »Für den Fall dass Sie einen Zeugen brauchen.« Ein älterer Herr mit einem Rauhaardackel auf dem Arm sah sie besorgt an: »Da hätte ganz schön was passieren können, junge Frau.« Junge Frau? Danke für das Kompliment, dachte Clara erschöpft und nickte: »Ich weiß.«

»Wegen einer Tasche«, fügte eine Frau mit einem forstgrünen Trachtenhut vorwurfsvoll hinzu. »Das ist es doch nicht wert. Sie hätten diese Tasche loslassen sollen. Der hätte sie ja sonstwohin mitschleifen können.«

Clara warf einen nachdenklichen Blick auf die staubige Umhängetasche, die sie so erfolgreich verteidigt hatte. Die Frau hatte natürlich recht. Sie hätte loslassen müssen. Zumal nicht einmal der Geldbeutel in der Tasche gewesen war. Clara blickte sich suchend um. Er lag ein paar Meter von ihr entfernt im Rinnstein. Dort hatte sie ihn fallengelassen. Jemand hob ihn auf und reichte ihn Clara. Sie bedankte sich und stieg dann vorsichtig, mit schmerzenden Knien in den Bus. Aufatmend ließ sie sich auf den vordersten Sitz fallen und warf noch einen

Blick hinaus, wo das aufgeregte Grüppchen Passanten weiter debattierte und die Verrohung der Sitten beklagte. Clara hielt ihre Tasche fest umklammert auf ihrem Schoß und musste trotz ihres Schocks lächeln. Sie wusste ganz genau, weshalb sie die Tasche nicht losgelassen hatte. Für sie stand fest, dass der Motorradfahrer Gaetano Barletta gewesen war, auch wenn sie ihn nicht erkannt hatte, und ihm hatte sie die Tasche mit den Prozessunterlagen, mit Malafontes Akte und Moros Aussage auf keinen Fall überlassen wollen.

Als Clara ins Büro kam, war es kurz nach sechs, und die Kanzlei war dunkel. An der Scheibe klemmte ein Zettel: *War noch kurz Gassi mit Elise, sie ist jetzt bei Rita, musste pünktlich los, bis morgen, Linda.* Clara sperrte trotzdem noch einmal auf und verstaute die Akten aus ihrer Tasche in der Schublade ihres Schreibtisches. Dann ging sie ins Bad und kramte aus dem alten Erste-Hilfe-Schränkchen an der Wand ein paar Pflaster heraus, mit denen sie ihre aufgeschlagenen Knie verarztete. Sie fühlte sich an ihre Kindheit erinnert, als blutige Knie und blaue Flecken an den Schienbeinen an der Tagesordnung gewesen waren und kein Grund, nicht auf einen Baum zu klettern oder Fußball zu spielen. Clara erinnerte sich, dass der Schorf, der sich dort gebildet hatte, sie besonders fasziniert hatte. Die langweiligen Schulstunden hatte sie regelmäßig damit verbracht, ihn vorsichtig abzuzupfen, vom Rand immer weiter nach innen, bis sie zu einer Stelle kam, an der die Wunde noch frisch war. Dann war Fingerspitzengefühl gefragt: Zupfte man zu forsch oder an der falschen Stelle, brach die Wunde wieder auf und fing an zu bluten. Dann musste man warten, bis sich neuer Schorf gebildet hatte.

Clara hielt mitten in der Bewegung inne, das Pflaster in der Hand. Vielleicht war es das! Vielleicht hatte sie die Sache zu direkt angepackt, hatte den Schorf zu früh und an der falschen

Stelle abgerissen! Sie hätte sich vorsichtiger herantasten müssen, in Kreisen, immer um den Kern herum, jedes Mal einen Millimeter weiter. Jede direkte Frage hatte bei Angelo und auch bei Rita bisher bewirkt, dass sie sich sofort verschlossen, ihre Alltagsmaske aufgesetzt und alles Wichtige, alles Persönliche hinter einem verbindlichen Lächeln oder nichts sagenden Schulterzucken verborgen hatten. Clara hatte das bisher immer wütend gemacht. Konnten sie denn nicht verstehen, dass sie ihnen helfen wollte? Dass sie ihr vertrauen konnten? Doch plötzlich, während sie hier in ihrem kleinen Kanzleibad auf dem Toilettensitz saß und ihre verletzten Knie betrachtete, verschob sich ihr Blickwinkel, und sie erkannte, dass es nicht so war, wie sie es empfand. Was wusste sie schon von Rita, Angelo, Massimo Moro und Gaetano Barletta? Nicht das Geringste. Von Rita, die sie am längsten und am besten zu kennen glaubte, wusste sie nur, dass sie allein lebte, und das auch nur, weil sie keine Gelegenheit ausließ zu betonen, dass sie es gern tat. Sie hatte zwei erwachsene Kinder, die Clara nur vom Sehen kannte. Sabrina, eine etwas mollige junge Frau mit rabenschwarzen dichten Haaren und einem schüchternen Lächeln war Friseuse, Giacomo, der ältere der beiden, studierte Maschinenbau und war der ganze Stolz Ritas. Clara hatte nie nach dem Vater der beiden gefragt und ob Rita verheiratet gewesen war. Sicher, man könnte sich einreden, solche Fragen wären unhöflich und indiskret, aber Clara war ehrlich genug zuzugeben, dass sie sich nie darüber Gedanken gemacht hatte. Sie hatte nie wissen wollen, was Rita bewogen hatte, mit zwei Kleinkindern aus Kalabrien nach Deutschland zu kommen und ein Café aufzumachen. Sie hatte sich nie dafür interessiert, ob Rita sich hier wohl fühlte, ob sie Freunde hatte und wie ihr Leben außerhalb des Cafés aussah. Sie war einfach Rita. Eine der vielen Italiener in München, die man als ganz selbstverständlich ansah und bei denen man sich bei einem Cappuccino die tägliche Portion Italienurlaubsgefühl kaufte wie die Butter und Wurst im Supermarkt. Und plötzlich, wenn man tiefer in ihre Welt eintauchen musste, rannte man gegen Wände und war – gutmenschlich naiv – beleidigt, weil sie sich nicht helfen lassen wollten. Ohne zu wissen, ob man überhaupt helfen konnte, ob es überhaupt möglich war, eine Lösung zu finden. Oder ob die Kluft trotz allem viel zu groß war.

Clara klebte das zweite Pflaster auf das andere Knie und stand auf. Die Hose war nicht mehr zu retten. Sie war nicht nur schmutzig, sondern auch zerrissen. Sie würde sie wegwerfen müssen. Aber eines würde sie nicht tun: Selbst wenn es der bescheuertste, lächerlichste, naivste Weltrettungsversuch ihres ganzen Lebens werden sollte, würde sie jetzt nicht aufgeben. Sie würde Angelos Mandatskündigung nicht hinnehmen, solange sie nicht verstand, was dahintersteckte. Und es hatte noch einen anderen, viel konkreteren Grund, weshalb sie jetzt nicht aufhören konnte, selbst wenn sie wollte: Niemand hatte Barletta darüber informiert, dass sie nicht mehr Angelos Anwältin war. Clara hatte auch keine Ahnung, wie und wann er es erfahren könnte. Und sie bezweifelte überdies, dass es etwas nützte, falls man es ihm sagte. Er schien zu glauben, dass Clara mehr wusste, als sie tatsächlich tat, und deshalb versuchte er, sie einzuschüchtern. Und sie wollte wissen, was es war, was ihn dazu veranlasste. Wenn ich schon bedroht und verfolgt werde, dann will ich wenigstens wissen, warum, dachte sie grimmig, während sie die Lichter löschte und die Kanzlei absperrte.

Rita war ziemlich schweigsam, als Clara kam, um Elise abzuholen. Die Dogge lag wie immer hoffnungsvoll vor der Küchentür und würdigte Clara nur eines kurzen Blickes, der von einem höflichen Schwanzwedeln begleitet wurde, bevor sie ihre ganze Aufmerksamkeit wieder der Schwingtür und den Köstlichkeiten, die dort heraus den Weg zu ihrer Nase fanden, zuwandte. Es war wenig los. Nur die üblichen Stammgäste, Singles, die hier nach der Arbeit eine Kleinigkeit aßen, um ihren leeren Kühlschrank daheim nicht ansehen zu müssen, und noch ein wenig Aufschub brauchten, bevor sie den restlichen Abend vor dem Computer oder dem Fernseher verbrachten. Für das eigentliche Abendgeschäft war es noch zu früh. Die Kellner, Pizzabäcker und Küchengehilfen aus den umliegenden Pizzerien kamen erst nach Dienstschluss gegen elf, halb zwölf. Frisch geduscht und nach der neuesten Mode gekleidet, trafen sie sich bei Rita: junge Männer, rastlos, streunend, auf der Suche nach irgendetwas, das ihnen Ersatz bot für Freunde und Familie. Sie trafen sich, redeten, standen herum und warteten, bis es endlich Zeit war loszuziehen, bis es spät genug war für ihre ewig gleichen Streifzüge durch die Clubs und Diskotheken bis zum Morgengrauen.

Clara setzte sich zu Rita an die Bar und bestellte ein Glas Weißwein und einen Teller Spaghetti. Anders als sonst gesellte sich Rita nicht zu ihr, sondern werkelte am anderen Ende des Tresens herum, polierte Gläser, rückte die Tassen und Unterteller, die auf der Kaffeemaschine sorgfältig gestapelt waren, ein ums andere Mal zurecht. Clara beobachtete sie dabei, während sie ihre Nudeln um die Gabel wickelte. Sie spürte erst jetzt, wie hungrig sie war. Als sie ihren Teller in Rekordgeschwindigkeit geleert hatte, nahm sie einen tiefen Schluck von dem Wein, der ihr kühl und frisch die Kehle hinunterrann und sie zu einem tiefen, wohligen Seufzer veranlasste. Sie überlegte, ob sie sich bei Rita für ihre harten Worte von heute Nachmittag entschuldigen sollte, entschied sich aber dagegen. Es gab nichts, wofür sie sich hätte entschuldigen müssen. »Danke«, sagte sie stattdessen, »dass Elise bei dir bleiben durfte.«

Rita schenkte ihr ein warmes Lächeln, und Clara erkannte, dass sie ihr nicht böse war. »Das ist doch selbstverständlich«, meinte sie und trocknete sich die Hände ab.

Clara nickte langsam. Ja, das war es wohl, unter Freunden. Sie hob ihr Glas. »Trinkst du ein Glas mit mir?«

Rita holte die Flasche aus der Kühlung unter dem Spülbecken und schenkte sich ein Glas von dem fast farblosen Wein ein, der so kalt war, dass das Glas beschlug. Dann zog sie sich ihren Hocker heran und setzte sich Clara gegenüber, die noch immer wohlgeformten, braunen Beine unter dem knappen Rock elegant gekreuzt. »Du bist mir nicht böse?«, fragte sie, und Clara meinte, in Ritas Augen so etwas wie ein schlechtes Gewissen erkennen zu können.

»Böse? Ich?« Clara schüttelte den Kopf. »Ich dachte, du wärst sauer auf mich.«

Wie ein Echo schüttelte auch Rita den Kopf. »Aber nein!« Dann trank sie einen Schluck und fragte zögernd: »Wie geht es dem Jungen?«

Clara war versucht zu sagen, gut, alles in Ordnung, um die wiedererlangte Harmonie mit Rita nicht gleich wieder zu zerstören, doch es gelang ihr nicht. Angelos rätselhaften Worte standen ihr vor Augen, und sie wollte wissen, was dahintersteckte, sie musste es wissen, sonst würde sie heute Nacht kein Auge zutun. Doch andererseits wollte sie Rita nicht wieder verschrecken. Aber wie konnte sie das, wenn sie doch nicht einmal wusste, worum es ging ? Und vielleicht konnte Rita ja mit Angelos kryptischer Ankündigung ebenso wenig anfangen wie sie selbst? Sie zögerte und schob ihr Weinglas, das feuchte Ringe auf dem Tresen hinterlassen hatte, ein wenig hin und her. »Er sagte etwas von einer Katze, die aufgewacht sei, einer weißen …«

Ein Geräusch ließ sie verstummen, und sie warf Rita einen erschrockenen Blick zu. Rita hatte aufgestöhnt, ganz leise nur, niemand außer Clara hatte es gehört, aber es war eindeutig ein Laut des Entsetzens gewesen, der ihr trotz aller Selbstbeherrschung entkommen war.

Clara schluckte. Was in aller Welt passierte hier? »Bitte, Rita! Sag mir, was das zu bedeuten hat.« Sie hörte, wie flehend ihre Stimme klang.

Rita sah sie an, und ihre Augen waren voller Bedauern, doch sie schüttelte den Kopf. »Versteh mich doch! Ich habe zwei Kinder!«

Clara dachte an Sean und an ihr Gefühl, ihn immer und unbedingt vor allem beschützen zu wollen und nickte vage. Ein Teil von ihr glaubte, Rita zu verstehen, aber der andere Teil verstand überhaupt nichts und war wütend darüber. Warum redete verdammt noch mal niemand Klartext mit ihr? Sie klappte den Mund auf, um etwas zu entgegnen, aber dann fiel ihr der Schorf an den Knien ihrer Kinderzeit wieder ein, und sie sagte nichts. Schweigend betrachtete sie Rita und versuchte, sie mit anderen Augen zu sehen als bisher. Sie sah die blondgefärbten Haare, ihr Bemühen, jugendlich zu sein, und ihre müden Augen und die Schatten darunter. Ihre Hände mit den rot lackierten Fingernägeln waren die faltigen, fleckigen Hände einer Frau im reifen Alter, die in ihrem Leben viel gearbeitet hatte, darüber konnten auch die Ringe und modischen Bänder am Handgelenk nicht hinwegtäuschen. »Wie geht es Sabrina und Giacomo?«, fragte Clara.

Ritas Augen leuchteten für einen Moment auf. »Oh, gut. Giacomo hat bald seinen Abschluss. Vielleicht im nächsten Jahr. Und Sabrina wird sich verloben, Ende Mai. »

»Wie schön! Wer ist denn der Glückliche?«

»Er heißt Fabio. Kommt aus Trient und arbeitet hier in München in einer großen Firma. Ein netter, tüchtiger Mann. Und sehr schön!« Rita lachte und machte eine Handbewegung, die andeuten sollte, wie hochgewachsen und attraktiv Fabio aus Trient war.

Clara empfand aus einem unerklärlichen Grund Trauer bei der Vorstellung, dass Sabrina diesen Fabio heiraten sollte. Sie sollte sich freuen für die junge Frau und für Rita, die bei dem Gedanken daran strahlte. Clara lächelte und neckte Rita mit lustigen Kommentaren zu ihrem schönen Schwiegersohn und den hoffentlich zahlreichen Enkeln, und trotzdem machte sie diese Neuigkeit seltsam wehmütig, obwohl sie Ritas Tochter kaum kannte. Irgendwann würde Sabrina mit ihrem Mann nach Italien zurückgehen, nach Trient oder in eine andere italienische Stadt, und dort leben und arbeiten. Sie wusste überhaupt nichts von Sabrina, ihren Hoffnungen und Ängsten. Und trotzdem fühlte sie diese unerklärliche Trauer um sie, als habe das Mädchen etwas verloren mit dieser Aussicht auf eine baldige Heirat, eine Chance, von der sie vielleicht gar nicht wusste, dass sie sie besessen hatte.

Clara zündete sich eine Zigarette an. »Was ist eigentlich mit Sabrinas und Giacomos Vater?«, fragte sie.

Ritas Gesicht verschloss sich augenblicklich. »Er ist tot«, sagte sie knapp und sah Clara dabei nicht an. »Seit dreiundzwanzig Jahren schon.«

»Das tut mir leid.« Clara hasste solche Gemeinplätze, aber was gab es anderes zu sagen? Manchmal blieben nur solche banalen Floskeln oder aber – Schweigen. Sie rechnete zurück: Vor dreiundzwanzig Jahren war Sabrina ungefähr ein und Giacomo vier Jahre alt gewesen. Unmittelbar danach musste Rita nach München gekommen sein. »Es muss sehr hart für dich gewesen sein allein mit den Kindern.« Nach einer kurzen Pause fügte sie hinzu: »Als ich Seans Vater verlassen hatte, war das sehr schlimm für ihn. Er war damals erst vier und konnte es nicht begreifen. Für ihn war es so, als wäre Ian gestorben, als würde er ihn nie wiedersehen. Erst mit der Zeit hat er begriffen, dass es nicht so war. Dass sein Vater noch lebte.« Clara war erstaunt über die unerwartete Welle der Erleichterung, die sie bei diesen Worten erfasste. Sie hatte Ian mehr als einmal den Tod gewünscht, wenn auch nur aus einer Art hilflosen Wut auf sich selbst heraus, weil sie unfähig war, die Gespenster hinter sich zu lassen, loszulassen und – vielleicht – irgendwann einmal zu verzeihen. Solange Ian am Leben war, würde sie gefangen bleiben in ihren Gefühlen, ihrer Wut und ihrer Angst, Sean zu verlieren. So hatte sie es lange Zeit gesehen. Irgendwann in all den Jahren war der Abstand dann größer geworden und der Hass verblasst. Und in den letzten Wochen war sie plötzlich gezwungen worden zu erkennen, dass Ian mit ihrer Angst womöglich gar nichts mehr zu tun hatte, dass es an ihr selbst lag loszulassen, auch wenn es viel bequemer war, die Schuld auf jemand anderen zu schieben, noch dazu, wenn man diesen Jemand mit Fug und Recht für eine alte Geschichte verantwortlich machen konnte, die man selbst nie verwunden hatte. Clara schüttelte heftig den Kopf, als könnte sie damit diese ungebetenen Wahrheiten, die sich ihr mit einem Mal aufdrängten, abschütteln. »Wie?« Sie wandte sich wieder Rita zu, die etwas erwidert hatte. »Entschuldige, ich habe nicht richtig zugehört.«

Etwas in Ritas Haltung war verändert, und auch ihr Blick war anders als noch gerade eben, offener, nicht mehr so nach innen gerichtet. Sie schenkte sich und Clara Wein nach und betrachtete dann eingehend die schlanke Zigarette in ihren schwieligen Händen. »Mein Mann wurde ermordet«, sagte sie heiser, und es klang so, als ob sie diesen Satz noch nie gesagt hätte. Sie räusperte sich und wandte für einen Augenblick das Gesicht ab.

Clara starrte sie an und wagte es nicht, ein Wort zu sagen. Aus Angst, Rita zu unterbrechen, oder aber aus Angst davor, was sie zu hören bekäme, das vermochte sie nicht zu unterscheiden. Stumm nahm sie ihr Glas, während Rita langsam fortfuhr.

»Clemente war zweiunddreißig, ich drei Jahre jünger. Wir waren schon ein paar Jahre verheiratet, Giacomo war fast drei. Kurz bevor Sabrina zur Welt kam, zogen wir aus Neapel, wo wir gearbeitet und gewohnt hatten, zurück in unsere Heimatstadt in Kalabrien. San Sebastiano ist eine kleine Stadt am Rande des Aspromonte, hoch über dem Meer. Eine gute halbe Stunde von Reggio di Calabria entfernt. Wir dachten, wir hätten genug Abstand zu … all dem gewonnen. Wir dachten, wir wären frei genug. Stark genug.« Sie schüttelte den Kopf und sprach nicht weiter. In Gedanken versunken ließ sie ihren Blick durch das kleine Lokal schweifen, über die Bistrotische und zierlichen Stühle, und blieb an den beiden Spielautomaten in der Ecke, auf dem Flur zu den Toiletten hängen. Sie blinkten unablässig, vergeblich zum Spiel auffordernd. »Wir hatten uns getäuscht. Clemente verlor die Arbeit, die er angenommen hatte, als wir umgezogen waren, ziemlich schnell wieder. Er fand nichts Neues mehr. Nicht in dieser Gegend. Wir überlegten, ob wir wieder weggehen sollten. Aber wir hatten das Haus dort, für das wir so eisern gespart hatten. Unsere Eltern, Freunde, die Familie. Und irgendwann stand einer seiner alten Kumpel vor der Tür. Er trug einen schicken Anzug, fuhr ein tolles Auto. Er lud uns zu sich nach Hause ein. Besorgte Clemente neue Arbeit bei einer Bank. Eine ordentliche Arbeit. Er verdiente viel mehr als früher. Wir hätten es gut haben können. Aber es war nicht so. Clemente veränderte sich. Er wurde reizbar und misstrauisch. Er zog sich zurück von mir und all unseren alten Freunden. Ich erfuhr nichts mehr von ihm, ich wusste nicht, wohin er abends ging, wenn die Kinder im Bett waren, konnte nicht mehr fühlen, was ihn bewegte. Oft wenn ich in der Nacht aufwachte, lag er nicht neben mir. Einmal stand ich auf und fand ihn in der Küche. Er saß dort am Tisch und weinte. Ich war so erschrocken, noch nie hatte ich meinen Mann weinen sehen. Ich setzte mich zu ihm und wartete. Da begann er zu erzählen. Von den Büchern, die sie ihm gaben, um sie zu manipulieren. Von den Geldern, die er auf irgendwelche Konten transferierte. ›Was für Gelder?‹, fragte ich, naiv wie ich war. Er sah mich an und in seinen Augen lag eine abgrundtiefe Abscheu vor sich selbst: ›Drogenhandel, Menschenhandel. Solche Gelder.‹ Ich weiß noch, wie mir kalt wurde bei diesen Worten, oder mehr noch, bei seinem Blick. Wir redeten an diesem Abend nicht mehr weiter. Wir redeten überhaupt nicht mehr darüber. Ich glaube, wir hätten es nicht ertragen. Doch ich wusste auch so, dass er es nicht mehr lange aushalten würde. Clemente war kein Verbrecher. Er war zu aufrichtig, um so etwas lange durchzuhalten. Er wusste es auch. Und eines Tages, wir waren schon zu Bett gegangen, die Kinder schliefen längst, sagte er, einfach so, in die Dunkelheit hinein: ›Ich kann nicht mehr, Rita. Morgen gehe ich zur Polizei. Ich werde ihnen alles sagen, was ich weiß.‹

Was hätte ich sagen sollen? Hätte ich ihn davon abhalten sollen? Ihn zwingen sollen weiterzumachen?« Rita seufzte und trank ihren Wein mit einem heftigen Schluck aus. Dann fuhr sie fort: »Er hat es wirklich getan. Er ist zur Polizei nach Catanzaro gefahren mit all seinen Büchern, Konten, Daten, Zahlen. Er hat ihnen alles gesagt. Sie sind auch gekommen. Die *Guardia di finanza* hat ein paar Firmen überprüft, ein paar Akten beschlagnahmt, und die Bank hat Clemente entlassen. Festgenommen wurde niemand. Und für uns begann die Zeit des Wartens.«

Clara hob erstaunt die Augenbrauen und fragte, unsicher, ob sie richtig verstanden hatte: »Warten worauf?«

Rita lächelte bitter: »Auf die Bestrafung. Wir wussten, sie würde kommen. Irgendwann würde sie kommen. Wir konnten niemandem mehr vertrauen. Es war egal, was wir taten, wohin wir gingen, sie würden uns finden. Wir haben begonnen, Abschied zu nehmen, so zu leben, als wäre jeder Tag der letzte. Jedes Mal, wenn Clemente aus dem Haus ging, verabschiedeten wir uns, als wäre es für immer. Wir ließen die Kinder nicht eine Sekunde mehr aus den Augen, sie durften mit niemandem spielen, wir luden niemand mehr zu uns ein, und niemand lud uns ein. Wir waren wie abgesondert, getrennt von den anderen durch eine unverzeihliche Tat. Und dann, am 12. Februar 1984, haben sie Clemente erschossen. Mitten auf dem Marktplatz in San Sebastiano, mit drei Schüssen in den Rücken, am helllichten Tag. Die Täter hat man nie gefunden. Vielleicht wurde nicht einmal nach ihnen gesucht.« Rita schloss die Geschichte mit einer hilflosen Handbewegung und ließ die Schultern sinken. Sie warf Clara einen schnellen Blick zu, als erwarte sie, Clara würde ihr nicht glauben oder sonst irgendwie falsch reagieren. Clara kannte diesen Blick nur zu gut. Er warnte, bat, pfleglich mit dem Gesagten umzugehen, nicht zu verletzen, nicht zu trösten, wo es keinen Trost gab.

Clara brauchte sich keine Mühe zu geben, nichts Falsches zu sagen, denn sie wusste überhaupt nichts zu sagen. Schweigend zündete sie sich eine neue Zigarette an und sah zu, wie Rita ihnen ein letztes Mal Wein nachschenkte und dann die leere Flasche beiseitestellte. Dann griff sie unvermittelt nach Ritas Hand und drückte sie. Tränen traten ihr in die Augen, und sie zwinkerte heftig.

Rita lächelte traurig und strich Clara über die Wange. »Es ist lange her, *cara*.«

Clara fuhr sich mit der Hand über die Augen. Dann, nach einer langen Pause sagte sie: »Aber es ist nicht vorbei, nicht wahr? *Il gatto bianco si è svegliato*.«

Rita nickte.

Als Clara wenig später mit Elise nach Hause ging, kehrten ihre Gedanken immer wieder an diesen unbekannten Ort im fernen Süden zurück, aus dem Rita und Angelo Malafonte stammten. Angst erfasste sie, als sie an Ritas Geschichte dachte, die sie so viel hatte begreifen lassen und doch auch eine Menge weiterer

Fragen aufwarf. Was hatte Angelo getan? Was war seine unverzeihliche Tat gewesen, vor dessen Bestrafung er so verzweifelt zu flüchten versuchte? *Il gatto bianco si è svegliato*, murmelte sie leise vor sich hin. Die *weiße Katze* war der Schlüssel. Wer war sie? Weshalb hatte sie solche Macht über die Menschen? Konnte es sein, dass Gaetano Barletta die weiße Katze war? Clara schüttelte den Kopf, noch bevor sie die Frage zu Ende gedacht hatte. Sie hatte Barletta zwar nicht deutlich gesehen, doch sie war sich sicher, dass er noch nicht sehr alt war, sicher um einiges jünger als sie selbst. Und auch wenn Rita es nicht direkt ausgesprochen hatte, war eines klar: Die weiße Katze, was oder wer auch immer das sein mochte, war auch verantwortlich für den Tod von Ritas Mann. Und das war vor dreiundzwanzig Jahren gewesen. Damals hatte Barletta wahrscheinlich noch die Schulbank gedrückt. Aber vielleicht war es auch gar keine reale Person, sondern eine Organisation? Eine Verbrecherbande ... Clara blieb nachdenklich stehen und starrte ins Leere. Sie konnte sich nur eine Organisation vorstellen, die jemanden so unerbittlich verfolgte.

Irgendwann in der Nacht wachte Clara mit einem Ruck auf. Sie wusste nicht, was sie geweckt hatte. In ihrem Schlafzimmer war es stockdunkel und stickig. Sie tastete nach dem Lichtschalter und sah auf die Uhr. Halb zwei. Müde schälte sie sich aus dem Laken und öffnete das Fenster. Es regnete. Die feuchte, kühle Nachtluft ließ ihre Erinnerung zurückkehren. Sie hatte von Sizilien geträumt. Sie hatte am Fuß eines Hügels gestanden, an dessen Flanke sich ein Weg zum Gipfel hinaufwand, unzählige flache, von der Sonne gebleichte Steinstufen, zwischen denen dürres Gras wucherte. Die Zikaden sangen in der flirrenden Hitze, und Eidechsen huschten vor ihren Schuhen davon, während sie begann hinaufzusteigen. Oben würde sie ein Tempel erwarten. Auch wenn sie ihn noch nicht sehen konnte, wusste sie, dass er da war. Die Sonne verbrannte ihr Schultern und Rücken, und Clara musste sich ständig den Schweiß aus dem Gesicht wischen, während sie langsam, Schritt für Schritt den Hügel erklomm. Die Stufen schienen nicht zu enden, und ihre Füße waren aus Blei. Das strahlende Blau des Himmels stach ihr in die schmerzenden Augen, und die Sonne in ihrem Rücken trieb sie vorwärts. Endlich, völlig erschöpft kam sie oben an. Der Tempel wirkte erhaben, und Clara beschleunigte mit letzter Kraft ihre Schritte, um hineinzugelangen. Endlich raus aus der Hitze, in den kühlenden, schützenden Schatten der alten Mauern. Doch in dem Moment, als sie die Säulen durchschritt, bemerkte sie, dass der Tempel gar kein Dach hatte. Die Sonne schien unbarmherzig auf den Boden aus nackten Steinquadern und brachte ihn schier zum Glühen. Kein Schatten weit und breit. Clara blieb inmitten der nutzlosen Säulen stehen, die wie einzelne, steinerne Finger in den Himmel hinaufzeigten, und ein Gefühl völliger Vergeblichkeit erfasste sie. Es gab kein Entrinnen. In dem Moment, als ihr dies klar wurde, war sie aufgewacht.

Clara spürte, wie in der kalten Nachtluft der Schweiß in ihrem Nacken und zwischen den Schulterblättern zu trocknen begann. Sie fröstelte und rieb ihre nackten Oberarme. Es gab tatsächlich einen Tempel ohne Dach in Sizilien, sie war damals auf ihrer Rundreise mit Sean dort gewesen. Sie hatte ihn wunderschön gefunden. Weitab von den üblichen Touristenrouten stand er auf einem Hügel inmitten blühender Macchia und unzähliger Agaven, deren Blütenstände weit in den Himmel hineinwuchsen. Doch im Traum hatte er ganz anders gewirkt, fremd, feindselig. Sie wandte sich vom Fenster ab und versuchte, die unbehagliche Stimmung abzuschütteln, die sie erfasst hatte. Eine merkwürdige Unruhe vertrieb die letzten Reste von Müdigkeit und ließ sie unschlüssig durch die Zimmer ihrer Wohnung streifen. Sie drehte alle Lichter an und wanderte an den Fenstern ihres Wohnzimmers entlang wie ein Tier, das man zu lange in einen Käfig gesperrt hatte. Dann ging sie ins Bad und drehte den Hahn auf. Sie ließ das Wasser über ihre Arme laufen, bis es eiskalt war, dann wusch sie sich das Gesicht und trank so durstig, als ob sie tatsächlich gerade in der Mittagshitze einen Berg erklommen hätte. Das kalte Wasser ließ sie wieder frösteln, doch es konnte die Eindrücke aus ihrem Traum nicht vertreiben. Sie grübelte nach, was er bedeuten könnte, gleichzeitig schalt sie sich selbst. »Es war nur ein Traum, nichts weiter.« Sie füllte ihren Zahnputzbecher mit Wasser und trank auch ihn in einem Zug aus, dann tappte sie barfuß und ohne sich abzutrocknen zurück in ihr Schlafzimmer. Das Bett war zerwühlt wie nach einer wilden Liebesnacht, ihr Kopfkissen lag auf dem Boden, und das Laken war zu einem Knäuel am Fußende zusammengerollt. Ihr Blick fiel auf das Klavier, auf dem sie vor ein paar Tagen zum ersten Mal nach so langer Zeit wieder gespielt und das sie seitdem nicht mehr angerührt hatte. Sie setzte sich und klappte die Abdeckung nach oben. Versuchsweise glitten ihre Finger über die Tasten und spielten eine leise Melodie. Nach und nach wurde diese Melodie zu Bruchteilen eines Stückes, das sie erst wieder aus dem Gedächtnis hervorkramen musste. Es war von Chopin. Sie hatte es auswendig gekonnt, vor vielen Jahren. Langsam tastete sie sich an die einzelnen Töne heran, probierte aus, verwarf und spielte die Teile, die sie sich aus den Winkeln der Vergangenheit zurückerobern konnte, immer wieder, ohne daran zu denken, dass die Mieter über ihr womöglich kein Interesse daran haben könnten, nachts um halb drei von Chopin geweckt zu werden. Doch das leise, vorsichtige Klavierspiel endete plötzlich, als Clara erschrocken beide Hände auf die Tasten fallen ließ, was einen schrillen Missklang erzeugte. Ihre Hände blieben bewegungslos auf den Tasten, der Ton hing noch im Raum, eine unangenehme, schmerzende Dissonanz.

Sie hallte in Claras Ohren nach wie das boshafte Kreischen einer finsteren Kreatur aus einem Albtraum.

Es gibt kein Entrinnen, wiederholte sie flüsternd die Botschaft ihres Traums, erschrocken von der Wucht dieser Worte. Das war es gewesen, was der Traum ihr hatte sagen wollen. Was sie bisher noch nicht wirklich begriffen hatte. Sie war zu sehr damit beschäftigt gewesen herauszufinden, weshalb und warum Angelo solche Angst hatte, dass sie darüber vollkommen vergessen hatte, dass dies im Augenblick völlig unerheblich war. Denn, wenn sie auch noch nicht wusste, *warum*, so wusste sie doch, von *wem* die Bedrohung ausging. Die *weiße Katze* hatte ihren Häscher längst geschickt: Gaetano Barletta war nicht irgendwo, tausend Kilometer weit entfernt in Italien, wo Angelo vor ihm und der zu erwartenden Vergeltung geflüchtet war. Nein, er war hier. Und dies hatte auch Angelo heute begriffen, als sie ihm von Barletta erzählt hatte. Das hatten seine Worte bedeutet: *Il gatto bianco si è svegliato*. Die Katze war erwacht, sie hatte ihn gefunden und ihre Krallen nach ihm ausgestreckt. Es ging nicht mehr darum, womöglich zurück nachhause abgeschoben zu werden. Dies war bedeutungslos geworden. Denn die Bedrohung hatte ihn längst hier in München eingeholt. Es hatte keinen Sinn zu versuchen, Angelo aus der Untersuchungshaft freizubekommen. Denn damit brachte sie ihn erst in Gefahr. Und was dies bedeutete, war ihr heute Abend bei Rita klar geworden. Und Angelo wusste es auch. Deshalb hatte er ihr Mandat gekündigt. Weil er glaubte, sie könne ihm nicht mehr helfen. Und nicht nur deshalb, sondern auch noch aus einem anderen Grund: Weil er sie schützen wollte. Und plötzlich verstand sie noch etwas, etwas, was Angelo, den sie bisher für ein wenig naiv und unbeholfen gehalten hatte, in dem Moment durchschaut hatte, in dem sie ihm Barlettas Namen nannte: Sie hatte Schutz bitter nötig.

Clara klappte das Klavier zu, blieb jedoch sitzen, die Hände reglos auf dem glänzenden Holz. Es fiel ihr schwer, die Gedanken, die sich ihr jetzt aufdrängten, weiter zu verfolgen, den Konsequenzen tatsächlich ins Auge zu blicken: Barletta sollte Angelo töten, daran bestand für sie jetzt kein Zweifel mehr. Doch München war nicht San Sebastiano, und man konnte ihn nicht einfach auf dem Marienplatz über den Haufen schießen, ohne dass Fragen gestellt werden würden. Wer aber würde bei einem Unfall nachfragen, würde wissen wollen, weshalb er tatsächlich gestorben war? Oder wenn er einfach verschwand? Niemand würde ihn vermissen. Niemand kannte Malafonte richtig, er war fremd, allein, ohne Familie und die wenigen, die ihn kannten, die tatsächlich mehr wussten oder auch nur ahnten, würden schweigen. Doch Angelo war nicht so allein, wie Barletta es geplant hatte: Er hatte eine Anwältin, und die würde sehr wohl Fragen stellen, wenn ihm etwas passierte. Und wer konnte wissen, was Angelo ihr bereits erzählt hatte …

Clara hörte wieder Barlettas heisere, bösartige Stimme an ihrem Ohr, und ihr Herz begann heftiger zu klopfen. Sie war Barletta im Weg. Sie durchkreuzte die Pläne dieser ominösen *weißen Katze*, einfach nur deshalb, weil sie da war und ihre Arbeit machte. Sie war eine Gefahr. So oder so, und das ließ sich nicht mehr ändern. Es sei denn … es sei denn, etwas oder jemand konnte sie daran hindern, Fragen zu stellen … Clara stand hastig auf und versuchte, die Angst, die sie gepackt hatte, abzuschütteln. Es war kalt im Zimmer geworden. Sie schloss das Fenster und ging wieder ruhelos auf und ab, doch die beunruhigenden Gedanken verfolgten sie unablässig, kreisten in ihrem Kopf und ließen ihr schließlich trotz der Kühle den Schweiß ausbrechen. Schließlich setzte sie sich erschöpft auf die Bettkante. Zerstreut hob sie das Kissen vom Boden auf und legte es zurück auf die Matratze. Dann kroch sie wieder unter die Decke und knipste das Licht aus. An Schlaf war jedoch nicht zu denken. Vor der Hartnäckigkeit ihres Verstandes kapitulierend, stellte sie sich schließlich der letzten Frage, die sie so aufdringlich verfolgte und die so deutlich im Raum stand, als hätte Clara sie laut ausgesprochen: Was würde Barletta tun, wenn er mit seinen Einschüchterungsversuchen scheiterte? Wie weit würde er gehen? Mit offenen Augen starrte Clara in die Dunkelheit. Sie sah Massimo Moros zur Fratze entstelltes Gesicht vor sich, und dann, wie aus dem Nichts entstand in ihrer aufgewühlten Fantasie das Bild eines italienischen Marktplatzes im Morgenlicht des 12. Februar 1984. Das Rathaus, die Kirche mit ihrer verwitterten, ehemals prächtigen Fassade und dem steinernen Portal. Ein Mann ging über den stillen Platz. Er war allein, niemand war zu sehen. Die Sohlen seiner Schuhe hallten dumpf auf den blanken, ausgetretenen Pflastersteinen. Gerade erst hatte er sich von seiner Frau verabschiedet, von seinen beiden kleinen Kindern. So wie sie sich immer verabschiedeten, jeden Tag, so, als ob es ihr letzter wäre. Heute war dieser Tag gekommen. Als der Mann sich den Stufen des Rathauses näherte, krachten Schüsse durch die morgendliche Stille. Einmal, zweimal, ein letztes Mal. Sie trafen alle den Rücken des Mannes. Er fiel lautlos zu Boden. Der Markplatz blieb genauso still zurück wie zuvor, beschienen von der hellen, milden Morgensonne.

Clara zog ihr zerknautschtes Kissen unter ihrem Kopf hervor und drückte es sich aufs Gesicht, umarmte es wie einen Liebhaber, vergeblich bemüht, damit die Bilder und Geschichten aus ihrem Kopf zu vertreiben. »Du machst dich verrückt, Clara Niklas, total verrückt«, murmelte sie dumpf in den weichen, warmen Stoff hinein, und sie fühlte, wie sich das lähmende Gift der Angst unaufhaltsam in ihrem Körper ausbreitete.

Als Clara am nächsten Tag erwachte, kam ihr die vergangene Nacht wie ein böser Traum vor. Zerschlagen schälte sie sich aus der Bettdecke und stand mühsam auf. Es war bereits halb neun, wie sie nach einem Blick auf die Uhr feststellte, sie hatte verschlafen. Doch das kümmerte sie nicht wirklich. Heute früh standen keine Termine an. Sie beschloss, sich einen Vormittag zuhause zu gönnen und erst später in die Kanzlei zu gehen. Nach einer ausgiebigen Dusche ging sie mit Elise hinaus in den kühlen Morgen. Es regnete leicht. Elise trabte leichtfüßig vor ihr her hinunter zur Isar, und Clara vergrub ihre Hände in die Jackentaschen und folgte ihr, das Gesicht dem feinen Sprühregen zugewandt, der sich wie ein feuchter Schleier auf ihre Haut legte. Auf dem Rückweg ging sie beim Bäcker vorbei und kaufte sich zwei Brezen und für Elise zwei Croissants. Als sie später mit Elise zusammen auf der Couch saß, Kaffee trank und sie beide genüsslich ihr Frühstück verspeisten, begann Clara sich langsam wohler zu fühlen. Sie schaltete den Fernseher ein und zappte sich durch mehrere Frühstückssendungen mit langweiligen Moderatoren, die über langweilige Themen redeten, und blieb eine Weile bei einer uralten Folge von »Unsere kleine Farm« hängen, in der Laura Ingalls noch Zöpfe und niedlich vorstehende Zähne hatte und ihre Schwester Mary noch nicht blind war. Es tat ihr gut, dieser Vorzeigefamilie des amerikanischen Traums eine Weile bei ihren Heile-Welt-Problemen über die Schulter zu schauen, und sie dachte daran, wie sehr sie diese Filme früher, als Kind geliebt hatte: »Unsere kleine Farm«, »die Waltons« und »Bonanza«. Dieses gute Gefühl, das sie dabei immer verspürt hatte, dass die Welt im Grunde in Ordnung sei und alles seinen Platz hatte, war längst einer ernüchterten Sichtweise gewichen, doch beim Anblick des windschiefen Holzhauses mitten in der Prärie und Michael Landon in Hosenträgern und weitkrempigem Hut wünschte sie sich dieses Gefühl zurück. Vielleicht sollte ich mal wieder Urlaub machen, dachte sie, und nahm noch einen Schluck Kaffee. Elises großer Kopf ruhte schwer auf Claras

Oberschenkeln. Clara kraulte sie hinter den Ohren und lächelte über das wohlige Grunzen des Hundes. Vielleicht ein paar Tage Wellness in irgend so einem schicken Hotel mit Heubädern und Massage und einem Masseur mit kräftigen, gefühlvollen Fingern ... Clara lachte bei der Vorstellung, so abwegig kam sie ihr vor. Wahrscheinlich würde sie ähnliche Töne von sich geben wie Elise gerade eben, jedoch eher aus Unwillen oder Langeweile denn aus wohliger Verzückung. Aber nach Südtirol vielleicht, oder irgendwo ans Meer, nach Venedig? Jedenfalls musste sie sich von dem Fall Malafonte zurückziehen. Von der nicht ganz unbedeutenden Tatsache, dass Malafonte ihr ohnehin das Mandat entzogen hatte, einmal abgesehen, tat ihr dieser Fall ganz und gar nicht gut. Sie schaltete den Fernseher ab und rollte sich auf dem Sofa zusammen. Elise rutschte begeistert ein paar Zentimeter näher, und Clara legte lächelnd den Arm um ihren Kopf. Dann schloss sie die Augen.

Das aufdringliche Klingeln des Telefons riss sie aus ihrem Vormittagsschläfchen. Mit einem Ruck war Clara wach und wusste im ersten Moment gar nicht, wo sie war. »Verdammt!«, fluchte sie gereizt und stand auf. »Kann man nicht mal ein bisschen seine Ruhe haben?« Sie lief zum Telefon im Flur und knurrte ein ungehaltenes »Ja?«, in den Hörer. »Oh, Entschuldigung«, Lindas Stimme klang gebührend eingeschüchtert. »Ich wollte Sie nicht stören, aber Willi, ich meine, Herr Allewelt sagte, ich sollte ...«

»Was?«, seufzte Clara. »Was ist so dringend, dass es nicht bis heute Nachmittag warten kann?«

»Sie haben einen Anruf bekommen heute Morgen ...« Linda unterbrach sich hastig, als könnte sie Claras Ungeduld wie elektrische Impulse durch den Hörer Funken sprühen sehen.

»Es war die Justizvollzugsanstalt. In der Sache Malafonte. Der Beamte hat um Rückruf gebeten«, vermeldete sie knapp wie ein Soldat beim Rapport. Clara richtete sich bei diesen Worten auf, und ihre gerunzelte Stirn glättete sich. Das waren in der Tat interessante Neuigkeiten. Sie ließ sich von Linda die Nummer geben. »Ich fahre raus nach Stadelheim«, sagte sie und fügte noch hinzu: »Danke, dass du mich gleich benachrichtigt hast.«

»Oh, gern geschehen«, zwitscherte Linda erleichtert ins Telefon, und Clara legte auf. Sie wählte die Nummer der Justizvollzugsanstalt und wippte ungeduldig mit dem Fuß, während sie dreimal verbunden wurde, bis sich der zuständige Beamte fand.

Clara erkannte ihn sofort an der Stimme, es war der junge Mann, der bei ihren Besuchen Angelo begleitet hatte.

»Sie hatten gesagt, ich solle sie anrufen, wenn es nötig sei«, begann er zögernd.

»Was ist passiert?«, fragte Clara alarmiert.

»Eigentlich nichts.« Er schien sich selbst nicht ganz sicher zu sein, ob es richtig gewesen war, sie anzurufen.

»Aber was ist los?«, drängte Clara.

Der junge Mann wich aus: »Vielleicht könnten Sie vorbeikommen?«

»Aber ich bin nicht mehr bevollmächtigt«, erinnerte ihn Clara, während sie bereits in ihre Schuhe schlüpfte und vor dem Flurspiegel ihre Haare in Ordnung zu bringen versuchte. »Trotzdem.« Der Beamte klang definitiv beunruhigt, war aber nicht gewillt, sich konkreter zu äußern.

»Ich bin sofort da.« Clara legte auf. Dann wählte sie eine weitere Nummer und bestellte sich ein Taxi. Elise war in den Flur getappt gekommen und warf ihr einen fragenden Blick zu. Was soll die Aufregung, schien der Blick zu sagen, wir hatten es doch gerade so gemütlich? Clara knuddelte ihre langen warmen Ohren und gab ihr einen Kuss zwischen die Augen. »Ich muss fort, mein Mädchen, aber nicht lange.« Sie öffnete den Schrank im Flur und holte die große Tüte mit dem Trockenfutter heraus. Elise ließ die Ohren hängen und wandte sich ab, während Clara ihren Napf füllte. Sie hatte schon verstanden, sie musste dableiben. Als Clara schon an der Tür war, versuchte sie es noch einmal mit Mitleid. Winselnd lief sie ihr nach und machte dabei ein Gesicht, als ob Clara sie auf der Autobahn aussetzen wollte. Als Clara noch einmal seufzend stehenblieb, wedelte Elise hoffnungsvoll mit dem Schwanz und schickte noch ein schüchternes Wuff nach. Clara überlegte, ob sie Elise nicht noch vorher in der Kanzlei vorbeibringen sollte. Dort fühlte sie sich wohler, als allein in der Wohnung. Doch das würde mindestens eine halbe Stunde Verzögerung bedeuten, und sie hatte versprochen, sofort zu kommen. Clara schüttelte den Kopf und schob Elise sanft von der Tür weg. »In spätestens zwei Stunden bin ich zurück«, versprach sie. »Dann machen wir einen langen Spaziergang, was meinst du? Bis zum Flaucher, o. k.?« Elise ließ den Kopf hängen und drehte sich um. Bedrückt tapste sie auf ihre Matratze und warf Clara einen letzten vorwurfsvollen Blick zu, bevor sie mit einem abgrundtiefen Seufzer ihr Haupt auf ihre Vorderpfoten bettete. Die Welt ist grausam, sagte ihre Haltung, und Clara musste lächeln angesichts der ausdrucksvollen Dramatik, zu der ihr Hund fähig war. Dann hörte sie unten das ungeduldige Hupen des wartenden Taxifahrers und ließ eilig die Tür ins Schloss fallen.

Während sie im Taxi saß und darüber nachgrübelte, was mit Angelo seit ihrem Besuch gestern passiert sein könnte, wurde sie immer unruhiger. Die Vollzugsbeamten waren in der Regel nicht zimperlich, wenn es um Scherereien zwischen den Häftlingen ging, das war schließlich ihr tägliches Brot. Wenn der Beamte sie dennoch anrief und bat, schnell zu kommen, obwohl er wusste, dass sie eigentlich nicht mehr zuständig war, dann musste etwas Besonderes, etwas Schlimmes vorgefallen sein.

Clara starrte abwesend durch die nasse Scheibe. Die Häuserzeilen zogen verschwommen am Fenster vorbei, und die roten Dächer hie und da waren die einzigen Farbtupfer in dem eintönigen Regengrau. Es regnete jetzt heftig, und am Randstein spritzte das Wasser in Fontänen auf die Bürgersteige, wenn der Fahrer durch eine der schaumigen, braunen Pfützen fuhr. Als sie an einer tristen Pizzeria vorbeikamen, deren grün-weiß-rote Wimpel über der Tür traurig herunterhingen, fiel Clara etwas ein. Sie kramte in ihrem Mantel herum, durchsuchte alle Taschen, bis sie endlich gefunden hatte, was sie suchte.

Aus der Innentasche ihres Mantels, wo es zusammengeknüllt unter ihren Zigaretten gelegen hatte, zog Clara das Heiligenbild heraus, das sie in der Pizzeria in Angelos ehemaligem Zimmer gefunden hatte. Sie faltete es auseinander und strich das Papier glatt. Es war mürbe, mit tief eingeprägten, schmutzig braunen Faltkanten, als ob es lange Zeit in einem Geldbeutel oder in der Hosentasche herumgetragen worden wäre. Der heilige Thaddäus, Schutzpatron der ausweglosen Fälle. Hinten auf das Papier war mit Kugelschreiber etwas gekritzelt. Clara kniff die Augen zusammen, um es entziffern zu können. *Die heilige Madonna beschütze dich*, stand dort auf Italienisch in ungelenken, winzig kleinen, krakeligen Druckbuchstaben, die wie flimmernde Pünktchen auf und nieder tanzten, mal groß mal klein, ohne erkennbare Zusammengehörigkeit und ohne gerade Linie. Gerührt faltete Clara das kleine Bild wieder zusammen und schob es, dieses Mal sorgfältiger, in ihre Aktentasche. Sie würde es Angelo mitbringen. Egal, was passiert war, und egal, wer ihm diese Botschaft geschrieben hatte, es schien nicht viele Menschen zu geben, die sich um ihn sorgten, da konnte er jeden Beistand brauchen.

Als sie sich an der Pforte anmeldete, dauerte es keine zwei Minuten, und der junge Beamte, der sie angerufen hatte, holte sie ab. Sein rotes Gesicht glänzte im Schein der Neonbeleuchtung, und Clara bemerkte zum ersten Mal, dass sein Hals und der Nacken von schuppigen, nässenden Flecken bedeckt waren. Tiefe, blutige Kratzer hinter den Ohren und entlang seiner Halsmuskeln verrieten etwas über den wohl unerträglichen Juckreiz, den die Schuppenflechte verursachen musste. Er nickte nur knapp und war gegenüber seinem Kollegen an der Pforte betont kurz angebunden. Die spöttische Art und Weise, wie dieser Clara vorstellte: »Die Anwältin deines Schützlings«, ließ ahnen, dass es über ihre Benachrichtigung offenbar Meinungsverschiedenheiten gegeben haben musste. Auch zeigte es, dass der Beamte anscheinend nichts über die Mandatskündigung hatte verlauten lassen. Diese beiden Details, die Clara aus dem Satz des Vollzugsbeamten herauslesen konnte, ließen den jungen von Neurodermitis geplagten Mann in einem anderen, um einiges achtenswerteren Licht erscheinen, und Clara warf ihm einen neugierigen Blick zu. Seine Augen waren ausdruckslos, und er schwieg, während er sich von dem Beamten am Schreibtisch ein Papier unterschreiben ließ, das Clara neu war. Letztes Mal hatte es diese Formalitäten nicht gegeben. Auch die Frage, ob man einen Blick in ihre Tasche werfen dürfe, und die Bitte, die Taschen des Mantels zu leeren, waren ungewöhnlich für einen Verteidigerbesuch. Clara meinte jedoch, eine stumme Warnung in dem verschlossenen Gesicht des jungen Mannes gesehen zu haben, der jetzt unruhig an der Tür stand und darauf wartete, sie zu Malafonte mitnehmen zu können, und sie verkniff sich die Fragen, die ihr auf der Zunge lagen. Schließlich war der Beamte an der Pforte zufrieden und gab ihr die Tasche und dem jungen Kollegen das unterschriebene Formular zurück.

Beim Hinausgehen warf Clara einen Blick auf das Namensschild, das an dem Hemd ihres Begleiters angebracht war. *Hase* stand dort zu lesen, und Clara stellte sich vor, welchen Spötteleien der Mann in seiner Jugend wohl wegen dieses lächerlichen Namens und seiner abstoßenden Hautkrankheit ausgesetzt gewesen war. Vielleicht hatte er sich deshalb für eine Stelle im geschlossenen Vollzug entschieden, vielleicht fühlte er sich hinter hohen Mauern und in Uniform sicherer? Immerhin schien der Vollzugsdienst ihn nicht am selbstständigen Denken zu hindern.

Er führte Clara dieses Mal nicht in das Verteidigerzimmer, sondern ging daran vorbei, den endlosen Flur entlang und bog dann nach rechts ab. Eine Tür aus Sicherheitsglas versperrte ihnen den Weg. Als er stehenblieb, um aufzuschließen fragte Clara: »Wo gehen wir hin?«

»In den Zellentrakt«, antwortete der junge Mann und ließ sie durch die offene Tür gehen, um hinter ihr wieder sorgfältig abzuschließen. Clara war so erstaunt, dass sie ihre Angst vor verschlossenen Türen ganz vergaß. »Was ist denn eigentlich passiert?«, fragte sie.

Der junge Beamte zögerte einen Augenblick, seine Hand fuhr unwillkürlich an seinen Hals, um sich zu kratzen, verharrte aber mitten in der Bewegung und sank wieder herab. »Ihr Mandant hat heute Morgen zu fliehen versucht«, sagte er und ging dabei rasch weiter zur nächsten Tür. Sie begegneten zwei seiner Kollegen, die ihnen entgegengeschlendert kamen und sich über irgendetwas sehr zu amüsieren schienen. Ihr Lachen klang in Claras Ohren unwirklich und gleichzeitig tröstend in dieser bedrückenden Umgebung. Sie wartete, bis die beiden außer Hörweite waren, dann lief sie in schnellen Schritten an Wachtmeister Hases Seite und rief: »Das ist doch nicht Ihr Ernst, oder?«

Doch er nickte und lächelte zum ersten Mal ein wenig. »Aber sicher. Ich habe keine Ahnung, was in ihn gefahren ist, so einen Schmarrn zu machen, aber es war so. Und es war ein ziemlich dämlicher Fluchtversuch, um genau zu sein.«

Es sei am Morgen passiert, fuhr er fort, während sie weiter den Flur entlanghasteten. Die Häftlinge, fast alles Untersuchungsgefangene, hätten wie immer beim Frühstück gesessen, plötzlich sei Malafonte aufgesprungen und auf die Essensausgabe zugerannt. Dort sei er über den Tresen gesprungen und in die Küche gerannt. »Hat wohl gedacht, er kommt da irgendwo raus«, meinte Hase, und in seiner Stimme schwang fast so etwas wie Mitleid über eine solche Dummheit mit. Die Beamten seien ihm sofort gefolgt. Einer der Küchenangestellten habe ihn aufgehalten. Als Malafonte die Beamten kommen sah, habe er sich losgerissen und sei wie ein Verrückter gegen die verschlossene Tür gerannt. Der junge Mann schüttelte betrübt den Kopf: »Wirklich, wie ein Verrückter. Er hat sich den Kopf gestoßen, hat geschrien, war total in Panik, als wären die Hunnen hinter ihm her. Wir haben versucht, ihn festzuhalten, aber er war vollkommen ausgetickt, hat um sich geschlagen und die ganze Zeit geschrien.« Er verstummte, das Bild vor Augen, und zuckte verständnislos mit den Achseln. »Er ist eigentlich ein ganz Unauffälliger, wissen Sie. So einer, der versucht, sich unsichtbar zu machen.«

Einer, der versucht, sich unsichtbar zu machen. Das traf Malafontes Charakter so genau, dass Clara ihrem Begleiter einen erstaunten Blick zuwarf. Sie nickte langsam. Ja, sie konnte seine Ratlosigkeit über den Vorfall nur zu gut verstehen. Malafonte hatte etwas an sich, das einen ständig an das Kaninchen im Angesicht der Schlange denken ließ und einen bereits vom Zusehen kribbelig machte. Seltsam passiv und wie gelähmt schien er zu sein, bereits mit den Anforderungen des täglichen Lebens überfordert, ständig auf der Suche nach einem Schlupfloch, einem Versteck, in das er sich verkriechen konnte, um unbehelligt von all der Unbill, die sich über ihm zusammengebraut hatte, zu bleiben. »Konnten Sie verstehen, was er gesagt hat?«, fragte sie. Hase schüttelte den Kopf. »Keine Ahnung. Ich kann kein italienisch.«

»Und sonst?«, forschte Clara weiter, »Haben Sie eine Idee, warum er so ausgeflippt sein könnte? Ist irgendetwas vorgefallen?«

Der Beamte blieb vor einer Zellentür rechts von ihnen stehen, machte aber keine Anstalten, sie zu öffnen. Er schien sich mit einem Mal unbehaglich zu fühlen. »Eigentlich war alles ganz ruhig, vorher ...« Er zögerte und verstummte schließlich.

»Und? Uneigentlich?«, versuchte Clara ihm auf die Sprünge zu helfen und sah Hase aufmunternd an.

Der junge Mann begann, sich am Hals zu kratzen, was ein schabendes Geräusch verursachte und Clara mit Schaudern an die wunde Haut unter seinen Fingernägeln denken ließ.

»Hören Sie auf damit«, entfuhr es ihr unwillkürlich, und als er verblüfft innehielt und sie ansah, fügte sie besänftigend hinzu: »Davon wird das Jucken auch nicht besser.«

Er nickte abwesend und ließ die Hand sinken. »Mir ist da schon was aufgefallen, aber ich weiß nicht, ob es überhaupt zu dem Vorfall gehört.« Er machte ein unglückliches Gesicht.

Clara wartete und versuchte, seine linke Hand zu ignorieren, die schon wieder Richtung Hals wanderte und dann abdriftete, um sich den kurz geschorenen Nacken zu reiben.

Nach einer Weile fuhr er entschlossener fort: »Ich bin noch einmal zurückgegangen zu seinem Tisch, nachdem wir ihn so weit beruhigt hatten. Ich wollte sichergehen, dass wir nichts übersehen haben. Und ich habe etwas gefunden.« Er fasste in die Brusttasche seines Hemdes und zog ein winziges Stück Papier heraus, so klein zusammengefaltet, dass es nicht größer war als ein Daumennagel. Er gab es Clara, die es mühsam und mit kaum unterdrückter Erregung auseinanderfaltete. Der Zettel war zerknittert und von Fettflecken übersät. »Es muss ihm irgendwie ins Frühstück geschmuggelt worden sein, denke ich«, fügte der Beamte, nun eifriger werdend, hinzu. »Meine

Kollegen meinten, es wäre nichts, ich solle es wegwerfen, man weiß ja nicht einmal, ob es ihm gehört. Es hat nämlich auf dem Boden gelegen.« Er zuckte die Achseln. »Vielleicht ist es auch so, aber ich dachte, es könnte vielleicht nicht schaden, es Ihnen zu zeigen, vielleicht können Sie ja etwas damit anfangen.«

Clara hörte ihn nur noch mit halbem Ohr. Sie starrte auf das Papier und wusste, dass der aufgeweckte junge Mann recht hatte. Dieser Zettel hatte ganz sicher etwas mit Malafontes panischem Fluchtversuch zu tun. Und als Clara begann, die Tragweite dessen zu begreifen, was sie in den Händen hielt, verstand sie Angelos Panik nur zu gut.

»Verstehen Sie, was das soll?«, fragte der Beamte hoffnungsvoll, bemüht, nicht allzu neugierig zu erscheinen.

Clara nickte. »Ja.« Sie betrachtete beunruhigt die einfache Bleistiftzeichnung auf dem zerknitterten Papier. Sie stellte eine Katze dar, deren schmale Augen in dem spitzen Gesicht den Betrachter bösartig anzustarren schienen. Um das Tier herum war der Hintergrund dunkel schraffiert, so dass kein Zweifel bestand: Es sollte eine weiße Katze darstellen. Jeder, der die Zusammenhänge nicht kannte, musste dieses Stück Papier für harmlos, für eine Kinderzeichnung halten. Doch für denjenigen, der die Bedeutung verstand, war sie eine unmissverständliche Drohung. *»Il gatto bianco«*, murmelte sie, während sie das Papier wieder sorgfältig zusammenfaltete. Der Beamte sog aufgeregt die Luft ein: »Was haben Sie da eben gesagt? So was Ähnliches hat er auch gerufen, irgendetwas mit *gatto*. Was bedeutet das?«

Clara sah ihn an und schüttelte den Kopf. Wie sollte sie ihm das erklären?

»Nichts weiter«, sagte sie und reichte das Papier dem Beamten zurück: »Danke, dass Sie es mir gezeigt haben.«

Er warf ihr einen forschenden Blick zu, der besagte, dass er ihr nicht glaubte, sondern genau wusste, dass das Papier eine besondere Botschaft beinhaltete, und hob dann mit einer Mischung aus Befriedigung über seinen richtigen Riecher und Resignation, weil seine Neugier unbefriedigt bleiben sollte, die Schultern: »Behalten Sie es, ich kann eh nichts damit anfangen.«

Clara lächelte und steckte das Zettelchen in ihre Brieftasche. »Sie haben ein gutes Auge für solche Dinge. Schon mal daran gedacht, zur Kriminalpolizei zu gehen?«

Der junge Mann sah sie überrascht an, dann schien er für einen Moment über diesen Vorschlag, den Clara so leichthin gesagt hatte, ernsthaft nachzudenken. »Ich werd's mir überlegen«, meinte er schließlich, und es klang vollkommen aufrichtig. Dann zog er endlich den Schlüssel für Malafontes Zellentür aus der Tasche. Während er ihn im Schloss herumdrehte, meinte er noch: »Er benimmt sich noch immer ziemlich merkwürdig, falls Sie Probleme bekommen sollten, rufen oder klopfen Sie einfach, ich warte hier draußen.«

Derart gewarnt trat Clara in Malafontes Zelle wie in einen Raubtierkäfig. Von Malafonte kam keinerlei Reaktion. Hinter ihr schloss sich die Tür mit einem satten Geräusch, und Clara hörte, wie sich der Schlüssel drehte. Ein leiser Schauer rann ihr den Rücken hinunter.

Clara atmete tief ein, dann ging sie einen Schritt in den Raum hinein, der so klein war, dass sie damit schon fast die Mitte erreicht hatte. Es musste eine Art Ausnüchterungszelle sein, in die sie Malafonte nach seinem Auftritt erst einmal gesteckt hatten, um ihn zu beruhigen. Die Wände waren mit grünlichen Fliesen gekachelt, und der Raum war bis auf eine Pritsche, ein Waschbecken und eine Toilette in der Ecke vollkommen leer. Oben an der Wand drang spärliches Regenwetterlicht durch das vergitterte Fenster und verlieh dem Raum einen fahlen, grün-grauen Schimmer, der die Farbe der Fliesen widerspiegelte. Malafonte saß nicht auf der Pritsche unter dem Fenster, sondern kauerte in der Ecke gegenüber am Boden. Er hatte die Beine angezogen und starrte teilnahmslos vor sich hin.

Es gab keine andere Sitzgelegenheit als das Bett, also setzte sich Clara auf die harte Kante der Pritsche und wartete.

Nach einer Weile hob Malafonte den Kopf und sah sie an. »Ich brauche keine Rechtsanwältin mehr.« Er sprach leise, fast tonlos, sein Italienisch war kaum zu verstehen.

»Oh doch, das glaube ich schon.« Clara zog den kleinen Zettel aus ihrer Brieftasche, den ihr der Beamte gegeben hatte, und begann, ihn wieder auseinanderzufalten.

Malafontes Augen weiteten sich, als er erkannte, um was es sich handelte. »Wo haben Sie das her?«, fragte er, und Clara bemerkte, dass seine Stimme etwas an Kontur gewann.

Sie lächelte, schwieg aber. Dann rückte sie zur Seite und bat: »Setzen Sie sich bitte, wir sollten uns ein wenig unterhalten.«

Angelo stand zögernd auf und setzte sich auf die andere Seite der Pritsche, mit dem Rücken zur Wand und zog die Beine zu sich heran. Er war unglaublich mager, Clara fiel dies noch mehr auf als gestern, seine großen Hände wirkten wie aufgepfropft auf die schmalen Handgelenke, und an den Fingerknöcheln hatte er mehrere dunkle Schürfwunden, so als ob er mit den Fäusten gegen die Wand oder eine Tür geboxt hätte. Auch sein Gesicht war zerschrammt, ein Kratzer zog sich vom Haaransatz über die Stirn bis zu den dunklen Augenbrauen, und die Haut auf dem Wangenknochen darunter begann sich bereits blau zu verfärben. Der Beamte hatte gesagt, Malafonte sei mit dem Kopf gegen die verschlossene Tür gelaufen. Wie ein Verrückter, hatte er gemeint. Clara kam das weniger verrückt vor, sondern eher wie das instinktive Verhalten eines Tieres. Ein Tier, das man in die Enge treibt, reagiert auf diese Weise. Sie hatte von Pferden gehört, die kopflos irgendwo hinuntersprangen oder gegen einen Laster prallten, in ihrer blinden Flucht vor einer Gefahr. Sie biss sich auf die Lippen und überlegte, wie sie das Gespräch beginnen sollte, ohne sofort wieder an eine Mauer zu stoßen.

Sie reichte ihm den Zettel und sagte vorsichtig: »Ich weiß, was das bedeutet.«

Angelo nahm ihn nicht entgegen, sondern schüttelte nur verzweifelt den Kopf. »Das können Sie nicht wissen.«

Sie zog die Hand zurück und warf selbst noch einmal einen kurzen Blick auf die ebenso einfache wie unheimliche Zeichnung. »Man will Sie töten. Die *weiße Katze* will Sie umbringen lassen. Das ist es, was man Ihnen damit mitteilt, nicht wahr?« Und dass das überall und jederzeit passieren kann, sogar im Gefängnis, fügte Clara in Gedanken hinzu, sprach es jedoch nicht aus. Es war nicht nötig.

Angelo nickte stumm und vergrub sein Gesicht hinter seinen Händen. Wie ein Kind saß er in der Ecke unter dem Fenster, ein verängstigtes Kind.

Doch Clara konnte ihm keine Tröstung geben wie einem Kind, konnte ihm die Angst vor dem Monster im Schrank oder einer Bestrafung wegen eines schlimmen Streiches nicht nehmen. Sie konnte nicht sagen, es wird alles wieder gut werden. Was hast du verdammt noch mal getan, Angelo Malafonte?, schrie es in ihrem Inneren, rede endlich mit mir, du verdammter Idiot! Doch sie sagte nichts. Jede dieser direkten Fragen würde sofort die Fensterläden zuklappen lassen, das hatte sie mittlerweile gelernt. Doch andererseits war er im Augenblick in so verzweifelter Verfassung, dass er vielleicht von selbst etwas sagen würde, sagen musste. Irgendwann zerbröckelt jedes Schutzschild, dachte Clara traurig, wenn nur der Druck hoch genug ist.

»Darf man hier rauchen?«, fragte sie und zog ihre Zigaretten heraus. Angelo schüttelte den Kopf: »Ich weiß nicht«, meinte er unsicher.

Sie zündete sich eine an und reichte die Schachtel an Angelo weiter. »Einsperren können sie uns ja nicht mehr.« Es war ein flacher Witz, aber auf Angelos Gesicht erschien dennoch ein dünnes Lächeln, während er sich eine Zigarette anzündete. Er tat es mit vorgehaltener Hand, als ob er die Flamme gegen Wind schützen wollte, nach Art der Cowboys in der Zigarettenwerbung im Kino. Im Schein der Flamme war seine Wunde auf der Stirn deutlich zu sehen. Der Kratzer war nicht tief und bereits an den Rändern verschorft. Über der Augenbraue hielt ein blasses Pflaster den größeren Teil zusammen.

»Erzählen Sie mir ein bisschen etwas von zuhause«, schlug Clara vor, während sie rauchten und die Asche in den Deckel der Schachtel abklopften, weil es keinen Aschenbecher gab. »Wie ist es dort? Sicher ist das Wetter schöner?« Was für ein Quatsch, dachte sie bei sich. Wir sitzen hier in einer Gefängniszelle, haben eine Morddrohung am Hals, und ich rede über das Wetter.

Doch Angelo schien die Frage nicht als so blödsinnig zu empfinden, wie sie war. Er ließ den Rauch langsam durch die Nase entweichen und dachte anscheinend ernsthaft nach, was er ihr erzählen sollte. »Es ist schön«, sagte er schließlich. »Die Berge, das Meer.« Er machte eine unbestimmte Handbewegung. »Sie sind hoch, die Berge, ganz kahl und wild. Es gibt Wölfe dort.« Er verstummte und sackte wieder in sich zusammen.

Clara unterdrückte einen Seufzer. So kamen sie nicht weiter. Sie begann, in ihrer Tasche zu kramen und zog schließlich das Bild des heiligen Thaddäus hervor. »Gehört das Ihnen?«, fragte sie und fügte vage hinzu: »Ich habe es in Ihrem Zimmer in der Pizzeria gefunden.« Sie verschwieg, dass es dieses Zimmer nicht mehr gab. Wenn er nicht schon wusste, dass seine Anwesenheit dort gründlich getilgt worden war, war jetzt nicht der richtige Moment, es ihm zu sagen. Angelo nahm es behutsam entgegen, und seine Augen begannen verdächtig zu glänzen. »*Grazie*«, flüsterte er und wischte sich verstohlen über das Gesicht.

»Von Ihrer Mutter?«, vermutete Clara aufs Geratewohl, und Angelo nickte. »*Sì.* Sie hat immer solche Bilder. Die Bettler bei uns zuhause schenken sie einem, wenn man ihnen etwas gibt. Und meine Mutter gibt ihnen immer etwas. Das bringt Glück, sagt sie.« Er verzog den Mund und biss sich auf die Lippen.

»Weiß Ihre Mutter, was Ihnen passiert ist?«, fragte Clara.

Angelo schüttelte den Kopf. »Nein. Das würde sie nur beunruhigen«, antwortete er, und es klang so, als spräche er über irgendein kindisches Abenteuer, das man am besten vor den Eltern verheimlichte.

»In der Tat«, gab Clara trocken zurück. Grund zur Beunruhigung hatte Angelos Mutter allemal.

»Sie hat mir geholfen«, begann Angelo plötzlich, während er weiter auf das abgegriffene Papier in seinen Händen starrte. »Meine Mutter hat mir ihr ganzes gespartes Geld gegeben und die Fahrkarte gekauft. Geh nach München, hat sie gesagt. Dort wohnt eine Verwandte von mir.«

»Rita Zaccardi«, sagte Clara.

Angelo nickte. »*Sì. Zia* Rita hat mir die Arbeit in der Pizzeria besorgt. Meine Mutter glaubte, ich glaubte ...« Er verstummte wieder, und es blieb ungesagt im Raum schweben, woran er und seine Mutter geglaubt hatten.

Clara wagte einen Vorstoß: »Die *weiße Katze*«, begann sie vorsichtig, »ist das etwas ..., jemand aus eurem Dorf?«

Angelo nickte. »Aus San Sebastiano. Ich komme aus Torre Calo, das ist gleich oberhalb davon.«

»Was bedeutet der Name?«, wollte Clara wissen und ihr war, als bewegte sie sich auf einem Minenfeld, vorsichtig, Schritt für Schritt sich vorantastend, immer in Erwartung einer Explosion.

Angelo schnaubte und griff sich in seinen dunklen Haarschopf. »Wegen seiner Haare. Sie sind blond. Früher nannte man bei uns alle so, die blond waren.«

Früher, das bedeutete offenbar, bevor dieser Mann den Spitznamen in Besitz genommen und so mit Angst und Schrecken ausgefüllt hatte, dass es sich von selbst verbot, jemand anderen so zu bezeichnen.

»Wer ist er, wie heißt er wirklich?«, fragte Clara und bot Angelo noch eine ihrer Zigaretten an. Angelo warf ihr einen langen Blick zu. Zum ersten Mal seit sie zusammen auf der Pritsche saßen, hatte Clara das Gefühl, er war tatsächlich hier in diesem Raum. Im Grunde war es das erste Mal überhaupt, seit sie sich begegnet waren, dass er mit seiner ganzen Aufmerksamkeit bei ihr war. Das erste Mal wich der Schleier der Abwehr aus seinen Augen und gab einen tiefen, dunklen Abgrund frei. Seine Augen waren so dunkel, dass man die Pupillen darin nicht von der Iris unterscheiden konnte, und zum ersten Mal sah er ihr damit offen und vollkommen schutzlos ins Gesicht. Clara hatte die unangenehme Empfindung, dieser Blick würde bis in ihre Seele reichen, Bereiche berühren, die sie nicht bloßgelegt haben wollte, und sie war versucht, ihre Augen abzuwenden. Doch sie widerstand dem Drang und hielt seinem Blick so offen wie möglich stand. In dem Moment begann Angelo wieder zu sprechen, und seine Stimme war entschlossener, als je zuvor. »Wollen Sie wissen, was ich getan habe?«, fragte er.

Clara nickte schweigend. Würde er es endlich wagen, sich ihr zu offenbaren?

»Ich war ein Junge«, begann er, den Blick irgendwo auf einen Punkt hinter Claras Kopf gerichtet. »Vielleicht zwölf oder auch schon dreizehn. Unterhalb von unserem Dorf wohnten ein paar reiche Leute.« Er lächelte sein schiefes, um Verzeihung bittendes Lächeln. »Reich waren sie eigentlich nicht. Aber sie hatten Autos und sicher auch richtige Badezimmer. Die Männer arbeiteten alle, und die Frauen gingen nach San Sebastiano hinunter zum Einkaufen. Sie kauften niemals etwas in unserem kleinen Laden oben, obwohl es dort billiger war. Eine dieser Familien hatte ein kleines Mädchen. Nur ein einziges Mädchen, keine anderen Kinder. Sie hieß Chiara, und ihre Haare waren schwarz wie die Flügel eines Raben. Sie waren ganz modern geschnitten, obwohl das Mädchen erst sechs, sieben Jahre alt war.« Er hielt die flache Hand an sein Ohr, deutete die Frisur des kleinen Mädchens an. »Ich habe ihr oft zugesehen, wie sie auf der Straße spielte. Einmal habe ich ihr gewunken, und sie ist hergekommen. Sie hatte gar keine Angst, obwohl ihre Eltern sie sicher gewarnt hatten vor solchen Kerlen wie mir, die oben auf dem Berg wohnten, in Torre Calo, wo es keine Häuser mit Badezimmer gibt und keine Schule und abends keine Straßenbeleuchtung. Doch sie hatte keine Angst. Sie kam herüber zu mir und sagte: ›*Ciao.* Wer bist du?‹

Ich hab ihr einen Kaugummi geschenkt und bin weggefahren mit dem alten Fahrrad, das meiner Mutter gehörte. An der Ecke habe ich mich noch einmal umgedreht und ihr zugewinkt, doch da stand schon ihre Mutter und hat ihr den Kaugummi aus der Hand genommen und weggeworfen. Aber seitdem hat sie mir immer zugewinkt, wenn sie mich gesehen hat. Einmal sogar auf der Piazza in San Sebastiano. Da ist sie mit ihren Eltern an mir vorbeigegangen und hatte ein riesiges Eis in der Hand.« Er verstummte und nahm einen letzten Zug von der Zigarette.

»Und was ist passiert?«, fragte Clara.

»Sie bekam einen Hund. Einen kleinen Hund mit Schlappohren. Sie führte ihn spazieren an einer rosafarbenen Leine, und als ich eines Tages wieder an ihrem Haus vorbeikam, kam sie herausgelaufen und zeigte ihn mir. Er hieß *Bricciola,* Krümelchen, weil er so klein war.« Angelo schluckte und rieb sich die Augen. Dann fuhr er zögernd fort: »Ich hatte kein Geld damals, niemand hatte Geld, doch man konnte sich welches verdienen. Es gab immer Arbeit, die man tun konnte, um etwas Geld zu verdienen. *Er* sorgte für seine Leute.« Angelo schloss die Augen und vergrub den Kopf in seinen Händen.

»Was haben Sie gemacht? Was für eine Arbeit war das?«, fragte Clara so behutsam wie möglich.

Angelo hob den Kopf. Seine Augen waren rot von ungeweinten Tränen.

»Ich ... ich habe ihren Hund gestohlen. Es ging ganz leicht, er lief auf der Straße herum und kam zu mir. Er war ja noch ganz jung und nicht misstrauisch. Und er kannte mich ja ...« Angelo wandte den Kopf ab, und Clara konnte sehen, wie er schwer schluckte.

»Und dann?«, hakte sie nach.

Angelo griff noch einmal nach ihrer Zigarettenschachtel und zog umständlich eine heraus. Er sah Clara nicht an, während er sie anzündete und nach einem gierigen Zug weitersprach.

»Ich habe *ihm* den Hund verkauft. Für ein Versuchslabor. Viele von uns haben das getan.« Angelo sog den Rauch der Zigarette ein, als handelte es sich um lebensrettenden Sauerstoff. »Ein paar tausend Lire habe ich dafür bekommen. Das meiste habe ich für Zigaretten ausgegeben.«

Clara blieb stumm. Damit hatte es angefangen. Mit diesem Diebstahl, diesem ersten Verrat an dem kleinen Mädchen hatte Angelos Weg begonnen. Dieser Weg, der ihn nach München und in diese Zelle geführt hatte und ihn jetzt um sein Leben fürchten ließ. Clara spürte, wie sie selbst mit den Tränen zu kämpfen hatte: »Unternimmt den niemand etwas gegen diesen Mann?«, fragte sie und hörte, wie ihre Stimme vor Empörung und Erregung zitterte.

»Gegen die *weiße Katze* kann man nichts unternehmen«, erwiderte Angelo, und es klang, als müsste er einem Kind erklären, dass man den Regen draußen nicht einfach abstellen konnte.

»Niemand ist unbesiegbar.« Claras Worte hingen dünn und nichts sagend in dem kalten grünen Raum, schwebten mit dem Rauch ihrer Zigaretten zur Decke hinauf und verschwanden.

Angelo antwortete nicht. Nach einer Weile begann er weiterzuerzählen, als hätte es Claras absurde Zwischenbemerkung gar nicht gegeben. »Ich musste auch danach jeden Tag an Chiaras Haus vorübergehen. Eine Zeitlang hat sie *Bricciola* gesucht und nach ihm gerufen. Und sie hat geweint. Und trotzdem hat sie mir jedes Mal, wenn sie mich sah, zugewinkt. Irgendwann hatte ich genug Geld, um mir ein *motorino* zu kaufen, dann bin ich immer ganz schnell an ihrem Haus vorbeigefahren, bevor sie mir wieder zuwinken konnte.« Angelo stand auf und begann, die wenigen möglichen Schritte in seiner Zelle auf und ab zu gehen.

Clara betrachtete seinen eckigen Rücken, die hängenden, viel zu langen Arme und den gebeugten Nacken. Seine Haare waren in der Haft gewachsen und kringelten sich strähnig hinter seinen Ohren. Sie hatte Mitleid mit diesem großen, hilflosen Jungen und wollte ihm gerne etwas Aufmunterndes sagen, etwas Tröstliches, etwas, das sein Weltbild, seine Erfahrungen, seine Angst relativierte und ihm zeigte, dass es noch etwas anderes in dieser Welt gab als das, was er bisher gesehen hatte. Doch ihr fiel nichts ein. Mutlos stand Clara ebenfalls auf. Sie hatte erreicht, was sie wollte, er hatte ihr ein Stück weit vertraut, war aus seinem Schneckenhaus für kurze Zeit herausgekommen, doch das Ergebnis war nicht die Befreiung für ihn, wie die sich in ihrer Naivität erhofft hatte. Sie hatte geglaubt, wenn er ihr nur vertrauen und erzählen könnte, was passiert war, dann könnte sie ihr Gesetzbuch schwingen und ihm zu Hilfe eilen. Doch dem war nicht so. Clara hatte sich selten so hilflos gefühlt wie in diesem Augenblick. Sie konnte kaum zum Staatsanwalt gehen, ihm von *Bricciola* und der *weißen Katze* erzählen und verlangen, Gaetano Barletta vorsorglich in Haft zu nehmen. Allein die Vorstellung, wie der Staatsanwalt hierauf reagieren würde, ließen ihr buchstäblich die Haare zu Berge stehen.

Doch irgendetwas musste sie *tun*. Bis gestern Nacht hatte sie geglaubt, dass die Gefahr für Angelo draußen auf ihn lauerte, doch die heutige Botschaft in ihren Händen hatte sie eines Besseren belehrt: Die *weiße Katze* schien durch Gefängnismauern nicht aufzuhalten zu sein. Angelo war nicht einmal hier sicher. Sie berührte ihn sacht an der Schulter und stoppte so seinen unruhigen Tigerlauf. Dann holte sie tief Luft und meinte: »Mir wird etwas einfallen, ich verspreche es Ihnen!«

Angelo zuckte vage mit den Schultern, und es war klar, dass er ihr nicht glaubte. Sie konnte den Regen nicht versiegen lassen und die Sonne nicht hervorzaubern. Doch er war höflich: »*Grazie*.«

»Kann ich noch etwas für Sie tun?«, fragte sie und nahm ihre Tasche. Angelo schüttelte zunächst den Kopf, dann hielt er inne, und Clara sah, wie er zögerte. »Ja?« Clara stellte die Aktentasche wieder ab.

»Könnten Sie meiner Mutter schreiben, wenn ...« Er sprach nicht weiter. Das wird nicht passieren, wollte Clara spontan sagen, doch sie verschluckte die Worte und nickte. Sie zog einen Block aus ihrer Tasche und reichte ihn Angelo: »Schreiben Sie mir ihre Adresse auf.«

Er kritzelte in einer ähnlichen Handschrift wie seine Mutter ein paar Worte auf das Papier und gab es Clara zurück. Sie schob es in ihre Tasche und klopfte an die Zellentür.

Als sich Sekunden später der Schlüssel im Schloss drehte, schämte sie sich für das Glücksgefühl, das sie durchströmte, einfach nur, weil die Tür geöffnet wurde. Mit einem letzten, hilflosen Blick auf Angelo verließ sie die enge Zelle und trat schnell hinaus auf den Gang. Der junge Beamte bemühte sich um einen nichts sagenden Gesichtsausdruck, doch es war deutlich, dass er vor Neugierde fast platzte. Clara beschloss, sich die Eifrigkeit des jungen Mannes für Angelo zunutze zu machen. »Kann ich offen mit Ihnen sprechen?«, fragte sie und machte keine Anstalten, ihm auf den langen Flur zu folgen, an dessen Ende irgendwann der Ausgang stehen würde. Er blieb stehen und sah Clara verwundert an. »Äh. Natürlich«, meinte er schließlich zögernd, und sein Gesicht schimmerte rosa.

»Die Nachricht, die Sie gefunden haben, war eine Morddrohung«, sagte Clara rundheraus und beobachtete fasziniert, wie in dem offenen Gesicht des jungen Mannes Erschrecken, Erregung und Skepsis einander abwechselten und sich schließlich in einer merkwürdigen Mischung vereinten, der seinem tierischen Namensgeber alle Ehre machte.

»Können Sie ein bisschen auf ihn aufpassen? Ich meine, inoffiziell?« Wachtmeister Hase kratzte sich im Nacken und machte ein unglückliches Gesicht. »Ich weiß nicht, ob das geht. Können Sie nicht einen Antrag stellen?«

»Ich habe keine Ahnung, wer ihm diesen Zettel zugesteckt hat und ob tatsächlich einer seiner Mitgefangenen auf ihn angesetzt wurde. Ich weiß nur, dass es eine ernstzunehmende Drohung ist.« Clara sah den Beamten an: »Was soll ich also für einen Antrag stellen? Dass Malafonte fernzuhalten ist von den andern Häftlingen? In eine Einzelzelle gesteckt werden soll? Oder was? Mit welcher Begründung?« Clara hob die Schultern. »Könnten Sie vielleicht wenigstens ein Auge auf seine Landsleute haben? Es sind doch noch andere Italiener hier, mit denen er Kontakt hat, oder?«

Der Beamte nickte zögernd und trat von einem Fuß auf den anderen. Es war offensichtlich, dass er sie jetzt liebend gerne so schnell wie möglich hinausbefördert hätte. Doch Clara blieb wie angewachsen vor der Zellentür stehen und wartete.

»Eine Morddrohung, sagen Sie?«, fing er schließlich wieder an und kratzte sich noch heftiger.

Clara nickte. »Und sie haben die Nachricht gefunden!«

Er warf ihr einen erschrockenen Blick zu: »Wollen Sie damit sagen, dass ich verantwortlich ... wenn ... Nein, nein, den Schuh zieh ich mir nicht an, da können Sie mir nichts vorwerfen!« Er wedelte abwehrend mit den Händen und schüttelte heftig den Kopf.

»So habe ich die Sache noch gar nicht gesehen«, sagte Clara nachdenklich, »aber jetzt, wo Sie es sagen, eine gewisse Verantwortlichkeit könnte man da schon ...« Sie unterbrach sich, als Hase einen wütenden Schnauber von sich gab und lächelte besänftigend. Dann sah sie dem Beamten offen ins Gesicht: »Ich hatte eigentlich damit sagen wollen, dass ich es für äußerst lobenswert halte, dass Sie so aufmerksam und umsichtig gehandelt haben und dies auch gerne an die zuständigen Stellen weitergeben werde.« Ihr Lächeln wurde breiter, als sich plötzliches Begreifen auf der Miene des jungen Mannes ausbreitete und seine erschrockenen Zornesfalten auf der Stirn verschwanden.

»Na ja«, meinte er und fixierte angestrengt die Schlüssel in seiner Hand. Er überlegte eine Weile, dann sprach er langsam und so vorsichtig weiter, als gälte es, eine Mine zu umkreisen: »Untersuchungsgefangene müssen zwar nicht arbeiten, aber wenn er unbedingt will, ich meine, wenn er darauf besteht, dann könnte ich ... Wir könnten etwas finden, das ihn ... hm, ... ja ... ein wenig absondert von den anderen, ihn ein wenig unter ... ähm ... Aufsicht hält.« Als ob er plötzlich Angst vor der eigenen Courage bekommen hätte, hob er ruckartig seinen Kopf und fügte eilig hinzu: »Nicht dass ich etwas versprechen kann! Ich kann da keine Verantwortung übernehmen, verstehen Sie, Frau Anwältin?«

»Natürlich verstehe ich das. Vollkommen.« Clara nickte und schenkte ihm ein besonders liebenswürdiges Lächeln. »Malafonte besteht darauf, sich nützlich zu machen, ganz sicher.

Wenn Sie möchten, können Sie *das* schriftlich haben.« Dann setzte sie sich endlich in Bewegung und ließ sich von ihrem sichtlich erleichterten Begleiter hinausbringen.

Es hatte zu regnen aufgehört, als sie endlich auf die Straße hinaustrat. Die Sonne schien stechend zwischen den schweren grauen Regenwolken hindurch und ließ Claras Augen tränen. Die Straße und der Bürgersteig glänzten vor Feuchtigkeit, und die Autos zogen eine Spur leuchtender Wassertropfen hinter sich her, während sie eilig am Gefängnis vorbeifuhren. Clara begann zu schwitzen, und sie zog ihre Jacke aus. Die Luft war schwül und drückend. Sie blieb eine Weile unschlüssig vor der fast vier Meter hohen Gefängnismauer stehen und überlegte, ob sie mit dem Bus fahren oder lieber ein Taxi rufen sollte. Ihr gestriger Zusammenstoß mit dem Motorradfahrer und das, was sie heute erfahren hatte, ließen ihr das Taxi um einiges verlockender erscheinen. Doch sie hatte kein Handy – sie hatte noch nie ein solches besessen – und vergessen, den Beamten an der Pforte darum zu bitten, ihr einen Wagen zu bestellen. Sie sah sich um. Weit und breit war kein verdächtiger Motorradfahrer zu sehen. Der Bürgersteig war menschenleer. Es gab keine Geschäfte, keine Lokale und auch sonst wenig Gründe, hier entlangzugehen. Zögernd ging sie los in Richtung Bushaltestelle. Nach einer Weile fiel ihr auf, dass sie sich trotz aller Bemühungen, gelassen zu bleiben, immer häufiger umdrehte, die Straße nicht aus den Augen ließ und sich so weit weg vom Straßenrand entfernt hielt, wie es nur möglich war, ohne die Gefängnismauer mit der Schulter zu streifen. Sie machte ein paar Schritte auf die Mitte des Gehsteigs zurück und schüttelte verlegen den Kopf. »Das muss aufhören«, murmelte sie verstört. »Es ist heller Tag. Was soll schon Schlimmes passieren?« Leider fielen ihr tausend Dinge ein, die trotzdem passieren konnten, und sie beschleunigte ihren Schritt. Als sie endlich zu der Ampel kam, an der sie die Straße überqueren musste, umklammerte sie ihre Aktentasche noch fester. Während sie wartete, musterte sie die Autos, die eines nach dem anderen neben ihr zum Stehen kamen. Unauffällige Autos mit unauffälligen Fahrern, die sie keines Blickes zu würdigen schienen. Doch in dem Moment, als die Fußgängerampel auf Grün schaltete und sie losging, nahm sie aus den Augenwinkeln wahr, wie ein Motorrad von hinten ziemlich schnell auf die Ampel zugefahren kam. Der Fahrer schien nicht die Absicht zu haben zu bremsen. In plötzlicher Panik begann sie zu laufen. Gehetzt von ihrer eigenen Angst rannte sie über die Straße, ihre Tasche und Jacke eisern vor ihrer Brust umklammert. Nichts geschah. Als sie schwer atmend auf der anderen Straßenseite ankam, hatte das Motorrad längst abgebremst und stand brav wartend zwischen den Autos, bis die Ampel wieder umschaltete. Jetzt konnte Clara auch sehen, dass es nicht schwarz wie die Maschine von gestern war, sondern rot, und der Fahrer ebenfalls einen roten Helm trug. Sie sah dem Motorrad nach, wie es sich mühelos durch den Verkehr schlängelte, bis es in der Ferne nicht mehr auszumachen war. Ihre von gestern aufgeschürften Knie fühlten sich ein wenig zittrig an und schmerzten von ihrer läppischen überstürzten Flucht. Beschämt strich sich Clara ihre feuchten Locken aus dem Gesicht und schob sie hinter die Ohren. »Feine Heldin«, brummte sie, wütend auf sich und den Rest der Welt. Wie konnte sie auch nur daran denken, irgendetwas zu unternehmen, was Angelo Malafonte helfen konnte, wenn sie schon beim Anblick eines x-beliebigen Motorrades davonlief wie ein verschrecktes Kaninchen. Ihr fielen ihre eigenen altklugen Worte von vorher wieder ein: »Niemand ist unbesiegbar«, hatte sie zu Angelo gesagt und geglaubt, sie könnte ihn damit trösten. Doch dazu musste man erst einmal die eigene Angst besiegen, und das war, wie es schien, bereits ein unüberwindbares Hindernis.

Clara gelangte ohne weitere Zwischenfälle zur Bushaltestelle, und als keine fünf Minuten später der Bus kam, atmete sie erleichtert auf. Erschöpft wie nach einem Dauerlauf ließ sie sich auf einen freien Platz fallen und schloss für einen Moment die Augen. Sie konnte nicht glauben, in was sie da hineingeraten war. Sie wollte es nicht glauben. Sie wollte die grüne Zelle und Angelos Geschichte beiseiteschieben als etwas, das nicht wirklich passierte, das nicht sie betraf. Doch es betraf sie. Ganz unmittelbar. Es berührte sie an einer Stelle im Inneren, die die Probleme, die ihr Beruf mit sich brachte, bislang nicht hatten erreichen können, die rein und unverletzt geblieben war. Bis jetzt. Und plötzlich war Clara Teil einer Geschichte, in der es Reinheit und Unschuld nicht gab. Und scheinbar keinen Ausweg. Und doch. Etwas hatte sie erreicht. Etwas, was sie schon kaum mehr für möglich gehalten hatte: Angelo hatte mit ihr gesprochen. Endlich hatte er mit ihr gesprochen. Clara war sich bewusst, was das für ihn bedeutet hatte. Doch es war nicht nur ein Vertrauensbeweis, es war auch eine Verantwortung. »Mir wird schon was einfallen«, hatte sie gesagt und gehofft, ihn damit ein wenig aufbauen zu können. Aber jetzt musste ihr auch etwas einfallen. Während die Stadt vor dem schmutzigen Busfenster an ihr vorüberzog, ließ sich Clara noch einmal durch den Kopf gehen, was sie bis jetzt erfahren hatte. Es war denkbar wenig. Wo sollte sie ansetzen? Sie brauchte mehr Informationen, irgendetwas, Fakten, an die sie sich halten, an denen sie einhaken konnte. Plötzlich fiel ihr etwas ein. Eine vage Hoffnung nur, aber besser als gar nichts. Sie sah auf die Uhr. Es war noch nicht so spät wie befürchtet. Ihr Besuch bei Angelo hatte nicht so lange gedauert, wie es ihr vorgekommen war. Elise konnte es also gut noch ein bisschen aushalten. Clara kramte ihren Fahrplan aus der Tasche und suchte sich die kürzeste Verbindung zum Heimeranplatz. Dann stieg sie an der passenden Bushaltestelle aus und um in die unvermeidliche U-Bahn.

Arno Pöttingers Kanzlei lag im Westend, ganz am Ende der Gollierstraße, und Clara war seit einer Ewigkeit nicht mehr in dieser Gegend gewesen. Als sie vor dem Kanzleischild stand, rügte sie sich einen Augenblick dafür, nicht vorher angerufen zu haben. Vielleicht war Pöttinger gar nicht im Büro, und sie hatte den Riesenumweg ganz umsonst gemacht. Doch sie hatte Glück. Die ältliche, strenge Sekretärin am Empfang bat sie zwar, einen Augenblick zu warten, aber Arno war da, und er hatte Zeit für sie. Kribbelig vor Erregung setzte sich Clara auf den Rand eines der schäbigen Holzstühle im Wartezimmer und blätterte ein wenig in den Zeitschriften, die dort herumlagen wie bei einem Zahnarzt. Die Auswahl der Lektüre war jedoch eher eigenwillig: weder hippe Hochglanzmagazine noch die üblichen Klatsch-Illustrierten, stattdessen eine große Auswahl höchst subversiver Comics von der Art, wie sie Frau Bloch-Stiegler und ihrem Gatten höchstwahrscheinlich die Tränen in die Augen getrieben hätten, sowie Broschüren mit Titeln wie »Ausstieg aus der Sucht«, »Antiaggressionstherapie« oder »Bewährungshilfe, was ist das?« Clara hatte gerade amüsiert einen Comic zu lesen begonnen, der von der wundersamen Verwandlung eines griesgrämigen Mullahs handelte, als Pöttingers laute Stimme erdröhnte: »Clara, meine Liebe!«

Sie hatte sich noch nicht ganz erhoben, da versank sie schon in Pöttingers ausgebreiteten Armen. Clara sog den warmen Geruch des abgetragenen Tweedsakkos ein, das er trug, den erdigen Duft seines Aftershaves, vermischt mit kaltem Zigarettenrauch, dann tauchte sie aus seiner Umarmung wieder auf.

Er küsste sie auf beide Wangen und legte einen Arm um sie, während er die Sekretärin anraunzte: »Wir möchten nicht gestört werden.«

Die Dame musterte Clara missbilligend über den Rand ihrer Lesebrille und murmelte: »Sehr wohl, Herr Pöttinger.«

Clara warf ihr einen keckes Lächeln zu, während Pöttinger

sie mit ausladenden Schritten den Gang entlang in sein Büro bugsierte.

»Was kann ich für dich tun?«

Pöttingers Büro war gemütlich. Alles darin war abgetragen wie sein Sakko, zerknittert wie sein Hemd und staubig wie seine Schuhe. Clara lehnte sich zurück in den tiefen Sessel, dessen Bezug aus moosgrünem Samt verschossen und abgewetzt war, und hatte das Gefühl, aufgefangen zu werden wie ein auf einer Mauer balancierendes Kind, kurz bevor es fällt. Pöttinger würde Rat wissen. Er würde ihr weiterhelfen können.

»Sagt dir der Name *weiße Katze* etwas?«, begann Clara unvermittelt. Erst jetzt fiel ihr auf, dass Angelo ihr den richtigen Namen dieses Mannes nicht verraten hatte.

Pöttinger runzelte die Stirn. »Nie gehört. Was soll das sein?« Er musterte Clara erstaunt: »*Weiße Katze*? Klingt irgendwie albern, oder?«

»Es liegt an den Haaren, er ist blond, weißt du ...«, entgegnete Clara, und fasste sich unwillkürlich in ihre Haare, genauso, wie es Angelo bei seiner Erklärung gemacht hatte, doch dann brach sie kopfschüttelnd ab und ließ die Hand sinken. Es klang tatsächlich albern – wenn man nicht erlebt hatte, welche Wirkung dieser Name auf die Menschen hatte, die ihn kannten.

»Clara!« Jetzt sah Pöttinger eindeutig besorgt aus. »Ist alles in Ordnung mit dir?«

»Aber ja doch.« Clara wollte ihm beruhigend zulächeln, aber ihre Mundwinkel gehorchten ihr nicht. Pöttinger stand auf und ging zu dem schwer beladenen Bücherregal zu seiner Rechten. Dort schob er einige große graue Gesetzeskommentare beiseite und zog dahinter eine Flasche Cognac und zwei Gläser hervor. Er schenkte Clara großzügig ein und genehmigte sich selbst auch einen Fingerbreit.

»So. Und jetzt fang am Anfang an.«

Clara ließ die scharfe Flüssigkeit ihre Kehle hinunterrinnen und versuchte, die Zuversicht zurückzuholen, die sie beim Anblick dieses altbekannten Zimmers erfasst hatte. Er würde Rat wissen. Wie er immer Rat wusste. Sie räusperte sich und stellte das leere Glas auf Pöttingers Schreibtisch. »Du hast doch mal bei so einer Expertenkommission mitgewirkt, Strafverteidiger, Staatsanwälte, Richter, ging es da nicht um …«

»Organisierte Kriminalität«, vervollständigte Pöttinger. »Ja, aber das ist schon eine ganze Weile her. Hab mich damals ein bisschen unbeliebt bei der bayerischen Regierung gemacht, hätte mich fast die Zulassung gekostet.« Er bekam einen melancholischen Gesichtsausdruck.

»Wieso das denn?«

»Wegen eines Aufsatzes: *Das organisierte Verbrechen und die Parallelen zu den Machtstrukturen in der Politik am Beispiel Bayern*«, zitierte er würdevoll.

Clara musste unwillkürlich grinsen. »Dir ist echt nicht zu helfen, Arno.«

Pöttinger ließ sich zurück in seinen Stuhl plumpsen, der unter seinem Gewicht bedrohlich nachgab. »Danke für das Kompliment. Kann ich jetzt vielleicht dir helfen?«

»Na ja. Hoffentlich.« Clara begann zögernd zu erzählen, schilderte ihm Barlettas Nachstellungen, Ritas traurige Geschichte und ihr heutiges Gespräch mit Angelo. Am Ende zeigte sie Pöttinger die Zeichnung und meinte: »Bitte lach mich nicht aus, aber ich bin überzeugt davon, dass sich Malafonte mit der Mafia eingelassen hat. Sie wollen ihn töten. Und ich glaube, sie könnten das sogar im Gefängnis bewerkstelligen. Er ist in Lebensgefahr.« Sie faltete das Papier sorgfältig wieder zusammen, dann warf sie Pöttinger einen schrägen Blick zu. »Wie denkst du darüber?«

»'Ndrangheta«, gab Pöttinger nach kurzem Schweigen mit einem finsteren Gesichtsausdruck zur Antwort.

»Was?«

»Er stammt doch aus Kalabrien sagtest du, oder? Dort nennt man die Mafia 'Ndrangheta. Und mir scheint, du könntest durchaus recht haben.« Er verstummte.

»Ja, und weiter? Was kann ich tun, um ihm zu helfen? Wie kann ich an die Leute rankommen, die ...«, hakte Clara nach, etwas befremdet über Pöttingers brütendes Schweigen, doch er unterbrach sie barsch.

»Nichts weiter! Lass die Finger davon.«

»Wie bitte?« Clara wollte ihren Ohren nicht trauen. »Das sagst ausgerechnet du?«

»Jawohl. Ausgerechnet ich.« Er sah Clara eindringlich an. »Ich weiß, wovon ich rede. Ich musste mich damals in der Kommission mit dieser Scheiße intensiver beschäftigen, als mir lieb war. Hör also auf mich und lass – die – Finger – davon!«

»Aber ... das kann ich nicht!«, rief Clara fassungslos. »Ich kann jetzt nicht mehr aufhören. Ich habe ihm versprochen ...«

Pöttinger machte eine zornige Handbewegung. »Du kapierst es nicht, oder? Du kannst hier nichts ausrichten. Und es ist gefährlich. Scheißgefährlich, um genau zu sein.«

Clara schob trotzig das Kinn vor: »Stell dir vor, das ist mir auch schon aufgefallen.« Sie spürte, wie sie vor Anspannung und Enttäuschung zu zittern begann. »Man wüsste nur ganz gerne etwas mehr über diese Sache, die so *scheißgefährlich* ist, wenn man mittendrin steckt!« Ihre Stimme rutschte ab, und Clara versuchte mit aller Macht, die Tränen zurückzuhalten. Pöttinger wandte sich taktvoll ab und sah für einen Augenblick aus dem Fenster. Er kannte sie gut genug, um nicht zu versuchen, sie jetzt zu trösten, und Clara war ihm dankbar dafür. Sie wäre ihm sonst womöglich an die Gurgel gesprungen. Als sie sich wieder gefasst hatte, stand sie auf. »Du willst mir also nicht helfen?«

Pöttinger hob resigniert die Arme. » Ich versuche dir zu helfen, indem ich dir sage ..., nein, dich sogar bitte: Halte dich da raus.«

Clara presste die Lippen aufeinander und schwieg.

Pöttinger warf ihr einen kritischen Blick zu und schüttelte resigniert den Kopf. »Das war ja klar. Du stures Weib wirst natürlich nicht auf mich hören. Und was erwartest du von mir? Was soll ich tun?«

Clara hob die Schultern. Sie wusste nicht mehr weiter. Das Kind auf der Mauer wurde nicht festgehalten, wie es in seinem naiven Vertrauen gehofft hatte. Es stolperte, rutschte ab und fiel.

Pöttinger sah sie lange an, dann stand er auf und ging wieder zu seinem Bücherregal. Dieses Mal stöberte er länger darin herum, zog hier und dort einige der zweireihig gestapelten Bücher heraus und schob sie wieder an ihren Platz zurück, bis er endlich gefunden hatte, was er suchte. Er griff nach einem dicken, dunkelgrauen Ordner, der ganz hinten an der Wand geklemmt hatte, und reichte ihn Clara. »Versprich mir, dass du nichts, gar nichts unternimmst, bevor du den nicht sorgfältig durchgelesen und dich dann wieder bei mir gemeldet hast.«

Clara klappte den Ordner mühsam auf. Er war bis obenhin vollgestopft mit Zetteln und Blättern und Zeitungsausschnitten ohne erkennbare Ordnung. »Was ist das?«, wollte sie wissen.

»Lies es«, riet ihr Arno Pöttinger. »Da steht alles drin, was du wissen musst, und einiges, was du gar nicht wissen willst.«

Sie versuchte, das Ungetüm in ihrer Tasche zu verstauen, doch es passte nicht hinein, also klemmte sie sich den Ordner unter den Arm. »Ich werde es lesen, versprochen.« Dann ging sie spontan auf Pöttinger zu und küsste ihn. »Danke.«

Arno Pöttinger seufzte.

Als Clara endlich zuhause ankam, war es bereits später Nachmittag. Elise war fast vier Stunden allein zuhause gewesen und würde sie mit vorwurfsvollen Blicken empfangen. Hoffentlich nicht mit einem Missgeschick im Flur. Clara bekam ein schlechtes Gewissen und beeilte sich. Doch bevor sie in ihre Wohnung hinaufging, lief sie noch schnell zu dem kleinen Lebensmittelladen auf der gegenüberliegenden Straßenseite und kaufte eine Familienpackung Sahne-Karamelleis. Sobald sie Elise den wohlverdienten Spaziergang gegönnt hatte, würde sie sich für den Rest des Tages wieder auf ihre Couch zurückziehen und sich und ihren Hund mit ihrem gemeinsamen Lieblingseis verwöhnen. Clara hatte kein Problem damit, die 1300-Gramm-Packung auf einmal zu verputzen, wenn ihre Seele danach verlangte. Und dies war heute definitiv der Fall. Außerdem brauchte sie Zeit, um nachzudenken und zu lesen.

Als sie fünf Minuten später an die Haustür trat, das Eis und Pöttingers Ordner unter ihren einen, die Tasche und ihre Jacke unter den anderen Arm geklemmt, knirschte es plötzlich unter ihren Schuhen. Wie erstarrt blieb sie stehen und sah langsam und mit einem unangenehmen Kribbeln in der Magengegend, das bereits vorwegnahm, was sie gleich sehen würde, nach oben. Und richtig: Die Glühbirne, die Clara gestern im Beisein der Hausmeisterin eigenhändig ausgewechselt hatte, war wieder kaputt. Offenbar hatte sie jemand erneut zerschlagen. Lediglich ein paar spitze, nadelscharfe Zacken ragten noch aus der Fassung heraus. Der Rest lag in dünnen Scherben unter den Absätzen ihrer Stiefel. Clara begann zu frösteln. Sie stellte das Eis auf den Boden, vorsichtig darauf bedacht, es nicht in die Scherben zu legen, und kramte in ihrer Tasche nach dem Schlüsselbund. Ein merkwürdiges Gefühl beschlich sie, während sie die Tür aufsperrte und mit ihren Sachen nach oben ging. Er war wieder da gewesen. Sie wusste genau, dass die Lampe heute Morgen, als sie aus dem Haus gegangen war, noch intakt gewesen war. Sie hatte hinaufgesehen, dieser Blick war ihr schon fast zur ängstlichen Routine geworden, seit sie das erste Mal im Dunkeln nach Hause gekommen war und er im Hinterhof stumm auf sie gewartet hatte. Also musste er gekommen sein, als sie nicht da war. Nur um ein weiteres Mal die Glühbirne zu zerschlagen? Wohl kaum. Clara glaubte keine Sekunde daran, dass das ein Zufall war. Er hatte bisher jeden ihrer Schritte überwacht, war ihr in die Pizzeria, in die U-Bahn, ins Gefängnis gefolgt. Das bedeutete, dass er den Zeitpunkt hierherzukommen gezielt gewählt hatte, dass er beobachtet hatte, wie sie weggefahren war, und dass ihm etwas anderes wichtiger gewesen war, als ihr zu folgen. Aber was? Das Einzige, das ihr nach kurzem Nachdenken einfiel, veranlasste sie, so schnell sie konnte die Treppe zu ihrer Wohnung hinaufzuhetzen, immer zwei Stufen auf einmal. »Bitte, bitte nicht!«, flüsterte sie krampfhaft, wie eine Beschwörungsformel, bei jedem Atemzug. Vor der Wohnungstür ließ sie Eis und Tasche achtlos zu Boden fallen und steckte den Schlüssel ins Schloss. Die Tür war nicht abgesperrt, sondern nur zugezogen. Ihr Magen zog sich schmerzhaft zusammen, als ihr einfiel, dass sie selbst heute Morgen vergessen hatte, sie abzusperren. Es war ein Leichtes, sie ohne Schlüssel aufzubekommen. Clara selbst hatte sie schon öfters mit einem Draht aufgemacht, immer wenn sie oder Sean die Schlüssel vergessen hatten. Als kein Tapsen hinter der Tür und kein fröhliches Wuff ertönte, versuchte sie sich dennoch einzureden, Elise schliefe lediglich wieder einmal verbotenerweise in ihrem Bett, aus Rache dafür, dass sie nicht mitgedurft hatte, und Clara höre sie deshalb nicht. Doch es war ein vergebliches Bemühen. Noch während sie die Tür aufstieß und laut nach ihrer Dogge rief, wusste sie, dass keine Antwort kommen würde. Dennoch rief sie immer weiter ihren Namen, immer lauter, hysterisch, mit zitternder Stimme, während sie in jedes Zimmer ging, immer in der Angst, Elises leblosen Körper dort liegen zu sehen. Doch es gab nichts. Die Zimmer waren leer, still und unberührt. Elise war fort.

KALABRIEN

Tu non si omu, si na pezza e nenti
Carne venduta i carogna infamanti
E tu non si degnu di campari …

Du bist kein Mann, du bist ein Nichts
Verkauftes Fleisch, Leiche eines Schandhaften
Und du bist es nicht wert zu leben …

Aus: »Omertà, Onuri e Sangu; Il Canto di Malavita«
Traditionelle Lieder der kalabresischen Mafia

Mimmo Battaglia hatte endlich einen Freund gefunden. Obwohl, anfangs hatte es gar nicht so ausgesehen. Zunächst war ihm das Geschenk, das er von Orazio Sant'Angelo erhalten hatte, wie ein Feind erschienen. Als Mimmo an jenem Tag den Laden des Barbiere Salvatore verließ, drückte der Revolver schwer auf seinen weichen Bauch und scheuerte an dem Innenfutter der Jacke, die er sich hastig übergeworfen hatte, damit niemand die Waffe in seinem Hosenbund bemerkte. Als er zuhause die Waffe herauszog und auf den Küchentisch legte, war sein Hemd feucht von Schweiß. Er zog es aus und warf es achtlos auf den Boden. Vor ihm auf dem Tisch lag der Revolver der *weißen Katze,* glänzend und gefährlich. Mimmo nahm ihn in die Hand, vorsichtig, wie ein unbekanntes Tier. Er war schwer und warm von der Hitze seines eigenen Köpers. Schaudernd legte er ihn auf den Tisch zurück und verfluchte den Tag, an dem sie ihn das erste Mal angerufen hatten. Warum nur hatten sie ausgerechnet ihn auswählen müssen? Warum musste er derjenige sein, der seinen Freund verriet? Und jetzt sollte er ein zweites Mal zum Mörder werden. Sollte einen jungen Mann, ein Kind fast noch, töten. Es war nicht fair, dass es immer ihn traf. Was hatte er nur getan, dass ihm das Schicksal so übel mitspielte? Warum ließ man ihn nicht einfach in Ruhe?

Er wandte sich von der Waffe ab und ging ins Wohnzimmer, um sich einen großen Grappa einzuschenken. Den hatte er sich auf den Schreck hin leidlich verdient, fand er, auch wenn es noch nicht einmal Mittag war. Er ging mit dem vollen Glas in der Hand hinaus auf seine Dachterrasse. Es war schwül. Viel zu warm für April, und doch war es eigentlich ganz normal. Es war immer zu warm. Über den roten und braunen Dächern der Altstadt mit dem Gewirr der dünnfingrigen Antennen flimmerte bereits die Hitze. Bald würde der Sommer endgültig da sein, und man würde die Terrasse nur noch in den Abendstunden nutzen können. Wenn die tobende Hitze endlich zur Ruhe kam und die Menschen aus ihren Häusern auf die engen Gassen traten, die, aufgeheizt vom Tag, die Wärme nur langsam abgaben. An solchen Tagen hatte Mimmo Battaglia immer auf seiner Terrasse gesessen, ein Glas Nero d'Avola in der Hand, und den Wortfetzen gelauscht, die von unten zu ihm heraufdrangen, dem Lachen und Rufen der Teenager, die sich vorne an der Piazza trafen, dem Klappern der hohen Absätze an den schlanken, gebräunten Füßen der jungen Frauen, dem wütenden Kreischen der frisierten Vespas und *motorini*, den Klingeltönen zahlreicher Handys, die immer mit einem genervten und zugleich begierigen »Pronto? Pronto?« zum Verstummen gebracht wurden, nur um vom nächsten Piepsen oder einer blechern-digitalisierten Arie von Aida abgelöst zu werden. Er aber hatte Abend für Abend dort oben gesessen, erfrischt von einer leichten Brise, die vom Hafen her wehte und den Geruch von Fisch und Salz mit sich brachte. Dieser Wind erreichte nicht die

Gassen unter ihm, er strich nur über die Dächer hinweg, liebkoste die wenigen Terrassen dort oben mit ihren gepflegten Lorbeer- und Oleanderbüschen in von der Sonne gebleichten Terrakottatöpfen und ließ die bunt gestreiften Sonnensegel, die darüber gespannt waren, leicht erzittern wie unter einer sanften Berührung.

Mimmo fröstelte trotz der Vormittagshitze, als ihm plötzlich bewusst wurde, dass es in diesem Sommer nicht mehr so sein würde. Es würde keinen einzigen solchen Sommer mehr für ihn geben. Entweder, er war dann schon zum Mörder geworden, und zwar zu einem Mörder, der mit eigener Hand getötet hatte, nicht nur durch ein paar Sätze am Telefon, die man versuchen konnte zu vergessen, oder aber, er hatte es nicht getan, nicht geschafft, und dann wäre er wohl kaum mehr am Leben. Ein anderer würde dann hier oben sitzen und dem Flug der Schwalben durch die violette Dämmerung zusehen, eine Zigarre in der Hand, eine schöne Frau im Arm. Mimmo starrte in sein Glas, in dem der Grappa klar wie Wasser und noch unberührt auf den ersten Schluck wartete. Eine schöne Frau hatte er schon sehr lange nicht mehr im Arm gehalten, dachte er noch, wehmütig, dann drehte er seiner Terrasse und der flirrenden, verheißungsvollen Frühlingswärme den Rücken zu und schloss die Läden. Er wollte nicht mehr dort hinausgehen. Die Helligkeit war nichts mehr für ihn. Er trank das Glas in einem Zug noch im Stehen, dann ging er zu seiner Couch und ließ sich schwer darauffallen. Er schenkte sich noch einmal ein, dann ein drittes Mal. Der warme, starke Alkohol rann beißend seine Kehle hinunter, doch er reichte nicht aus, die Beklemmung zu lösen, die ihn dort draußen auf der Terrasse erfasst hatte. Wie eine Zange hielt sie ihn gefangen und zerquetschte langsam und gründlich das, was von seinem Herzen noch übrig geblieben war. Schweiß perlte von seiner Stirn und tropfte ihm ätzend in die Augenwinkel. Er zwinkerte, wischte sich die

Augen und merkte, dass es nicht nur Schweiß war. Er nahm die halbleere Grappaflasche und setzte sie an den Mund. In langen, gierigen, verzweifelten Schlucken trank er, als ob es sich um Leitungswasser handelte. Ein Verdurstender in der Wüste seines Herzens. Und endlich, endlich begann der Alkohol zu wirken, er tauchte seinen Geist in ein sanftes Zwielicht, ließ die Konturen des abgedunkelten Wohnzimmers verschwimmen. Seine Hand, die die leere Flasche umklammert hielt, sank zu Boden, sein Kopf fiel schwer auf die Lehne seines Sofas. Und dann, langsam, in Zeitlupe, begann der Revolver auf dem Küchentisch zu schweben, er drehte sich im Kreis, immer schneller, bis er nur noch ein blitzender Wirbel aus Schwärze und Metall war und schließlich verschwand.

Als Mimmo Battaglia aus seinem Rausch erwachte, war es bereits Nachmittag. Die Sonne brannte auf die Häuser und schickte ihre Strahlen durch die Schlitze der Fensterläden in sein Wohnzimmer. Staub tanzte in den leuchtenden Bahnen, und die Luft war stickig. Seine Haare klebten ihm am Nacken und an den Schläfen, und sein Mund schmeckte nach schalem Alkohol. Angewidert wandte er den Blick von der leeren Flasche am Boden ab. Dann stand er schwerfällig auf und ging in die Küche, um Wasser zu trinken. Der Revolver lag noch immer auf dem Tisch, er hatte sich nicht aufgelöst, wie ihm seine Träume vorgegaukelt hatten. Er hielt seinen Kopf unter den Wasserhahn, aus dem nur leidlich kaltes Wasser in einem schwachen, matten Strahl rann. Nachmittags um diese Zeit gab es nicht mehr viel Wasser in der Stadt. Dann trank er direkt aus dem Hahn, und er spürte, wie ihm dabei übel wurde. Er erbrach sich in das Spülbecken, nichts als stinkende, grüne Galle und Wasser. Er ließ das armselige Wasserrinnsal darüberlaufen, bis es fast versiegte, und fing die letzten Tropfen in seiner Mokkakanne auf. Dann entzündete er die Gasflamme an seinem Herd und stellte die bis obenhin mit schwarzem, duftendem Kaffeepulver gefüllte Kanne darauf.

Während das Wasser sich langsam erhitzte, griff Mimmo erneut nach der Waffe, diesem Fremdkörper in seiner Küche. Dieses Mal fühlte sie sich jedoch weit weniger bedrohlich an, als noch ein paar Stunden zuvor. Seine Finger schlossen sich wie selbstverständlich um den Schaft, er lag gut in seiner Hand. Er hob den Arm, zielte auf die brodelnde Kanne und schloss dabei ein Auge. »Paff!«, machte er und tat so, als würde er den Abzug betätigen. Und noch einmal. »Paff!«, die Uhr über der Tür, und »Paff! Paff!«, die schmutzigen Tassen neben der Spüle. Danach legte er den Revolver wieder zurück auf den Tisch. Ehrfürchtig, fast schon liebevoll. Und während er seinen Espresso trank und sich eine Zigarette anzündete, spürte er dem Gefühl nach, das der Revolver in seiner Hand hinterlassen hatte. Ein Gefühl der Stärke, nein, nicht ganz. Ein Gefühl von Macht war es gewesen. Eine Macht, die alles übertraf, was er bisher erlebt hatte. Als Journalist hatte er immer um die Macht der Worte gewusst. Worte konnten wachrütteln und empören ebenso wie manipulieren, aufwiegeln, erniedrigen, lügen, einlullen und zerstören. Doch die Macht, die einem eine tödliche Waffe wie diese verlieh, war jenseits aller Worte. Sie fegte jedes Wort beiseite, ließ keinen Raum für Argumente, für Verteidigung und Rechtfertigung. »Paff!« Seine Lippen formten lautlos dieses Comic-Wort, das die Wirkung verharmloste und so tat, als ob man nur Krach machen wollte.

»Paff! Paff! Paff!«

Und plötzlich begann er es für möglich zu halten. Plötzlich begann er daran zu glauben, dass er die Terrasse diesen Sommer womöglich doch wieder betreten konnte. Dass alles so sein würde wie früher. Nur besser. Plötzlich begann er zu verstehen, welche Chance ihm Orazio Sant'Angelo mit diesem Auftrag gegeben hatte: Er durfte sich beweisen, konnte aus dieser untersten Schublade der kleinen, stummen, feigen Verräter heraustreten, konnte sein Gesicht wieder zeigen. Er dachte an Salvatores Gesichtsausdruck, als er und die *weiße Katze* aus der schäbigen Kammer herausgetreten waren. Achtung und Respekt. War es nicht das gewesen, was Salvatores Miene zum Ausdruck gebracht hatte? Achtung und Respekt. Und Orazio Sant'Angelo hatte ihm, Mimmo Battaglia, die Chance gegeben, sich diese Achtung und diesen Respekt zu erringen. Er vertraute ihm, er wusste, dass er ihn niemals verraten würde, er hatte gewusst, noch vor Mimmo Battaglia selbst, dass er, er ganz allein das Zeug dazu hatte, diese Aufgabe zu Ende zu bringen. Er hatte es begonnen und er würde es beenden. Und danach würde er wieder dort oben sitzen, auf seiner Terrasse über den Dächern der Stadt und hinunterlauschen in den Lärm der engen Gassen, die der Wind vom Meer niemals erreichte. Mimmo Battaglia stand auf und nahm den Revolver. Er trug ihn hinüber in sein Schlafzimmer und legte ihn in die Schublade seines Nachttisches. Dann ging er zurück in sein Wohnzimmer und öffnete die Läden der beiden Fenster und der Terrassentür. Licht flutete herein.

MÜNCHEN

Es gab kein Zeichen, dass derjenige, der Elise mitgenommen hatte, irgendetwas anderes in ihrer Wohnung gestohlen oder auch nur berührt hatte. Alles war genauso, wie Clara es heute Vormittag verlassen hatte. Sogar die Leine hing noch am Haken hinter der Tür. Ihr Hund war verschwunden, ohne eine Spur zu hinterlassen. Clara sank in die Knie. Sie hörte sich laut aufschreien und erschrak selbst angesichts der Verzweiflung und der hilflosen Wut, die mit diesem Schrei aus ihr hervorbrachen. Sie schlug die Hände vor das Gesicht und begann zu weinen. Laut und klagend wie ein Kind. Doch der Schmerz wurde nicht weniger, er wurde stärker und stärker, mit jedem Laut. Sie wusste, dass sie Elise nicht wiedersehen würde. Sie wusste es mit einer Sicherheit, die so tief in ihr verankert war, dass es unmöglich schien, sie zu hinterfragen. Diese Leute erschossen Familienväter am hellen Tag auf dem Marktplatz, ohne je bestraft zu werden. Sie brachten Kinder dazu, kleinen Mädchen die Schoßhündchen zu stehlen, um sie für ein paar tausend Lire an ein Versuchslabor zu verscherbeln. Solche Menschen ließen keine Tiere leben. Clara stöhnte auf bei diesem Gedanken und schob ihn so weit von sich, wie sie nur konnte. Elise war tot, sie war sicher tot, ihr lebloser Körper lag irgendwo, unten an der Isar vielleicht, nein, wahrscheinlich hatte dieser gottverdammte Saukerl sie ins Wasser geworfen, sie trieb ab, den Fluss hinunter, aus der Stadt hinaus, um irgendwo anzulanden, ein namenloser Tierkadaver, der niemanden interessierte. Sie würde nie erfahren, was aus ihr geworden war, es war Teil des Plans, sie im Ungewissen zu lassen, sie hoffen zu lassen, sie gefügig zu machen.

Doch sie hoffte nicht. Sie hoffte nicht. Hoffte nicht.

Irgendjemand tippte sie vorsichtig an die Schulter. Zaghaft, wie ein kleiner Vogel pickte es durch ihre Bluse, immer wieder, hartnäckig. »Frau Niklas!« Endlich drang eine Stimme durch die Flut ihrer Tränen, und Clara fuhr herum. Hinter ihr schrak Frau Manninger, die Hausmeisterin, angesichts der hastigen Bewegung zusammen. »Frau Niklas!« Ihre Stimme war schrill, zu Tode erschrocken. »Was ist mit Ihnen? Ist was mit Ihrem Sohn?«

Clara schüttelte den Kopf und stand schwerfällig auf. »Nein. Elise, mein Hund!« Und zum ersten Mal war sie froh darüber, dass Sean bei seinem Vater war, weit, weit weg von hier.

»Ach!« Frau Manninger schien dennoch betroffen. »Is' er Ihnen davong'laufen?«

»Nein. Er wurde gestohlen.« Clara versuchte, sich mit dem Handrücken die Tränen aus dem Gesicht zu wischen. Die schwarzen Spuren der Mascara auf ihren Händen zeigten jedoch, dass sie damit alles nur noch schlimmer machte. »Ich muss die Polizei rufen, Frau Manninger. Ich weiß, wer es gewesen ist.« Sie begann wieder zu schluchzen.

Plötzlich kam Leben in Frau Manninger. Mit einem überraschend festen Griff nahm sie Clara beim Arm und führte sie in die Küche. Dort drückte sie sie energisch auf einen der Küchenstühle und meinte: »Sie trinken jetzt erst amal an Schnaps. Ham S' so was daheim? Sonst hol ich einen von mei'm Mann, der hat g'nug davon.«

Clara musste trotz ihrer Tränen lächeln. Sie deutete zur Tür »Whiskey«, nuschelte sie mit verstopfter Nase. »Im Wohnzimmer.«

Frau Manninger warf Clara, die wie ein Häufchen Elend auf

ihrem Stuhl saß, einen strengen Blick zu, der besagte, sie solle es nicht wagen, in ihrer Abwesenheit etwa vom Stuhl zu fallen, und wieselte zur Küche hinaus. Sie kam mit der Flasche zurück und füllte ein Wasserglas großzügig bis zum Rand.

Clara nahm einen Schluck, dann stellte sie das Glas auf den Tisch. »Danke«, murmelte sie und war erstaunt darüber, welch große Dankbarkeit diese kleine Geste in ihr auslöste. In ihre Augen traten erneut Tränen und sie schniefte.

Frau Manninger tätschelte ihr die Schulter und meinte beruhigend: »Na, na, na, das wird schon wieder, das Hunderl taucht schon wieder auf.«

Clara schüttelte heftig den Kopf: »Sie ist nicht davongelaufen! Sie wurde gestohlen!« Sie hörte, wie ihre Stimme schon wieder gefährlich kippte, und nahm noch einen Schluck Whiskey. Dann stand sie auf. »Ich muss die Polizei rufen!«, sagte sie mit etwas festerer Stimme und ging hinaus zum Telefon.

Frau Manninger folgte ihr: »Glauben S' wirklich, dass des was bringt?«, wandte sie vorsichtig zweifelnd ein, doch Clara beachtete sie nicht. Sie wählte die Notrufnummer und meldete einen Einbruch. Der Beamte am Apparat nahm gewissenhaft ihren Namen und die Adresse auf und versprach, umgehend jemanden vorbeizuschicken. Clara atmete auf. Jetzt würde etwas geschehen. Sie wandte sich an die Hausmeisterin, die wie ein Schatten hinter ihr stand, und nahm ihre beiden Hände. Sie waren schmal und knochig, die Haut wie Papier. »Vielen Dank für Ihre Hilfe!«

Die kleine Frau senkte den Kopf: »Aber des ist doch selbstverständlich«, murmelte sie unangenehm berührt und löste ihre Hände aus Claras Griff.

Clara begleitete sie zur Tür, die noch immer offen stand. Davor lagen ihre Aktentasche und das Eis, das sie fallen gelassen hatte. Der Deckel war aufgeplatzt, und die geschmolzene Eiscreme hatte sich über ihren Fußabstreifer und den ganzen

Treppenabsatz verteilt und begann bereits auf die Stufen darunter zu tropfen.

Clara schlug die Hände vors Gesicht: »Oh Gott! Ich muss das wegputzen, wenn die Polizei kommt …« Sie verharrte in der Stellung, und erneut kamen ihr die Tränen. Es schien ihr, als wäre das ausgelaufene Eis mehr, als sie ertragen konnte, eine Katastrophe, die der anderen hinzugefügt worden war, um ihr endgültig den Rest zu geben. Sie schluchzte auf. Doch Frau Manninger zog ihr mit einiger Kraftanstrengung die Hände vom Gesicht und schob sie mit sanfter Gewalt zurück in die Wohnung. »Sie machen da gar nix, Frau Niklas. Ich putz jetzt das Treppenhaus, und bis die Polizei kommt, is alles piccobello.« Dann drückte sie ihr die Aktentasche in die Hand und meinte abschließend: »Wenn S' noch was brauchen, dann rufen S' mich, gell?«

Clara nickte und umklammerte ihre Tasche. Frau Manninger warf ihr einen prüfenden Blick zu, sie schien abzuwägen, ob sie sie allein lassen könne, dann entschied sie sich dafür und ging rasch die Treppen hinunter, um ihr Putzzeug zu holen. Clara schloss langsam die Wohnungstür und lehnte sich erschöpft von innen dagegen. Sie wollte ins Bad gehen und sich das Gesicht waschen. Doch sie hatte nicht die Kraft dazu. Langsam sank sie in die Knie und blieb am Boden sitzen, mit dem Rücken an die Tür gelehnt. Nach einer Weile hörte sie, wie Frau Manninger die Treppe wieder heraufkam. Der Putzlappen wurde ausgewrungen, sie hörte das Wasser im Eimer plätschern und dann die regelmäßigen Wischbewegungen, mit denen sie den Boden säuberte. Der schrille Ton der Klingel direkt über ihrem Kopf ließ Clara hochfahren. Sie drückte auf den Türöffner und wischte sich ein letztes Mal über das Gesicht, in der Hoffnung, die Tränenspuren zu beseitigen. Dann ließ sie die zwei Polizeibeamten, die gerade über Frau Manningers Putzeimer kletterten, eintreten.

»Aha.« Der Beamte, der Claras Schilderung aufgenommen hatte, zwinkerte und rieb sich die Augen. »Woher wissen Sie denn, dass es ein Einbruch war?«, fragte er schließlich.

»Wie bitte?« Clara schaute ihn verständnislos an. »Ich sagte doch gerade, mein Hund wurde gestohlen und ...«

»Ja, ja!« Der Beamte winkte lässig ab. »Das haben Sie uns schon erzählt. Aber soweit ich sehe, gibt es keinerlei Einbruchspuren, es wurde nichts durchsucht und nichts entwendet ... außer Ihrem Hund.« Er las demonstrativ von seinem Notizblock ab: »Eine graue Dogge, die auf den Namen Elise hört.«

Clara starrte ihn an. Dann wandte sie ihren Blick dem zweiten Polizisten zu, der lässig an der Wand lehnte, die Daumen in seinen Hosenbund gehakt. Er grinste.

»Was gibt es da zu lachen?«, fauchte sie.

»Na, na, na!«, wies der sie zurecht. »Jetzt werden wir mal nicht aggressiv, junge Frau!«

»*Ich* bin nicht aggressiv, *junger Mann«,* gab Clara schnippisch zurück. Dann wandte sie sich wieder dem anderen Beamten zu: »Sie glauben mir also nicht?«

Der schüttelte abwehrend den Kopf. »Das habe ich nicht gesagt. Ich habe nur die Fakten aufgezählt.«

»Aber Fakt ist auch, dass eingebrochen wurde! Und ich weiß auch, wer es war«, fügte Clara triumphierend hinzu.

»Ach?« Der Beamte schritt durch den Flur und blieb an der offenen Küchentür stehen. »Es kann doch auch sein, dass Ihr Hund davongelaufen ist, oder?« Sein Blick fiel auf die Whiskeyflasche und das halbvolle Glas auf dem Tisch. Er drehte sich mit bedeutungsvoller Miene zu seinem Kollegen um. »Sie haben getrunken?«, fragte er Clara.

»Nein«, antwortete Clara, und ihre Stimme zitterte vor Wut. Sie ging an den Beamten vorbei in die Küche und holte eine Schachtel Zigaretten aus der Besteckschublade. Mit fahrigen Fingern zündete sie sich eine an.

»Sie wollen also gar nicht wissen, wer bei mir eingebrochen hat?«, fragte sie. Der ältere Beamte schüttelte seufzend den Kopf, dann meinte er ergeben: »Doch, doch, schießen Sie los.«

»Sein Name ist Gaetano Barletta«, begann Clara, wurde jedoch sofort wieder unterbrochen.

»Adresse?«, fragte der Polizist und zückte endlich seinen Notizblock.

»Die kenne ich nicht«, gab Clara zurück. »Er ist Italiener, er verfolgt mich seit längerem, ich ...«

»Warum verfolgt er sie denn?«, wollte der junge Beamte wissen. Er hatte sich jetzt zu seinem Kollegen in die Küche gedrängt und bildete mit ihm zusammen ein Bollwerk vor der Tür. Unwillkürlich wich Clara einen Schritt zurück.

»Er ... er verfolgt eigentlich nicht mich«, sie hörte, wie ihre Stimme wieder unsicher zu werden begann, und versuchte, sich zu sammeln. »Ich bin Anwältin, ich verteidige einen jungen Mann, er ist auch Italiener. Er sitzt gerade im Gefängnis, wegen einer Bagatellsache, die hat nichts mit Barletta zu tun, er verfolgt meinen Mandanten wegen einer anderen Geschichte, er will ihn töten ...«

Der junge Beamte gab ein verächtliches Schnauben von sich und schüttelte den Kopf. Sein Kollege rieb sich erneut die Augen und meinte schließlich betont langsam: »Und dieser Beretta ...«

»Barletta!«, korrigierte ihn Clara und spürte, wie der Rest Hoffnung, den sie sich seit ihrem Anruf bei der Polizei hartnäckig bewahrt hatte, zu schwinden begann. »Er heißt Gaetano Barletta!«

»Wie auch immer. Also, dieser Italiener will Ihren Mandanten töten, und weil der im Gefängnis sitzt, hat er stattdessen Ihren Hund gestohlen?« Er hob ironisch die Augenbrauen. Der andere Polizist lachte.

Clara hatte nicht mehr die Kraft zu einer scharfen Erwiderung. Die beiden Beamten standen breitbeinig in ihrer kleinen Küche und maßen sie mit genervten, spöttischen Blicken. Dies und die Tatsache, dass sie ihr die Tür versperrten, ließen ihr den Schweiß ausbrechen. Sie ging rastlos einen Schritt zum Fenster und wieder zurück. Plötzlich wurde ihr schwindlig, und sie drückte hastig die Zigarette in dem Aschenbecher neben der Spüle aus. Krampfhaft klammerte sie sich an der Arbeitsplatte fest. Ihr Blick fiel auf das schmutzige Geschirr, das sich dort gesammelt hatte. Eine stattliche Anzahl Gläser, Tassen und Teller standen dort, unordentlich zusammengeschoben in einem verkrusteten Milchtopf und einer fettigen Bratpfanne. Sie war noch nicht dazu gekommen, es in die Spülmaschine zu räumen. Eine leere Flasche Wein und ein halbvolles Rotweinglas standen daneben. Einige ertrunkene Fruchtfliegen schwammen darin. Sie schloss für einen Moment die Augen und atmete tief ein. Die Beamten verschwanden aus ihrem Blickfeld, und der Schwindel ebbte langsam ab.

»Ist Ihnen nicht gut?« Die Stimme des älteren Polizisten drang scheinheilig teilnahmsvoll an ihr Ohr. Sie öffnete die Augen wieder und schüttelte den Kopf. »Wenn Sie bitte die Küche verlassen würden?« Sie wedelte mit ihrer Hand und scheuchte die beiden Männer, die ihr prompt gehorchten, zur Tür in den Flur hinaus. Ihr war, als strömte frische Luft herein und in ihre Lungen. Ihr Blick fiel auf das Glas auf dem Tisch, und sie nahm es achselzuckend, während sie den beiden Polizeibeamten hinausfolgte. »Ist der Ruf erst einmal ruiniert ...«, murmelte sie vor sich hin und kippte die bernsteinfarbene Flüssigkeit vor den Augen der Polizisten hinunter. Der Alkohol brannte scharf in ihrer Kehle, und ihre Augen tränten ein wenig, aber der zittrige Schwindel, der sie in der Küche erfasst hatte, war verflogen. Mit angriffslustig vorgeschobenem Kinn starrte sie die Beamten an. Ein ungemütliches Schweigen machte sich breit, und Clara war nicht gewillt, es als Erste zu brechen. Sie hatte gesagt, was zu sagen war. Mehr gab es nicht hinzuzufügen. Nach einer Weile räusperte sich der junge Polizist und meinte: »War das alles, Frau … äh, Niklas?«

Clara nickte, und in ihrem Blick lag so viel Verachtung, dass der Beamte sichtlich zurückzuckte. Doch er fasste sich rasch und wandte sich mit überheblich heruntergezogenen Mundwinkeln zum Gehen. Sein älterer Kollege schob achselzuckend den Notizblock in die Innentasche seiner Uniformjacke und folgte ihm. Clara begleitete die beiden stumm zur Tür. Als die beiden schon an der Treppe standen, rief sie ihnen noch nach: »Sie haben mich gar nicht gefragt, weshalb Gaetano Barletta meinen Mandanten töten will. Ist das nicht wichtig für Ihre … Ermittlungen?«

Die Beamten starrten sie betreten an. Es war klar, dass sie an ihrem Verstand zweifelten. Hatten Sie ihr nicht deutlich gemacht, was sie von der Geschichte hielten? Hatte sie denn nichts kapiert? Offensichtlich nicht.

»Gut, weshalb also will er ihn töten?«, fragte der Ältere nach kurzem Zögern pflichtschuldig, so wie wenn man einem kleinen Kind das zehnte Mal die erbetene Frage stellt, die es ihm ermöglicht, eine witzige Antwort zu geben und sich darüber kaputtzulachen.

Clara antwortete mit einem eisigen Lächeln: »Weil es die *weiße Katze* so befohlen hat!« Ihr Lächeln wurde breiter, als sie die Gesichter der beiden Männer sah. Sie nickte ihnen zu: »Meine Herren, vielen Dank für Ihre Mühe« und schloss mit einem heftigen Ruck die Tür. Dann ging sie in die Küche und begann, das schmutzige Geschirr in die Spülmaschine zu räumen, während ihr die Tränen über das Gesicht liefen.

Trotz besseren Wissens suchte Clara nach Elise. Sie klingelte bei den Nachbarn, klapperte die umliegenden Geschäfte ab, rief die Tierheime an. Dann lief sie hinunter zur Isar, am

Ufer des Flusses entlang, stadteinwärts und stadtauswärts. Sie fragte die Spaziergänger dort, spielende Kinder, Liebespaare. Und wusste dabei doch die ganze Zeit, dass es vergeblich war. Irgendwann wurde es dunkel und ungemütlich. Ein kühler Wind zerrte an ihren Haaren und an ihrer Jacke. Sie ging nachhause. Doch die leere Wohnung flößte ihr Angst ein, das Geräusch ihrer Schritte im Flur, das Ticken der Küchenuhr. Was, wenn er zurückkam? Er war eingebrochen, ohne Spuren zu hinterlassen. Niemand hatte ihn gesehen. Er konnte es wieder tun. Sie war versucht, Pöttinger anzurufen, ließ es aber sein. Sie wusste genau, was er sagen würde, und das wollte sie nicht hören. Nach einer unruhigen halben Stunde, in der sie abwechselnd auf und ab gegangen war und regungslos auf den Kastanienbaum vor ihrem Wohnzimmerfenster gestarrt hatte, zog sie sich ihren dicken grünen Tweedmantel und ihre Stiefel an und machte sich auf den Weg ins Murphy's.

Es war laut und voll wie immer. Clara setzte sich zu Mick an die Theke und schüttelte abwehrend den Kopf, als Mick automatisch ihr Stammglas füllen wollte. Nein, keinen Whiskey mehr heute Abend.

Er stellte ihr ein Bier hin und musterte sie prüfend. »Alles o. k.?«

Clara starrte trübsinnig in ihr Glas, ohne zu trinken. »Kann man nicht sagen, nein, wirklich nicht.« Sie steckte sich eine Zigarette in den Mund, und Mick gab ihr zuvorkommend Feuer. Auf dem Barhocker neben ihr hustete jemand demonstrativ. Clara warf einen Blick hinüber zu der Frau, die dort vor einem Glas Wasser saß und heftig mit der verknickten Getränkekarte wedelte. Clara rückte ein wenig von ihr ab und blies den Rauch in die andere Richtung, obwohl dies in einem Lokal, in dem die Rauchschwaden wie in einer Räucherkammer an der Decke schwebten, eine ähnliche Wirkung hatte, wie einen Brand mit einer Spritzpistole löschen zu wollen. Die Frau würdigte

Claras Bemühungen auch in keiner Weise und hustete weiter. Es klang so, als ob sie kurz vor dem Ersticken wäre. Clara hob die Augenbrauen und sah Mick an, der ihr viel sagend zublinzelte. Der Begleiter der Frau, ein hagerer Mann mit Nickelbrille und einer Beatlesfrisur, bot seiner keuchenden Begleitung an, mit ihm den Platz zu tauschen, was sie mit einem vorwurfsvollen Blick in Claras Richtung dankend annahm. Während die beiden umständlich von den Barhockern herunterkletterten, hatte Clara das Gefühl, eine Giftschlange zwischen ihren Fingern zu halten, so demonstrativ wandten sich die beiden von ihr ab. Sie nahm noch einen Zug von der Zigarette und meinte schließlich leicht genervt: »Warum setzen Sie sich nicht dort hinüber an einen der Tische, dort raucht niemand.«

Das Husten verstummte augenblicklich. Die Frau warf ihrem Begleiter einen leidenden Blick zu, der ihn veranlasste, sich zu seiner ganzen Größe aufzuplustern. »Das ist doch wohl der Gipfel!«, begann er und bedachte Clara mit einem Blick, der für besonders widerwärtige Zeitgenossen reserviert zu sein schien. »Sie verpesten hier die Luft mit Ihrem Gift, Sie ...«, er deutete mit einem Finger auf Clara und wedelte oberlehrerhaft herum, eine Geste, die Clara ganz besonders hasste, »Sie vergiften Ihre Mitmenschen rücksichtslos und genauso vorsätzlich wie ein Mörder und verlangen von uns, dass ...«

Weiter kam er nicht. Clara hatte mit der flachen Hand auf den Tisch geschlagen. Ihre Augen funkelten gefährlich. Mit der noch immer glimmenden Zigarette in der Hand schob sie sich ganz nahe an den Mann heran. Er wich ein paar Zentimeter zurück.

»Jetzt hören Sie mir mal genau zu, sie selbstgerechtes Arschloch!«, sagte sie so laut, dass sich ein paar Köpfe in der Nähe nach ihr umdrehten. »Ich könnte Ihnen mehr über Rücksichtslosigkeiten und über Mörder erzählen, als Ihnen und Ihrer asthmatischen Tussi lieb sein dürfte. Ich würde also vorschlagen, Sie lassen mich in Frieden und trinken Ihr Wasser da drüben, weit, weit weg von mir. In Ordnung?«

Sie sah aus den Augenwinkeln, wie die Frau ihren Begleiter am Ärmel zupfte und aufstand. Sie hustete nicht mehr. Der Mann war sichtlich aus der Fassung gebracht. Er öffnete den Mund und klappte ihn dann wieder zu, ohne etwas zu sagen. Endlich packte er mit einer heftigen Bewegung sein Glas und ließ sich von seiner Frau an das Ende des Lokals dirigieren, an dem noch einige kleine Tische unbesetzt waren. Clara wandte sich wieder ihrem Glas zu und nahm endlich einen tiefen Schluck. Als sie das Glas wieder absetzte, fiel ihr Blick auf Mick, der sie amüsiert beobachtet hatte.

»Nicht dein bester Tag heute, was?«

Clara seufzte: »Ein Scheißtag ist das.«

Sehr viel später, als sich das Pub bis auf ein verliebtes Pärchen geleert hatte, das im Nebenzimmer in dem durchgesessenen Sofa neben der Bühne förmlich versank, saß Clara noch immer an ihrem Platz an der Theke und konnte sich nicht entschließen, nach Hause zu gehen. Sie hatte Angst vor der leeren Wohnung, und sie hatte Angst vor den Gedanken, die sie dort unweigerlich überfallen würden. Sie fürchtete sich vor der Stille, und wusste zugleich, dass jedes Geräusch, das diese Stille zerbrach, Panik in ihr auslösen würde. Sie spürte plötzlich und mit einer Wucht, die sich wie ein Schlag in die Magengrube anfühlte, wie einsam sie eigentlich war. Sie hatte ein paar Freunde, Willi gehörte dazu, Arno Pöttinger, Maren, eine gute alte Freundin aus der Studienzeit, die sie jedoch schon mindestens ein Jahr nicht mehr gesehen hatte. Aber jemanden, an den sie sich anlehnen konnte, der sie festhalten und trösten konnte, hatte sie nicht. Sie hatte es sich so ausgesucht, war allen engeren Bindungen aus dem Weg gegangen seit ihrer Zeit mit Ian, also schon seit einer Ewigkeit. Ihr Sohn und ihr Beruf waren ihr immer Halt genug gewesen. Und jetzt war dieser Halt plötzlich nicht mehr vorhanden. Ihr Sohn war erwachsen und begann, sein eigenes Leben zu leben. Und ihr Beruf? Er machte ihr Angst. Er machte sie hilflos. »Ich glaube, ich schaffe das nicht mehr«, flüsterte sie und fuhr mit dem Zeigefinger die Kanten des Bierdeckels nach. »Es ist zu viel.« Sie fühlte sich schwach, so als ob alle Energie aus ihr herausgeflossen wäre und nur eine leere Hülle zurückgelassen hätte. Sie spürte, wie sich ein Arm um ihre Schultern legte, und sah auf. Mick, der inzwischen die Stühle hochgestellt hatte, war um die Theke herumgekommen und saß jetzt neben ihr. »Was schaffst du nicht mehr?«, fragte er.

Clara spürte seine Berührung und seine Nähe überdeutlich, und augenblicklich versteifte sie sich und war versucht, ihn abzuschütteln. Doch nicht einmal dazu hatte sie noch genug Kraft, und Mick ließ seinen Arm, wo er war.

»Trinkst du noch einen Absacker mit mir?«, fragte er und deutete auf die beiden Gläser vor ihnen auf der Theke.

Clara nickte stumm. Mick schob ihr eines davon hin und schloss ihre Finger um das Glas. Er hatte warme Hände. Sie trank einen Schluck. Während sie etwas verwundert dem Gefühl nachsann, den dieser Geschmack noch immer und immer wieder in ihr weckte, löste Mick seinen Arm von ihr und zog einen Beutel Tabak aus seiner Hemdtasche.

»Was schaffst du nicht mehr?«, fragte er noch einmal, während er behutsam den Tabak auf dem dünnen Papier verteilte.

Clara beobachtete, wie er ihn sorgfältig festdrückte und das gefüllte Papier langsam zu drehen begann.

»Kämpfen«, sagte sie schließlich. »Ich kann nicht mehr kämpfen.« Sie fühlte, wie eine Welle von Selbstmitleid sie zu überschwemmen drohte. Mick leckte vorsichtig die gummierte Kante des Papiers ab, klebte beide Kanten zusammen und steckte sich die fertige Zigarette in den Mundwinkel.

»Quatsch«, meinte er dann. »Du hast einen Durchhänger, das hat jeder mal.«

»Vielleicht.« Clara schloss die Augen. Es tat gut, hier zu sitzen und mit Mick zu reden. »Aber es ist ein bisschen viel in der letzten Zeit. Und heute hat jemand Elise gestohlen.«

Mick riss die Augen auf: »Ist nicht wahr!«

Clara nickte traurig: »Doch.« Sie nippte an ihrem Whiskey. »Jemand will mir richtig wehtun. Und es gelingt ihm ganz gut.« Und plötzlich erzählte sie Mick von Angelo Malafonte und Gaetano Barletta und einer unbekannten Person, genannt die *weiße Katze*.

Mick sagte nichts. Er sagte nichts von wegen »Wird schon wieder«, und er sagte auch nicht: »Das bildest du dir nur ein«. Er rauchte seine dünne, krumme Zigarette und zog Clara an seine Seite. Sie gab nach und legte den Kopf auf Micks Schulter. Eine Weile saßen sie dort schweigend aneinandergelehnt, da sprang Mick plötzlich auf. Verwirrt hob Clara den Kopf.

Mick deutete in den angrenzenden Raum: »Die hatte ich ganz vergessen!« Und mit langen Schritten trat er zu den beiden jungen Leuten auf dem Sofa und machte ihnen freundlich, aber bestimmt klar, dass sie ihr Schäferstündchen anderswo fortsetzen mussten. Sie stolperten hinaus, Hand in Hand, mit müden Augen, aber einem seligen Ausdruck auf dem Gesicht. Sie waren beide nicht älter als siebzehn, achtzehn. Mick sperrte die Tür hinter ihnen zu und knipste die Deckenbeleuchtung aus. Jetzt brannten nur noch die beiden Lampen über der Bar. Clara beobachtete ihn, wie er durch das leere Lokal ging und noch ein paar vergessene Stühle auf die Tische stellte. Er trug alte, ausgefranste Jeans mit kaputten Hosentaschen und ein enges, schwarzes Hemd. Am Hals baumelte eine silberne Kette mit einem Anhänger. Clara konnte nicht erkennen, was er darstellte, und sie überlegte, wie alt Mick wohl war. Dreißig? Schon darüber? Er war schwer zu schätzen. Mick war kein Ire, sondern Engländer, er stammte irgendwo aus dem Norden, wie er einmal erzählt hatte. Mehr wusste sie nicht über ihn. Sein Gesicht wies schon ein paar Ecken und Kanten mehr auf, als dass er noch als der Endzwanziger hätte durchgehen können, der er auf den ersten Blick zu sein schien.

Jetzt war er fertig mit den Aufräumarbeiten und kam zu Clara zurück. Er drehte die Musik etwas lauter. »So, die Party kann losgehen.« Aus dem Radio drang eine sehnsüchtige Stimme, und Mick sang ziemlich schräg mit: »*Send someone to love me, I need to rest in arms …*« Er lachte, selbst amüsiert über die krummen Töne, die er fabrizierte, und Clara lächelte zurück.

Ihr fiel zum ersten Mal auf, dass er blaue Augen hatte. Ziemlich blaue sogar. Sie stand hastig auf. »Ich muss jetzt gehen, Mick.«

Er schnalzte abwehrend mit der Zunge »Du hast doch noch gar nicht ausgetrunken.«

»Ich mag nichts mehr trinken«, gab Clara zurück und hob ihre Tasche vom Boden auf.

»*Keep me safe from harm, in pouring rain …*«

»Ich sollte jetzt wirklich …«

»*Give me endless summer, I fear the cold …*«

Mick legte wieder den Arm um sie, und Clara stellte verwirrt fest, dass sie keine Lust mehr hatte zu gehen. Sie musste betrunken sein, auch wenn sie sich nicht so fühlte. Eindeutig betrunken.

Plötzlich zog er sie an sich und küsste sie. Der Kuss war heftig und schmeckte nach Rauch. Es war verrückt und unerwartet, wie längst vergessene Teenagerküsse an der Mauer hinter der Schuldisco, und Clara fühlte den gleichen Schauer wie damals den Rücken hinunterrieseln, als sie Micks Hand in ihrem Nacken spürte. Sie ließ die Tasche fallen. Das ist jetzt nicht dein Ernst, Clara Niklas!, hörte sie die empörte Stimme der Vernunft in ihrem Kopf toben. Doch Claras Finger glitten davon gänzlich unbeeindruckt über den weichen, abgenutzten Stoff seiner Jeans und weiter hinauf, folgten den glatten, langen Muskeln an seinem Rückgrat entlang, den Konturen seiner Schulterblätter, die sich unter dem dünnen Hemd deutlich abzeichneten, und endeten bei seinem warmen Nacken. Sie spürte, wie ihre Knie weich wurden und sich ein heftiges, flirrendes, summendes Kribbeln in ihrem Bauch ankündigte, altbekannt und tief vergraben, nichtsdestotrotz unwiderstehlich. Nach einer Ewigkeit wie es ihr schien, löste sich Micks Mund von ihrem, und unverschämt blaue Augen schoben sich in ihr leicht verengtes Blickfeld. Clara zwinkerte und ließ Mick verwirrt los. »Ähm.« Sie räusperte sich und spürte, wie ihre Wangen brannten. Einen Arm noch immer um ihre Hüfte geschlungen, griff Mick über die Theke, um die Stereoanlage auszuschalten. Die Musik verebbte und hinterließ eine zitternde, vibrierende Stille, die man förmlich greifen konnte, die im Raum schwebte wie ein glitzerndes, Funken sprühendes Gespinst aus Millionen flimmernder Teilchen und einem einzigen unerwarteten Kuss.

Micks Augen suchten wieder Claras Blick: »Ich dachte, du solltest ..., du willst vielleicht ...« Er zögerte, und Clara glaubte tatsächlich so etwas wie Schüchternheit hinter dem Schalk in seinen Augen zu erkennen. Er fuhr tapfer fort: »... vielleicht möchtest du ... heute Nacht nicht so gerne allein sein, dachte ich. Wegen dem Einbruch und so ...« Er verstummte und warf ihr einen vorsichtigen Blick zu.

»Wegen dem Einbruch?« Clara brachte ein wackeliges Lächeln zustande. »Und sonst wegen nichts?«, wollte sie wissen.

Mick schüttelte den Kopf und lächelte zurück. »Nur deswegen, was denkst du denn von mir?« Er strich ihr eine dicke Haarsträhne aus der Stirn, und sein Gesicht war plötzlich wieder ganz nah. Viel zu nah für Clara, die nervös feststellte, dass es in ihrem Bauch schon wieder heftig zu kribbeln begann. Und als er sie dann ein zweites Mal an sich zog, kapitulierte sogar die sonst unermüdliche Vernunftstimme in ihrem Kopf und entließ sie mit einem sanften Schubs in diese Schwindel erregende Nacht, ohne ihr noch einen einzigen Rat mit auf den Weg zu geben.

Er nahm sie bei der Hand, während sie durch die nächtliche Stadt gingen. Es war nicht weit bis zu seiner Wohnung, hatte er gemeint, eine halbe Stunde zu Fuß vielleicht, oder sogar weniger. Es kümmerte Clara nicht. Sie ging neben ihm her, spürte seine Hand, wie sie ihre Finger fest umschloss, und sie spürte den Abstand zwischen ihnen. Dieser Raum, der noch leer war, unbesprochen und frei von allem Bekannten und Vertrauten, brachte sie dazu, sich mit einer Kraft nach seiner Berührung zu sehnen, die sie an sich nicht kannte, die sie vergessen hatte oder die noch nie da gewesen war. Dieses Verlangen war neu. Vielleicht war es jedes Mal neu, und sie wusste es nur nicht mehr. Sie gingen weiter, sich an den Händen haltend. Ihre Schritte hallten durch die Nacht. Er trug Stiefel, schwere schwarze Stiefel mit Absätzen, Motorradstiefel. Sie überquerten die Nymphenburger Straße, wanderten durch das stille, schlafende Wohnviertel, gelangten endlich an den Rotkreuzplatz. Dort waren die Menschen noch wach, Kneipen hatten noch geöffnet, Autos bremsten an der Ampel, als Clara und Mick schnell und schweigend hinüberliefen.

Er wohnte in einem Hochhaus hinter dem Platz, dem einzigen Haus weit und breit, das mehr als vier Stockwerke hatte. Der Aufzug war eng und klein. Irgendwann war er einmal gelb gestrichen gewesen. Jetzt blätterte die Farbe speckig von den Wänden, war abgegriffen und stumpf, und die Knöpfe die schwach leuchteten und die Stockwerke anzeigten, waren grau von der Berührung durch unzählige schmutzige Hände. Clara vergaß ihre Angst vor engen Räumen und ihre noch größere Angst vor Aufzügen aller Art. Sie wollte die Hand nicht loslassen, wollte neben ihm stehen und dieses Unbekannte, Zitternde, Neue zwischen ihnen noch ein wenig länger spüren. Doch in dem Moment, als er auf den Knopf drückte, der das achte Stockwerk anzeigte, und die Tür sich zu schließen begann, drängte sich noch ein Paar in den Aufzug. Er, groß und stiernackig, füllte, leicht schwankend, die Hälfte der Kabine aus, und seine Frau, um die fünfzig, mit ausladenden Hüften und einer aufgesteckten blondierten Mähne, schob sich mit einem entschuldigenden Lächeln neben ihren Begleiter. Mick zog Clara ein wenig näher an sich heran. Der Raum zwischen ihnen zerplatzte lautlos. Clara stand jetzt so eng neben Mick, dass sie sein Herz klopfen spürte und sah, wie die Ader an seinem Hals unter der Haut pulsierte, wie ein lebendiges, kleines Tierchen. Sie küsste ihn leicht auf diese Stelle, und sein Griff um ihre Hand verstärkte sich. Er schlang seinen freien Arm um sie, ohne ihre Hand loszulassen, und drückte sie an sich. Clara spürte sein steifes Glied und begann zu zittern. Ihr Körper, ihre Muskeln und Nerven fingen an zu brennen, bis in die Fingerspitzen hinein. Sie erwiderte seinen Druck und spürte, wie er zusammenzuckte. Er keuchte leise und ließ ihre Hand los, als habe er sich verbrannt. Der Aufzug war im siebten Stock stehengeblieben, und das Paar, das mit ihnen zusammen hochgefahren war, verließ den Aufzug. »Schönen Abend noch«, meinte die Frau mit einem viel sagenden Lächeln und hakte ihren angetrunkenen Mann unter, dessen Augen Mühe hatten, geradeaus zu sehen. Mick nickte stumm. Seine Kieferknochen waren so angespannt, dass die Sehnen an seinem Hals hervortraten. Clara spürte, wie sie rot wurde, und gleichzeitig stieg ein unbändiger Drang zu kichern ihre Kehle hinauf. Sie presste ihre Lippen so fest zusammen, dass ihr die Tränen in die Augen stiegen. Dann schlossen sich die Aufzugtüren gnädigerweise, und sie waren allein. Micks Hand legte sich wieder um die ihre.

Clara erwachte im Morgengrauen. Graues Licht sickerte durch die Fenster und ließ die Dinge im Zimmer seltsam zweidimensional erscheinen. Es gab keine Schärfe und keine Tiefe, nur unterschiedliche Töne von Grau. Im Fenster war nichts als der Himmel zu sehen, grau auch er, jedoch von einer schimmernden, durchlässigen Helligkeit, die schönes Wetter erahnen ließ. Clara stand leise auf und ging zu einem der Fenster. Von dort konnte man fast die ganze Stadt überblicken. Die Straßen unter ihr lagen noch im Dunkeln, einzelne Autos waren jedoch bereits unterwegs, ihre Lichter krochen wie leuchtende Insekten lautlos vorbei. In der Ferne sah man den Olympiaturm, auf seiner Spitze blinkte ein rotes Licht. Sie fröstelte und ging zurück zum Bett, um sich eine Decke zu holen. Mick schlief auf dem Bauch, den Kopf halb unter seinem Kissen vergraben. Seine Haut leuchtete in dem blassen Licht, und an seiner Schulter und dem rechten Oberarm zeichneten sich schwach Tätowierungen ab. Anstatt zurück zum Fenster zu gehen, setzte Clara sich neben Mick auf das Bett und wickelte sich die Decke um die Schultern. Sie betrachtete die bläulichen Zeichnungen auf seiner Haut, lächelnd folgte sie mit den Fingern den Konturen eines Adlers mit scharfem Schnabel und kunstvoll geformten Schwingen. Vorsichtig strich sie über das komplizierte Muster aus Knoten und geschwungenen Linien und fand, dass Mick auch am Morgen noch recht gut aussah. »Viel zu jung, zu wild«, murmelte sie leise, und ihr Lächeln wurde nachdenklicher. Eine zarte Röte kroch an ihrem Hals entlang ins Gesicht, als sie an die Details der gestrigen Nacht erinnert wurde. Sie hatte vollkommen die Kontrolle verloren. Etwas, was ihr selten, eigentlich fast nie passierte. Plötzlich wurde ihr unbehaglich zumute: Es war nicht gut für sie. Es konnte nicht gut für sie sein.

Nach einer ganzen Weile stiller Betrachtung des schlafenden Mannes neben ihr raffte sie sich endlich auf und suchte in dem grauen, perlenden Licht langsam ihre Kleidungsstücke zusammen. Mit dem Bündel unter dem Arm und der Decke, die sie wie eine Schleppe hinter sich herzog, schlich sie in das angrenzende Badezimmer, das winzig war und kein Fenster besaß. Der Spiegel zeigte ihr ein vollkommen zerzaustes Etwas, durchscheinend blass und zerknittert, mit einer aufgesprungenen Lippe. Sie fuhr sich mit dem Kamm, der sich auf der Ablage befand, ein paar Mal vergeblich durch die Haare, dann gab sie es auf. Sie starrte ihr Gesicht im Spiegel an und versuchte, sich wiederzuerkennen. Ihre Augen schienen dunkler als sonst, lagen tiefer in ihren Höhlen, leuchtend und fremd in ihrem Gesicht. Sie zwinkerte und strich sich über die Falten in ihren Augenwinkeln. Dann drehte sie den Wasserhahn auf und ließ eiskaltes Wasser über ihre Hände und ihr Gesicht laufen, bis es rot vor Kälte war. Sie rieb sich mit einem der harten Handtücher, die an einem Haken an der Wand hingen, trocken, so heftig, als müsste sie sich dieses neue Gesicht wieder abrubbeln. Es war gefährlich, dieses Gesicht, diese Augen.

Als sie fertig angezogen aus dem Bad kam, war es schon fast hell. Am Horizont schimmerte bereits das zartgelbe, durchsichtige Licht der aufgehenden Sonne. Mick hatte sich nicht gerührt, und Clara war froh darüber. Sie hatte Angst und fürchtete sich davor, sich einzugestehen, weshalb. Ihr Blick schweifte neugierig durch das große Zimmer, das offenbar Micks gesamte Wohnung darstellte. Es war ziemlich unordentlich, eine Menge Dinge lagen auf dem Boden, dem Sofa und einem niedrigen Couchtisch herum. Am auffälligsten aber waren die Bücher. Überall stapelten sich Bücher. Am Boden, in Regalen bis zur Decke, sogar auf dem Esstisch vor der kleinen Küchenzeile an der Wand gegenüber dem Bett, das mitten im Zimmer vor den beiden großen Fenstern stand. Dort, wo sich ein Nachttisch hätte befinden können, stapelten sich einige große Bildbände, darauf standen eine Lampe und ein altmodischer

Wecker neben einem großen, seltsam geformten Stein. Daneben, auf dem Boden lagen ein schwarzer Motorradhelm und eine Lederjacke. Nach einigem Zögern griff Clara nach ihrer Tasche, die neben der Eingangstür am Boden lag und kramte ihr Adressbuch heraus. Hastig, bevor sie es sich noch anders überlegen konnte, kritzelte sie ihre Telefonnummer auf eine leere Seite, riss sie heraus und legte sie auf das leere Kopfkissen. Nach kurzem Zögern nahm sie den Stein von den Bildbänden und beschwerte das Blatt damit. Dann verließ sie die Wohnung und schloss so leise wie möglich die Tür hinter sich. Als sie nach unzähligen Treppen – der Aufzug war ihr an diesem Morgen zu eng und zu alt erschienen, um Vertrauen zu erwecken – einigermaßen atemlos unten ankam, fiel ihr noch etwas ein. Sie ließ ihren Blick prüfend über die endlose Reihe von Briefkästen schweifen und las sorgfältig jeden Namen. Endlich fand sie ihn: *Michael Hamilton* stand auf einem der letzten Kästen und darunter ein messingfarbenes, schiefes Plättchen mit einer Acht für das Stockwerk. Sie nickte befriedigt. »Man sollte wenigstens wissen, wie der Mann, mit dem man gerade die Nacht verbracht hat, mit vollem Namen heißt«, meinte sie ironisch zu sich selbst, und die Stimme der Vernunft in ihrem Kopf, die langsam aus einem bleiernen, ohnmachtsähnlichen Schlaf erwachte und noch nicht ganz auf der Höhe war, pflichtete ihr ausnahmsweise vorbehaltlos bei.

Zuhause in ihrer eigenen Wohnung flaute das schwebende und zugleich mulmige Gefühl, das sie auf ihrem Weg durch die noch schlafende Samstagmorgen-Stadt begleitet hatte, merklich ab, und als ihr Blick auf Elises leere Schlafstelle im Flur fiel, verschwand es vollends. Ein dumpfer, schwerer Trauerknoten machte sich in ihrem Bauch breit und drängte die flirrenden Schmetterlinge zur Seite. Doch die Verzweiflung, die Clara gestern erfasst hatte, dieses Gefühl vollkommener Kraft- und

Hilflosigkeit war nicht mehr da. Ihre Energie und ihre Kampfbereitschaft schienen gewillt zu sein, zu ihr zurückzukehren, wenngleich Clara im Augenblick noch zu müde und ohne einen blassen Schimmer war, wie dieser Kampf weitergeführt werden sollte. Sie entschied sich, dem dringendsten Bedürfnis zuerst nachzugeben und zu schlafen. Als sie unter die kühle, vertraute Decke kroch, seufzte sie und war eine Minute später bereits tief und fest eingeschlafen.

Ein hartnäckiges Geräusch ließ sie langsam aus ihren wirren Träumen heraustauchen, die sich um einen Furcht erregenden, am ganzen Körper tätowierten Mann mit dem Gesicht von Gaetano Barletta drehten, der immer verschwand, wenn Clara nach ihm greifen wollte. Eine riesige, klebrige Eiscremepfütze in ihrer Küche und eine Fahrradklingel spielten dabei ebenfalls eine bedeutende Rolle. Die Fahrradklingel entpuppte sich als ihr Telefon, und als Clara das Geräusch endlich zuordnen konnte, sprang sie schlaftrunken aus dem Bett.

»Hmm, ja?«

»Mama?« Es war Sean. »Was ist los mit dir?«, fragte er alarmiert.

Claras Sinne kehrten langsam aus dem Traum in die Realität zurück. »Was soll sein?«, entgegnete sie und gähnte herzhaft.

»Du klingst so komisch. Und außerdem versuche ich seit heute Morgen, dich zu erreichen. Wo warst du denn?«

»Ich habe geschlafen«, gab Clara zurück. »Ich hab wohl das Telefon nicht gehört.«

»Mama! Es ist halb eins mittags! Wieso hast du jetzt noch geschlafen? Bist du krank oder was?«

Sean klang besorgt und vorwurfsvoll zugleich, und das amüsierte Clara. Genauso musste sie immer geklungen haben, wenn Sean wieder einmal zu spät nach Hause gekommen war oder andere Dinge getan hatte, die seine Mutter ängstigten. Offensichtlich funktionierte dieses Spiel auch andersherum.

»Alles in Ordnung.« Clara log und überlegte ein wenig beunruhigt weiter, dass Sean auf ihre Fragen wahrscheinlich auch immer eine besänftigende Lüge parat gehabt hatte. Im Nachhinein, wenn alles gut gegangen war, war man mitunter sogar versucht, die Wahrheit so genau gar nicht mehr wissen zu wollen. »Und was ist mit dir? Geht es dir gut?«, fragte Clara, und rieb sich die Stirn. »Hast du Spaß?«

»Mmh.« Die Antwort kam außerordentlich zögernd, und es folgte keine weitere Erklärung.

»Was ist? Ist etwas passiert?« Clara spürte, wie sich ihr Magen warnend zusammenzog.

»Nein. Gar nichts. Ist schon toll, Dublin und so, alles ziemlich krass ...«

»Verstehst du dich nicht mit deinem Vater, habt ihr gestritten?«, mutmaßte Clara.

»Nein. Eigentlich nicht.«

Clara wartete.

»Es ist nur, die Arbeit, die mir Ian da beschafft hat, in der Brauerei, weißt du, die ist ganz schön heavy, ich bin abends immer saumüde, komm gar nicht so zum Weggehen und Leutekennenlernen und so.«

»Hast du's deinem Vater gesagt?«, fragte Clara, neugierig darauf, wie Ian auf diese Klage reagiert hatte.

»Ja, schon. Aber er meinte, das würde mir gar nicht schaden, und es wäre halt so, wenn man richtig arbeitet, und schließlich bräuchte ich eine Menge Geld, wenn im Herbst das Studium anfängt. Ich könnte mich schon mal daran gewöhnen, hat er gemeint.« Sean klang so vorwurfsvoll und entrüstet, dass sich Clara kaum das Lachen verkneifen konnte. Abgesehen von der Tatsache, dass ihr Exmann die Ansichten, die er jetzt vertrat, soweit sie wusste, noch keinen einzigen Tag in seinem Leben selbst beherzigt hatte, fand sie seine Haltung durchaus vernünftig und teilte dies ihrem Sohn auch mit. Sean klang enttäuscht. Clara wusste, dass Sean ihre unversöhnliche Haltung gegenüber Ian kannte und vermutete, dass er sie sich jetzt zunutze machen wollte. Sie wünschte ihm aufmunternd alles Liebe und ein schönes, arbeitsfreies Wochenende und legte lächelnd auf.

Kaum hatte sie das Telefon aus der Hand gelegt, klingelte es erneut. Sie hob ab. »Ja?«

»Ich bin's.«

Mick. »Hallo.«

Schweigen.

Da war es, das unvermeidliche »Am-Morgen-danach-Gespräch«. Clara nahm das Telefon mit in ihr Schlafzimmer und kroch unter die Decke zurück. »Hast du auch bis jetzt geschlafen?«, begann sie und ärgerte sich, dass ihre Stimme bei weitem nicht so unbefangen und abgeklärt klang, wie sie es gerne gehabt hätte. Vielmehr klang sie glücklich, ein wenig zittrig, aber glücklich. Er hatte angerufen. Immerhin hatte er angerufen.

»Du hättest dich auch bei mir ausschlafen können«, gab er zurück, ohne auf ihre Frage zu antworten.

»Ja. Hätte ich. Tut mir leid.« Clara fiel keine Erklärung dazu ein. Keine, die sie in diesem Moment in Worte packen konnte, ohne dass es peinlich wurde. Sie hörte, wie sich Mick eine Zigarette anzündete. Es schien ihm schwerzufallen weiterzusprechen.

»Es ... war gut, gestern, also, ich meine, es war schön, das wollte ich sagen, ich finde, es war schön, oder?«

»Ja. War es«, antwortete sie und biss sich auf die Lippen. Dieses Gespräch war gefährlich. Und was noch viel schlimmer war, sie war bereit, alle Alarmglocken, die in diesem Augenblick in ihr zu läuten begannen, einfach zu ignorieren.

Doch Mick war noch nicht zufrieden. »Was ich dich noch fragen wollte, ich meine, ... weil du weg warst heute Morgen, äh ... War es ... Tut es dir ... leid?«

Clara schüttelte heftig den Kopf, und weil Mick das nicht sehen konnte, fügte sie dem Kopfschütteln hinzu: »Nein, überhaupt nicht.«

»Ah.« Mick klang erleichtert. »Ich dachte nur, ... mir nämlich auch nicht, also, kein bisschen, weißt du ... äh ... hast du eigentlich schon gefrühstückt?«

Clara verneinte, verblüfft über den abrupten Themenwechsel.

»Dann komm ich vorbei und mache uns ein echtes englisches Frühstück, mit Spiegeleiern und Würstchen und *baked beans,* o. k.?« Obwohl Clara in Erwartung kleiner weißer Bohnen in fader Tomatensoße angewidert das Gesicht verzog, sagte sie: »Gerne.« Und ihr Herz machte einen kleinen übermütigen Hüpfer dabei. Sie würde sich eben auf die Spiegeleier beschränken und die Bohnen dem überlassen, der den Magen dafür hatte. »Ich freu mich«, fügte sie noch hinzu und sprang aus dem Bett. Doch kaum hatte sie aufgelegt, klingelte das Telefon ein drittes Mal.

»Ja?«

Es war wieder Mick: »Wo wohnst du eigentlich?«, wollte er wissen.

Mick wischte mit seinem letzten Eckchen Toast hingebungsvoll die Tomatensoße vom Teller und häufte sich noch eine Gabel Bohnen darauf. Clara beobachtete ihn amüsiert, die Hände um ihre Kaffeetasse geschlungen. Er hatte drei Spiegeleier mit Speck und eine ungezählte Menge kleiner, fetter Würstchen vertilgt, danach die ganze Dose Bohnen und dazu ein paar der großen, blassen Toastscheiben, die er ebenfalls mitgebracht hatte und die fast den doppelten Umfang von normalem Toast aufwiesen.

»Ich habe nachgedacht«, begann er plötzlich zwischen zwei Schlucken Kaffee. Dann schob er den Teller beiseite und zog seinen Tabakbeutel hervor. »Über die Geschichte von gestern, mit deinen Italienern.« Mit der gleichen aufmerksamen Behutsamkeit, die Clara schon gestern Abend beobachtet hatte, widmete er sich wieder dem Herstellen einer Zigarette. »Möchtest du auch eine?«

Clara schüttelte den Kopf. »Danke.« Selbstgedrehte Zigaretten waren ihr ein Gräuel. Sie hasste die Krümel, die sie auf Zunge und Lippen hinterließen, und die Erinnerung an die Zeit, die sie damit verband. Die endlosen Diskussionen bis zum Morgengrauen, am Küchentisch von jemandem, den man gar nicht kannte oder dem man erst vor ein paar Stunden in irgendeiner Kneipe begegnet war. Die selbstgerechten, unausgegorenen Argumente, die man sich zuwarf, wie an einem Pokertisch die Scheine. Niemand hörte je einem anderen zu. Jeder hörte immer nur sich selbst. Die Aggressivität, mit der jemand als Spießer geoutet wurde, weil er es gewagt hatte, einer besonders abwegigen These zu widersprechen oder auch nur logische Bedenken anzumelden.

Clara goss sich Kaffee nach, verscheuchte die unangenehmen Erinnerungen an längst vergangene Zeiten und betrachtete stattdessen unauffällig den Mann, der ihr gegenübersaß und noch immer mit seiner Zigarette beschäftigt war. Bei Tageslicht betrachtet, wirkte Mick nicht mehr ganz so jung, wie sie befürchtet hatte. Zwei Falten zogen sich von der Nase zum Mund, und noch einige mehr bildeten ein feines Netz in den Augenwinkeln. Er hatte ein ziemlich kantiges, unregelmäßiges Gesicht mit hervorstehenden Kieferknochen und einem ausgeprägten Kinn. An seinen Wangen schimmerten dunkelblonde Bartstoppeln, und seine Haare hatten in etwa dieselbe Farbe: straßenköterblond. Dafür waren seine Augen von einem auffallenden leuchtenden Blau mit hellen Sprenkeln darin. Wie Wasser, dachte Clara. Tiefes Wasser, auf das die Sonne scheint.

»Hast du gehört, was ich gesagt habe?«

»Äh, was?« Clara blinzelte ertappt.

»Wegen Elise und diesem Barletta«, wiederholte Mick geduldig. »Ich habe nachgedacht.«

»Oh.« Clara registrierte, dass sich Mick im Gegensatz zu den beiden unsäglichen Polizisten gestern ohne weiteres Barlettas Namen gemerkt hatte. »Und zu was für einem Ergebnis bist du gekommen?«, fragte sie neugierig.

Mick zündete sich seine Zigarette an und drehte sie nachdenklich zwischen den Fingern. »Ich glaube nicht, dass er Elise etwas angetan hat«, begann er. Clara wollte etwas erwidern, aber er brachte sie mit einer knappen Geste zum Schweigen. »Ich weiß, was du sagen willst, und ich würde genauso denken. Was hilft es auch, sich womöglich vergebliche Hoffnung zu machen? Aber überleg doch mal logisch: Wenn er dir einfach nur hätte wehtun wollen, so im Sinne einer Rache, oder Bestrafung, dann hätte er Elise doch hier in deiner Wohnung getötet oder sie dir vor die Tür gelegt. In Mafiafilmen tun sie so etwas, sie legen den abgeschnittenen Kopf eines Rennpferdes ins Bett des Besitzers, oder so.«

»Ach, und weil es in Filmen so ist ...«, entgegnete Clara, einigermaßen aus der Fassung gebracht von der Vorstellung, Elises abgeschnittenen Kopf in ihrem Bett vorzufinden.

Mick ließ sie nicht ausreden. »Ist doch egal, ob es nur Filme sind. Die entscheidende, die logische Frage ist doch, warum stiehlt jemand deinen Hund?« Er gab die Antwort gleich selbst: »Du hast mir gestern erzählt, dass dieser Barletta, weiß der Himmel warum, hinter deinem Mandanten her ist und du ihm im Weg bist.«

Clara nickte, beeindruckt davon, wie genau ihr Mick gestern Abend zugehört hatte.

Jetzt lehnte er sich befriedigt zurück, wie ein Zauberkünstler, der gerade ein Kaninchen aus dem Hut gezaubert hatte und breitete die Arme aus. »Eben!!«

»Was eben?« Clara war verwirrt.

»Na, das ist doch klar: Er stiehlt deinen Hund, weil er dich unter Druck setzen will. Hätte er ihn gleich getötet und dir ins Bett ...«

»Würdest du bitte die farbigen Details auslassen«, bat Clara.

»Entschuldigung. Hätte er ihn also gleich getötet, wärst du untröstlich gewesen, aber irgendwann hättest du dich auch wieder beruhigt. Aber so wie es jetzt ist, bist du im Ungewissen. Er kann dich beobachten, er kann abwarten, was du tust, er kann dir dabei zusehen.«

Clara dachte an ihre Begegnung mit Barletta in der U-Bahn und schauderte. Dann nickte sie langsam: »Du meinst, er wartet ab, ob ich seinen Hinweis verstanden habe und entsprechend reagiere. Ob ich mich von Malafonte zurückziehe oder nicht. Und wenn nicht ...« Sie verstummte.

»... wenn nicht, dann wird er Elise sicher töten und sie ...«, fuhr Mick hilfsbereit fort. Doch Clara winkte ab, »Ja, ja, schon kapiert.«

»Dieser Typ will dich fertig machen, so fertig, dass du mit den Nerven am Ende bist und dich nicht mehr traust, aus dem Haus zu gehen.«

»Na danke.« Clara sah Mick skeptisch an: »Kann es nicht sein, dass du jetzt ein wenig übertreibst?«

Mick schüttelte den Kopf. »Sicher nicht. Du stehst ihm im Weg, du bist sein Feind. Also, was wird er tun?«

Clara sah ihn unbehaglich an. Sie hatte sich gewünscht, dass jemand diese so schwer greifbare Bedrohung, der sie sich ausgesetzt fühlte, ernst nehmen würde. Aber ihre geheimen Bedenken, die sie in vernünftigen Momenten immer noch als überzogen abtun konnte, so deutlich und klar ausgesprochen zu hören, machten sie plötzlich unverrückbar zur Realität. Zu einer äußerst erschreckenden Realität. Sie schluckte. Und dann, plötzlich, schlich sich etwas in ihren Kopf, etwas Unwillkommenes, etwas Böses, eine Gedanke, den sie nicht denken mochte, der sich ihr aber unvermittelt mit einer solchen Hartnäckigkeit aufdrängte, dass es unmöglich war, ihn beiseitezuschieben: »Wie kommt es, dass du so viel von der Psychologie eines Verbrechers verstehst?«, fragte sie misstrauisch.

Mick lächelte, und seine blauen Augen blitzten unverschämt fröhlich: »Hast du noch nie den *Paten* gelesen? Ich schon, ein paar Mal sogar. Und ich habe eine ganze Menge Fantasie.«

Er streckte seine Hand aus und griff nach Claras Fingern, die eiskalt waren. »Ich habe dir Angst gemacht. Tut mir leid.«

Clara spürte, wie ihr Herz heftiger zu klopfen begann, und sie zog die Hand zurück. Mit klammen, zittrigen Fingern zündete sie sich eine ihrer eigenen Zigaretten an und inhalierte den Rauch tief in ihre Lungen. Es war, als ob ihre Küche mit einem Mal kühler geworden wäre, ungemütlicher, enger. Ihr Blick fiel auf Micks Lederjacke über dem Stuhl und den Helm, der auf dem Boden lag. Der Helm war schwarz. Sie bemühte sich, ruhig weiterzurauchen, aber ihre Finger zitterten so stark, dass sie Mühe hatte, die Zigarette zu halten.

Mick bemerkte es und sprang auf. »Was ist los? Geht es dir nicht gut?« Er kniete neben ihr nieder und legte den Arm um sie. »Was ist mit dir?«

Clara schüttelte nur stumm den Kopf und rauchte weiter. Krampfhaft versuchte sie, sich zu sammeln, unbefangen zu wirken, doch es gelang ihr nicht. Sie entzog sich Mick. »Sei mir nicht böse Mick, aber ich glaube, mir wird schlecht. Es war doch etwas zu viel … Alkohol gestern.« Sie sah an Micks Gesichtsausdruck, dass er die winzige Pause vor dem Wort Alkohol bemerkt hatte.

Er zog seinen Arm zurück und stand hastig auf. »Ich verstehe«, sagte er betroffen und trat noch ein paar Schritte zurück. »Ich wollte nicht … dann geh ich jetzt.«

Clara nickte, den Tränen nahe. Er zog seine Jacke an und griff nach dem Helm. An der Tür drehte er sich noch einmal zu ihr um, und als Clara sah, wie ratlos er wirkte, wie verletzt, war sie versucht, ihn an der Hand zu nehmen und wieder hereinzubitten. Aber dann verdrängte sie dieses Gefühl und streckte ihm förmlich ihre Rechte hin. Er nahm sie wie einen fremden Gegenstand und sah ihr dabei in die Augen. Forschend, bittend, wie um den Grund für ihren plötzlichen Sinneswandel darin zu finden. Doch er suchte vergeblich. Clara presste die Lippen aufeinander und ihr Gesicht blieb leer. Schließlich gab er es auf. Er zuckte resigniert mit den Schultern. »Also dann.«

»Mach's gut.« Claras Kinn begann zu zittern.

Mick bemerkte es. »Sehen wir uns mal wieder?«, fragte er, bemüht um einen neutralen Ton. »Du könntest mal wieder bei mir singen, die Jungs von der Band haben schon nach dir gefragt.«

Clara nickte, sie konnte nicht anders, und verschränkte gleichzeitig abwehrend ihre Arme vor der Brust.

Mick ging zur Treppe. Dann blieb er wieder stehen und kramte eine kleine Tüte aus seiner Lederjacke. »Ich habe noch was vergessen.« Er reichte ihr die Tüte und meinte »Damit du nicht mehr so große Angst haben musst. Ich wollte es montieren, aber ...« Er brach ab, schüttelte den Kopf und ging. Clara blieb mit der kleinen weißen Plastiktüte in der Hand stehen, bis die Haustür zuschlug. Mit zittrigen Fingern griff sie in die Tüte und zog etwas heraus: Es war ein Türschloss mit einer Kette, groß und massiv. Clara starrte auf die silbern glänzenden Kettenglieder, und ihr war, als würden ihr die Eingeweide herausgerissen. Lautlos rannen ihr die Tränen über das Gesicht und den Hals hinunter. Sie ließ das schwere Schloss wieder in die Tüte fallen und ging zurück in ihre Wohnung. Hatte sie sich getäuscht? War sie paranoid? Sie legte die Tüte neben die Spüle in der Küche und begann mechanisch, den Tisch abzuräumen.

Micks Tabak lag noch dort. Er hatte ihn vergessen. Clara sank auf den Stuhl, auf dem vor ein paar Minuten noch Mick gesessen hatte, und knüllte den zerknautschten Plastikbeutel zwischen ihren Händen. Sie fühlte sich wie ausgehöhlt. Ihr ganzer Körper schmerzte von innen, wie eine riesige, blutende Wunde. Musste sie immer alles kaputt machen? Konnte sie nie, nie, nie jemandem vertrauen? Musste sie jeden zurückstoßen, alle verletzen, die ihr zu nahe kamen? Aber da war dieser Gedanke, dieser ungeheuerliche und doch so logische Gedanke, den sie unausgesprochen zu Micks so auffallend präzisen Ausführungen hinzugefügt hatte und der sich nicht mehr entfernen ließ. Mick hatte recht gehabt. Wenn man jemanden unter Druck setzen will, dann sieht man zu, das Druckmittel möglichst lange in der Hand zu behalten. Am besten so lange, bis das Ziel erreicht ist. Aber, und das war das so verdächtige, fehlende Glied in Micks Argumentationskette, dieser Plan konnte nur dann funktionieren, wenn man das Opfer im Auge behielt. Barletta konnte nicht wissen, wie Clara reagieren, ob sie überhaupt den Zusammenhang verstehen würde. Selbst wenn er sie weiter beobachtete, konnte er nicht mit Sicherheit feststellen, ob sich Clara zurückziehen würde. Er hatte keine Verbindung zu ihr aufgenommen, keine Forderungen gestellt. Er konnte nicht wissen, was genau sie tun würde. Es sei denn, es gäbe jemanden in ihrer Nähe, dem sie sich anvertraute, der über ihre Reaktion und über ihre Pläne Bescheid wusste und der diese Informationen weitergab. Mick hatte sich so erstaunlich gut in Barlettas Denkweise ausgekannt, und das, obwohl Clara ihm gestern nur eine ganz knappe Zusammenfassung der ganzen Geschichte geliefert hatte. Er hatte sich sogar an den Namen Barlettas noch erinnert. Und was wusste sie über Mick? Nichts, rein gar nichts. Sie verkehrte regelmäßig im Murphy's, hatte schon oft mit Mick geplaudert, ohne dass ihr auch nur ein Schimmer von Interesse für sie aufgefallen wäre. Warum also jetzt, so plötzlich? Und er hatte ihr Angst gemacht. Er hatte diese Geschichte mit dem abgeschnittenen Kopf immer wieder zur Sprache gebracht, obwohl ihm aufgefallen sein musste, wie sie dieses Bild erschreckte. Außerdem hatte er ihr gedroht: *Er wird dich nervlich so fertig machen, dass du dich am Ende nicht mehr traust, aus dem Haus zu gehen.* Und er hatte ein Motorrad und einen schwarzen Helm. Claras Blick fiel auf die Tüte mit dem Türschloss. Es war nicht dafür gedacht, jemanden von ihr fernzuhalten, sie zu beschützen: Es war dafür gedacht, sie einzusperren. In ihrer Angst gefangen zu halten, bis sie nicht mehr wagte, einen einzigen Schritt zu machen. Clara senkte den Kopf und schloss die Augen. Der Tabakbeutel glitt ihr aus den Fingern, doch sie beachtete ihn nicht. Ihre Hände ballten sich zu Fäusten. Sie würde sich nicht einsperren lassen. Sie würde sich nicht verraten lassen, nur weil sie in einer schwachen Minute jemanden zum Anlehnen gebraucht hatte. So dumm war sie nicht. Schon lange nicht mehr. Sie hatte sich wieder unter Kontrolle und konnte wieder klar denken. Clara stand auf und warf Micks Tabakbeutel in den Müll zu der leeren Dose Bohnen, den Essensresten und dem stinkenden Inhalt des Aschenbechers. Sie war nicht so machtlos, wie diese Leute sie gerne sehen würden. Sie hatte andere Waffen, weniger brutale aber nicht minder wirkungsvolle. Sie würde diesen Typen die Zähne zeigen, sie würde ihnen ihre Mafia-Spielchen um die Ohren hauen, dass ihnen Hören und Sehen verging. Und sie würde sich nicht verstecken. Grimmig packte Clara die Tüte mit dem Türschloss und warf sie dem Müll hinterher.

Sie stand auf und sah zum Fenster hinaus. Der Himmel, der heute am frühen Morgen noch so klar gewesen war, hatte sich zugezogen, und es war windig und ungemütlich geworden. Nur wenige Leute gingen noch an der Isar spazieren, die Kragen gegen den Wind hochgeschlagen und die Hände in den Jackentaschen vergraben. Fast alle hatten einen Hund dabei.

Clara biss sich auf die Lippen und wandte sich ab. Sie würde dort unten nicht mehr spazieren gehen. Nie mehr. Die Verzweiflung kam zurück wie eine unerwartete Woge, der sie nicht standhalten konnte. Sie überflutete sie mit einer Macht, dass es ihr die Beine wegriss, und sie drohte unterzugehen in dem Strudel, der sie mit einem Mal erfasste. Ihr wurde schwindlig. Die Nacht mit Mick, das Frühstück gerade eben kamen ihr mit einem Mal so unwirklich vor wie die Tatsache, dass Barletta Elise entführt oder getötet haben sollte. Das passierte doch nicht wirklich. Es war nicht wahr. Sie ging langsam hinaus auf den Flur und starrte Elises verwaiste Matratze an und die beiden Steingutschüsseln daneben. Es war kein Traum. Es war wirklich passiert. Und sie hatte nichts Besseres zu tun gehabt, als sich Mick an den Hals zu werfen. Schamröte schoss ihr ins Gesicht, und sie schloss erschüttert die Augen. Sofort wurde der Schwindel stärker, und Clara musste sich an der Wand abstützen, um nicht umzufallen. Vorsichtig ging sie zurück in die Küche und hielt ein Glas unter den Wasserhahn. Das Wasser war zu warm und schmeckte widerlich, trotzdem trank sie es in gierigen Schlucken aus. Danach fühlte sie sich ein wenig besser, und die Küche hörte auf, sich um sie zu drehen. Müde schlich sie ins Wohnzimmer und ließ sich auf ihre alte Couch fallen. Kämpfen wollte sie. Sich wehren. Und hatte keine Kraft. Keine Waffe, keine Idee. Nichts. Kämpfen wogegen? Gegen Gespenster, gegen einen unsichtbaren Feind, gegen etwas, was ihr so fremd war wie ein anderer Stern. Ein anderes Leben. Mafia, 'Ndrangheta, wie sie auch heißen mochten, was hatten diese Dinge mit ihr zu tun? Sie wusste nichts darüber. Es gab Filme, Geschichten, Klischees haufenweise und ab und zu ein paar Schlagzeilen, wenn eine besonders abscheuliche Begebenheit über die Alpen geschwappt kam, aber sonst? Nichts. Stille. Kein Thema. Noch nicht einmal Pöttinger war gewillt gewesen, ihr Näheres darüber zu erzählen. Wie in Gottes Namen sollte man sich gegen etwas zur Wehr setzen, das man nicht verstand? Etwas, das von der eigenen Welt, der, die man kannte und in der man sich zu bewegen wusste, so meilenweit entfernt war? Clara schüttelte den Kopf und verbesserte sich beklommen: von dem man *geglaubt* hatte, es sei meilenweit entfernt. Sie erhob sich schwerfällig und holte Pöttingers Ordner, der noch draußen im Flur neben ihrer Tasche lag. Wenn ihr schon nichts Gescheiteres einfiel, konnte sie genauso gut ihr Versprechen einlösen und ihn sich einmal ansehen.

Der Ordner war groß und zu schwer, um ihn im Liegen auf dem Sofa zu lesen. Clara hockte sich im Schneidersitz auf den Boden und schlug den Ordner auf. Wie sie schon befürchtet hatte, gab es keine Ordnung, nach der die Papiere sortiert waren. Einige waren nicht einmal eingeordnet, sondern nur dazwischengeklemmt oder an andere Blätter geheftet. Clara begann unentschlossen, die ersten Seiten umzublättern, dann zog sie wahllos einige Blätter heraus. Es waren auch Fotos darunter. Unscharfe Fotos von Männern in irgendeiner italienischen Stadt, ein Auto, ein schmuckloses, ungepflegtes Haus mit vergitterten Fenstern. Sie las auf der Rückseite, dass dies die Polizeistation in einem Dorf in Kalabrien war. Sie hatte es für eine Art Gefängnis gehalten. Als sie ein weiteres Foto herauszog und umdrehte, zuckte sie erschrocken zurück. Es zeigte einen blutigen Schafskopf, Maul und Augen weit aufgerissen, und dort, wo er vom Rumpf abgetrennt worden war, hingen blutige Sehnen, Haut- und Wollfetzen herunter. Auch hierfür gab es einen ordentlichen Vermerk auf der Rückseite: Der Name *Saverio Boccascena*, eine Adresse und ein Datum standen dort. Dieser Herr war offenbar der Empfänger des Kopfes, und Clara fragte sich, wie er sich diese Zuwendung wohl verdient haben mochte. Prompt fielen ihr Micks Ausführungen zu Elise wieder ein. Sie drehte das Bild schnell wieder um und steckte es zurück.

Dann fand sie einen Artikel aus einer Zeitung über Entführungen in Kalabrien und erschauerte angesichts eines Fotos über den Ort, an dem ein Opfer über Monate gefangen gehalten worden war: Ein Erdloch, nicht größer als ein Grab, verschlossen mit dicken Holzbohlen, irgendwo im unwegsamen Bergland. Nachdem die erpresste Familie nicht bezahlen konnte, hatten die Entführer die junge Frau einfach in dem Loch zurückgelassen. Ihre verweste Leiche wurde erst Monate später zufällig von einem Jäger und seinem stöbernden Hund entdeckt.

Clara erfuhr, dass die 'Ndrangheta im Schatten ihrer populäreren Schwester, der Cosa Nostra in Sizilien, klammheimlich zur mächtigsten Verbrecherorganisation Europas aufgestiegen war und unter anderem den Drogenhandel kontrollierte. Ihr Jahresumsatz belief sich auf 35 Milliarden Euro, mehr als die gesamte legale Wirtschaftsproduktion Kalabriens. Sie las, dass der italienische Staat keine Kontrolle mehr über weite Teile Kalabriens hatte und das Gewaltmonopol dort ausschließlich bei den Familien und Clans der 'Ndrangheta lag. Morde waren dort keine Seltenheit, sondern Tagesordnung. Ein Bericht, offenbar von der Kommission, der Pöttinger angehört hatte, befasste sich ausführlich mit den Auslandsgeschäften der 'Ndrangheta und zitierte dazu einen Staatsanwalt: »Sie nutzen Deutschland als Ruhezone und sind dort in der Gastronomie und dem Hotelgewerbe tätig. Mit Strohmännern kaufen sie in Deutschland ganze Stadtviertel auf.« Es folgten Statistiken, detaillierte Ausführungen zu den Geldwäschepraktiken und der weitgehenden Ahnungs- und Hilflosigkeit der deutschen Behörden.

Clara ließ den Bericht sinken und sah im Geiste die unzähligen Pizzerien und Eisdielen in München. Wer von denen mochte wohl zu den schwarzen Schafen gehören? Und wer war unschuldig? Mussten diejenigen auch hier Schutzgelder an ihre »Kollegen« bezahlen? Derselbe Staatsanwalt wurde noch einmal zitiert mit einer niederschmetternden Schlussfolgerung: »Mit unserem Rechtssystem ist die 'Ndrangheta nicht zu besiegen.«

»Na toll!« Clara stand auf und massierte sich ihre eingeschlafenen Beine. Es war düster im Zimmer geworden, und sie knipste das Licht an. Auf dem Boden verstreut lag der gesamte Inhalt von Pöttingers Ordner, und das, was Clara bisher gelesen hatte, ließ sie Pöttingers Abwehr nur zu gut verstehen. Weitgehend unbemerkt und unbeachtet von der Öffentlichkeit war in den vergangenen Jahren mitten in Europa ein Monster herangewachsen. Ein gefährliches Schattenwesen »so unsichtbar wie die andere Seite des Mondes«, wie ein Ermittler die 'Ndrangheta beschrieb. Clara stieg vorsichtig über die Blätter und öffnete eines der Fenster. Kühle Luft strömte herein. Bald würde es Abend werden. Sie zündete sich eine Zigarette an und blies den Rauch in den trüben Himmel. Plötzlich fiel ihr etwas ein, was sie überflogen, aber nicht näher beachtet hatte. Sie ging zurück und begann in den Blättern zu wühlen. Schnell hatte sie es gefunden. Es war ein Zeitungsartikel. »Die 'Ndrangheta lebt im Verborgenen«, stand dort. »Sie agiert global, ihre Wurzeln aber liegen in den gottverlassenen Provinzen Kalabriens und den trostlosen Nestern des Aspromonte. Diese provinzielle Abgeschiedenheit, ihre sprichwörtliche Diskretion und das verdeckte Operieren hielt man früher für eine Schwäche, doch in Wirklichkeit liegt darin ihre Stärke, ihre Lebensader. Unter dem Deckmantel äußerer Armut und Bescheidenheit halten sie die Fäden eines globalen Verbrechersystems zusammen und setzen alles daran, dass ihre tatsächliche Rolle verborgen bleibt. Selbst die örtlichen Ermittler wissen oft nicht, wer der tatsächliche Machthaber ist.« Diese Beschreibung wurde illustriert durch das Foto eines Marktplatzes in einem ebendieser Dörfer, und man konnte darauf sehr gut sehen, was der Journalist gemeint hatte, wenn er von trostlosen Nestern sprach: Verbaute, schäbige Häuser, teilweise verlassen, mit zugenagelten Fenstern, drängten sich um einen leeren Platz. Hinter ihnen erhob sich schroff und abweisend eine kahle Felswand. Kein Geschäft, keine Bar, kein Restaurant. Im Vordergrund lungerten ein paar Jugendliche auf Mofas und Motorrädern herum. Misstrauisch und feindselig blickten sie in die Kamera. Darunter stand: »Kalabrien hat die höchste Arbeitslosenquote Italiens, bei den Jugendlichen liegt sie bei 28%. Die Aussicht, Mafioso zu werden, ist oft die einzige Aussicht, die sie haben.«

Clara starrte auf das Foto. Es fiel ihr nicht schwer, sich Angelo Malafonte unter diesen jungen Männern vorzustellen. Vor ein paar Jahren war er dort noch mit dem Mofa herumgefahren, voller Angst, dem Mädchen Chiara zu begegnen und an den kleinen Hund erinnert zu werden. *Bricciola*. Er hatte sich sogar den Namen des Hundes gemerkt.

»Die unsichtbare Seite des Mondes ...«, murmelte Clara vor sich hin und las sich den Text noch einmal durch. In Gedanken versunken ging sie zum Fenster und schloss es wieder. »Das ist der Punkt, an dem ich ansetzen muss«, murmelte sie leise. »Wenn ich irgendetwas für Malafonte tun kann, dann nur an diesem Punkt.« Sie nahm den Bericht und pinnte ihn an die Wand neben ihrem Schreibtisch. Dann schob sie die übrigen Blätter und Fotografien auf einen Haufen zusammen und steckte sie zurück zwischen die Ordnerdeckel. Sie würde sie morgen wieder einheften. Für heute war es genug. Unschlüssig blieb sie einen Augenblick mitten in ihrem Wohnzimmer stehen und sah sich um. Das Zimmer, das sie immer so geliebt hatte, kam ihr heute fremd und leer vor. Sie bereute plötzlich, keine Vorhänge zu haben, die den dunkler werdenden Himmel aussperren konnten. So zeigten ihr die nackten Fenster ihr eigenes Spiegelbild, wie sie dort stand, allein in diesem großen, karg möblierten Raum. Drei Fenster hatte er, und ihr war das plötzlich zu viel. Sie fühlte sich wie auf einem Präsentierteller, von allen Seiten beobachtet, und warf einen furchtsamen Blick auf die dunklen Scheiben. Hastig knipste sie das Licht aus und verließ das Zimmer. Die Klinke rutschte ihr aus der Hand, als sie die Tür fest hinter sich zuzog, und das Geräusch ließ sie zusammenfahren. Es war so still. Im ganzen Haus war kein Geräusch zu hören. Also ob niemand außer ihr hier wohnte. Als ob sie ganz allein sei. Und die Nacht kam, und sie würde nicht schlafen und die Stille nicht ertragen können und gleichzeitig voller Panik auf jedes Geräusch achten, das von draußen kam: Schritte, die die Treppe heraufschlichen, eine Tür, die ins Schloss fiel, ein Motorrad, das vorbeifuhr … Clara ging ins Schlafzimmer und schloss dort das Fenster. Furchtsam blickte sie hinunter in die dunkle Toreinfahrt. Die Glühbirne, die Barletta gestern erneut zerschlagen hatte, war noch nicht wieder ersetzt worden. Clara kontrollierte auch die Fenster im Bad, in Seans Zimmer und in der Küche und blieb schließlich im Flur stehen. Die Wohnungstür machte ihr Angst. Wie war Barletta hereingekommen? Was, wenn er wiederkam? Sie trat an die Tür, vorsichtig, näherte sich ihr wie einem gefährlichen Tier und schloss zweimal ab. Dann drehte sie den Schlüssel quer, wie es ihre Großmutter immer gemacht hatte. Doch das Schloss schien ihr so mickrig, es bot so wenig Schutz. Wie war er hereingekommen? Was, wenn er wiederkam? Sie lief hastig zurück in die Küche, riss den Besenschrank auf, in dem sie einen kümmerlichen Werkzeugkasten aufbewahrte, der diese Beschreibung kaum verdiente, und holte einen Schraubenzieher und ein paar Schrauben heraus. Dann zog sie den Mülleimer unter der Spüle hervor und kramte darin herum, bis sie das Türschloss fand, das Mick ihr mitgebracht hatte. Mit klammen, ungeschickten Händen und einem Gefühl, als ob ihr ein böses Tier bereits im Nacken säße, schraubte sie das Schloss an die Wohnungstür. Als sie endlich die schwere Kette in die

Schiene schob, ließ die Panik ein wenig nach. Wenigstens würde sie es hören, wenn er käme. Ob dies im Ernstfall etwas ändern würde, darüber wollte sie nicht nachdenken. Sie trug den Schraubenzieher zurück in die Küche. Bevor sie ihn in den Werkzeugkasten legte, wog sie ihn noch einen Augenblick in der Hand. Es fühlte sich gut an, so etwas in der Hand zu halten. Aber was würde sie damit anfangen? Zustechen? Clara ließ ihn zurück in den Kasten fallen. Dann holte sie sich ein Bier aus dem Kühlschrank. Eigentlich hätte sie lieber einen Whiskey getrunken, aber die Flasche stand im Wohnzimmer, und dort wagte sie sich heute Abend nicht mehr hinein. Hier, in der engen, vollgestellten Küche mit dem kleinen Fenster fühlte sie sich sicherer. Sie setzte sich auf den Stuhl, auf dem sie heute Morgen noch Mick gegenübergesessen hatte, und dachte unwillkürlich an die gestrige Nacht. Die Bilder drängten sich ihr auf, je mehr sie sich dagegen zu wehren versuchte, und irgendwann gab sie es auf. Sie überließ sich ihnen, während sie das Bier leer trank und sich ein neues holte und dann noch ein drittes und ihre Decke aus dem Schlafzimmer bugsierte, in die sie sich wickelte. Sie setzte sich wieder auf den harten Holzstuhl und blieb dort sitzen. Und irgendwann begann sie zu weinen, nicht laut und verzweifelt, sondern ganz leise, erschöpft und voller Trauer.

Nach einer unruhigen, mit wirren Träumen erfüllten Nacht erwachte Clara am nächsten Tag spät, dennoch wie gerädert und mit dumpfen Kopfschmerzen. Sie war es nicht gewöhnt, bei geschlossenem Fenster zu schlafen, und es war warm und stickig im Zimmer. Sie stand auf und öffnete das Fenster weit. Dann ging sie ins Bad und stellte sich unter die Dusche. Bewegungslos und mit geschlossenen Augen ließ sie Wasser über sich strömen, das so heiß war, dass sie es gerade noch aushalten konnte. Dann drehte sie den Hebel herum bis zum Anschlag und zwang sich, stehen zu bleiben, obwohl ihr der eiskalte Regen, der sich jetzt über sie ergoss, den Atem nahm und ihr fast das Herz stehen blieb. Zitternd und zähneklappernd kletterte sie aus der Dusche und rieb sich trocken, bis ihre Haut brannte wie Feuer. Doch auch diese Rosskur half nicht: In ihrem Inneren blieb es dumpf und leer, und ihr Kopf fühlte sich an wie in Watte gepackt. Es war ein Gefühl, als ob alles um sie herum im Nebel versunken wäre, weit entfernt und bedeutungslos. Nur die Gedanken waren Realität, waren unverändert an diesem Morgen, so als hätte sie gar nicht geschlafen zwischen gestern und heute: die Angst, der Druck, einen Ausweg zu finden, ein Ende des Albtraums. Sie wischte den Spiegel sauber und betrachtete sich einen Augenblick, ein weißes, fremdes Gesicht, verschwommen vom Dampf, die nassen Haare klebten ihr am Kopf. Wie ertrunken, dachte sie. Du siehst aus wie ertrunken. Sie wandte sich ab und griff nach dem Handtuch, um sich die Haare trocken zu rubbeln. Einen Augenblick später kräuselten sie sich bereits wieder, und sie schnitt eine Grimasse, um die Beklemmung zu vertreiben. Mit feuchten Füßen tappte sie zurück ins Schlafzimmer und zog sich an. Dann ging sie in die Küche und begann sich Frühstück zu machen. Ein langer, leerer Sonntag lag vor ihr. Keine Arbeit, die getan werden musste, keine Verabredung, keine Elise, die auf einen Spaziergang wartete. Sie drehte das Radio an. Laut, um die Stille zu übertönen. Im Stehen biss sie in eine Scheibe trockenes Brot, während sie sich Kaffee in eine Tasse goss. Mitten in der Bewegung hielt sie inne und ließ das Brot sinken. Sie holte einen Teller aus dem Schrank und deckte den Tisch. Ordentlich reihte sie die Marmeladengläser auf, die seit Seans Abreise nicht leerer geworden waren, die Butter, den Honig, legte ein paar Scheiben Schinken, die an den Ecken schon ein wenig trocken zu werden begannen, und einen Rest Käse auf einen Teller und setzte sich. Langsam und mit Bedacht begann sie zu essen. Aus dem Radio dudelte Popmusik von der seichteren Sorte. Sonntagmorgen-Familienfrühstückmusik. Langsam berührten ihre Füße wieder den Boden, fühlte ihr Kopf sich wieder zur Erde zugehörig an. Ihr fiel ein, dass sie gestern außer dem Frühstück mit Mick und einer Scheibe Brot nichts gegessen hatte und auch am Vortag nicht besonders viel. Sie goss sich Kaffee nach und schnitt sich noch zwei Scheiben Brot vom Laib. Hungrig aß sie alles auf und schmierte sich zum Abschluss noch ein Erdbeermarmeladenbrot. Langsam ließen die Kopfschmerzen nach. Seufzend lehnte sich Clara zurück. Dann nach einer Weile fasste sie einen Entschluss. Sie stand auf, schlüpfte in ihre festen Schuhe und zog sich ihre alte, ausgebeulte Wachsjacke an. Dann verließ sie die Wohnung und ging hinunter zur Isar. Es war windig und nieselte, kein Mensch war unterwegs. In der Ferne läuteten die Glocken einer Kirche. Sie begann schnellen Schrittes zu gehen. An der Stadtgärtnerei vorbei zur Wittelsbacher Brücke. Nach einer Weile blieb sie schwer atmend stehen. Sie war fast gelaufen. Ihre Wangen prickelten, und sie schwitzte in ihrer warmen Jacke. Langsamer ging sie zurück. Ihr Herz klopfte heftig. Sie fühlte sich wieder lebendig.

Als Clara mit einer weiteren Tasse Kaffee und der ersten Zigarette an diesem Tag am Schreibtisch saß, war es bereits Mittag. Ihr Blick fiel auf den Zeitungsartikel, den sie gestern aus Pöttingers Ordner an die Wand gepinnt hatte. »Die unsichtbare Seite des Mondes ...«, wiederholte sie und spürte den Schwingungen nach, die diese Worte in ihr auslösten. Da war er wieder, der Gedanke von gestern, der Ansatz einer Idee, noch nicht ganz greifbar, aber viel versprechend. Hier musste sie ansetzen. Vielleicht lag hier ihre Chance, Barletta etwas entgegenzusetzen. Ihre einzige Chance. Sie biss sich auf die Lippen und ballte unwillkürlich die Hände zur Faust. Sie war nicht schwach. Nicht so schwach, wie er glaubte. Ihre Waffen waren anders, aber nicht weniger wirkungsvoll. Sie musste sie nur richtig zu nutzen wissen. Ein anderer Satz, den sie gestern gelesen hatte, ging ihr wieder durch den Kopf: »*Mit unserem Rechtssystem ist die 'Ndrangheta nicht zu besiegen.*« Es widerstrebte ihr zutiefst, diesen Satz einfach so stehen zu lassen. Es würde eine Lösung geben. Barletta war kein Schattenwesen, kein Ungeheuer, er war ein Mensch. Und dieser Mensch hatte einen Schwachpunkt. Dies war ihr beim Lesen dieses Artikels bewusst geworden, in dem die Seele der 'Ndrangheta so anschaulich beschrieben worden war. Als sie die Gesichter dieser jungen Männer auf dem Foto gesehen hatte, war es ihr klar geworden: Barletta war auch einer wie sie. Einer, der keine großen Möglichkeiten im Leben hatte. Einer von denen, deren einzige Aussicht, etwas zu werden, etwas zu gelten, war, sich der Mafia anzuschließen. Und was war er geworden? Befehlsempfänger und Vollstrecker einer Organisation, deren größter Trumpf darin lag, nicht als solche wahrgenommen zu werden. Und hier lag Claras verzweifelter Ansatzpunkt: Diesen Trumpf würde die *weiße Katze* nicht unbedacht aufs Spiel setzen wollen. Ein kleiner unauffälliger Mord, vielleicht als Unfall getarnt, o. k., das wäre die passende Lösung gewesen, aber ein Mafia-Mord in München? Eine Attacke gegen eine deutsche Anwältin? Das würde Staub aufwirbeln, mehr, viel mehr, als die *weiße Katze* hier investieren mochte. Hoffte Clara. Musste sie hoffen. Denn nur so würde sie sich wehren können: Wenn das Risiko, Aufsehen zu erregen, zu hoch würde, musste Barletta abwarten, sich zurückziehen und auf neue Instruktionen warten. Er war fremd hier, nicht in seiner gewohnten Umgebung, und er war im Zusammenhang mit Moros Aussage immerhin schon einmal in einer Polizeiakte namentlich genannt worden ... Clara hoffte darauf, dass man Barletta zurückpfeifen würde, wenn seine Bewegungsfähigkeit, seine Möglichkeiten, im Verborgenen zu agieren, weiter beschnitten werden würden.

Das war vielleicht keine Lösung für immer, aber es bedeutete immerhin einen Vorsprung, einen Aufschub, etwas, das Malafonte womöglich das Leben retten würde. Und ihr Elise zurückbrachte.

Sie musste versuchen, einen Druck aufzubauen, der so hoch würde, dass die Sache kippte. Sie hatte kurz überlegt, die Presse für diese Zwecke einzuschalten, den Plan jedoch wieder verworfen. Für eine echte Story konnte sie zu wenige Informationen liefern. Außerdem hegte sie ein tiefes Misstrauen gegenüber Journalisten, vor allem solchen, die für die Boulevardzeitungen auf der Jagd nach Sensationen waren. Sie musste sich an ihre eigenen Waffen halten und sie so anwenden, dass sie für Barletta gefährlich werden würden: Ihn gerichtsbekannt machen, ein Verfahren gegen ihn anzetteln, das es ihm unmöglich machen würde, sich auch nur einen Schritt weiter in Richtung Malafonte oder Clara zu bewegen, geschweige denn, ihnen etwas anzutun. Wenn ihm klargemacht werden konnte, dass in einem solchen Fall der Verdacht unweigerlich auf ihn fallen musste, hatte sie eine Chance. Denn dann würde Barletta zögern. Und das nicht nur, weil er sich vielleicht den Unmut der *weißen Katze* zuzöge, sondern noch aus einem ganz anderen, persönlicheren Grund; das wurde Clara erst jetzt langsam klar und trug dazu bei, dass ihre Stimmung sich langsam hob: In dem Moment, in dem sich Barletta vor einem deutschen Gericht würde verantworten müssen, stünde er allein da. Ohne schützende Organisation im Rücken. Sie würden ihn nicht unterstützen. Im Gegenteil. Barletta würde vielmehr seinerseits zu einem Unsicherheitsfaktor, zu einer Gefahr für sie werden.

Clara kritzelte ein paar Stichpunkte auf ein Blatt Papier. Wenn sie schon gezwungen wurde, in einem Spiel mitzuspielen, dessen Regeln sie nicht kannte, dann bestand ihre einzige Hoffnung darin zu versuchen, ihre eigenen Regeln anzuwenden und Barletta zu zwingen, sich in ihrer Welt zu bewegen. Sie wollte versuchen, in einem Schnellverfahren eine sofort vollstreckbare einstweilige Verfügung zu erwirken, mit der ihm verboten wurde, sich ihr oder Angelo auch nur zu nähern. Natürlich würde so ein Verbot allein Barletta nicht bremsen. Aber darum ging es Clara gar nicht. Entscheidend war die Konsequenz einer solchen Verfügung. Damit war Barletta aktenkundig, ohne dass es vorher eines aufwendigen Verfahrens oder Beweises bedurfte. Es genügte eine eidesstattliche Versicherung, was so viel bedeutete, wie ein vor Gericht geleisteter Eid. Und wenn sie diese Verfügung gegen Barletta erst einmal in den Händen hielt, würde jede noch so geringfügige Überschreitung, sei sie wahr oder auch nur von Clara behauptet, unweigerlich ein strafrechtliches Verfahren nach sich ziehen. Wenn ihr oder Angelo tatsächlich etwas passieren würde, würde der Verdacht sofort auf Barletta fallen. Und das würde er auf keinen Fall wollen. Das durfte er nicht riskieren.

Clara stand auf und kochte sich frischen Kaffee. Es klang so logisch und einleuchtend. Es klang so, als ob es klappen könnte. Doch noch hatte sie keine solche Verfügung. Und hier lag das eigentliche Problem. Wie sollte sie den zuständigen Richter davon überzeugen, ein Kontaktverbot gegen Barletta auszusprechen? Mit welcher Begründung? Gab sie den wahren Grund an, würde ihr niemand glauben. Gewaltsame Ehe- oder Mietstreitigkeiten, Stalking und andere Belästigungen waren das tägliche Brot des Richters, der sich mit ihrem Antrag auseinanderzusetzen hatte, ein geplanter Vergeltungsakt der kalabresischen Mafia gehörte da bestimmt nicht zum gängigen Repertoire. Nachdenklich nippte Clara an dem starken, frischen Kaffee. Plötzlich fiel ihr das gestrige Telefongespräch mit ihrem Sohn wieder ein, und die Erkenntnis, dass man eher geneigt war, an eine einfach gestrickte Lüge zu glauben, als an die womöglich beunruhigendere Wahrheit. Bei einem überlasteten Richter, der sich tagtäglich mit unzähligen Geschichten, wahren und erfundenen, herumplagen musste, war dies sicher nicht anders. Vor Claras geistigem Auge erschien plötzlich sie selbst: Als sie nach dem Pizzeriabesuch mit der geschwollenen Nase bei Rita gewesen war, hatte diese geglaubt, jemand hätte Clara angegriffen. Damals hatte sie noch keinen blassen Schimmer von den Untiefen gehabt hatte, in denen sie sich bewegte. Und was war auf dem Heimweg ihr erster Gedanke gewesen? Süditaliener, na klar, Liebe, Tragik, Leidenschaft! Kennt man ja!

Clara ließ die Tasse langsam sinken und starrte blicklos zum Fenster hinaus. Das war es. Das würde funktionieren. Darauf ging sie jede Wette ein. Nach kurzem Kampf mit ihrem anwaltlichen Gewissen, in dem dieses angesichts der verschwundenen Elise schnell den Kürzeren zog, schaltete Clara das Diktiergerät an und begann zu sprechen.

Als Clara am nächsten Morgen in die Kanzlei kam, fiel ihr schon von weitem die kaputte Scheibe ins Auge. Eines der großen Fenster des ehemaligen Ladengeschäftes hatte in der Ecke ein Loch, es war notdürftig mit Folie und Klebestreifen abgedeckt. Lange Sprünge zogen sich wie Fäden eines Spinnennetzes über die ganze Scheibe. Clara rannte über die Straße und riss die Tür so heftig auf, dass Linda hinter ihrem Schreibtisch mit einem spitzen Schrei in die Höhe fuhr.

»Was ist passiert?«, rief Clara atemlos. »Wurde eingebrochen? Ist etwas gestohlen?« Sie hörte selbst, wie schrill ihre Stimme klang, und zwang sich, einen Augenblick Luft zu holen.

»Nnnein.« Linda stotterte vor Schreck und sah Clara mit ängstlich aufgerissenen Augen an.

»Das war nur dein Schützling.« Willi stand an das Treppengeländer am oberen Teil der Büroräume gelehnt und schien ebenfalls ein wenig erschrocken über Claras Auftritt.

»Schützling? Welcher Schützling?«, fragte Clara verwirrt. Im Geiste sah sie niemand anders als Barletta den Stein in das Fenster werfen.

»Na, der Herr Reisinger.« Linda hatte ihre Stimme wiedergefunden. »Er war so betrunken am Freitag. Er wollte Geld, das habe ich ihm aber nicht gegeben. Dann wollte er unbedingt Sie sprechen, aber Sie waren ja nicht da. Er hat es nicht geglaubt und uns beschimpft. Da musste Herr Allewelt ihn vor die Tür setzen, ich habe ihm geholfen, das war echt harte Arbeit, und Reisinger ist so wütend geworden, hat vor der Tür randaliert, wir mussten zusperren.«

Linda sah Clara mit vorwurfsvollem Blick an, als sei sie dafür verantwortlich, was sie in gewisser Weise auch war: Herr Reisinger wurde von ihr vormundschaftlich betreut, er war mehr oder weniger obdachlos, schwerer Alkoholiker, und es hatte immer auf der Kippe gestanden, ihn in eine geschlossene Anstalt einweisen zu lassen. Jetzt war es wohl so weit. Clara seufzte, dennoch war sie erleichtert, dass es nicht Barletta gewesen war. »Und dann?«, wollte sie wissen.

»Dann ist Herr Reisinger davongetorkelt, und mit einem Pflasterstein wiedergekommen«, informierte sie Willi trocken. »Er konnte kaum den Stein halten, so hinüber war er, aber die Scheibe hat er dann doch getroffen. Ist allerdings danach selbst hineingefallen«, fügte er hinzu.

»Und wo ist er jetzt?«

»Im Krankenhaus. Hat sich die Hand und das Gesicht aufgeschnitten. Du sollst anrufen. Sie wollen ihn, glaube ich, erst einmal dabehalten.«

Clara nickte. »Mach ich. Später.« Sie kramte in ihrer Tasche herum und fand endlich das Band, das sie gestern diktiert hatte. »Könnten Sie das bitte gleich für mich schreiben? Es ist sehr wichtig.«

Linda nahm es mit ihren silbern lackierten, sorgfältig manikürten Händen entgegen und schob es in das Abspielgerät. Als Clara mit Willi nach oben ging, flogen ihre Hände bereits anmutig über die Tastatur.

»Wo ist Elise?«, wollte Willi wissen, als er sich hinter seinen Tisch klemmte und seine Brille von der Stirn wieder hinunter auf seine Nase schob.

»Weg.«

Willi blinzelte sie erstaunt an. »Wie weg?«

Clara erzählte es ihm.

Willi hörte aufmerksam zu und meinte dann vorsichtig: »Und du bist dir sicher ...«

»Ja. Hundertprozentig sicher«, erwiderte Clara mit einiger Schärfe, und Willi nickte langsam.

»Das ist furchtbar.« Er machte ein betroffenes Gesicht. »Warum hast du dich am Wochenende nicht gemeldet? Ich wäre gekommen«, meinte er.

»Weil ...« Clara zögerte, auf der Suche nach einer plausiblen Antwort, in der ein gewisser Mick Hamilton nicht vorkam. »Ich war total fertig, ich wollte niemanden sehen, verstehst du?«

Willi nickte noch einmal, nicht ganz überzeugt, wie es Clara schien. Doch er insistierte nicht.

In dem Moment kam Linda mit dem fertigen Diktat herauf und legte es auf Claras Schreibtisch. »Wenn Sie es kurz durchschauen und korrigieren, mache ich es gleich fertig.« Sie schenkte Willi ein strahlendes Lächeln und schwebte wieder hinunter. Ihre hohen Absätze klapperten auf den Stufen.

»Was ist das?«, fragte Willi neugierig. Es war ihm nicht entgangen, wie dringlich dieses Schreiben für Clara war.

Clara las flüchtig die wenigen Seiten und brachte mit dem Bleistift ein paar Korrekturen an, dann stand sie auf und reichte es Willi. »Das«, sagte sie feierlich, »ist die Waffe, mit der ich Barletta packen werde.«

Willi überflog die Seiten. Mit einem Mal färbte sich sein Gesicht rot. »Spinnst du?«, rief er, noch bevor er zu Ende gelesen hatte und las laut vor: »*... versichere ich, Clara Niklas, an Eides statt und in Kenntnis der strafrechtlichen Folgen einer unwahren eidesstattlichen Aussage, dass mein Mandant, Herr Angelo Malafonte, in seiner Heimatstadt San Sebastiano, in Kalabrien eine Liebesaffäre mit der Verlobten des Herrn Gaetano Barletta hatte. Aus Eifersucht und im Irrglauben, nur durch Rache seine Ehre wiederherstellen zu können, verfolgt und bedroht Herr Barletta seit geraumer Zeit meinen Mandanten ...*« Willi las leise weiter und schüttelte dabei unentwegt den Kopf. Plötzlich schwoll seine Stimme wieder an: »*... weswegen Herr Barletta auch mich als Anwältin des Herrn Malafonte bereits mehrmals massiv bedroht hat. So hat er u. a. unter Zeugen versucht, mich mit dem Motorrad zu überfahren, ich bin dabei gestürzt und habe erhebliche Verletzungen erlitten ...*« Willi warf die Blätter auf den Schreibtisch. Sie segelten langsam über die Tischkante und landeten auf dem Boden. »Das kannst du doch nicht machen!«

»Und, bitte, warum nicht?«, gab Clara ungerührt zurück und hob die Seiten wieder auf.

»Weil es nicht wahr ist, was du da erklärst. Und damit machst du dich strafbar.« Willi schüttelte erregt den Kopf. »Ich kann gar nicht glauben, dass du das wirklich tun willst.«

»Hast du vielleicht eine bessere Idee?«, gab Clara scharf zurück. Mit einem Blick auf Linda, die vor Anstrengung dem Streit zu folgen, mit unvorteilhaft offen stehendem Mund hinter ihrem Computer saß, senkte sie die Stimme.

»Ich glaube, du hast den Verstand verloren.« Willi nahm seine Brille ab und begann zornig, sie zu putzen. »Ich verstehe, dass du wegen Elise fix und fertig bist, aber du bist Anwältin! Du kannst doch keine falsche eidesstattliche Versicherung abgeben. Das kostet dich die Zulassung, und ein Strafverfahren erwartet dich auch, wenn das rauskommt.«

»Es wird nicht rauskommen«, gab Clara ruhig zurück. Sie

wunderte sich selbst, dass sie nicht wie sonst wütend wurde. »Soll Barletta vielleicht hingehen und sagen: ›Entschuldigung, ich bin gar nicht der eifersüchtige Verlobte von Angelo Malafontes Geliebter, töten möchte ich ihn nur deshalb, weil es mein Auftraggeber, jemand, den man *weiße Katze* nennt, so angeordnet hat.‹?« Clara schüttelte den Kopf: »Glaub mir, der wird den Teufel tun und sich bei Gericht bemerkbar machen. Dazu hat er viel zu viel Angst davor, was wir dann auf den Tisch legen.« Sie warf Willi einen triumphierenden Blick zu: »Und außerdem hat er tatsächlich versucht, mich zu überfahren.«

Willi putzte noch immer an seinen Brillengläsern herum. »Warum bist du dann nicht einfach bei der Wahrheit geblieben?«, fragte er seufzend, wohl wissend, dass Clara gewonnen hatte.

»Weil mir niemand glauben würde. Und weil ich immer noch nicht weiß, was überhaupt dahintersteckt. Was hätte ich denn sagen sollen?« Clara sah ihn drängend an. Es war ihr wichtig, dass Willi ihre Motive verstand.

Willi seufzte. Du steigerst dich da in was rein, deine Nerven sind überreizt, du hättest den Fall gar nicht erst annehmen sollen ... All solche Dinge war er versucht zu sagen, doch er behielt sie für sich. Er musste sich ehrlicherweise eingestehen, dass dieser Fall seine Vorstellungskraft bei weitem überstieg. Er konnte ihr keine Lösung bieten. Sie steckte bis zum Hals in dieser dubiosen, gefährlichen Geschichte und versuchte sich zu wehren. Man konnte ihr keinen Vorwurf machen. Und dennoch sträubte sich sein Gewissen gegen die Methode, die Clara gewählt hatte. Doch das allein war es nicht. Der eigentliche Grund, warum er sich über die Geschichte so erregte, war, dass er Angst um sie hatte. Er war richtiggehend erschrocken bei Claras Anblick heute Morgen, als sie so aufgelöst hereingestürmt war. Blass, mit hektischen roten Flecken auf den Wangen, schien sie kurz vor einem Zusammenbruch zu stehen.

Auch war ihm die ungewöhnliche Ruhe, mit der ihn seine sonst so aufbrausende Kollegin gerade zu überzeugen versuchte, unheimlich. Sie machte den Eindruck, in den vergangenen Tagen dünner geworden zu sein, die kleinen Fältchen um ihren breiten, ausdrucksvollen Mund traten stärker als sonst hervor, und ihre Augen, die immer voller sprühender Funken zu sein schienen, waren von einem kalten, harten Grün, das Willi bei ihr noch nie gesehen hatte. Er seufzte wieder. »Und wie soll das Ganze dann weitergehen?«, fragte er und setzte endlich seine Brille wieder auf.

Clara klopfte mit den Blättern in ihre hohle Hand. »Wenn ich die Verfügung habe, dann kann ich versuchen, Malafonte aus dem Gefängnis zu holen und irgendwo in Sicherheit zu bringen.« Sie senkte den Kopf. »Und vielleicht bekomme ich dann auch Elise wieder«, fügte sie leise hinzu.

Willi nickte. Und gab sich geschlagen. »Ich muss in einer halben Stunde ans Gericht, ich kann deinen Antrag mitnehmen, und vielleicht bekommen wir die Entscheidung sogar noch heute«, meinte er und nahm Claras dankbaren Blick mit gemischten Gefühlen zur Kenntnis.

Clara ging hinunter zu Linda, um den Schriftsatz fertigmachen zu lassen. Die Sekretärin las die Korrekturen durch, dann fragte sie stirnrunzelnd: »Frau Niklas, Sie haben die Adresse des Gegners vergessen. Die müssen wir noch einfügen, sonst kann nicht zugestellt werden.«

Clara starrte sie an. Die Adresse! Natürlich. Aber sie wusste nicht, wo Barletta wohnte. Sie überlegte fieberhaft, und dann fiel ihr eine Person ein, die es wissen konnte. Sie ließ die verdutzte Linda wortlos stehen und lief die Treppe hinauf zu ihrem Tisch.

Es klingelte lange. Clara stellte sich vor, wie der drängende Ton des Telefons durch den langen, leeren Gang hallte, durch den Raum, der in den Garten mit dem Springbrunnen hinausführte, und durch das weiße Zimmer mit der roten Couch, in dem sie Massimo Moro, dem einst so schönen jungen Mann, gegenübergesessen hatte. Gerade als sie auflegen wollte, hob jemand ab. Es war Johannes Simoneit. Clara erklärte ihm hastig, welche Information sie benötigte, und Simoneit bat sie zu warten. Sie hörte Stimmen und leise Musik im Hintergrund, und dann kam Moro selbst ans Telefon. »Sie wollen von mir wissen, wo dieser Mistkerl wohnt?«, fragte er, ohne sie zu begrüßen.

»Ja«, bestätigte Clara. »Oder vielleicht wissen Sie ja jemand, der ihn besser kennt, der es mir sagen könnte?«

»Ich glaube, er wohnt bei Nico«, sagte Moro. »Habe ich zumindest gehört. Das ist so ein Typ aus Neapel. Nicòla Carraro.« Er nannte Clara eine Adresse in Haidhausen. »Warum wollen Sie das wissen?«, fragte er dann.

Clara zögerte. Sie wollte ihren Plan nicht preisgeben, bevor sie nicht wusste, ob er funktionierte. Andererseits hatte sie das Gefühl, Moro hätte es verdient, dass man ihm die Wahrheit sagte. »Ich will ihm in die Eier treten«, sagte sie schließlich und hörte, wie Willi ihr gegenüber scharf die Luft einzog. Moro schwieg auf diese Eröffnung hin.

»Max? Sind Sie noch dran?«, fragte Clara nach eine Weile.

»Ja. Ich, ich ... habe in letzter Zeit ziemlich viel nachgedacht«, begann er plötzlich unvermittelt.

»Ja?«

»Jo meinte, Sie wären ziemlich, äh, cool, also, für eine Anwältin.«

Danke für das Kompliment, dachte Clara amüsiert, denn ein solches sollte es offensichtlich sein, doch sie schwieg, gespannt darauf, was jetzt kommen würde.

»Er kennt Sie von früher, Ihre Familie, hat er mir gesagt. Und Sie haben sich immer recht ... energisch durchgesetzt.«

So könnte man es auch nennen, dachte Clara trocken.

Moro fuhr zögernd fort: »Johannes meint, es wäre wichtig, sich zu wehren.«

»Das denke ich auch«, pflichtete ihm Clara vorsichtig bei.

»Ja, und deshalb, ich habe mir gedacht, ich könnte vielleicht doch ...« Er verstummte wieder, und Clara hörte im Hintergrund Simoneit auf ihn einreden, doch sie verstand nicht, was er sagte. Dann wurde eine Hand auf den Hörer gelegt, und Clara hörte gar nichts mehr. Sie blies sich ein paar Haare aus der Stirn und schnitt eine Grimasse in Willis Richtung, die so etwas wie zweifelnde Hoffnung ausdrücken sollte. Willi hob fragend die Augenbrauen, doch Clara schüttelte den Kopf: Später. Endlich kehrte Moro an den Apparat zurück.

»Hallo? Frau Niklas?«

»Ja? Ich bin da«, antwortete Clara geduldig.

Moros Stimme klang jetzt fester: »Also, was ich sagen wollte, ist, dass ich bereit wäre, eine Aussage gegen diesen Richter zu machen, wenn Ihnen das hilft.«

Clara gab sich Mühe, ruhig zu bleiben, aber ihre linke Hand ballte sich stumm zu einer Siegerfaust. »Das ist sehr, sehr mutig von Ihnen«, sagte sie und meinte es auch so. Sie verabredeten sich für den morgigen Vormittag in der Kanzlei. Als Clara auflegte, schlich sich für einen Moment ein altbekanntes Funkeln in ihre Augen zurück. Es war zu schaffen. Plötzlich glaubte sie wieder daran. Dann sprang sie auf und ging hinunter zu Linda, um ihr Barlettas Adresse zu nennen.

Während Willi Claras Schriftsatz stirnrunzelnd und noch immer nicht restlos überzeugt in seine Mappe schob und seinen Mantel von der Garderobe holte, fiel ihm noch etwas ein: »Ach übrigens, hast du heute Abend schon was vor?«, fragte er schon im Gehen.

»Nein, wieso?« Clara hob die Arme: »Wenn ich erst einmal mit Barletta fertig bin, bin ich zu allen Schandtaten bereit.«

»Arno Pöttinger hat angerufen, er wollte dich noch irgendetwas fragen, und er meinte, ob wir uns nicht heute Abend im Murphy's treffen sollen. So gegen acht. Ist das in Ordnung?«

Clara ließ die ausgebreiteten Arme sinken. Allein die Erwähnung des Pubs verursachte bei ihr einen schmerzhaften Stich in der Brust. »Ins Murphy's? Oh, ich …« Ihr wollte partout keine passable Ausrede einfallen. Schließlich meinte sie zögernd: »Ich bin ziemlich fertig wegen dieser Geschichte, ich glaube, mir ist doch nicht so nach Weggehen.«

Eine lahmere Absage hätte sich kaum finden lassen, und entsprechend misstrauisch sah Willi sie an. »Du hast aber keine krummen Alleingänge vor, oder? So von wegen in fremden Wohnungen herumschleichen und nach deinem Hund suchen?«

Clara schüttelte heftig den Kopf, erleichtert, dass Willi weit davon entfernt war, den wahren Grund für ihre Ablehnung zu erahnen. »Ich verspreche hoch und heilig, ich werde brav zuhause bleiben.« Sie hob drei Finger in die Höhe.

Nur mäßig beruhigt wandte sich Willi zum Gehen. Claras Benehmen erschien ihm trotz allen Verständnisses, das er aufzubringen vermochte, äußerst merkwürdig. Wenn es nicht so vollkommen abwegig gewesen wäre, hätte er schwören können, Clara hätte Angst davor gehabt, ins Murphy's zu gehen.

Clara blieb nachdenklich zurück. Bei der Erwähnung von Pöttingers Namen war ihr wieder eingefallen, dass Arno sie gebeten hatte, sich zu melden, bevor sie etwas unternahm. Aber sie wollte nicht mit ihm reden. Sie wollte sich ihre Idee nicht madig machen lassen. Denn der scharfsichtige Pöttinger würde sicher ein Haar in der Suppe finden, darauf konnte sie wetten. Es schien ihr besser, zuerst abzuwarten, ob sie die Verfügung überhaupt bekam, dann konnte man weitersehen.

Am späten Nachmittag, als Clara schon nicht mehr daran glaubte, rief das Gericht an und teilte ihr mit, dass die einstweilige Verfügung wie beantragt erlassen worden war und sie sie in der Geschäftsstelle abholen konnte. Clara schickte Linda zum Gericht und wartete wie auf Kohlen, bis sie wieder zurückkam. Endlich hielt Clara das Papier in Händen. Dort stand es, schwarz auf weiß: »*Gaetano Barletta wird untersagt, mit Angelo Malafonte sowie seiner Anwältin, Frau Clara Niklas, in irgendeiner Weise in Kontakt zu treten, weder persönlich noch auf andere Weise ...*« Clara nickte befriedigt. Der erste Schritt war getan. Dann telefonierte sie mit der Gerichtsvollzieherverteilerstelle. Sie hatte Glück, der für den Bezirk zuständige Beamte erklärte sich bereit, die Verfügung noch heute Abend zuzustellen, und hatte auch nichts dagegen, wenn sie ihn begleitete. Sie verabredeten sich um acht vor Nicòla Carraros Haus.

Gerade als Clara gehen wollte, sprang Linda von ihrem Stuhl auf und räusperte sich. »Frau Niklas!«

Clara blieb stehen. »Ja?«

Linda schien ein wenig verlegen, sie knetete ihre Hände und zögerte. »Ich ..., also, es ließ sich nicht vermeiden, ich habe gehört, was sie geredet haben, heute Morgen, Sie und Herr Allewelt.« Sie schluckte. »Wegen Elise! Oh, Frau Niklas, es tut mir so leid, es ist ganz furchtbar!« Sie zwinkerte heftig und schniefte.

Clara sah sie gerührt an. Sie wusste, wie gern Linda Elise hatte, und sie bekam Gewissensbisse. Sie hatte Linda heute Morgen vollkommen vergessen. »Vielen Dank«, sagte sie und strich ihr tröstend über den Arm. »Vielleicht wird alles wieder gut und wir bekommen sie zurück.«

Linda nickte und schniefte noch lauter. Plötzlich sah sie überhaupt nicht mehr überirdisch perfekt aus, eher wie ein kleines Mädchen, dessen Hamster gerade gestorben war, und Clara erfasste eine Welle tiefer Zuneigung für die junge Frau. Was für ein verdammter Idiot Willi doch war! Sie würde irgendwann einmal, wenn das alles vorbei war, mit ihm über Linda reden müssen. War er denn vollkommen blind?

Clara war nicht auf die Wut gefasst gewesen. Sie hatte mit Angst gerechnet, mit Hilflosigkeit, aber diese ungebändigte, Funken sprühende Wut, die sie beim Anblick Gaetano Barlettas erfasste, kam vollkommen unerwartet. Sie brachte sie dazu, sich in dem Moment nichts sehnlicher zu wünschen, als sich auf diesen grobschlächtigen, dumpfen Kerl vor ihr stürzen zu können, ihm einen Kinnhaken oder einen saftigen Schlag auf seine platt gedrückte Nase zu verpassen. Natürlich tat sie keines dieser Dinge. Man konnte so etwas nicht tun. Auch dann nicht, wenn ein breitschultriger, Ehrfurcht gebietender Gerichtsvollzieher hinter einem stand und Schutz versprach. Gerade dann nicht. Leider. Erst ein einziges Mal hatte sie das Bedürfnis verspürt, jemandem absichtlich Schmerzen zuzufügen, und damals war es ihr eigener Ehemann gewesen. Und jetzt stand sie in dieser schäbigen, schummerigen Kneipe und bedauerte es zutiefst, dass zwischen ihr und diesem schmierigen Kerl, der ihr so viel Angst eingejagt hatte, ein breiter grüner Billardtisch stand. Barletta musste etwas von ihren schwer zu bändigenden Gefühlen erahnen, denn er warf ihr einen wachsamen Blick zu und verlagerte fast unmerklich sein Gewicht, bis er, mit leicht vorgebeugtem Körper in einer Lauerstellung verharrte, wie eine Ratte, kurz davor zuzubeißen.

Clara und Gerichtsvollzieher Hohenleitner waren nach einem vergeblichen Besuch in Barlettas Wohnung jetzt in einem Etablissement mit dem hochtrabenden Namen *Metropol* gelandet, einer dunklen, ungemütlichen Kneipe im Keller eines gesichtslosen Bürobaus aus den Siebzigern, direkt hinter dem Ostbahnhof. Als sie bei Nico Carraro geklingelt hatten, war ihnen von einer mürrischen jungen Frau mit einem Kind auf dem Arm geöffnet worden. Ja, Barletta wohne hier, nein er sei nicht da, erklärte sie mit hartem Akzent zwischen zwei Zigarettenzügen und schaukelte ein wenig das Baby, das zu weinen begonnen hatte, auf ihrer runden Hüfte. Er sei mit ihrem Mann Nico weg. Sie ließ die Zigarette in ihrem Mundwinkel stecken und kniff die Augen wegen des Rauchs zusammen. Dann verlagerte sie das strampelnde und weinende Kind auf die andere Seite und nahm die Zigarette wieder aus dem Mund. Wohin sie gegangen seien? Keine Ahnung. Sie schnippte die Asche auf den Boden und wollte die Tür schließen, doch Clara griff mit ihrer Hand in den Türrahmen. Die Frau starrte sie aus schmalen Augen an und presste ihre Lippen aufeinander. Mittlerweile riss das rotgesichtige Baby an den dichten Haaren seiner Mutter und brüllte wie am Spieß. Clara nahm den durchdringenden Geruch einer Windel war, die dringend gewechselt werden musste. Doch sie bewegte sich nicht. Aus der Wohnung drang ein schrilles Kreischen und das Klappern von Geschirr. Eine lautstarke Kinderstimme schrie nach der Mutter. Die Frau trat von einem Bein auf das andere und warf einen raschen Blick in die Wohnung, während sie versuchte, das sich windende Baby festzuhalten und gleichzeitig ihre Zigarette zu Ende zu rauchen.

»Wohin gehen sie denn gewöhnlich, Frau Carraro?«, fragte Clara seelenruhig, als gäbe es weder Windelgestank noch Kindergeschrei. Die Frau machte eine unbestimmte Handbewegung, als ob sie Clara wegscheuchen wollte, und meinte schließlich genervt:

»Vielleicht sind sie im *Metropol*.«

Clara wollte gerade fragen, wo sich dieses Lokal befinde, doch da schlug die Frau schon die Tür zu. Clara zog im allerletzten Moment ihre Hand zurück. In der Wohnung begann ein lautes Gezeter, bei dem das Kindergeschrei und das Weinen des Babys noch von der scharfen Stimme der Frau übertönt wurde, die, auf Italienisch, ihrem weinenden Sprössling die Leviten zu lesen schien und gleichzeitig versuchte, das Baby zu beruhigen. Clara und der Gerichtsvollzieher, der bis dahin unauffällig im Hintergrund gewartet hatte, zogen sich eilig zurück.

Im *Metropol* brauchten sie nicht lange zu suchen. Das Lokal war zu dieser frühen Abendstunde fast leer, und Clara fiel sofort der gedrungene Mann auf, der im Nebenraum mit ein paar anderen Männern Billard spielte. Ohne dass sie hätte sagen können, weshalb, wusste sie, dass es Barletta war. Sie hatte ihn noch kein einziges Mal genau gesehen, doch der flüchtige Eindruck damals in der U-Bahn hatte sich ihr deutlich eingeprägt. Er war nicht besonders groß, aber sehr muskulös, was ihm ein wenig das Aussehen eines Orang-Utans verlieh. Das ärmellose, enge T-Shirt mit dem auffälligen Emblem eines Sportherstellers, das er trug, verstärkte den Eindruck noch. Sie stupste Herrn Hohenleitner an und deutete mit dem Kinn in Barlettas Richtung. »Das ist er«, flüsterte sie, obwohl die Musik so laut war, dass man sie nicht hören konnte, selbst wenn sie geschrien hätte. In ihrem Magen machte sich ein aufgeregtes Flattern breit, als ihr Begleiter eine amtliche Miene aufsetzte und den gelben Umschlag aus seiner Tasche zog.

»Na dann«, meinte er aufmunternd und bewegte sich wie ein Walross auf die Billard spielenden Männer zu.

Clara folgte in seinem Windschatten. Barletta hob ruckartig den Kopf, als sie herankamen und stellte den Queue neben sich auf den Boden. Seine Bewegungen waren geschmeidig und hatten etwas Bedrohliches an sich.

»Sind Sie Herr Gaetano Barletta?«, fragte der Gerichtsvollzieher in sachlichem Ton.

»*Che cazzo vuole questo stronzo*?«, wandte sich Barletta mit einem Grinsen an seine Mitspieler und fixierte eine Billardkugel, bevor er sich wieder lässig über den Tisch beugte.

Clara, die sich bis dahin hinter Herrn Hohenleitner gehalten hatte, trat hervor und antwortete ihm auf Italienisch: »Dieser *Scheißkerl* ist ein Gerichtsvollzieher und hat dir etwas zu sagen.«

Barletta hatte ganz offensichtlich Clara bis dahin nicht bemerkt. Er zuckte ein wenig zusammen, als ihre Stimme ertönte, und hob den Blick. Seine Augen weiteten sich für den Bruchteil einer Sekunde, als er sie erkannte, dann hatte er sich wieder in der Gewalt. Langsam richtete er sich auf. Sein Blick wanderte abschätzend von Clara zu ihrem Begleiter und wieder zurück. Clara bemerkte, dass ihm zwei Schneidezähne fehlten. Sein Gesicht war überhaupt ziemlich abstoßend: Er hatte eine aknezerfurchte, speckig glänzende Haut, und die Nase war offensichtlich mehrmals gebrochen. Obwohl er mit Sicherheit noch keine dreißig war, wirkte sein Gesicht alt. Wie ausgelutscht. Doch das, was Clara am meisten wahrnahm und was unvermittelt diese Wut in ihr hochkochen ließ, war sein stumpfer, leerer Blick. Nicht dass sie erwartet hatte, auf eine Intelligenzbestie zu treffen, aber dieser fast debile Gesichtsausdruck überraschte sie dann doch. Und machte sie wütend. Dieser dumpfbackige Kerl, der nur aus Muskeln und stumpfer, primitiver Aggressivität zu bestehen schien, hatte sie an den Rand eines Nervenzusammenbruches gebracht? Sie empfand dies plötzlich beinahe als Beleidigung.

Als hätte der Gerichtsvollzieher die Notwendigkeit einzugreifen gespürt, begann er mit seiner eigentlichen Aufgabe und überreichte dem Italiener die Verfügung mit einigen erklärenden Worten. Barletta nahm den Brief misstrauisch entgegen, öffnete ihn aber nicht. Es war klar, dass er kein Wort verstanden hatte und es ihn einen Teufel scherte, was dieser Typ ihm da in die Hände drückte. Clara beglückwünschte sich zu ihrer Hartnäckigkeit, die dazu geführt hatte, Barletta persönlich aufzusuchen und den Brief nicht einfach in Carraros Briefkasten zu werfen, wie der Gerichtsvollzieher zunächst vorgeschlagen hatte.

Sie trat einen Schritt auf Barletta zu und zwang sich, ihm in die Augen zu sehen. Sie sah nichts darin. Gar nichts. Leise und voller unterdrückter Emotionen begann sie auf Italienisch:

»Für den Fall, dass du gar nicht lesen kannst, du Mistkerl: Das ist eine gerichtliche Verfügung, die dir verbietet, dich mir oder Malafonte in Zukunft auch nur auf Sichtweite zu nähern.«

Barletta lachte verächtlich und warf den Brief auf den Billardtisch. Dann zog er mit einer abfälligen Geste die flache Hand unter dem Kinn vorbei und meinte: »Was, glaubst du, kümmert mich dieser Scheiß, eh?«

Clara zwang sich zu einem kühlen Lächeln: »Er wird dich kümmern müssen, denn von jetzt an wird jede Glühbirne, die bei mir zu Bruch geht, jeder Motorradfahrer, der mir ein wenig zu nahe kommt, jeder Passant, der mich aus Versehen anrempelt, ein Angriff auf mich sein, ausgeführt von einem gewissen Gaeteno Barletta, der bereits mehrere Male gewalttätig gegen mich und meinen Mandanten geworden ist und der es auf uns abgesehen hat. Bevor du bis drei zählen kannst, wirst du so viele Verfahren an der Backe haben, dass du mit den Gerichtsterminen gar nicht mehr nachkommst. Und irgendwann werden sie dich ganz einfach einsperren.«

Das war zwar heftig übertrieben, erzielte jedoch genau die Wirkung, die Clara beabsichtigt hatte: Ein langsames, schwerfälliges Begreifen breitete sich auf Barlettas groben Zügen aus, das er jedoch zu verbergen suchte, indem er verächtlich auf den Boden spuckte und sich dann eine Zigarette anzündete. Clara sah, dass seine Fingerglieder mit Buchstaben tätowiert waren. *Santa* entzifferte sie auf seiner rechten Hand, und auf dem Handrücken seiner Linken prangte ein lang gezogenes, blaues Kreuz. Er rauchte mit zusammengekniffenen Augen.

Clara fuhr fort: »Du kannst keinen Schritt mehr tun, ohne dass die Polizei darüber eine Akte anlegt. Sie werden dich verfolgen, auf Schritt und Tritt. Und selbst wenn du nichts tust, dann wird mir etwas einfallen, was ich dir in die Schuhe schieben kann. Und man wird mir glauben, das schwöre ich dir, alles wird man mir glauben, denn du bist ja bereits aktenkundig, nicht wahr?«

Clara war froh, dass sie Italienisch sprechen konnte und der wackere Herr Hohenleitner all diese eklatanten Verstöße gegen die Rechtsordnung nicht mitbekam. Claras Finger krallten sich vor Aufregung in den grünen Filz des Tisches, und ihr Herz klopfte irgendwo in der Nähe ihres Halses.

Sie beugte sich noch ein wenig weiter vor und sagte: »Wie lange, glaubst du, wird sich die *weiße Katze* dein Herumgestümpere noch ansehen, bevor sie sich gezwungen sieht, dich auszuschalten? Oder meinst du etwa, sie wird dir helfen, wenn du in Schwierigkeiten steckst? Keinen Finger wird sie rühren.«

Bei der Erwähnung der *weißen Katze* trat eine Veränderung in Barlettas Gesicht ein. Seine Augen flackerten ein wenig, ob aus Wut oder gar aus Angst, konnte Clara nicht sagen. Unvermittelt packte er ihren Arm, so schnell, dass sie nicht reagieren konnte. Seine Finger bohrten sich mit einer derartigen Kraft in ihren Unterarm, dass sie aufstöhnte. Dann beugte er sich zu ihr hinüber und flüsterte ihr ins Ohr: »Misch dich nicht in Dinge ein, von denen du keine Ahnung hast. Sonst kann es sein, dass du das nächste Mal deinen Köter auf dem Teller hast, wenn du Spaghetti *al ragù* bestellst.«

Clara riss sich los. Ihr Arm brannte. Genauso wie ihre Augen. Sie zwinkerte und atmete tief ein. Elise lebt noch, redete sie sich gut zu. Sicher lebt sie noch. Sie bemühte sich krampfhaft, ihre Fassung wiederzugewinnen. Nach ein paar hektischen Atemzügen war sie wieder halbwegs in der Lage, Barletta anzusehen.

Er fühlte sich jetzt stark, zwinkerte ihr anzüglich zu und grinste hämisch. Seine Lippen formten sich lautlos: »Wuff, wuff!«

Plötzlich fiel ihr etwas ein. *Bricciola*! Sie dankte Angelo im Stillen für seine Geschichte. »Und was den Hund betrifft …«

Clara erwiderte Barlettas triumphierenden Blick so ungerührt wie möglich. »Es wäre besser, du bringst ihn mir bald zurück. Lebendig, versteht sich. Ich habe dich nämlich angezeigt und behauptet, du hättest ihn für ein Versuchslabor gestohlen.«

Barlettas Augen verengten sich. Er presste die Lippen aufeinander.

Clara fuhr fort: »Weißt du, was das bei uns bedeutet? Das ist etwas anderes als bei euch, wo man sich auf diese Weise ein Mofa zusammensparen kann. Hier ist das strafbar. Und von den Tierschützern ganz zu schweigen. Fanatische Typen sind das. Sie werden einen riesigen Wirbel machen. Sicher stehen sie schon bald vor Carraros Wohnung und werfen mit faulen Eiern nach seiner Frau ...«

»Halt's Maul, du dreckige kleine Hure!«, zischte Barletta.

Clara sah, wie er aus den Augenwinkeln einem seiner Mitspieler, einem schmächtigen jungen Mann mit einer schweren Goldkette um den Hals, die aussah, als würde sie ihn gleich zu Boden ziehen, einen hastigen Blick zuwarf. Offenbar Nicòla Carraro.

Sie hob die Augenbrauen und erlaubte sich ein winziges Lächeln. »Ich denke, wir haben hier alles geklärt«, sagte sie zu dem Gerichtsvollzieher, der mit wachsamem, wenngleich ein wenig verwirrtem Gesichtsausdruck neben ihr ausgeharrt hatte.

Bevor sie ging, sah sie Barletta noch einmal an. Doch das war ein Fehler. Sein Gesicht war verzerrt vor Wut. Ihre Worte hatten ihn ganz offensichtlich mehr aus der Fassung gebracht, als es den Anschein gehabt hatte. Sie konnte seinen Hass spüren. Doch sie spürte auch noch etwas anderes: Ihren eigenen Hass auf ihn. Weil er Elise etwas angetan haben mochte. Und weil er dafür gesorgt hatte, dass sie abends verbarrikadiert, weinend und starr vor Angst in ihrer Küche saß. Weil ihr seinetwegen die Freude am Alltag abhanden gekommen war, die Leichtigkeit heller, ereignisloser Tage und der ruhige, albtraumlose Schlaf und es ihr so vorkam, als kehrten sie nie mehr zurück. Und sie erkannte erschrocken, ihr Hass war dem seinen ebenbürtig. Er durchströmte sie wie eine Abfolge elektrischer Impulse und ließ sie innerlich zittern. Sie hätte ihn töten können. Sie fühlte sich dazu imstande. Und er, er spürte es. Er sah es an ihrem Gesichtsausdruck, ihren Augen, der Anspannung in ihrem Körper. Sie konnte sehen, wie er ihre kaum zu bändigende Wut wahrnahm, wie er instinktiv fühlte, was sie empfand. Und sie konnte sehen, wie er vor ihr zurückwich. Nur für den Bruchteil einer Sekunde und für einen Außenstehenden kaum wahrnehmbar. Doch sie hatte es gesehen, und er wusste, dass sie es gesehen hatte. Das Triumphgefühl, das unvermittelt aufflammen wollte, verebbte jäh, als sie sein Gesicht sah. Sie mochte einen kleinen Sieg errungen haben, aber sie hatte sich damit endgültig einen gnadenlosen, einen tödlichen Feind geschaffen. Hastig wandte Clara den Blick ab und folgte Herrn Hohenleitner, der jetzt, nachdem die Arbeit getan schien, mit unerschütterlicher Ruhe dem Ausgang zustrebte. Als sie wieder an der frischen Luft war, sackte das Adrenalin, das in der letzten halben Stunde unablässig und ihn höchster Konzentration durch ihren Körper geströmt war, unvermittelt ab, und ihre Knie begannen zu zittern. Sie lehnte sie an die Wand neben der Tür und schloss die Augen. Sie hatte erreicht, was sie wollte, Barletta hatte es kapiert. Dessen war sie sich sicher. Aber sie fühlte keine Befriedigung. Sie fühlte keine Erleichterung. Nur Angst.

Erst als sie in Herrn Hohenleitners Wagen in Richtung Claras Wohnung fuhren – er hatte ihr angeboten, sie nachhause zu bringen, und sie hatte, noch immer zittrig und ein wenig grün um die Nase, dankbar angenommen –, meinte der Gerichtsvollzieher nachdenklich: »Das war aber nicht ganz astrein, wie Sie unseren Kunden da unter Druck gesetzt haben.«

»Äh, was?« Clara war peinlich berührt. »Sie sprechen Italienisch?«

»Volkshochschule, oberster Level: *conversazione*«, gab Hohenleitner stolz zurück. »Ich habe zwar nicht alles verstanden, aber das Wichtigste schon, denke ich.« Er schien darüber sehr befriedigt und in keiner Weise in seiner Berufsehre tangiert.

»*Complimenti*«, gab Clara matt zurück.

»Etwas müssen Sie mir aber doch verraten«, verlangte er und bog schwungvoll in Claras Straße ein.

»Und was bitte?«, wollte Clara vorsichtig wissen.

»Was heißt eigentlich *puttana*? Ich habe es schon so oft gehört, aber immer wieder vergesse ich, es nachzuschlagen ...«

Clara fragte sich, wo der brave Herr Hohenleitner das italienische Wort für Hure schon so oft gehört haben mochte. Sicher nicht in der Volkshochschule. Lächelnd klärte sie ihn auf, und ihr Begleiter räusperte sich verlegen.

»Ach!«

»Ein ganz beliebtes Schimpfwort, würde ich sagen«, beruhigte ihn Clara und stieg aus. »Vielen Dank für Ihre Hilfe.«

»Jederzeit wieder!«, gab Gerichtsvollzieher Hohenleitner zurück. »Von Ihnen kann man noch was lernen!«

Als Clara langsam die Treppen zu ihrer Wohnung hinaufstieg, fühlte sie sich wie ausgehöhlt. Es kostete sie fast übermenschliche Anstrengung, einen Fuß vor den anderen zu setzen. In ihrem Kopf wirbelten die Eindrücke der letzten Stunde wild durcheinander, und wieder stoppten sie bei Barlettas Gesicht. Sie hatte einen Fehler gemacht. Sie hätte ihn nicht demütigen dürfen. Der Moment, in dem er vor ihr zurückgewichen war, zeigte deutlich, dass sie einen Schritt zu weit gegangen war. Warum hatte sie nicht einfach gehen können, als alles gesagt war? Warum musste sie sich noch einmal umdrehen und warum, warum nur hatte sie ihren Gefühlen derart freien Lauf gelassen? Sie schauderte, als sie an den Moment dachte. Sie war vor sich selbst erschrocken. Und dann war etwas Schreckliches geschehen. Ein Versprechen war gegeben worden, ein Schwur besiegelt. Sie begann wieder zu zittern und schloss mit klammen Fingern ihre Wohnungstür auf. Es war nicht vorbei. Es hatte erst begonnen. Sie hatte es so deutlich in seinen Augen gesehen, als ob Barletta es ihr ins Gesicht geschrien hätte: Er würde sich vor ihr kein zweites Mal eine Blöße geben. Er würde nicht aufgeben. Sie verriegelte die Tür und legte die Kette vor. Dann rettete sie sich in ihre Küche, den einzigen Ort, der durch seine vollgestopfte Enge so etwas wie Zuflucht bot, und zündete sich mit noch immer zitternden Fingern eine Zigarette an. Das Nikotin tat fast augenblicklich seine Wirkung. Ihr Kreislauf beruhigte sich. Sie atmete tief ein und musste husten. Nach einer Weile stand sie auf und ging zum Telefon. Sie wählte Arno Pöttingers Handynummer und lauschte angestrengt dem Klingeln. Hoffentlich war er schon zuhause und nicht mehr im Murphy's. Endlich wurde abgehoben. »Kannst du bitte kommen?«, bat sie kleinlaut, und als er ohne weitere Fragen meinte, er könne in zwanzig Minuten da sein, traten ihr vor Erleichterung die Tränen in die Augen.

Arno Pöttinger war sauer, weil sie sich nicht vorher mit ihm in Verbindung gesetzt hatte. Dennoch hörte er sich ihre Geschichte aufmerksam an und meinte am Ende sogar, es sei – abgesehen davon, dass es natürlich riskant, unvernünftig und einfach irrsinnig war – trotz allem ein recht kluger Schachzug von ihr gewesen, so zu handeln. Die Zweifel, ob damit wirklich das Ziel erreicht war, konnte er ihr jedoch nicht nehmen. »Du hast die Unterlagen gelesen«, meinte er achselzuckend. »Das ist ein gefährliches Terrain, auf das du dich hier begeben hast.«

»Glaubst du, ich habe es noch gefährlicher gemacht?« Sie sah Pöttinger eindringlich an »Ich bin zu weit gegangen, ich habe eine Grenze überschritten, das konnte ich spüren.«

Pöttinger schüttelte den Kopf. »Steigere dich nicht zu sehr hinein«, warnte er. »Das macht dich nur verrückt.«

Clara nickte. Es kam ihr so vor, als sei sie davon nicht mehr weit entfernt.

Arno Pöttinger klopfte ihr aufmunternd auf die Schulter und stand dann auf: »Wer weiß, vielleicht war es auch genau das Richtige? Du hast ihn immerhin mit etwas zu fassen gekriegt, und das ist schon mehr, als so manche Ermittler von sich behaupten dürfen.«

Clara versuchte ein dünnes Lächeln und winkte ihm zu, während er die Treppe hinunterstieg. Als sie zurück in die Küche ging, dachte sie über seine letzten Worte noch einmal nach: Pöttinger hatte recht. Sie hatte Barletta gepackt. Immerhin. Und im Grunde hatte sie auch gar keine andere Wahl gehabt.

Trotz aller Ängste und Befürchtungen schwebte die unvernünftige, unwahrscheinliche Hoffnung, Elise doch noch lebendig zurückzubekommen, wie eine zarte, durchsichtige Seifenblase über der kommenden Woche. Clara wagte nicht, sie in Worte zu fassen, wagte nicht einmal, daran zu denken, aus Angst, sie würde sich in nichts auflösen. Sie sprach mit niemandem über ihr Treffen mit Barletta. Willi gab sie so unwillig und wortkarg darüber Auskunft, dass er schließlich aufgab. Die besorgten Blicke, die er ihr zuwarf, übersah sie ebenso wie Ritas Bemühungen, sie mit Thunfischsandwiches und frischen Tomatenbroten aufzumuntern. Die Tage verstrichen blass und freudlos, aneinandergereiht wie alte Wäsche, die grau verfärbt und knittrig an der Leine hängt.

Massimo Moro kam in Begleitung von Johannes Simoneit in die Kanzlei und legte tatsächlich seine Aussage gegen Richter Oberstein schriftlich nieder. Ihre vorsichtige Frage, ob er wohl auch bereit wäre, gegen Gaetano Barletta wegen gefährlicher

Körperverletzung auszusagen, wurde mit ungläubigen Blicken und gallebitterem Lachen quittiert. So blieb ihr nur Richter Oberstein, den sie angesichts der vergangenen Ereignisse fast ein wenig aus dem Blick verloren hatte. Sorgfältig geheftet lag nun Moros Aussage in einem Ordner vor ihr. Sie starrte nachdenklich darauf. Die freudige Erregung, die sie sonst verspürte, wenn sie etwas in der Hand hielt, das ihr in einem Fall einen Überraschungserfolg versprach, wollte sich nicht einstellen, obwohl sie wusste, wie wertvoll diese Aussage war, wie viel sie Moro gekostet hatte. All ihre Versuche, Angelo mit regulären Mitteln aus der Haft freizubekommen, waren bisher gescheitert. Angelo war Ausländer, hatte keinen festen Wohnsitz, keine Arbeit und kein Geld, er war in eine tätliche Auseinandersetzung verwickelt gewesen und hatte überdies versucht zu fliehen. Mehr Gründe, ihn bis zur Berufungsverhandlung in Haft zu behalten, konnte man sich kaum denken. Doch obwohl die Zeit drängte, konnte sie sich nicht dazu durchringen, Oberstein jetzt damit zu konfrontieren. Etwas hielt sie zurück. »Worauf um Himmels willen wartest du noch, Clara Niklas?«, murmelte sie, starrte auf die schwungvolle Unterschrift Massimo Moros und legte den dünnen Hefter unschlüssig in ihre Schreibtischschublade zurück.

Sie hatte es Moro und Simoneit nicht sagen können, doch angesichts Obersteins guter Beziehungen und seiner Abgebrühtheit hatte sie plötzlich Zweifel, ob diese Aussage reichen würde, um ihn unter Druck zu setzen, damit sich in Angelos Verfahren etwas bewegte. Ganz zu schweigen von einem Verfahren gegen Oberstein selbst. Wahrscheinlich würde er nur müde lächeln und sie aus dem Zimmer werfen lassen. Aber trotzdem musste sie es versuchen. Die Zeit lief ihr davon. Die Möglichkeit, dass Angelo etwas zustoßen könnte, war nicht gebannt. Dennoch zögerte Clara. Sie wartete, ohne zu wissen, worauf.

Rastlos verbrachte sie die nächsten Tage mit Arbeit. Sie besuchte den verletzten Herrn Reisinger im Krankenhaus und veranlasste schweren Herzens seine Einweisung in ein Heim. Sie befriedete endlich und mit einiger Mühe den Streit um den Balkongriller und seinen geplagten Nachbarn. Und sie brachte zwei Scheidungen unter Dach und Fach, wobei die eine nach zwanzig Jahren Ehe erbittert und mit allen Mitteln ausgetragen worden war, das andere Paar sich »im besten Einvernehmen«, trennte, ohne Kinder, mit getrennten Konten und getrennten Bausparverträgen, fünf Minuten vor Gericht, ein kurzer Händedruck, mach's gut. Clara stimmte letztere Sorte meist fast noch trauriger als die heftigen, anstrengenden Gefechte, zeigten diese immerhin, dass starke Gefühle im Spiel waren. Bei den Single-Kurzzeitehen, blieb hingegen nichts übrig von einer gemeinsamen Zeit. Man traf sich, heiratete, trennte sich wieder, das Leben floss dahin, ohne Spuren zu hinterlassen.

Und jeden Abend ging Clara nachhause, und die Seifenblase schwoll schillernd und verheißungsvoll an, schwebte über ihr wie eine glitzernde und glänzende Wolke und zerplatzte jedes Mal aufs Neue, wenn Clara in den Torbogen trat und kein Bellen oder auch nur ein Winseln sie begrüßte. Die mittlerweile ausgetauschte Glühbirne über dem Eingang blieb ganz, und auch sonst bemerkte Clara nichts mehr von Barlettas Anwesenheit. Kein Motorrad stand vor ihrem Haus, niemand überraschte sie, und es schien, als hätte sich die ganze Bedrohung in Luft aufgelöst. Wäre nicht Elise wie vom Erdboden verschluckt geblieben, so hätte man annehmen können, es wäre alles nur ein böser Traum gewesen. Doch das war es nicht, und mit jedem Tag, an dem Clara vergeblich auf die Rückkehr ihres Hundes hoffte, mit jedem Telefonat, das sie in dieser Woche immer wieder unermüdlich mit den Tierheimen der Stadt führte, wurde die Seifenblase ein wenig kleiner, bis sie schließlich am Freitagabend, als Clara spät und müde nach Hause kam, gar nicht mehr zerplatzen musste, weil sie nicht mehr da war. Es hatte nichts gebracht. Wahrscheinlich war Elise schon tot gewesen, als sie Barletta aufgesucht hatten. Sie hatte sich getäuscht, wenn sie geglaubt hatte, er würde die Dogge als Druckmittel benutzen. Er hatte sie aus purer Bosheit gestohlen und getötet. Sie hatte es nur nicht wahrhaben wollen. Nur zu gern hatte sie Micks Theorie geglaubt, hatte so sehr gehofft, dass Elise noch am Leben war.

Mick. Ein weiterer wunder Punkt, ein weiterer loser Faden in ihrem Leben, das sich im Augenblick in eine ganze Menge solcher Fäden aufzulösen schien. Nichts hatte sie zu Ende gebracht, nirgends hatte sie etwas wirklich richtig gemacht. Überall verliefen ihre Schritte im Sand, verloren sich irgendwo im Nebel. Spätestens, nachdem sie Barletta im *Metropol* getroffen hatte, war ihr klar geworden, was sie schon lange erkannt, aber immer wieder verdrängt und weggeschoben hatte: Mick konnte unmöglich mit diesem Typen gemeinsame Sache gemacht haben. Dieser Verdacht schien ihr plötzlich so weit entfernt wie der Mond. Sie hatte sich in etwas verrannt. Ihre überreizten Nerven hatten ihr etwas vorgegaukelt. Und als ihr das bewusst wurde, fiel die ganze kühle Mauer, die sie nach der gemeinsamen Nacht mit Mick um sich herum aufgebaut hatte, wie ein Kartenhaus lautlos in sich zusammen und hinterließ nichts als einen Trümmerhaufen. Ruinen. Immer wieder musste sie aus Ruinen hinausklettern.

Clara stand im Flur, die Schlüssel noch in der Hand, und sah traurig auf die leere Matratze, den Fressnapf, Seans zerbissenen Hausschuh. Morgen früh würde sie die Sachen in den Keller räumen. Und Sean anrufen, um es ihm zu sagen. Und dann, irgendwie anfangen zu vergessen. Clara schluckte. Und schüttelte langsam den Kopf. Noch war es nicht so weit. Vorher, vorher würde sie noch etwas anderes tun. Es war ihr schon eingefallen, als sie Barletta gegenüber die Tierschützer erwähnt hatte, und mit jedem Tag war der Vorsatz in ihr ein wenig mehr gereift. Sie wusste, es war eine verrückte, kindische Idee, gefährlich und kriminell noch dazu, aber das war ihr egal. Sie konnte noch etwas tun, bevor sie beginnen musste, Elise zu vergessen, und wenn es nur eine kleine, armselige Rache war. Sie warf den Schlüssel auf die Kommode und ging ins Schlafzimmer, um alles vorzubereiten. Die Dinge, die sie benötigte, hatte sie bereits gestern in der Stadt eingekauft, Seans altes Fahrrad stand unten im Schuppen mit frischer Luft in den Reifen bereit. Nach einem einsamen Essen vor dem Fernseher mit Tiefkühlpizza und Paprikaoliven aus der Dose ging sie früh ins Bett, stellte den Wecker auf drei Uhr und schlief fast augenblicklich ein.

Es war ein kalter, regnerischer Morgen, und Clara hatte ihre Radelkondition weit überschätzt. Ziemlich außer Puste und völlig durchnässt in ihren schwarzen Klamotten kam sie vor Carraros Haus an. Es war Viertel nach vier, und das ganze Viertel war noch wie ausgestorben. Clara war auf ihrem Weg durch die Stadt keinem einzigen Menschen und nur wenigen Autos begegnet. Sie stellte das Rad ein wenig abseits an einen Laternenpfahl und ließ es unverschlossen, für den Fall, dass sie schnell flüchten musste. Es war nicht das erste Mal, dass sie so etwas tat, aber die letzten Unternehmungen dieser Art lagen fast fünfundzwanzig Jahre zurück und waren eigentlich unter der Kategorie Jugendsünden ad acta gelegt. Sean hatte sie niemals davon erzählt, und sie hätte ihm die Ohren lang gezogen, wäre er jemals bei etwas Ähnlichem erwischt worden. Clara mochte sich gar nicht ausmalen, was für einen Wirbel es verursachen würde, wenn man sie heute Nacht ertappte. Sie sah die Schlagzeilen förmlich vor sich. Sollte es so weit kommen, würde sie sich eine ganze Weile im Gericht und bei ihren Kollegen nicht mehr sehen lassen können.

Sie nahm ihren Rucksack vom Rücken und zog eine schwarze Strickmütze heraus. Auch sie gehörte Sean. Er benutzte sie beim Skifahren. Mit einem sorgfältigen Blick in beide Richtungen der Straße und an den dunklen Fenstern der Häuser hinauf, vergewisserte sie sich, dass niemand sie beobachtete, dann zog sie sich die Mütze über den Kopf und stopfte ihre verräterischen roten Haare hinein, bis keine einzige Strähne mehr zu sehen war. Sie schob die Mütze tief in die Stirn und setzte sich eine dunkle Sonnenbrille auf, die sie gestern in einem Drogeriemarkt zusammen mit dem billigen Rucksack erstanden hatte. So würde man sie wenigstens nicht auf den ersten Blick beschreiben können, falls jemand sie tatsächlich beobachten sollte. Willi fiel ihr ein, während sie die Spraydose mit der roten Farbe herausnahm und ihren Rucksack sorgfältig wieder schulterte. Ihm würden die Haare zu Berge stehen, wenn er sie jetzt so sehen könnte. Mick nicht. Er würde ihr womöglich sogar helfen. Sie verbannte diesen außerordentlich störenden Gedanken aus ihrem Kopf und konzentrierte sich auf ihre Aufgabe. Das Haus, in dem die Familie Carraro wohnte, war ein unscheinbarer Altbau mit einer hellgrau gestrichenen, glatten Fassade ohne Schnörkel, wie geschaffen für Graffiti und ähnliche Schmierereien. Noch einmal vergewisserte sich Clara, dass sie allein war, dann ging sie schnell auf die Fassade zu und begann hastig, aber konzentriert Buchstabe für Buchstabe an die Wand zu sprühen. Es dauerte nur wenige Minuten, dann war sie fertig. Mit einem weiteren Blick auf die noch immer menschenleere Straße stopfte sie schnell die leere Dose in ihren Rucksack zurück und zog sich Mütze und Sonnenbrille vom Kopf. Dann ging sie auf die andere Straßenseite und betrachtete mit einer gewissen Befriedigung ihr Werk. Es war nicht zu übersehen. Die Buchstaben waren gut zwanzig Zentimeter hoch und würden bei Tageslicht blutrot leuchten. *Carraro und Barletta: Hundemörder!* stand dort in theatralischen Großbuchstaben. Um des Effektes willen hatte sie am Ende noch ein Kreuz aufgesprüht, eines, wie es Barlettas Handrücken zierte, lang gezogen, mit sich verdickenden Enden. Clara nickte zufrieden und machte sich auf den Weg zu ihrem Fahrrad. Selbst wenn Nico Carraro keine Ahnung von Barlettas Machenschaften haben sollte, was Clara zu bezweifeln wagte, Frau Carraro jedenfalls würde den beiden die Hölle heiß machen, so viel stand fest.

Clara schlief lange an diesem Morgen. Gegen halb elf jedoch weckte sie ein hartnäckiges Klingeln an der Wohnungstür. Mit müden Augen und im Schlafanzug schlich sie in den Flur. »Ja, bitte?«, rief sie ungnädig durch die verschlossene Tür und linste durch den Spion. Sie erspähte die verhärmte Gestalt von Frau Manninger. »Was gibt's denn?«, gähnte Clara, ohne zu öffnen.

»So machen S' doch die Tür auf, Frau Niklas, ich bitt Sie!« Frau Manninger klang mehr denn je wie ein aufgeregter Kanarienvogel.

Clara drehte seufzend den Schlüssel im Schloss und öffnete die Tür einen Spalt breit. »Was ist denn ...« Weiter kam sie nicht. Die Tür wurde gewaltsam aufgestoßen, und etwas drückte sich herein und warf Clara um. »Au!« Sie landete hart mit dem Hinterkopf auf dem Holzboden, doch sie kam nicht dazu, sich zu beklagen. Das große Etwas, das sie umgeworfen hatte, war dabei, ihr das Gesicht einzuspeicheln, und gab dabei merkwürdig japsende Töne von sich, die offenbar den höchsten Grad der Verzückung darstellen sollten. Clara vergaß Frau Manninger vor der Tür, sie vergaß, dass sie barfuß im hellblau geblümten Flanellschlafanzug mitten auf dem Flur lag. Sie streckte die Arme aus und umarmte das große, graue Wesen, das seine Pfoten auf ihre Brust gestemmt hatte und ihr inbrünstig das Gesicht abschleckte.

Sie hörte entfernt, wie Frau Manninger zwitscherte: »Sie war unten angebunden, mit einem Strick, das arme Hunderl, ich hab's g'sehn heute Morgen, als ich die Mülltonnen rausg'schafft hab. Hab ihr a bissl a Wurst geb'n, mei, sie war ja ganz ausg'hungert, und dann sind wir gleich zu Ihnen rauf, aber Sie ham ja noch so fest g'schlafen, gell, Frau Niklas ...«

»Danke.« Clara gelang es, Elises Kopf für einen kurzen Moment beiseitezuschieben und zu Frau Manninger hochzusehen. »Vielen, vielen Dank!« Dann wurde sie wieder von Elises Wiedersehensfreude überwältigt. Sie hörte noch, wie die Wohnungstür leise zuschnappte, und sie beschloss, Frau Manninger heute Nachmittag einen Blumenstrauß vorbeizubringen. Dann schloss sie die Augen und ließ ihren Tränen freien Lauf.

Den Tag verbrachten Clara und Elise in den Isarauen. Die Dogge konnte gar nicht genug davon bekommen, zwischen den Bäumen, dem Flussbett und um Clara herumzuspringen. Sie war etwas abgemagert, mit ein paar stumpfen Stellen am Fell, wo sie sich offenbar irgendwo gescheuert hatte, ansonsten schien sie jedoch keinen bleibenden Schaden von ihrer Entführung davongetragen zu haben. Am Abend kaufte Clara ihr einen ganzen Eimer frisches Fleisch und bürstete und badete sie gründlich. Letzteres sehr zu Elises Leidwesen, die nicht einsehen konnte, wozu das gut sein sollte. Zurück blieb ein verwüstetes Bad mit Dreckspritzern bis zur Decke und einem Haufen klatschnasser Handtücher in der Ecke. Clara, die nach diesem Gewaltakt ebenfalls eine Dusche nötig gehabt hatte, lag im Bademantel auf dem Sofa, eine duftende, seidig glänzende Dogge im Arm, und sie verspeisten zur Feier des Tages einträchtig die schon längst fällige Packung Karamelleis. Nachdenklich kraulte Clara Elises graue Ohren und sah ihr tief in die braunen Hundeaugen: »Wo hat er dich wohl versteckt, meine Süße, hm? Wenn du es mir nur erzählen könntest. Vielleicht im Keller?«

Elise richtete ihren Blick ernst auf Clara und gab ein wenig hilfreiches Grunzen von sich. Dann senkte sie ihr weises Haupt und schloss die Augen.

Clara zuckte mit den Schultern: »Du hast recht, eigentlich vollkommen egal, Hauptsache, du bist wieder da.«

In der Kanzlei war die Freude über Elises Rückkehr ebenfalls groß. Linda ließ es sich nicht nehmen, gleich zweimal mit ihr Gassi zu gehen und jedes Mal einen Stopp beim Metzger einzulegen. Als sie beim zweiten Mal zurückkamen, begann sich Elises abgemagerter Bauch schon wieder merklich zu runden. Nach diesem Festmahl fielen die drei Feierabendcroissants bei Rita nicht mehr groß ins Gewicht. Elise nahm sie würdevoll entgegen, verschluckte jedes mit einem einzigen Haps und begab sich danach auf ihren Beobachtungsposten neben der Küchentür. Man konnte ja nie wissen. Clara saß mit Willi an einem Tisch am Fenster und trank ein Glas Prosecco. Sie hatte Willi wohlweislich ihre Sprayaktion verschwiegen und auf seine nachdenkliche Frage hin, weshalb Barletta wohl so lange gewartet hatte, um sie dann doch noch zurückzubringen, nur vage mit den Schultern gezuckt. »Hauptsache, sie ist wieder da, nicht?«

Willi nickte. »Natürlich. Aber komisch ist es trotzdem. Es muss doch einen Grund für diesen plötzlichen Meinungsumschwung gegeben haben, irgendeinen Anlass?«

Clara nahm einen tiefen Schluck aus ihrem Glas und schüttelte den Kopf, ohne Willi anzusehen. »Ich denke, wir haben ihn vielleicht ein wenig überschätzt. Der ist nicht besonders planvoll«, meinte sie obenhin.

Doch Willi kannte Clara zu gut. Er sah sie forschend an: »Du verschweigst mir doch was!«

Clara hob die Brauen, »Quatsch, was denn?« Sie konnte jedoch nicht vermeiden, dass ihr die Röte in die Wangen stieg.

Eine bei ihr recht ausgeprägte körperliche Reaktion, die sie schon des Öfteren verflucht hatte.

Willi schüttelte den Kopf. »Manchmal frage ich mich schon, wie du als Anwältin so erfolgreich sein kannst. Du bist die mieseste Lügnerin, die ich kenne.«

»Also, hör mal!«, gab Clara empört zurück. »Ich kann sehr gut lügen. Fast perfekt, würde ich sagen.« Sie unterstrich die Verteidigung ihres so schmählich unterschätzten Lügentalentes mit einem ihrer Funkelblicke.

»Ach, tatsächlich?« Willi grinste und begann, sich seine Feierabendpfeife zu stopfen.

»Ja, tatsächlich, bloß klappt das leider nicht so gut bei Freunden, weißt du.« Clara verzog schmerzlich das Gesicht.

»Leider? Da würde ich eher Gott sei Dank sagen.« Willi hielt ein Streichholz über den Pfeifenkopf. Durchdringender Tabakgeruch stieg auf.

Clara seufzte. »O. k. Ich erzähl's dir. Aber auf deine Verantwortung. Gib nicht mir die Schuld, wenn du nachträglich noch Magenschmerzen bekommst«, warnte sie, dann begann sie mit genüsslichen Seitenblicken auf Willis zunehmend entsetzter werdende Miene mit ihrer Schilderung.

Am Ende schüttelte Willi den Kopf und meinte resigniert: »Ich glaube, so genau wollte ich es gar nicht wissen.«

»Wenn du Kinder hättest, dann hättest du diese Erfahrung schon früher gemacht«, tröstete ihn Clara und leerte ihr Glas.

Willi sah nachdenklich zum Fenster hinaus, während er seine Pfeife paffte. »Glaubst du, es ist jetzt vorbei?«, fragte er.

Clara sah ihn an. Ihr Unbehagen, das sie seit Elises Rückkehr so erfolgreich unterdrückt hatte, kehrte augenblicklich zurück. Dann zuckte sie mit den Schultern. »Ich weiß es nicht. Aber könnte doch sein, oder?« Sie wollte, dass es vorbei war.

»Arno glaubt das nicht«, fuhr Willi fort und stocherte in seiner Pfeife herum.

»Arno Pöttinger?« Wann hast du denn mit ihm darüber gesprochen?«, wollte Clara erstaunt wissen und bekam Gewissensbisse, weil sie ihn noch nicht selbst angerufen hatte. Ihm hätte sie doch zuerst erzählen müssen, dass Elise zurück war.

»Er hat heute Mittag angerufen. Du warst gerade in einem Gespräch.« Willi sah sie ernst an. »Er hat gemeint, du sollst extrem vorsichtig sein. Gerade jetzt, wo alles in Butter scheint.«

Clara lachte unsicher. »Der Arno sieht mal wieder Gespenster. Warum kann er sich nicht mit mir freuen?« Sie schüttelte eigensinnig den Kopf: »Barletta hat mir Elise zurückgebracht. Das hätte er nie getan, wenn ich ihn nicht eingeschüchtert hätte, oder wie siehst du das?«

Willi sah sie zweifelnd an. »Ist dir eigentlich schon einmal der Gedanke gekommen, dass es vielleicht gar nicht Barletta war, sondern sein Kumpel oder dessen Frau, der es nach deiner Sprayaktion einfach gereicht hat? Oder aber er hat dir Elise zurückgebracht, um dich in Sicherheit zu wiegen, und er plant in der Zwischenzeit etwas ganz anderes ...«

Clara biss sich auf die Lippen und wandte den Blick ab. Sie hatte Willi noch immer nichts von den genauen Umständen ihrer Unterredung mit Barletta erzählt und von ihrem ersten Eindruck, womöglich alles noch viel schlimmer gemacht zu haben. Als dann Elise zurückkam, war sie geneigt gewesen, das Ganze als Hirngespinst ihrer angespannten Nerven abzutun. Doch so ganz wollte es ihr nicht gelingen. Wo war Barletta? Er hatte sich vollkommen unsichtbar gemacht, doch das bedeutete nicht, dass er nicht mehr da war.

Willi hakte nicht weiter nach. Es hatte keinen Sinn. Clara sah im Moment nur das, was sie sehen wollte. Und stur wie sie war, würde sie sich auch nicht von etwas anderem überzeugen lassen. Und vielleicht war das sogar gut so, überlegte er dann. Clara hatte ein paar ruhige Tage bitter nötig. Die letzten Wochen hatten sie ziemlich mitgenommen. Sie sah erschöpft aus.

Ihre helle, zarte Haut wirkte fahl und zerknittert, und unter ihren Augen lagen dunkle Ringe. Dann fiel ihm noch etwas ein: »Pöttinger lässt außerdem fragen, ob Karl Killesreiter dir weiterhelfen konnte.«

»Karl Killesreiter?« Clara runzelte die Stirn. »Wer soll das sein?«

Willi hob die Schultern und versuchte, seine Pfeife wieder zum Glimmen zu bringen. »Keine Ahnung. Ich dachte, du wüsstest Bescheid, Arno klang danach. Das ist wohl ein Freund von ihm aus Passau oder so.« Er zog vorsichtig, und als endlich Rauchwolken aufstiegen wie bei einer indianischen Räucherzeremonie, lehnte er sich zufrieden zurück.

Clara wedelte mit beiden Händen den Rauch aus ihrem Gesicht und rümpfte die Nase: »Du hättest letztens neben dieser Rauchgegnerin im Murphy's sitzen sollen, die hätte glatt den Löffel abgegeben.«

»Wann warst du denn im Murphy's?«, fragte Willi interessiert und paffte ungerührt weiter.

»Das ... ist schon länger her.« Clara zündete sich ebenfalls eine Zigarette an, um den Rauchwolken, die aus Willis Pfeife quollen, etwas Ebenbürtiges entgegenzusetzen. Dann wechselte sie schnell das Thema. »Aus Passau ist dieser Killereiter? Bist du sicher?« Ihr war etwas eingefallen.

»Killesreiter«, verbesserte sie Willi. »Nein, sicher bin ich mir überhaupt nicht. Irgendwo aus Niederbayern jedenfalls.«

»Könnte er auch Deggendorf gesagt haben?«, wollte Clara, plötzlich aufgeregt, wissen.

»Mm. Jetzt, wo du es sagst. Ja, ich glaube, du hast recht, es war Deggendorf.«

»Mist!«

»Wieso?« Willi nahm die Pfeife aus dem Mund. »Stimmt was nicht mit dem?«

Clara war schon aufgesprungen. »Doch, doch. Alles in Ordnung. Ich bin so eine blöde Kuh.« Sie gab Willi einen Kuss auf die Wange, rief Elise und war schon zur Tür hinaus, noch bevor Willi die Pfeife wieder zwischen seine Lippen geschoben hatte.

Zuhause durchwühlte sie fieberhaft ihren Schrank. Sie erinnerte sich, den Zettel mit der Telefonnummer, den Linda ihr gegeben hatte, in die Hosentasche gesteckt zu haben. Doch in welche Hose? Alle Taschen ihrer Hosen im Schrank waren leer. War er herausgefallen? Hatte sie ihn irgendwo anders hineingesteckt? Plötzlich fiel es ihr wieder ein. Es war der Tag gewesen, als sie Angelo im Gefängnis besucht hatte und von dem Motorradfahrer attackiert worden war. Sie hatte an dem Tag ihre weiße Leinenhose getragen, und die war bei dem Sturz zerrissen. Sie hatte sie in den Sack für die Altkleidersammlung gestopft. Clara rannte in den Keller hinunter, wo der Sack zusammen mit etlichen anderen darauf wartete, von Herrn Manninger in einem seiner lichteren Momente nach oben geschleppt zu werden. Sie knüpfte hastig die Schnur auf und zog die zerknitterte Hose heraus. In der Tasche knisterte es. Sie hatte sich nicht getäuscht: Karl Killesreiter stand dort in Lindas ordentlicher Druckschrift und eine Telefonnummer.

Es dämmerte bereits, als Clara mit Elise den schnurgeraden Weg entlangging, der vom Hofgarten zur Staatskanzlei führte. Am Ende des Weges glänzte noch für wenige Minuten die Kuppel des Regierungsgebäudes im Licht der Abendsonne, dann versank sie langsam im hellen Violett des Frühlingsabends. Der feine Kies knirschte unter ihren Füßen, und sie genoss es, mit dem großen grauen Schatten an ihrer Seite hier entlangzuschlendern und zu spüren, wie ein altes, vertrautes Gefühl langsam zurückkehrte. Sie konnte es nicht benennen. Es hatte damit zu tun, wie selbstvergessen glücklich ihr Hund neben ihr herlief, an manchen Stellen stoppte und ausgiebig schnüffelte, um dann unvermittelt weiterzulaufen, bis zum nächsten, unsichtbaren Punkt, der seine Aufmerksamkeit fesselte. Es hatte etwas mit dem Geräusch zu tun, das der Kies bei ihren gleichmäßigen Schritten machte, mit dem feinen Duft, der von den abgezirkelten Blumenrabatten herüberwehte, und dem Geigenspiel, das aus dem Pavillon ertönte. Es hatte etwas damit zu tun, dass sie, das erste Mal seit langem nicht das Bedürfnis verspürte, sich umzudrehen, um einen möglichen Verfolger zu ertappen. Es war ein Gefühl, wie wenn ein Zug, der zu entgleisen droht, unversehens wieder zurück in die Schienen rutscht und ruhig weiterfährt. Wie wenn ein Puzzleteil sich passgenau in ein anderes fügt und die Trennungslinie verschwindet.

Der Treffpunkt, den Karl Killesreiter ihr am Telefon vorgeschlagen hatte, war ihr zunächst etwas merkwürdig vorgekommen. Sie kannte den nackten Laubengang hinter dem Hofgarten mit Blick auf die pompösen leeren Glasfronten der Staatskanzlei, an dessen Anfang ein glänzend schwarzer Kubus an die Widerstandsbewegung der Weißen Rose erinnerte. Von dort betrachtet wirkte das Regierungsgebäude merkwürdig entrückt, ein kalter, seelenloser Fremdkörper, den man ans andere Ende des eleganten Gartens mit den italienisch anmutenden ockergelben Arkaden gepflanzt hatte, wie um ein Exempel zu statuieren. Wir können auch anders, drohte dieses protzige, überdimensionale Gebäude der städtischen Gelassenheit. Dort oben, mit der Staatskanzlei im Rücken oder im Blickfeld, wie auch immer, wollte sich Herr Staatsanwalt Killesreiter mit ihr treffen. Clara hatte zugestimmt. Es war ihr im Grunde egal, sie war bereits dankbar dafür, nicht nach Deggendorf reisen zu müssen, was sie zunächst befürchtet hatte, nachdem ihr Herr Killesreiter gestern kurz und bündig erklärt hatte, nicht am Telefon über Richter Oberstein sprechen zu wollen.

Er wartete bereits auf sie. Ein hagerer Mann mit zerfurchtem Gesicht und einer Hakennase. »Sie haben Probleme mit unserem Richter Oberstein«, stellte er, nachdem sie sich begrüßt hatten, ohne große Umschweife fest, während er sie aus kleinen dunklen Augen scharf musterte.

Clara nickte. »Kann man wohl sagen«, entgegnete sie und begann, in kurzen Sätzen Malafontes Verhandlung zu beschreiben.

Der schmale Mund des Mannes verzog sich zu einem schiefen Grinsen, das seine Falten noch stärker hervortreten ließ. Er hatte ein Gesicht wie eine geschnitzte Marionettenfigur. Es war jedoch unmöglich zu sagen, ob es den Kasperl oder den Teufel darstellen sollte. »Lassen Sie uns ein wenig gehen«, meinte er und machte eine elegante Bewegung zurück in Richtung Hofgarten. Hinter der Theatinerkirche begann sich der Himmel langsam zu färben, bald würde es dunkel werden.

Sie gingen eine Weile schweigend nebeneinander her, und Clara spürte, wie ihr der Staatsanwalt immer wieder prüfende Blicke zuwarf. Sie dachte bei sich, dass sie als Angeklagte höchst ungern den durchdringenden Augen von Karl Killesreiter ausgesetzt sein würde. Schwer zu sagen, was dahinter vor sich ging.

»Was halten Sie von der Strafe?«

»Äh, wie bitte?« Clara war verwirrt. Hatte sie richtig verstanden? Was war das für eine Frage?

Karl Killesreiter präzisierte sie umgehend und in einem schneidend ironischen Ton, als äffe er jemanden nach, den er ganz besonders verabscheute: »Finden Sie, dass Bestrafung ein adäquates Mittel ist, um das Verbrechen zu besiegen?« Er blieb stehen. Seine kleinen Augen zusammengekniffen, fixierte er Clara aus schmalen Schlitzen, das Kinn abwartend erhoben.

Clara erwiderte seinen Blick ein wenig ratlos: »Nun, ich würde sagen, es ist wohl das einzige Mittel, oder?« Sie zuckte mit den Schultern. Was sollte das hier werden?

Killesreiter schob die Hände in die Taschen seiner dunklen Jacke und nahm den Spaziergang wieder auf. Sie bogen in die labyrinthartigen Wege ein, die sich um den kleinen Pavillon des Hofgartens herumwanden. Die Geigenmusik klang überirdisch, entrückt und machte Clara ein wenig traurig, aber auf eine angenehme Art und Weise, wie ein schöner, trauriger Film oder ein Gedicht. Sie warf ihrem Begleiter einen vorsichtigen Blick zu. Hörte er die Musik überhaupt? In der zunehmenden Dunkelheit schien er mit den Schatten um ihn herum zu verschmelzen wie ein kleiner schwarzer Knoten auf dem hellen Kiesweg, nur sein Gesicht leuchtete hell.

»Nun«, nahm er den Faden wieder auf. »Ich bin seit über fünfundzwanzig Jahren Staatsanwalt und bin nach wie vor der Ansicht, dass Bestrafung zu überhaupt nichts nütze ist. Sie kann kein Verbrechen verhindern und keinen Verbrecher zu einem guten Menschen machen.« Er machte eine abwartende Pause.

Clara schüttelte langsam den Kopf. Was wollte dieser Mann von ihr? Sollte sie sich jetzt in ein theoretisches Streitgespräch verwickeln lassen? Oder wollte Killesreiter nur provozieren? Clara begann unweigerlich, gewisse Gemeinsamkeiten zwischen Arno Pöttinger und Karl Killesreiter zu sehen. Doch sie hatte keine Lust auf solche Spielchen. »Vielleicht wird es dann langsam Zeit, den Job zu wechseln«, antwortete sie trocken.

Da lachte Killesreiter, unerwartet laut und herzhaft, als hätte er einen ganz besonders lustigen Witz gehört. »Richtig! Dass ich darauf nicht selbst gekommen bin!« Sie waren jetzt bei dem Kaffeehaus angelangt. Trotz der frühlingshaften Kühle waren viele Tische besetzt. Er fasste Clara leicht am Ellenbogen und meinte: »Würden Sie mir die Ehre erweisen, etwas mit mir zu trinken?«

Clara hob die Augenbrauen angesichts der geschwollenen Ausdrucksweise, nickte aber. Sie setzten sich an einen Tisch ein wenig abseits neben einer dieser Wärmepilze, die in regelmäßigen Abständen zwischen den Tischen glühten und wettzumachen versuchten, was der Frühling noch vermissen ließ.

Karl Killereiter bestellte ein stilles Wasser und Rotwein für beide.

»Sie mögen doch Rotwein?« Er sah sie so drängend an, als könnte er ein Nein nicht ertragen.

Clara nickte noch einmal.

Als der Wein kam, trank Killesreiter einen bedächtigen Schluck und schloss dabei die Augen. Dann erst widmete er seine Aufmerksamkeit wieder Clara. »Wissen Sie, warum ich in München bin? Hat Pöttinger es Ihnen gesagt?«

»Nein.« Clara nippte an ihrem Glas. Der Wein war vorzüglich. Sie kramte ihrer Zigaretten heraus und bot Killesreiter eine an.

Der lachte wieder, diesmal leise und ein wenig wehmütig, wie es schien und schüttelte den Kopf. »Das wäre zu viel des Guten, fürchte ich.« Nach dieser rätselhaften Bemerkung fuhr er mit einem nachdenklichen Blick auf sein Glas fort: »Ich bin hier im Krankenhaus. Magenkrebs. Es wird nicht mehr lange dauern.« Er trank noch einen Schluck, dann schob er sein Glas beiseite.

»Oh. Das tut mir leid.« Clara starrte ihre Zigarette an. Der beißende Geruch kam ihr plötzlich widerlich vor. Sie drückte sie aus.

»Muss Ihnen nicht leidtun.« Er verzog das Gesicht zu seinem Holzkaspergrinsen: »Ich hätte Sie früher treffen und auf Ihren Rat hören sollen.«

»Was?« Clara runzelte die Stirn.

»Den Job wechseln. Das haben Sie doch gesagt.«

Clara biss sich auf die Lippen. »Ich wusste ja nicht …« Sie verstummte betroffen und begann zu verstehen, warum ihr dieser Mann merkwürdige Fragen stellte und solche privaten

Dinge erzählte. Es war die Ouvertüre zu dem, was jetzt kommen sollte, die Erklärung dafür, warum Karl Killesreiter ein Nestbeschmutzer war, der im Begriff war, interne Informationen an Außenstehende weiterzugeben.

»Dr. Oberstein.« Killesreiter starrte auf einen Punkt irgendwo hinter Clara und lächelte versonnen. »Deggendorf liegt ganz tief drin in Niederbayern, direkt an der Grenze zum Bayerischen Wald. Ferne, traurige Hügel, leere Felder ... Haben Sie eine Ahnung, was das bedeutet?«

Clara schüttelte schweigend den Kopf. Sie hatte das Gefühl, dass Killesreiter keine Antwort von ihr erwartete. Er sah sie nicht einmal an, während er fortfuhr.

»Extreme Typen. Ich darf das sagen, ich bin selbst einer. Eine Gegend, die polarisiert. Entweder du bist Anarchist oder ...« Er wedelte matt mit dem Arm wie ein müder Zauberkünstler und verstummte. Abwesend starrte er in das Glas, drehte es zwischen seinen Fingern, trank aber nicht mehr.

Erst jetzt bemerkte Clara die Kanüle auf seinem rechten Handrücken, sorgfältig festgeklebt mit einem weißen Pflaster.

Er sprach weiter und seine Stimme war ätzend wie Säure: »So einer wie Oberstein hatte bei uns das Gefühl, der richtige Mann am richtigen Ort zu sein. Er glaubte, den Leuten aus der Seele zu sprechen mit seinen Urteilen. Er hat die Stammtischparolen zur Rechtsprechung erhoben. Er war unerträglich. Doch niemand konnte etwas dagegen unternehmen.« Er machte eine bedeutungsvolle Pause und richtete seinen Blick auf Clara, die ihn erwartungsvoll ansah.

»Vor gut einem Jahr ist dann etwas passiert. Ich war damals der leitende Oberstaatsanwalt. Wir waren ganz nahe dran an einem Ring von Zuhältern, Menschenhändlern. Sie brachten junge Frauen aus dem Osten über die tschechische Grenze. Sehr junge Frauen, Mädchen. Sie wurden in Bordelle im ganzen

Land verschickt. Oberstein vernahm eine junge Russin. Sie war wegen einer Drogengeschichte in Untersuchungshaft. Sie wollte zunächst gegen diese Leute aussagen, hat es sich dann aber wieder anders überlegt. Er ließ den anwesenden Pflichtverteidiger aus dem Raum verweisen, angeblich wegen Missachtung des Gerichts, und führte die Befragung allein durch.«

Clara schnaubte empört. »Damit ist er aber hoffentlich nicht durchgekommen?«

Killesreiter sah sie lange an. »Das Mädchen ist nicht durchgekommen. Hat sich in der Nacht die Pulsadern aufgeschnitten. Sie war neunzehn.« Clara wurde kalt. »Gab es eine Untersuchung? Was sagte das Protokoll der Vernehmung?«, fragte sie beklommen.

Doch sie wusste die Antwort bereits, bevor Killesreiter fortfuhr. »Es gab kein Protokoll. Wie schon gesagt, Oberstein führte die Vernehmung allein durch und hat angeblich alles auf Band aufgenommen. Nur leider, leider war das Band dann«, er schnippte mit den Fingern, »verschwunden.«

Clara schüttelte den Kopf. »So eine Schweinerei.«

Killesreiter seufzte. »Die Schweinerei fing danach erst an. Oberstein wurde zunächst beurlaubt, solange die Untersuchung andauern sollte. Diese Untersuchung war natürlich eine Farce. Es gab rein gar nichts festzustellen. Oberstein wurde vernommen, er gab aus dem Gedächtnis an, was während der Vernehmung gesprochen wurde. Natürlich nur belangloses Zeug. Nichts, weswegen sich jemand umbringt. Doch Oberstein hatte sich zu dieser Zeit bereits so viele Feinde gemacht, dass er damit nicht durchgekommen wäre. Die Presse stürzte sich auf den Fall, und niemand glaubte ihm. Seine Tage als Richter schienen gezählt.« Killesreiter machte eine Pause.

»Was ist dann passiert?«, fragte Clara leise.

»Im Herbst fanden die Landtagswahlen statt. Sie erinnern sich doch bestimmt?« Er warf ihr einen ironischen Blick zu.

»Nicht dass ich es Ihnen verübeln würde, wenn Sie es nicht täten, das Ergebnis ist ohnehin immer das gleiche. Jedenfalls setzte unsere Leib-und-Magen-Partei auf Altbewährtes und immer gern Gehörtes: Die innere Sicherheit!« Er spuckte die letzten Worte förmlich aus. »Und voilà, der Justizminister erinnerte sich an seinen alten Kumpel und Golfpartner Oberstein und beförderte ihn nach München. Somit konnten sie gerade noch verhindern, dass unsere schöne Hauptstadt von kriminellen Ausländern überschwemmt wird.« Killesreiter klatschte mit der Hand auf den Tisch. »Ist das nicht wunderbar?«

Clara nickte. Sie hatte begriffen. Doch etwas blieb noch offen, etwas hielt dieser Mann mit dem unergründlichen Gesicht und den wachsamen Augen noch zurück. Etwas, das ihn noch mehr bedrückte, als all diese Winkelzüge und Unanständigkeiten, die er in seiner Laufbahn wohl schon miterlebt hatte und die seinen Magen schwach und angreifbar hatten werden lassen. Doch das entscheidende Detail, der eigentliche Grund, weshalb er sich heute mit Clara getroffen hatte, fehlte noch. Killesreiter tat sich schwer damit. Clara schwieg. Er würde es ihr erzählen. Ganz sicher. Sie musste nur Geduld haben. Er war gekommen, um reinen Tisch zu machen. Er würde nicht gehen, ohne es ihr gesagt zu haben.

Es war mittlerweile dunkel geworden, und der Kellner hatte ein Windlicht auf ihren Tisch gestellt. Trotz der Heizlüfter begann Clara zu frösteln, und sie zog sich ihren Mantel enger um die Schultern.

Endlich, nach einer Ewigkeit, wie es schien, raffte Killesreiter sich auf. Sein Gesicht bewegte sich unruhig im Licht der flackernden Kerze, und er verzog den Mund, als habe er Schmerzen. »Ich weiß, weshalb sich das Mädchen umgebracht hat«, sagte er schließlich, und es lag so viel Abscheu über sich selbst in seinen Worten, dass Clara fast versucht war, ihn zu trösten.

Doch sie hielt sich zurück. Gebannt starrte sie auf seine scharfen, wie aus Holz geschnitzten Gesichtszüge, die durch das Kerzenlicht noch stärker hervortraten und ihm eine gewisse Ähnlichkeit mit der schauerlichen Fratze an einem Kirchenfries verliehen, das sie irgendwo einmal gesehen hatte.

Er fuhr fort: »Ich habe Oberstein danach noch einmal getroffen, in einer Kneipe in Deggendorf. Kein sehr angesehenes Lokal, es war nicht meine beste Zeit damals, ich hatte gerade von meiner – äh, Krankheit erfahren. Oberstein saß da am Tresen, sturzbetrunken. Ich glaube, sie hatten ihn gerade beurlaubt.« Killesreiter schüttelte den Kopf, fassungslos über sich selbst, wie es schien. »Er hat mir einen Schnaps ausgegeben, und dann hat er zu erzählen begonnen.« Der Staatsanwalt rieb sich heftig über sein Gesicht und senkte den Kopf. Dann fuhr er mit bitterer Stimme fort: »Es war ... nicht zu glauben. Er hat sich gebrüstet damit. Hat mir die *Nutte,* wie er sie nannte, genau beschrieben, ihre Titten, ihren Hintern ...« Killesreiter machte abwesend eine entsprechende Handbewegung. »Er meinte, sie hätte ihm doch einen kleinen Gefallen tun können, dann hätte sie ungestört weiter die große Kohle scheffeln können. Genau so hat er sich ausgedrückt.« Endlich hob der Staatsanwalt wieder den Kopf. Seine Augen verschwanden hinter dunklen Schatten. »Er hat sie angemacht. Er wollte ...« Er brach ab.

»Und sie hat sich geweigert«, half ihm Clara. Sie konnte vor Wut kaum sprechen.

Killesreiter nickte müde. »Weiß Gott, was er dann gemacht oder gesagt hat. Jedenfalls hat es dafür gereicht, dass sie sich umgebracht hat.« Er winkte dem Kellner und bezahlte. Als sie aufstanden, fiel Claras Blick auf die Weingläser. Seines war noch fast voll.

»Sie fühlen sich schuldig«, sagte Clara, während sie gemeinsam mit Elise als Vorhut zum Odeonsplatz gingen.

»Würden Sie das nicht tun?« Killesreiter sah sie an. »Wenn

ich den Mund aufgemacht hätte, als sie ihn nach München befördert haben, wenn ich gesagt hätte, was er mir damals in dieser schmuddeligen Kneipe erzählt hat, wer weiß, ob er je wieder als Richter hätte arbeiten können.«

»Wer weiß, ob sie Ihnen geglaubt hätten«, wandte Clara ein.

Killesreiter antwortete nicht. Als sie vor der U-Bahn-Station standen, schüttelte er ihr die Hand und sagte: »Sie können das verwenden, wenn Sie wollen. Sollte es dazu kommen, werde ich es vor Gericht bestätigen.« Dann lächelte er in der zynischen, bitteren Art, die Clara jetzt schon kannte, und fügte hinzu: »Sie müssen sich nur beeilen.«

Clara sah ihm nach, wie er langsam die Treppen hinunterging, und fragte sich, ob sie ihn jemals wiedersehen würde. Er hatte ihr mit seiner Last ein Geschenk gemacht. Eines, das sie wirklich brauchen konnte. Und sie würde es gegen Oberstein verwenden. In jedem Fall. Sie würde es nicht nur für Angelo Malafonte, sondern auch für Karl Killesreiter tun.

KALABRIEN

Cerca permessu si tu vo' trasiri
Ma stai attentu chi se pó muriri
E chi p'arretu non si pó turnari

Jetzt ist es Zeit, um Einlass zu ersuchen
Doch bedenke, dass du dabei sterben kannst
und es kein Zurück mehr gibt

Aus: »Omertà, Onuri e Sangu; Il Canto di Malavita«
Traditionelle Lieder der kalabresischen Mafia

Je näher der Tag des Festes der Frühlingshexe rückte, desto nervöser wurde Filippo. Gut eine Woche vorher, am Sonntag, wachte er bereits vor Sonnenaufgang auf. Er sprang aus dem Bett, zog sich rasch an und schlich hinaus. Der Himmel war von einem gläsernen, durchscheinenden Hellblau, das einen strahlenden Tag versprach. Er ging hinüber zu dem Anbau, in dem die Olivenpresse stand, zögerte jedoch, hineinzugehen. Zu oft hatte er sich dort als kleiner Junge versteckt. Jetzt war er kein kleiner Junge mehr. Und er würde sich nie mehr verstecken. Wie auch immer sein Vorhaben zu Ende gehen mochte, es würde öffentlich geschehen. Vor aller Augen. Er hatte gestern Abend noch Mimmo Battaglia angerufen und ihn an sein Versprechen erinnert. Mimmo hatte ernst geklungen am Telefon und gar nicht mehr gönnerhaft. Sie hatten miteinander gesprochen, wie zwei Männer es tun. So als ob er, Filippo, nicht erst siebzehn wäre. Mimmo hatte versprochen zu kommen. Filippo vertraute ihm. Er musste ihm vertrauen. Wenn Mimmo nicht kam, dann war alles verloren. Sein Leben hing von Mimmo ab. So schien es ihm jedenfalls.

Nicht dass Mimmos Anwesenheit eine Garantie dafür war, dass sie ihn am Leben lassen würden, aber ohne Mimmo hatte er so gut wie keine Chance. Die Öffentlichkeit von San Sebastiano bot ihm keinen ausreichenden Schutz, das war ihm von Anfang an klar gewesen. An einem Ort, an dem ein fünfzehnjähriger Junge mit gebrochenem Knöchel und völlig entkräftet auf der Straße liegengelassen wird, obwohl jedes Kind wusste, was ihm widerfahren war, konnte man auf Solidarität am allerwenigsten hoffen. Doch darum ging es ihm nicht. Er wollte nicht, dass sich irgendeiner dieser Hurensöhne und irgendeine ihrer Frauen mit ihm solidarisch zeigte. Sie beschämen, sie dazu bringen, jedes Mal die Augen niederzuschlagen, wenn sie den Rathausplatz überqueren mussten, ja das schon. Doch was er wirklich wollte, was sein verzweifelter Wunsch war, das war, sich zu befreien. Diese Fesseln, die immer noch an ihm klebten, endlich abzustreifen. Wieder schlafen zu können. Aufrecht zu gehen und sich nicht mehr dafür zu schämen, dass er ein Opfer gewesen war.

Er stieß die Tür auf und ging hinein. Es roch durchdringend nach Oliven. Die Jahre des erzwungenen Stillstandes hatten den Geruch nicht vertreiben können. Er stand einen Augenblick ganz still. Wartete, bis sich seine Augen an die Dunkelheit gewöhnt hatten, die hier zwischen den alten Balken und groben Steinen noch herrschte. Als er endlich sein altes Versteck ausmachte, war es ganz plötzlich vorbei mit dem Gefühl, ein Mann zu sein. Er kroch hinter die alte Presse, tastete sich an der rauen Mauer entlang und fühlte sich genauso klein und einsam wie die ganzen Jahre zuvor. Er begann zu weinen.

Als die Sonne über die Gipfel des Aspromonte kroch und die steilen, kahlen Hänge in ihr klares Licht tauchte, fuhr Filippo mit seinem *motorino* bereits knatternd die kleine Straße von La Oliveta hinunter nach San Sebastiano. Er fuhr vorbei an Reihen knorriger Olivenbäume, deren gewundene Äste sich wie sehnige Arme in die Sonne streckten. Die zarten, schmalen Blätter bewegten sich leicht und zeigten ihre silberne Unterseite. Hoch stand das Gras zwischen den alten Bäumen, frisches, noch saftiges Grün, an manchen Stellen umgetreten oder niedergedrückt. Die Steinmauer, die den endlosen Garten von der Straße abgrenzte, war verfallen und von Unkraut überwuchert. Doch selbst, wenn sie irgendwann ganz verschwunden sein würde, von wilden Brombeerranken restlos zugedeckt, jeder in San Sebastiano würde wissen, wo das Land der Familie de Caprisi begann und wo es endete. Selbst wenn die Baronessa und ihr Enkel nicht mehr am Leben wären, würde es noch Generationen dauern, bevor dieses Wissen vergessen war. Der größte Grundbesitz in dieser Gegend, von San Sebastiano die Hügel hinauf, bis hinein in den Aspromonte reichten die Ländereien der de Caprisis, und wo immer es möglich gewesen war, hatten Filippos Vorfahren Olivenbäume gepflanzt. Sein Urgroßvater, der Vater seiner *nonna,* war besonders geschäftstüchtig gewesen. Er hatte gutes Geld verdient mit seinem Olivenöl, für hiesige Verhältnisse ein kleines Vermögen. Domenico de Caprisi war es auch gewesen, der das alte Haus hatte abreißen lassen und das große Steinhaus gebaut hatte, in dem Filippo und seine Großmutter wohnten. Filippo hatte zahlreiche Geschichten gehört von der Olivenernte, als seine *nonna* noch ein kleines Mädchen gewesen war. Ein Menge Helfer waren jedes Jahr gekommen und hatten mit ihren Familien für die Zeit der Ernte auf dem Anwesen gewohnt. Filippo konnte es sich kaum vorstellen. So viele Menschen. Kinder.

Jetzt war es den ganzen Tag still. Seit sieben Jahren bewohnten nur noch er und die *nonna* dieses große Haus. Im Winter beheizten sie nur die Küche, den *salotto* und ihre Schlafzimmer. Die anderen Zimmer fielen in Winterschlaf, ebenso wie die Olivenbäume. Und genauso wie diese, waren sie in den letzten Jahren immer zögerlicher erwacht. Bald würden die Zimmer das ganze Jahr über schlafen. Kühl, voll von alten Gedanken und Staub, der in der Nase kratzte. Die Bäume hatten diese Entwicklung schon vorweggenommen. Jahr für Jahr verfaulte zwischen dem hohen Gras ein kleines Vermögen. Jahr für Jahr hatte die *nonna* weniger Fläche bewirtschaften können, mit immer weniger Leuten, bis schließlich nur sie und Filippo übriggeblieben waren. Vor drei Jahren hatten sie das letzte Olivenöl gepresst, in den letzten Jahren nur noch die Oliven verkauft, zu erbärmlichen Preisen. Bald würde das Geld nicht mehr reichen, und dann musste die *nonna* zur Bank gehen und eine Hypothek aufnehmen, wenn sie nicht gleich verkaufte. Filippo hatte nicht verstanden, was daran so schrecklich sein sollte, dass die *nonna* bei dem bloßen Gedanken daran eine Herztablette oder einen Grappa schlucken musste. Doch sie hatte es ihm erklärt. Die Hypothek war der Anfang vom Ende, hatte sie ihm gesagt und ein zweites Glas geholt, in das sie ein winziges Schlückchen Grappa für ihn gegossen hatte. Waren das Haus und der Grund belastet, war es nur noch eine Frage der Zeit, bis *er* seine Hand darauflegen würde. Und dann, hatte sie gesagt und sich noch ein wenig eingeschenkt, dann seien die de Caprisis endgültig besiegt. Zentnerschwer lag diese Last auf Filippo, seit er begriffen hatte, was das bedeutete. Er war der Letzte von ihnen. Er musste dafür sorgen, dass die de Caprisis nicht untergingen. Wie oft hatte er wachgelegen, voller Wut darüber, dass er nicht älter war, dass er nicht schon alt genug war, um etwas zu *tun*. Wie oft hatte er sich gewünscht, dieser Aufgabe gewachsen zu sein, und sie gleichzeitig verflucht. Mit einem Hass, den er niemals für möglich gehalten hatte, dachte er jedes Mal an *ihn* in diesen ruhelosen Nächten, und manchmal, sehr selten, breitete sich der Hass aus und verseuchte den Blick auf seine *nonna*, seinen Vater und sogar seine Mutter, die er nie kennengelernt hatte, mit seinem Gift. Warum hatten sie ihm das angetan? Warum hatten sie ihn allein gelassen mit dieser Bürde, die er niemals würde tragen können?

Filippo bog in halsbrecherischer Geschwindigkeit um die letzte steile Haarnadelkurve, bevor die Straße in das noch schlafende Städtchen einbog. Er hielt an und schob sein Mofa hinter die beiden grünen Müllcontainer, die am Ortseingang aufgestellt waren. Er würde zu Fuß weitergehen, um niemanden zu wecken. Zu Fuß konnte er sich unauffälliger bewegen. Es war wichtig, dass es jetzt zu keinen Komplikationen kam. Es war schwer genug, diese Sache durchzuziehen. Seit Tagen hatte er nicht mehr richtig geschlafen. Der kommende Sonntag ragte wie ein Berg vor ihm auf, der keinen Blick auf die andere Seite zuließ. Und es hatte diese Stimmen gegeben, die ihm zuflüsterten: »Lass es sein! Bald bist du erwachsen, kannst von hier weggehen, etwas ganz Neues anfangen.« Verführerisch waren sie, diese Gedanken, doch am Ende hatte er immer gewusst, dass alles, was sie ihm zuflüsterten, nur eine Flucht wäre, die ihn nicht befreien würde. Er konnte nicht weg. Nicht so. Denn dann würde er niemals zurückkommen können.

Und es war alles bereit. Am meisten Sorgen hatte ihm in den letzten Tagen das geeignete Versteck bereitet. Es war unmöglich, erst am Abend die ganzen Sachen von La Oliveta herunterzuschaffen und dann auch noch aufzubauen, ohne gesehen zu werden. Er musste sie bereits griffbereit haben, ganz in der Nähe, es musste schnell gehen. Das Überraschungsmoment war das Entscheidende.

Filippo hatte sich ausgerechnet, dass es etwa eine halbe Stunde dauern würde, bis sie vom Duomo herunterkamen zur

Piazza vor dem Rathaus. Zuerst die Ansprache, dann der Segen vor dem Portal der Kirche, und dann würde sich der Marsch in Bewegung setzen. In dieser halben Stunde musste er alles vorbereiten, denn vorher waren zu viele Leute auf dem Platz, beschäftigt damit, die Tribünen aufzubauen, die Verkaufsstände und die Bühne der Musikanten. In dieser halben Stunde würden alle oben sein. Doch um das zu schaffen, brauchte er ein Versteck in der Nähe der Piazza. Tagelang hatte er sich nach der Schule dort herumgetrieben und alle Ecken und Winkel durchstöbert, ohne Erfolg. Vorgestern erst hatte er durch Zufall den passenden Ort gefunden:

Hinter dem Rathaus gab es einen kleinen engen Hof, in dem der alte Hausmeister früher zwei Hunde an der Kette gehalten hatte. Eines Tages war der Hausmeister verschwunden gewesen, und die Hunde hatten tot in ihrem Holzverschlag gelegen, jemand hatte sie vergiftet. Das war vor etwa einem Jahr passiert. Dann war ein neuer Hausmeister gekommen, der gleichzeitig Hausmeister der Grundschule und der Polizeibehörde war und sich niemals im Rathaus blicken ließ. Als Filippo vorgestern an diesem Hof vorbeikam, war die hohe Eisentüre nur angelehnt gewesen, und er hatte sie vorsichtig aufgedrückt. Zigarettenkippen, Flaschen und Müll lagen herum, und als er weiterging, trat er auf eine schmutzige Plastikspritze. Der Hundeverschlag, von dem noch immer ein ziemlich unangenehmer Geruch ausging, war unberührt. Ein ideales Versteck. Gestern hatte er, so unauffällig wie möglich mit seinem *motorino* nach und nach alles heruntergeholt, was er brauchte. Nun galt es nur noch abzuwarten.

Als er heute Morgen die steile Gasse, die zur Piazza führte, hinunterging, lag das Rathaus noch im tiefen Schatten. Er ging um das rosafarbene Gebäude herum und schlich durch das offene Gatter in den Hinterhof. Alles lag noch an derselben Stelle, an der er es gestern versteckt hatte. Er hob zur Sicherheit die graue Plane hoch, mit der er seine Schätze zugedeckt hatte. Alles in Ordnung. Als er aus dem Verschlag wieder herauskroch, atmete er tief und erleichtert ein. Er würde am Freitag noch einmal nach dem Rechten sehen. Vorher nicht, um nicht doch noch jemandem aufzufallen. Deshalb hatte er auch die Sachen jetzt schon versteckt und nicht erst in der kommenden Woche. Er kam immer erst spät nachmittags von der Schule, und er konnte es nicht riskieren, am Abend, wenn die Piazza voll von Menschen war, mehrere Male vorbeizufahren, geschweige denn, sich durch das Tor hier hineinzuschmuggeln.

Als er die Plane sorgfältig wieder feststeckte und den Hinterhof verließ, schickte die Sonne gerade ihre ersten Strahlen über die Dächer der Altstadt, die sich wie ein Schwalbennest von der Piazza aus nach oben und unten den Hang entlang zog. Filippo ging zurück zu seinem Mofa und wandte seinen Blick über die schmalen Häuser hinunter in die Ebene, die nach wenigen Kilometern abfiel und in einen tiefen Graben mündete. Die Schnellstraße nach Reggio di Calabria führte dort über eine weit schwingende Brücke weiter über die sanft abfallenden Hügel hinaus an die offene Küste. Dort unten schien bereits die Sonne, und im hellen Dunst konnte man das Meer sehen, milchig blau verschwamm es mit dem Horizont. Einer plötzlichen Eingebung folgend schwang sich Filippo auf sein Mofa und folgte der steilen Gasse hinunter durch die langsam erwachende Altstadt und dann auf der zweispurigen Via XX Settembre durch die Neubauviertel und die *zona industriale* mit den unzähligen, verblichenen Werbeplakaten am Straßenrand hinaus auf die sonnenbeschienene Hochebene. Er ließ die wenigen, flachen Industriebauten und verfallenen Bauernhöfe entlang der Ausfallstraße hinter sich und erreichte nach einer knappen Dreiviertelstunde auf der zu dieser Tageszeit noch kaum befahrenen Schnellstraße das Meer.

Er lief am morgendlichen Strand zwischen dem angeschwemmten Treibgut umher und bückte sich dann und wann, um eine Muschel aufzuheben und sie nach ein paar Schritten wieder fallen zu lassen, dann zog er sich kurz entschlossen aus und rannte ins Meer. Er schwamm im spiegelglatten Wasser, bis seine Glieder von der beißenden Kälte zu brennen begannen. Mit tropfenden Haaren und sandigen Füßen lief er zu seinen Kleidern zurück und streifte sie sich wieder über. Am Ende des Sandstrandes, zwischen den Pfeilern der Straße, die oberhalb entlangführte, war eine kleine Bar, nicht größer als eine Nische. Er stapfte durch den tiefen, feuchten Sand hinauf und setzte sich auf einen der weißen Plastikstühle neben der Betonbrüstung. Laute Musik klang aus einer Box, obwohl kein einziger Gast da war. Ein junges Mädchen mit glattem, schwarzem Haar und einem gepiercten Nasenflügel bediente ihn. Er bestellte eine Cola. Sie lächelte ihm zu, als sie das Glas vor ihn hinstellte, und Filippo dachte, dass sie nicht älter sein konnte als er. Er lächelte schüchtern zurück.

»Du kommst mir irgendwie bekannt vor. Bist du von hier?« Sie hatte ein knappes weißes T-Shirt an, das ihren glatten, gebräunten Bauch freigab.

Er schüttelte stumm den Kopf. Als sie ihn weiter neugierig ansah, deutete er mit einer knappen Geste nach hinten. »San Sebastiano.«

»Ach.« Sie lachte. »Ich komme aus Torre Calo.«

Überrascht hob Filippo den Blick. »Tatsächlich?«, fragte er ungläubig. Das Mädchen nahm ihm sein Erstaunen nicht übel, eher schien sie geschmeichelt. »Nun, nicht direkt aus dem Dorf, aus Borgo Rosato.«

Filippo nickte langsam. Er kannte Borgo Rosato, diesen Ortsteil von Torre Calo, der zum Rest des Dorfes passte wie die Faust aufs Auge. Vor etwa zwanzig Jahren hatte ein Bauunternehmen, mit welchem Geld und aus welchem Grund auch immer, begonnen, das armselige Dorf an der Kante des Aspromonte um ein »Luxusviertel« zu bereichern. Zehn, fünfzehn Häuser waren damals aus dem Boden gestampft worden, mitten in den Hang hinein, ohne Straße und ohne Abwasserversorgung, diese Nebensächlichkeiten waren erst ein paar Jahre später dazugekommen. Die Bürgermeister von Torre Calo und San Sebastiano hatte dies wenig gestört, und sie hatten die Häuseransammlung vollmundig als »Aufbruch in eine rosige Zukunft« bezeichnet und dabei auf die Farben des Sonnenuntergangs angespielt, der sich aufgrund der famosen Lage in sämtlichen Fenstern der *villette di lusso* spiegeln würde. Zur Bekräftigung dieser staatstragenden Vision wurden die Häuser, die tatsächlich fertiggestellt wurden, ohne dass die Baufirma pleite ging, in einem Zuckerbäckerrosa gestrichen, dem der spätere Name »Borgo rosato«, rosarotes Viertel, zu verdanken war. Die Käufer der *villette,* allesamt zu ein wenig Geld gekommene, junge Familien aus Catanzaro oder Reggio di Calabria, hatten sich vor dem Einzug offenbar kein näheres Bild von der Umgebung gemacht, sonst wäre ihnen aufgefallen, dass die Zufahrt zu ihren Häusern nur über einen sandigen, im Winter verschlammten Fahrtweg möglich war und die Toiletten keinen Anschluss hatten. Trotz dieser Widrigkeiten galt das »Borgo rosato« in Torre Calo als Refugium der Reichen, was angesichts der Zustände, die in Torre Calo vor zwanzig Jahren noch herrschten, nicht verwunderlich war. Der Unmut der restlichen Bewohner des Dorfes gegenüber ihren *cittadini di lusso*, ihren Luxusbürgern, wie sie gehässig genannt wurden, zeigte sich auf vielfältige Art und Weise: Graffiti auf den rosaroten Mauern, zerstochene Reifen und eine das gesamte soziale Leben durchdringende Missachtung, unter der vor allem die Frauen und Kinder zu leiden hatten, da die Männer selten zu Hause waren. Filippo erinnerte sich gut an all die gehässigen Geschichten seiner Schulzeit, die man über das »Borgo rosato« vom Stapel ließ, auch wenn seit dem Bau der Siedlung schon einige Jahre vergangen waren. Nie hatte er jemanden von dort wirklich kennengelernt, und jetzt, als dieses hübsche Mädchen vor ihm stand, schämte er sich stellvertretend für die dummen Sprüche seiner Mitschüler. Unwillkürlich ging dabei ein wenig von seiner Zurückhaltung verloren, und ihm entschlüpfte ein kleines Lächeln, das in Erinnerung an damals fast entschuldigend wirkte.

Das Mädchen strahlte zurück. »Kommst du oft hierher?«

»Nein.« Filippos Gesicht verschloss sich. Ihm war aufgegangen, was es bedeuten würde, wenn sie seinen Namen erfuhr. Sie würde wissen, wofür der Name de Caprisi stand. Es gab nur zwei Reaktionen darauf, Scham oder Mitleid, und beides, sosehr er daran gewöhnt war, mochte er an diesem Mädchen nicht sehen.

»Ich helfe hier manchmal aus, an Wochenenden oder in den Ferien.« Sie schien seine Abwehr nicht bemerkt zu haben. »Gehst du nächste Woche zum Fest der *Strega*?«, wollte sie wissen und strich sich kokett eine ihrer schwarzen Strähnen aus dem Gesicht. »Ich gehe auf alle Fälle hin.«

Filippo erstarrte.

»Wir könnten uns treffen, wenn du willst.« Sie sah ihn forschend an. »Hast du was?«

»Nein. Mir ist bloß kalt.« Er lächelte gezwungen. »Das Bad war wohl noch zu früh.«

Das Mädchen nickte, doch ihr Lächeln war verschwunden. Sie legte den Kopf schief und schien etwas zu überlegen. »Ich weiß jetzt wieder, wer du bist«, sagte sie schließlich. »Du bist Filippo de Caprisi.«

Filippo zuckte ein wenig zusammen.

»Es macht mir nichts aus, weißt du.« Sie nahm die widerspenstige Haarsträhne in den Mund und kaute ein wenig darauf herum. »Ich wohne in den rosafarbenen Häusern, ich gehöre nicht dazu.«

Filippo wusste nicht, was er darauf erwidern sollte. Er starrte auf das Glas Cola auf dem Tisch. Der Bauchnabel des Mädchens wippte in Augenhöhe, und Filippo senkte den Blick noch ein paar Zentimeter weiter auf die Tischplatte.

»Ich jedenfalls werde dabei sein«, fuhr sie unbekümmert fort. »Wahrscheinlich bei *Cantucciolo* an dem Stand neben der Bühne. Dort waren wir letztes Jahr auch. Möchtest du noch etwas?«

Filippo schüttelte stumm den Kopf. Er zog seinen Geldbeutel aus der Hosentasche und bezahlte seine Cola.

»Also dann, *ciao*!« Sie wandte sich ab und ging zurück hinter die Bar.

Filippo hob den Kopf, und bevor er wusste, was er tat, hatte er ihr schon hinterhergerufen: »Wie heißt du?«

Sie drehte sich lächelnd um: »Chiara. Chiara Settesoli.«

MÜNCHEN

Clara wusste, dass sie gewonnen hatte, lange bevor der Anruf kam. Sie hatte es bereits am Montag gewusst, als sie Oberstein gegenüber bei ihrem Treffen in seinem Büro Karl Killesreiter erwähnte. Während der Richter noch abfällig gelächelt hatte, als Clara ihm Massimo Moros Aussage vorgehalten hatte – Was kommen Sie mir denn mit diesem Drogensüchtigen? –, fiel ihm bei dem Namen des Oberstaatsanwaltes buchstäblich die Kinnlade herunter. Sie musste gar nicht ins Detail gehen, Oberstein wusste sofort, was kommen würde. Als habe er diese Möglichkeit, diese Gefahr immer vor Augen gehabt. »Was erlauben Sie sich ...«, begann er und brach ab.

Es gab keinen Zweifel, Killesreiters Aussage würde ihn zu Fall bringen. Clara sah es in seinem Gesicht: Oberstein fürchtete den kleinen Mann mit der Hakennase und den durchdringenden Augen, dem er in einem schwachen Moment die Waffe in die Hand gegeben hatte, mit der er vernichtet werden konnte. Wie oft mochte er das bereut haben? Sich gewünscht haben, diesen Abend aus seinem und Killesreiters Gedächtnis zu tilgen? Was hatte er gedacht, als Killesreiter gegen alle seine Erwartung geschwiegen hatte? Als der befürchtete Todesstoß nicht kam? Hatte er sich wieder sicher gefühlt? Wahrscheinlich. Seine Sicherheit war mit jedem Tag gestiegen, an dem keine kompromittierende Aussage Killesreiters auftauchte. Und sie war fast gänzlich zurückgekehrt, als er nach München geholt wurde, rehabilitiert und mit einer Rückendeckung, die man sich besser nicht wünschen konnte. Und doch. Irgendwo in einem Winkel seines Bewusstseins war ein Rest von dieser Furcht übrig geblieben. Irgendwie schien er immer gewusst zu haben, dass ihn diese Sache einmal einholen würde. Sein Gesichtsausdruck sprach Bände. Alle Arroganz, all diese überhebliche Selbstsicherheit war von ihm abgefallen. Er starrte Clara mit offenem Mund an, als habe er soeben ein Gespenst gesehen.

Clara erwiderte seinen Blick kühl. »Wie ich sehe, sind Sie im Bilde.« Sie packte ihre Unterlagen wieder zurück in ihre Tasche und meinte abschließend: »Vielleicht überlegen Sie sich jetzt, ob Sie für meinen Mandanten etwas tun können, Herr *Amtsrichter*.« Sie ging, ohne sich zu verabschieden, und ließ den stummen Oberstein mit seinem Gespenst allein zurück. Mit einem herzlichen Lächeln bedankte sie sich bei der wackeren Frau Früchtel, die so lange auf Elise aufgepasst hatte, und ging mit dem sicheren Gefühl nach Hause, ihren Widersacher besiegt zu haben.

Als am Donnerstag der Anruf kam, war Clara nur überrascht darüber, wem diese undankbare Aufgabe zugefallen war: Eine ziemlich nervöse und kleinlaute Elisabeth Bloch-Stiegler war am Apparat, und Clara war sich sicher, dass es ihren Mann die rechte Hand des Justizministers, eine Menge Überredungsarbeit und wahrscheinlich noch einiges mehr gekostet hatte, seiner Frau den Anruf aufzubürden. Alles Feiglinge, dachte Clara grimmig und fragte Frau Kollegin Bloch-Stiegler honigsüß nach dem Grund ihres Anrufs. Es ginge um diesen armen Italiener, kam es zögernd, und Clara half ihr nicht: Welchen Italiener meinen Sie? Ach, so ja, Malafonte.

Nun ...,

Clara konnte förmlich sehen, wie Kollegin Bloch-Stiegler sich wand.

... Es sei hier ganz offensichtlich zu einem etwas überzogenen Urteil gekommen und man – sie ließ offen, wer mit diesem *man* gemeint war –, man sei zu dem Entschluss gekommen, da dieser junge Mann ja schon seit einigen Wochen im Gefängnis sei und die Tat nicht ganz so gravierend, wie zunächst angenommen … Elisabeth Bloch-Stiegler holte tief Luft und versuchte, den Faden nicht zu verlieren, … also kurz und gut, der zuständige Staatsanwalt sei zusammen mit Richter Oberstein zu dem Entschluss gekommen, die Sache, äh – fallen zu lassen unter Anrechnung der bereits verbüßten Strafe, sodass Herr Malafonte schon am kommenden Montag entlassen werden könnte. Sie verstummte erschöpft.

»Spielen Sie mit dem Staatsanwalt Golf?«, wollte Clara wissen.

»Wie bitte?«

»Na, weil Sie für ihn und für Oberstein den Laufburschen spielen.« Clara grinste, als sie hörte, wie ihre Kollegin empört nach Luft schnappte und fuhr aufs Geratewohl fort: »Oder haben Sie gar die Seiten gewechselt? Werde ich Sie demnächst als Frau Staatsanwältin im Gerichtssaal begrüßen dürfen?«

Das betretene Schweigen auf der anderen Seite der Leitung verriet, dass sie mit ihrer Vermutung voll ins Schwarze getroffen hatte. Clara überlegte schnell. Wenn sie jetzt zustimmte, wäre Malafonte am Montag ein freier Mann. Dann hatte sie erreicht, was sie wollte. Aber das bedeutete auch, dass Oberstein völlig unbehelligt aus der Sache herauskommen und weitermachen würde wie bisher. Die Vorstellung widerstrebte ihr fast körperlich. Aber sie hatte gar keine Wahl: Angelos Interessen gingen vor. »Einverstanden«, antwortete sie daher knapp und schob ihr enttäuscht aufbegehrendes Gerechtigkeitsgefühl weit nach hinten in jene Schublade ihres Gewissens, in der schon ihr Weltverbesserungsdrang beleidigt vor sich hin schmollte.

Am Freitag holte Clara den eilig erlassenen Beschluss bei Gericht ab und fuhr sofort nach Stadelheim. Der Justizvollzugsbeamte Hase schien erleichtert darüber zu sein, seines unfreiwilligen Beschützerpostens so schnell enthoben zu werden. Claras Frage, ob sich in letzter Zeit für Malafonte bedrohliche Situationen ergeben hätten, wich er jedoch aus und meinte nur unbehaglich, diese ganze Bagage sei schwerer zu kontrollieren als ein Rudel Wölfe.

Ganz und gar nicht erleichtert nahm Angelo Malafonte die Nachricht über seine baldige Entlassung auf. Er starrte Clara an, als hätte sie ihm den Hinrichtungstermin mitgeteilt. Dann schüttelte er stumm den Kopf. Seine Lippen bewegten sich lautlos, Clara konnte nicht erkennen, was die Worte bedeuteten. Sie versuchte, ihn zu beruhigen. »Es wird Ihnen nichts zustoßen, Herr Malafonte, wir haben gegen Barletta etwas unternommen.« Sie hob an, es ihm zu erklären, verstummte jedoch nach wenigen Worten resigniert.

Malafonte reagierte überhaupt nicht. Er schüttelte nur weiter den Kopf.

Clara seufzte. »Ihre Tante Rita hat Ihnen fürs Erste einen Platz zum Schlafen besorgt, bei Freunden von ihr. So haben Sie Zeit, sich eine neue Arbeit zu suchen, wenn Sie hierbleiben möchten. Ich werde Ihnen helfen …«

Sie brach ab. Es hatte keinen Sinn. Er hörte sie nicht. Sie legte ihre Hand auf seinen Arm. »Herr Malafonte! Er wird Ihnen nichts tun. Sie sind sicher, glauben Sie mir.«

Der junge Mann unterbrach das monotone Kopfschütteln und sah sie an. Verzweiflung lag in seinem Blick. »*Signora*«, begann er leise, und es war das erste Mal, dass er sie nicht mit *avvocato* ansprach. »Ich werde nie mehr sicher sein. Niemals.« Dann stand er auf. »Trotzdem danke.« Er sah ihr ungewöhnlich offen ins Gesicht. »Ich werde nicht vergessen, was Sie für mich getan haben.« Es klang wie ein Abschied.

Jetzt war es an Clara, den Kopf zu schütteln. »Nein!«, rief sie erregt und sprang auf. »Sie dürfen die Hoffnung nicht aufgeben. Es wird gut werden, es wird alles gut werden!«

Malafonte antwortete nicht. Er stand einfach da, mit hängenden Schultern, und wartete darauf, in seine Zelle zurückgeführt zu werden. Ein Schaf auf dem Weg zur Schlachtbank.

Clara trat neben ihn. Sie fühlte sich hilflos. Was konnte sie nur tun, um ihm begreiflich zu machen, dass es einen Weg geben würde? Dass nicht alles so ausgehen musste, wie er es offenbar gelernt hatte. Dass es immer einen Ausweg gab. Aber ihr fielen keine passenden Worte mehr ein. So reichte sie ihm nur die Hand und meinte: »Ich hole Sie am Montag ab, in Ordnung?«

Angelo nickte gehorsam, aber er sah sie nicht an. Er hatte sich entfernt, zurückgezogen an einen Ort, wohin Clara ihm nicht folgen konnte, und sie war sich nicht sicher, ob sie ihm hätte folgen wollen, wenn er es zugelassen hätte.

Clara ließ sich von dem Beamten an der Pforte ein Taxi rufen, und während sie auf es wartete, überkam sie ein merkwürdiges Gefühl von Trauer. Sie war enttäuscht, weil es ihr nicht gelungen war, Malafonte von dem, was sie für ihn erreicht hatte, zu überzeugen, und es bedrückte sie, dass ein so junger Mensch so vollkommen ohne Hoffnung war. Sie dachte an die Verzweiflung in seinen Augen und an das starre, mechanische Kopfschütteln, als sie ihm die vermeintlich gute Nachricht überbracht hatte. Es war ihr unheimlich gewesen. Und plötzlich, ohne Vorwarnung, kam die Angst zurück. Unvermittelt stand ihr wieder vor Augen, was ihr seit dem Moment, an dem sie ihm gegenübergestanden hatte, klar gewesen war: Barletta würde nicht aufgeben. Möglicherweise hatte sie ihn ein wenig ins Stolpern gebracht, ihn gezwungen, seine Pläne zu ändern, aber es war ein Trugschluss zu glauben, Angelo Malafonte wäre tatsächlich in Sicherheit. Oder sie selbst. Nervös sah sich Clara um. Niemand Verdächtiges war zu sehen, die Autos fuhren vorbei. Wo war Barletta? Was führte er im Schilde? Clara begann unruhig, auf dem Bürgersteig auf und ab zu gehen und nach dem Taxi Ausschau zu halten. Womöglich hatte sie etwas übersehen? Gab es etwas, was sie noch hätte beachten müssen? Doch sosehr sie sich das Gehirn zermarterte, es fiel ihr nichts ein, was sie hätte anders machen können.

Endlich schlängelte sich ein cremefarbener Wagen mit einem Taxischild auf dem Dach durch den Verkehr und hielt vor ihr am Straßenrand. Erleichtert stieg sie ein und nannte dem Fahrer die Adresse ihrer Kanzlei. Als sich das Auto wieder in den fahrenden Verkehr einordnete, drehte sich Clara um und warf einen Blick zurück. Und da sah sie ihn. Aus einer Querstraße hinter dem weitläufigen Gefängnisbau bog ein schwarzes Motorrad in die Stadelheimer Straße ein und folgte ihnen. Es wechselte die Spur, wenn das Taxi dies tat, bog mit ihnen ab und achtete dabei sorgfältig darauf, den Abstand zu ihnen nicht zu verändern. Erst als das Taxi die Isar überquerte und in die Straße einbog, die zur Kanzlei führte, fuhr das Motorrad geradeaus weiter. Kreidebleich sank Clara in den Sitz zurück. Was um alles in der Welt sollte sie nur tun?

Am Wochenende nahm Claras Unruhe immer mehr zu. Vergeblich versuchte sie sich zu beruhigen, indem sie sich sagte, es sei nicht Barletta gewesen, der ihr gefolgt war. Niemand habe sie verfolgt. Sie habe sich das alles nur eingebildet, weil sie sich von Angelos Reaktion habe verunsichern lassen. Es gab keinerlei Hinweis darauf, dass Barletta sie beobachtete. Elise war ruhig und entspannt, bellte kein einziges Mal an der Tür, und sooft Clara auch ans Fenster lief und hinausspähte, konnte sie nichts Verdächtige bemerken.

Am Sonntagabend rief Willi bei ihr an und wollte wissen, ob sie noch auf einen Sprung ins Murphy's käme. »Wir würden gerne mit dir auf deinen tapferen Einsatz für die Gerechtigkeit anstoßen«, meinte er.

»Wer ist *wir*?«, wollte Clara misstrauisch wissen.

»Habe ich *wir* gesagt?« Willi klang verlegen. »Egal. Kommst du?«

Sie konnte es nicht ewig aufschieben. Sie konnte Mick nicht ewig aus dem Weg gehen, es sei denn, sie wechselte die Stammkneipe und damit auch gleich ihre Freunde. Kein guter Deal. Außerdem brauchte sie dringend ein wenig Ablenkung, um nicht wieder den ganzen Abend vor sich hin zu brüten. »Ist gut«, gab sie daher zurück und begann, sich bereits jetzt gegen alle Schmetterlings- und sonstigen Gefühle zu wappnen.

Zum verabredeten Zeitpunkt stand Clara noch immer vor dem Spiegel in ihrem Schlafzimmer. Sie hatte in ihrem durchaus umfangreichen Kleiderschrank nichts Passendes gefunden. Ausnahmslos alles, was sie anprobierte, ließ sie zu dick, zu klein, zu alt, zu jugendlich, zu extravagant, zu anwaltsmäßig, zu schlampig oder sonst wie unpassend wirken. Hinzu kam, dass ihre Haare beschlossen hatten, das feuchte Wetter zum Anlass zu nehmen, um sich hemmungslos und ohne Rücksicht auf Claras verzweifelte Kämmversuche um ihren Kopf zu kringeln wie die Schlangen um Medusas Haupt. Clara starrte ihr blasses Gesicht unter der Wolke braunroten Kraushaares an und seufzte. »Was tust du hier eigentlich, Clara Niklas, bist du ein Teenager oder was?«, murmelte sie plötzlich peinlich berührt und ließ die Bürste ins Wachbecken fallen. Dann schlüpfte sie in ihre alte Jeans und ihren Lieblingspullover, von dem sie zumindest wusste, dass er gut zu ihren grünen Augen passte, und ging mit Elise im Schlepptau aus der Wohnung.

Als Clara sehr viel später als beabsichtigt endlich vor der grün gestrichenen Tür des Pubs stand, verließ sie der Mut, und sie fühlte sich tatsächlich wie ein Zahnspangen tragender Teenager vor der ersten Tanzstunde. Elise sah sie erstaunt an, als sie begann, vor den Fenstern auf und ab zu gehen. Durch die gewölbten Scheiben konnte sie nur die verschwommenen Köpfe der Gäste, jedoch keine Gesichter ausmachen. Willi war nicht zu sehen. Hinter der Theke hantierte eine Gestalt. Es musste Mick sein. Also war er da. Er war eigentlich immer da. Sie nestelte an ihrer Tasche herum. Seit ihrem Treffen mit Staatsanwalt Killesreiter hatte sie nicht mehr geraucht und sogar mit dem Gedanken gespielt, ganz aufzuhören. Doch dieser Vorsatz löste sich gerade in nichts auf. Sie zog eine Zigarette aus der Schachtel und zündete sie an. Rauchend setzte sie sich auf den Fahrradständer neben der Tür. »Ich bin ziemlich bescheuert«, meinte sie zu Elise gewandt und blies den Rauch nach oben in den feinen Nieselregen, der mit Freude auf ihr Haar heruntertröpfelte. Natürlich hatte sie ihren Schirm vergessen. »Kannst du glauben, dass ich Angst davor habe, da reinzugehen? Nach allem, was passiert ist, nach Barletta, Richter Oberstein …« Sie zog nachdenklich an ihrer Zigarette. »Sollen wir nicht lieber wieder heimgehen, was meinst du?« Elise schüttelte sich nachdrücklich. Ihr Fell war nass, und ihr wurde langsam kalt. Effektvoll begann sie an den Hinterläufen zu zittern und näherte sich hoffnungsfroh der grünen Tür, den Blick immer auf ihr Frauchen gerichtet, das sich heute Abend sehr seltsam benahm. Noch seltsamer, als man es von einem Menschen ohnehin erwarten musste. Clara lächelte und schüttelte den Kopf. »Ich glaube, wir lassen das …« Im gleichen Moment öffnete sich die Tür und entließ ein paar junge Männer und einen Schwall warmer, trockener Luft hinaus in die feuchte Dunkelheit. Elise warf Clara einen letzten Blick zu, der besagen sollte, du kannst machen, was du willst, ich geh da jetzt hinein. Flink witschte sie zwischen den Beinen der verblüfften Männer hindurch und war verschwunden.

»Elise! Komm sofort zurück!« Die Männer feixten und ließen ein paar dumme Bemerkungen fallen. Fluchend stand Clara auf und ließ die Zigarette in den nassen Rinnstein fallen. »Na warte.«

Als Clara das Lokal betrat, überkam sie so etwas wie Wehmut. Ein Gefühl, das sich nicht in Worte fassen ließ, das sie jedoch traurig machte. Sie wünschte sich die Zeit zurück, als sie unbefangen und ohne Zögern in ihr Stammlokal gegangen war, ohne Erinnerungen an etwas, das ihr wie ein Traum erschien, ein verrückter Traum, der sie verlegen machte, weil sie ihn nicht allein geträumt hatte. Wahrscheinlich würde es nie wieder so sein wie vorher, nicht, solange Mick hinter dem Tresen stand. Sie nahm Elise, die sie schwanzwedelnd am Eingang erwartete, mit strafendem Blick am Halsband und ging mit flauem Gefühl im Magen hinein.

Er war nicht da. An der Zapfanlage stand ein breitschultriger Mann mit Halbglatze und Pferdeschwanz und stellte ein tropfendes, schäumendes Guinness nach dem anderen auf den Tresen. Tami, die rotblonde Austauschstudentin aus Australien, die tageweise im Murphy's bediente, schob die nassen Gläser auf ihrem Tablett zurecht und studierte dabei die Bestellungen auf ihrem Block. Sie nickte Clara lächelnd zu und zeigte dabei ihre blendend weißen Hasenzähne. Clara schaute sich suchend um. Endlich entdeckte sie Willis dunklen Haarschopf in einer Ecke. Er saß an einem Tisch mit einer Blondine, die Clara nur von hinten sah. Erst als sie sich mit Elise zusammen an den anderen Tischen vorbeigezwängt hatte, erkannte sie Linda. Sie blieb stehen. Willi war mit Linda hier. Ihre Lust, mit ihm auf ihren Erfolg anzustoßen, verflog, und sie fragte sich irritiert, warum. Sie mochte Linda. Es war ihr wahrlich nicht verborgen geblieben, dass Linda ein Auge auf Willi geworfen hatte, und Clara hatte sich oft genug gefragt, wann er es endlich bemerken würde. Also gut, nun war es ihm endlich aufgefallen. Und jetzt saßen sie zusammen im Murphy's, und es sah so aus, als ob sie sich angeregt unterhielten. Clara versuchte unauffällig, den Rückzug anzutreten, was in Gesellschaft eines Hundes von der Größe eines Kalbs kein leichtes Unterfangen war. Prompt bemerkte sie Willi und winkte ihr zu. Linda drehte sich um, und mit einer gewissen Befriedigung, für die sie sich nicht einmal schämte, sah Clara, dass Linda ein wenig verunsichert wirkte. Clara ergab sich seufzend in ihr Schicksal und steuerte auf ihren Tisch zu. Elise krabbelte, erleichtert, nun endlich angekommen zu sein, unter die Bank und ließ sich dort in ihrer ganzen imposanten Länge aufatmend nieder. Clara bestellte einen Whiskey und wünschte sich nachhause auf ihre Couch, während Willi ungewöhnlich redselig aus dem Nähkästchen plauderte und witzige Anekdoten aus dem Anwaltsalltag vom Stapel ließ. Linda lachte glockenhell, und Clara bemerkte säuerlich, dass Willi in den zehn Minuten, in denen sie hier saß, schon mehr geredet hatte als an so manchem Abend mit ihr. Als Tami mit den Getränken kam, griff Clara nach dem Glas und nahm einen großen Schluck. Es war nicht ihr Glas. Natürlich nicht. Wie sollte der Preisboxer hinter der Theke auch wissen, dass sie hier ein ganz persönliches Glas stehen hatte. Eines, das nur für sie allein da war. Womöglich hatte er es längst jemand anderem gegeben, und irgendein Typ an der Bar trank gerade seinen ordinären Bourbon daraus. Clara nahm noch einen Schluck. Das vertraute Gefühl, dieses Gemisch aus Wohlbehagen und Sehnsucht, das sie immer dabei überkam, mochte sich heute nicht einstellen. Langsam stellte sie das Glas zurück.

Willi und Linda diskutierten gerade über einen Film, den Clara nicht kannte, und als ihre Versuche, Clara mit einzubeziehen, an Claras einsilbigen Antworten abprallten, gaben sie es auf. Ihr Gespräch floss an Clara vorbei, ohne dass sie die Worte verstand. Die Geräusche um sie herum traten zurück, vermischten sich zu einem plätschernden, gleichförmigen Gemurmel. Clara sah in die Gesichter der Menschen um sie herum, sah ihre Lippen sich bewegen, ohne zu hören, was sie sagten. Lachen ertönte und Musik irgendwo im Hintergrund aus einer Lautsprecherbox: Marianne Faithfull, *Lucy Jordan*. Wie passend, dachte Clara und ließ sich auf der Welle des Weltschmerzes treiben, die sie erfasst hatte. Nach einer Weile stand sie auf und nahm ihr Glas mit. »Ich komme gleich wieder«, murmelte sie und flüchtete. Willi und Linda sahen ihr verwundert nach. Elise schnarchte unter der Bank.

Clara setzte sich auf die Kante der kleinen Bühne im Nebenraum des Lokals. Von hier waren weder Willi und Linda noch die Bar zu sehen. Sie schloss die Augen und summte die Musik mit. Die abgetretenen Bretter der Bühne knarzten, als hinter ihr Schritte ertönten. Sie ließ die Augen geschlossen. Jemand setzte sich neben sie. Unwillig sah sie auf.

Es war Mick.

Er sagte nichts. Saß einfach neben ihr, die Ellenbogen auf den Knien, die Hände gefaltet, und starrte geradeaus, nirgendwohin. Clara versuchte, sich einen Ruck zu geben. Doch was sollte sie sagen? Es tut mir leid, ich habe dich für einen fiesen Kerl gehalten, für einen Verbrecher? Sie schüttelte den Kopf und wandte ihren Blick von seinen Händen ab, die reglos zwischen seinen Knien ausharrten. Abwarteten.

»Ich dachte, du wärst nicht da«, sagte sie schließlich, nur um ein Gespräch zu beginnen, und bereute es im gleichen Moment.

»Hast du das geglaubt oder gehofft?«

Mick drehte sich zu ihr um, und Clara sah nichts in seinem Gesicht, das ihr Sicherheit gegeben hätte, nur kühlen, verletzenden Spott. Sie schüttelte den Kopf und spürte, wie ihr die Tränen in die Augen stiegen. Es war immer alles falsch. Der falsche Ort, die falsche Zeit, die falschen Worte. Sie wollte sagen, dass es ihr leidtat, dass sie mit den Nerven am Ende gewesen war. Sie wollte, dass er sie in den Arm nahm. Stattdessen saß sie stumm neben ihm, konnte ihm nicht einmal in die Augen sehen und kämpfte mit ihrem gottverdammten Stolz und ihren Tränen. »Elise ist wieder zurück«, brachte sie endlich heraus.

»Freut mich.« Mick stand auf.

Ihre Finger verkrampften sich zu einem weißen harten Knoten in ihrem Schoß. »Mick!«

Er blieb stehen und sah auf sie hinunter. »Ja?«

Sie konnte es nicht. Sie konnte kein Wort von dem sagen, was ihr auf der Zunge brannte. Es war, als ob ihre Stimme, ihre Lippen ihr den Gehorsam verweigerten. Sie öffnete den Mund und schloss ihn wieder. Micks blaue Augen waren kühl und meilenweit von ihr entfernt. Er hob die Schultern und ging. Clara blieb sitzen und sah ihm trostlos nach, die Augen voll von ungeweinten Tränen. Er nickte jemandem im Schankraum grüßend zu, dann verschwand er aus ihrem Blickfeld. Sie stand auf und ging zu Willi und Linda, um Elise abzuholen. Dann verabschiedete sie sich von den beiden ohne weitere Erklärung, jedes Wort schien über ihre Kräfte zu gehen. An der Tür warf sie noch einen kurzen Blick zur Bar, doch Mick war nicht zu sehen.

Es war fast vier Uhr nachmittags, als Angelo Malafonte endlich das Untersuchungsgefängnis verlassen durfte. Clara wartete mit Willi in dessen Wagen vor dem Tor. Als Angelo endlich herauskam, mit schwerfälligen, schlurfenden Schritten, fühlte sich Clara jäh an Sean erinnert. An seine betont lässige Art zu gehen, an diesen verhaltenen Wiegeschritt, den die Jugendlichen heutzutage zelebrierten und der besagen wollte, mich kann nichts antreiben, nichts aus der Ruhe bringen, und der Clara jedes Mal bereits beim Zusehen vor ärgerlicher Ungeduld schier aus der Haut fahren ließ. Angelo bewegte sich ähnlich, jedoch war es bei ihm keine einstudierte Masche. *Einer, der sich unsichtbar machen will.* Er ging durch sein Leben wie einer, der nichts erwartete, der nicht zu wissen schien, wie ihm geschah, selbst wenn ihm Gutes widerfuhr. Aber war es wirklich gut? Was würde kommen?

Er schien sich ein wenig beruhigt zu haben seit vergangenem Freitag, lächelte sogar, als Clara ausstieg und ihm die Sporttasche abnahm, die offenbar all seine Besitztümer beherbergte. Sein Gesicht wurde runder, wenn er lächelte, das schwere Kinn, das immer so wirkte, als ob es seine Gesichtszüge nach unten zöge, wurde so ein wenig abgemildert. Sie packte die Tasche in den Kofferraum von Willis Wagen und ließ Angelo hinten einsteigen. Willi fuhr los. Es war viel Verkehr, und sie kamen nur langsam voran. Sie sprachen wenig während der Fahrt. Clara beobachtete immer wieder den Verkehr und suchte ein schwarzes Motorrad. Angelo saß am Fenster und starrte blicklos hinaus. Sein Gesicht war verschlossen wie eh und je. Sie brauchten fast eine Stunde bis Milbertshofen und dann nochmals zwanzig Minuten, bis sie die Straße gefunden hatten, die ihnen Rita auf einem Zettel notiert hatte. Ein großer, nichts sagender Wohnblock, in einem fahlen Gelb gestrichen. Im Erdgeschoss befanden sich ein Supermarkt und ein Schlüsselgeschäft, daneben ein Matratzendiscounter. Vor dem Gebäude war ein kleiner, gepflasterter Platz mit ein paar lieblos gepflanzten immergrünen Stauden und einer Bank ohne Lehne. Zwei türkische Frauen mit langen Mänteln und Kopftüchern saßen dort und beobachteten ihre Kinder, die damit beschäftigt waren, die Erde unter den Pflanzen aufzuwühlen.

Clara ging mit Angelo zum Eingang und las die unzähligen Namen neben den Klingelknöpfen, bis sie den richtigen fand: M. Mazza stand dort auf einem handgeschriebenen Klebestreifen. Sie klingelte. Während sie schweigend auf das Summen des Türöffners warteten, sah sich Clara unauffällig um. Doch von Barletta oder einem schwarzen Motorrad war nichts zu sehen. Sie kramte in ihrer Tasche und reichte Angelo ihre Visitenkarte. »Es steht auch meine Privatnummer auf der Karte. Falls Sie noch etwas brauchen oder … etwas passiert, können Sie mich jederzeit anrufen.« Sie sah ihn eindringlich an: »Wirklich jederzeit.«

Angelo nickte und nahm das weiße Kärtchen. Dann schob er es in seine Hosentasche.

Sie reichte ihm die Hand, um sich zu verabschieden. Im gleichen Moment ertönte eine hektische, durch die Sprechanlage verzerrte Frauenstimme. »Signor Malafonte? Signor Angelo Malafonte?« Der Lautsprecher knackte.

Angelo beugte sich vor: *»Sì, sono io, Signora.«*

Clara begann sich zu wundern, warum ihnen nicht die Tür geöffnet wurde. Plötzlich ertönte wieder die Frauenstimme. Sie schien aufgeregt, redete schnell und undeutlich auf Italienisch und Clara verstand kein Wort. Doch sie sah Angelos Gesicht, während er angestrengt den Worten der unsichtbaren Frau lauschte. Anfängliche Verständnislosigkeit wich tiefem Erschrecken, und er wurde blass. Er murmelte etwas in das kleine Mikrofon, und gleichzeitig ertönte der Summer.

»Was ist?«, wollte Clara wissen.

Angelo sah sie mit aufgerissenen Augen an. »Polizei.« Er drehte sich mit panischem Blick um, als wolle er sich nach einem Fluchtweg umsehen, und erstarrte.

Clara folgte seinem Blick. Und tatsächlich, auf der anderen Straßenseite parkte ein Polizeibus. Zwei Beamte saßen darin. Clara nahm Angelo am Arm. »Das muss ein Irrtum sein. Die können nicht wegen Ihnen da sein.«

Doch sie war beunruhigt, und Angelo schüttelte den Kopf, Panik im Gesicht. »Die Signora hat gesagt, sie warten oben auf mich. Zwei Polizisten. Sie warten auf mich.« Er machte eine hastige Bewegung und riss sich von Clara los.

Clara sah, wie die Beamten in dem VW-Bus aufmerksam zu ihnen herübersahen, bereit, aus dem Auto zu springen und die Verfolgung aufzunehmen, sollte Angelo eine Flucht versuchen. Clara fiel auf, dass der hintere Teil des Wagens vergittert war. Es gab keinen Zweifel: Sie waren wegen Angelo Malafonte hier. Aber weshalb? Es konnte nur ein Irrtum sein. Clara drückte die Glastür auf: »Kommen Sie, wir gehen jetzt nach oben und klären das auf.« Sie versuchte, gelassen zu wirken. Angelo warf ihr einen zweifelnden Blick zu, folgte ihr dann aber.

»Das ist nicht Ihr Ernst!« Clara schäumte vor ohnmächtiger Wut. Sie starrte auf die Handschellen, die sich in dem Moment um Angelos knochige Handgelenke geschlossen hatten, als sie die Wohnung von Ritas aufgeregter Bekannten betraten.

Doch der Beamte ließ sich von Claras Zorn nicht im geringsten aus der Ruhe bringen und las weiter aus dem Bescheid vor, den er in Händen hielt und den ein pflichtbewusster Dolmetscher an seiner Seite gerade zu übersetzen begann: »... wird die unverzügliche Abschiebung des italienischen Staatsbürgers Angelo Malafonte, geboren am 12.03.1983, veranlasst aufgrund Artikel ...«

»Das ist nicht Ihr Ernst!«, sagte Clara noch einmal fassungslos.

Der Beamte unterbrach sich und musterte Clara über seine randlose Brille hinweg. »Glauben Sie vielleicht, wir machen das zum Spaß?«, meinte er trocken, dann schob er die Brille wieder zurecht und las weiter aus der Begründung für die Abschiebung: »Verstoß gegen das Betäubungsmittelgesetz ... zu Freiheitsstrafe verurteilt ...«

»Halt!« Clara klopfte mit dem Zeigefinger auf das Blatt in seinen Händen: »Die Strafe wurde aufgehoben.«

Der Beamte blätterte umständlich in den Papieren herum. »Das ist nicht ganz richtig, Frau Anwältin. Die Strafe wurde nicht aufgehoben, sondern nur herabgesetzt und mit der Untersuchungshaft verrechnet. Nach den Bestimmungen des Gesetzes reicht zur Abschiebung eines straffälligen Ausländers auch eine geringe Strafe ...« Er senkte den Kopf und las vor: »... liegt es im Ermessen der zuständigen Behörde, eine Abschiebung zu verfügen, wenn die Gefahr besteht, dass ...« Clara ließ den Beamten nicht ausreden: »Ich kenne das Gesetz. Aber hier besteht keine Gefahr, überhaupt keine, die Sache ist erledigt, verstehen Sie, er-le-digt!« Sie schrie jetzt fast, wohl wissend, dass sie damit gar nichts ausrichtete.

Der Polizist zuckte mit den Schultern: »Das ist nicht mein Problem, Frau Anwältin. Da müssen Sie eben Rechtsmittel gegen die Verfügung einreichen, dann wird das geprüft.« Er reichte ihr einen Satz Blätter: »Hier die Ausfertigung des Bescheides zu Ihrer Kenntnis ...«

Clara riss sie ihm ungnädig aus der Hand. »Also gut. Es wird nicht lange dauern, bis das geklärt ist. Wo bringen Sie ihn solange hin?«

Der Beamte sah auf seine Uhr. »Um neunzehn Uhr sieben geht der ICE vom Hauptbahnhof.«

»Heute?« Clara sah ihn ungläubig an. »Sie schicken ihn heute noch nachhause zurück?«

Der Beamte schüttelte den Kopf. »Nicht bis nachhause, der deutsche Staat kommt nur für eine Fahrkarte bis Bozen auf.«

»Wie großzügig! Warum werfen Sie ihn nicht gleich am Brenner aus dem Zug?«

Der Polizist war unempfänglich für jede Form von Ironie. Er meinte ungerührt: »Die Erfahrung hat gezeigt, dass dies untunlich ist. Die betreffenden Personen kommen unverzüglich und ohne gültige Fahrkarte zurück, sodass die Kosten für eine erneute Rückführung höher sind als eine Fahrkarte bis nach Bozen. Dort gibt es entsprechend scharfe Kontrollen, die dafür sorgen, dass die Straftäter nicht auf Kosten der Bahn einen unerlaubten Rückreiseversuch unternehmen.« Er reichte ihr ein weiteres Blatt: »Würden Sie bitte den Empfang des Bescheides hier bestätigen?«

Clara starrte ihn an. »Einen Teufel werde ich tun.«

Der Beamte blinzelte irritiert: »Aber ... ich habe Ihnen den Bescheid überreicht«, er sah sich Hilfe suchend um, als erwartete er, dass er einen Zeugen dafür brauchte. »Sie müssen das unterschreiben!«

»Wissen Sie was?« Clara machte keine Anstalten ihm das Blatt Papier, das er ihr entgegenhielt, abzunehmen. »Sie können sich damit Ihren Hintern abwischen, wenn Sie wollen.«

Doch Claras unbändiger Zorn änderte nichts daran, dass Angelo Malafonte, der überhaupt nicht recht zu begreifen schien, was mit ihm geschah, von den Beamten mitgenommen und in den VW verfrachtet wurde. Clara konnte nur hilflos dabeistehen und zusehen, wie der Bus abfuhr und sich in den fließenden Verkehr einordnete, auf dem Weg zum Hauptbahnhof. Sie sah auf die Uhr. Es war kurz nach sechs. Kein Eilantrag würde bis sieben Uhr zu beschaffen sein. Doch sie musste es versuchen. Sie rannte zu Willi, der, noch immer ahnungslos in dem um die Ecke geparkten Auto wartete. »Schnell, fahr los! Zum Gericht.«

Sie sprang ins Auto, und Willi fuhr überrumpelt los. Während Clara mit noch immer vor Wut zitternder Stimme berichtete, was soeben geschehen war, begann Willi zu begreifen, und mit jedem Satz, den er zu hören bekam, drückte er ein wenig mehr aufs Gas, unternahm einige Überholmanöver, die in die Kategorie waghalsig bis kriminell einzustufen waren, und sorgte für wütendes Hupen und beleidigende Gesten seitens der übrigen Verkehrsteilnehmer. Doch Willis vorübergehende Anwandlung von Gesetzlosigkeit verpuffte folgenlos. Sie kamen trotzdem erst kurz vor sieben am Gericht an, und als sie endlich den für Eilanträge zuständigen Richter aufgespürt hatten, der ihnen äußerst unwillig zuhörte, war es bereits zehn nach sieben.

Der Richter bequemte sich dennoch, zum Telefon zu greifen, und wählte die Nummer der zuständigen Beamten. Nach einem kurzen Gespräch wandte er sich mit bedauernder Geste, die jedoch seine Erleichterung kaum verhehlen konnte, den beiden zu: »Bedaure, aber der Zug ist bereits abgefahren. Nachdem also die drohende Abschiebung bereits vollzogen ist, besteht für mich keine Möglichkeit, Ihrem Antrag stattzugeben.«

Clara fuhr trotzdem zum Bahnhof. Willi ließ sie am Haupteingang aussteigen und versprach zu warten. Clara rannte durch die Halle, vorbei an den Ständen mit Süßigkeiten, Zeitungen und Pizzaschnitten. Die große Anzeigentafel zeigte noch den Zug um neunzehn Uhr sieben an: München – Roma stand dort, über Innsbruck – Bozen – Florenz. Dann blätterten die Buchstaben um und wurden durch die nachrückende Verbindung ersetzt. Sie ging zu dem Gleis, doch natürlich war es leer. Der Zug war längst abgefahren, und Angelo saß darin, mit nichts als seiner Sporttasche und keinem Plan, wie es weitergehen sollte. Sie hatte ihm noch das Geld zugesteckt, das sie bei sich gehabt hatte. Es waren nicht mehr als fünfzig Euro gewesen. Dann hatte sie ihn beschworen, sie anzurufen, sobald er in Bozen angekommen war. Angelo hatte kaum reagiert. Abwesend hatte er auf die Handschellen gestarrt. Die Beamten hatten sich geweigert, sie abzunehmen, und als Begründung angeführt, Herr Malafonte habe bereits in der Justizvollzugsanstalt einen Fluchtversuch unternommen.

Clara stand am verwaisten Gleis. In der Ferne verloren sich die Schienen in einem silbernen Gewirr, noch weiter draußen würden sie sich wieder voneinander lösen und in alle Himmelsrichtungen verzweigen. Sie drehte sich um und ging zurück in die Bahnhofshalle. Reisende kamen ihr entgegen mit großen, schweren Koffern, die sie auf Rollen hinter sich herzogen. Pendler mit schmalen Aktentaschen und müden Gesichtern, Kaffeebecher in den Händen, die mit einem Schnabel am Deckel versehen waren wie für sabbernde Greise oder Kleinkinder. Clara hasste diese Sorte Kaffee, die es jetzt überall in der Innenstadt in hippen, kalten *Lounges* zu kaufen gab: mit fettarmer Sprühschaummilch und Karamell- oder Vanillegeschmack. Dünn und glühend heiß wie brennendes Wasser ohne einen Funken echten Aromas. Sie würde auch nie begreifen können, warum man überhaupt Kaffee trank, wenn man nicht einmal die Zeit hatte, sich dafür zehn Minuten hinzusetzen.

Vor der Tür wartete Willi geduldig in seinem Auto. Schlechtes Gewissen überkam Clara unvermittelt, als sie daran dachte, wie sie ihm gestern den Abend mit Linda missgönnt hatte. Sie umarmte ihn heftig, als sie einstieg, und vergrub einen Augenblick ihr Gesicht in der weichen Wolle seines Sakkos. Es roch gut, nach Pfeifentabak und echtem würzigem Kaffee. »Tut mir leid«, murmelte sie leise in seinen Ärmel, dann richtete sie sich wieder auf und schnallte sich an.

»Was hast du gesagt?«, fragte Willi und startete seinen alten Volvo, der wie auf Wolken schwebend den Taxistand umrundete und zurück in Richtung Kanzlei fuhr, wo Elise bei Rita auf sie wartete.

»Ich habe mich bedankt«, log Clara und meinte es dennoch ernst. Sie wollte lächeln, doch es geriet ziemlich kläglich, und Willi drückte ihre Hand.

»Du musst dir nichts vorwerfen, Clara. Du konntest nichts dagegen tun.«

Clara nickte und starrte aus dem Fenster in die beginnende Dunkelheit. »Ich weiß. Aber trotzdem …« Sie konnte nicht in Worte fassen, was sie empfand. Dieses Gefühl der Ohnmacht, die hilflose Wut und die nagende Furcht, einen Fehler begangen zu haben. Hätte sie es vorhersehen können? Hätte sie anders handeln, sich absichern müssen, dass so etwas nicht passiert? Sie schüttelte müde den Kopf. Die ganze Sache war geplant gewesen: Die Höhe der Strafe genau so, dass sie noch ausreichte, um eine Abschiebung zu verfügen, der ganze zeitliche Ablauf, das lange Warten auf Angelos Entlassung, sodass keine Zeit mehr blieb, um etwas gegen die Abschiebung zu unternehmen. Sie hätte nichts tun können. Sie waren vorgeführt worden, und am Ende hatten die anderen gewonnen. Sie hatten das erreicht, was sie vor Augen gehabt hatten, ihre Vorgaben erfüllt. Angelo war weg. Ein weiterer krimineller Ausländer in der so erfolgreichen bayerischen Abschiebestatistik. Würde er sich bei ihr melden? Oder irgendwie versuchen, nachhause zu kommen, trotz seiner Angst? Würde sie es überhaupt jemals erfahren? Oder würde es im Dunkeln bleiben, wie so vieles an diesem gottverdammten Fall. Sie atmete tief ein und lehnte sich in ihrem Sitz zurück. Ihre Augen brannten. Sie musste weitermachen, etwas unternehmen, sie musste ... doch dann schüttelte sie den Kopf. Es war vorbei. Sie hatte verloren.

Doch es war nicht vorbei.

Am frühen Morgen, nur wenige Tage nach Angelos Abschiebung klingelte bei Clara zuhause das Telefon. Als sie abhob und ihr die Stimme am anderen Ende den Grund des Anrufes mitteilte, war es, als würde ihr der Boden unter den Füßen weggezogen. Wie aus weiter Ferne hörte sie sich antworten, und ihre eigene Stimme kam ihr fremd vor, tonlos, ohne jeden Klang. »Ich komme«, sagte sie nur, dann legte sie auf.

TEIL ZWEI

Die unsichtbare Seite des Mondes

Mimmo Battaglia schlief schlecht, und wenn er wach war, ging es ihm auch nicht gut. Die Zeit verrann vor seinen Augen, und es blieb nur noch wenig übrig. In drei Tagen war das Fest der Frühlingshexe. Auf diesem Fest startete Filippo seine Aktion, und Mimmo würde dabei sein. Er hatte es dem Jungen versprochen, als dieser ihn vor ein paar Tagen noch einmal angerufen und sich vergewissert hatte. Mimmo Battaglia wusste genau, was für Filippo auf dem Spiel stand. Ohne den Druck, den die Öffentlichkeit, die Presse, auszuüben imstande war, war Filippo völlig schutzlos. Wenn etwas über seine Aktion am nächsten Tag im *Calabrese* stand und vielleicht andere Blätter nachzogen, wenn man aufmerksam darauf wurde, was in diesem Nest in den Ausläufern des Aspromonte vor sich ging, würden sie vielleicht zögern. *Er* scheute allzu öffentliche Aktionen, wenn es sich vermeiden ließ. *Er* agierte lieber im Halbdunkel der Hinterzimmer. Dennoch täuschte sich Filippo, wenn er glaubte, Mimmo Battaglia böte ihm Schutz. Denn Orazio Sant'Angelo war schneller und schlauer gewesen. Selbst wenn er tatsächlich noch nichts von Filippos geplanter Aktion wissen sollte, saß er längst am längeren Hebel, denn er hatte den Mörder für Filippo bereits bestimmt. Am Tag nach dem Fest würde vielleicht etwas über Filippo in den Zeitungen stehen, aber mit Sicherheit nicht das, was er sich vorgestellt hatte.

Mimmo Battaglia strich mit sanften Fingern über die Waffe auf seinem Nachttisch. Er war dafür ausgewählt worden, Filippo zu töten. Und es gab kein Entrinnen. Für ihn nicht und auch nicht für den Jungen. Wenn er es nicht tat, würden andere kommen. Und dann würden sie beide sterben. Wie Raffaele de Caprisi damals so oder so gestorben wäre, die Frage war nur, ob er, ob Mimmo Battaglia ihm dabei Gesellschaft geleistet hätte. Oder eben nicht. Mimmo hatte sich entschieden, den Tag von Filippos Aktion für seine Tat auszusuchen. Warum, wusste er selbst nicht genau. Er hätte es längst tun können. Aber er redete sich ein, es wäre die beste Gelegenheit bei all den Leuten, die auf den Beinen waren, bei dem Tumult, würde er selbst vielleicht unbemerkt bleiben und wieder verschwinden können, ohne dass ihn jemand aufhielt. Und wer weiß, vielleicht würde ihm das noch eine besondere Hochachtung von *ihm* einbringen, für seinen Mut, mitten in der Menge der Menschen zur Tat zu schreiten und Filippo für seine Ungeheuerlichkeit unverzüglich bezahlen zu lassen. Es hätte eine ganz besondere Wirkung. Mimmo nickte und schob die Waffe in die Innentasche seiner Jacke. *Er* würde ihm dankbar sein, dass er den Zeitpunkt so geschickt gewählt hatte, so viel war sicher.

Nie würde er sich eingestehen, dass er vielleicht aus anderen Motiven bis heute gewartet hatte. Dass er aus einem unbestimmten Schuldgefühl für Filippo und dessen Vater heraus ihm noch wenigstens die Gelegenheit geben wollte, das zu tun, was er sich vorgenommen hatte, bevor er starb. So ein Gedanke jedoch war nicht erlaubt, brachte er doch sein ganzes Gerüst ins Wanken, das er sich in den letzten Wochen so mühsam errichtet hatte und auf dem er jetzt stand, ganz oben auf der letzten Stange, ohne die Möglichkeit eines Rückzugs. Ein falscher Schritt und er würde straucheln und fallen. Lieber sollte der Junge fallen.

Der Zug war brechend voll, und Clara war froh, Elise bei Willi gelassen zu haben. Draußen war es neblig und kalt wie im November, und Regen prasselte gegen die schmutzverschmierten Scheiben. Sie hockte mit angezogenen Beinen am Fenster und starrte hinaus in die unwirtliche Landschaft. Waren das die Eisheiligen? Sie wusste das Datum nicht mehr genau, aber sie glaubte sich zu erinnern, dass diese kalten Tage immer um diese Zeit kamen. »*Die drei Eisheiligen sind übers Land gezogen, und haben Schwindsucht in der Felder Brust gespuckt …*«, murmelte Clara leise vor sich hin, während der Zug an den wolkenverhangenen, graublauen Bergwänden entlang den Brennerpass hinaufkroch, dann zuckte sie zusammen, weil ihr der kleine Junge, der mit seiner Familie in ihrem Abteil saß, zum wiederholten Male eine große aufblasbare Spiderman-Figur auf die Beine schlug. Die Mutter lächelte entschuldigend, ließ ihren Sohn jedoch gewähren. Clara warf ihr einen giftigen Blick zu, dann packte sie ihre Zigaretten und ging hinaus auf den Gang. Immer wieder versank sie in dem Irrglauben, eine Zigarette könnte ihren Schmerz lindern oder sonst irgendetwas verbessern. Doch das war nie der Fall. Nichts wurde durch eine Zigarette jemals besser, nichts schöner, nichts leichter. Und doch zog sie an dem dünnen, blassen Glimmstängel, als hätte es eine Bedeutung, als wäre es irgendwie wichtig, diese eine Zigarette noch zu rauchen. Sie stand am Fenster und überlegte, wann sie damit begonnen hatten, die Zugfenster hermetisch zu verschließen. Früher konnte man sie öffnen, wenigstens das obere Drittel. Sie hatte als Kind immer ihren Kopf hinausgestreckt und gewunken, wenn sie von ihrer Großmutter wieder nachhause gefahren war. Der Wind hatte ihre Haare zerwühlt und ihr die Luft zum Atmen genommen, wenn sie sich ihm entgegengedreht hatte. Jetzt gab es Klimaanlagen, die nicht funktionierten, und eine Heizung, die die Temperatur in ihrem Abteil mittlerweile ins Unerträgliche gesteigert hatte. Sie zog an ihrer Zigarette, bis nur noch der Filter übrig war, dann warf sie den Stummel auf den Boden und trat ihn aus, was ihr einen strengen Blick der antiautoritären Mutter einbrachte, die sie kopfschüttelnd musterte. Clara war kurz versucht, ihr die Zunge herauszustrecken, wie es ihr Sohn ihr gegenüber schon beim Einsteigen gemacht hatte, wandte sich dann aber ab und starrte wieder hinaus. Sie näherten sich dem Brenner, der Regen begann langsam in Schnee überzugehen.

Mimmo Battaglia traf am späten Nachmittag ein. Es war ein fast hochsommerlich heißer Tag gewesen, der sich nur zögernd verabschieden wollte und zum Abschied das für das abendliche Fest erwartungsvoll herausgeputzte Städtchen noch ein letztes Mal in seine feurigen Strahlen tauchte. Mimmo parkte unten, unweit der Hauptstraße, in einer kleinen, engen Seitengasse in Fahrtrichtung, um sich sofort wieder aus dem Staub machen zu können. Von dort führte eine steile, nach Katzenpisse stinkende Treppe nach oben in die Altstadt, ein verborgener Schleichweg, den er vor ein paar Tagen, als er hier war, um die Lage auszukundschaften, per Zufall entdeckt hatte und der wie geschaffen für seinen Plan war. Zunächst hatte er unbemerkt bleiben wollen, bald aber eingesehen, dass es nicht möglich war, zu viele kannten ihn, zu viele wussten, dass er bei der Zeitung arbeitete. So würde er also als Journalist auftreten, den Umzug begleiten und Fotos machen. So würde er auch den Jungen in Sicherheit wiegen. Die Kamera hatte er sich umgehängt, sie lag schwer auf seinem ausladenden Bauch. Und dann, wenn alle Aufmerksamkeit auf Filippo gerichtet war, würde er blitzschnell und unbemerkt, den Fotoapparat mit der Pistole in seiner Tasche tauschen, schießen und sie wieder verschwinden lassen. Es würde ganz einfach sein, und niemand würde vermuten, dass Mimmo Battaglia, der brave und wackere Journalist des *Calabrese*, alter Freund von Filippos Vater, der Schütze war. Aus Pietätsgründen würde er dann natürlich davon absehen, von der Leiche Fotos zu machen und sich stattdessen unauffällig zurückziehen. Das würde man verstehen.

Schwitzend und schnaufend erklomm er die steile Treppe, die unweit des Rathauses auf die bereits prächtig geschmückte Piazza führte. Girlanden in den Farben der italienischen Tricolore waren quer über den Platz und die angrenzenden Gassen gespannt, und vor den Häusern standen Kübel mit silberblättrigen Stauden. Aus manchen Fenstern im ersten Stock hingen rot-gelbe Fahnen, die Farben des Wappens von San Sebastiano. Es herrschte hektisches Treiben, die letzten Stände wurden aufgebaut, und ein paar Arbeiter hämmerten noch an einer Tribüne aus Brettern und Eisenstangen herum. Es gab eine kleine Bühne mit Scheinwerfern und einem Lautsprecher. Filippo war nirgends zu sehen. Mimmo Battaglia setzte sich auf eine der Steinbänke, um ein wenig zu verschnaufen, und wischte sich mit einem Taschentuch den Schweiß von der Stirn. Oberhalb der Piazza wand sich eine steile Gasse die Altstadt hinauf bis zum Dom, der hoch oben über den Dächern thronte. Dort oben sollte die Prozession ihren Anfang nehmen. Mimmo sah auf seine Armbanduhr. Es war noch genug Zeit, einen Happen zu essen, bevor er sich an den weiteren Aufstieg machte.

Der Lärm brach unvermittelt los. Gerade eben noch hatte die Menge stumm den öligen Worten des Bürgermeisters gelauscht und den inbrünstig gemurmelten Segen des Pfarrers unter hastigen Kreuzzeichen über sich ergehen lassen, dann stellte sie sich in unordentlichen Reihen hinter der riesigen Strohpuppe, der *Strega,* auf, die von sechs Männern auf Stangen herbeigetragen worden war. Gab jemand das Zeichen zum Aufbruch, oder setzte sich der Zug von ganz allein in Bewegung? Stockend und schwerfällig drängte sich die Menschentraube in die enge Gasse hinein, die vom Domplatz hinunter zur Piazza führte. Mimmo wurde gegen eine Hausmauer gedrückt, dann, eine Sekunde später befand er sich mitten zwischen den vorwärtsdrückenden und -stoßenden Menschen, ohne dass er etwas dagegen hätte tun können. Krampfhaft hielt er seine Kamera vor seiner Brust fest, während er unablässig weitergeschoben wurde. Ans Fotografieren war überhaupt nicht zu denken. Doch es beachtete ihn ohnehin niemand.

Noch lag ein Murmeln über der Menge, aufgeregt, erwartungsvoll. Dann, plötzlich, bogen aus zwei Gassen junge Männer mit brennenden Fackeln ein, schoben sich mit den hoch erhobenen, funkenstiebenden Keulen flink durch die Menge, bis sie die *Strega* erreicht hatten. Sie nahmen links und rechts der schwankenden Strohpuppe Aufstellung und hoben die Fackeln ein weiteres Mal.

In diesem Moment brach der Jubel los. Die Menschen schrien und johlten, und von irgendwoher ertönte schrille Musik, die Mimmo keinem ihm bekannten Instrument zuordnen konnte. Es mussten Flöten sein oder etwas in der Art. Eine Trommel kam hinzu, mit dumpfen, eindringlichen Schlägen und nach einer Weile ein Akkordeon, das eine merkwürdige, mit jedem Ton schneller werdende Melodie spielte, die nicht zu den Flöten und Trommeln passen wollte, sondern sich wie das Mädchen in dem Märchen mit den roten Schuhen ständig im Kreise drehte, immer schneller wirbelnd, ohne jemals zu enden.

Die Menschen um Mimmo herum begannen, sich im Takt zu bewegen, mit erhobenen Armen, sofern der Platz dies zuließ, ein paar sangen mit, unverständliche Worte ohne erkennbaren Reim oder Refrain. Es klang orientalisch, arabisch. Ein An- und Abschwellen von Lauten.

Mimmo wurde unwirklich zumute, als befände er sich mitten in einem Traum, sein Herz begann wild zu klopfen, und bald war er sich nicht mehr sicher, ob sich der Rhythmus der Trommel dem seines Herzschlags anpasste oder umgekehrt.

Zwar Kalabrese, war Mimmo ein Kind der Stadt, er war nie wirklich mit den archaischen Bräuchen des Aspromonte in Berührung gekommen, und es hatte ihn auch nie danach verlangt. Er war stolz darauf, modern und aufgeklärt zu sein, er wollte nichts zu tun haben mit dem dunklen Aberglauben und den alten, heidnischen Traditionen, die den Süden Italiens vor den Augen der restlichen Welt noch immer so rückständig wirken ließen.

Vor ihm warf die im Licht der Fackeln schwankende Puppe riesige, zuckende Schatten an die Hausmauern. Mit einer leichten Beunruhigung stellte Mimmo plötzlich fest, dass die Gasse hier von den schmalen, hohen Häusern völlig umschlossen war. Es gab keine Seitengassen, keine Nischen, nicht einmal einen zurückgesetzten Hauseingang. Die Menschen schoben sich an den Mauern entlang, ohne dass auch nur ein Meter breit Platz gewesen wäre für jemanden, der hätte ausscheren wollen.

Mimmo malte sich einen Augenblick lang aus, was passieren würde, wenn eine Panik ausbräche, und er spürte, wie seine Hände schweißnass wurden und sein Magen zu flattern begann. Hastig fuhr seine Hand an seine Jacke. Die Waffe war noch an ihrem Platz. Gott sei Dank. Mimmo blinzelte, als ihm der Schweiß von der Stirn in die Augen tropfte, und er versuchte vergeblich, ihn abzuwischen. Es war unmöglich. Seine Hände steckten wie sein ganzer Körper in dieser zuckenden, tanzenden Menschenmasse fest. Er versuchte, seinen Herzschlag von dem hetzenden Trommelschlag zu lösen, der ihm tief in seine Eingeweide fuhr und ihn schwindlig machte. Doch es gelang ihm nicht. Nach einer Weile endlich stockte der Zug, und Mimmo sah, dass sie ihr Ziel erreicht hatten. Einige Meter vor ihm öffnete sich die Gasse, und er konnte unterhalb das rosafarbene Rathaus erkennen. Unwillkürlich atmete er auf. Um einiges gelassener ließ er sich weiterschieben, die Treppen hinunter auf den hell erleuchteten Platz, bis sie sich schließlich in einem großen Kreis um die Strohpuppe versammelt hatten, die jetzt auf einer Holzplattform in der Mitte stand. Nun konnte Mimmo sie auch von vorne sehen. Sie ähnelte mehr einer Bäuerin als einer Hexe, mit einer geblümten Schürze aus rotem Stoff und einem Korb an den einen Stroharm gehängt, in dem Blumengirlanden aus Plastik lagen. Das Gesicht war mit grober, ungelenker Hand auf das Stroh gemalt, riesige Augen in schwarz und weiß, ein grellroter Mund. Nur die Nase erinnerte an eine Hexe, scharf gebogen zog sich das gebündelte Stroh fast bis zum Kinn hinunter und gab dem wie von Kinderhand bemalten Gesicht etwas Tückisches, Vogelartiges.

Plötzlich erloschen die Straßenlampen, und der Platz lag in völliger Dunkelheit, nur spärlich erleuchtet von den zuckenden Fackeln der Männer neben der Strohpuppe. Die unsichtbare Trommel hinter Mimmo stellte ihren enervierenden Schlag ein, stattdessen ertönte ein einzelnes Akkordeon und spielte die Anfangslaute einer Tarantella. Die Menge teilte sich und ließ einen kleinen Mann vorbei, der mit seinem Akkordeon nach vorne ging und leichtfüßig auf die Plattform sprang. Er hielt in seinem Spiel inne und stand dort, abwartend, stumm und kerzengerade. Auch die Menschen um den Platz herum waren verstummt. Es war unheimlich, diese plötzliche Stille, angesichts der Tatsache, dass sich Hunderte von wartenden Menschen auf dem Platz befanden. Ab und zu beleuchtete der Schein der Fackel die Gesichter der in erster Reihe Stehenden, dann verschwanden sie wieder in der Dunkelheit. Die Puppe schwankte ein wenig. Auf einmal ertönte ein Kommando wie ein Peitschenknall irgendwo aus der Dunkelheit, und der Mann mit dem Akkordeon begann wieder zu spielen, zuerst langsam, dann, auf einen weiteren unsichtbaren Ruf hin immer schneller und schneller. Mimmo bekam eine Gänsehaut. Er wusste, was diese schneidende Stimme, die dem Tarantellaspieler Befehle erteilte, zu bedeuten hatte. Er hatte davon gehört, sie jedoch noch nie selbst erlebt und sogar daran gezweifelt, dass sie noch immer praktiziert wurde: die so genannte *kommandierte Tarantella*, in der der mächtigste Mann am Ort die Befehle zum Tanz und zur Musik erteilte und keiner ohne seinen Befehl auch nur einen Schritt machen durfte. Diese Art Tanz wurde früher benutzt, um sich des bedingungslosen Gehorsams der Menschen zu versichern, aber er hatte nicht gedacht, dass es so etwas noch immer gab. Hektisch sah er sich um, doch die Dunkelheit verbarg denjenigen, der die Befehle gab. War es möglich, dass *er* es war? Dass *er* hier war, ihn womöglich sogar beobachtete? Ein weiterer Befehl ertönte, und die Menge begann, sich in Bewegung zu setzen, die Menschen tanzten um die Puppe herum wie Marionetten, an unsichtbare Fäden gebunden, vollkommen im Takt mit dem aufpeitschenden Klang des Akkordeons. Mimmo blieb keine Wahl, er musste sich ebenfalls in Bewegung setzen, er tanzte mit, mit einer Hand seine Kamera haltend, die andere an seine Brusttasche gedrückt. Irgendwo in einem vergessenen Winkel seiner Seele begann er plötzlich etwas zu begreifen, und kalte Finger legten sich um sein Herz. Und dann, in all seiner Angst, während er sich schwitzend und schnaufend, lächerlich anzusehen mit seiner nutzlosen Kamera vor dem Bauch, ungeschickt und mehr recht als schlecht zu den Tönen der Musik bewegte, regte sich etwas in ihm, das seine Mission empfindlich zu stören drohte: Bewunderung für den Mut dieses Jungen, der an einem Ort wie diesem wagte, so etwas Ungeheuerliches zu tun und das Schweigen zu brechen. Er fühlte, wie ihm die Luft zum Tanzen ausging. Seine Fußsohlen brannten, und sein Rücken war schweißgebadet. Er konnte nicht mehr. Doch er wagte nicht aufzuhören. Nicht einmal das. Da kam ein letztes Kommando und die Musik verebbte. Es war zu Ende, ohne dass der Kommandant in Erscheinung getreten wäre.

Die Menschen klatschten und feuerten die Fackelträger an, immer lauter und ausgelassener wurden die Rufe, bis endlich einer der Burschen, ein schlanker junger Kerl mit dunkler Haut und rabenschwarzen Haaren, unter lautem Beifall seine Fackel auf dem Boden ausdrückte, auf die Plattform sprang und unter die Puppe kroch. Der Akkordeonspieler begann wieder zu musizieren, dieses Mal vom sicheren Rand des Geschehens aus. Begleitet vom Pfeifen und Johlen der Zuschauer setzte sich die Puppe schwerfällig in Bewegung und drehte sich schließlich langsam im Takt der Musik um sich selbst. Doch damit nicht genug. Ein paar Minuten nur dauerte der groteske Tanz, bis die Zuschauer wieder ungeduldig wurden und erneut Anfeuerungsrufe ausstießen. Diesmal sprangen die restlichen Männer auf die Plattform, die Fackelstümpfe noch in den Händen. Sie stimmten ein lautes, grobes Lied an, von dem Mimmo, der eigentlich recht gut Dialekt sprach, keine Silbe verstand, das jedoch von der Menge aufgenommen und weitergesungen wurde. Mimmo stellten sich die Nackenhaare auf, als die Männer ihre Fackeln an die Puppe hielten, die sich noch immer schwankend im Kreis drehte. Sie brannte in Windeseile lichterloh. Funken stoben aus den Armen und dem Kopf der Hexe und verglühten erst hoch oben im schwarzen Himmel. Und die Puppe tanzte noch immer. Mimmo hielt den Atem an: Wann würde der junge Mann darunter hervorkriechen? Was, wenn er es nicht mehr schaffte? Allmählich verstummten die Zuschauer um ihn herum. Alle starrten auf die brennende, tanzende Hexe, manche erwartungsvoll, andere mit ängstlichen Augen. Die Puppe begann zu taumeln. Große glühende Fetzen fielen herab, und die Menge wich raunend zurück. Eine Frauenstimme rief irgendwo »*Basta*!«, und Mimmo fand auch, dass es jetzt genug war. Nervös trat er von einem Fuß auf den anderen. Endlich, nach einer Ewigkeit, wie es ihm schien, kippte die Puppe im Zeitlupentempo nach links und heraus kroch eine Gestalt, schwarz gegen das hell auflodernde Feuer, in dem die Frühlingshexe lautlos in sich zusammenfiel.

Jubel brandete auf, als der Tänzer, offensichtlich unverletzt, in Siegespose die Hände in den Himmel streckte. Das Gesicht des jungen Mannes war rußverschmiert und glänzte von Schweiß, doch seine Augen leuchteten. Die Zuschauer waren nicht mehr zu halten, sie schrien und pfiffen ohrenbetäubend, und Mimmo konnte nach einer Weile heraushören, dass der Mann Gabriele hieß und ihm offenbar eine Art Rekord gelungen war. Während sich die Zuschauer in die Mitte drängten und den Bezwinger der *Strega* auf ihre Schultern hoben, gelang es Mimmo, sich dem Sog zu entwinden und außerhalb der Menge zu bleiben. Er ging ein paar Schritte zurück und betrachtete die jubelnden Menschen nachdenklich. Etwas war aus den Fugen geraten in ihm während der Tarantella. Es beunruhigte ihn auf eine Art und Weise, die er nicht kannte. Es war, als ob eine Tür geöffnet worden wäre, tief in ihm verborgen. Doch es war kein befreiendes Gefühl, kein Aufatmen und Hindurchgehen. Es war ein entsetztes, grauenhaftes Begreifen, ein Begreifen nicht mit dem Verstand, sondern mit dem, was von seinem Herzen noch übrig geblieben war: Er hatte sich mit dem Teufel eingelassen.

In dem Moment flammte direkt hinter ihm ein Scheinwerfer auf und tauchte den nur vom Feuerschein der verglühenden *Strega* noch erhellten Platz in ein gleißendes Licht. Mimmo zuckte zusammen. Doch er musste sich nicht umdrehen. Er wusste, was das zu bedeuten hatte, und schloss gequält die Augen, seine Hand noch immer auf die Brusttasche seiner Jacke gepresst, die plötzlich zentnerschwer zu wiegen schien: Es hatte begonnen.

In Bozen herrschte wieder Frühling. Sie hatten den unwirtlichen Alpenpass überquert und waren mit jedem Kilometer, den sie in Richtung Süden zurücklegten, der Wärme entgegengefahren, bis die Graupelschauer und der nasse graue Schnee, der oben noch neben den Gleisen gelegen hatte, nur noch ferne Erinnerung waren. Die Stadt lag jetzt vor ihnen im hellen, nachmittäglichen Sonnenlicht, doch Clara wurde deswegen nicht leichter ums Herz zumute. Sie wünschte fast, die Schneeschauer hätten sie begleitet, wären als einsame graue Wolke über ihrem Kopf mit ihr gereist, um ihrer Stimmung zu entsprechen. Sie stieg aus und sah sich suchend auf dem Bahnsteig um. *Terra materna* stand auf dem Zettel, auf dem sie sich die Telefonnummer und Adresse der fremden Frau notiert hatte, die heute Morgen bei ihr angerufen hatte. Es war der Name einer Organisation hier am Bahnhof von Bozen, hatte ihr die Frau, die Raffaela hieß, im weichen Südtiroler Dialekt erklärt. »Eine Hilfsorganisation für aus Deutschland abgeschobene Landsleute«, und Clara hatte bei diesen Worten tiefe Scham empfunden.

Es dauerte eine Weile, bis sie das Büro von *Terra materna* fand, es war ziemlich versteckt am anderen Ende des Bahnhofs, ein schmaler, kleiner Raum mit einer Menge Anzeigen und Plakaten an den Wänden. Eine hübsche, dunkelhaarige junge Frau mit der zarten Figur einer Zwölfjährigen und einem offenen Lächeln stellte sich als Raffaela vor und bat Clara in ein noch kleineres Hinterzimmer, in dem auf einer Kochplatte in der Ecke eines zerschrammten Sideboards eine Mokkakanne blubberte. In der Mitte des winzigen Raumes standen zwei Stühle aus Aluminium und ein runder Tisch, auf dem sich Papiere türmten. Zuoberst lag ein dünner blauer Heftordner mit einer angetackerten Visitenkarte. Clara erkannte sie als ihre eigene, die, die sie Angelo gegeben hatte. Es war umsonst gewesen. Er hatte sie nicht angerufen.

»Möchten Sie einen Kaffee?«

Clara nickte dankbar. »Gerne. Darf ich rauchen?«

Die junge Frau schob ihr einen Aschenbecher hin, goss die tiefschwarze, dicke Flüssigkeit aus der Kanne in zwei kleine Espressotassen und setzte sich. Während sie trank, musterte sie Clara ungeniert, und Clara gab den Blick schweigend zurück. Raffaela trug eine enge, schwarze Dreiviertelhose mit Aufschlägen und ein knappes T-Shirt, auf dem stand: *Come on Baby, light my fire ...*, dazu elegante, zierliche Sandalen mit spitzen kleinen Absätzen, die silbern lackierte Zehen freigaben.

»Sie waren also seine Anwältin«, begann sie unvermittelt und nahm den Heftordner vom Stapel herunter.

»Ja.« Clara nickte und nippte von dem starken, bitteren Kaffee, ohne den Zucker zu vermissen, der unberührt in einem angeschlagenen Glas auf dem Sideboard stand.

»Konnten Sie nicht verhindern, dass er abgeschoben wird? Konnten Sie denn gar nichts tun?« Die Frau sah sie an.

Der Angriff kam unerwartet und traf Clara bis ins Mark. Sie stellte die Tasse ab. Es klirrte leise, weil ihre Hände zitterten. »Nein«, sagte sie leise und fühlte sich, als ob man sie geschlagen hätte. »Nein, ich konnte nichts tun.«

Raffaela nickte langsam und senkte ihren Blick auf die Papiere vor ihr: »Es war eine Überdosis Heroin. Sie haben ihn vorgestern in der Bahnhofstoilette gefunden, da war er schon einige Stunden tot.« Sie wippte mit einem schlanken, gebräunten Fuß. »Er hatte nichts bei sich. Kein Gepäck, keinen Ausweis, keine Adresse. Wissen Sie vielleicht, woher er stammte?«

Clara kramte den Zettel aus ihrer Tasche, den Angelo ihr im Gefängnis gegeben hatte, und reichte ihn Raffaela. »Er kommt ... kam, aus Kalabrien, aus einem Ort namens Torre Calo. Hier, die Adresse seiner Mutter. Ich weiß nicht, ob es auch einen Vater gibt.«

Raffaela zog einen Notizblock aus einer Schublade unter der Kochplatte und schrieb die Adresse sorgfältig ab, bevor sie den Zettel Clara zurückgab. »Wenn wir nicht zufällig Ihre Visitenkarte in seiner Hosentasche gefunden hätten ...« Sie zuckte mit den Schultern und ließ offen, was mit namenlosen Toten geschah, die bei ihnen strandeten.

Clara drückte die Zigarette aus und nahm all ihren Mut zusammen. »Kann ich ihn sehen?«

Clara war in ihrem Leben noch nie in der Gerichtsmedizin gewesen und hatte mit Ausnahme ihrer Großmutter, die an einem heißen Augusttag friedlich in ihrem Bett eingeschlafen war, nachdem sie gebeten hatte, die Fensterläden zu schließen, auch noch keinen Toten gesehen. Damals war sie fünfzehn oder sechzehn gewesen.

Sie gingen einen weiß gekachelten Flur entlang. Es war kalt, und Clara sah, wie sich Raffaela, die vor ihr ging, fröstelnd die nackten Arme rieb. Am Ende des Flurs befand sich eine Milchglastür, und Raffaela drückte auf einen Klingelknopf an der Wand. Als ein Summen ertönte, deutete Raffaela in Richtung Ausgang. »Ich warte oben, wenn es Ihnen recht ist.«

Clara nickte. »Natürlich.«

So trat sie allein in den großen, mit langen Neonröhren erleuchteten Raum. Ein kleiner Mann im Arztkittel und mit sanft gewellten Locken kam auf sie zu und stellte sich als Dr. Azzarà vor. Er wusste bereits Bescheid, dass sie kommen würde, und führte sie zu einem Metalltisch auf der anderen Seite des Raumes. Clara schluckte, als sie den zugedeckten Körper sah und zögerte unwillkürlich. Dr. Azzarà warf ihr einen fragenden Blick zu. »Möchten Sie lieber wieder gehen?«

Doch Clara schüttelte den Kopf und trat entschlossen an den Tisch.

Dr. Azzarà trat auf die andere Seite und schlug das Tuch zurück.

Fremd sah der Tod aus. Fern und leer und endgültig. Angelos Haut hatte den olivfarbenen Ton verloren, war wächsern gelb, fast grünlich unter dem kalten Neonlicht. Um den Mund herum eingefallen, mit farblosen Lippen, wirkte seine Nase spitz, sein Kinn knochig wie das eines alten Mannes. Man konnte nicht mehr sehen, wie jung er gewesen war.

»Er war dreiundzwanzig«, sagte Clara und sah Dr. Azzarà an. »Erst dreiundzwanzig.«

Der Arzt nickte. »Ich hatte ihn schon etwa auf dieses Alter geschätzt.«

Clara atmete tief, versuchte, alle Gefühle wegzudrängen, nur zu schauen, nur da zu sein. Sie versuchte, Distanz wie eine Wand aus Glas zwischen sich und den Toten vor ihr zu schieben, der einmal ihr Mandant gewesen war. Es gelang ihr nur unzureichend, aber es reichte immerhin, um stehen zu bleiben. *Heroin* hatte Raffaela gesagt, und Claras Blick wanderte weg von Angelos Gesicht, zu seinen nackten Armen. In der linken Armbeuge war ein Einstich zu sehen, umgeben von einem dunklen Bluterguss. Am Hals und an den Oberarmen hatte er ebenfalls blutunterlaufene Flecken. Sie deutete darauf: »Was ist das?«

»Hämatome. Aber ohne erkennbares Muster. Er ist wahrscheinlich gefallen.« Er deutete auf einen fast verheilten Bluterguss unterhalb der Rippen, die erbärmlich weit aus seinem mageren Körper hervorstanden. »Das hier stammt jedoch von einem früheren, heftigen Schlag, vielleicht einem Fußtritt. Eine Rippe war angebrochen. Haben Sie eine Ahnung, wo er sich das zugezogen haben könnte?«

Clara nickte und spürte, wie ihr die Tränen in die Augen stiegen. »Im Gefängnis.« Sie schämte sich, als wäre sie dafür verantwortlich. Dann deutete sie noch einmal auf die übrigen blauen Flecken: »Könnte es sein, dass ihn jemand festgehalten und das Heroin mit Gewalt verabreicht hat?«

Der Mediziner wiegte zweifelnd den Kopf hin und her. »Daran habe ich auch schon gedacht. Er hat nämlich nur einen einzigen Einstich, sehen Sie?« Er deutete auf den Fleck in der Armbeuge. »Aber diese blauen Flecken sind zu klein, zu oberflächlich und nicht regelmäßig. Kein Schlag auf den Kopf, keinerlei Griffmuster.« Er legte seine Hand um Angelos Oberarm, zeigte ihr, wie es aussehen würde, wenn man ihn festgehalten hätte. Dann nahm er eine Metallschale von dem Rollwagen neben dem Tisch und hielt sie Clara hin. »Hier. Sie haben auch die Spritze gefunden.«

Clara wandte nach einem kurzen Blick auf die blutverschmierte Einwegspritze schnell den Kopf ab. Der Anblick schien ihr fast schlimmer als Angelos Leiche vor ihr.

Dr. Azzarà stellte die Schale behutsam wieder zurück: »Ohne fremde Fingerabdrücke. Es war übrigens stark verunreinigtes Heroin, es hätte ihn auf jeden Fall umgebracht, unabhängig von der Dosis.« Er ging um den Tisch herum und stellte sich neben Clara. Nachdenklich sah er auf Angelos mageren Körper hinunter: »Auch wenn er nicht der Kräftigste war: Um einem erwachsenen Mann gegen seinen Willen auf diese Art und Weise eine Spritze zu verpassen, benötigt man schon etwas mehr Gewalt, als es hier der Fall war, Signora. Die Blutuntersuchung hat ebenfalls nichts ergeben, er war weder betäubt noch betrunken. Wenn er es sich nicht selbst gespritzt hat, dann hat er sich jedenfalls nicht gewehrt.«

Clara starrte das wächserne Gesicht an, als hoffte sie, es könne etwas von dem preisgeben, was passiert war. Keinerlei Ausdruck lag darin, keine Qual, keine Furcht, kein Frieden. Wie weit mochte Angelos Angst vor Barletta gegangen sein? Wie hatte er reagiert, als sie sich am Ende doch noch gegenüber gestanden hatten? Hatte er sich freiwillig umgebracht, auf diese schmutzige Art und Weise töten lassen? Sie stellte sich Barletta vor, wie er Malafonte gefolgt war, bis hierher, wie er ihn endgültig gestellt hatte. Hatte Angelo freiwillig kapituliert vor dem, was in seinen Augen ohnehin die ganze Zeit schon unausweichlich gewesen war? Es war möglich. Es passte zu Angelos Art, zu seiner Passivität, seiner hilflosen Angst, deren Ursprung sie jetzt nie erfahren würde. *Einer, der sich unsichtbar machen will,* so treffend hatte der Justizbeamte ihn charakterisiert. Doch es war ihm nicht gelungen, unsichtbar zu werden, also hatte er die einzige andere Alternative gewählt. Ihr wurde übel. Sie krallte sich an dem Tisch fest und spürte, wie stützende Hände unter ihre Schultern griffen. Sie versuchte, sich wieder aufzurichten. Ihr war ein wenig schwindlig, aber die Übelkeit verebbte langsam. »Es geht schon wieder, danke.«

»Sind Sie sicher?« Der Gerichtsmediziner warf ihr einen besorgten Blick zu. »Da sind schon ganz andere umgefallen, Signora.«

Clara bemühte sich um ein zittriges Lächeln. »So schnell falle ich nicht.« Dann beugte sie sich über Angelo und strich ihm sanft, fast liebevoll über das stille Gesicht. »Es tut mir leid«, flüsterte sie, so leise, dass es fast nicht zu hören war. »Es tut mir so leid.« Als sie sich wieder aufrichtete, begegnete ihr Dr. Azzaràs Blick. Sie wandte sich ab.

»Signora!«

»Ja?«

Er nahm sie so vorsichtig am Arm, als befürchtete er, sie würde bei der geringsten Berührung zusammenbrechen, und führte sie zu einem Regal, das etwas entfernt von dem Tisch an der Wand stand. Dort nahm er eine durchsichtige Plastiktüte aus einem Fach und reichte sie Clara. »Das war alles, was er außer seinen Kleidern noch bei sich hatte. Vielleicht möchten es seine Angehörigen haben?«

Clara nahm den Beutel. Eine silberne Kette blitzte darin und ein zusammengefaltetes Stück Papier: Das Heiligenbild seiner Mutter, das Clara in dem ausgeräumten Zimmer über der Pizzeria gefunden hatte. Sie schloss für einen Moment die Augen, drückte die Tränen weg, die hinter ihren Lidern brannten, und nickte. »Ich kümmere mich darum.« Den Plastikbeutel in der Linken, reichte sie Dr. Azzarà die Hand.

Er lächelte. »Alles Gute, *avvocato*.«

Die Glastür schloss sich mit einem sanften Klacken und nahm ihr den Blick auf den aufgebahrten Körper. Sie presste ihre Hand gegen den Mund, überwältigt von dem Gefühl der Endgültigkeit, der Unausweichlichkeit des Todes, das sie beim Anblick der Leiche erfasst hatte. Die Hand noch immer an ihren Mund gepresst, wandte sie sich von der Tür ab und ging langsam den Gang zurück zum Ausgang.

Raffaela saß auf einem Pfeiler am Straßenrand und wartete auf sie. Als sie Claras Gesicht sah, meinte sie mitfühlend: »Haben Sie ihn sehr gut gekannt?«

Clara zuckte mit den Schultern, und eine Wolke aus Trauer senkte sich auf sie nieder wie ein Gespinst, das das Licht trübt und die Atemluft schal macht. »Eigentlich gar nicht. Es war nur ...« Sie brach ab und überlegte, wie sie Raffaela die Situation erklären sollte. »Es war ein besonderer Fall. Einer, bei dem man bis zum Ende nicht begreift, worum es eigentlich geht. Und jetzt erst recht nicht mehr.« Sie schüttelte den Kopf und sah die junge Frau ungewohnt hilflos an: »Raffaela, würden Sie mit mir noch einen Kaffee trinken gehen?«

Sie saßen in einer hübschen Bar mit Blick auf den Fluss. Raffaela trank einen Sanbitter, leuchtend orange mit einer Scheibe Zitrone. Die Eiswürfel klirrten leise, wenn sie das Glas hob. Clara hatte einen doppelten Espresso vor sich stehen. Sie starrte die winzige Tasse an, als könnte sie ihr weiterhelfen, sie herausziehen aus dieser Wolke oder ihr nur wenigstens ein paar ihrer drängendsten Fragen beantworten.

»Wie alt sind sie?«, fragte sie die junge Frau.

Raffaela lächelte. »Zweiundzwanzig. Ich studiere hier, die Arbeit bei *Terra materna* mache ich ehrenamtlich.«

»Ist es wirklich so schlimm mit den Abschiebungen aus Deutschland?«, wollte Clara wissen.

»Was heißt schlimm?« Raffaela nahm einen Eiswürfel aus ihrem Glas und steckte ihn sich in den Mund. »Ist es schlimm, wenn man junge, drogensüchtige Männer mit nichts als einer Fahrkarte in der Hand in den Zug setzt und in ein Land schickt, das sie höchstens vom Urlaub her kennen und dessen Sprache sie oft gar nicht richtig sprechen?« Raffaela hob den Kopf und sah Clara an: »Ist es schlimm, wenn man einen alten Mann, der seine Frau erschlagen hat, nach den zehn abgesessenen Jahren Gefängnis in ein Flugzeug nach Mailand setzt, obwohl er eigentlich aus Sardinien stammt, dort seit über dreißig Jahren nicht mehr war und nicht einmal weiß, wie man ein Handy bedient und dass man in Italien jetzt mit Euro bezahlt?« Raffaela zuckte mit den Schultern. »Viele bei uns sagen, die haben es doch nicht anders verdient. Wer nichts auf dem Kerbholz hat, dem passiert so etwas nicht. Mag sein, dass sie recht haben auf ihre beschissene theoretische Art und Weise. Aber wenn man hier arbeitet, sieht man die Dinge anders.« Sie zerbiss den Eiswürfel und versank in Schweigen.

Clara rührte in ihrer Tasse und betrachtete den hellgrün schäumenden Fluss, der vor ihnen vorbeifloss. Sie dachte an Richter Oberstein mit seinem selbstgefälligen Grinsen, der jetzt, nachdem die Gefahr vorüber schien, wieder ungestört *Recht* sprechen konnte. Sie sah Karl Killesreiters gallenbitteres Gesicht vor sich und die karrieresüchtigen Augen von Frau Kollegin Bloch-Stiegler und seufzte. Es war zu oft nicht genug, was man tat. Was man tun *konnte*. Und dass es so war, musste man irgendwie aushalten lernen. Es würde zu nichts führen, wenn sie versuchte, die Dinge zu erklären, die passiert waren, wenn sie versuchte zu erklären, dass es entgegen aller äußerlicher Anzeichen ein Mord gewesen war und dass sie den Mörder sogar kannte. Sie trank ihren Kaffee aus und sah auf die Uhr. Es war kurz nach fünf. Um sechs ging ein Zug zurück nach München. »Wie wird es jetzt weitergehen?«, fragte sie.

»Wir werden die Polizei in seiner Heimatgemeinde benachrichtigen, sie werden dann die Angehörigen informieren.«

»Wird es eine Untersuchung geben? Wegen der Todesursache?«

Raffaela schüttelte den Kopf. »Das ist nicht der erste Drogentote hier in Bozen in diesem Jahr, und es wird auch nicht der letzte sein.«

Erst als die Stadt schon längst im abendlichen Dunst hinter ihr zurückgeblieben war und sie wieder in den düsteren Nebel eintauchten, der den Brennerpass wie eine bösartige Wolke umgab, nahm Clara den kleinen Beutel aus ihrer Tasche, den Dr. Azzarà ihr gegeben hatte. Sie schüttelte den Inhalt in ihre Hand. Die Kette war aus dünnem, billigem Silber, mit einem kleinen Kreuz daran. Sie erinnerte sich an das Kreuz auf Gaetano Barlettas Handrücken, lang gezogen und mit sich verdickenden Enden. *La Santa*, die Heilige. Hatte diese Kette für Angelo eine ähnliche Bedeutung gehabt? Weniger religiöses Bekenntnis als Zeichen der Zugehörigkeit zu dieser unheimlichen Organisation, die ihre Finger nach ihm ausgestreckt und ihn am Ende auch zu Fall gebracht hatte?

Raffaela hatte mit den Schultern gezuckt, als Clara sie am Ende doch nach der 'Ndrangheta gefragt hatte. Sie merke hiervon nichts, das sei eine Sache des Südens meinte sie, und die Art, wie sie es sagte, klang, als ob sie von einem anderen Land sprach, weiter entfernt als Afrika.

»'Ndrangheta.« Ein paar Mal murmelte Clara das sperrige Wort nachdenklich vor sich hin. Sie ließ die Kette zurück zu dem abgegriffenen Bild in den Beutel rutschen und steckte ihn wieder in ihre Tasche. Dann lehnte sie ihren Kopf gegen die kalte Scheibe und sah hinaus in die trübe Dunkelheit. Das Licht im Abteil spiegelte sich im Fenster, und ihr Gesicht starrte sie an. Sie dachte an Angelos Mutter, die jetzt bald vom Tod ihres Sohnes erfahren musste. Sie versuchte, sich den Ort vorzustellen, in dem sie lebte, aus dem Angelo gekommen war, konnte aber nur die Bilder aus ihrer Erinnerung an Apulien heranziehen, die weißen Häuser von Vieste, wie ein Seeräubernest auf den Klippen, die Grotten und Buchten, kurvige Küstenstraßen, tiefblaues Meer. Für sie war es das Paradies gewesen.

Als abzusehen war, dass sie das Abitur nicht schaffen würde oder auch gar nicht wollte, hatten ihre Eltern, um der drohenden Schande vorzubeugen, sie kurzerhand für die letzten zwei Schuljahre auf ein teures Internat geschickt, spezialisiert auf missratene Sprösslinge reicher Eltern, die mit Geld das wettzumachen versuchten, was vorher an der Erziehung versäumt worden war. Clara hatte die Abiturfeier nicht abgewartet. Sie wollte nicht mit ihren Eltern inmitten der verhassten Mitschüler stehen, konnte diese kaum verhohlene Erleichterung ihrer tadellosen Akademikereltern darüber, dass ihnen bei ihrer widerspenstigen Jüngsten nun gerade noch in letzter Minute die Blamage eines Scheiterns erspart geblieben war, nicht ertragen. Mit dem Geld, das sie für das bestandene Abitur bekommen hatte, war sie in den Zug gestiegen und einfach losgefahren. Nach Italien, so weit in den Süden wie möglich. Italienisch lernen, frei sein. Sie hatte ein paar Monate in einer Strandkneipe in Apulien bedient, deutschen Campern und Surfern ihr Weißbier serviert. Bis der Winter kam. Dann war sie weitergezogen, zuerst nach Marokko, dann, im Frühling, nach Spanien. Und irgendwann auf ihren ziel- und rastlosen Reisen, die einzig dazu dienten, möglichst viel Raum zwischen sich und ihr Elternhaus zu bringen, hatte sie Ian kennengelernt.

Clara schloss die Augen und wollte ihr Gesicht in der dunklen Scheibe nicht mehr sehen. Sie wusste nicht, wie es dort aussah, wo Angelo Malafonte herkam, sie hatte nur eine vage Vorstellung von dem Leben, das er geführt hatte. Aber der Gedanke an seine Mutter ging ihr nicht aus dem Kopf. Sie wusste noch nicht einmal, dass ihr Sohn tot war. Und sie würde nie wirklich erfahren, was passiert war. Drogen, würde man ihr sagen. Überdosis. Und sie mit dieser Lüge allein lassen. Sie griff noch einmal nach dem Beutel, fühlte das weiche Plastik und die Glieder der Kette darin und dachte nach. Dann zog sie den Block und den Füller aus ihrer Tasche, die sie immer bei sich trug, und begann zu schreiben. Sie schrieb die gesamte Rückfahrt, suchte nach den richtigen italienischen Wörtern, strich aus, fing von vorne an. Sie erzählte der unbekannten Frau alles, was sie wusste, alles, was sie erlebt hatte, und noch mehr. Sie versuchte zu trösten, obwohl es ihr schwerfiel, Trost für sich selbst zu finden. Sie klagte sich an, womöglich nicht genug getan zu haben. Sie beschrieb Angelo, wie sie ihn erlebt hatte. Versuchte, nichts zu beschönigen, und stellte plötzlich fest, dass diese Art zu erzählen eine ganz eigene Art von Trost auch für sie selbst beinhaltete.

Als sie in München ankamen, war Clara fertig. Sie faltete die Seiten zusammen und legte den Beutel mit dem Bild und der Kette dazu. Zuhause würde sie den Brief in einen Umschlag stecken und auf die Reise schicken in der Hoffnung, damit wenigstens ein paar Antworten geben zu können.

Nach und nach wurden die Menschen aufmerksam. Sie wandten sich ab von dem verkohlten Scheiterhaufen und drehten sich zu dem Scheinwerfer um, der einen weiten Kreis auf die noch immer im Dunklen liegende Piazza warf. Ein Stand war dort aufgebaut, nicht viel anders als die übrigen Verkaufsstände, ein wenig provisorisch, etwas kleiner. Und es gab nichts zu kaufen. Ein Junge stand hinter einem Tapeziertisch, direkt unter dem Scheinwerfer. Blass stand er da, wie ein Schatten, der fast hinter den Bildern verschwand, die er dort, auf Kartons geklebt, aufgestellt hatte.

Eines der Bilder war eine Zeichnung, etwas ungelenk, aber durchaus realistisch. Ein Mann war darauf abgebildet, jung, mit tief liegenden Augen und einem langen Kinn. Die Fotos daneben waren einige Großaufnahmen, die offenbar in einem Krankenhaus gemacht worden waren: Wunde, verschorfte Hand- und Fußgelenke, dünn wie die eines Kleinkindes, der Junge in einem Krankenbett, kaum wiederzuerkennen, mit abgemagertem, durchscheinend blassem Gesicht, in dem die Augen wie dunkle Löcher lagen. Daneben ein besonders abstoßendes Foto von einem Fuß, der auf groteske Größe angeschwollen war und seltsam verdreht am Bein hing. Auf dem Tisch standen eine Reihe Aufnahmen, die auf den ersten Blick wie Landschaftsfotos wirkten: Eine kahle Bergkuppe, ein einsames Tal. Beim genauen Hinsehen erkannte man eine kleine Kate direkt unterhalb der Kuppe, wie verwachsen mit dem Geröll und den Flechten ringsherum. Eine größere Aufnahme zeigte eine dunkle Öffnung neben der verfallenen Hütte, vor der eine schwere Holztür in schiefen Angeln hing. Ein Erdloch. Ohne Fenster, direkt in den Berg gegraben.

Mimmo wich instinktiv ein paar Schritte zurück. So hatte er es sich nicht vorgestellt. Filippo hatte ihm die Einzelheiten seines Planes nicht verraten. Doch selbst wenn er es gewusst hätte, hätte ihn nichts darauf vorbereiten können, wie verheerend diese so offensiv zur Schau gestellten Grausamkeiten auf ihn wirkten. Scham überkam ihn, tiefe, nagende Scham, die ihm die Hitze ins Gesicht steigen ließ und ihm die Tränen in die Augen trieb. Er ließ seine Hand, die er noch immer an die Waffe in seiner Jackentasche gepresst gehalten hatte, sinken. In diesem Moment fiel der Blick des Jungen auf ihn, und Mimmo sah die Erleichterung in Filippos schwarzen, ernsten Augen aufblitzen, als er ihn erkannte. Übelkeit stieg in Mimmo hoch, und er senkte den Kopf.

Inzwischen hatte die Menge einen stummen, weiten Halbkreis um den Stand herum gebildet, eine diffuse Masse aus Gesichtern und Körpern. Sie alle standen im Schatten, schweigend, sorgfältig darauf bedacht, nicht in das Licht zu treten, das der Scheinwerfer auf das Pflaster warf. Mimmo bemerkte entsetzt, dass er vollkommen allein im Licht stand. Seine Hand hob sich, unbestimmt, zitternd. Er hatte die Wahl zwischen zwei Waffen, der guten und der bösen. Jeder kannte ihn, jeder hatte ihn gesehen, jeder wusste, dass er für den *Calabrese* arbeitete. Er war ein feiges Schwein. Immer schon gewesen. In seiner Kindheit hatte er Heuschrecken die Beine ausgerissen und seine Nasenpopel unter die Bank des Tischnachbarn geklebt. Filippo starrte ihn an. Mimmo sah, wie der Junge zu ahnen begann, dass er nicht gekommen war, um ihn zu unterstützen. Es schien fast so, als habe er es erwartet. Er atmete tief aus, und dann bückte er sich und hob ein Schild auf, das bis dahin auf dem Boden gelegen hatte. Ein Stöhnen ging durch die Menge. Mimmo hob den Kopf und sah mit Entsetzen die Zeilen vor sich.

Verflucht sei die weiße Katze!

Die Leute begannen zu murmeln, manche Stimmen wurden lauter und ungehaltener, und Mimmo schien, als rücke die Menge enger zusammen, als schlösse sich ein Ring um den Jungen und damit auch um ihn. Er ging noch ein paar Schritte zurück, in der vergeblichen Hoffnung, im Schatten zwischen der gesichtslosen Menge untertauchen zu können. Plötzlich löste sich aus der undurchdringlichen Masse jenseits der Scheinwerfer eine Gestalt und trat hervor. Mimmo fuhr herum, in

Erwartung, *ihm* gegenüberzustehen, von ihm zur Rechenschaft gezogen zu werden für das, was er versäumt hatte. Doch es war nur ein Mädchen. Ein junges Mädchen in Jeans, die kaum bis zur Hüfte reichten, und einem rosaroten Top. Ihre glänzenden schwarzen Haare waren aufgesteckt, und an ihrer Nase glitzerte ein silberner Ring. Mit wiegenden Hüften stolzierte sie an Filippos Seite und sah herausfordernd in die Runde. Das bedrohliche Geraune verstummte. Stattdessen umgab sie verblüfftes Schweigen. Das Mädchen reckte ihr Kinn und sah Mimmo an: »Wollen Sie nicht endlich ein Foto schießen?«

Die Chance, irgendetwas richtig zu machen, war vertan. Mimmo hatte zu lange gewartet. Es war vorbei. Er hatte versagt. Langsam, wie in Trance hob er seine Digitalkamera und richtete sie auf die beiden Jugendlichen vor ihm. Der Blitz war kaum zu sehen, als er abdrückte, doch ihm war bewusst, dass in dem Moment alle Augen der Menschen hinter ihm auf ihn gerichtet waren. Er drückte noch einmal auf den Auslöser, und auf einmal war ihm so, als würde irgendwo in seinem Kopf jemand eine Weiche umstellen, als würde seine Angst eine Kurve nehmen und ihn allein weiterfahren lassen, in einer Achterbahn ohne Bremse. Er drehte sich um und knipste in die Menge, einmal, zweimal, dreimal. Die Menschen wichen zurück, als ginge er mit einer Schlange auf sie los. Sie drehten die Köpfe weg, ein paar duckten sich unter den anderen durch und liefen weg, weiter in das schützende Dunkel. Mimmo begann zu lachen, er lachte laut, und seine Stimme kippte dabei. Er lief ihnen hinterher, lachend und unentwegt knipsend. Er fotografierte die Furcht in ihren Gesichtern, die zur Abwehr erhobenen Hände, und lachte, bis ihm die Tränen kamen und der Rotz aus seiner Nase lief. Flink wie selten zuvor holte er auch diejenigen ein, die sich leise davonstehlen wollten, und drückte in dem Moment ab, als sie sich erschrocken nach ihm umdrehten. Er knipste, bis sich die Menge verlaufen hatte, bannte die leere Piazza, das Rathaus, die Dunkelheit auf seine Kamera. Er drehte sich lachend und weinend im Kreis, das Blitzlicht zuckte in unregelmäßigen Abständen dem Nachthimmel entgegen. Dann lief er stolpernd und schluchzend davon.

Sobald ihn der Schatten der Gasse unterhalb der Piazza verschluckt hatte, verstummte Mimmo. Sein Gesicht gefror zu einer bleichen, unförmigen Maske. Schwer atmend stützte er sich mit einer Hand an der feuchten Mauer ab, von der der Putz abbröckelte und an seinen Fingern kleben blieb. Dann begann er langsam den steilen Abstieg. Unten glänzte sein silbergrauer Lancia im Licht der Straßenlaterne. Mühsam stieg er ein. Vertrauter Geruch umgab ihn, das beruhigende Geräusch des Motors, als er den Wagen startete. Er schaltete das Radio ein. Der Moderator plapperte sinnloses Zeug, als wäre nichts geschehen, als wäre alles noch wie vorher. Doch Mimmo ließ sich nicht täuschen. Nichts würde mehr wie früher sein. Er fuhr hinunter in das kleine Industriegebiet von San Sebastiano. Hinter der ausgebrannten Ruine einer ehemaligen Nudelfabrik parkte er sein Auto. Die Ruine stand schon seit Jahren hier. Niemand hatte sich je zuständig gefühlt, sie zu beseitigen. Die rostigen Pfeiler, die das Feuer übrig gelassen hatte, ragten wie moderne Skulpturen aus den zusammengesunkenen, verschmorten Resten des Gebäudes, das bereits von dickem, dunkelgrünem Elefantengras und allerlei Unkraut überwuchert wurde. Mimmo warf einen Blick hinaus in die mondlose Nacht. Kein Mensch, kein Auto war zu sehen.

Er drehte das Radio ab und holte die Pistole hervor. Tückisch und tröstlich zugleich lag sie in seiner Hand. Der Geruch von wilder Minze drang durch das Fenster, und die Zikaden sangen. Mimmo richtete sich ein wenig auf und steckte sich den Lauf in den Mund. Dann drückte er ab, ohne noch einmal zu zögern.

Sergente Michele Barbabietola verfluchte seinen Chef und noch mehr seinen Kollegen Zampiero, der ausgerechnet heute auf Fortbildung sein musste. Jetzt musste er hinauf in dieses gottverlassene Nest, das schon mehr Verbrecher hervorgebracht hatte, als Corleone in Sizilien, und der Mutter die schreckliche Nachricht vom Tod ihres Sohnes überbringen. Noch dazu allein. Warum war er nicht für den Selbstmord hinter der Nudelfabrik heute Nacht eingeteilt? Klare Sache. Ein Journalist hatte sich den Kopf weggeschossen. Limpi und Rinaldi waren dort. Die Glücklichen. Und er musste hinauf in dieses gottverdammte Dorf. Ein Sumpf war das dort oben, ein weißer Fleck auf der Landkarte, und so sollte man es auch behandeln. Sein Kollege Zampiero hatte schon recht, wenn er sagte, das Beste wäre, eine Mauer und Stacheldraht drumherum und fertig. Barbabietolas Auto verließ den Parkplatz der Questura, fuhr zügig die Hauptstraße entlang, an den gesichtslosen Wohnblöcken vorbei und bog dann ab, hinauf in die Altstadt. Er passierte den Rathausplatz, ohne auf die übrig gebliebenen Stände und Reste des Feuers zu achten, und schraubte sich die engen Gassen hinauf, hupend und fluchend, wenn ein Mofafahrer nicht sofort auswich oder eine Hausfrau mit ihrer Einkaufstüte nicht schnell genug zur Seite sprang. Dann hatte er San Sebastiano hinter sich gelassen. An einer Straßenkreuzung direkt hinter dem Städtchen zweigte die Straße nach Torre Calo ab, man konnte von dort bereits die wenigen Häuser sehen, die sich wie im Kampf gegen die Schwerkraft an den Berg zu klammern schienen. Der Sergente passierte die Einfahrt von La Oliveta, dem Gut der Familie de Caprisi, das auch schon bessere Zeiten gesehen hatte, und gab Gas, als sich die Straße weitete und ein paar Kilometer an einer verfallenen Steinmauer entlang geradeaus in einer sanften Steigung nach oben führte. Dort lag das »Borgo rosato«, das »bessere« Viertel von Torre Calo. Sergente Barbabietola fuhr an Kindern vorbei, die auf einem rostigen Klettergerüst herumturnten, und musste an einer Baustellenampel endlos warten. Dann lag auch das »Borgo rosato« hinter ihm, und die Straße wurde enger, steiler. Bereits nach wenigen hundert Metern verschwanden die letzten Häuser des »Borgo rosato« in seinem Rückspiegel. Es gab nur noch die Straße, die sich in endlosen Serpentinen durch Gestrüpp und Steine den Berg hinaufwand. Dann gelangte der Sergente am Ortseingang von Torre Calo an. Er bremste und sah hinunter in die Ebene. In der Ferne leuchtete das Meer. Hier oben rüttelte der Wind an seinem Auto. Nach einem unbehaglichen Blick zu den düsteren Häusern hinüber, die sich an der Kante des Berges zusammendrängten, stieg er aus. Ein paar Minuten konnte seine unangenehme Mission noch warten. Der Wind empfing ihn scharf und kalt, und er musste sich in das Innere seines Autos beugen, um sich seine Marlboro anzuzünden. Das Gesicht vom Wind abgewandt, ging er ein paar Schritte von der Straße weg, bis zu einem Vorsprung, an dem der Berg steil abfiel, hinunter in die Schlucht, die sich bis San Sebastiano zog. Dort, am exponiertesten Punkt stand ein übermannshohes, hölzernes Kruzifix mit einem von Sonne, Regen und dem ewigen Wind ausgeblichenen Christus. Seine Wunden hatte jemand mit roter Farbe nachgemalt, sodass sie sich grell von dem ausgelaugten Holz abhoben. Die Brust der hölzernen Figur war von Einschusslöchern übersät. Sergente Barbabietola starrte auf das abgesplitterte Holz und schüttelte den Kopf. Was war das für ein Ort, an dem man ein Kruzifix für Schießübungen benutzte? Solche Orte gab es hier haufenweise. Er stieg wieder ein.

Langsam fuhr er durch das Dorf. Vorbei an dem ärmlichen Lebensmittelladen am Ortseingang und vorbei an der einzigen Bar, die einer Wartehalle glich, mit grünen Plastikstühlen davor, aufgereiht entlang der Hausmauer. Ein paar Männer saßen dort bereits und warfen dem Polizeiauto unverhohlen feindselige Blicke zu. Ein Mann mit Baskenmütze überquerte die Straße unmittelbar vor dem Sergente, sodass er scharf bremsen musste, um ihn nicht zu überfahren. Der Mann zuckte nicht mit einer Wimper. Er blieb vor dem Auto stehen und spuckte verächtlich aus. Dann ging er weiter. Der Sergente hielt es für klüger, ebenfalls weiterzufahren, und verwünschte zum wiederholten Male den Fortbildungsdrang seines Kollegen Zampiero. Mit einem Blick auf die Adresse, die zusammen mit der Wegbeschreibung auf dem Beifahrersitz lag, fuhr er die ansteigende Straße entlang und hielt endlich vor einem heruntergekommen Haus am anderen Ende des Dorfes. Beklommen angesichts der Aufgabe, die nun unweigerlich vor ihm lag, stieg Sergente Barbabietola aus.

Wie jeden Vormittag machte sich Dottore Giuseppe Isotti beim Läuten des Campanile auf den Weg. Er nahm seinen schwarzen Hut und den schönen, polierten Gehstock, den seine Frau ihm vor vielen Jahren geschenkt hatte, als die Probleme mit den Hüften angefangen hatten. Später waren noch seine Knie dazugekommen, doch das hatte seine Frau schon nicht mehr erlebt. Vielleicht hätte sie ihm dann eines dieser modernen Gehwägelchen geschenkt, mit Gummireifen, einem Korb aus Draht vorne und einer Bremse. Nicht dass er so eine Hilfe nicht hätte gebrauchen können, vor allem beim Einkaufen, aber er wusste, er hätte sie doch nie benutzt. Dazu war er trotz seiner nun schon achtzig Jahre noch viel zu eitel. Lieber ging er langsamer, machte mehrere Pausen unterwegs, was ja auch sein Gutes hatte. So verging die Zeit, und davon hatte er schließlich mehr als genug, seit er mit fast fünfundsiebzig seine Praxis aufgegeben hatte. Er hätte gerne noch weitergearbeitet, doch er fürchtete sich davor, einen Fehler zu machen. Ein Arzt, der einen Fehler machte, war schlimm genug, wenn es auch nicht immer zu vermeiden war. Aber ein Arzt, der einen Fehler machte, weil er zu alt war, das war unverzeihlich. Also hatte er vor sechs Jahren seine Praxis an einen jüngeren Kollegen verkauft, den er ab und zu noch bei seinem täglichen Rundgang besuchte. Sie mochten sich, und trotz der vielen Zeit, die Isotti plötzlich übrig hatte und von der er nicht wusste, was er damit anfangen sollte, hatte er diesen Schritt nicht bereut. Manchmal war er sogar ein wenig erleichtert.

Damals vor sechs Jahren hatte er seine täglichen Besuche auf dem Friedhof begonnen. Seine Frau war zwar schon drei Jahre vorher gestorben, doch bis dahin hatte er einfach zu viel zu tun gehabt, um sie jeden Tag zu besuchen. Doch jetzt genoss er diesen Spaziergang, der ihn durch die ganze Altstadt führte, über den Rathausplatz, die schmalen Stufen hinter der Bäckerei hinauf, vorbei an seiner alten Praxis, ein Schwätzchen mit dem Apotheker und mit Fabrizio vom Zeitungskiosk. Dort rauchte er auch immer eine Zigarette, bevor er das steile Gässchen zum Friedhof hinaufging. Auf dem Rückweg, so gegen halb zwei, macht er immer Pause in der Bar am Rathaus und aß einen Teller Suppe oder Pasta und trank dazu ein Gläschen Weißwein.

Der Wein stammte aus seiner Heimat, dem Veneto, und Vittorio, der Wirt, hatte ihn extra seinetwegen ins Sortiment genommen. Vittorio war ihm dankbar, weil er ihn einmal erfolgreich wegen eines Prostataleidens behandelt hatte, und freute sich jedes Mal, wenn er vorbeischaute.

Überhaupt konnte Dott. Isotti wenig Nachteiliges über die Menschen hier sagen. Keine der Warnungen und wenige der Vorurteile seiner Freunde und Verwandten aus Treviso hatten sich bestätigt. Man hatte ihn gut aufgenommen, als er vor dreiundfünfzig Jahren hierhergezogen war. Vielleicht lag es daran, dass er Arzt war, noch dazu damals der Einzige, oder aber es lag daran, dass die Leute seine Liebe zu Carmela Passavanti, die damals erst siebzehn Jahre alt gewesen war, zu romantisch gefunden hatten, um ihm, dem Mann aus dem reichen Norden, das Leben schwer zu machen.

Natürlich gab es eine Menge Dinge, die im Argen lagen in San Sebastiano, und Dott. Isotti wusste sehr genau darüber Bescheid, obwohl er persönlich nie in irgendetwas verwickelt worden war. Manchmal war es durchaus von Vorteil, einen Beruf zu haben, der allen Menschen, den Guten ebenso wie den Verbrechern, nützlich war. Er hatte sich stets bemüht, in jedem, der zu ihm kam, nur den Patienten zu sehen und ihm zu helfen, wenn er konnte. Denn es war immer seine Überzeugung gewesen, sein Eid als Arzt verlange das von ihm. Doch heute, als ihm die Signora Cecci, die Hausmeisterin, erzählt hatte, was sich gestern Nacht auf der Piazza beim Fest der *Strega* zugetragen hatte, und er jetzt an dem wackligen Stand des jungen de Caprisi vorbeikam und die Bilder sah, kamen ihm plötzlich Zweifel, ob er tatsächlich immer recht gehandelt hatte. Er blieb stehen, auf seinen Stock gestützt und überlegte. Nachdenklich musterte er den Jungen, der dort mit müden Augen und entschlossenem Gesichtsausdruck stand. Er ging ein paar Schritte auf den Jungen zu und zog dann langsam und würdevoll seinen Hut vor ihm.

Der Junge sah ihn mit großen Augen an, dann sagte er leise: »Grazie, Dottore.«

Dott. Isotti, der die Geschichte der Familie de Caprisi wie jeder hier in San Sebastiano kannte, schämte sich. Hastig setzte er seinen Hut wieder auf, nickte und ging weiter. Plötzlich hatte er es sehr eilig. Der Apotheker und Fabrizio vom Zeitungskiosk würden heute noch eine Weile warten müssen. Er nahm ausnahmsweise die große Straße hinauf zum Dom, um schneller oben zu sein. Carmela würde Rat wissen. Wenn er mit ihr sprach, würde er wissen, was zu tun sei. So war es immer gewesen. Doch bereits in dem Moment, als er den Friedhof betrat, wusste er, dass er es tun würde. Er brauchte keinen Rat mehr von Carmela, sondern jetzt freute er sich, ihr seinen Entschluss mitzuteilen: Nach seinem Besuch bei ihr und dem Mittagessen bei Vittorio würde er diesen bitten, ihm einen Stuhl zu leihen, und dann würde er hinuntergehen und sich zu diesem Jungen setzen. Er hatte wenig Heroisches in seinem Leben getan, und vielleicht war dies auch keine besonders heldenhafte Tat, denn er war alt und allein und hatte nicht mehr viel vor sich. Und doch war er glücklich darüber, diese Entscheidung getroffen zu haben, und er wusste, auch Carmela würde sie gutheißen.

Als er an der Familiengruft der de Caprisis vorbeikam, fiel ihm auf, dass das kleine Tor am Eingang offen stand. War etwa die Baronessa hier? Er hatte sie noch nie um diese Zeit hier gesehen. Er überlegte, ob er nachsehen und die Baronessa auf ihren tapferen Enkel ansprechen sollte, überlegte es sich dann jedoch anders und ging weiter. Fast war er schon am Grab der de Caprisis vorbei, als ein ohrenbetäubender Knall die Luft zerriss. Die Explosion schleuderte das kleine Gatter aus seinen Angeln, es traf Dott. Isotti mit voller Wucht am Kopf, noch bevor die Druckwelle ihn ergriff und wegschleuderte. Als er mit dem Rücken gegen die Friedhofsmauer prallte, war er bereits tot, und von dem Gehstock, den seine Frau ihm vor vielen Jahren geschenkt hatte, war nichts mehr übrig geblieben als einige scharfkantige Splitter, die verstreut zwischen Steinbrocken auf dem sandigen Weg liegen blieben.

Sergente Barbabietola fluchte heftig, als er das Haus der Familie Malafonte verließ und zurück zu seinem Auto ging, um das zwei magere Jungen wie streunende Hunde herumschlichen. Er verscheuchte die beiden, wie er es bei Hunden auch getan hätte, und setzte sich in seinen Wagen, ohne jedoch loszufahren. Stattdessen legte er seine Uniformmütze ab, verschränkte die Arme auf dem Lenkrad und vergrub sein Gesicht darin. Die Augen dieser Frau. Der Ausdruck darin. Wann würde er es diesmal vergessen haben? Er hatte schon öfters ähnliche Nachrichten überbringen müssen, und jedes Mal hatte sich der Gesichtsausdruck der Betreffenden bei ihm eingeprägt. Man vergaß diese Gesichter lange nicht. Jedes sah anders aus in seinem Entsetzen, in dem Begreifen dessen, was er versuchte, so behutsam wie möglich zu sagen. Die kleine Frau dort in dem düsteren, vollgestellten Raum hatte ihn angesehen wie einen Geist. Sie hatte überhaupt nicht reagiert.

Irgendwann war ihr Blick Hilfe suchend zu dem Mann gewandert, der im Unterhemd zusammen mit einem Jungen von etwa zwölf, dreizehn Jahren, am Küchentisch vor dem Fernseher saß und rauchte. Er hatte den Fernseher nicht abgeschaltet, als der Sergente durch die niedrige Tür gekommen war, und ihn nur abschätzend gemustert. Als Barbabietola ihnen unbehaglich und mit einiger Mühe um die richtigen Worte mitgeteilt hatte, dass ihr Sohn Angelo in Bozen verstorben sei, hatte der Mann den Blick wieder dem Fernseher zugewandt, so als hätte er den Sergente gar nicht gehört. Nur der Junge hatte ihn mit offenem Mund angestarrt, jedoch nicht gewagt, etwas zu sagen. Auch danach, als der stumme, flehende Blick seiner Frau ihn traf, hatte der Mann nicht aufgesehen.

»Salvo …«, hatte die Frau geflüstert, tonlos, ängstlich, und der Sergente hatte versucht, die blauen Flecken an ihren Oberarmen und ihre unterwürfige Haltung ihrem Mann gegenüber zu ignorieren. Er war auf diesen stoischen Mann so wütend geworden, den die Nachricht vom Tod seines Sohnes überhaupt nicht zu erreichen schien, dass er versucht gewesen war, ihn zu packen und zu schütteln. »Signor Malafonte«, hatte er gebellt, lauter als beabsichtigt, und gesehen, wie der Junge ihm einen erschrockenen Blick zuwarf. Er hatte ein rundes Gesicht und schiefe Schneidezähne und trug das Trikot der italienischen Fußballnationalmannschaft.

»Haben Sie verstanden, was ich gesagt habe?«

Jetzt, endlich, hatte Salavatore Malafonte den Blick von der flimmernden Scheibe abgewandt. Er hatte ein breites Gesicht mit tief liegenden, dumpfen Augen. »Ich habe Sie gut verstanden, *Sergente*«, hatte er geantwortet. »Aber Sie verstehen mich nicht: Wir haben keinen Sohn, der Angelo heißt.« Er hatte besitzergreifend den Arm um den Jungen, der bei dem Namen seines Bruders verstohlen geblinzelt hatte, gelegt und sich wieder dem Geschehen auf der Mattscheibe zugewandt.

»Wie bitte?« Sergente Barbabietola hatte heftig den Kopf geschüttelt. »Sind Sie total be ...«

Die Hand der kleinen Frau hatte sich wie eine Vogelklaue in seinem Arm gekrallt, und sie hatte stumm den Kopf geschüttelt. Angst hatte in ihren wasserhellen Augen gestanden. Nach einem kurzen Augenblick der stummen Zwiesprache mit diesen Augen hatte der Sergente nachgegeben. Er hatte mit den Schultern gezuckt und war zur Tür gegangen. Der Mann hatte ihn nicht mehr beachtet. Vor der Tür hatte sich der Sergente noch einmal der Frau zugewandt und leise gesagt: »Rufen Sie mich in der Questura an, wegen den Einzelheiten, der Überführung und wenn Sie sonst Hilfe brauchen ...«

Die Frau hatte genickt und schnell »*Sì, sì*«, gesagt. Dann hatte sie ihn hinausgeschoben. Der Sergente war sich sicher gewesen, dass sie es nie wagen würde, sich bei ihm zu melden. Er hatte ihr mit einer angedeuteten Bewegung an seine Mütze zugenickt und sich verabschieden wollen, doch die Frau hatte so hastig die Tür geschlossen, dass seine ausgestreckte Hand grußlos in der Luft verharrt war.

Claras Brief war in der Zwischenzeit über Trient nach Rom und endlich nach Reggio di Calabria gelangt. Dort wurde er mit all den anderen Briefen, Rechnungen, Mahnungen, Postkarten, Paketen und Zeitungen sortiert und in die einzelnen Postautos verfrachtet. Jetzt lag der Brief in einem Plastikkasten in der Postverteilungsstelle von San Sebastiano bereit. Die Postbeamten konnten jedoch zur üblichen Zeit am Vormittag nicht starten, da die Polizei nach der Explosion auf dem Friedhof die Straße zur Altstadt gesperrt hatte. Die Sirenen der Einsatzwagen gellten unablässig durch die Straßen. Die beiden Männer in den hellblauen kurzärmeligen Hemden, deren Tour und wohl auch deren Feierabend sich damit erheblich verzögerte, lungerten genervt im Postamt herum, rauchten, gingen in die Bar auf der anderen Straßenseite, um einen *caffè* zu trinken und die Zeitung zu lesen.

Rosa Pizzichino sog den Speichel durch ihre lose Prothese ein, was ein zischendes Geräusch verursachte. Durch die Spitzenvorhänge ihres Küchenfensters hatte sie das Polizeiauto am Morgen gesehen. Früh am Morgen, es war gerade mal halb acht gewesen. Kurz darauf war Francescas Jüngster aus dem Haus gekommen und zur Haltestelle des Schulbusses gegangen, der ihn hinunter nach San Sebastiano bringen würde. Natale, Liebling seines nichtsnutzigen Vaters und Schrecken der ganzen Nachbarschaft, war dahingeschlichen wie ein geprügelter Hund. Er hatte nicht einmal seine Kameraden beachtet, die wenige Meter vor ihm her liefen. Mit gesenktem Kopf ging er an Rosa Pizzichinos Haus vorüber, die Hände hingen schlaff herunter. Das war ungewöhnlich. Es musste etwas passiert sein. Rosa Pizzichino wagte nicht hinüberzugehen, solange Francescas Mann noch im Haus war. Sie verabscheute Salvatore Malafonte. Ein ehrloser Geselle war das, bildete sich etwas darauf ein, für *ihn* schmutzige Geschäfte erledigen zu dürfen. Glaubte, deswegen der *ehrenwerten Gesellschaft* anzugehören. Sie zog noch einmal rasselnd die Luft ein und wandte sich vom Fenster ab. Sie würde erst einmal zum Bäcker gehen und sich zwei *cornetti alla crema* kaufen. Dort war auch immer der neueste Klatsch des Tages zu bekommen. Ihr Besuch bei Francesca würde bis zum Nachmittag warten müssen. Nachmittags war Salvo mit Sicherheit nicht da.

Francesca Malafonte brach nicht zusammen. Nicht gleich. Sie räumte den Tisch ab, spülte die Tassen und bemühte sich, ihren Mann nicht sehen zu lassen, wie ihre Hände zitterten. Salvatore blieb vor dem Fernseher sitzen und stierte auf ihn. Es gab eine dieser Morgenshows, in denen viel geredet und herumgealbert wurde. Der Moderator, ein braungebrannter Fünfziger mit gefärbtem Haar, sang auch hin und wieder.

Wir haben keinen Sohn mit dem Namen Angelo.

Aus der Perspektive ihres Mannes hatten sie ihren Sohn im vergangenen Jahr verloren, an jenem Tag, als er das Unverzeihliche getan hatte. Den Verrat begangen. Ihm Schande gemacht. Er war ein Feigling, ein Unwürdiger, *pezza di nenti*. Francesca konnte ihr Zittern nicht mehr verbergen. Sie hielt sich an der abgestoßenen Kante der Spüle fest und starrte durch das kleine Fenster hinaus auf die Straße. Es wurde ein schöner Tag.

»Tot sagst du?« Rosa Pizzichino schwieg betroffen. Sie war unten gewesen in San Sebastiano, gestern Abend, beim Fest. Sie hatte die Bilder gesehen, die der Junge dort aufgestellt hatte. Sie hatte gleich gewusst, dass es nur Angelo sein konnte, der auf der Zeichnung abgebildet war. Die Ähnlichkeit war zu groß, und Angelo war verschwunden, zur gleichen Zeit, als der Junge, den alle schon für tot gehalten hatten, wieder aufgetaucht war. Sie watschelte schwerfällig zum Küchentisch und zog sich einen der Plastikstühle heran. Ächzend ließ sie sich darauffallen.

Francesca griff nach der durchsichtigen Flasche auf dem Bord über dem Fenster, nahm ein Glas und goss ihr stumm einen Grappa ein. Auf dem Herd köchelte ein Topf mit Fleischsoße leise vor sich hin, und es duftete verlockend nach Lorbeer und Oregano. Sara, das Baby von Francescas einundzwanzigjährigen Tochter Giuseppina, die unten im Supermarkt von San Sebastiano arbeitete, krabbelte auf dem Boden herum und sammelte mit ihrem kleinen, dicken Zeigefinger Krümel auf, die sie erst eingehend betrachtete, bevor sie sie in den Mund schob. Francesca hob sie hoch und wischte ihr mit dem Zipfel ihres Kleidchens über die Finger. Dann gab sie ihr ein Stück weiches weißes Brot und setzte sie wieder ab.

Rosa griff nach Francescas Hand, die kalt wie Eis war, und zog sie heran. »Wie geht es dir, *cara*?«

Francesca richtete ihre beunruhigend hellen Augen auf die alte Frau und sagte: »Mein Sohn ist tot.« Dann setzte sie sich und vergrub ihr Gesicht in den Händen.

Rosa Pizzichino schwieg. Schließlich sagte sie: »Dottore Isotti ist heute Morgen ermordet worden.«

Francesca ließ die Hände langsam sinken »Was? Warum sollte ihn jemand umgebracht haben?«

»Na, wegen dem de-Caprisi-Jungen und deinem Sohn.«

»Wovon sprichst du?«

Rosa Pizzicchino musterte sie über die Ränder ihrer großen Brille hinweg und zischelte ungläubig. »Sag bloß, das weißt du nicht? Hast du vielleicht nicht einmal das von dem Journalisten gehört? Was gestern Nacht auf dem Fest der *Strega* passiert ist?«

Francesca schüttelte langsam den Kopf.

Rosa warf ihr einen prüfenden Blick zu, überlegte, ob sie diese Neuigkeiten überhaupt verkraften könnte, jetzt, heute, nachdem das mit Angelo passiert war. Aber sie würde es ja sowieso alles erfahren. Wenn nicht von ihr, dann von anderen. Dann lieber von ihr, ihrer Nachbarin und Freundin. Also setzte sie sich zurecht, schob ihren beachtlichen Busen unter der geblümten Bluse in die richtige Position und begann mit der Schilderung der gestrigen Ereignisse.

Francesca starrte sie an. »Ein Bild hat er aufgehängt, sagst du? Von Angelo?«

Rosa nickte. »Es ist nur eine Zeichnung, aber man kann ihn gut darauf erkennen.«

Francesca reagierte nicht so, wie Rosa es befürchtet hatte. Sie reagierte überhaupt nicht. Ihr Blick war irgendwo in die Ferne gerichtet, und ihre Finger zerkrümelten geistesabwesend einen Brotrest auf dem Tisch. Das konnte nur eines bedeuten.

Rosa beugte sich vor, zwang Francesca, ihr in die Augen zu sehen. »Wusstest du es? Wusstest du, dass er dabei war, als sie den Jungen entführt haben?«

Francesca schloss die Augen. Ihre Lippen begannen zu zittern, und sie hielt eine Hand vor den Mund. »Angelo ist zu mir gekommen. Er hätte ihn töten sollen. Stattdessen ließ er ihn laufen. Er hatte den Befehl missachtet. Du weißt, was das bedeutet?«

Rosa nickte atemlos. Jedes Kind wusste das.

»Ich habe ihn noch am gleichen Tag in den Bus nach Reggio gesetzt, von dort ist er mit dem Zug nach Deutschland. Dort lebt eine Verwandte von mir. Ich dachte, dort wäre er sicher.« Ihre Stimme knickte, zerbrach. Sie schluckte und drängte die ungeweinten Tränen zurück, die ihr im Hals steckten.

Rosa Pizzichino ließ ihren Blick auf das kleine Mädchen sinken, das zu ihren Füßen saß und das Brot in ihren Händen zu Brei verarbeitete. Sie hob es hoch und setzte es auf ihren Schoß. Dann sagte sie: »Jetzt jedenfalls wissen es alle.« Sie streichelte das Baby über den Kopf und fuhr fort: »Er hat ein Schild dabei, der junge de Caprisi. Weißt du was darauf steht?« Sie sagte es ihr und schnaubte zufrieden, als sie Francescas entsetztes Gesicht sah. »Damit ist er eindeutig zu weit gegangen, sag ich dir, der Junge wird diese Woche nicht überleben, ein *testardo* wie sein Vater und dessen Vater auch, der alte de Caprisi. Die haben schon zusammengepasst, er und die Baronessa, sie ist ja gar keine Baronessa, jeder nennt sie nur so, weil sie die Nase noch immer in den Himmel hält, und um sie herum stirbt die ganz Familie. Und die arme Schwiegertochter, hast du die eigentlich gekannt? Aus Reggio kam sie, blond wie ein Engel, die hat es hier oben nicht lange ausgehalten ...«

Francesca hörte nicht mehr zu, wie der Redefluss ihrer Nachbarin dahinplätscherte, nur unterbrochen von einem gelegentlichen Zischen und Saugen und Koseworten für das Baby auf ihrem Schoß, das jetzt das Brot vergessen hatte und sich stattdessen mit den Ohrringen der alten Dame beschäftigte. Ihre Gedanken schweiften ab, flogen zu dem unbekannten jungen Mann auf der Piazza. Sie versuchte, sich vorzustellen, wie Angelo ihm die Fesseln gelöst und ihn damit vor dem sicheren Tod bewahrt hatte. Hatten sie miteinander gesprochen? Hatte es so etwas wie ein Freundschaft zwischen den beiden gegeben?

»... Augen wie Sterne, die vom Himmel gefallen sind, hatte sie, die junge Frau, die Raffele de Caprisi geheiratet hat, also die Mutter von Filippo, das haben sie immer gesagt, ein wenig übertrieben, fand ich, sie war so eine Blasse, Zarte, wie eine aus dem Norden ... na ja, wo die Liebe hinfällt ...«

»Was ist mit ihr geschehen?«, fragte Francesca plötzlich.

»Mit wem? Ach so, der Mutter von Filippo. Ach, das war eine schlimme Geschichte, du musst dich doch erinnern. An das Kreuz, damals, bei der Geburt des Jungen. Sie haben ihnen ein riesiges brennendes Kreuz in den Hof gestellt in jener Nacht. *La Santa*. Ihr könnt nicht entkommen.« Rosa Pizzichino löste ihr Ohr aus dem Klammergriff des Babys und warf einen begehrlichen Blick auf die Grappaflasche.

Francesca stand auf und goss ihr nach. Ja, sie erinnerte sich. Alle hatten davon geredet, davon, dass die Mutter damals verrückt geworden war. Sie hatte geschrien, dass man es bis nach

San Sebastiano hatte hören können, behaupteten die Leute, und danach hatte sie keiner mehr gesehen. »Ist sie gestorben?«, fragte Francesca.

Rosa Pizzichino kippte das Glas in einem Schluck, schaukelte das Baby ein wenig, dann fuhr sie fort: »Ich weiß nicht, was mit ihr passiert ist. Irgendwann ist sie fortgegangen. Nach Rom, sagen die Leute. Aber wer weiß, ob das stimmt.« Sie hob ihre massigen Schultern. »Jedenfalls ist sie nie wieder hergekommen, und sie hat sich nie um ihren Sohn gekümmert. Den hätte sie mal besser mitgenommen, wäre ihm eine Menge erspart geblieben.« Rosa setzte das Baby auf den Boden zurück und dachte nach. Ihr war etwas eingefallen. Sie hatte den Namen nicht gleich in Verbindung gebracht, zu viele Ereignisse hatten sich zugetragen in der letzten Nacht. Aber jetzt, als sie an die alten Geschichten der de-Caprisi-Familie dachte, kam sie ins Grübeln. Da musste ein Zusammenhang bestehen. Das konnte kein Zufall sein. »Kannst du dich an Filippos Vater, Raffaele de Caprisi, erinnern?«, fragte sie und fuhr eifrig fort, ohne Francescas Antwort abzuwarten. »Der war doch Journalist, beim *Calabrese*, man hat ja darauf warten können, dass ihm etwas zustößt, so wie der immer geschrieben hat. Und er hatte einen Kollegen. Der hätte damals mit im Auto sitzen sollen, weißt du noch? Es gab so viel Gerede deswegen.« Sie richtete sich triumphierend auf und ließ ihren Busen wogen: »Weißt du, wie er hieß?«

»Wer?« Francesca hatte nur mit halben Ohr zugehört. Sie wünschte sich, ihre Nachbarin würde endlich gehen.

»Na, sein Freund. Der *nicht* in dem Auto saß, als sie es in die Luft gejagt haben.«

Francesca sah ein, dass Rosa Pizzichino keine Ruhe geben würde, und bemühte sich, ihr Aufmerksamkeit zu schenken. Vielleicht würde sie dann schneller gehen. »Wie hieß er?«, fragte sie gehorsam.

»Mimmo Battaglia!« Rosa Pizzichino zog zischend die Luft ein. »Und dieser Mimmo Battaglia hat sich heute Nacht umgebracht. Oder vielleicht hat ihn auch der Teufel geholt. Jawohl.« Sie lehnte sich zufrieden zurück. »Ich sag's ja immer, es gibt noch eine Gerechtigkeit in der Welt.«

Francesca starrte sie an, und Rosa Pizzichino sackte plötzlich beschämt in sich zusammen.

»Oh, es tut mir leid, das war dumm von mir, so etwas zu sagen, heute ... Ich wollte nicht ...« Sie rang die Hände.

In dem Moment klingelte es an der Tür. Francesca sprang angstvoll auf, ohne Rosa Pizzichino weiter zu beachten. Dieses Klingeln konnte nichts Gutes bedeuten. Der Sergente heute Morgen hatte auch geklingelt.

Es war der Postbote. Er hatte ein Einschreiben für Signora Francesca Aquafredda, verheiratete Malafonte. Aus Deutschland, wie er bedeutungsvoll anmerkte. Sie musste unterschreiben, was sie mit zittrigen, ungelenken Fingern tat, dann reichte ihr der Postbote den Brief. Es war ein dicker gefütterter Umschlag, und Francesca nahm ihn so vorsichtig entgegen, als könnte er jeden Moment explodieren.

Rosa Pizzichino reckte ihren kurzen Hals, um zu sehen, was Francesca so ehrfurchtsvoll vor sich hertrug »Was ist das?«, fragte sie neugierig.

»Ach nichts«, sagte Francesca und legte den Brief betont nachlässig auf die Anrichte, außer Sichtweite ihrer Nachbarin und außer Reichweite des Babys. Sie holte Teller aus dem Schrank neben dem Herd und stellte sie auf den Tisch. »Sei mir nicht böse, Rosa, aber Salvo wird bald kommen und ...«

Rosa schob ihr Gebiss zurecht. »Du hast recht, es ist schon spät. Und vielleicht kommt heute sogar Carmine mit seiner Frau und den Kindern zum Essen, ich sollte etwas vorbereiten.«

Francesca nickte. »Tu das, Rosa. Er wird sich freuen«, sagte sie. Carmine, Rosas Sohn, kam nie zum Essen, auch wenn Rosa immer wieder davon sprach. Er wohnte mit seiner Familie unten an der Küste, und Francesca hatte ihn schon mindestens ein halbes Jahr nicht mehr gesehen. Sie begleitete die alte Frau zur Tür und sah ihr nach, wie sie die abschüssige Straße hinunterging und in ihrem Haus verschwand. Dann schloss Francesca sorgfältig die Tür und nahm den braunen Umschlag. Sie drehte ihn in ihren Händen, betastete ihn, betrachtete ihn von allen Seiten. *Clara Niklas* stand dort und eine Adresse in München. Sie kannte beides nicht. Nicht den Namen und auch nicht die Straße. Der Brief kam von einer Fremden, nicht von Rita Zaccardi, wie sie zuerst vermutet hatte. Sie riss ungeschickt die Lasche auf, und etwas fiel heraus und zu Boden. Sie hob es auf. Es war ein kleiner Plastikbeutel. Als sie sah, was er enthielt, sank sie langsam auf ihren Stuhl zurück. Sie holte die Kette ihres Sohnes, die sie ihm vor vielen Jahren geschenkt hatte, heraus und legte sie auf den Tisch. Dann faltete sie das kleine Stück Papier auseinander. Als sie den heiligen Thaddäus in zuckrigen Farben darauf erkannte, schluckte sie heftig und wandte schnell den Blick ab. Sie brauchte eine ganze Weile, bis sie in der Lage war, sich dem Brief der Unbekannten zu widmen, der, auf einfaches Karopapier geschrieben, den Sachen ihres Sohnes beilag.

Sehr geehrte Signora, begann er. Francesca war nicht sehr gut im Lesen, da sie selten mehr als die Preise der Sonderangebote im Supermarkt las und hie und da ein amtliches Schreiben. Dieser Brief war in einem etwas merkwürdigen, ungeschickten Italienisch geschrieben, manche Wörter passten nicht wirklich, und die Handschrift war fließend und schwer zu entziffern. Doch Francesca ließ sich Zeit. Sie las Wort für Wort, Zeile für Zeile und sog alles, was darin stand, in sich auf wie ein Schwamm.

Am Ende legte sie die Blätter zur Seite und ließ ihren Tränen freien Lauf. Der Schmerz brach mit ganzer Gewalt über sie herein, er riss sie mit sich fort wie ein Fluss nach einem Unwetter, nichts konnte sie mehr festhalten, jeder Ast brach, trieb mit ihr durch die schäumenden Fluten. Die Wellen schlugen über ihr zusammen, sie tauchte hinein in ihre Trauer, fand nicht mehr hinauf in die rettende Luft, trieb irgendwo kopfüber, das Wasser drang in ihre Lungen, erstickte sie, und es war ihr egal, sie wollte sterben, doch auch im Sterben lag kein Trost. Das Weinen eines Kindes trieb sie wieder an die Oberfläche zurück, in ihre Küche, die zugleich Wohnzimmer war und der die untergehende Sonne einen schmerzlich roten Schimmer verlieh. Es roch verbrannt, und Sara, ihre Enkelin, schrie aus vollem Hals. Sie hob das verstörte Kind hoch, trocknete seine Tränen, drückte es an sich. Das kleine Gesicht war warm und feucht, und die klebrigen kleinen Hände fuhren ihr in die Haare. Sie atmete den Geruch des Babys tief in ihre Lungen und zog sich damit heraus aus dem Fluss ans rettende Ufer.

Als Giuseppina kam, um Sara abzuholen, stand Francesca mit der Kleinen auf der Hüfte am Herd und rührte in dem Topf mit der angebrannten Soße. Sie lächelte, als sie ihre Tochter sah: »Bleibst du zum Essen, *cara*?«

Giuseppina schüttelte den Kopf und musterte ihre Mutter besorgt, während sie ihr das fröhlich krähende Baby abnahm. Ihre Mutter wirkte seltsam verändert. Sie hatte rot geäderte Augen, was verständlich war, immerhin hatte sie gerade erfahren, dass ihr ältester Sohn gestorben war. Aber ihre Augen hatten den müden, resignierten Ausdruck, den Giuseppina kannte, seit sie denken konnte, verloren, sie schienen irgendwie mehr Schärfe, mehr Kontur bekommen zu haben. Ihre Mutter schien in Gedanken meilenweit weg zu sein. Weg von ihr, von Torre Calo und allem, was ihr Leben ausmachte. Giuseppina bekam plötzlich Angst um ihre Mutter. Sie schien ihr so fremd. »Mama?«, fragte sie unbehaglich. »Es ist doch alles in Ordnung, oder?«

Francesca sah ihre Tochter mit dem seltsamen neuen Ausdruck in ihren Augen an und antwortete: »Dein Bruder wurde getötet, *cara*, was soll da in Ordnung sein?«

Giuseppina begriff nicht gleich, was sie da gehört hatte. »Wie, getötet, Mama?«

Doch ihre Mutter antwortete nicht. Sie sah zum Fenster hinaus. Die untergehende Sonne schimmerte in ihren Augen.

»Kennst du die Via Lombardi?«, fragte sie unvermittelt.

»Klar kenne ich sie, sie ist unten in San Sebastiano, warum?«

Francesca deutete zum Fenster hinaus, als läge die Gasse direkt vor ihren Augen. »Dort wohnt die Familie Barletta.«

»Ja, und?«, fragte Giuseppina. Sie war jetzt ernsthaft besorgt um ihre Mutter. Sollte sie einen Arzt holen? Oder lieber auf ihren Vater warten?

Francesca fuhr fort: »Gaetano Barletta ist der Sohn von Rocco Barletta, der wiederum hat eine Schwester, die den Cousin von Orazio Sant'Angelo geheiratet hat. Seitdem glauben die Barlettas, sie wären etwas Besseres als wir, was Besseres als dein Vater, der es zu nicht mehr als zum Handlanger für *ihn* gebracht hat und trotzdem meinte, seinen Sohn wegen der verlorenen *Ehre* verstoßen zu müssen.«

Giuseppina zuckte zusammen. So kannte sie ihre duldsame, unterwürfige Mutter gar nicht. Sie wollte das alles nicht hören. Es machte ihr Angst. »Warum erzählst du mir das?«, fragte sie unbehaglich und wandte sich zum Gehen. Sie wünschte sich zurück zu ihrem Auto, hinunter in ihre kleine Wohnung in dem Neubauviertel, wo sie mit Massimo, dem Vater ihres Kindes, zusammenlebte. Sie wollte weg von Wörtern wie *Ehre* und *verstoßen,* die nach Blut und Hass und Dunkelheit rochen und nichts mit ihr zu tun hatten.

»Weil Gaetano Barletta deinen Bruder ermordet hat«, sagte Francesca, den Blick unverwandt auf die rote Sonne in der Ferne gerichtet.

»Ermordet?« Giuseppina starrte ihre Mutter entgeistert an. »Was redest du denn da? Er ist an einer Überdosis Rauschgift gestorben, er war drogensüchtig, Mama! Verstehst du das? Ein Fixer!«

Francesca wandte den Blick von dem feurigen Ball über dem fernen Meer ab und sah ihre Tochter an, wollte widersprechen, wollte erklären, ihr alles sagen, was sie heute in dem Brief der deutschen Anwältin gelesen und letztlich schon gewusst hatte, aber sie hielt den Mund. Aus dem Blick ihrer Tochter sprach eine verzweifelte Bitte. Eine Bitte um eine Wahrheit, mit der sie leben konnte. Mit ihrer Wahrheit würde sie nicht leben können. Noch nicht, vielleicht nie. Francesca dachte an die unbekannte Mutter von Filippo de Caprisi, die mit den Sternenaugen, die eines Tages einfach verschwunden war, sich in Luft aufgelöst hatte, so wie Enzo Gamba, der alte Hausmeister des Rathauses von San Sebastiano, den man nie gefunden hatte, weil *sie* ihn irgendwo verscharrt oder auch in Säure aufgelöst und in den Abfluss gegossen hatten. *Lupara bianca* nannte man das. Angelo konnte wenigstens begraben werden. Sie strich Giuseppina eine Haarsträhne aus dem Gesicht und streichelte mit dem Handrücken über ihre Wange. »Fahr heim, Giuseppina, Sara ist müde, und Massimo wartet sicher schon auf dich.«

Später, spät am Abend, als Natale längst schlief und Salvatore neben einer leeren Flasche Wein vor dem Fernseher eingedöst war, schlüpfte Francesca in ihre dünnen Schuhe und zog sich ihre Strickjacke über. Leise schlich sie sich hinaus und schloss die Tür. Die Nacht war sternenklar, und über der Bergkuppe hing ein strahlender goldgelber Mond. Der Wind von heute

Morgen hatte sich gelegt. Francesca ging die stille Straße hinunter, vorbei an den Häusern ihrer Nachbarn, über die Kreuzung, wo die Straße nach San Sebastiano abzweigte. Als sie sich der Bar näherte, zögerte sie einen Augenblick. Doch ihre Sorge war unbegründet. Nur noch wenige Köpfe waren hinter den trüben Scheiben zu sehen. Niemand saß auf den Stühlen vor dem Lokal. Sie wechselte trotzdem die Straßenseite und ging schnell an den Fenstern vorbei, die große, leuchtende Vierecke auf das Pflaster warfen. Am Ortseingang, an dem Vorsprung, wo das Kruzifix stand, an dem heute Morgen Sergente Barbabietola in Vorbereitung seines Besuches eine Zigarette geraucht hatte, blieb Francesca stehen. Hier draußen war es kalt trotz des milden Abends. Sie ging vor bis zur Kante und schaute hinunter in die Dunkelheit. Dort, weit unterhalb, auf der anderen Seite der Schlucht direkt gegenüber der Altstadt, stand die Villa von Orazio Sant'Angelo, der *weißen Katze*, dem Paten von San Sebastiano. Er saß dort wie die Spinne im Netz, wusste über alles Bescheid, hatte sie alle in der Hand.

Sie würde den Tag, an dem sie ihm zum ersten Mal begegnet war, nie vergessen. Es war der Tag von Angelos Taufe gewesen, dem Ältesten ihrer drei Kinder, der jetzt dort oben, weit weg, im Norden gestorben war, und der nicht einmal hier begraben werden würde, wenn es sich sein Vater nicht noch anders überlegte.

Francesca hatte versucht, sich besonders hübsch zu machen an diesem Tag. Sie konnte sich noch gut an die billige Plastikspange erinnern, mit der sie ihr Haar aufgesteckt hatte, und die kleinen goldenen Ohrringe, ein Geschenk zu ihrer Hochzeit. Nur die dunklen Schatten unter ihren Augen, die hatte sie nicht entfernen können.

Er hatte die Tür geöffnet, ohne anzuklopfen. Der Raum war voller Menschen. Wein und Grappa standen auf dem Tisch, der mit einer weißen Spitzendecke gedeckt war. Babywäsche lag darauf, und in der Mitte stand eine Vase mit einem Strauß rosa Nelken. Als der Mann mit den auffallenden blonden Haaren eintrat, verstummten die Gespräche. Blicke senkten sich, Kinder wurden beiseitegezogen. Er sprach kein Wort, sein Blick wanderte zu ihr, sie saß hinter dem Tisch auf einem Stuhl und hielt das neugeborene Baby im Arm. Sie war damals mager, noch dünner als heute, und ihre Arme standen spitz aus den kurzen Ärmeln des Kleides, das sie trug, hervor. Sie bot ihm zögernd den Stuhl zu ihrer Rechten. Ohne ihn anzublicken, schenkte sie ihm ein Glas Wein ein, das er jedoch nicht anrührte. Er wartete. Es dauerte eine ganze Weile, bis etwas geschah. Die übrigen Besucher waren vollständig verstummt. Es war, als befänden sie sich mit dem Kind in ihrem Arm allein mit dem blonden Mann im Raum. Keiner wagte, sich zu bewegen, um nicht auf sich aufmerksam zu machen. Schließlich, wie nach einer Ewigkeit, hatte sie geschlagen den Kopf gesenkt und ihm das Baby gereicht, damit er die Taufe, die wahre Taufe, wie man es nannte, vollziehen konnte. Er nahm das Neugeborene lächelnd wie ein guter Onkel entgegen und kitzelte es am Kinn. Dann zog er aus seiner Jackentasche eine kleine Schere und begann vorsichtig, dem schlafenden Kind die Fingernägel zu schneiden. Damit war es besiegelt. Sie wusste es, als sie das Baby wieder in Empfang nahm und auf die winzigen Händchen schaute, die zu Fäusten geballt neben seinen Ohren lagen. Es würde immer so weitergehen, es würde niemals enden. Angelos Schicksal war von diesem Moment an vorherbestimmt gewesen, bis zum heutigen Tag, bis zu seinem Tod.

Francesca stand am Abgrund und starrte hinunter in die Finsternis. Sie weinte nicht mehr, obwohl sie es gerne getan hätte. Doch die Tränen wollten nicht kommen. Sie war leer, es waren keine Tränen mehr übrig. Langsam wandte sie sich ab. Eine

Katze lief an ihr vorbei, und sie bemerkte es kaum. Doch dann ließ sie etwas innehalten und sich umdrehen. Die Katze war ebenfalls stehen geblieben. Dünn und mit großen Augen, in denen sich das Licht der Straßenlaterne spiegelte, stand sie dort, unter dem Kruzifix und starrte Francesca an. Jetzt sah sie auch, was ihr unbewusst aufgefallen war: Das Fell der Katze war weiß. Zwar schmutzig und struppig, aber unverkennbar weiß. Sie ging einen vorsichtigen Schritt auf das Tier zu, das sie, fluchtbereit und mit zitternden Flanken, angstvoll ansah. In dem Moment, in dem sie das Weite suchen wollte, griff Francesca zu, ohne wirklich zu begreifen, was sie da tat. Die Katze war halb verhungert, und Francescas Finger schlossen sich mühelos um ihren Hals. Sie sah wieder den Mann vor sich mit den blonden Haaren und dem ungerührten, kalten Blick, wie er ihrem neugeborenen Sohn die winzigen Fingernägel schnitt. Sie sah ihren eigenen Mann, wie er in jenen Nächten, in denen er spät von seinen *Aufträgen* heimkam, stumm auf sie einschlug, systematisch, als hätte er eine Puppe vor sich, einen Ledersack. Und sich selbst, wie sie sich jeden Schmerzenslaut verkniff, alles mit sich geschehen ließ, was er mit ihr machte, um die Kinder nicht zu wecken. Ihre Hände drückten wie von selbst immer weiter zu, sie spürte den kleinen Kehlkopf des Tieres, das sich jetzt mit verzweifelter, letzter Kraft zu wehren begann. Francesca spürte, wie die Krallen ihre Unterarme zerkratzten, sich in dem dünnen Stoff ihres Kleides und in den Fäden der Strickjacke verhedderten, doch es berührte sie nicht. Sie schloss ihre Hände noch enger um den dünnen Hals, und als das Tier nicht aufhörte, sich zu wehren, drehte sie die Hände gegeneinander, mit kurzen, heftigen Bewegungen. Ein hässliches Knacken, und der Körper erschlaffte augenblicklich. Wie ihn Trance setzte sie sich in Bewegung, die tote Katze wie ein grauweißes Bündel in ihrer Hand.

Filippo saß an seinem Stand, wie er den ganzen Tag schon ausgeharrt hatte. Niemand sah ihn an. Die Menschen standen abgewandt von seinen Bildern, hielten Abstand, als hätte er eine ansteckende Krankheit. Allein Chiara Settesoli war wieder zu ihm gekommen. Sie hatte ihm nach der Schule ein paar belegte Brote vorbeigebracht und saß jetzt neben ihm auf einem Campinghocker. Sie redeten wenig. Filippos schüchterne Abwehr dem Mädchen gegenüber hatte sich noch nicht gelegt. Er war ihr dankbar dafür, dass sie sich auf seine Seite gestellt hatte, wusste jedoch nicht recht, weshalb sie es tat und was er damit anfangen sollte. Was wäre, wenn die nächste Bombe auf dem Marktplatz explodieren würde? Wenn ihr etwas passierte? Filippo dachte an Dott. Isotti, der noch heute Morgen auf dem Weg zum Friedhof bei ihm vorbeigekommen war. Er sah das alte Gesicht mit den verschmitzten Augen vor sich, die fast hinter den runzeligen Hautfalten verschwanden. Langsam und beschwerlich war er gegangen, wie eine krumme, alte Krähe, schwer auf seinen Stock gestützt. Und dann hatte er seinen Strohhut gezogen vor ihm, vor Filippo, mit ernstem, würdevollem Gesicht, als wäre er ein Monsignore. Und jetzt war er tot. Und er trug Schuld daran. Filippo hatte auch von Mimmo Battaglias Tod heute Nacht gehört.

Chiara hatte es ihm erzählt und seine Hand genommen, als er sie entsetzt angestarrt hatte. »Du darfst jetzt nicht aufhören«, hatte sie gesagt. »Jetzt gerade nicht.« Und dann hatte sie ihm einen Kuss gegeben. Einen schnellen, schiefen Kuss auf die Wange, aber es hatte ausgereicht, um Filippo erröten zu lassen.

Die Sonne verschwand langsam hinter den Häusern, die Schatten wurden spitzer, länger, dunkler. Filippo begann, sich Sorgen um seine *nonna* zu machen. Sie war zusammengebrochen, als man ihr das mit der Grabstelle und Dott. Isotti erzählt hatte, und Filippo hatte den Arzt rufen müssen. Er hatte ihr eine Spritze gegeben, und Filippo hatte sie ins Bett gebracht. Bevor sie einschlief, hatte sie Filippo am Arm gepackt und ihn mit ihren scharfen Augen angesehen: »Du wirst jetzt nicht bei mir am Bett sitzen bleiben, hörst du?« Filippo wollte protestieren, doch die Baronessa hatte den Kopf geschüttelt, sichtlich gegen die einsetzende Wirkung des Schlafmittels ankämpfend: »Was ein de Caprisi anfängt, bringt er auch zu Ende. Also gehst du jetzt da runter und setzt dich hin, hörst du? Ich komme am Abend und bringe dir *involtini al sugo*.« Dann war sie eingeschlafen.

Filippo hatte noch lange das alte, müde Gesicht seiner *nonna* betrachtet, das im Schlaf so gar nichts von der üblichen arroganten Strenge hatte, die sie sonst zur Schau trug. Dann war er aufgestanden und mit seinem *motorino* wieder hinunter nach San Sebastiano gefahren. Die *nonna* war jedoch noch nicht gekommen, um ihm die versprochenen *involtini* zu bringen. Er musste hinauffahren. Der Arzt hatte zwar gemeint, er würde am Nachmittag noch einmal nach ihr sehen, aber das lag nun schon ein paar Stunden zurück. Aber gerade, als er aufbrechen wollte, nervös und überzeugt, es sei etwas passiert, nahm er aus den Augenwinkeln wahr, wie eine hoch aufgerichtete Gestalt quer über den Platz auf ihn zukam. Die Umstehenden sahen sie auch, und Filippo konnte hören, wie einige »La Baronessa« flüsterten und zur Seite traten, als sie näher kam. Sie ging langsam und war blass, aber sie lächelte, und ihre Augen strahlten die gleiche, strenge Würde aus wie immer. In den Händen hielt sie eine Kasserolle mit Filippos Leibgericht.

Die Menschen kamen nicht zur Ruhe in dieser Nacht. Es schien so, als ob keiner es über sich brächte, nachhause zu gehen, so als ob damit das Eingeständnis einer Schuld verbunden wäre. Die Schuld eines jeden Einzelnen, der dem Rathausplatz den Rücken kehrte, sich umdrehte und ging. Zu oft waren sie nachhause gegangen, als sie hätten bleiben sollen. Zu oft hatten sie die Fenster geschlossen, um nicht zu sehen, was sich direkt vor ihren Augen abspielte. Viele Männer waren gestorben im Laufe der Jahre, niemals war in der Öffentlichkeit darüber gesprochen worden. Man klebte die großen, schwarzumrandeten Trauerplakate an die Hauswände und Strommasten, dort hingen sie, eines über dem anderen, bis der salzige Meerwind und die Sonne die Gesichter darauf verblassen ließen und das Papier in bleichen, trockenen Streifen abzufallen begann. Damit verschwanden die Toten langsam aus dem Bewusstsein der Öffentlichkeit, machten neuen Ereignissen Platz. Nur die Witwen und die Mütter trauerten weiter, aber sie taten es stumm und allein. Hilflos, angsterfüllt. Sie alle hatten noch jemanden zu verlieren, noch einen Familienangehörigen, Freunde, etwas, woran sie hingen. Und die Fäden der 'Ndrangheta waren fein gesponnen, sie durchdrangen jedes Haus, jede Freundschaft, jedes Wort.

Die Menschen hatten Dott. Isotti gemocht, geachtet und respektiert. Er hatte alle, die zu ihm gekommen waren, gleich behandelt und Schusswunden ebenso verarztet wie ein aufgeschlagenes Knie oder eine Halsentzündung. Und jetzt war er tot. Ein Mord geschah niemals ohne Grund. Ehrenvolle, geachtete Männer wie den alten Dott. Isotti tötete man nicht aus Versehen. Nicht einmal *sie* taten das. Und doch war es passiert. Die Menschen von San Sebastiano brauchten eine Weile, um zu begreifen, was das bedeutete: Etwas war eskaliert. Sie hatten schnell reagieren müssen, auf die Ungeheuerlichkeit, die sich der Junge gestern Abend erlaubt hatte. Und nicht nur Dott. Isotti war tot. Auch der Journalist, der sich so seltsam benommen hatte. Niemand wusste, weshalb er sich erschossen hatte, aber jeder ahnte den Zusammenhang. Zwei Menschen waren gestorben. Doch auf wundersame Weise hatte das nichts geändert. Der Junge stand noch immer da mit diesem Schild in der Hand, auf dem die Worte standen, die die Menschen kaum zu lesen wagten, geschweige denn, sie auszusprechen. Es gab Gesetze, die man nicht ungestraft brach. Es würde noch etwas passieren müssen. Vielleicht noch heute Nacht. Sie wussten alle, es wäre besser, sicherer, nachhause zu gehen, die Türen zu verschließen und abzuwarten. Den Jungen auf dem Platz zu vergessen, ihn einfach nicht zu beachten. Doch sie konnten es nicht. Alle blieben sie. Diejenigen, die Mitleid mit Filippo hatten, das sie nicht zu zeigen wagten, ebenso wie die anderen, die es kaum ertragen konnten, den Jungen hier noch lebend stehen zu sehen.

Plötzlich flog ein Stein. Er war ungenau gezielt und landete folgenlos vor Filippos Füßen. Er zuckte dennoch zusammen. Chiara sprang auf. Nichts bewegte sich. Keiner drehte sich um, niemand lief davon. Es war unmöglich zu sagen, woher der Stein gekommen war. Das Mädchen wich einen Schritt zurück, dann schrie sie: »Ihr feigen Schweine!« Ihre Stimme zitterte, und man konnte die Angst darin hören. Der zweite Stein war größer. Er verfehlte knapp Filippos Ohr und riss eines der Bilder hinter ihm herunter. Die Menschen schwiegen. Keiner sah Filippo und dem Mädchen, das mit panisch aufgerissenen Augen versuchte, die Richtung auszumachen, aus der die Gefahr kam, ins Gesicht.

Dann erfasste sie eine merkwürdige Unruhe. Erregtes Flüstern machte sich breit, und es kam Bewegung in die Menge. Sie teilte sich vor einer Gestalt, die aus der Dunkelheit auf den Platz geschritten kam. Eine magere, verhärmte Frau mit dünnem schwarzem Haar zu einem nachlässigen Pferdeschwanz gebunden, aus dem ihr die Strähnen ins Gesicht hingen.

Francesca Malafonte ging langsam, ihr Gesicht leuchtete in der Dunkelheit weiß wie das eines Gespenstes. Sie hatte über eine Stunde gebraucht von Torre Calo zu Fuß hier herunter, und sie konnte sich nicht mehr daran erinnern. Sie war einfach gegangen. Hatte alles hinter sich gelassen, dort oben, hatte sich immer weiter entfernt und war schließlich angekommen.

Chiara packte Filippo am Arm und flüsterte: »Das ist Angelos Mutter.«

Filippo starrte die kleine Frau an, die mit starren Augen und ohne irgendeine Regung im angespannten Gesicht auf ihn zukam. Hatte sie die Steine geworfen? Wollte sie ihn töten, weil er ihren Sohn zur Schau gestellt, verraten hatte? Filippo trat einen Schritt zurück. Das erste Mal, seit er hier stand, hatte er wirklich Angst. Keine Furcht, Aufregung, Ungewissheit, was passieren würde, sondern Angst. Sie packte seine Eingeweide, klammerte sich an sein Herz und lähmte seinen Verstand. Seine Augen glitten über das bleiche Gesicht mit den hellen, unheimlich entrückten Augen hinunter zu dem Bündel, das sie in der Hand hielt und ihm wurde kalt. Diese Frau hielt eine tote Katze in ihrer Hand. Eine weiße Katze. Sie trat zu ihm und sah ihn an. Filippo spürte, wie ihm der Schweiß ausbrach. Er wollte fliehen vor den unerbittlich leeren Augen dieser Frau. Ihr Blick durchdrang ihn, bohrte sich tief in seine Seele, und auf einmal konnte Filippo ihren Schmerz darin fühlen, ihre Trauer, ihre Verlorenheit. Und seine Angst löste sich auf. Die Frau drehte sich um und sah hinaus in die Menge, die sich wieder zusammengerottet hatte und atemlos wartete, was passieren würde.

Die Frau wandte sich an diese dunkle bedrohliche Masse, richtete ihre Augen auf Einzelne, saugte sich in deren Gesichtern fest, bis sie die Blicke senkten. »Viele von euch kennen mich«, begann sie plötzlich, und ihre Stimme war zittrig. Es wurde totenstill. Sie deutete hinter sich auf Angelos Bild. »Das ist mein Sohn. Er ist vor paar Tagen gestorben.« Ein Raunen ging durch die Menge. Das war neu. Niemand hatte bis jetzt davon gewusst. Francesca holte tief Luft und fuhr fort: »Er wurde ermordet. Von Gaetano Barletta.« Ein erregtes Gemurmel brach los, doch die Frau reagierte nicht darauf. Sie sprach einfach weiter, leise, und die Leute mussten schweigen, um sie verstehen zu können. »Mein Sohn sollte diesen Jungen töten, aber er hat es nicht getan. Ich bin stolz auf ihn.« Ihre Stimme erstarb so abrupt, als habe man den Ton abgedreht. Sie fühlte sich sterbensschwach, als würde sie langsam verschwinden, sich vor aller Augen in Rauch auflösen. Mit letzter Kraft hob sie den Arm und warf die tote Katze den Menschen vor die Füße.

Sie wichen zurück. Ein Laut ging durch die Menge wie das Ächzen eines alten Baumes, kurz bevor der Wind ihn fällt. Dann war wieder Stille. Alle starrten die kleine Frau in der dünnen Strickjacke an, die dort stand, blass und fern wie ein Geist. Sie stand neben Filippo, der mit vorgerecktem Kinn und den Augen seiner Großmutter in die gesichtslose Menge sah. Chiara, das Mädchen aus dem »Borgo rosato«, stand ein wenig hinter ihm. Kerzengerade auch sie, aber man konnte den Schrecken in ihrem Gesicht sehen.

Plötzlich löste sich eine Frau aus der Gruppe der Zuschauer und ging auf Filippo zu. Die Menschen, die sie erkannten, hielten den Atem an. Es war eine dicke Frau mittleren Alters mit blondgefärbten Haaren und einem schwarzen Kleid. Ihr Name war Rosalia Gamba, und sie war die Ehefrau des im letzten Jahr spurlos verschwundenen Hausmeisters der Gemeinde. Langsam trat sie in das Scheinwerferlicht, nickte Filippo zu und stellte sich neben Francesca Malafonte, die breiten Füße in ausgetretenen Sandalen ordentlich nebeneinander, die Hände wie zum Gebet verschränkt.

Jemand hustete, und es war, als zuckten die Menschen bei diesem Geräusch zusammen.

Dann trat die rothaarige Lara dalla Pietra vor, deren Sohn vor zwei Jahren erschossen worden war, und Concetta Sedàra folgte ihr. Ihre Familie, die ein Bauunternehmen besaß, wurde bereits seit vielen Jahren im Namen der *weißen Katze* bedrängt, erpresst und eingeschüchtert. Und dann, nach einigen Minuten, die wie eine zähe klebrige Masse vertropften, kamen Irene Pozzuoli, Annalisa Bielli, Eugenia Mazza …

Clara hielt die Postkarte in ihren Händen wie einen Schatz aus einer anderen Welt. Das Meer war darauf zu sehen, tiefblau mit smaragdgrün leuchtenden Stellen, eine steinige Küste und ganz am Rand der Karte ein dünner Streifen Sandstrand. Mitten im tiefblauen Meer, zwischen Wasser und Horizont, ein weißes Segelboot. Sie drehte die Karte behutsam zwischen ihren Fingern, betrachtete die Briefmarke, stellte sich vor, wie die unbekannte Frau sie gekauft und daraufgeklebt hatte. Der Poststempel war eine Woche alt. Was mochte seither geschehen sein?

Der kalte Wind rüttelte an Claras Haaren und fuhr ihr unter den dünnen Pullover. Sie schauderte, nahm die restliche Post aus dem Briefkasten und beeilte sich, wieder ins Haus zu kommen. Mit ihren dicken Socken nur notdürftig in ein paar Schuhe geschlüpft, lief sie unbeholfen die Treppe hinauf zu ihrer Wohnung. Dort, am Küchentisch, eine große Tasse heißen Tee in der Hand, las sie die Karte noch einmal.

»*Signora*!«, begann die Mitteilung aus einer fernen Welt. »*Ich danke Gott und allen Heiligen für Ihren Brief. Ich muss Ihnen auch was schreiben, auch wenn ich das noch nie getan habe. Wir stehen alle auf dem Marktplatz, bei dem de-Caprisi-Jungen, den mein Angelo damals entführt und wieder freigelassen hat, weshalb er sterben musste. Die dalla Pietra und die alte Eugenia Mazza und sogar Rosalia Gamba, und es kommen jeden Tag ein paar dazu. Die Männer kommen nicht, natürlich nicht, aber die können uns nichts sagen, denn wir bleiben einfach stehen. So lange wie es geht. Ich wollte, dass Sie das wissen, Signora. Gott segne Sie! Ihre ergebene Francesca Aquafredda aus Torre Calo.*«

Gerührt las Clara die wenigen Zeilen in gestochen scharfer,

winziger Druckschrift, ein ums andere Mal. Angelos Mutter musste sich große Mühe gegeben haben, an den Seiten sah man noch Reste der Bleistiftlinien, die sie extra gezogen und dann wieder wegradiert hatte. Wie ein Kind in der Schule.

Clara stand auf, holte einen Reißnagel aus der Schublade und pinnte die Karte an die Wand. Das blaue Meer leuchtete und verhieß sonnigen Süden, Urlaub, Wärme, während ein wütender, kalter Mairegen gegen das Fenster prasselte. Sie strich mit den Fingern über den glänzenden Karton, dann trank sie ihren Tee aus.

Später, am Nachmittag holte sie ihren dicken Schafwollpullover, den sie eigentlich schon mit den übrigen Wintersachen eingemottet hatte, aus dem hintersten Fach ihres Schrankes und zog sich ihre alte speckige Wachsjacke über. Die Haare versteckte sie unter einer Schirmmütze. Elise betrachtete sie besorgt. Sie schien zu überlegen, was um Himmels willen diese Frau jetzt schon wieder für eine Verrücktheit vorhatte. Sie würde doch nicht ...? Sie wollte doch nicht etwa ...? Elise seufzte, als Clara mit aufmunterndem Gesichtsausdruck nach der Leine griff und sagte: »Na komm, Dicke, frische Luft tut uns gut!« Dann kletterte Elise umständlich von der Couch herunter und streckte sich gähnend. Sie warf Clara einen vorwurfsvollen Blick zu, der besagte: »Wenn du unbedingt rausmusst, gilt das noch lange nicht für mich.«

Draußen hatte der Regen aufgehört. Die Luft war frisch und klar, und die Blätterknospen an den Bäumen leuchteten hellgrün gegen den grauen Himmel. Elise trabte voraus, wieder einigermaßen versöhnt mit dem Wetter, wobei sie jedoch um jede Pfütze einen respektvollen Bogen machte. Ganz anders Clara, die mit kindlicher Freude in die glänzenden Lachen trat, dass es nur so spritzte. Sie gingen an der Isar entlang, dann über die Brücke stadteinwärts. Die Gehsteige waren leer, nur wenige Fußgänger hatten sich hinausgewagt, und die Autos jagten vorbei. Clara kümmerte es nicht, dass das schmutzige Rinnsteinwasser an ihren Beinen hochspritzte. Sie ging schnell, die Hände in den Jackentaschen, und freute sich über den Wind, der ihre Nase und ihre Wangen rot färbte.

Irgendwann, sie waren schon lange unterwegs, und es begann bereits zu dämmern, verlangsamte Clara ihren Schritt. Ihre Beine kribbelten in der feuchten Jeans, und ihre Haare kringelten sich längst schon wieder unter der Mütze heraus. Sie kannte die Häuser, die Straße, in die sie gerade eingebogen war. Es war ihr gar nicht aufgefallen, dass sie schon so weit gelaufen waren. Clara blieb stehen, und Elise, die gerade hingebungsvoll an einer Eingangsstufe schnüffelte, hob fragend den Kopf. Clara zögerte. Sie sollten umkehren. Andererseits ... Sie ging im Geist die Straßen durch, geradeaus, dann rechts und an der Bäckerei links ... Es war nicht mehr weit, höchstens zwanzig Minuten.

Clara atmete tief ein und dachte an die blaue Karte an ihrer Küchenwand. Dann zündete sie sich eine Zigarette an und umrundete unschlüssig einen der sorgfältig zurechtgestutzten Ahornbäume auf dem Gehsteig. In dem schmalen Stück Wiese, das um den Baum herum vom Pflaster ausgespart worden war, hatten mindestens drei Hunde von unterschiedlicher Größe und Verdauung ihr Geschäft verrichtet. Clara wandte sich ab, und dann, plötzlich, unwiderruflich und innerlich jubelnd, fasste sie sich ein Herz. Sie ließ den Baum hinter sich und beschleunigte ihren Schritt. Elise musste sich beeilen, ihr zu folgen. Sie trabte eine Weile neben ihr her, dann verlangsamte sie ihr Tempo wieder. Wie konnte man, wenn man schon spazieren ging, so eine Lauferei daraus machen? So entgingen einem doch die Gerüche um sich herum an den Hausecken und Bäumen, an den Eingangstüren und den Plakatwänden, den Geschäften und Mülltonnen und all die interessanten Geschichten, die sie zu erzählen hatten. Clara hastete weiter. Plötzlich schien es, als wäre sie nicht schnell genug, als käme sie nicht mehr rechtzeitig. Elise blieb nichts anderes übrig, als sich von den Hausecken loszureißen und ihr Tempo ebenfalls zu erhöhen, wollte sie ihr unberechenbares Frauchen nicht aus den Augen verlieren. Sie tat es beleidigt, mit hoch erhobenem Kopf, den Blick stur geradeaus gerichtet. Als sie in weniger als einer Viertelstunde vor der grünen Tür ankamen, war Clara warm geworden, und sie musste stehen bleiben, um zu verschnaufen. Elise warf ihr einen kühlen Blick zu: »Das hat du jetzt davon!« Clara nahm die Mütze ab und fuhr sich durch die verschwitzten Locken. Dann, ohne sich noch einen Gedanken zu erlauben, öffnete sie die Tür.

Das Lokal war zu dieser Tageszeit noch fast leer. Mick lehnte hinter dem Tresen und war gerade dabei, sich eine Zigarette zu drehen. Er sah auf, als die Tür aufging, und Clara lächelte.